全唐詩

第十册

卷六三一——卷七〇二

中华书局

全唐诗第十册目次

卷六三一

卷六三三

司空图

卷六三四

司空图

卷六三五

周　繇

卷六三七

顾 云

卷六三八

张　乔

卷六三九

张　乔

卷六四一

曹　唐

卷六四二

来　鹄

卷六四五

李咸用

卷六四七

胡 曾

卷六四八

方　干

卷六四九

方　干

卷六五〇

方　干

卷六五一

方　干

卷六五二

方　干

卷六五四

罗　邺

卷六五五

罗 隐

卷六五六

罗　隐

卷六五七

罗　隐

卷六五八

罗　隐

卷六五九

罗　隐

卷六六〇

罗　隐

卷六六一

罗　隐

卷六六三

罗　隐

卷六六四

罗　隐

卷六六五

罗　隐 补遗

卷六六九

章　碣

卷六七〇

秦韬玉

卷六七一

唐彦谦

卷六七二

唐彦谦

卷六七三

周　朴

卷六七四

郑 谷

卷六七五

郑 谷

卷六七六

郑　谷

卷六七七

郑　谷

卷六七八

许　彬

卷六七九

崔　涂

卷六八二

韩 偓

卷六八三

韩　偓

卷六八四

吴　融

卷六八六

吴　融

卷六八七

吴　融

卷六八八

孙　偓

卷六八九

陆希声

李昭象

卷六九〇

王　驾

卷六九一

卷六九二

杜荀鹤

卷六九五

韦　庄

卷六九六

韦　庄

卷六九八

韦　庄

卷六九九

韦　庄

卷七〇〇

韦 庄

卷七〇一

王贞白

卷七〇二

张　蠙

全唐诗卷六三一

张　贲

张贲，字润卿，南阳人，登大中进士第。唐末，为广文博士。尝隐于茅山，后寓吴中，与皮陆游。诗十六首。

旅泊吴门

一舸吴江晚，堪忧病广文。鲈鱼谁与伴，鸥鸟自成群。反照纵横水，斜空断续云。异乡无限思，尽付酒醺醺。

贲中间有吴门旅泊之什蒙鲁望垂和更作一章以伸酬谢

偶发陶匏响，皆蒙组绣文。清秋将落帽，子夏正离群。有恨书燕雁，无聊赋郢云。遍看心自醉，不是酒能醺。

酬袭美先见寄倒来韵

寻疑天意丧斯文，故选茅峰寄白云。酒后只留沧海客，香前唯见紫阳君。近年已绝诗书癖，今日兼将笔砚焚。为有此身犹苦患，不知何者是玄纁。

奉和袭美醉中即席见赠次韵

桂枝新下月中仙，学海词锋誉蔼然。文阵已推忠信甲，穷波犹认孝廉船。清标称住羊车上，俗韵惭居鹤氅前。共许逢蒙快弓箭，再穿杨叶在明年。

奉和袭美题褚家林亭

疏野林亭震泽西，朗吟闲步喜相携。时时风折芦花乱，处处霜摧稻穗低。百本败荷鱼不动，一枝寒菊蝶空迷。今朝偶得高阳伴，从放山翁醉似泥。

奉和袭美伤开元观顾道士

凤麟胶尽夜如何，共叹先生剑解多。几度吊来唯白鹤，此时乘去必青骡。图中含景随残照，琴里流泉寄逝波。惆怅真灵又空返，玉书谁授紫微歌。

和鲁望白菊

雪彩冰姿号女华，寄身多是地仙家。有时南国和霜立，几处东篱伴月斜。谢客琼枝空贮恨，袁郎金钿不成夸。自知终古清香在，更出梅妆弄晚霞。

奉和袭美先辈悼鹤

池塘萧索掩空笼，玉树同嗟一土中。莎径罢鸣唯泣露，松轩休舞但悲风。丹台旧氅难重缉，紫府新书岂更通。云减雾消无处问，只留华发与衰翁。

偶约道流终乖文会答皮陆

仙侣无何访蔡经，两烦韶濩出彤庭。人间若有登楼望，应怪文星近客星。

和袭美寒夜见访

云孤鹤独且相亲，仿效从它折角巾。不用吴江叹留滞，风姿俱是玉清人。

和袭美醉中先起次韵

何事桃源路忽迷，惟留云雨怨空闺。仙郎共许多情调，莫遣重歌浊水泥。

和皮陆酒病偶作

白编椰席镂冰明，应助杨青解宿酲。难继二贤金玉唱，可怜空作断猿声。

送浙东德师侍御罢府西归

孤云独鸟本无依，江海重逢故旧稀。杨柳渐疏芦苇白，可怜斜日送君归。

以青饳饭分送袭美鲁望因成一绝

谁屑琼瑶事青饳，旧传名品出华阳。应宜仙子胡麻拌，因送刘郎与阮郎。

玩金鸂鶒和陆鲁望

翠羽红襟镂彩云，双飞常笑白鸥群。谁怜化作雕金质，从倩沉檀十里闻。

悼鹤和袭美

渥顶鲜毛品格驯，莎庭闲暇重难群。无端日暮东风起，飘散春空一片云。

崔 璐

崔璐，登咸通七年进士第。诗一首。

览皮先辈盛制因作十韵以寄用伸款仰

河岳挺灵异，星辰精气殊。在人为英杰，与国作祯符。襄阳得奇士，俊迈真龙驹。勇果鲁仲由，文赋蜀相如。浑浩江海广，葩华桃李敷。小言入无间，大言塞空虚。几人游赤水，夫子得玄珠。鬼神争奥秘，天地惜洪炉。既有曾参行，仍兼君子儒。吾知上帝意，将使居黄枢。好保千金体，须为万姓谟。

李 縠

李縠，字德师，咸通进士，唐末为浙东观察推官，兼殿中侍御史。诗四首。

浙东罢府西归酬别张广文皮先辈陆秀才

岂有头风笔下痊，浪成蛮语向初筵。兰亭旧趾虽曾见，柯笛遗音更不传。照曜文星吴分野，留连花月晋名贤。相逢只恨相知晚，一曲骊歌又几年。

和皮日休悼鹤

才子襟期本上清，陆云家鹤伴闲情。犹怜反顾五六里，何意忽归十二城。露滴谁闻高叶坠，月沉休藉半阶明。人间华表堪留语，剩向秋风寄一声。

道林曾放雪翎飞，应悔庭除闭羽衣。料得王恭披鹤氅，倚吟犹待月中归。

醉中袭美先月中归

休文虽即逃琼液，阿鹜还须掩玉闺。月落金鸡一声后，不知谁悔醉如泥。

崔　璞

崔璞，清河人，苏州刺史。咸通初，历右散骑常侍。诗二首。

奉酬皮先辈霜菊见赠

菊花开晚过秋风，闻道芳香正满丛。争奈病夫难强饮，应须速自召车公。

蒙恩除替将还京洛偶叙所怀因成六韵呈军事院诸公郡中一二秀才

两载求人瘼，三春受代归。务繁多簿籍，才短乏恩威。共理乖天奖，分忧值岁饥。遽蒙交郡印，到任十二个月，除替未及三年。安敢整朝衣。作牧惭为政，思乡念式微。倘容还故里，高卧掩柴扉。

魏　朴

魏朴，字不琢，毗陵人。诗二首。

和皮日休悼鹤

直欲裁诗问杳冥，岂教灵化亦浮生。风林月动疑留魄，沙岛香愁似蕴情。雪骨夜封苍藓冷，练衣寒在碧塘轻。人间飞去犹堪恨，况是泉台远玉京。

经秋宋玉已悲伤，况报胎禽昨夜亡。霜晓起来无问处，伴僧弹指绕荷塘。

羊昭业

羊昭业，字振文，吴人，唐末登进士第。大顺中，尝预修国史。有集十五卷，今存诗一首。、

皮袭美见留小宴次韵

泽国春来少遇晴，有花开日且飞觥。王戎似电休推病，周顗才醒众

却惊。芳景渐浓偏属酒，暖风初畅欲调莺。知君不肯然官烛，争得华筵彻夜明。时袭美眼疾未平，不饮酒，故云。

颜　萱

颜萱，字弘至，江南进士，中书舍人荛之弟。诗三首。

送羊振文归觐桂阳

高挂吴帆喜动容，问安归去指湘峰。悬鱼庭内芝兰秀，驭鹤门前薜荔封。苏耽旧宅在桂州。红旆正怜棠影茂，彩衣偏带桂香浓。临岐独有沾襟恋，南巷当年共化龙。先辈与拾遗叔父同年。

送圆载上人

师来一世恣经行，却泛沧波问去程。心静已能防渴鹿，鼙喧时为骇长鲸。师云：舟人遇鲸，则鸣鼓以恐之。禅林几结金桃重，日本金桃，一实重一斤。梵室重修铁瓦轻。以铁为瓦，轻于陶者。料得还乡无别利，只应先见日华生。

过张祜处士丹阳故居　有序

萱与故张处士祜，世家通旧，尚忆孩稚之岁，与伯氏尝承处士抚抱之仁。目管辂为神童，期孔融于伟器。光阴徂谢，二纪于兹。适经其故居，已易他主。访遗孤之所止，则距故居之右二十余步，荆榛之下，荜门启焉。处士有四男一女，男曰椿儿、桂子、椅儿、杞儿，问之，三已物故，唯杞为遗孕，与其女尚存。欲揖杞与言，则又求食于汝坟矣。但有霜鬓而黄冠者，杖策迎门，乃昔时爱姬崔氏也。与之话旧，历然可听。嗟乎！葛帔练裙，兼非所有；琴书图籍，尽属他人。又云：横塘之西，有故田数百亩,力既贫窭,十年不耕,唯岁赋万钱,求免无所。鸣呼!昔为穆生置醴,郑公立乡者,复何人哉?因吟五十六字,以闻好事者。

忆昔为儿逐我兄,曾抛竹马拜先生。书斋已换当时主,诗壁空题故友名。岂是争权留怨敌,可怜当路尽公卿。柴扉草屋无人问,犹向荒田责地征。

郑　璧

郑璧,唐末江南进士。诗四首。

和袭美伤顾道士

斜汉银澜一夜东,飘飘何处五云中。空留华表千年约,才毕丹炉九转功。形蜕远山孤圹月,影寒深院晓松风。门人不睹飞升去,犹与浮生哭恨同。

奉和陆鲁望白菊

白艳轻明带露痕,始知佳色重难群。终朝疑笑梁王雪,尽日慵飞蜀帝魂。燕雨似翻瑶渚浪,雁风疑卷玉绡纹。琼妃若会宽裁剪,堪作蟾宫夜舞裙。

和袭美索友人酒

乘兴闲来小谢家,便裁诗句乞榴花。邴原虽不无端醉,也爱临风从鹿车。

文燕润卿不至

已知羽驾朝金阙,不用烧兰望玉京。应是易迁明月好,玉皇留看舞双成。

全唐诗卷六三二

司空图

司空图，字表圣，河中虞乡人。咸通末，擢进士第，由宣歙幕历礼部郎中，僖宗行在用为知制诰、中书舍人，归隐中条山王官谷。龙纪、乾宁间，征拜旧官，及以户、兵二部侍郎召，皆不起。迁洛后，被诏入朝，以野耄丐归。朱全忠受禅，召为礼部尚书，不食而卒。图少有俊才，晚年避世栖遁，自号知非子、耐辱居士，有先世别墅，泉石林亭，颇惬幽趣，日与名僧、高士游咏其中。有《一鸣集》三十卷，内诗十卷，今编诗三卷。

塞　上

万里隋城在，三边虏气衰。沙填孤障角，烧断故关碑。马色经寒惨，雕声带晚悲一作饥。将军正闲暇，留客换歌辞。

寄永嘉崔道融

旅寓虽难定，乘闲是胜游。碧云萧寺霁，红树谢村秋。戍鼓和潮暗，船灯照岛幽。诗家多滞此，风景似相留。

下　方

三十年来往，中间京洛尘。倦行今白首，归卧已清神。坡暖冬抽一作生笋，松凉夏健人。更惭征诏起，避世迹非真。

华　下

日炙旱云裂，迸为千道血。天地沸一镬，竟自烹妖孽。尧汤遇灾数，灾数还中辍。何事奸与邪，古来难扑灭。

僧舍贻友

笑破人间事，吾徒莫自欺。解吟僧亦俗，爱舞鹤终卑。竹上题幽梦，溪边约敌棋。旧山归有阻，不是故迟迟。

下　方

昏旦松轩下，怡然对一瓢。雨微吟思一作春未足，花落梦无聊。细事当棋遣，衰容喜镜饶。溪僧有深趣，书至又相邀。

华下送文浦一作涓

郊居谢名利，《旧史》云：河北乱，图寓华阴。何事最相亲。渐与论诗久，皆知得句新。川明虹照雨，树密鸟冲人。应念从今去，还来岳下频。

自　诫

我祖铭座右，嘉谋贻厥孙。勤此苟不怠，令名日可存。媒衒士所耻，慈俭道所尊。松柏岂不茂，桃李亦自繁。众人皆察察，而我独昏昏。取训于老氏，大辩欲讷言。

效陈拾遗子昂感遇二首

高燕飞何捷，啄害恣群雏。人岂玩其暴，华轩容尔居。强欺自天禀，刚吐信吾徒。乃知不平者，矫世道终孤。

阳和含煦润，卉木竞纷华。当为众所悦，私已汝何夸。北里秘秾艳，东园锁名花。豪夺乃常理，笑君徒咄嗟。

效陈拾遗子昂

丑妇竞簪花，花多映愈丑。邻女恃其姿，掇之不盈手。量已苟自私，招损乃谁咎。宠禄既非安，于吾竟何有。

感　时

好鸟无恶声，仁兽肯狂噬。宁教鹦鹉哑，不遣麒麟细一作吠。人人语与默，唯观利与势。爱毁亦自遭，掩谤终失计。

秋　思

身病时亦危，逢秋多恸哭。风波一摇荡，天地几翻覆。孤萤出荒池，落叶穿破屋。势利长草草，何人访幽独。

早　春

伤怀同一作仍客处，病眼却花朝。草嫩侵沙短一作长，冰轻著雨消。风光知可爱，容发不相饶。早晚丹丘去一作伴，飞书肯一作首见招。

上陌梯寺怀旧僧二首

云根禅客居，皆说旧无一作吾庐。松日明金像，山风一作苔龛向木鱼。依栖应不阻，名利本来疏。纵有人相问，林间懒拆书。

高鸦隔谷见，路转寺西门。塔影荫泉脉，山苗侵烧痕。钟疏含杳霭，阁一作阁迥亘黄昏。更待他僧到，长如前信存。

寄怀元秀上人

悠悠干禄利，草草废渔樵。身世堪惆怅，风骚顿一作颇寂寥。高秋期步野，积雨放趋朝。得句如相忆，莎斋且见招。

次韵和秀上人游南五台

中峰曾到处，题记没苍苔。振锡传深谷，翻经想旧台。危松临砌偃，惊鹿蓦溪来。内殿御一作评诗切师以文章应制，身回心未回。

赠圆昉公 昉，蜀僧。僖宗幸蜀，昉坚免紫衣。

天阶让紫衣，冷格鹤犹卑。道胜嫌名出，身闲觉老迟。晓一作晚香延宿火，寒磬度高枝。每说长松寺，他年与我期。

赠信美寺岑上人

巡礼诸方遍，湘南频有缘。焚香老山寺，乞食向江船。纱碧笼名画，灯寒照净禅。我来能永日，莲漏滴寒泉一作阶前。

江行二首

地阔分吴塞，枫高映楚天。曲一作回塘春尽雨，方响夜深船。《旧唐书》：方响以铁为之，长九寸，广二寸，员上方下。行纪添新梦，羁愁甚往年。何时京洛路，马上见人烟。

初程风信好，回望失津楼。日带潮声晚，烟含楚色秋。戍旗当远客，岛树转惊鸥。此去非名利，孤帆任白头。

长安赠王注一作法

正下搜贤诏，多君独避名。客来当意惬，花发遇歌成。乐地留高趣，权门让后生。东方御闲驷一作东风闲小驷，园外好同行。

赠步寄李员外

危桥转溪路，经雨石丛荒。幽瀑下仙果，孤巢悬夕阳。病辞青琐秘，心在紫芝房。更喜谐招隐，诗家有望郎。

寄郑仁规

清才郑小戎，标的贵游中。万里云无侣，三山鹤不笼。香和丹地暖，晚着彩衣风。荣路期经济，唯应在至公。

寄考功王员外

喜闻三字耗，闲客是陪游。白鸟闲疏索，青山日滞留。琴如高韵称，诗愧逸才酬。更勉匡君志，论思在献谋。

杂言一作短歌行

乌飞飞，兔蹶蹶，朝来暮去驱时节。女娲只解补青天，不解煎胶粘日月。

陈疾

自怜旅舍亦酣歌，世路无机奈尔何。霄汉逼一作碧来心不动，鬓毛白尽兴犹多。残阳暂照乡关近，远鸟因投岳庙过。闲得此身归未得，磬声深夏隔烟萝。

淅上

一作江淅上，是今郧阳府，地在秦楚之交，故有秦云楚雨之句。

华下支离已隔河，又来此地避干戈。山田渐广猿时一作频到，村舍新添燕亦多。丹桂石楠宜并长，秦云楚雨暗相和。儿童栗熟迷归路一作新径，归得一作去仍随牧竖歌。

西北乡关近帝京，烟尘一片正伤情。愁看地色连空色，静听歌声似哭声。红蓼满一作遮村人不在一作见，青山绕槛路难平。从他烟棹更南去，休向津头问去程。

山　中

全家与一作为我恋孤岑，踢得苍苔一径深。逃难人多分隙地，放生麋一作鹿大出寒林。名应不朽轻仙一作山骨，理到忘机近佛心。昨夜前溪骤雷一作云，又作风雨，晚晴闲一作独步数峰吟一作溪禽。

寄赠诗僧秀公

灵一心传清塞心，可公吟后础公吟。近来雅道相亲少，惟仰吾师所得深。好句未停无暇日，旧山归老有东林。冷曹孤宦甘寥落，多谢携筇数访寻。

重阳日访元秀上人

红叶黄花秋景宽，醉吟朝夕在樊川。却嫌今日登山俗，且共一作共与高僧对榻眠。别画长怀吴寺壁，宜茶偏赏霅溪泉。归来童稚争相笑，何事无人与酒船。

丁未岁归王官谷

家山牢落战尘西，匹马偷归路已迷。冢上卷旗人簇立，花边移寨鸟惊啼。本来薄俗轻文字，却致中原动鼓鼙。将一作时取一壶闲日月，长歌深入武陵溪。

书　怀

病来犹强引雏行，力上东原欲试耕。几处马嘶春麦长，一川人喜雪峰晴。闲知有味心难肯，道贵谋安迹易平。陶令若能兼不饮，无弦琴亦是沽名。

退　栖

宦游萧索为无能，移住中条最上层。得剑乍如添健仆，亡书久似失一作忆良朋。燕昭不是空怜马，支遁何妨亦爱鹰。自此致身绳检外，肯教世路日兢兢。

五　十

闲身事少只题诗，五十今来觉陡衰。清秩偶叨非养望，丹方频试更堪疑。髭须强染三分折，弦管遥听一半悲。漉酒有巾无黍酿，负他黄菊满东篱。

新岁对写真

得见明时下寿身，须甘岁酒更移巡。生情暗结一作隔千重恨，寒势常欺一半春。文武轻销丹灶火，市朝偏贵黑头人。自伤衰飒慵开镜，拟与儿童别写真。

华　下

簪冠新带步池塘，逸韵偏宜夏景长。扶起绿荷承早露，惊回白鸟入残阳。久无书去干时贵，时有僧来自故乡。不用名山访真诀，退休便是养生方。

重阳山居

诗人自古恨难穷，暮节登临且喜同。四望交亲一作座宾朋兵乱后，一川风物笛声中。菊残深处回幽蝶，陂动晴光下早鸿。明日更期来此醉，不堪寂寞对衰翁。

争　名

争名岂在更搜奇，不朽才消一句诗。穷辱未甘英气阻，乖疏还有正人知。荷香浥露侵衣润，松影和风傍枕移。只此共栖尘外境，无妨亦恋好文时。

光启四年春戊申 一作归王官次年作

乱后烧残数一作满架书，峰前犹自恋吾庐。忘机渐喜逢人少，览镜空怜待鹤疏。孤屿池痕春涨满，小阑花韵午晴初。酣歌自适逃名久，不必门多长者车。

丁巳重阳

重阳未到已登临，探得黄花且独斟。客舍喜逢连日雨，家山一作乡似响隔河砧。乱来已失耕桑计，病后休论济活心。已且病焉，安能活人？自贺逢时能自弃，归鞭唯拍马鞯吟。

喜王驾小仪重阳相访

白菊初开卧内明，闻君相访病身轻。樽前且拨伤心事，谿上还随觅句行。幽鹤傍人疑旧识，残蝉向日噪新晴。拟将寂寞同留住，且劝康时立大名。

酬张芬赦后见寄 一作司空曙诗

紫凤朝衔五色书，阳春忽布网罗除。已将心变寒灰后，岂料光生腐草馀。建水风烟收客泪，杜陵花烛梦郊居。劳君故有诗相赠，欲报琼瑶愧不如。

上元放二雉

婴网虽皆困，褰笼喜共归。无心期尔报，相见莫惊飞。

中　秋

闲吟秋景外，万事觉悠悠。此夜一作际若无月，一年虚一作空过秋。

偶　题

水榭花繁处，春晴日午前。鸟窥临槛镜，马过隔墙鞭。

闲　步

几处白烟断，一川红树时。坏桥侵辙水，残照背村碑。

春　中

伏溜侵阶润，繁花隔竹香。娇莺方晓听，无事过南塘。

独　望

绿树连村暗，黄花出陌一作入麦稀。远陂春草绿一作早渗，犹有水禽飞。

杂　题

孤枕闻莺起，幽怀独悄然。地融春力润，花泛晓光鲜。

漫题三首

乱后他乡节，烧残故国春。自怜垂白首，犹伴踏青人。

齿落伤情久，心惊健忘频。蜗庐经岁客，蚕市异乡人。

率怕人言谨，闲宜酒韵高。山林若无虑，名利不难逃。

河上二首

惨惨日将暮，驱羸独到庄。沙痕傍墟落，风色入牛羊。

新霁田园处，夕阳禾黍明。沙村平见水，深巷有鸥声。

早　朝

白日新年好，青春上国多。街平双阙近，尘起五云和。

即事二首

茶爽添诗句，天清莹道心。只留鹤一只，此外是空林。

御礼征奇策，人心注盛时。从来留振滞，只待济临危。

永　夜

永夜疑无日，危时只赖山。旷怀休戚外，孤迹是非间。

秦　关

形胜今虽在，荒凉恨不穷。虎狼秦国破，狐兔汉陵空。

渡　江

秋江共僧渡，乡泪滴船回。一夜吴船梦，家书立马开。

退居漫题七首

花缺伤难缀，莺喧奈细听。惜春春已晚，珍重草青青。

堤柳自绵绵，幽人无恨牵。只忧诗病发，莫寄校书笺。

燕语曾来客，花催欲别人。莫愁春又过，看著又新春。

身外都无事，山中久避喧。破巢看乳燕，留果待啼猿。

诗家通籍美，工部与司勋。高贾虽难敌，微官偶胜君。

努力省前非，人生上寿稀。青云无直道，暗室有危机。

燕拙营巢苦，鱼贪触网惊。岂缘身外事，亦似我劳形。

即事九首

宿雨川原霁，凭高景物新。陂痕侵牧马，云影带耕人。

十年深隐地，一雨太平心。匣涩休看剑，窗明复上琴。

明时那弃置，多病自迟留。疏磬和吟断，残灯照卧幽。

衰鬓闲生少，丹梯望觉危。松须依石长，鹤不傍人卑。

落叶频惊鹿，连峰欲映雕。此生诗病苦，此病更萧条。

旅思又惊夏，庭前长小松。远峰生贵气，残月敛衰容。

林鸟频窥静，家人亦笑慵。旧居留稳枕，归卧听秋钟。

华宇知难保，烧来又却修。只应巢燕惜，未必主人留。

幽鸟穿篱去，邻翁采药回。云从潭底出，花向佛前开。

松滋渡二首

步上短亭久，看回官渡船。江乡宜晚霁，楚老语丰年。

楚岫接乡思，茫茫归路迷。更堪斑竹驿，初听鹧鸪啼。

华清宫

帝业山河固，离宫宴幸频。岂知驱战马，只是太平人。

牛头寺

终南最佳处，禅诵出青霄。群木澄幽寂，疏烟泛泬寥。

感时上卢相

兵待皇威振，人随国步安。万方休望幸，封岳始鸣銮。

乱后三首

丧乱家难保，艰虞病懒医。空将忧国泪，犹拟洒丹墀。
流芳能几日，惆怅又闻蝉。行在多新贵，幽栖独长年。
世事尝艰险，僧居惯寂寥。美香闻夜合，清景见寅朝。

秋景

景物皆难驻，伤春复怨秋。旋书红叶落，拟画碧云收。

避乱

离乱一作乱离身偶在，窜迹任浮沉。虎暴荒居迥，萤孤黑夜深。

长亭

梅雨和乡泪，终年共酒衣。殷勤华表鹤，羡尔亦曾归。

村西杏花二首

薄腻力偏羸，看看怆别时。东风狂不惜，西子病难医。

肌细分红脉，香浓破紫苞。无因留得玩，争忍折来抛。

独　坐

幽径入桑麻，坞西逢一家。编篱薪带茧，补屋草和花。

借　居

借住郊园久，仍逢夏景新。绿苔行屐稳，黄鸟傍窗频。

重　阳

菊开犹阻雨，蝶意切于人。亦应知暮节，不比惜残春。

偶书五首

衰谢当何忏，惟应悔壮图。磬声花外远，人影塔前孤。

色变莺雏长，竿齐笋箨垂。白头身偶在，清夏景还移。

蜀妓轻成妙，吴娃狎共纤。晚妆留拜月，卷上水精帘。

独步荒郊暮，沉思远墅幽。平生多少事，弹指一时休。

掩谤知迎吠，欺心见强颜。有名人易困，无契债难还。

杂题九首

病来胜未病，名缚便忘名。今日甘为客，当时注愍征。《图集》有《注愍征赋述》。赋，卢献卿撰。

暑湿深山雨，荒居破屋灯。此生无忏处，此去作高僧。

不须频怅望，且喜脱喧嚣。亦有终焉意，陂南看稻苗。

楼带猿吟迥，庭容鹤舞宽。暾书因阅画，封药偶和丹。
宴罢论诗久，亭高拜表频。岸香蕃舶月，洲色海烟春。
驿步堤萦阁，军城鼓振桥。鸥和湖雁下，雪隔岭梅飘。
带雪南山道，和钟北阙明。太平当共贺，开化喝来声。
舴艋猿偷上，蜻蜓燕竞飞。樵香烧桂子，苔湿挂莎衣。
溪涨渔家近，烟收鸟道高。松花飘可惜，睡里洒离骚。

古乐府

一叶随西风，君行亦向东。知妾飞书意，无劳待早鸿。

有感

灯影看须黑，墙阴惜草青。岁阑悲物我，同是冒霜萤。

休休亭

且喜安能保，那堪病更忧。可怜藜杖者，真个种瓜侯。

漫书二首

剩欲逢花折，判须冒雨频。晴明开渐少，莫怕湿新巾。
小蝶尔何竞，追飞不惮劳。远教群雀见，宁悟祸梯高。

岁尽二首

明日添一岁，端忧奈尔何。冲寒出洞口，犹校夕阳多。
莫话伤心事，投春满鬓霜。殷勤共尊酒，今岁只残阳。

牡丹

得地牡丹盛，晓添龙麝香。主人犹自惜，锦幕护春霜。

乱　后

羽书传栈道，风火隔乡关。病眼那堪泣，伤心不到间。

春　山

可是武陵溪，春芳著路迷。花明催曙早，云腻惹空低。

乐　府

宝马跋尘光，双驰照路旁。喧传报戚里，明日幸长杨。

乱前上卢相

虏黠虽多变，兵骄即易乘。犹须劳斥候，勿遣大河冰。

全唐诗卷六三三

司空图

有　感

国事皆须救未然，汉家高阁漫凌烟。功臣尽遣词人赞，不省沧洲画鲁连。

歌

处处亭台只坏墙，军营人学内人妆。太平故事因君唱，马上曾听隔教坊。

偈

人若憎时我亦憎，逃名最要是无能。后生乞汝残风月，自作深林不语僧。

鹂

不是流莺独占春，林间彩翠四时新。应知拟上屏风画，偏坐横枝亦向人。

白菊杂书四首

黄昏寒立更披襟，露浥清香悦道心。却笑谁家扃绣户，正薰龙麝暖鸳衾。

四面云屏一带天，是非断得自翛然。此生只是偿诗债，白菊开时最不眠。

狂才不足自英雄，仆妾驱令学贩舂。侯印几人封万户，侬家只办买孤峰。

黄鹂啭处谁同听，白菊开时且剩过。漫道南朝足流品，由来叔宝不宜多。

漫　题一作歌

经乱年年厌别离，歌声喜一作无似太平时。词臣更有中兴颂，磨取莲峰便作碑。

率　题

宦路前衔闲不记，醉乡佳境兴方浓。一林高竹长遮日，四壁寒山更闰冬。

涧　户

涧户芳烟接水村，乱来归得道仍存。数竿新竹当轩上，不羡侯家立戟门。

故乡杏花

寄花寄酒喜新开，左把花枝右把杯。欲问花枝与杯酒，故人何得不同来。

华一作花上二首

故国春归未有涯，小栏高槛别人家。五更惆怅回孤枕，犹自残灯照落花。

关外风昏欲雨天，荠花耕倒枕河堧。村南寂寞时回望，一只鸳鸯下渡船。

梦　中

几多亲一作新爱在人间，上彻霞一作云梯会却还。须是蓬瀛长买得，一家同占作家山。

榜　下

三十功名志未伸，初将文字竞通津。春风漫折一枝桂，烟阁英雄笑杀人。

涔阳渡

楚田人立带残晖，驿迥村幽客路微。两岸芦花正萧飒，渚烟深处白牛归。

偶　作

索得身归未保闲，乱来道在辱来顽。留侯万户虽无分，病骨应消一片山。

寓居有感三首

亦知世路薄忠贞，不忍残年负圣明。只待东封沾庆赐，碑阴别刻老臣名。

不放残年却到家，衔杯懒更问生涯。河堤往往人相送，一曲晴川隔蓼花。

黑须寄在白须生，一度秋风减几茎。客处不堪频送别，无多情绪更伤情。

淮　西

鳌冠三山安海浪，龙盘九鼎镇皇都。莫夸十万兵威盛，消个忠良效顺无。

河湟有感

一自萧关起战尘，河湟隔断异乡春。汉儿尽作胡儿语，却向城头骂汉人。

自邠乡北归

巴烟幂幂久萦恨，楚柳绵绵今送归。回避江边同去雁，莫教惊起错南飞。

青龙师安上人

灾曜偏临许国人，雨中衰菊病中身。清香一炷知师意，应为昭陵惜老臣。

山　中

凡鸟爱喧人静处，闲云似妒月明时。世间万事非吾事，只愧秋来未有诗。

有感二首

自古经纶足是非，阴谋最忌夺天机。留侯却粒商翁去，甲第何人意气归。

古来贤俊共悲辛，长是豪家拒要津。从此当歌唯痛饮，不须经世为闲人。

闲夜二首

道侣难留为虐棋，邻家闻说厌吟诗。前峰月照分明见，夜合香中露卧时。

此身闲得易为家，业是吟诗与看花。若使他生抛笔砚，更应无事老烟霞。

雨　中

维摩居士陶居士，尽说高情未足夸。檐外莲峰阶下菊，碧莲黄菊是吾家。

送道者二首

洞天真侣昔曾逢，西岳今居第几峰。峰顶他时教我认，相招须把碧芙蓉。

殷勤不为学烧金，道侣惟应识此心。雪里千山访君易，微微鹿迹入深林。

重阳阻雨

重阳阻雨独衔杯，移得山家菊未开。犹胜登高闲望断，孤烟残照马嘶回。

省　试

粉闱深锁唱同人，正是终南雪霁春。闲系长安千匹马，今朝似减六街尘。

有　赠

有诗有酒有高歌，春色年年奈我何。试问羲和能驻否，不劳频借鲁阳戈。

证因亭

峰北幽亭愿证因，他生此地却容身。上方僧在时应到，笑认前衔记写真。

顷年陪恩地赴甘棠之召感动留题

去时憔悴青衿在，归路凄凉绛帐空。无限酬恩心未展，又将孤剑别从公。

九月八日

已是人间寂寞花，解怜寂寞傍贫家。老来不得登高看，更甚残春惜岁华。

敷溪桥院有感

昔岁攀游景物同，药炉今在鹤归空。青山满眼泪堪碧，绛帐无人花自红。

寺　阁

昔岁登临未衰飒，不知何事爱伤情。今来揽镜翻堪喜，乱后霜须长几茎。

武陵路

橘岸舟间罾网挂，茶坡日暖鹧鸪啼。女郎指点行人笑，知向花间路已迷。

南北史感遇十首

雨淋麟阁名臣画，雪卧龙庭猛将碑。不用黄金铸侯印，尽输公子买蛾眉。

汉世频封万户侯，云台空峻谢风流。江南不有名儒相，齿冷中原笑未休。

天风斡海怒长鲸，永固南来百万兵。若向沧洲犹笑傲，江山虚有石头城。

花迷公子玉楼恩，镜弄佳人红粉春。不信关山劳远戍，绮罗香外任行尘。

兵围梁殿金瓯破，火发陈宫玉树摧。奸佞岂能惭误国，空令怀古更徘徊。

行乐最宜连夜景，太平方觉有春风。千金尽把酬歌舞，犹胜三边赏战功。

桃芳李艳年年发，羌管蛮弦处处多。海上应无三岛路，人间惟有一声歌。

佳人自折一枝红，把唱新词曲未终。惟向眼前怜易落，不如抛掷任春风。

景阳楼下花钿镜，玄武湖边锦绣旗。昔日繁华今日恨，雉媒声晚草芳时。

乱后人间尽不平，秦川花木最伤情。无穷红艳红尘里，骤马分香散入营。

狂题二首

草堂旧隐犹招我，烟阁英才不见君。惆怅故山归未得，酒狂叫断暮天云。

须知世乱身难保，莫喜天晴菊并开。长短此身长是客，黄花更助白头催。

红茶花

景物诗人见即夸，岂怜高韵说红茶。牡丹枉用三春力，开得方知不是花。

秋燕

从扑香尘拂面飞，怜渠只为解相依。经冬好近深炉暖，何必千岩万水归。

见后雁有感

笑尔穷通亦似人，高飞偶滞莫悲辛。却缘风雪频相阻，只向关中待得春。

移桃栽

独临官路易伤摧，从遣春风恣意开。禅客笑移山上看，流莺直到槛前来。

忆中条

燕辞旅舍人空在,萤出疏篱菊正芳。堪恨昔年联句地,念经僧扫过重阳。

乐　府

五更窗下簇妆台,已怕堂前阿母催。满鸭香薰鹦鹉睡,隔帘灯照牡丹开。

放龟二首

却为多知自不灵,今朝教一作放汝卜长生。若求深处无深处,只有依人会有情。

世外犹迷不死庭,人间莫恃自无营。本期沧海堪投迹,却向朱门待放生。

灯花三首

蜀柳丝丝幂画楼,窗尘满镜不梳头。几时金雁传归信,剪断香魂一缕愁。

姊姊教人且抱儿,逐他女伴卸头迟。明朝斗草多应喜,剪得灯花自扫眉。

闰前小雪过经旬,犹自依依向主人。开尽菊花怜强舞,与教弟子待新春。

偶题三首

浮世悠悠旋一空,多情偏解挫英雄。风光只在歌声里,不必楼前万树红。

小池随事有风荷，烧酹倾壶一曲歌。欲待秋塘擎露看，自怜生意已无多。

辽阳音信近来稀，纵有虚传逼节归。永日无人新睡觉，小窗晴暖蛸虫飞。

华下对菊

清香裛露对高斋，泛酒偏能浣旅怀。不似春风逞红艳，镜前空坠玉人钗。

与都统参谋书有感

惊鸾迸鹭尽归林，弱羽低垂分独沉。带病深山犹草檄，昭陵应识老臣心。

漫　题

无宦无名拘逸兴，有歌有酒任他乡。看看万里休征戍，莫向新词寄断肠。

商山二首

清溪一路照羸身，不似云台画像人。国史数行犹有志，只将谈笑继英尘。

马上搜奇已数篇，籍中犹愧是顽仙。关头传说开元事，指点多疑孟浩然。

与伏牛长老偈二首

不算菩提与阐提，惟应执著便生迷。无端指个清凉地，冻杀胡僧雪岭西。

长绳不见系空虚，半偈传心亦未疏。推倒我山无一事，莫将文字缚真如。

客中重九

楚老相逢泪满衣，片名薄宦已知非。他乡不似人间路，应共东流更不归。

柳二首

谁家按舞傍池塘，已见繁枝嫩眼黄。漫说早梅先得意，不知春力暗分张。

似拟凌寒妒早梅，无端弄色傍高台。折来未有新枝长，莫遣佳人更折来。

光启丁未别山

草堂琴画已判烧，犹托邻僧护燕巢。此去不缘名利去，若逢逋客莫相嘲。

石楠

客处偷闲未是闲，石楠虽好懒频攀。如何风叶西归路，吹断寒云见故山。

力疾马上走笔

酿黍长添不尽杯，只忧花尽客空回。垂杨且为晴遮日，留遇重阳即放开。

华阴县楼

丹霄能有几层梯，懒更扬鞭耸翠霓。偶凭危栏一作楼且南望，不劳高掌欲相携。

南至四首

今冬腊后无残日，故国烧来有几家。却恨早梅添旅思，强偷春力报年华。

花时不是偏愁我，好事应难总取他。已被诗魔长役思，眼中莫厌早梅多。

年华乱后偏堪惜，世路抛来已自生。犹有玉真长命缕，樽前时唱缓羁情。

一任喧阗绕四邻，闲忙皆是自由身。人来客去还须议，莫遣他人作主人。

莲峰前轩

人间上寿若能添，只向人间也不嫌。看著四邻花竞发，高楼从此莫垂帘。

步　虚 一本题下有词字

阿母亲教学步虚，三元长遣下蓬壶。云韶韵俗停瑶瑟，鸾鹤飞低拂宝炉。

剑　器

楼下公孙昔擅场，空教女子爱军装。潼关一败吴一作胡儿喜，簇马骊山看御汤。

乙丑人日

自怪扶持七十身，归来又见故乡春。今朝人日逢人喜，不料偷生作老人。

携仙箓九首

岳北秋空渭北川，晴云渐薄薄如烟。坐来还见微风起，吹散残阳一片蝉。

一半晴空一半云，远笼仙掌日初曛。洞天有路不知处，绝顶异香难更闻。

决事还须更事酬，清谭妙理一时休。渔翁亦被机心误，眼暗汀边结钓钩。

迹不趋时分不侯，功名身外最悠悠。听君总画麒麟阁，还我闲眠舴艋舟。

仙凡路阻两难留，烟树人间一片秋。若道阴功能济活，且将方寸自焚修。

若有阴功救未然，玉皇品籍亦搜贤。应知谭笑还高谢，别就沧洲赞上仙。

英名何用苦搜奇，不朽才销一句诗。却赖风波阻三岛，老臣犹得恋明时。

剪取红云剩写诗，年年高会趁花时。水精楼阁分明见，只欠霞浆别著旗。

此生得作太平人，只向尘中便出尘。移取碧桃花万树，年年自乐故乡春。

浪淘沙

不必长漂玉洞花，曲中偏爱浪淘沙。黄河却胜天河水，万里萦纡入汉家。

赠日东鉴禅师

故国无心度一作渡海潮，老禅方丈倚中条。夜深雨绝松堂静，一点飞一作山萤照寂寥。

暮春对柳二首

萦愁惹恨奈杨花，闭户垂帘亦满家。恼得闲人作酒病，刚须又扑越溪茶。

洞中犹说看桃花，轻絮狂飞自俗家。正是阶前开远信，小娥旋拂碾新茶。

戊午三月晦二首

随风逐浪剧蓬萍，圆首何曾解最灵。笔砚近来多自弃，不关妖气暗文星。

牛夸棋品无勍敌，谢占诗家作上流。岂似小敷春水涨，年年鸾鹤待仙舟。

偶书五首

情知了得未如僧，客处高楼莫强登。莺也解啼花也发，不关心事最堪憎。

自有池荷作扇摇，不关风动爱芭蕉。只怜直上抽红蕊，似我丹心向本朝。

曾看轻舟渡远津，无风著岸不经旬。只缘命蹇须知命，却是人争阻得人。

上谷何曾解有情，有情人自惜君行。证因池上今生愿，的的他生作化生。

新店南原后夜程，黄河风浪信难平。渡头杨柳知人意，为惹官船莫放行。

喜山鹊初归三首

翠衿红嘴便知机，久避重罗稳处飞。只为从来偏护惜，窗前今贺主人归。

山中只是惜珍禽，语不分明识尔心。若使解言天下事，燕台今筑几千金。

阻他罗网到柴扉，不奈偷仓雀转肥。赖尔林塘添景趣，剩留山果引教归。

虞乡北原

泽北村贫烟火狞，稚田冬旱倩牛耕。老人惆怅逢人诉，开尽黄花麦未金。

洛中三首

秋风团扇未惊心，笑看妆台落叶侵。绣凤不教金缕暗，青楼何处有寒砧。

不用频嗟世路难，浮生各自系悲欢。风霜一夜添羁思，罗绮谁家待早寒。

燕巢空后谁相伴，鸳被缝来不忍薰。薄命敢辞长滴泪，倡家未必肯留君。

寓　笔

年年镊鬓到花飘，依旧花繁鬓易凋。撩乱一场人更恨，春风谁道胜轻飙。

戏题试衫

朝班尽说人宜紫，洞府应无鹤着绯。从此玉皇须破例，染霞裁赐地仙衣。

汴柳半枯因悲柳中隐

行人莫叹前朝树，已占河堤几百春。惆怅题诗柳中隐，柳衰犹在自无身。

上　方

花落更同悲木落，莺声相续即蝉声。荣枯了得无多事，只是闲人漫系情。

寄王赞学

黄卷不关兼济业一作美，青山自保老闲身。一行万里纤尘静，可要张仪更入秦。

新　节

转悲新岁重于山，不似轻鸥肯复还。朱绂纵教金印换，青云未胜白头闲。

自河西归山二首

一水悠悠一叶危，往来长恨阻归期。乡关不是无华表，自为多惊独上迟。

水阔风惊去路危，孤舟欲上更迟迟。鹤群长扰三珠树，《山海经》曰：在厌火国北，生赤水上，树上有柏叶，皆为珠。不借人间一只骑。

王官二首

风荷似醉和花舞，沙鸟无情伴客闲。总是此中皆有恨，更堪微雨半遮山。

荷塘烟罩小斋虚，景物皆宜入画图。尽日无人只高卧，一双白鸟隔纱厨。

贺翰林侍郎二首

太白东归鹤背吟，镜湖空在酒船沉。今朝忽见银台事，早晚重征入翰林。

玉版征书洞里看，沈羲新拜侍郎官。文星喜气连台曜，圣主方知四海安。

寄王十四舍人

几年汶上约同游，拟为莲峰别置楼。今日凤凰池畔客，五千仞雪不回头。

纶阁有感

风涛曾阻化鳞来，谁料蓬瀛路却开。欲去迟迟还自笑，狂才应不是仙才。

全唐诗卷六三四

司空图

狂题十八首

莫恨艰危日日多，时情其奈幸门何。貔貅睡稳蛟龙渴，犹把烧残朽铁磨。

别鹤凄凉指法存，戴逵能耻近王门。世间第一风流事，借得王公玉枕痕。

交疏自古戒言深，肝胆徒倾致铄金。不是史迁书与说，谁知孤负李陵心。

南华落笔似荒唐，若肯经纶亦不狂。偶作客星侵帝座，却应虚薄是严光。

不劳世路更相猜，忍到须休惜得材。几度懒乘风水便，拗船折舵恐难回。

由来相爱只诗僧，怪石长松自得朋。却怕他生还识字，依前日下作孤灯。

老禅乘仗一作杖莫过身，远岫孤云见亦频。应是佛边犹怕闹，信缘须作且闲人。

止竟闲人不爱闲，只偷无事闭柴关。轰霆搅破蛟龙窟，也被狂风卷出山。

地下修文著作郎，生前饥处倒空墙。何如神爽骑星去，犹自研几助玉皇。

雨洗芭蕉叶上诗，独来凭槛晚晴时。故园虽恨风荷腻，新句闲题亦满池。

初时拄杖向邻村，渐到清明亦杜门。三十年来辞病表，今朝卧病感皇恩。

来时虽恨失青毡，自见芭蕉几十篇。应是阿刘还宿债，剩拚才思折供钱。

芭蕉丛畔碧婵娟，免更悠悠扰蜀川。应到去时题不尽，不劳分寄校书笺。

自伤衰病渐难平，永夜禅床雨滴声。闻道虎疮仍带镞，吼来和痛亦横行。

昨日流莺今日蝉，起来又是夕阳天。六龙飞辔长相窘，更忍乘危自一作何忍临岐更著鞭。

有是有非还有虑，无心无迹亦无猜。不平便激风波险，莫向安时稔祸胎。

十年三署让官频，认得无才又索身。莫道太行同一路，大都安稳属闲人。

曾闻劫火到蓬壶，缩尽鳌头海亦枯。今日家山同此恨，人归未得鹤归无。

游仙二首

蛾眉新画觉婵娟，斗走将花阿母边。仙曲教成慵不理，玉阶相簇打金钱。

刘郎相约事难谐，雨散云飞自此乖。月姊殷勤留不住，碧空遗下水精钗。

漫书五首

长拟求闲未得闲，又劳行役出秦关。逢人渐觉乡音异，却恨莺声似故山。

溪边随事有桑麻，尽日山程十数家。莫怪行人频怅望，杜鹃不是故乡花。

海上昔闻麋爱鹤，山中今日鹿憎龟。爱憎止竟须关分，莫把微才望所知。

世路快心无好事，恩门嘉话合书绅。神藏鬼伏能千变，亦胜忘机避要津。

四翁识势保安闲，须为生灵暂出山。一种老人能算度，磻溪心迹愧商颜。

偶诗五首

闲韵虽高不衒才，偶抛猿鸟乍归来。夕阳照个新红叶，似要题诗落砚台。

芙蓉骚客空留怨，芍药诗家只寄情。谁似天才李山甫，牡丹属思亦纵横。

贤豪出处尽沉吟，白日高悬只照心。一掬信陵坟上土，便如碣石累千金。

声貌由来固绝伦，今朝共许占残春。当歌莫怪频垂泪，得地翻惭早失身。

中宵茶鼎沸时惊，正是寒窗竹雪明。甘得寂寥能到老，一生心地亦应平。

杂题二首

先知左祖始同行，须待龙楼羽翼成。若使只凭三杰力，犹应汉鼎一毫轻。

鱼在枯池鸟在林，四时无奈雪霜侵。若教激劝由一作田真宰，亦奖青松径寸心。

光化踏青有感

引得车回莫认恩，却成寂寞与谁论。到头不是君王意，羞插垂杨更傍门。

丑年冬

醉日昔闻都下酒，何如今喜折新茶。不堪病渴仍多虑，好向溰湖便出家。

白菊三首

人间万恨已难平，栽得垂〔杨〕(阳)更系情。犹喜闰前霜未下，菊边依旧舞身轻。

莫惜西风又起来，犹能婀娜傍池台。不辞暂被霜寒挫，舞袖招香即却回。

为报繁霜且莫催，穷秋须到自低垂。横拖长袖招人别，只待春风却舞来。

扇

珍重逢秋莫弃捐，依依只仰故人怜。有时池上遮残日，承得霜林几个蝉。

修史亭三首

山前邻叟去纷纷，独强衰羸爱杜门。渐觉一家看冷落，地炉生火自温存。

甘心七十且酣歌，自算平生幸已多。不似香山白居士，晚将心地著禅魔。

乌纱巾上是青天，检束酬知四十年。谁料平生臂鹰手，挑灯自送佛前钱。图为王文公凝所知，后分司，又为卢携所知。

力疾山下吴村看杏花十九首

春来渐觉一川明，马上繁花作阵迎。掉臂只将诗酒敌，不劳金鼓助横行。

阊阖曾排捧御炉，犹看晓月认金铺。羸形不画凌烟阁，只为微才激壮图。

镜留雪鬓暖消无，春到梨花日又晡。移取扶桑阶下种，年年看长碍金乌。

折来未尽不须休，年少争来莫与留。更愿狂风知我意，一时吹向海西头。

才情百巧斗风光，却笑雕花刻叶忙。熨帖新巾来与裹，犹看腾踏少年场。

浮世荣枯总不知，且忧花阵被风欺。侬家自有麒麟阁，第一功名只赏诗。

白衫裁袖本教宽，朱紫由来亦一般。王老小儿吹笛看，我侬试舞尔侬看。

单床薄被又羁栖，待到花开亦甚迷。若道折多还有罪，只应莺啭是金鸡。

近来桃李半烧枯，归卧乡园只老夫。莫算明年人在否，不知花得更开无。

汉王何事损精神，花满深宫不见春。秾艳三千临粉镜，独悲掩面李夫人。

能艳能芳自一家，胜鸾胜凤胜烟霞。客来须共醒醒看，碾尽明昌几角茶。

造化无端欲自神，裁红剪翠为新春。不如分减闲心力，更助英豪济活人。

徘徊自劝莫沾缨，分付年年谷口莺。却赖无情容易别，有情早个不胜情。

闲步偏宜舞袖迎，春光何事独无情。垂杨合是诗家物，只爱敷溪道北生。

亦知王大是昌龄，杜二其如律韵清。还有酸寒堪笑处，拟夸朱绂更峥嵘。

潘郎爱说是诗家，枉占河阳一县花。千载几人搜警句，补方金字爱晴霞。

行乐溪边步转迟，出山渐减探花期。去年四度今三度，恐到凭人折去时。

此身衰病转堪嗟，长忍春寒独惜花。更恨新诗无纸写，蜀笺堆积是谁家。

昨日黄昏始看回，梦中相约又衔杯。起来闻道风飘却，犹拟教人扫取来。

少　仪

昨日登班缀柏台，更惭起草属微才。锦窠不是寻常锦，兼向丘迟夺得来。

重阳四首

檐前减燕菊添芳，燕尽庭前菊又荒。老大比他年少少，每逢佳节更悲凉。

雨寒莫待菊花催，须怕晴空暖并开。开却一枝开却尽，且随幽蝶更徘徊。

青娥懒唱无衣换，黄菊新开乞酒难。长有长亭惆怅事，隔河更得对凭栏。

白发怕寒梳更懒，黄花晴日照初开。篱头应是蝶相报，已被邻家携酒来。

长命缕

他乡处处堪悲事，残照依依惜别天。此去知名长命缕，殷勤为我唱花前。

柏东

冥得机心岂在僧，柏东闲步爱腾腾。免教世路人相忌，逢著村醪亦不憎。

歌者十二首

追逐翻嫌傍管弦，金钗击节自当筵。风霜一夜燕鸿断，唱作江南祓禊天。

玉树花飘凤失栖，一声初压管弦低。清回烦暑成潇洒，艳逐寒云变惨凄。

十斛明珠亦易拚，欲兼人艺古来难。五云合是新声染，熔作琼浆洒露盘。

不似新声唱亦新，旋调玉管旋生春。愁肠隔断珠帘外，只为今宵共听人。

十年逃难别云林，暂辍狂歌且听琴。转觉淡交言有味，此声知是古人心。

五柳先生自识微，无言共笑手空挥。胸中免被风波挠，肯为螳螂动杀机。

风霜寒水旅人心，几处笙歌绣户深。分泊一场云散后，未胜初夜便听琴。

自怜眼暗难求药，莫恨花繁便有风。桃李更开须强看，明年兼恐听歌聋。

白云深处寄生涯，岁暮生情赖此花。蜂蝶绕来忙绕袖，似知教折送邻家。

重九仍重岁渐阑，强开病眼更登攀。年年认得酣歌处，犹恐招魂葬故山。

绕壁依稀认写真，更须粉绘饰羸身。凄凉不道身无寿，九日还无旧会人。

鹤氅花香搭槿篱，枕前蛩迸酒醒时。夕阳似照陶家菊，黄蝶无穷压故枝。

题裴晋公华岳庙题名

岳前大队赴淮西，从此中原息鼓一作战鼙。石阙莫教苔藓上，分明认取晋公题。

杨柳枝寿杯词十八首

乐府翻来占太平，风光无处不含情。千门万户喧歌吹，富贵人间只此声。

撼晚梳空不自持，与君同折上楼时。春风还有常情处，系得人心免别离。

灞亭东去彻隋堤，赠别何须醉似泥。万里往来无一事，便帆轻拂乱莺啼。

台城细仗晓初移，诏赐千官禊饮时。绿帐远笼清珮响，更曛晴日上龙旗。

桃源仙子不须夸，闻道惟栽一片花。何似浣纱溪畔住，绿阴相间两三家。

偶然楼上卷珠帘，往往长条拂枕函。恰值小娥初学舞，拟偷金缕押春衫。

池边影动散鸳鸯，更引微风乱绣床。直待玉窗尘不起，始应金雁得成行。

稻畦分影向江村，憔悴经霜只半存。昨日流莺今不见，乱萤飞出照黄昏。

客泪休沾汉水滨，舞腰羞杀汉宫人。狂风更与回烟帚，扫尽繁花独占春。

游人莫叹易凋衰，长乐荣枯自有期。看取明年春意动，更于何处最先知。

昔年行乐及芳时，一上丹梯桂一枝。笑问江头醉公子，饶君满把麹尘丝。

渡头残照一行新，独自依依向北人。莫恨乡程千里远，眼中从此故乡春。

絮惹轻枝雪未飘，小溪烟束带危桥。邻家女伴频攀折，不觉回身罥翠翘。

处处萦空百万枝，一枝枝好更题诗。隔城远岫招行客，便与朱楼当酒旗。

锦城分得映金沟，两岸年年引胜游。若似松篁须带雪，人间何处认风流。

日暖津头絮已飞，看看还是送君归。莫言万绪牵愁思，缉取长绳系落晖。

大堤时节近清明，霞衬烟笼绕郡城。好是梨花相映处，更胜松雪日初晴。

圣主千年乐未央，御沟金翠满垂杨。年年织作升平字，高映南山献寿觞。

山　鹊

多惊本为好毛衣，只赖人怜始却归。众鸟自知颜色减，妒他偏向眼前飞。

李居士

高风只在五峰前，应是精灵一作星降作贤。万里无云惟一鹤，乡一作即中同看却升天。

杏　花

诗家偏为此伤情，品韵由来莫与争。解笑亦应兼解语，只应慵语倩莺声。

白菊三首

不疑陶令是狂生，作赋其如有定情。犹胜江南隐居士，诗魔终袅负孤名。

自古诗人少显荣，逃名何用更题名。诗中有虑犹须戒，莫向诗中著不平。

登高可羡少年场，白菊堆边鬓似霜。益算更希沾上药，今朝第七十重阳。

听　雨 一作王建诗

半夜思家睡里愁，雨声落落屋檐头。照泥星出依前黑，淹烂庭花不肯休。

杨柳枝二首

陶家五柳簇衡门，还有高情爱此君。何处更添诗境好，新蝉欹枕每先闻。

数枝珍重蘸沧浪，无限尘心暂免忙。烦暑若和烟露裛，便同佛手洒清凉。

修史亭二首

少年已惯掷年光，时节催驱独不忙。今日无疑亦无病，前程无事扰医王。

篱落轻寒整顿新，雪晴步屧会诸邻。自从南至歌风顶，始见人烟外有人。

漫　书

乐退安贫知是分，成家报国亦何惭。到还僧院心期在，瑟瑟澄鲜百丈潭。

杂题二首

棋局长携上钓船，杀中棋杀胜丝牵。洪炉任铸千钧鼎，只在磻溪一缕悬。

晓镜高窗气象深，自怜清格笑尘心。世间不为蛾眉误，海上方应鹤背吟。

题休休亭 一作耐辱居士歌

咄，诺，休休休，莫莫莫，伎两虽多性灵恶，赖是长教闲处著。休休休，莫莫莫，一局棋，一炉药，天意时情可料度。白日偏催快活人，黄金难买堪骑鹤。若曰尔何能，答言耐辱莫。

冯燕歌

一作沈下贤诗。据《唐音统签》云：《丽情集》以此歌为沈下贤作，注《文苑英华》者误采之。下贤有其传，未尝作歌也，集可考。

魏中义士有冯燕，游侠幽并最少年。避仇偶作滑台客，嘶风跃马来翩翩。此时恰遇莺花月，堤上轩车昼不绝。两面高楼语笑声，指点行人情暗结。掷果潘郎谁不慕，朱门别见红妆露。故故推门掩不开，似教欧轧传言语。冯生敲镫袖笼鞭，半拂垂杨半惹烟。树间春鸟知人意，的的心期暗与传。传道张婴偏嗜酒，从此香闺为我有。梁间客燕正相欺，屋上鸣鸠空自斗。婴归醉卧非仇汝，岂知负过人怀惧。燕依户扇欲潜逃，巾在枕傍指令取。谁言狼戾心能忍，待我情深情不隐。回身本谓取巾难，倒柄方知授霜刃。凭君抚剑即迟疑，自顾平生心不欺。尔能负彼必相负，假手他人复在谁？窗间红艳犹可掬，熟视花钿情不足。唯将大义断胸襟，粉颈初回如切玉。凤凰钗碎各分飞，怨魄娇魂何处追一作归。凌波如唤游金谷，羞彼〔揶揄〕(椰榆)泪满衣。新人藏匿旧人起，白昼喧呼骇邻里。诬执张婴不自明，贵免生前遭考捶。官将赴市拥红尘，掉臂人来擗看人。传声莫遣有冤滥，盗杀婴家即我身。初闻僚吏翻疑叹，呵叱风狂词不变。缧囚解缚犹自疑，疑是梦中方一作云脱免。未死劝君莫浪言，临危不顾始知难。已为不平能割爱，更将身命救深冤。白马贤侯贾相公，长悬金帛募才雄。拜章请赎冯燕罪，千古三河激义风。黄河东注无时歇，注尽波澜名不灭。为感词人沈下贤，长歌更与分明说。此君精爽知犹在，长与人间留炯诫。铸作金燕香作堆，焚香酬酒听歌来。

寄薛起居

小域一作城新衔一作役贺圣朝，亦知蹇分巧难抛。粗才自合无歧路，不破工夫漫解嘲。

月下留丹灶 有序

诗题五字，乃真仙之词也。邵阳某县人，或闻其山实异，斋祷积稔，果有蹈空而至者，涉笔附楹，久之，乃罢去。既而熟视木文，则字皆隐起成列矣。某年中，廉帅上闻，且命镵其逸迹，藏于郡廨。其后为刺史李岫所得，今传于君孙，岂精契之所感致耶？光启三年秋八月既望，愚获睹于王官别业。噫！迹虽显奇，道必体正，故为物怪之所中者，见之莫不洗然，欲盖其事，目击可数也。吾知挟邪佞以冒进者，亦当胆栗自废，岂俟图鼎毁犀而后辨奸妖之诡态哉！缀之全篇，以志诚敬，且期自警。泗水司空氏记。

月下留丹灶，坛边树羽衣。异香人不觉，残夜鹤分飞。朝会初元盛，蓬瀛旧侣稀。瑶函真迹在，妖魅敢扬威。

元　日

甲子今重数，生涯只自怜。殷勤元日日，欹午又明年。

洛阳咏古 一作胡曾诗

石勒童年有战机，洛阳长啸倚门时。晋朝不是王夷甫，大智何由得预知。

诗品二十四则 附录

雄　浑

大用外腓,真体内充。返虚入浑,积健为雄。具备万物,横绝太空。荒荒油云,寥寥长风。超以象外,得其环中。持之匪强,来之无穷。

冲　淡

素处以默,妙机其微。饮之太和,独鹤与飞。犹之惠风,荏苒在衣。阅音修篁,美曰载归。遇之匪深,即之愈稀。脱有形似,握手已违。

纤　秾

采采流水,蓬蓬远春。窈窕深谷,时见美人。碧桃满树,风日水滨。柳阴路曲,流莺比邻。乘之愈往,识之愈真。如将不尽,与古为新。

沈　著

绿杉野屋,落日气清。脱巾独步,时闻鸟声。鸿雁不来,之子远行。所思不远,若为平生。海风碧云,夜渚月明。如有佳语,大河前横。

高　古

畸人乘真,手把芙蓉。泛彼浩劫,窅然空纵。月出东斗,好风相从。太华夜碧,人闻清钟。虚伫神素,脱然畦封。黄唐在独,落落玄宗。

典　雅

玉壶买春,赏雨茆屋。坐中佳士,左右修竹。白云初晴,幽鸟相逐。眠琴绿阴,上有飞瀑。落花无言,人淡如菊。书之岁华,其曰可读。

洗　炼

犹矿出金,如铅出银。超心炼冶,绝爱〔缁〕(淄)磷。空潭泻春,古镜照神。体素储洁,乘月返真。载瞻星辰,载歌幽人。流水今日,明月前身。

劲　健

行神如空，行气如虹。巫峡千寻，走云连风。饮真茹强，蓄素守中。喻彼行健，是谓存雄。天地与立，神化攸同。期之以实，御之以终。

绮　丽

神存富贵，始轻黄金。浓尽必枯，浅者屡深。露馀山青，红杏在林。月明华屋，画桥碧阴。金尊酒满，共客弹琴。取之自足，良殚美襟。

自　然

俯拾即是，不取诸邻。俱道适往，著手成春。如逢花开，如瞻岁新。真予不夺，强得易贫。幽人空山，过水采蘋。薄言情晤，悠悠天钧。

含　蓄

不著一字，尽得风流。语不涉难，已不堪忧。是有真宰，与之沉浮。如渌满酒，花时返秋。悠悠空尘，忽忽海沤。浅深聚散，万取一收。

豪　放

观花匪禁，吞吐大荒。由道返气，处得以狂。天风浪浪，海山苍苍。真力弥满，万象在旁。前招三辰，后引凤凰。晓策六鳌，濯足扶桑。

精　神

欲返不尽，相期与来。明漪绝底，奇花初胎。青春鹦鹉，杨柳池台。碧山人来，清酒满杯。生气远出，不著死灰。妙造自然，伊谁与裁？

缜　密

是有真迹，如不可知。意象欲生，造化已奇。水流花开，清露未晞。要路愈远，幽行为迟。语不欲犯，思不欲痴。犹春于绿，明月雪时。

疏　野

惟性所宅，真取弗羁。拾物自富，与率为期。筑屋松下，脱帽看诗。但知旦暮，不辨何时。倘然适意，岂必有为。若其天放，如是得之。

清　奇

娟娟群松，下有漪流。晴雪满汀，隔溪渔舟。可人如玉，步屧寻幽。
载行载止，空碧悠悠。神出古异，淡不可收。如月之曙，如气之秋。

委　曲

登彼太行，翠绕羊肠。杳霭流玉，悠悠花香。力之于时，声之于羌。
似往已回，如幽匪藏。水理漩洑，鹏风翱翔。道不自器，与之圆方。

实　境

取语甚直，计思匪深。忽逢幽人，如见道心。晴涧之曲，碧松之阴。
一客荷樵，一客听琴。情性所至，妙不自寻。遇之自天，泠然希音。

悲　慨

大风卷水，林木为摧。意苦若死，招憩不来。百岁如流，富贵冷灰。
大道日往，若为雄才。壮士拂剑，浩然弥哀。萧萧落叶，漏雨苍苔。

形　容

绝伫灵素，少回清真。如觅水影，如写阳春。风云变态，花草精神。
海之波澜，山之嶙峋。俱似大道，妙契同尘。离形得似，庶几斯人。

超　诣

匪神之灵，匪机之微。如将白云，清风与归。远引若至，临之已非。
少有道契，终与俗违。乱山高木，碧苔芳晖。诵之思之，其声愈稀。

飘　逸

落落欲往，矫矫不群。缑山之鹤，华顶之云。高人画中，令色絪缊。
御风蓬叶，泛彼无垠。如不可执，如将有闻。识者已领，期之愈分。

旷　达

生者百岁，相去几何？欢乐苦短，忧愁实多。何如尊酒，日往烟萝。
花覆茆檐，疏雨相过。倒酒既尽，杖藜行过。孰不有古，南山峨峨。

流　动

若纳水辖，如转丸珠。夫岂可道，假体遗愚。荒荒坤轴，悠悠天枢。载要其端，载同其符。超超神明，返返冥无。来往千载，是之谓乎。

句

忍事敌灾星。以下《困学纪闻》

物望倾心久，凶渠破胆频。咏房太尉　自注：初琯建亲王分镇天下议，明皇从之，肃宗以是疑琯，受谗废。先是禄山见分镇诏书，附膺叹曰："吾不得天下矣！"

鼎饫和方济，台阶润欲平。《纬略》

夜短猿悲减，风和鹊喜虚一作灵。

骅骝思故第，鹦鹉失佳人。

鲸鲵人海涸，魑魅棘林幽。

棋声花院闭，幡影石坛高。

地凉清鹤梦，林静肃僧仪。

晚妆留拜月，春睡更生香。

隔谷见鸡犬，山苗接楚田。人家寒食月，花影午时天。见图与人论诗，举得意者二十二联，无全什者，附记于此。

官路好禽声，轩车驻晚程。南楼山最秀，北路邑偏清。虞乡县楼

多病形容五十三，谁怜借笏趁朝参。华下乞归　见《摭言》

十年太华无知己，只得虚中两首诗。王禹偁云：人多以四皓、二疏目图，惟僧虚中赠图诗云：道装汀鹤识，春醉野人扶。言其操履检身，非傲世也。又云：有时看御札，特地挂朝衣。言其尊戴存诚，非邀君也。故图诗云云，言得其意趣。

看师逸迹两师宜，高适歌行李白诗。赠詧光　见《宣和书谱》

全唐诗卷六三五

周　繇

周繇，字为宪，池州人，咸通十二年登第，调建德令，辟襄阳徐商幕府，检校御史中丞。诗一卷。

送边上从事

戎装佩镆铘，走马逐轻车。衰草城边路，残阳垒上笳。黄河穿汉界，青冢出胡沙。提笔男儿事，功名立可夸。

送洛阳崔员外

塞诏除嵩洛，观图见废兴。城迁周古鼎，地列汉诸陵。日送归朝客，时招住岳僧。郡斋台阁满，公退即吟登。

送人尉黔中

盘山行几驿，水路复通巴。峡涨三川雪，园开四季花。公庭飞白鸟，官俸请丹砂。知尉黔中后，高吟采物华。

送宇文虞

此别欲何往，未言归故林。行车新岁近，落日乱山深。野店寒无客，风巢一作窠动有禽。潜知经目事，大半是愁吟。

题东林寺虎掊泉

胜致通幽感，灵泉有虎掊。爪抬山脉断，掌托石心拗。竹蔼疑相近，松阴盖亦交。转令栖遁者，真境逾难抛。

登甘露寺

盘江一作山上几层，峭壁半垂藤。殿锁南朝像，龛禅外国僧。海涛舂砌槛，山雨洒窗灯。日暮疏钟起，声声彻广陵。

甘露寺东轩

每日怜晴眺，闲吟只自娱。山从平地有，水到远天无。老树多封楚，轻烟暗染吴。虽居此廊下，入户亦踌躕。

甘露寺北轩

晓色宜闲望，山风远益清。白云连晋阁，碧树尽芜城。少静沙痕出，烟消野火平。最堪佳此境，为我长诗情。

咏　萤

熠熠与娟娟，池塘竹树边。乱飞同曳火，成聚却无烟。微雨洒不灭，轻风吹欲燃。旧曾书案上，频把作囊悬。

望　海

苍茫空泛日，四顾绝人烟。半浸中华岸，旁通异域船。岛间应有国，波外恐无天。欲作乘槎客，翻愁去隔年。

送杨环校书归广南

天南行李半波涛，滩树枝枝拂戏猱。初著蓝衫从远峤，乍辞云署泊轻艘。山村象踏桄榔叶，海外人收翡翠毛。名宦两成归旧隐，遍寻亲友兴何饶。

经故宅有感

身没南荒雨露赊，朱门空锁旧繁华。池塘凿就方通水，桃杏栽成未见花。异代图书藏几箧，倾城罗绮散谁家。昔年埏埴生灵地，今日生人为叹嗟。

送入蕃使

猎猎旗幡过大荒，敕书犹带御烟一作炉香。滹沱河冻军回探，逻逤孤城雁著行。远寨风一作烧狂移帐幕，平沙日晚卧牛羊。早终册礼朝天阙，莫遣虬髭染塞霜。

白石潭秋霁作

潭心烟雾破斜晖，殷殷雷声隔翠微。崖蹙盘涡翻蜃窟，滩吹白石上渔矶。陵风舴艋讴哑去，出水鸬鹚薄泊飞。秋霁更谁同此望，远钟时见一僧归。

题金陵栖霞寺赠月公

明家不要买山钱，施作清池一作花宫种白莲。松桧老依云外地，楼台深锁洞中天。风经绝顶回疏雨，石倚危屏挂落泉。欲结茅庵伴师住，肯饶多少薜萝烟。

嘲段成式

一作广阳公宴。段柯古速罢驰骋，坐观花艳，或有眼饱之嘲，因赋此诗。

蹙鞠且徒为，宁如目送时。报仇惭选耎，存想恨逶迟。促坐疑辟咡，衔杯强朵颐。恣情窥窈窕，曾恃好风姿。色授应难夺，神交愿莫辞。请君看曲谱，不负少年期。

送江州薛尚书 一作郎中

匡庐千万峰，影匝郡城中。忽佩虎符去，遥疑鸟道通。烟霞时满郭，波浪暮连空。树翳楼台月，帆飞鼓角风。郡斋多岳客，乡户半渔翁。王事行春外，题诗寄远公。

津头望白水

晴江暗涨岸吹沙，山畔船冲树杪斜。城郭半淹桥市闹，鹭鸶缭绕入人家。

公子行

青山薄薄漏春风，日暮鸣鞭柳影中。回望玉楼人不见，酒旗深处勒花骢。

看牡丹赠段成式 柯古前看吝酒

金蕊霞英叠彩香，初疑少女出兰房。逡巡又是一年别，寄语集仙呼索郎。

以人参遗段成式

人形上品传方志，我得真英自一作白紫团。惭非叔子空持药，更请伯言审细看。

和段成式

回簪转黛喜猜防，粉署裁诗助酒狂。若遇仙丹偕羽化，但随萧史亦何伤。

玉树琼筵映彩霞，澄虚楼阁一作澄波虚阁似仙家。只缘存想归兰室，不向春风看夜花。此首题，一作和段柯古不赴光风亭夜宴。

全唐诗卷六三六

聂夷中

聂夷中，字坦之，河东人。咸通十二年登第，官华阴尉。诗一卷。

杂　兴

两叶能蔽目，双豆能塞聪。理身不知道，将为天地聋。扰扰造化内，茫茫天地中。苟或有所愿，毛发亦不容。

杂　怨 一作孟郊诗，题云《征妇怨》

生在绮罗下，岂识渔阳道。良人自戍来，夜夜梦中到。渔阳万里远，近于中门限。中门逾有时，渔阳常在眼。孟郊诗生在绮罗下四句在后，渔阳万里远四句在前。

君泪濡罗巾，妾泪滴路尘。罗巾今在手，日得随妾身。路尘如因风，得上君车轮。孟郊诗君泪濡罗巾尚有四句。

行路难

莫言行路难，夷狄如中国。谓言骨肉亲，中门如异域。出处全在人，路亦无通塞。门前两条辙，何处去不得。

大垂手

金刀剪轻云，盘用黄金缕。装束赵飞燕，教来掌上舞。舞罢飞燕死，片片随风去。

空城雀 一作孟郊诗

一雀入官仓，所食能损几。所虑往复频，官仓乃害尔。鱼网不在天，鸟网不在水。饮啄要自然，何必空城里。

胡无人行

男儿徇大义，立节不沽名。腰间悬陆离，大歌胡无行。不读战国书，不览黄石经。醉卧咸阳楼，梦入受降城。更愿生羽翼，飞身入青冥。请携天子剑，斫下旄头星。自然胡无人，虽有无战争。悠哉典属国，驱羊老一生。

咏田家 一作伤田家

二月卖新丝，五月粜新谷。医得眼前疮，剜却心头肉。我愿君王心，化作光明烛。不照绮罗筵，只照逃亡屋。

燕台二首

燕台累黄金，上欲招儒雅。贵得贤士来，更下于隗者。自然乐毅徒，趋风走天下。何必驰凤书，旁求向林野。

燕台高百尺，燕灭台亦平。一种是亡国，犹得礼贤名。何似章华畔，空馀禾黍生。

古　兴

片玉一尘轻，粒粟山丘重。唐虞贵民食，只是勤播种。前圣后圣同，今人古人共。一岁如苦饥，金玉何所一作将何用。

劝酒二首

白日无定影，清江无定波。人无百年寿，百年复如何。堂上陈美酒，堂下列笙歌。与君入醉乡，醉乡乐天和。岁岁松柏茂，日日丘陵多。君看终南山，万古青峨峨。

灞上送行客，听唱行客歌。适来桥下水，已作渭川波。人间荣乐少，四海别离多。但恐别离泪，自成苦一作浩水河。劝尔一杯酒，所赠无馀多。

饮酒乐

日月似有事，一夜行一周。草木犹须老，人生得无愁。一饮解百结，再饮破百忧。白发欺贫贱，不入醉人头。我愿东海水，尽向杯中流。安得阮步兵，同入醉乡游。

公子行二首

汉代多豪族，恩深益骄逸。走马踏杀人，街吏不敢诘。红楼宴青春，数里望云蔚。金缸焰一作艳胜昼，不畏落晖疾。美人尽如月，南威莫能一作不敢匹。芙蓉自天来，不向水中出。飞琼奏一作绮席戛云和，碧箫吹凤质。唯恨鲁阳死，无人驻白日。

花树出墙头，花里谁家楼。一行书不读，身封万户侯。美人楼上歌，不是古凉州。

短　歌

八月木阴一作荫薄，十叶三堕枝。人生过五十，亦已同此时。朝出东郭门，嘉树郁参差。暮出西郭门，原草已离披。南邻好台榭，北邻善歌吹。荣华忽销歇一作散，四顾令人悲。生死与荣辱，四者乃常期。古人耻其名，没世无人知。无言鬓似霜，勿谓事一作发如丝。耆年无一善，何殊食乳儿。

过比干墓

殷辛帝天下，厌为天下尊。乾纲既一断，贤愚无二门。佞是福身本，忠作丧己源。饿虎不食子，人无骨肉恩。日影不入地，下埋冤死魂。腐骨一作肉不为土，应作石一作直木根。余来过此乡，下马吊此坟。静念君臣间，有道谁敢一作有谁敢抗论。

住京寄同志

有京如在道，日日一作夜夜先鸡起。不离十二街，日行一百里。役役大块上，周朝复秦市。贵贱与贤愚，古今同一轨。白兔落天西，赤鸦飞海底。一日复一日，日日无终始。自嫌性如石，不达荣辱理。试问九十翁，吾今尚如此。

赠　农一作孟郊诗

劝尔勤耕田，盈尔仓中粟。劝尔无伐桑，减尔身上服。清霜一委地，万草色不绿。狂风一飘林，万叶不著木。青春如不耕，何以自拘束。

客有追叹后时者作诗勉之

后达多晚荣，速得多疾倾。君看构大厦，何曾一日成。在暖须在桑，在饱须在耕。君子贵弘道，道弘无不亨。太阳垂好光，毛发悉见形。我亦二十年，直似戴盆行。荆山产美玉，石石皆坚贞。未必尽有玉，玉且间石生。精卫一微物，犹恐填海平。

访嵩阳道士不遇

先生五岳游，文焰灭一作藏金鼎。日一作月下鹤过时，人间空落影。常言一粒药，不随死生境。何当列御寇，去问仙人请。

早发郾北经古城

微月东南明，双牛耕古城。但耕古城地，不知古城名。当昔置此城，岂料今日一作人耕。蔓草已离披，狐兔何纵横。秋云零落散，秋风一作风雨萧条生。对古良可叹，念今转伤情。古人已冥冥，今人又营营。不知马蹄下，谁家旧台亭。

题贾氏林泉

市朝束名利，林泉系清通。岂知黄尘内，迥有白云踪。轻流逗密荼，直干入宽一作高空。高吟五君咏，疑对九华峰。我知种竹心，欲扇清凉风。我知决泉意，将一作欲明济物功。有琴不张弦，众星列一作落梧桐。须知澹泊听，声在无声中。地非樵者路，武陵又何逢。只虑迷所归，池上日西东。

送友人归江南

泉州五更鼓，月落西南维。此时有行客，别我孤舟归。上国身无主，下第诚可悲。

秋　夕

日往无复见，秋堂暮仍学。玄发不知白，晓入寒铜觉。为材未离群一作辞树，有玉犹在璞。谁把碧桐枝，刻作云门乐。

哭刘驾博士

出门四顾望，此日何徘徊。终南旧山色，夫子安在哉。君诗如门户，夕闭昼还开。君名如四时，春尽夏复来。原野多丘陵，累累如高台。君坟须数尺，谁与夫子偕。

公子家 一作长安花，一作公子行。

种花满西一作田园，花发青楼道。花下一禾生，去之为恶草。

田家二首

父耕原上田，子劚山下荒。六月禾未秀，官家已修仓。
锄田当日午，汗滴禾下土。谁念盘中餐，粒粒皆辛苦。此篇一作李绅诗。

杂　怨

良人昨日去，明月一作日又不圆一作还。别时各有泪，零落青楼前。

乌夜啼

众鸟各归枝，乌乌尔不栖。还应知妾恨，故向绿窗啼。

起夜来

念远心如烧，不觉中夜起。桃花带露泛一作滋，立在月明里。

古别离 一作孟郊诗

欲别牵郎衣,问郎游何处。不恨归日迟,莫向临邛去。

长安道

此地无驻马,夜中犹走轮。所以路傍草,少于衣上尘。

游子行 一作吟

萱草生堂阶,游子行天涯。慈亲倚门望,不见萱草花。

闻人说海北事有感

故乡归路隔高雷,见说年来事可哀。村落日中眠虎豹,田园雨后长蒿莱。海隅久已无春色,地底真成有劫灰。荆棘满山行不得,不知当日是谁栽。

全唐诗卷六三七

顾　云

顾云，字垂象，池州人。风韵详整，与杜荀鹤、殷文圭友善，同肄业九华。咸通十五年登第，为高骈淮南从事。〔毕〕师铎之乱，退居霅川，杜门著书。大顺中，与羊昭业、卢知猷、陆希声、钱翊、冯渥、司空图等分修宣懿〔僖〕（德）三朝实录，书成，加虞部员外郎。乾宁初卒。存诗一卷。

华清词

祥云皓鹤盘碧空，乔松稍稍韵微风。绛节影来，朱幡响丁东，相公清斋朝蕊宫。太上符箓龙蛇踪，散花天女侍香童。隔烟遥望见云水，弹璈吹凤清珑珑。丹砂黄金世可度，愿启一言告仙翁。道门弟子山中客，长向山中礼空碧。九色真龙上汉时，愿把霓幢引烟策。

天威行

蛮岭高，蛮海阔，去舸回艘投此歇。一夜舟人得梦间，草草相呼一时发。飓风忽起云颠狂，波涛摆掣鱼龙僵。海神怕急上岸走，山燕股栗入石藏。金蛇飞状霍闪过，白日倒挂银绳长。轰轰砢砢雷车转，霹雳一声天地战。风定云开始望看，万里青山分两片。车遥遥，马阗阗，平如砥，直如弦。云南八国万部落，皆知此路来朝天。耿恭拜出井底水，广利刺开山上泉。若论终古济物意，二将之功皆小焉。

筑城篇

三十六里西川地，围绕城郭峨天横。一家人率一口甓，版筑才兴城已成。役夫登登无倦色，馔饱觞酣方暂息。不假神龟出指踪，尽凭心匠为筹画。画阁团团真铁瓮，堵阔巉岩一作巉巉齐石壁。风吹四面旌旗动，火焰相烧满天赤。散花楼晚挂残虹，濯锦秋江澄倒碧。西川父老贺子孙，从兹始是中华人。

苏君厅观韩干马障歌

杜甫歌诗吟不足，可怜曹霸丹青曲。直言弟子韩干马一作画，画马无骨但有肉。今日披图见笔迹一作踪，始知甫也真凡目。秦王学士居武功，六印名家声价雄。乃孙屈迹宁百里，好奇学古有祖风。竹厅斜日弈棋散，延我直入书斋中。屹然六幅古屏上，欻见胡人牵入天厩之神龙。麟鬐凤臆真相似，秋竹惨惨披两耳。轻匀杏蕊糁皮毛，细捻银丝插鬃尾。思量动步应千里，谁见初离渥洼水？眼前只欠燕雪飞，蹄下如闻朔风起。朱崖谪掾从亡殁，更有何人鉴奇物。当时若遇燕昭王，肯把千金买枯骨。

苔　歌

槛前溪夺秋空色，百丈潭心数砂砾。松筠一作籁条条长碧苔，苔色碧于溪水碧。波回梳开孔雀尾，根细贴著盘陀石。拨浪轻拈出少时，一髻浓烟三四尺。山光日华乱相射，静缕蓝鬐匀襞积。试把临流一作风抖擞看，琉璃珠子泪双一作双双滴。如看玉女洗头处，解破云鬟收未得。即是仙宫欲制六铢衣，染丝未倩鲛人织。采之不敢盈筐篋，苦怕龙神河伯惜。琼苏玉盐烂漫煮，咽入丹田续灵液。会待功成插翅飞，蓬莱顶上寻仙客。

池阳醉歌赠匡庐处士姚岩杰

九华太守行春罢一作暇，高绛红筵压花榭。四面繁英拂槛开，帖雪团霞坠枝亚。空中焰若烧蓝天，万里滑静无纤烟。弦索紧快管声脆，急曲碎拍声相连。主人怜才多倾兴，许客酣歌露真性。春酎香浓枝盏黏，一醉有时三日病。鼋潭鳞粉解不去，鸦岭蕊花浇不醒。肺枯似著炉鞴煽，脑热如遭锤凿钉。蒙溪先生梁公孙，忽然示我十轴文。展开一卷读一首，四顾特地无涯垠。又开一轴读一帙，酒病豁若风驱云。文锋斡破造化窟，心刃掘出兴亡根。经疾史恙万片恨，墨炙笔针如有神。呵叱潘陆鄙琐屑，提挈扬孟归孔门。时时说及开元理，家风飒飒吹人耳。吴〔兢〕(竞)纂出升平源，十事分明铺在纸。裔孙才业今如此，谁人为奏明天子？銮驾何当猎左冯，神鹰一掷望千里。戏操狂翰浼蛮笺，傍人莫笑我率然。

咏柳二首

带露含烟处处垂，绽黄摇绿嫩参差。长堤未见风飘絮，广陌初怜日映丝。斜傍画筵偷舞态，低临妆阁学愁眉。离亭不放到春暮，折尽拂檐千万枝。

闲花野草总争新，眉皱丝干独不匀。乞取一作与东风残气力，莫教虚度一年春。

全唐诗卷六三八

张　乔

张乔，池州人，咸通中进士。黄巢之乱，罢举，隐九华。诗二卷。

宴边将

一曲梁州金石清，边风萧飒动江城。座中有老沙场客，横笛休吹塞上声。

郢州即事

孤城临远水，千里见寒山。白雪无人唱，沧洲尽日闲。鸟归残烧外，帆出断云间。此地秋风起，应随计吏还。

送宾贡金夷吾一作鱼奉使归本国

渡海登仙籍，还家备汉仪。孤舟无岸泊，万里有星随。积水浮魂梦，流年半别离。东风未回日，音信杳难期一作知。

华　山

谁将倚天剑，削出倚天峰。众水背流急，他山相向重。树黏青霭合，崖夹白云浓。一夜盆倾雨，前湫起毒龙。

滕王阁 一本下有写望二字

昔人登览处,遗阁大江隅。一作创来人世殊,几度绕汀芦。叠浪有时有,闲云无日无。早凉先燕去,返照后帆孤。未得营归计,菱歌满旧湖。

寄处士梁烛

贤哉君子风,讽一作诵与古人同。采药楚云里,移家湘水东。星霜秋野阔,雨雹夜山空。早晚相招隐,深耕老此中。

送许棠下第游蜀

天下猿多处,西南是蜀关。马登青壁瘦,人宿一作度翠微闲。带雨逢残日一作火,因江见断山。行歌风月好,莫老锦城间。

题终南山白鹤观

上彻炼丹峰,求玄意未穷。古坛青草合,往事白云空。仙境日月外,帝乡一作城烟雾中。人间足烦暑,欲去恋松一作清风。

赠边将

将军夸胆气,功在杀人多。对酒擎钟饮,临风拔剑歌。翻师平碎叶,掠地取交河。应笑孔门客,年年羡四科。

吊建州李员外

铭旌归故里,猿鸟亦凄然。已葬桐江月,空回建水船。客传为郡日一作政,僧说读书年。恐有吟魂在,深山古木边。

送许棠及第归宣州

雅调一生吟，谁为晚达心。傍人贺及第，独自却沾襟。宴别喧天乐，家归碍日岑。青门许攀送，故里接云林。

送庞百篇之任青阳县尉

都堂公试日，词翰独超群。品秩台庭与，篇章圣主闻。乡连三楚树，县封九华云。多少青门客，临岐共羡君。

曲江春

寻春与送春，多绕曲江滨。一片凫鹥水，千秋辇毂尘。岸凉随众木，波影逐一作送游人。自是游人老，年年管吹新。

秦原春望

无穷名利尘，轩盖逐年新。北阙东堂路，千山万水人。云离僧榻曙，燕远凤楼春。荏苒文明代，难归钓艇身。

游华山云际寺 一作游少华山甘露寺

少华中峰寺，高秋众景归。地连秦塞起，河隔晋山微。晚木蝉相应，凉天雁并飞。殷勤记岩石，只恐再来稀。

送棋待诏朴球归新罗

海东谁敌手，归去道应孤。阙下传新势，船中覆旧图。穷荒回日月，积水载寰区。故国多年别，桑田复在无。

送郑谷先辈赴汝州辟命

看花兴未休，已散曲江游。载笔离秦甸，从军过洛州。嵩云将雨去，汝水背城流。应念依门客，蒿莱满径一作目秋。

赠敬亭清越上人

海上独随缘一作海畔与穷边，归来二十年。久闲时得句，渐老不离禅。砌木欹临水，窗峰一作蓬直倚天。犹期向云里，别扫石床眠。

题一作游灵山寺

树凉清岛寺，虚阁敞禅扉。四面闲云入，中流独鸟归。湖平幽径近，船泊夜灯一作香微。一宿秋风里，烟波隔捣衣。

吊栖白上人

今古递相送，几时无逝波。篇章名不朽，寂灭理如何。内殿留真影，闲房落贝多。从兹高塔寺，惆怅懒经过。

北山书事

黄河一曲山，天半锁重关。圣日雄藩静，秋风老将闲。车舆穿一作寄谷口，市井响云间。大野无飞鸟，元戎校猎还。

长安书事

出送乡人尽，沧洲未得还。秋风五陵树，晴日六街山。有景终年住，无机是处闲。何当向云外，免老别离间。

送郑侍御赴汴州辟命

官从谏署清，暂去佐戎旌。朝客多相恋一作送，吟僧欲伴行。河冰天际白，岳雪眼前明。即见东风起，梁园听早莺。

吊造微上人

至人随化往，遗路自堪伤。白塔收真骨，青山闭影堂。钟残含细韵，烟一作印灭有馀香。松上斋乌在，迟迟立夕阳。

经隐岩旧居 一作怀旧游

夜久村落静，徘徊杨柳津。青山犹有路，明月已无人。梦寐空一作生前事，星霜倦此身。尝期结茅处，来往蹑遗尘。

再题敬亭清越上人山房

重来访惠休，已是十年游。向水千松老，空山一磬秋。石窗清吹入，河汉夜光流。久别多新作，长吟洗俗愁。

浮汴东归

日暖泗滨西，无穷岸草齐。薄烟衰草树，微月迥城鸡。水近沧浪急，山随绿野低。羞将旧名姓，还向旧游题。

雨中宿僧院

千灯有宿因，长老许相亲。夜永楼台雨，更深江海人。劳生无了日，妄念起微尘。不是真如理，何门静此身。

江行至沙浦

烟霞接杳冥，旅泊寄回汀。夜雨雷电歇，春江蛟蜃腥。城侵潮影白，峤截鸟行青。遍欲探泉石，南须过洞庭。

送友人归江南

辛勤同失意，迢递独还家。落日江边笛，残春岛上花。亲安诚可喜，道在亦何嗟。谁伴高吟处，晴天望九华。

刘补阙自九华山拜官因以寄献

冥鸿久不群，征拜动天文。地主迎过郡，山僧送出云。登车残月在，宿馆乱流分。若更思林下，还须共致君。

岳阳即事

远色岳阳楼，湘帆数片愁。竹风山上路，沙月水中洲。力学桑田废，思归鬓发秋。功名如不立，岂易狎汀鸥。

题兴善寺僧道深院

江峰峰顶人，受法老西秦。法本无前业，禅非为后身。院栽他国树，堂展祖师真。甚愿依宗旨，求闲未有因。

送龙门令刘沧

去宰龙门县，应思变化年。还将鲁儒政，又与晋人传。峭壁开中古，长河落半天。几乡因劝勉，耕稼满云烟。

送友人往一作归宜春 一作江南

落花兼柳絮，无处不纷纷。远道空归去，流莺独自闻。野桥喧硙水，山郭入楼云。故里南陵一作陔曲，秋期更送君。

书边事

调角断清秋，征人倚戍楼。春风对青冢，白日落梁州。大汉一作漠无兵阻，穷边有客游。蕃情似一作如此水，长愿向南流。

送僧雅觉归东海 一作海东

山川心地内，一念即千重。老别关中寺，禅一作秋归海外峰。鸟行来有路，帆影去无踪。几夜波涛息，先闻本国钟。

和薛监察题兴善寺古松 薛一作崔

种在法王城，前朝古寺名。瘦根盘地远，香吹入云清。鹤动池台影，僧禅雨雪声。看来人旋老，因此叹浮生。

听琴

清月转瑶轸，弄中湘水寒。能令坐来客，不语自相看。静恐鬼神出，急疑风雨残。几时归岭峤，更过洞庭弹。

送友人游蜀

此心知者稀，欲别倍相依。无食拟同去，有家还未归。巴山开国远，剑道入天微。必恐临邛客，疑君学赋非。

闻仰山禅师往曹溪因赠

曹溪松下路，猿鸟重相亲。四海求玄理，千峰绕定身。异花天上堕，灵草雪中春。自惜经行处，焚香礼旧真。

蓝溪夜坐

蓝水警尘梦，夜吟开草堂。月临山霭薄，松滴露花香。诗外真风远，人间静兴长。明朝访禅侣，更上翠微房。

题郑侍御蓝田别业

秋山清若水，吟客静于僧。小径通商岭，高窗见杜陵。云霞朝入镜，猿鸟夜窥灯。许作前峰侣，终来寄上层。

送友人进士许棠 一本无进士二字

离乡积岁年，归路远依然。夜火山头市，春江树杪船。干戈愁鬓改，瘴疠喜家一作身全。何处营甘旨，潮一作波涛浸薄田。

秘省伴直

乔枝聚暝禽，叠阁锁遥岑。待月当秋直，看书废夜吟。残薪留火细，古井下一作汲瓶深。纵欲抄前史，贫难遂此心。

宿昭应

夜忆开元寺，凄凉里巷间。薄烟通魏阙，明月照骊山。半壁空宫闭，连天白道闲。清晨更回首，独向灞陵还。

送陆处士

樽前放浩歌，便起一作处泛烟波。舟楫故人少，江湖明月多。孤峰经宿上，僻寺共云过。若向仙岩住，还应著薜萝。

送韩处士归少室山

江外历千岑，还归少室吟。地闲缑岭月，窗迥洛城砧。石窦垂寒一作新乳，松枝长别琴。他年瀑泉下，亦拟置家林。

赠初上人

竹色覆禅栖，幽禽绕院啼。空门无去住，行客自东西。井气春来歇，庭枝雪后低。相看念山水，尽日话曹溪。

送新罗僧

东来此学禅，多病念佛缘。把锡离岩寺，收经上海船。落一作卷帆敲石火，宿岛汲瓶泉。永向扶桑老，知无再少年。

题山僧院

谿路曾来日，年多与旧同。地寒松影里，僧老磬声中。远水清风落，闲云别院通。心源若无碍，何必更论空。

书梅福殿壁二首

梅真从羽化，万古是须臾。此地名空在，西山云亦孤。井痕平野水，坛级上春芜。纵有双飞鹤，年多松已枯。

一自白云去，千秋坛月明。我来思往事，谁更得长生。雅韵磬钟远，真风楼殿清。今来为尉者，天下有仙名。

荆楚道中

前程曾未到，歧路拟何一作已奚为。返照行人急，荒郊去鸟迟。春宵多旅梦，夏闰远秋期。处处牵愁绪，无穷是柳丝。

送南陵尉李频

重作东南尉，生涯尚似僧。客程淮馆月，乡思海船灯。晚雾看春縠，晴天见朗陵。不应三考足，先授诏书征。

将归江淮书 一作冬归有感

东风摇众木，即有看花期。紫陌频来日，沧洲独去时。郡因兵役苦，家为海翻移。未老多如此，那堪鬓不衰。

沿汉东归

北去穷秦塞，南归绕汉川。深山逢古迹，远道见新年。绝壁云衔寺，空江雪洒船。萦回还此景，多坐夜灯一作烟前。

送蜀客

剑阁缘空去，西南转一作过第几州。丹霄行客语，明月杜鹃愁。露带山花落，云随野水流。相如曾醉地，莫滞少年游。

塞上 一作塞下曲

勒兵辽水边，风急卷旌旃。绝塞寒一作阴无树一作草，平沙势尽一作去盖天。雪晴回探骑，月落控鸣弦。永定山河誓，南归改汉年。一作下营看斗建，传号信狼烟。圣代垂青史，当书破虏年。

送友人归袁州

袁江猿鸟清，曾向此中行。才子登科去，诸侯扫榻迎。山藏明月浦，树绕白云城。远想安亲后，秋风梦不惊。

赠别李山人

分一作未合老西秦，年年梦白蘋。曾为洞庭客，还送洞庭人。语别惜残夜，思归愁见春。遥知泊舟处，沙月自相亲。一作沧浪濯缨处，应念满衣尘。

思宜春寄友人

胜游虽隔年，魂梦亦依然。瀑水喧秋思，孤灯动夜船。断虹全岭雨，斜月半溪烟。旧日吟诗侣，何人更不眠。

江行夜雨

江风木落天，游子感流年。万里波连蜀，三更雨到船。梦残灯影外，愁积苇丛边。不及樵渔客，全家住岛田。一作不是贪名利，家无负郭田。

赠仰大师

仰山因久住，天下仰山名。井邑身虽到，林泉性本清。野一作岭云居一作看处尽，江月定中一作时明。仿佛曾相识，今来隔几生。

江南逢洛下友人

洛下吟诗侣，南游只有君。波涛归路见，蟋蟀在船闻。晓月江城出，晴霞岛树分。无穷怀古意，岂独绕湘云。

东湖赠僧子兰 一作题兰上人

名利了无时，何人暂访师。道情闲外见，心地语来知。竹落穿窗一作忽穿叶，松寒荫井枝。匡山许同社，愿卜挂帆期。

隐岩陪郑少师夜坐

幸喜陪驺驭，频来向此宵。砚磨清涧石，厨爨白云樵。竹外村烟细，灯中禁漏遥。衣冠与文理，静语一作话对前朝。

送三传赴长城尉 一作送前辈读三传任长城尉

登科精鲁史，为尉及良时。高论穷诸国，长才并几司。地倾流水疾，山叠过云迟。暇日琴书畔，何人对手棋。

送李道士归南岳

千峰隔湘水，迢递挂帆归。扫月眠苍壁，和云著褐衣。洞虚悬溜滴，径狭长松围。只恐相寻日，人间旧识稀。

延福里秋怀

终年九陌行，要路迹皆生。苦学犹难至，甘贫岂有成。病携秋卷重，闲著暑衣轻。一别林泉久，中宵御水声。

题玄哲禅师影堂

吾师视化身，一念即遗尘。岩谷藏虚塔，江湖散学人。云迷禅处石，院掩写来真。寂寞焚香后，闲阶细草生。

登慈恩寺塔

窗户几一作响层风，清凉碧落中。世人来往别，烟景古今同。列岫横秦断，长河极塞空。斜阳越乡思，天末见归鸿。

送友人东归

远涉期秋卷，将行不废吟。故乡芳草路，来往别离心。挂席春风尽，开斋夏景深。子规谁共听，江月上清岑。

送僧鸾归蜀宁亲

歌诗精外学，天子是知音。坐夏宫钟近，宁亲剑阁深。高名彻西国，旧迹寄东林。自此栖禅者，因师满蜀吟。

送人归江南

贫归无定程，水宿与山行。未有安亲计，难为去国情。岛烟孤寺磬，江月远船筝。思苦秋回日，多应吟更清。

将离江上作

白衣归树下，青草恋江边。三楚足深隐，五陵多少年。寂寥闻蜀魄，清绝怨湘弦。歧路在何处，西行心渺然。

别李参军

王孙游不遇，况我五湖人。野店难投宿，渔家独问津。岭分中夜月，江隔两乡春。静想青云路，还应寄此身。

送睦州张参军

重禄轻身日，清资近故乡。因知送君后，转自惜年芳。远水分林影，层峰起鸟行。扁舟此中去，溪月有馀光。

赠棋僧侣

机谋时未有，多向弈棋销。已与山僧敌，无令海客饶。静驱云阵起一作出，疏点雁行遥。夜雨如相忆，松窗更见招。

题湖上友人居

岂得恋樵渔，全家湖畔居。远无潮客信，闲寄岳僧书。野白梅繁后，山明雨散初。逍遥向云水，莫与宦情疏。

送友人归宣州

失计复离愁，君归我独游。乱花藏道发，春水绕乡流。暝火丛桥市，晴山叠郡楼。无为谢公恋，吟过晓一作晚蝉秋。

题古观

急景递衰老，此经谁养真。松留千载鹤，碑隔六朝人。洞水流花早，壶天闭雪春。其如为名利，归踏五陵尘。

送友人及第归江南

岂易及归荣，辛勤致此名。登车思往事，回首勉诸生。路绕山光晓一作曙，帆通海气清。秋期却闲坐，林下听江声。

送朴充侍御归海东

天涯离二纪，阙下历三朝。涨海虽然阔，归帆不觉遥。惊波时失侣，举火夜相招。来往寻遗事，秦皇有断桥。

吊前水部贾员外

笼中江海禽，日夕有归心。魏阙长谣久，吴山独往深。别时群木落，终处乱猿吟。李白坟前路，溪僧送入林。

题一作移小松

松子落何年，纤枝长水边。斫开深一作新涧雪，移出远林烟。带月栖幽鸟，兼花灌冷泉。微风动清韵，闲听罢琴眠。

寄中岳颛顼先生

先生颛顼后，得道自何人。松柏卑于寿，儿孙老却身。夜窗峰顶曙，寒涧洞中春。恋此逍遥境，云间不可亲。

送沈先辈尉昭应

馀才不废诗，佐邑喜闲司。丹陛终须去，青山未可期。叶凋温谷晚，云出古宫迟。若草东封疏，君王到有时。

送友人游湖南

所投非旧知，亦似有前期。路向长江上，帆扬细雨时。春生南岳早，日转大荒迟。尽采潇湘句，重来会近期。

江上送友人南游

何处积乡愁，天涯聚乱流。岸长群岫晚，湖阔片帆秋。买酒过渔舍，分灯与钓舟。潇湘见来雁，应念独边游。

江南别友人

劳生故白头，头白未应休。阙下难孤立，天涯尚旅游。听猿吟岛寺，待月上江楼。醉别醒惆怅，云帆满乱流。

商山道中

春去计秋期，长安在梦思。多逢山好处，少值客行时。云起争峰势，花交隐涧枝。停骖一惆怅，应只岭猿知。

吴江旅次

行人愁落日，去鸟倦遥林。旷野鸣流水，空山响暮砧。旅途归计晚，乡树别年深。寂寞逢村酒，渔家一醉吟。

寄南中友人

相梦如相见，相思去后频。旧时行处断，华发别来新。浪动三湘月，烟藏五岭春。又无归北客，书札寄何人。

寄绩溪陈明府

古邑猿声里，空城只半存。岸移无旧路，沙涨别成村。鼓角喧京口，江山尽战痕。六朝兴废地，行子[illegible]销魂。

试月中桂

与月转洪濛，扶疏万古同。根非生下土，叶不坠秋风。每以一作向圆时足，还随缺处空。影高群木外，香满一轮中。未种丹霄日，应虚玉一作白兔宫。何当因一作如何当羽化，细得问玄一作神功。

游歙州兴唐寺

山桥通绝境，到此忆天台。竹里寻幽径，云边上古台。鸟归残照出，钟断细泉来。为爱澄溪月，因成隔宿回。

题诠律师院

院凉松雨声，相对有山情。未许豁边老，犹一作还思岳顶行。纱灯留火细，石井灌瓶清。欲问吾师外，何人得此生。

金山寺空上人院

已老金山顶，无心上石桥。讲移三楚遍，梵译五天遥。板阁禅秋月，铜瓶汲夜潮。自惭昏醉客，来坐亦通宵。

题广信寺

亭北敞灵溪，林梢与槛齐。野云来影远，沙鸟去行低。晚渡明村火，晴山响郡鼙。思乡值摇落，赖不有猿啼。

全唐诗卷六三九

张　乔

兴善寺贝多树

还应毫末长，始见拂丹霄。得子从西国，成阴见昔朝。势随双刹直，寒出四墙遥。带月啼春鸟，连空噪暝蜩。远根穿古井，高顶起凉飙。影动悬灯夜，声繁过雨朝。静迟松桂老，坚任雪霜凋。永共终南在，应随劫火烧。

华　山

青苍河一隅，气状杳难图。卓杰三峰出，高奇四岳无。力疑擎上界，势独压中区。众水东西走，群山远近趋。天回诸宿照，地耸百灵扶。石壁烟霞丽一作藤萝细，龙潭雨雹粗。澄凝一作清凉临甸服，险固束神都。浅觉川原异，深应日月殊。鹤归青霭合，仙去白云孤。瀑漏斜飞冻，松长倒挂枯。每来寻一作探洞穴，不拟返江湖。倘有芝田种，岩间一作商岩老一一作寄野夫。

送何道士归山

身非绝粒本清羸，束挂仙经杖一枝。落叶独寻一作远路自随流水去，深山长与白云期。树临丹灶寒花疾，坛近清岚夜月迟。樵客若能随一作过洞里，回归人世始应悲。

城东寓居寄知己

花木闲门苔藓生，浐川特去得吟情。病来久绝洞庭信，年长却思庐岳耕。落日独归林下宿，暮云多绕水边行。干时退出长如此，频愧相忧道姓名。

再书边事

万里沙西寇已平，犬羊群外筑空城。分营夜火烧云远，校猎秋雕掠草轻。秦将力随胡马竭，蕃河流入汉家清。羌戎不识干戈老，须贺当一作今时圣主明。

游边感怀二首

贫游缭绕困边沙，却被辽阳战士嗟。不是无家归不得，有家归去似无家。

兄弟江南身塞北，雁飞犹自半年馀。夜来因得思乡梦，重读前秋转海书。

无　题 一作赠友人

九霄无诏下，何事触清尘。宅带松萝僻，身惟猿鸟亲。吟看仙掌月，期有洞庭人。莫问烟霞句，悬知见岳神。

蝉

先秋蝉一悲，长是客行时。曾感去年者，又鸣何处枝。细听残韵在，回望旧声迟。断续谁家树，凉风送别离。

江上逢进士许棠

诗人推上第，新榜又无君。鹤发他乡老，渔歌故国闻。平江流晓月，独鸟伴一作鸟绊馀云。且了髫年志，沙鸥未可群。

送河西从事

结束佐戎旃，河西住几年。陇头随日去，碛里寄星眠。水近沙连帐，程遥马入天。圣朝思上策，重待奏安边。

河湟旧卒

少年随将讨河湟，头白时清返故乡。十万汉军零落尽，独吹边曲向残阳。

促织

念尔无机自有情，迎寒辛苦弄梭声。椒房金屋何曾识，偏向贫家壁下鸣。

猿 一作长安赠猿

挂月栖云向楚林，取来全是为清音。谁知系在黄金索一作锁，翻畏侯家不敢吟。

寄荐福寺栖白大师 第三句缺一字，第四句缺二字。

高塔六街无不见，塔边名出只吾师。尝闻朝客多相□，记得□□数句诗。

越中赠别

东越相逢几醉眠，满楼明月镜湖边。别离吟断西陵渡，杨柳秋风两岸蝉。

寄清越上人 一作寄山僧

大道一作真性本来无所染，白云那得有心期。远公独一作犹刻莲花漏，犹一作独向空山一作青山，一作山中。礼六时。

宿齐山僧舍

一宿经窗卧白波，万重归梦隔一作晓随山月出烟萝。若言不得南宗要，长在禅床事更多。

春日游曲江

日暖鸳鸯拍浪春，蒹葭浦际聚青蘋。若论来往乡心切，须是烟波岛上人。

渔　家

拥棹思一作钓艇去悠悠，更深泛积流一作烟波春复秋。唯将一星一作点火，何处宿芦洲。

送人及第归海东

东风日边起，草木一时春。自笑中华路，年年送远人。

题河中鹳雀楼

高楼怀古动悲歌，鹳雀今无野燕一作雀过。树隔五陵秋色早，水连三晋夕阳多。渔人遗火成寒烧，牧笛吹风起夜波。十载重来值摇落，天涯归计欲如何。

宿洛都门

山川马上度边禽，一宿都门永夜吟。客路不归秋又晚，西风吹动洛阳砧。

对月二首

圆魄上寒空，皆言四海一作远同。安知千里外，不有雨兼风。

盈缺青冥外，东风万古一作里吹。何人种丹桂，不长出轮枝。

赠友人

自说安贫归未得，竹边门掩小池冰。典琴赊酒吟过寺，送客思乡上灞陵。待月夜留烟岛客，忆云闲访翠微僧。几时献了相如赋，共一作去向嵩山采茯苓。

笛

剪雨裁烟一节秋，落梅杨柳曲中愁。尊前暂借殷勤看，明日曾闻向陇头。

渔者

首戴圆荷发不梳，叶舟为宅水为居。沙头聚看人如市，钓得澄江一丈鱼。

宿潺湲亭

走月流烟叠树西，听来愁甚听猿啼。几时御水声边住，却梦潺湲宿此溪。

台　城

宫殿馀基长草花，景阳宫树噪村鸦。云屯雉堞依然在，空绕渔樵四五家。

寄山僧

闲倚蒲团向日眠，不能归老岳云边。旧时僧侣无人在，惟有长松见少年。

题上元许棠所任王昌龄厅

琉璃堂里当时客，久绝吟声继后尘。百四十年庭树老，如今重得见诗人。

自　诮

每到花时恨道穷，一生光景半成空。只应抱璞非良玉，岂得年年不至公。

赠河南诗友

山东令族玉无尘，裁剪烟花笔下春。不把瑶华借风月，洛阳才子更何人。

寄维扬故人

离别河边绾柳条，千山万水玉人遥。月明记得相寻处，城锁东风十五桥。

孤　云

舒卷因风何所之，碧天孤影势迟迟。莫言长是无心物，还有随龙作雨时。

咏棋子赠弈僧

黑白谁能用入玄，千回生死体方圆。空门说得恒沙劫，应笑终年为一先。

谷口作

巴客青冥过岭尘，雪崖交映一川春。晴朝采药寻源去，必恐云深见异人。

寄　弟

故里行人战后疏，青崖萍寄白云居。那堪又是伤春日，把得长安落第书。

春日有怀

高下寻花春景迟，汾阳台榭白云诗。看山怀古翻惆怅，未胜遥传不到时。

鹭鸶障子

剪得机中如雪素，画为江上带丝禽。闲来相对茅堂下，引出烟波万里心。

甘露寺僧房

临水登山路，重寻旅思劳。竹阴行处密，僧腊别来高。远岫明寒火，危楼响夜涛。悲秋不成寐，明月上千舠。

宿江叟岛居

一家烟岛限一作上，竹里夜窗开。数派分潮去，千樯聚月来。石楼云断续，涧渚雁徘徊。了得平生志，还归筑钓台。

江　村

贫游无定踪，乡信转难逢。寒渚暮烟阔，去帆归思重。潮平低戍火，木落远山钟。况是渔家宿，疏篱响夜舂。

赠进士顾云 第二句，缺二字，第六句缺一字。

潮槛烟波别钓津，西京同□荻□贫。不知守道归何日，相对无言尽几春。晴景远山花外暮，云边高盖水边□。与君愁寂无消处，赊酒青门送楚人。

赠头陀僧

自说年深别石桥，遍游灵迹熟南朝。已知世路皆虚幻，不觉空门是寂寥。沧海附船浮浪久，碧山寻塔上云遥。如今竹院藏衰老，一点寒灯弟子烧。

寻阳村舍

荒林寄远居，坐卧见樵渔。夜火随船远，寒更出郡疏。雪迷登岳路，风阻转江书。寂寞高窗下，思乡岁欲除。

江楼作

凭槛见天涯，非秋亦可悲。晚天帆去疾，春雪燕来迟。山水分乡县，干戈足别离。南人废耕织，早晚罢王师。

回鸾阁写望

古阁上空半，寥寥千里心。多年为客路，尽日倚栏吟。山压秦川重，河来虏塞深。回銮今不见，烟雾杳沉沉。

题宣州开元寺

谁家烟径长莓苔，金碧虚栏竹上开。流水远分山色断，清猿时带角声来。六朝明月唯诗在，三楚空山有雁回。达理始应尽惆怅，僧闲应得话天台。此篇一本题作《谢公亭怀古》，云：谢家烟径长莓苔，牢落虚檐竹上开。流水不将山色去，闲去时带竹声来。六朝旧迹遗诗在，三楚空江有雁回。达理始应惆怅尽，因僧清洗忆天台。

题友人草堂

空山卜隐初，生计亦无馀。三亩水边竹，一床琴畔书。深林收晚果，绝顶拾秋蔬。坚话长如此，何年献子虚。

七松亭

七松亭上望秦川，高鸟闲云满目前。已比子真耕谷口，岂同陶令卧江边。临崖把卷惊回烧，扫石留僧听远泉。明月影中宫漏近，珮声应宿使朝天。

题友人林斋

乔木带凉蝉，来吟暑雨天。不离高枕上，似宿远山边。簟冷窗中月，茶香竹里泉一作烟。吾庐近溪岛，忆别动经年。

经宣城元员外山居

无人袭仙隐，石室闭空山。避烧猿犹到，随云鹤不还。涧荒岩影在，桥断树阴闲。但有黄河赋，长留在世间。

经九华山费征君故居

草堂芜没后，来往问樵翁。断石荒林外，孤坟晚照中。数溪分大野，九子立寒空。烟壁曾行处，青云路不通。

题贾岛吟诗台

吟魂不复游，台亦似荒丘。一径草中出，长江天外流。暝烟寒鸟集，残月夜虫愁。愿得生禾黍，锄平恨即休。

游南岳

入岩仙境清，行尽复重行。若得闲无事，长来寄此生。涧松闲易老，笼烛晚生明。一宿泉声里，思乡梦不成。

寻桃源

武林春草齐，花影隔澄溪。路远无人去，山空有鸟啼。水垂青霭断，松偃绿萝低。世上迷途客，经兹尽不迷。

青鸟泉

只此沉仙翼，瑶池似不遥。有声悬翠壁，无势下丹霄。净濑烟霞古，寒原草木凋。山河几更变，幽咽到唐朝。

望巫山

溪叠云深转谷迟，暝投孤店草虫悲。愁连远水波涛夜，梦断空山雨雹时。边海故园荒后卖，入关玄发夜来衰。东归未必胜羁旅，况是东归未有期。

省中偶作

二转郎曹自勉旃，莎阶吟步想前贤。不一作未如何逊无佳句，若比冯唐是壮年。捧制名题黄纸尾，约僧心在白云边。乳毛松雪春来好，直夜清闲且学禅。

秋夕

春恨复秋悲，秋悲难到时。每逢明月夜，长起故山思。巷僻行吟远，蛩多独卧迟。溪僧与樵客，动别十年期。

山中冬夜

寒叶风摇尽，空林鸟宿稀。涧冰妨鹿饮，山雪阻僧归。夜坐尘心定，长吟语力微。人间去多事，何处梦柴扉。

宿刘温书斋

不掩盈窗月，天然格调高。凉风移蟋蟀，落叶在离骚。回笔挑灯烬，悬图见海涛。因论三国志，空载几英豪。

归旧山

昔年山下结茅茨，村落重来野径移。樵客相逢悲往事，林僧闲坐问归期。异藤遍树无空处，幽草缘溪少歇时。此景一抛吟欲老，可能文字圣朝知。

潭上作

竹岛残阳映翠微，雪翎禽过碧潭飞。人间未有关身事，每到渔家不欲归。

杨花落

北斗南回春物老，红英落尽绿尚早。韶风澹荡无所依，偏惜垂杨作春好。此时可怜杨柳花，萦盈艳曳满人家。人家女儿出罗幕，净扫玉除看花落。宝环纤手捧更飞，翠羽轻裙承不著。历历瑶琴舞袖陈，飞红拂黛怜玉人。东园桃李芳已歇，犹有杨花娇暮春。

九华楼晴望

一夜江潭风雨后，九华晴望倚天秋。重来此地知何日，欲别殷勤更上楼。

终南山

带雪复衔春，横天占半秦。势奇看不定，景变写难真。洞远皆通岳，川多更有神。白云幽绝处，自古属樵人。

哭陈陶

先生抱衰疾，不起茂陵间。夕临诸孤少，荒居吊客还。遗文禅东岳，留语葬乡山。多雨铭旌故，残灯素帐闲。乐章谁与集，陇树即堪攀。神理今难问，予将叫帝关。

长门怨

御泉长绕凤凰楼，自是恩波别处流。闲揲舞衣归未得，夜来砧杵六宫秋。

全唐诗卷六四○

曹　唐

曹唐，字尧宾，桂州人。初为道士，后举进士不第。咸通中，累为使府从事。诗三卷，今编二卷。

升平词五首 一作薛能诗

瑞气绕宫楼，皇居上苑游。远冈连圣祚，平地载神州。会合兼重译，潺湲近八流。中兴岂假问，据此自千秋。

寥泬敞延英，朝班立位横。宣传无草动，拜舞有衣声。鸳瓦霜消湿，虫丝日照明。辛勤自不到，遥见似前程。

处处是欢心，时康岁已深。不同三尺剑，应似五弦琴。寿笑山犹尽，明嫌日有阴。何当怜一物，亦遣断愁吟。

日日听歌谣，区中尽祝尧。虫蝗初不害，夷狄近全销。史笔唯书瑞，天台绝见妖。因令匹夫志，转欲事清朝。

五帝三皇主，萧曹魏邴臣。文章唯返朴，戈甲尽生尘。谏纸应无用，朝纲自有伦。升平不可记，所见是闲人。

洛东兰若归

一衲老禅床，吾生半异乡。管弦愁里老，书剑梦中忙。鸟急山初暝，蝉稀树正凉。又归何处去，尘路月苍苍。

仙都即景

黄帝登真处，青青不记年。孤峰应碍日，一柱自擎天。石怪长栖鹤，云闲若有仙。鼎湖看不见，零落数枝莲。

汉武帝将候西王母下降

昆仑凝想最高峰，王母来乘五色龙。歌听紫鸾犹缥缈，语来青鸟许从容。风回水落三清月，漏苦霜传五夜钟。树影悠悠花悄悄，若闻箫管是行踪。

汉武帝于宫中宴西王母

鳌岫云低太一坛，武皇斋洁不胜欢。长生碧字期亲署，延寿丹泉许细看。剑佩有声宫树静，星河无影禁花寒。秋风袅袅月朗朗，玉女清歌一夜阑。

刘晨阮肇游天台

树入天台石路新，云和草静迥一作细云和雨动无尘。烟霞不省一作是生前事，水木空疑梦后一作里身。往往鸡鸣岩下月，时时犬吠洞中春。不知此一作何地归何一作依处，须就桃源问主人。

刘阮洞中遇一作偶仙子

天和树色霭苍苍，霞重岚深路渺茫。云实一作窦满山无鸟雀，水声沿涧有笙簧。碧沙洞里乾坤别，红树枝前日月长。愿得花间有人出，免一作不令仙犬吠刘郎。

仙子送刘阮出洞

殷勤相送出天台，仙境那能却再来。云液每一作既归须强饮，玉书无事莫频开。花当洞口应长在，水到人间定不回。惆怅溪头从此别，碧山明月闭苍苔。

仙子洞中有怀刘阮

不将清瑟理霓裳，尘梦那知鹤梦长。洞里有天春寂寂，人间无路月茫茫。玉沙瑶草连溪碧，流水桃花满涧香。晓露风灯零落尽，此生无处访刘郎。

刘阮再到天台不复见仙子

再到天台访玉真，青苔白石已成尘。笙歌冥寞闲深洞，云鹤萧条绝旧邻。草树总非前度色，烟霞不似昔年春。桃花流水依然一作前在，不见当时劝酒人。

织女怀牵牛

北斗佳人双泪流，眼穿肠断为牵牛。封题锦字凝新恨一作思，抛掷金梭织一作结旧愁。桂树三春烟一作天云漠漠，银河一水夜一作带水悠悠。欲将心向一作就仙郎说，借问榆花早晚秋。

王远宴麻姑蔡经宅

好风吹树杏花香，花下真人道姓王。大篆龙蛇随笔札，小天星斗满衣裳。闲抛南极归期晚，笑指东溟饮兴长。要唤麻姑同一醉，使人沽酒向一作下馀杭。

萼绿华将归九疑留别许真人

九点秋烟黛色空，绿华归思颇无穷。每悲驭鹤身难任一作住，长恨临霞语未终。河影暗吹云梦月，花声闲落洞庭风。蓝丝重勒金条脱，留与人间许侍中。

穆王宴王母于九光流霞馆

桑叶扶疏闭日华，穆王邀命宴流霞。霓旌著地云初驻，金奏掀天月欲斜。歌咽细风吹粉蕊一作蘂，饮馀一作酣清露湿瑶砂。不知白马红缰解，偷吃东田碧玉花。

紫河张休真

琪树扶疏压瑞烟，玉皇朝客满花前。山川到处成三月，丝竹经时即万年。树石冥茫初缩地，杯盘狼藉未朝天。东风小饮人皆醉，从听黄龙枕一作抛水眠。

张硕重寄杜兰香

碧落香销兰露秋，星河无梦夜悠悠。灵妃不降三清驾，仙鹤空成万古一作里愁。皓月隔花追款一作叹别，瑞一作飞烟笼树省淹留。人间何一作有事堪惆怅一作遗恨，海色西风十二楼。

玉女杜兰香下嫁于张硕

天上人间两渺茫，不知谁识杜兰香。来经玉树三山远，去隔银河一水长。怨入清尘愁锦瑟，酒倾玄露醉瑶觞。遗情更说何珍重，擘破云鬟金凤凰。

萧史携弄玉上升

岂是丹台归路遥,紫鸾烟驾不同飘。一声洛水传幽咽,万片宫花共寂寥。红粉美人愁未散,清华公子笑相邀。缑山碧树青楼月,肠断春风为玉箫。

皇一作黄初平将入金华山

莫道真游烟景赊,潇湘有路入京华。溪头鹤树春常在,洞口人家一作间日易一作自斜。一水暗鸣一作回闲绕洞,五云长往不还家。白羊成队难收拾,吃尽溪边巨胜花。

汉武帝思李夫人

惆怅冰一作朱颜不复归,晚秋黄叶满天飞。迎风细荇传香粉,隔水残霞见画衣。白玉帐寒鸳梦绝,紫阳宫远雁书稀。夜深池上兰桡歇,断续歌声彻一作接太微。

送羽人王锡归罗浮

风前整顿紫荷一作霞巾,常一作归向罗浮保一作报养神。石磴倚天行带月,铁桥通海入无尘一作津。龙蛇出洞闲邀雨,犀象眠花不避人。最爱葛洪寻药处,露苗烟蕊一作雨满山春。

送刘尊师祗诏阙庭三首

海风叶叶驾霓旌,天路悠悠接上清。锦诰凄凉遗去恨,玉箫哀绝醉离情。五湖夜月幡幢湿,双阙清风剑珮轻。从此一作莫道暂辞华表柱,便一作已应千载是归程。

五峰已一作此别隔人间,双阙何年许再还。既扫一作拂山川收地脉,须留日月驻天颜。霞觞共饮身虽在，风驭难一作今陪迹一作路未闲。从此枕中唯一作虽有梦一作记，梦魂何处访三山。

仙老闲眠碧草堂，帝书征入白云乡。龟台欲署长生籍，鸾殿还论不死方。红露想倾延命酒，素烟思爇降真香。五千言外无文字，更有何词赠武皇。

三年冬大礼五首

皇帝斋心洁素诚，自朝真祖报升平。华山秋草多归马，沧海寒波绝洗兵。银箭水残河势一作影断，玉炉烟尽日华生。千官整肃三天夜，剑佩初闻入太清。

海日西飞度禁林，太清宫殿月沉沉。不闻北斗倾尧酒，空觉南风入舜琴。歌压钧天闲梦尽，诏归秋水道情深。雪风更起古杉叶，时送步虚清磬音。

太一天坛降紫一作大君，属车龙鹤夜成群。春浮玉藻寒初落，露拂金茎曙欲分。三代乐回风入律，四溟歌驻水成文。千官不动旌旗下，日照南山万树云。

山拥飞云海水清，天坛未夕仗先成。千官不起金縢议，万国空瞻玉藻声。禁火曙然烟一作香焰袅，宫衣寒拂雪花轻。侧闻左右皆周吕，看取从容致太平。

太和琴暖发南薰，水阔风高得细闻。沧海举歌夔是相，历山回禅舜为君。翠微呼处生丹障，清净封中起白云。今日病身惭小隐，欲将泉石勒移文。

暮春戏赠吴端公

年少英雄好丈夫，大家望拜执一作从，又作汉。金吾。闲眠晓日听鹍鸡，笑倚春风仗一作杖辘轳。深院吹笙闻一作从汉婢，静街调马任奚奴。牡丹花下一作外帘钩外一作下，独凭红肌一作阑捋虎须。

奉送严大夫再领容府二首

海风卷树冻岚消，忧国宁辞岭外遥。自顾勤劳甘百战，不将功业负三朝。剑澄黑水曾芟虎，箭劈黄云惯射雕。代北天南尽成事，肯将心许霍嫖姚。

日照双旌射火山，《岭表录》云：梧州西有火山，下有澄潭无底，山头夜见火三尺，如野烧然，广十馀丈，或言水中有宝珠也，焰如火。山产荔枝，四月子丹，以其地热，故曰火山。笑迎宾从却南还。风云暗发谈谐外，感会潜生气概间。蕲竹水翻台榭湿，刺桐花落管弦闲。无因得靸真珠履，亲从新侯定八蛮。

赠南岳冯处士二首

白石溪边自结庐，风泉满院称幽居。鸟啼深树劚灵药，花落闲窗看道书。烟岚晚过鹿裘湿，水月夜明山舍虚。支颐冷笑缘名出，终日王门强曳裾。

寂寥深木闭烟霞，洞里相知有几家。笑看潭鱼吹水沫，醉嗔溪鹿吃蕉花。穿厨历历泉声细，绕屋悠悠树影斜。夜静著灰封釜灶，自添文武养丹砂。

题子侄书院双松

自种双松费几钱，顿令院落似秋天。能藏此地新晴雨，却惹空山旧烧烟。枝压细风过枕上，影笼残月到窗前。莫教取次成闲梦，使汝悠悠十八年。

羽林贾中丞

四十年前百战身，曾驱虎队扫胡尘。风悲鼓角榆关暮，日暖旌旗陇草春。铁马惯牵邀上客，金鱼多解乞佳人。胸中别有安边计，谁睬髭须白似银。

送康祭酒赴轮台

灞水桥边酒一杯，送君千里赴轮台。霜粘海眼旗声冻，风射犀文甲缝开。断碛簇烟山似米一作火，野营轩地鼓如雷。分明会得将军意，不斩楼兰不拟回。

南　游

尽兴南游卒未回，水工舟子不须催。政思碧树关心句，难放红螺蘸甲杯。涨海潮生阴火灭，苍梧风暖瘴云开。芦花寂寂月如练，何处笛声江上来。

哭陷边许兵马使

北风裂地黯边霜，战败桑干日色黄。故国暗回残士卒，新坟空葬旧衣裳。散牵细马嘶青草，任去佳人吊白杨。除却阴符与兵法，更无一一作异物在仪床。

和周侍御买剑

将军溢价买吴钩，要与中原静寇仇。试挂窗前惊电转，略抛床下怕泉流。青天露拔云霓泣，黑地潜擎鬼魅愁。见说夜深星斗畔，等闲期克月支头。

病马五首呈郑校书章三吴十五先辈

騄駬一作绿耳何年别一作到渥洼，病来颜色半泥一作尘沙。四啼不凿金一作银砧裂，双眼慵开玉箸一作烛斜。堕月兔毛干觳觫一作轻斛蔌，失云龙骨瘦牙槎一作查牙。平原好放一作牧无人放，嘶向秋风苜蓿花。

陇上沙葱叶正齐，腾黄犹自跼羸啼。尾蟠夜雨红丝脆，头捽一作掉秋风白练低。力惫未思金络脑，影寒空望锦障泥。阶前莫怪一作错垂双泪一作耳，不遇孙阳不敢一作肯，又作用。嘶。

不剪焦毛鬣半翻，何人别一作识是古龙孙。霜侵一作风吹病骨无骄气，土蚀骢花见卧痕。未喷断一作得喷云归汉苑，曾追轻一作已曾飞练过一作适吴门。一朝千里心犹在，争一作谁肯潜忘一作施秣饲恩。

空被秋风吹病毛，无因濯浪刷洪涛。卧来总怪龙蹄跙一作阻，瘦尽谁惊虎口高。追电有心犹款段，逢人相骨强嘶号。欲将鬐一作鬃鬣重裁剪，乞借新成一作城利铰刀。

病久无人著意看，玉一作五华衫一作毛色欲凋残。饮惊白露泉花冷，吃怕清秋一作风豆叶寒。长襜敢辞红锦重，旧缰宁畏紫丝蟠。王良若许相抬策，千里追风也不难。

长安客舍叙一作怀邵陵旧宴寄永州萧使君五首

邵陵佳一作楼树碧葱茏，河汉西沉一作星流宴未终。残漏五更传一作掀海月，清笳三会揭天风。香熏舞席云鬟绿，光射头一作骰盘蜡烛红。今日却怀一作思行乐处，两床丝竹水一作小楼中。

不知何路却一作学飞翻，虚受贤侯郑重恩。五一作午夜清歌敲玉树一作箸，三年洪饮倒一作竭金尊。招携永一作每感双鱼在一作远，报答空知一作思一剑存。狼藉梨花满城月，当时长醉信陵门。

粉堞一作雉，又作叠。彤一作丹轩画障西，水云红树窣璇题。鹧鸪欲一作影绝歌声定，鸲鹆初惊一作身翻舞袖一作翅齐。坐对玉山空一作难甸线，细听金石怕低迷。东风夜月一作月下三年饮，不省非时一作未有归时不似泥。

木鱼金一作铜钥锁春一作重城，夜上红一作江楼纵酒情。竹叶一作箭水繁更漏促，桐花风软管弦清。百分散打银船溢，十指宽催玉箸轻。星斗渐稀宾客散，碧云犹恋艳歌声。

三年身逐汉诸一作楚公侯，宾榻容居最上头。饱听笙歌陪痛一作夜饮，熟寻云水一作树纵闲游。朱门锁闭烟岚暮，铃一作紫阁清泠一作凉水木秋。月满前山圆一作风不动，更邀诗客上高一作醉南楼。

勖　剑

古物神光雪见羞，未能擎出恐泉流。暗临黑水蛟螭泣，潜倚空山鬼魅愁。生怕雷霆号涧底，长闻风雨在床头。垂情不用将闲一作糜，注云：此移切。气，恼乱司空犯斗牛。

仙都即景

蟠桃花老华阳东，轩后登真谢六宫。旌节暗迎归碧落，笙歌遥听隔崆峒。衣冠留葬桥山月，剑履将随浪海风。看却龙髯攀不得，红霞零落鼎湖空。

望九华寄池阳杜员外

戴月早辞三秀馆，迟明初识九华峰。差差玉剑寒铓利，袅袅青莲翠叶重。奇状却疑人画出，岚光如为客添浓。行春若到五溪上，此处褰帷正面逢。

全唐诗卷六四一

曹　唐

小游仙诗九十八首

玉箫金瑟发商声，桑叶枯干海水清。净扫蓬莱山下路一作上地，略邀王母话长生。

上元元日豁明堂，五帝望空拜玉皇。万树琪花千圃药，心知不敢辄形相。

骑龙重过玉溪头，红叶还春碧水流。省得壶中见天地，壶中天地不曾秋。

真王未许久从容，立在花前别甯封。手把玉箫头不举，自愁如醉倚黄龙。

金殿无人锁绛烟，玉郎并不赏丹田。白龙蹀躞难回跋，争下红绡碧玉鞭。

玄洲草木不知黄，甲子初开浩劫长。无限万年年少女，手攀红树满残阳。

宫阙重重闭玉林，昆仑高辟彩云深。黄龙掉尾引郎去，使妾月明何处寻。

风满涂山玉蕊一作叶稀，赤龙闲卧鹤东一作闲飞。紫梨烂尽无人吃，何事韩一作苏君去不归。

武帝徒劳厌暮年，不曾清净不精专。上元少女绝还往，满灶丹成白玉烟。

百辟朝回闭玉除，露风清宴桂花疏。西归使者骑金虎，亸鞚垂鞭唱步虚。

南斗阑珊北斗稀，茅君夜著紫霞衣。朝骑白一作独乘青鹿趁朝去，凤押笙歌逐一作随后飞。

焚香独自上天坛，桂树风吹玉简寒。长怕嵇康乏仙骨，与将仙籍再寻看。

冰屋朱扉晓未开，谁将金策扣琼台。碧花红尾小仙犬，闲吠五云嗔客来。

酒酽一作滟春浓琼一作瑶草齐，真公饮散醉如泥。朱一作玉轮轧轧入云去，行到半天闻马嘶。

白石山中自有天，竹花藤叶隔一作满溪烟。朝来洞口一作里围棋了，赌得青龙直几钱。

海水西飞照柏林，青云斜倚锦云深。水风暗入古山叶，吹断步虚清磬音。

玉诏新除沈侍郎，便分茅土镇东方。不知今夕游何处，侍从皆骑白凤凰。

洞里烟霞无歇时，洞中天地足金芝。月明朗朗溪头树，白发老人相对棋。

饥即餐霞闷即行，一声长啸万山青。穿花渡水来一作能相访，珍重多才阮步兵。

东妃闲著翠霞裙，自领笙歌出五云。清思密谈谁第一，不过邀取小茅君。

月影悠悠秋树明，露吹犀簟象床轻。嫔妃久立帐门外，暗笑夫人推酒声。

九天天路入云长，燕使何由到上方。玉女暗来花下立，手挼裙带问昭王。

玉皇赐妾紫衣裳，教向桃源嫁阮郎。烂煮琼花劝君吃，恐君毛鬓暗成霜。

花底休倾绿玉卮，云中含笑向安期。穷阳有数不知数，大似人间年少儿。

玉色雌龙金络头，真妃骑出纵闲游。昆仑山上桃花底，一曲商歌天地秋。

偷一作闲来洞口访一作等刘君，缓步轻抬玉线一作绿绣裙。细擘一作细拍，又作旋擘。桃花逐流水，更无言语倚彤云。

西汉夫人下太虚，九霞裙幅五云舆。欲将碧字相教示，自解盘囊出素书。

天上鸡鸣海日红，青腰侍女扫朱宫。洗一作洒花蒸叶滤清酒，待与夫人邀五翁。

汗漫真游实可奇，人间天上几一作与人知。周王不信长生话，空使苌弘碧泪垂。

青锦缝裳绿一作白玉珰一作裆，满身新带五云香。闲依碧海攀鸾驾，笑就苏君觅橘尝。

鹤不西飞龙不行，露干云破洞箫清。少年仙子说闲事，遥隔彩云闻笑声。

洞里烟深木叶粗，乘风使者降玄都。隔花相见遥相贺，擎出怀中赤玉符。

芝蕙一作草芸花烂漫春，瑞香烟露湿衣巾。玉童私地夸书札，偷写云谣暗赠人。

天上邀来不肯来，人间双鹤又空回。秦皇汉武死何处，海畔红桑花自开。

紫羽麾幢下玉京，却邀真母入三清。白龙久住浑相恋，斜倚祥云不肯行。

鹤叫风悲竹叶疏，谁来五岭拜云车。人间肉马无轻步，踏破先生一卷书。

夜降西坛宴已终，花残月榭雾朦胧。谁游八海门前过，空洞一声风雨中。

忘却教人锁后宫，还丹失尽玉壶空。嫦娥若不偷灵药，争得长生在月中。

旸谷先生下宴时，月光初冷紫琼枝。凄清金石揭天地，事在世间人不知。

共爱初平住九霞，焚香不出闭金华。白羊成队难收拾，吃尽溪头巨胜花。

酒尽香残夜欲分，青童拜问紫阳君。月光悄悄笙歌远，马影龙声归五云。

海树灵风吹彩烟，丹陵朝客欲升天。无央公子停鸾辔，笑泥娇妃索玉鞭。

八景风回五凤车，昆仑山上看桃花。若教使者沽春酒，须觅余杭阿母家。

叔卿遍览九天春，不见人间故旧人。怪得蓬莱山下水，半成沙土半成尘。

欲饮尊中云母浆，月明花里合笙簧。更教小奈将龙去，便向金坛取阮郎。

海上桃花千树开，麻姑一去不知来。辽东老鹤应慵惰，教探桑田便不回。

昨夜相邀宴杏坛，等闲乘醉走青鸾。红云塞路东风紧，吹破芙蓉碧玉冠。

云鹤冥冥去不分，落花流水恨空存。不知玉女无期信，道与留门却闭门。

采女平明受事回，暗交丹契锦囊开。欲书密诏防人见，佯喝青虬使莫来。

太一元君昨夜过，碧云高髻绾婆娑。手抬玉策红于火，敲断金鸾使唱歌。

碧瓦彤轩月殿开，九天花落瑞风来。玉皇欲著红龙衮，亲唤金妃下手裁。

长房自贵解飞翻，五色云中独闭门。看却桑田欲成海，不知还往几人存。

赤龙一作紫云停步彩云飞，共道真王一作皇海上归。千岁红桃一作千载桃花香破鼻，玉盘盛出与金妃。

碧海灵童夜到时，徒劳相唤上琼池。因循天子能闲事，纵与青龙不解骑。

且欲留君饮桂浆，九天无事莫推忙。青龙举步行千里，休道蓬莱归路长。

侍女亲擎玉酒卮，满卮倾酒劝安期。等闲相别三千岁，长忆水边分枣时。

万岁蛾眉不解愁，旋弹清瑟旋闲游。忽闻下界笙箫曲，斜倚红鸾笑不休。

去住楼台一任风，十三天洞暗相通。行厨侍女炊何物，满灶无烟玉炭红。

风动闲一作寒天清桂阴，水精帘箔一作外冷沉沉。西妃少女多春思一作春思乱，斜倚彤云尽日吟。

王母相留不放回，偶然沉醉卧瑶台。凭君与向萧郎道，教著青龙取妾来。

绛节笙歌绕殿飞，紫皇欲到五云归。细腰侍女瑶花外，争向红房报玉妃。

闻君新领八霞司，此别相逢是几时。妾有一觥云母酒，请君终宴莫推辞。

方士飞轩驻一作住碧霞，酒寒一作香风冷月初斜。不知谁唱归春一作春归曲，落尽溪头白葛一作玉花。

方朔朝来到我家，欲将灵树出丹霞。三千年后知谁在，拟种红桃待放花。

水满桑田白日沉，冻云干霰湿重阴。辽东归客闲相过，因话尧年雪更深。

朝回相引看红鸾一作泉，不觉风吹鹤氅偏。好是兴来一作好见上清骑白鹤一作鹄，文妃为伴上重天一作旋驱旌节旋升天。

公子闲吟八景文，花南拜别上阳君。金鞭遥指玉清路，龙影马嘶归五云。

一百年中是一春，不教日月辄移轮。金鳌头上蓬莱殿，唯有人间炼骨人。

笑擎云液紫瑶觥，共请云和碧玉笙。花下偶然吹一曲，人间因识董双成。

东皇长女没多年，从洗一作洒金芝到水边。无事伴他棋一局，等闲输却卖花钱。

红草青林日半斜，闲乘一作随小风出彤霞。略一作路寻旧路一作故旧过西国一作谷，因得冰园一尺一作颗瓜。

树下星沉月欲高，前溪水影湿龙毛。洞天云冷玉一作五花发，公子尽披双锦袍。

紫水风吹剑树寒，水边年少下红鸾。未知百一穷阳数，略请先生止的看。

武皇含笑把金觥，更请霓裳一两声。护帐宫人最年少，舞腰时挈绣裙轻。

琼树扶疏压瑞烟，玉皇朝客满花前。东风小饮人皆醉，短尾青龙枕水眠。

彤阁钟鸣碧鹭飞，皇君催熨紫霞衣。丹房玉女心慵甚，贪看投壶不肯归。

昆仑山上自一作白鸡啼，羽客争升碧玉梯。因驾五龙看较艺，白鸾功用不如妻。

沙野先生闭玉虚，焚香夜写紫微书。供承童子闲无事，教剉琼花喂白驴。

云陇琼花满地香，碧沙红水遍朱堂。外人欲压长生籍，拜请飞琼报玉皇。

玉洞长春风景鲜，丈人私宴就芝田。笙歌暂向花间尽，便是人间一万年。

青童传语便须回，报道麻姑玉蕊开。沧海成尘等闲事，且乘龙鹤看花来。

绛树彤云户半开，守花童子怪人来。青牛卧地吃琼草，知道先生朝未回。

石洞沙溪二十年，向明杭日夜朝天。白矾烟尽一作里水银冷，不觉小龙床下眠。

紫微深锁敞丹轩，太帝亲谈不死门。从此百僚俱拜后，走龙鞭虎下昆仑。

云衫玉带好威仪，三洞真人入奏时。频着金鞭打龙角，为嗔西去上天迟。

太子真娥相领行，当天合曲玉箫清。梨花新折东风软，犹在缑山乐笑声。

洞里月明琼树风，画帘青室影朦胧。香残酒冷玉妃睡，不觉七真归海中。

青苑红堂压瑞云，月明闲宴九阳君。不知昨夜谁先醉，书破明霞八幅裙。

东溟两度作尘飞，一万年来会面稀。千树梨花百壶酒，共君论饮莫论诗。

沧海令抛即未能，且缘鸾鹤立相仍。蔡家新妇莫嫌少，领取真珠三五升。

溪影沉沙树影清，人家皆踏五音行。可怜三十六天路，星月满空琼草青。

北斗西风吹白榆，穆公相笑夜投壶。花前玉女来相问，赌得青龙许赎无。

九天王母皱蛾眉，惆怅无言倚桂枝。悔不长留穆天子，任将妻妾住瑶池。

暂随凫伯纵闲游，饮鹿因过翠水头。宫殿寂寥人不见，碧花菱角满潭秋。

新授金书八素章，玉皇教妾主扶桑。与君一别三千岁，却厌仙家日月长。

八海风凉水影高，上卿教制赤霜袍。蛟丝玉线难裁割，须借玉妃金剪刀。

海上风来吹杏枝，昆仑山上看花时。红龙锦襜黄金勒，不是元君不得骑。

绛阙夫人下北方，细环清佩响丁当。攀花笑入春风里，偷折红桃寄阮郎。

又游仙诗一绝 见《唐诗纪事》

靖节先生几代孙，青娥曾接玉郎魂。春风流水还无赖，偷放桃花出洞门。

题武陵洞五首

此生终使此身闲，不是春时且要还。寄语桃花与流水，莫辞相送到人间。

溪口回舟日已昏，却听鸡犬隔前村。殷勤重与秦人别，莫使桃花闭洞门。

却恐重来路不通，殷勤回首谢春风。白鸡黄犬不将去，且寄桃花深洞中。

桃花夹岸杳何之，花满春山水去迟。三宿武陵溪上月，始知人世有秦时。

渡水傍山寻绝壁，白云飞处洞天开。仙人来往无行迹，石径春风长绿苔。

句

斩蛟青海上，射虎黑山头。见《纪事》

箫声欲尽月色苦，依旧汉家宫树秋。

一曲哀歌茂陵道，汉家天子葬秋风。

谁知汉武无仙骨，满灶黄金成白烟。以上见张为《主客图》

全唐诗卷六四二

来　鹄 一作鹏

来鹄，豫章人，诗思清丽。咸通中，举进士不第。诗一卷。

圣政纪颂 并序

穆宗皇帝临大朝，与群臣言奏政事。群臣退而宰臣奏曰："陛下问及乎政事，此三皇五帝之所徽美也。陛下不问及史臣，此三皇五帝之所弭已也。徽美者，将有乎闻也；弭已者，将有乎亡也。以闻之而又亡之，则陛下徒有宵衣旰食之名，规天条地之绩，与群臣言后，若飙然拂冠过冕，湮时销日，无得用于后。譬如十夫树杨，一夫拔之，无得以成其大也。政事群臣得陛下日问之，是十夫树杨也；史官执笔为陛下日远之，是一夫拔杨也。使后之人讶圣朝空晨虚夕，闲殿旷廷，无君臣咨谋洋溢之言，乏社稷安危强谠之说，是不亦远史臣，致不载其事，如拔去其杨，将弭已之谓乎？臣伏念贞观、永徽之代，百官之有耳目，但听视天子而已。故言事者，安论纾词，无疑权虑势。史官执笔于阶之下，天子侧旒于殿之上，奏者发诚于廷之中。是以正衙一开，则臣诚前而启之，帝旒近而镇之，史笔随而络之。由是君臣谋国图政之事，俞机都要之言，诧业发神，丰编照物，偕籍于尧典，差光于天阳，至今见太宗文德，若三皇五帝之所徽美也。自永徽之后，宰执不正，窥伺是忌，针棘前后，阻越对扬，狼噬虎餐，持膏衔肉，盖以言多为己，曾不致君，内荏失中，畏使人听，乃奏史官与百僚俱退，然后宰臣请事。由是君有问而宰臣知之，史官不得与于闻；君有举而宰臣谋之，史官不得记其事。次第周行，检录制诰，与冗吏同工而已。臣尝涕泣以叹，岂有以一己之细，一性之忌，于黍晷圭景之间，苟嗜急须，回天遮上，使圣绪神绩，嘉扬善讽，罔得闻于千万年，枉有谓明朝空晨虚夕，闲殿旷廷，无君臣咨谋洋溢之言，乏社稷安危强说之说。若今踵而承之，则不唯臣有障聪蔽睿之刺，抑陛下虽有三皇五帝之所徽美，而若远史臣，则三皇五帝之所弭已也，抑又有一夫拔杨之谓欤？臣请史官执笔，当群臣奏事，随日撰录，号为圣政纪。臣立朝荷禄，幸甚。”穆宗皇帝动扆颔旒，怃然叹曰：“吁，朕罔敢粉名厥后，乃罔知厥后，然圣人存简策者，亦非以粉名也，盖存乎大国之典，鸿祖之业。我国有典，我祖有业，业有于典，典在于史，曷厥史不书，是尸余于祖、涸业于典也。朕缵承圣绪，恭惟恪思，将念厥政，未尝不离安废酣，驰荒骛远。是以每与宰臣言，如簇天下一巡省；每见宰臣退，而展天下尽闻知。岂图臣蓄猾谋，公无同事，欲弄尾舌，先卫岩穴，隔斥史臣，占佞明后，致懿搜嘉访，不存尧典之书；善讽名猷，莫出清庙之什。史臣负我，不举其官；宰辅尽忠，厥闻有此。”由是诏史职，执史笔，立于廷之下，录君臣胪句之必行，载刚毅进退之敢议，题其篇目曰圣政纪也。至上之即位三年，有乡校小臣来鹄居山泽间，常私心重惜史臣，以其史臣者，是当国之镜，千亿代之眉目也。因窥穆宗实录，得解愤释嫉于立史官为圣政纪者，追而诵出其事，以鉴今之廷列，故拜献颂曰：

三皇不书，五帝不纪。有圣有神，风销日已。何教何师，生来死止。无典无法，顽肩鼻比。三皇实作，五帝实治。成天造地，不昏不圮。言得非排，文得圣齿。表表如见者，莫若乎史。是知朴绳休结，正简斯若。君诰臣箴，觚编毫络。前书后经，规善鉴恶。国之大章，如何寝略。呜呼！贞观多吁，永徽多俞。廷日发论，殿日发谟。牙孽不作，鸟鼠不除。论出不盖，谟行不纡。楹然史臣，蛇然史裾。瞠瞠而视，逶逶而窭。翘笔当面，决防纳污。不梏尔智，不息我愚。执言直注，史文直敷。故得粲粲朝典，落落廷謇。圣牍既多，尧风不浅。颂编坦轴，君出臣显。若俨见旒，若俯见冕。无闲殿旷廷，无尸安素宴。三皇不亡，五帝不翦。太宗得之，史焉斯展。暨乎后相图身，天子专问。我独以言，史不得近。丘明见嫌，倚相在摈。秉笔如今，随班不进。班退史归，惘然畴依。奏问莫睹，嘉谟固稀。取彼诰命，禄为国肥。炯哉时皇，言必成章。德宣五帝，道奥三皇。如何翌臣，馋肉嗜皿。鞘距磨抉，榀衡拘长。控截僚位，占护阳光。垣私藩已，远史庋唐。俾德音嘉访，默缩暗亡。咽典噤法，盖圣笼昌。曷以致此，史文不张。后必非笑，将来否臧。谓乎殿空扆逸，朝懵廷荒。不知奸蔽，文失汪洋。有贞观业，有永徽纲。亦匿匪见，亦寝匪彰。赖有后臣，斯言不佞。伊尹真心，太甲须圣。事既可书，史何不命。乃具前欺，大陈不敬。曰逐史之喻，请以物并。且十夫树杨，一夫欲竞。栽既未牢，拼岂能盛！帝业似栽，逐史似拼。穆宗怃然，若疢若瞀。昔何臣斯，隐我祖正。不传亲问，不写密诤。孰示来朝，以光神政。由是天呼震吸，征奔召急。史题笔来，叱廷而入。端耳抗目，不拗不挹。獬豸侧头，螭虬摆湿。握管绝怡，当殿而立。君也尽问，臣也倒诚。磊磊其事，镗镗其声。大何不显，细何不明。语未绝绪，史已录成。谓之何书，以政纪名。伊纪清芳，可昭典坟。古师官鸟，昔圣官云。方之我后，录里书分。录有君法，书有君文。君法君文，在圣政纪云。殿无闲时，廷无旷日。云诹波访，倦编刓笔。君劬臣劳，上讨下述。惟勤惟明，在圣政纪出。至德何比，至教焉如？孰窥孰测，外夷内储。谓君有道乎，臣有谟欤？有道有谟，在圣政纪书。一体列秩，同力翼戴。祈福去邪，绝防无碍。国章可披，唐文可爱。善咨不偷，嘉论不盖。不偷不盖，在圣政纪载。谅夫！总斯不朽，可悬魏阙。愚得是言，非讪非伐。实谓医臣浑沌，开君日月。妖物雰死，天文光发。惟我之有颂兮，奚斯跃而董狐蹶。

宛陵送李明府罢任归江州

菊花村晚雁来天，共把离觞一作杯向水边。官满便寻垂钓侣，家贫已用卖琴钱。浪生湓浦千层雪，云起炉峰一炷烟。倘见吾乡旧知己，为言憔悴过年年。

清明日与友人游玉粒一本无粒字塘庄

几宿一作度春山逐一作共陆郎，袁术常呼陆绩为陆郎。清明时节好烟一作风光。归一作细穿细一作绿荇船头滑，醉踏残花屐齿香。风急岭云飘一作翻迥野，雨馀田水落方塘。不堪吟罢东一作重回首，满耳蛙声正夕阳。

寒食山馆书情

独把一杯山馆中，每经时节恨飘蓬。侵阶草色连朝雨，满地梨花昨夜风。蜀魄啼来春寂寞，楚魂吟后月朦胧。分明记得还家梦，徐孺宅前湖水东。

病　起

春初一卧到秋深，不见红芳与绿阴。窗下展书难久读，池边扶杖欲闲吟。藕穿平地生荷叶，笋过东家作竹林。在舍浑如远乡客，诗僧酒伴镇相寻。

鄂渚除夜书怀

鹦鹉洲头夜泊船，此时形影共凄然。难归故国干戈后，欲告何人雨雪天。箸拨冷灰书闷字，枕陪寒席带愁眠。自嗟落魄一作拓无成事，明日春风又一年。

鄂渚清明日与乡友登头陀山

冷酒一杯相劝频，异乡相遇转相亲。落花风里数声笛，芳草烟中无限人。都大此时深怅望，岂堪高处一作境更逡巡。思量费子真仙子，不作头陀山下尘。

蚕　妇

晓夕采桑多苦辛，好花时节不闲身。若教解爱繁华事，冻杀黄金屋里人。

题庐山双剑峰

倚天双剑古今闲，三尺高于四面山。若使火云烧得动，始应农器满人间。

云

千形万象竟还空，映水藏山片复重。无限旱苗枯欲尽，悠悠闲处作奇峰。

金钱花

也无棱郭也无神，露洗还同铸出新。青帝若教花里用，牡丹应是得钱人。

晓　鸡

黯黯严城罢鼓鼙，数声相续出寒栖。不嫌惊破纱窗梦，却怕为妖半夜啼。

山中避难作

山头烽火水边营，鬼哭人悲夜夜声。唯有碧天无一事，日还西下月还明。

早　春

新历才将半纸开，小庭犹聚爆竿灰。偏憎杨柳难钤辖，又惹东风意绪来。

鹭　鸶

袅丝翘足傍澄澜，消尽年光伫思间。若使见鱼无羡意，向人姿态更应闲。

子　规

雨恨花愁同此冤，啼时闻处正春繁。千声万血谁哀尔，争得如花笑不言。

新安官舍闲坐

寂寞空阶草乱生，簟凉风动若为情。不知独坐闲多少，看得蜘蛛结网成。

除　夜

事关休戚已成空，万里相思一夜中。愁到晓鸡声绝后，又将憔悴见春风。

游　鱼

弄萍隈荇思夷犹，掉尾扬鬐逐慢流。应怕碧岩岩下水，浮藤如线月如钩。

鹦　鹉

色白还应及雪衣，嘴红毛绿语仍奇。年年锁在金笼里，何似陇山闲处飞。

偶题二首

近来灵鹊语何疏，独凭栏干恨有殊。一夜绿荷霜剪破，赚他秋雨不成珠。

水边箕踞静书空，欲解愁肠酒不浓。可惜青天好雷雹，只能驱趁懒蛟龙。

惜　花

东风渐急夕阳斜，一树夭桃数日花。为惜红芳今夜里，不知和月落谁家。

洞庭隐

高卧洞庭三十春，芰荷香里独垂纶。莫嫌无事闲销日，有事始怜无事人。

古剑池

秋水莲花三四枝，我来慷慨步迟迟。不决浮云斩邪佞，直成龙去欲何为。

梅　花

枝枝倚槛照池冰，粉薄香残恨不胜。占得早芳何所利，与他霜雪助威棱。

闻　蝉

绿槐阴里一声新，雾薄风轻力未匀。莫道闻时总惆怅，有愁人有不愁人。

卖花谣

紫艳红苞价不同，匝街罗列起香风。无言无语呈颜色，知落谁家池馆中。

子　规

月落空山闻数声，此时孤馆酒初醒。投人语若似伊泪，口畔血流应始听。

句

回眸绿水波初起，合掌白莲花未开。观忏会夫人　见《墨庄漫录》

全唐诗卷六四三

李山甫

李山甫，咸通中累举不第，依魏博幕府为从事。尝逮事乐彦祯、罗弘信父子，文笔雄健，名著一方。诗一卷。

菊

篱下霜前偶得存，忍教迟晚避兰荪。也销造化无多力，未受阳和一点恩。栽处不容依玉砌，要时还许上金尊。陶潜殁后谁知己，露滴幽丛见泪痕。

风

喜怒寒暄直不匀，终无形状始无因。能将尘土平欺客，爱把波澜枉陷人。飘乐递香随日在，绽花开柳逐年新。深知造化由君力，试为吹嘘借与春。

月

狡兔顽蟾死复生，度云经汉澹还明。夜长虽耐对君坐，年少不禁随尔行。玉桂影摇乌鹊动，金波寒注鬼神惊。人间半被虚抛掷，唯向孤吟客有情。

秋

傍雨依风冷渐匀,更凭青女事精神。来时将得几多雁,到处愁他无限人。能被绿杨深懊恼,谩偎黄菊送殷勤。邹家不用偏吹律,到底荣枯也自均。

松

地耸苍龙势抱云,天教青共众材分。孤标百尺雪中见,长啸一声风里闻。桃李傍他真是佞,藤萝攀尔亦非群。平生相爱应相识,谁道修篁胜此君。

读汉史

四百年间反覆寻,汉家兴替好沾襟。每逢奸诈须挼手,真一作直遇英雄始醒心。王莽弄来曾半破,曹公将去便平沈。当时虚受君恩者,谩向青编作鬼林。

上元怀古二首

南朝天子爱风流,尽守江山不到头。总是战争收拾得,却因歌舞破除休。尧行一作将道德终无敌,秦把金汤可自由。试问繁华何处有一作在,雨苔烟草古一作石城秋。

争帝图王一作皇德尽衰,骤兴一作王驰霸亦何为。君臣都是一场笑,家国共一作同成千载悲。排岸远樯森似槊,落波残照赫如旗。今朝城上难回首,不见楼船索战时。

隋堤柳

曾傍龙舟拂翠华,至今凝恨倚天涯。但经春色还秋色,不觉杨家是李家。背日古阴从北朽，逐波疏影向南斜。年年只有晴风便，遥为雷塘送雪花。

蒲关西道中作

国东王气凝蒲关，楼台帖出晴空间。紫烟横捧大舜庙，黄河直打中条山。地锁咽喉千古壮，风传歌吹万家闲。来来去去身依旧，未及潘年鬓已斑。

送李秀才入军

弱柳贞松一地栽，不因霜霰自难媒。书生只是平时物，男子争无乱世才。铁马已随红旆去，同人犹著白衣来。到头功业须如此，莫为初心首重回。

送蕲州裴员外

正作南宫第一人，暂随霓旆怆离群。晓从阙下辞天子，春向江头待使君。五马尚迷青琐路，双鱼犹惹翠兰芬。明朝无路寻归处，禁树参差隔紫云。

代孔明哭先主

忆昔南阳顾草庐，便乘雷电捧乘舆。酌量诸夏须平取，期刻群雄待遍锄。南面未能成帝业，西陵那忍送宫车。九疑山下频惆怅，曾许微臣水共鱼。

送职方王郎中吏部刘员外自太原郑相公幕继奉征书归省署

双凤衔书次第飞，玉皇催促列仙归。云开日月临青琐，风卷烟霞上紫微。莲影一时空俭府，兰香同处扑尧衣。此生长扫朱门者，每向人间梦粉闱。

寒食二首 第二首缺六字

柳带东风一向斜，春阴澹澹蔽人家。有时三点两点雨，到处十枝五枝花。万井楼台疑绣画，九原珠翠似烟霞。年年今日谁相问，独卧长安泣岁华。

风烟放荡花披猖，秋千女儿飞短一作出墙。绣袍驰马拾遗翠，锦袖斗鸡喧广场。天地气和融霁色，池台日暖烧春光。自怜尘土无他事，空脱荷衣泥醉乡。

又代孔明哭先主

鲸鬣翻腾四海波，始将天意用干戈。尽驱神鬼随鞭策，全罩英雄入网罗。提剑尚残吴郡国，垂衣犹欠魏山河。鼎湖无路追仙驾，空使群臣泣血多。

贫　女

平生不识绣衣裳，闲把荆钗一作簪亦自伤。镜里只应谙素貌，人间多自信一作重红妆。当年未嫁还忧老，终日求媒即道狂。两意定知无说处，暗垂珠泪湿蚕筐。

寓　怀

万古交驰一片尘，思量名利孰如身。长疑好事皆虚事，却恐闲人是贵人。老逐少来一作年终不放，辱随荣后直一作定须匀。劝君不用一作莫漫夸头角，梦里输赢总未真。

蜀中寓怀

千里烟霞锦水头，五丁开得也风流。春装宝阙一作钿重重树，日照仙州万万楼。蛙似公孙虽不守，龙如诸葛亦须休。此中无限英雄鬼，应对江山各自羞。

下第卧疾卢员外召游曲江

眼前何事不伤神，忍向江头更弄春。桂树既能欺贱子，杏花争肯采闲人。麻衣未掉浑身雪，皂盖难遮满面尘。珍重列星相借问，嵇康慵病也天真。

司天台

拂云朱槛捧昭回，静对铜浑水镜开。太史只知频奏瑞，苍生无计可防灾。景公进德星曾退，汉帝推诚日为回。何事旷官全不语，好天良月锁高台。

落花

落拓东风不藉春，吹开吹谢两何因。当时曾见笑筵主，今日自为行路尘。颜色却还天上女，馨香留与世间人。明年寒食重相见，零泪无端又满一作湿，一作沾。巾。

赴举别所知

腰剑囊书出户迟，壮心奇命两相疑。麻衣尽举一双手，桂树只生三两一作十枝。黄祖不怜鹦鹉客，志公偏赏麒麟儿。叔牙忧一作知我应相痛，回首天涯寄所思。

贺邢州卢员外

紫泥飞诏下金銮，列象分明世仰观。北省谏书藏旧草，南宫郎署握新兰。春归凤沼恩波暖，晓入鸳行瑞气寒。偏是此生栖息者，满衣零泪一时干。

方干隐居

咬咬嘎嘎水禽声，露洗松阴满院清。溪畔印沙多鹤迹，槛前题竹有僧名。问人远岫千重意，对客闲云一片情。早晚尘埃得休去，且将书剑事先生。

早春微雨

怪来莺蝶似凝愁，不觉看花暂湿头。疏影未藏千里树，远阴微翳万家楼。青罗舞袖纷纷转，红脸啼珠旋旋收。岁旱且须教济物，为霖何事爱风流。

谒翰林刘学士不遇

梦绕清华宴地深，洞宫横锁晓沉沉。鹏飞碧海终难见，鹤入青霄岂易寻。六尺羁魂迷定止，两行愁血谢知音。平生只耻凌风翼，随得鸣珂上禁林。

答刘书记见赠

吟近秋光思不穷，酷探骚雅愧无功。茫然心苦千篇拙，暝坐神凝万象空。月上开襟当北户，竹边回首揖西风。知音频有新诗赠，白雪纷纷落郢中。

贺友人及第

得水蛟龙失水鱼，此心相对两何如。敢辞今日须行卷，犹喜他年待荐书。松桂也应情未改，萍蓬争奈迹还疏。春风不见寻花伴，遥向青云泥子虚。

雨后过华岳庙 第二句缺两字

华山黑影霄崔嵬，金天□□门未开。雨淋鬼火灭不灭，风送神香来不来。墙外素钱飘似雪，殿前阴柏吼如雷。知君暗宰人间事，休把苍生梦里裁。

赠弹琴李处士

情知此事少知音，自是先生枉用心。世上几时曾好古，人前何必更沾襟。致身不似笙竽一作簧巧，悦耳宁如郑卫淫。三尺焦桐七条线，子期师旷两沉沉。

刘员外寄移菊

秋来缘树复缘墙，怕共平芜一例荒。颜色不能随地变，风流唯解逐人香。烟含细叶交加碧，露拆寒英次第黄。深谢栽培与知赏，但惭终岁待重阳。

南　山

钝碧顽青几万秋，直无天地始应休。莫嫌尘土佯遮面，能向楼台强出头。霁色陡添千尺翠，夕阳闲放一堆愁。假饶不是神仙骨，终抱琴书向此游。

山中览刘书记新诗

记室新诗相寄我，蔼然清绝更无过。溪风满袖吹骚雅，岩瀑无时滴薜萝。云外山高寒色重，雪中松苦夜声多。静酬嘉唱对幽景，苍鹤羸栖古木柯。

早秋山中作

荣枯无路入千峰，肥遁谁谐此志同。司寇亦曾遭鲁黜，步兵何事哭途穷。桧松瘦健滴秋露，户牖虚明生晚风。山思更清人影绝，陇云飞入草堂中。

赋得寒月寄齐已

松下清风吹我襟，上方钟磬夜沉沉。已知庐岳尘埃绝，更忆寒山雪月深。高谢万缘消祖意，朗吟千首亦师心。岂知名出遍一作遍出诸夏，石上栖禅竹影侵。

曲江二首

南山低对紫云楼，翠影红阴瑞气浮。一种是春长富贵，大都为水也风流。争攀柳带千千手，间插花枝万万头。独向江边最惆怅，满衣尘土避王侯。

江色沉天万草齐，暖烟晴霭自相迷。蜂怜杏蕊细香落，莺坠柳条浓翠低。千队国娥轻似雪，一群公子醉如泥。斜阳怪得长安动，陌上分飞万马蹄。

迁居清谿和刘书记见示

担锡归来竹绕谿，过津曾笑鲁儒迷。端居味道尘劳息，扣寂眠云心境一作行齐。还似村家无宠禄，时将邻叟话幽栖。山衣毳烂唯添野，石井源清不贮泥。祖意岂从年腊得，松枝肯为雪霜低。晚天吟望秋光重，雨阵横空蔽断霓。

阴地关崇徽公主手迹

一拓一作掐纤痕更不收，翠微苍藓几经秋。谁陈帝子和番策，我是男儿为国羞。寒雨洗来香已尽，澹烟笼著恨长留。可怜汾水知人意，旁与吞声未忍休。

题李员外厅

石砌蛩吟响，草堂人语稀。道孤思绝唱，年长渐知非。名利终成患，烟霞亦可依。高丘松盖古，闲地药苗肥。猿鸟啼嘉景，牛羊傍晚晖。幽栖还自得，清啸坐忘机。爱彼人深处，白云相伴归。

山中寄梁判官

归卧东林计偶谐，柴门深向翠微开。更无尘事心头起，还有诗情象外来。康乐公应频结社，寒山子亦患多才。星郎雅是道中侣，六艺拘牵在隗台。

禅林寺作寄刘书记

坐近松风骨自寒，茅斋直拶白雪边。玄关不闭何人到，此事谁论在佛先。天竺老师留一句，曹溪行者答全篇。今朝林下忘言说，强把新诗寄谪仙。

山中病后作

卧病厌厌三伏尽，商飙初自水边来。高峰枯槁骨偏峭，野树扶疏叶未摧。时序追牵从鬓改，蝉声酸急是谁催。云门不闭全无事，心外沉然一聚灰。

寄卫别驾

晓屐归来岳寺深，尝思道侣会东林。昏沉天竺看经眼，萧索净名老病心。云盖数重横陇首，苔花千点遍松阴。知君超达悟空旨，三径闲行抱素琴。

遣　怀

长松埋涧底，郁郁未出原。孤云飞陇首，高洁不可攀。古道贵拙直，时事不足言。莫饮盗泉水，无为天下先。智者与愚者，尽归北邙山。唯有东流水，年光不暂闲。

酬刘书记一二知己见寄

见说金台客，相逢只论诗。坐来残暑退，吟许野僧一作人知。自喜幽栖僻，唯惭道义亏。身闲偏好古，句冷不求奇。晦迹全无累，安贫自得宜。同人终念我，莲社有归期。

山中依韵答刘书记见赠

幽居少人事，三径草不开。隐几虚室静，闲云入坐来。至道非内外，讵言才不才。宝月当秋空，高洁无纤埃。心灭一作减百虑减一作灭，诗成万象回。亦有吾庐在，寂寞旧山隈。从容未归去，满地生青苔。谢公寄我诗，清奇不可陪。白雪飞不尽，碧云欲成堆。惊风出地户，虩虩似震雷。吟哦山岳动，令人心胆摧。思君览章句，还复如望梅。慷慨追古意，旷望登高台。何当陶渊明，远师劝倾杯。流年将老来，华发自相催。野寺连屏障，左右相裴回。

山中答刘书记寓怀

贵门多冠冕，日与荣辱并。山中有独夫，笑傲出衰盛。正直任天真，鬼神亦相敬。之子贲丘园，户牖松萝映。骨将槁木齐，心同止水净。笔头指金波，座上横玉柄。芙蓉出秋渚，绣段流清咏。高古不称时，沉默岂相竞。穷搜万籁息，危坐千峰静。林僧继嘉唱，风前亦为幸。

项羽庙

为虏为王尽偶然，有何羞见汉江船。停分天下犹嫌少，可要行人赠纸钱。

春日商山道中作

一径春光里，扬鞭入翠微。风来花落帽，云过雨沾衣。谷鸟衔枝去，巴人负笈归。残阳更惆怅，前路客亭稀。

古石砚

追琢他山石，方圆一勺深。抱真唯守墨，求用每虚心。波浪因文起，尘埃为废侵。凭君更研究，何啻直千金。

惜花

未会春风意，开君又落君。一年今烂漫，几日便缤纷。别艳那堪赏，余香不忍闻。尊前恨无语，应解一作得作朝云。

别杨秀才

因乱与君别，相逢悲且惊。开襟魂自慰，拭泪眼空明。故国已无业,旧交多不生。如何又分袂,难话别离情。

自叹拙

自怜心计拙,欲语更悲辛。世乱僮欺主,年衰鬼弄人。镜中颜欲老,江上业长贫。不是刘公乐一作药,何由变此身。

乱后途中

乱离寻故园,朝市不如村。恸哭翻无泪,颠狂觉少魂。诸侯贪割据,群盗恣并吞。为问登坛者,何年答汉恩。

燕

每岁同辛苦,看人似有情。乱飞春得意,幽语夜闻声。整羽庄姜恨,回身汉后轻。豪家足金弹,不用污雕楹。

题慈云寺僧院

帝城深处寺,楼殿压秋江。红叶去寒树,碧峰来晓窗。烟霞生净土,苔藓上高幢。欲问吾师语,心猿不肯降。

闻子规 末句缺二字

冤禽名杜宇,此事更难知。昔帝一时恨,后人千古悲。断肠思故国,啼血溅芳枝。况是天涯客,那堪□□眉。

送刘将军入关讨贼

世人多恃武,何者是真雄。欲灭黄巾贼,须凭黑槊公。指星忧国计,望气识天风。明日凌云上,期君第一功。

陪郑先辈华山罗谷访张隐者

白云闲洞口，飞盖入岚光。好鸟共人语，异花迎客香。谷风闻鼓吹，苔石见文章。不是陪仙侣，无因访阮郎。

兵后寻边三首

千里烟沙尽日昏，战余烧罢闭重门。新成剑戟皆农器，旧著衣裳尽血痕。卷地朔风吹白骨，柱一作挂天青气泣幽魂。自怜长策无人问，羞戴儒冠傍塞垣。

旗头指处见黄埃，万马横驰鹘翅回。剑戟远腥凝血在，山河先暗阵云来。角声恶杀悲于哭，鼓势争强怒若雷。日暮却登寒垒望，饱鸱清啸伏尸堆。

风怒边沙迸铁衣，胡儿胡马正骄肥。将军对阵谁教入，战士辞营不道归。新血溅红黏蔓草，旧骸堆白映寒晖。胸中纵有销兵术，欲向何门说是非。

沧浪峡

走毂飞蹄过此傍，几人留意问沧浪。烟波莫笑趋名客，为爱朝宗日夜忙。

公子家二首

曾是皇家几世侯，入云高第照神州。柳遮门户横金锁，花拥弦歌咽画楼。锦袖妒姬争巧笑，玉衔〔骄〕(娇)马索闲游。麻衣酷献平生业，醉倚春风不点头。

柳底花阴压露尘，醉一作瑞烟轻罩一团春。鸳鸯占水能嗔客，鹦鹉嫌笼解骂人。騕袅似龙随日换，轻盈如燕逐年新。不知买尽长安笑,活得苍生几户贫。

山下一作中残夏偶作

等闲三伏后,独卧此高丘。残暑炎于火,林风爽带秋。声名何要出,吟咏亦堪休。自许红尘外,云溪好漱流。

夜　吟

除却闲吟外,人间事事慵。更深成一句,月冷上孤峰。穷理多瞑目,含毫静倚松。终篇浑不寐,危坐到晨钟。

代崇徽公主意

金钗坠地鬓堆云,自别朝一作昭阳帝岂闻。遣妾一身安社稷,不知何处用将军。

下第献所知三首

偶向江头别钓矶,等闲经岁与心违。虚教六尺受辛苦,枉把一身忧是非。青桂本来无欠负,碧霄何处有因依。春风不用相催促,回避花时也解归。

不识人间巧路岐,只将端拙泥神祇。与他名利本无分,却共水云曾有期。大抵物情应莫料,近来天意也须疑。自怜心计今如此,凭仗春醪为解颐。

十年磨镞事锋铓,始逐朱旗入战场。四海风云难际会,一生肝胆易开张。退飞莺谷春零落,倒卓龙门路渺茫。今日惭知也惭命,笑余歌罢忽一作总凄凉。

寄太常王少卿

别后西风起，新蝉坐卧闻。秋天静如水，远岫碧侵云。雅饮纯和气，清吟冰雪文。想思重回首，梧叶下纷纷。

游侠儿

好把雄姿浑世尘，一场闲事莫因循。荆轲只为闲言语，不与燕丹了得人。

下第出春明门

曾和秋雨驱愁入，却向春风领恨回。深谢灞陵堤畔柳，与人头上拂尘埃。

望思台

君父昏蒙死不回，谩将平地筑高台。九层黄土是何物，销得向前冤恨来。

病中答刘书记见赠

病来双树下，云脚上禅袍。频有琼瑶赠，空瞻雪月高。已知捐俗态，时许话风骚。衰疾一作病未能起，相思徒自劳。

早秋山中作

谁到山中语，雨余风气秋。烟岚出涧底，瀑布落床头。至道亦非远，僻诗须苦求。千峰有嘉景，拄杖独巡游。

别　墅

此地可求息,开门足野情。窗明雨初歇,日落风更清。苍藓槎根匝,碧烟水面生。玩奇心自乐,暑月听蝉声。

柳　十　首

灞岸江头腊雪消,东风偷软入纤条。春来不忍登楼望,万架金丝著地娇。

受尽风霜得到春,一条条是逐年新。寻常送别无余事,争忍攀将过与人。

长恨阳和也世情,把香和艳与红英。家家只是栽桃李,独自无根到处生。

只为遮楼又拂桥,被人摧折好枝条。假饶张绪如今在,须把风流暗里销。

弱带低垂可自由,傍他门户倚他楼。金风不解相抬举,露压烟欺直到秋。

终日堂前学画眉,几人曾道胜花枝。试看三月春残后,门外青阴是阿谁。

也曾飞絮谢家庭,从此风流别有名。不是向人无用处,一枝愁杀别离情。

从来只是爱花人,杨柳何曾占得春。多向客亭门外立,与他迎送往来尘。

强扶柔态酒难醒,殢著一作漠漠春风别有情。公子王孙且相伴,与君俱得几时荣。

无赖秋风斗觉一作送寒,万条烟草一作罩一时干。游人若要春消息,直向江头腊后看。

酬刘书记见赠 第七句缺一字，第十五句缺。

独在西峰末，怜君和气多。劳生同朽索，急景似倾波。禅者行担锡，樵师语隔坡。旱□生赤藓，古木架青萝。石涧新蝉脱，茅檐旧燕窠。篇章蒙见许，松月好相过。思苦通真理，吟清合大和。□□□□□，风起送渔歌。

赠徐三十 一本题缺，一本作酬刘书记见赠第二首。

春满南宫白日长，夜来新值锦衣郎。朱排六相一作戟助神耸，玉衬一厅侵骨凉。砌竹拂袍争草色，庭花飘艳妒兰香。从今不羡乘槎客，曾到三星列宿傍。

牡　丹

邀勒春风不早开，众芳飘后上楼台。数苞仙艳火中出，一片异香天上来。晓露精神妖欲动，暮烟情态恨成堆。知君也解相轻薄，斜倚阑干首重回。

赠宿将

校猎燕山经几春，雕弓白羽不离身。年来马上浑无力，望见飞鸿指似人。

全唐诗卷六四四

李咸用

李咸用，与来鹏同时，工诗，不第，尝应辟为推官。有《披沙集》六卷，今编为三卷。

水仙操

大波相拍流水鸣，蓬山鸟兽多奇形。琴心不喜亦不惊，安弦缓爪何泠泠。水仙缥缈来相迎，伯牙从此留嘉名。峄阳散木虚且轻，重华斧下知其声。檿丝相纠成凄清，调和引得薰风生。指底先王长养情，曲终天下称太平。后人好事传其曲，有时声足意不足。始峨峨兮复洋洋，但见山青兼水绿。成连入海移人情，岂是本来无嗜欲。琴兮琴兮在自然，不在徽金将轸玉。

鸡鸣曲

海树相扶乌影翘，戴红拍翠声胶胶。鸳瓦冻危金距趫，夸雄斗气争相高。漏残雨急风萧萧，患乱忠臣欺宝刀。霜浓月薄星昭昭，太平才子能歌谣。山翁梦断出衡茅，谷口雾中饥虎号，离人枕上心忉忉。

西门行

劳禽不择枝，饥虎不畏槛。君子当固穷，无为仲由滥。尔奋空拳彼击剑，水纵长澜火飞焰。汉高偶试神蛇验，武王龟筮惊人险。四龙或跃犹依泉，小狐勿恃冲波胆。

轻薄怨

花骢躞蹀游龙骄，连连宝节挥长鞘。凤雏麟子皆至交，春风相逐垂杨桥。捻笙软玉开素苞，画楼闪闪红裾摇。碧蹄偃蹇连金镳，狂情十里飞相烧。西母青禽轻飘飘，分环破璧来往劳。黄金千镒新一宵，少年心事风中毛。明朝何处逢娇饶，门前桃树空夭夭。

长歌行

要衣须破束，欲炙须解牛。当年不快意，徒为他人留。百岁之约何悠悠，华发星星稀满头。峨眉螓首聊我仇，圆红阙白令人愁。何不夕引清奏，朝登翠楼，逢花便折，闻胜即游？鼓腕腾棍晴雷收，舞腰困袅垂杨柔。象箸击折歌勿休，玉山未到非风流。眼前有物俱是梦，莫将身作黄金仇。死生同域不用惧，富贵在天何足忧！

巫山高

通蜀连秦山十二，中有妖灵会人意。斗艳传情世不知，楚王魂梦春风里。雨态云容多似是，色荒见物皆成媚。露泫烟愁岩上花，至今犹滴相思泪。西眉南脸人中美，或者皆闻无所利。忍听凭虚巧佞言，不求万寿翻求死。

公无渡河

有叟有叟何清狂，行搔短发提壶浆。乱流直涉神洋洋，妻止不听追沉湘。偕老不偕死，箜篌遗凄凉。刳松轻稳琅玕长，连呼急榜庸何妨。见溺不援能语狼，忍听丽玉传悲伤。

春　雨

大帝闲吹破冻风，青云融液流长空。天人醉引玄酒注，倾香旋入花根土。湿尘轻舞唐唐春，神娥无迹莓苔新。老农私与牧童论，纷纷便是仓箱本。

石版歌

云根劈裂雷斧痕，龙泉切璞青皮皴。直方挺质贞且真，当庭卓立凝顽神。春雨流膏成立文，主人性静看长新。明月夜来回短影，何如照冷太湖滨。

春宫词

风和气淑宫殿春，感阳体解思君恩。眼光滴滴心振振，重瞳不转忧生民。女当为妾男当臣，男力百岁在，女色片时新。用不用，唯一人。敢放一作徽天宠私微身，六宫万国教谁宾？

富贵曲

画藻雕山金碧彩，鸳鸯叠翠眠晴霭。编珠影里醉春庭，团红片下攒歌黛。革咽丝烦欢不改，缴绛垂缇忽如晦。活花起舞夜春来，蜡焰煌煌天日在。雪暖瑶杯凤髓融，红拖象箸猩唇细。空中汉转星移盖，火城拥出随朝会。车如雷兮马如龙，鬼神辟易不敢害。冠峨剑重锵环珮，步入天门相真宰。开口长为爵禄筌，回眸便是公卿罪。珍珠索得龙宫贫，膏腴刮下苍生背。九野干戈指著心，威福满拳犹未快。我闻周公贵为天子弟，富有半四海，蔑有骄奢贻后悔。红锦障收，珊瑚树碎，至今笑石崇王恺。

独鹄吟

碧玉喙长丹顶圆，亭亭危立风松间。啄萍吞鳞意已阑，举头咫尺轻重天。黑翎白本排云烟，离群脱侣孤如仙。披霜唳月惊婵娟，逍遥忘却还青田。鸢寒鸦晚空相喧，时时侧耳清泠泉。

煌煌京洛行

长安近甸巡游遍，洛阳寻有黄龙见。千乘万骑如雷转，差差清跸祥云卷。百司旧分当玉殿，太平官属无遗彦。歌钟沸激香尘散，晨旗隐隐罗轩冕。周公旧迹生红藓，瀍涧波光春照晚。但听嵩山万岁声，将军旗鼓何时偃。

升天行

堂堂削玉青蝇喧，寒鸦啄鼠愁飞鸾。梳玄洗白逡巡间，兰言花笑俄衰残。盘金束紫身属官，强仁小德终无端。不如服取长流丹，潜神却入黄庭闲。志定功成飞九关，逍遥长揖辞人寰。空中龙驾时回旋，左云右鹤翔翩联。双童树节当风翻，常娥倚桂开朱颜。河边牛子星郎牵，三清宫殿浮晴烟。玉皇据案方凝然，仙官立仗森幢幡。引余再拜归仙班，清声妙色视听安。餐和饮顺中肠宽，虚无之乐不可言。

绯桃花歌

上帝春宫思丽绝，天桃变态求新悦。便是花中倾国容，牡丹露泣长门月。野树滴残龙战血，曦车碾下朝霞屑。惆怅东风未解狂，争教此物芳菲歇。

短歌行

一樽绿酒绿于染，拍手高歌天地险。上得青云下不难，下在黄埃上须渐。少年欢乐须及时，莫学懦夫长泣岐。白日欲沉犹未沉，片月已来天半垂。坎鼓铿钟杀愁贼，挼碎一作满眼是非佯不识。长短高卑不可求，莫叹人生头雪色。

小松歌

幽人不喜凡草生，秋锄劚得寒青青。庭闲土瘦根脚狞，风摇雨拂精神醒。短影月斜不满尺，清声细入鸣蛩翼。天人戏剪苍龙髯，参差簇在瑶阶侧。金精水鬼欺不得，长与东皇逞颜色。劲节暂因君子移，贞心不为麻中直。

大雪歌

同云惨惨如天怒，寒龙振鬣飞乾雨。玉圃花飘朵不匀，银河风急惊砂度。谢客凭轩吟未住，望中顿失纵横路。应是羲和倦晓昏，暂反元元归太素。归太素，不知归得人心否？

塘上行

横塘日澹秋云隔，浪织轻飔罗幂幂。红绡撇水荡舟人，画桡掺掺柔荑白。鲤鱼虚掷无消息，花老莲疏愁未摘。却把金钗打绿荷，懊恼露珠穿不得。

寓　意

直道荆棘生，斜径红尘起。苍苍杳无言，麒麟回瑞趾。东风如未来，飞雪终不已。不知姜子牙，何处钓流水。

剑　喻

黯黯秋水寒，至刚非可缺。风胡不出来，摄履人相蔑。纵挺倚天形，谁是躬一作的提挈。愿将百炼身，助我王臣节。

苍 颉 台

先贤忧民诈，观迹成纲纪。自有书契来，争及结绳理。

荆　山

良工指君疑，真玉却非玉。寄言怀宝人，不须伤手足。

自君之出矣

自君之出矣，鸾镜空尘生。思君如明月，明月逐君行。

妾 薄 命

妾命何太薄，不及宫中水。时时对天颜，声声入君耳。

君 子 行

君子慎所履，小人多所疑。尼甫至圣贤，犹为匡所縻。

铜雀台

但见西陵惨明月，女妓无因更相悦。有虞曾不有遗言，滴尽湘妃眼中血。

婕妤怨

莫恃芙蓉开满面，更有身轻似飞燕。不得团圆长近君，圭月铦时泣秋扇。

悲哉行

云色阴沉弄秋气，危叶高枝恨深翠。用却春风力几多，微霜逼迫何容易。

携手曲

携手春复春，未尝渐离别。夭夭风前花，纤纤日中雪。不敢怨于天，唯惊添岁月。不敢怨于君，只怕芳菲歇。芳菲若长然，君恩应不绝。

空城雀

啾啾空城雀，一啄数跳跃。宁寻覆辙余，岂比巢危幕。茫茫九万鹏，百雉且为乐。

放歌行

蠢蠢荼蓼虫，薨薨避葵荠。悠悠狷者心，寂寂厌清世。如何不食甘，命合苦其噬。如何不趣时，分合辱其体。至哉先哲言，于物不凝滞。

猛虎行

猛虎不怯敌，烈士无虚言。怯敌辱其班，虚言负其恩。爪牙欺白刃，果敢无前阵。须知易水歌，至死无悔吝。

陇头行 一作吟

行人何彷徨，陇头水呜咽。寒沙战鬼愁，白骨风霜切。薄日朦胧秋，怨气阴云结。杀成边将名，名著生灵灭。

关山月

离离天际云，皎皎关山月。羌笛一声来，白尽征人发。嘹唳孤鸿高，萧索悲风发。雪压塞尘清，雕落沙场阔。何当胡无人，荷戈朝凤阙。

览友生古风

伯牙鸣玉琴，幽音随指发。不是钟期听，俗耳安能别。高山闲巍峨，流水声呜咽。一卷冰雪言，清泠泠心骨。分明古雅声，讽谕成凄切。皴散音碛，又音鹊。老松根，晃朗骊龙窟。荆璞且深藏，珉石方如雪。金多丑女妍，木朽良工拙。奸宄欺雷霆，魑魅嫌日月。蝶迷桃李香，鲋惘江湖阔。不寐孤灯前，舒卷忘饥渴。

题友生丛竹

菊华寒露浓，兰愁晓霜重。指佞不长生，蒲萐今无种。安如植丛篁，他年待栖凤。大则化龙骑，小可钓璜用。留烟伴独醒，回阴冷闲梦。何妨积雪凌，但为清风动。乃知子猷心，不与常人共。

石　版

高人好自然，移得它山碧。不磨如版平，大巧非因力。古藓小青钱，尘中看野色。冷倚砌花春，静伴疏篁直。山僧若转头，如逢旧相识。

江 南 曲

江南四月薰风低，江南女儿芳步齐。晚云接水共渺弥，远沙叠草空萋萋。白苎不堪论古意，数花犹可醉前溪。孤舟有客归未得，乡梦欲成山鸟啼。

临川逢陈百年

麻姑山下逢真士，玄肤碧眼方瞳子。自言混沌凿不死，大笑老彭非久视。强争龙虎是狂人，不保元和虚叩齿。桃花雨过春光腻，劝我一杯灵液味。教我无为礼乐拘，利路名场多忌讳。不如含德反婴儿，金玉满堂真可贵。

寄修睦上人

衣服田方无内客，一入庐云断消息。应为山中胜概偏，惠持惠远多踪迹。寻阳有个虚舟子，相忆由来无一一作一无事。江边月色到岩前，此际心情必相似。似不似，寄数字。

读修睦上人歌篇

李白亡，李贺死，陈陶赵睦寻相次。须知代不乏骚人，贯休之后，惟修睦而已矣。睦公睦公真可畏，开口向人无所忌。才似烟霞生则媚，直如屈轶佞则指。意下纷纷造化机，笔头滴滴文章髓。明月清风三十年，被君驱使如奴婢。劝君休，莫容易，世俗由来稀则贵。珊瑚高架五云一作色毫，小小不须烦藻思。

远公亭牡丹

雁门禅客吟春亭，牡丹独逞花中英。双成腻脸偎云屏，百般姿态因风生。延年不敢歌倾城，朝云暮雨愁娉婷。蕊繁蚁脚黏不行，甜迷蜂醉飞无声。庐山根脚含精灵，发妍吐秀丛君庭。湓江太守多闲情，栏朱绕绛留轻盈。潺潺绿醴当风倾，平头奴子啾银笙。红葩艳艳交童星，左文右武怜君荣，白铜鞮上惭清明。

谢僧寄茶

空门少年初志一作地坚，摘芳为药除睡眠。匡山茗树朝阳偏，暖萌如爪拏飞鸢。枝枝膏露凝滴圆，参差失向兜罗绵。倾筐短甑蒸新鲜，白纻眼细匀于研。砖排古砌春苔干，殷勤寄我清明前。金槽无声飞碧烟，赤兽呵冰急铁喧。林风夕和真珠泉，半匙青粉搅潺湲。绿云轻绾湘娥鬟，尝来纵使重支枕，胡蝶寂寥空掩关。

送　人

少皞开宫行帝业，无刃金风剪红叶。雁别边沙入暖云，蛩辞败草鸣香阁。有客为儒二十霜，酣歌郢雪时飘扬。不甘长在诸生下，束书携剑离家乡。利爪韝上鹰，雄文雾中豹。可堪长与乌鸢嗓，是宜摩碧汉以遐飞，出南山而远蹈。况今大朝公道，天子文明，团团月树悬青青。燕中有马如龙行，不换黄金无骏名。荆山有玉犹在璞，未遇良工虚掷鹊。一壶清酒酌离情，休向蒿中随雀跃。

古意论交

择友如淘金，沙尽不得宝。结交如乾银，产竭不成道。我生四十年，相识苦草草。多为势利朋，少有岁寒操。通财能几何，闻善宁相告。茫然同夜行，中路自不保。常恐管鲍情，参差忽终老。今来既见君，青天无片云。语直瑟弦急，行高山桂芬。约我为交友，不觉心醺醺。见义必许死，临危当指囷。无令后世士，重广孝标文。

全唐诗卷六四五

李咸用

春　风

青帝使和气，吹嘘万国中。发生宁有异，先后自难同。辇草不消力，岩花应费功。年年三十骑，飘入玉蟾宫。

自　愧

多负悬弧礼，危时隐薜萝。有心明俎豆，无力执干戈。壮士难移节，贞松不改柯。缨尘徒自满，欲濯待清波。

夜　吟

白兔轮当午，儒家业敢慵。竹轩吟未已，锦帐梦应重。落笔思成虎，悬梭待化龙。景清神自爽，风递远楼钟。

昭　君

古帝修文德，蛮夷莫敢侵。不知桃李貌，能转虎狼心。日暮边风急，程遥碛雪深。千秋青冢骨，留怨在胡琴。

秋　夕

寥廓秋云薄，空庭月影微。树寒栖鸟密，砌冷夜蛩稀。晓鼓军容肃，疏钟客梦归。吟余何所忆，圣主尚宵衣。

秋日与友生言别

利名心未已，离别恨难休。为个文儒业，致多歧路愁。数花篱菊晚，片叶井梧秋。又决出门计，一尊期少留。

边城听角

戍楼鸣画角，寒露滴金枪。细引云成阵，高催雁著行。唤回边将梦，吹薄晓蟾光。未遂终军志，何劳思故乡。

秋日访同人

忽忆金兰友，携琴去自由。远寻寒涧碧，深入乱山秋。见后却无语，别来长独愁。幸逢三五夕，露坐对冥搜。

寄楚琼上人

遥知无事日，静对五峰秋。鸟隔寒烟语，泉和夕照流。凭栏疏磬尽，瞑目远云收。几句出人意，风高白雪浮。

游　寺

无家自身在，时得到莲宫。秋觉暑衣薄，老知尘世空。幽情怜水石，野性任萍蓬。是处堪闲坐，与僧行止同。

春　日

浩荡东风里，裴回无所亲。危城三面水，古树一边春。衰世难修道，花时不称贫。滔滔天下者，何处问通津。

论　交

行亏何必富，节在不妨贫。易得笑言友，难逢终始人。松篁贞管鲍，桃李艳张陈。少见岁寒后，免为霜雪尘。

秋　兴

木叶乱飞尽，故人犹未还。心虽游紫阙，时合在青山。近寺僧邻静，临池鹤对闲。兵戈如未息，名位莫相关。

山　居

草堂书一架，苔径竹千竿。难世投谁是，清贫且自安。邻居皆学稼，客至亦无官。焦尾何人听，凉宵对月弹。

遣　兴

风细酒初醒，凭栏别有情。蝉稀秋树瘦，雨尽晚云轻。旅鬓一丝出，乡心寸火生。子牟魂欲断，何日是升平。

待　旦

檐静燕雏语，窗虚蟾影过。时情因客老，归梦入秋多。蔽日群山雾，滔天四海波。吾皇思壮士，谁应大风歌。

送从兄坤载

忍泪不敢下,恐兄情更伤。别离当乱世,骨肉在他乡。语尽意不尽,路长愁更长。那堪回首处,残照满衣裳。

惜　别

细雨妆行色,霏霏入户来。须知相识喜,却是别愁媒。白刃方盈国,黄金不上台。俱为邹鲁士,何处免尘埃。

早秋游山寺

闲卧云岩稳,攀缘笑戏猱。静于诸境静,高却众山高。至理无言了,浮生一梦劳。清风朝复暮,四海自波涛。

秋日疾中寄诸同志

闲居无胜事,公干卧来心。门静秋风晚,人稀古巷深。花疏篱菊色,叶减井梧阴。赖有斯文在,时时得强寻。

赠山僧

荣枯虽在目,名利不关身。高出城隍寺,野为云鹤邻。松声寒后远,潭色雨余新。岂住空空里,空空亦是尘。

宿隐者居

永日连清夜,因君识躁君。竹扉难掩月,岩树易延云。曙鸟枕前起,寒泉梦里闻。又须随计吏,鸡鹤迥然分。

送钱契明尊师归庐山

瘦倚青竹杖，炉峰指欲归。霜黏行日屦，风暖到时衣。凭槛云还在，攀松鹤不飞。何曾有别恨，杨柳自依依。

送进士刘松

滔滔皆鲁客，难得是心知。到寺多同步，游山未失期。云低春雨后，风细暮钟时。忽别垂杨岸，遥遥望所之。

赠任肃

玄发难姑息，青云有路岐。莫言多事日，虚掷少年时。松色雪中出，人情难后知。圣朝公道在，中鹄勿差池。

题陈正字山居

怪来忘禄位，习学近潇湘。见处云山好，吟中岁月长。花光笼晚雨，树影浸寒塘。几日凭栏望，归心自不忙。

赠来进士鹏

语玄人不到，星汉在灵空。若使无良遇，虚言有至公。月明千峤雪，滩急五更风。此际若吟力，分将造化功。

送曹税

掺袂向春风，何时约再逢。若教相见密，肯恨别离重。芳草渔家路，残阳水寺钟。落帆当此处，吟兴不应慵。

赠来鹏

默坐非关闷，凝情只在诗。庭闲花落后，山静月明时。答客言多简，寻僧步稍迟。既同和氏璧，终有玉人知。

途中作

瘦马倦行役，斜阳劝著鞭。野桥寒树亚，山店暮云连。退鹢风虽急，攀龙志已坚。路人休莫笑，百里有时贤。

秋晚

斜阳山雨外，秋色思无穷。柳叶飘干翠，枫枝撼碎红。鬓毛看似雪，生计尚如蓬。不及樵童乐，蒹葭一笛风。

晓望

露惊松上鹤，晓色动扶桑。碧浪催人老，红轮照物忙。世情随日变，利路与天长。好驾觥船去，陶陶入醉乡。

寄友生

交情应不变，何事久离群。圆月思同步，寒泉忆共闻。雪霜松色在，风雨雁行分。每见人来说，窗前改旧文。

江行

潇湘无事后，征棹复呕哑。高岫留斜照，归鸿背落霞。鱼残一作依沙岸草，蝶寄洑流槎。共说干戈苦，汀洲减钓家。

题王氏山居

檐有烟岚色，地多松竹风。自言离乱后，不到鼓鼙中。径柳拂云绿，山樱带雪红。南一作雨边青嶂下，时见采芝翁。

送　别

别意说难尽，离杯深莫辞。长歌终此席，一笑又何时。棹入寒潭急，帆当落照迟。远书如不寄，无以慰相思。

览文僧卷

虽无先圣耳，异代得闻韶。怪石难为古，奇花不敢妖。调高非郢雪，思静碍箕瓢。未可重吟过，云山兴转饶。

望仰山忆玄泰上人

晴岚凝片碧，知在此中禅。见面定何日，无书已一年。高秋关静梦，良夜入新篇。仰德心如是，清风不我传。

闻　泉

淅淅梦初惊，幽窗枕簟清。更无人共听，只有月空明。急想穿岩曲，低应过石平。欲将琴强写，不是自然声。

酬郑进士九江新居见寄

蹑屐一作履扣柴关，因成尽日闲。独听黄鸟语，深似白云间。萍沼宽于井，莎城绿当山。前期招我作，此景得吟还。

九江和人赠陈生

天畏斯文坠，凭君助素风。意深皆可补，句逸不因功。暮替云愁远，秋惊月占空。寄家当瀑布，时得笑言同。

登楼值雨二首

共讶高楼望，匡庐色已空。白云横野阔，遮岳与天同。数点雨入酒，满襟香在风。远江吟得出，方下郡斋东。

江徼多佳景，秋吟兴未穷。送来松槛雨，半是蓼花风。浪猛惊翘鹭，烟昏叫断鸿。不知今夜客，几处卧鸣篷。

送赵舒处士归庐山

归岫香炉碧，行吟步益迟。诸侯师不得，樵客偶相随。思旧江云断，谈玄岳月移。只应张野辈，异代作心知。

僧院蔷薇

客引擎茶看，离披晒锦红。不缘开净域，争忍负春风。小片当吟落，清香入定空。何人来此植，应固恼休公。

友生携修睦上人诗见访

雪中敲竹户，袖出岳僧诗。语尽景皆活，吟阑角独吹。意如将俗背，业必少人知。共约冰销日，云边访所思。

冬夕喜友生至

天涯行欲遍，此夜故人情。乡国别来久，干戈还未平。灯残偏有焰，雪甚却无声。多少新闻见，应须语到明。

牡　丹

少见南人识，识来嗟复惊。始知春有色，不信尔无情。恐是天地媚，暂随云雨生。缘何绝尤物，更可比妍明。

送　春

四时为第一，一岁一重来。好景应难胜，余花虚自开。相思九个月，得信数枝梅。不向东门送，还成负酒杯。

送边将

天骄频犯塞，铁骑又征西。臣节轻乡土，雄心生鼓鼙。地寒花不艳，沙远日难低。渐喜秋弓健，雕翻白草齐。

春　晴

檐滴春膏绝，凭栏晚吹生。良朋在何处，高树忽流莺。游寺期应定，寻芳步已轻。新诗吟未稳，迟日又西倾。

冬夜与修睦上人宿远公亭寄南岳玄泰禅师

丈室掩孤灯，更深霰雹增。相看云梦客，共忆祝融僧。语合茶忘味，吟欹卷有棱。楚南山水秀，行止岂无凭一作朋。

落　花

拾得移时看，重思造化功。如何飘丽景，不似遇春风。满地余香在，繁枝一夜空。只应公子见，先忆坠楼红。

寄嵩阳隐者

昔年江上别，初入乱离中。我住匡山北，君之少室东。信来经险道，诗半忆皇风。何事犹高卧，岩边梦未通。

早　蝉

门柳不连野，乍闻为早蝉。游人无定处，入耳更应先。暂默斜阳雨，重吟远岸烟。前年湘竹里，风激绕离筵。

酬蕴微

白衣经乱世，相遇一开颜。得句禅思外，论交野步间。举朝无旧识，入眼只青山。几度斜阳寺，访君一作师还独还。

萱　草

芳草比君子，诗人情有由。只应怜雅态，未必解忘忧。积雨莎庭小，微风藓砌幽。莫言开太晚，犹胜菊花秋。

访友人不遇

出门无至友，动即到君家。空掩一庭竹，去看何寺花。短僮应捧杖，稚女学擎茶。吟罢留题处，苔阶日影斜。

苔

几年风雨迹，叠在石孱颜。生处景长静，看来情尽闲。吟亭侵坏壁，药院掩空关。每忆东行径，移筇独自还。

红　薇

春雨有五色，洒来花旋成。欲留池上景，别染草中英。画出看还欠，薗为插未轻。王孙多好事，携酒寄吟倾。

别所知

有路有西东，天涯自恨同。却须深酌酒，况不比飘蓬。帆冒新秋雨，鼓传微浪风。闰牵寒气早，何浦值宾鸿。

小　雪

散漫阴风里，天涯不可收。压松犹未得，扑石暂能留。阁静萦吟思，途长拂旅愁。崆峒山北面，早想玉成丘。

和修睦上人听猿

禅客闻犹苦，是声应是啼。自然无稳梦，何必到巴溪。疏雨洒不歇，回风吹暂低。此宵秋欲半，山在二林西。

庭　竹

嫩绿与老碧，森然庭砌中。坐销三伏景，吟起数竿风。叶影重还密，梢声远或通。更期春共看，桃映小花红。

早　行

家国三千里，中宵算去程。困才成蝶梦，行不待鸡鸣。马首摇残月，鸦群起古城。发来经几堠，村寺远钟声。

哭所知

朝作青云士，暮为玄夜人。风灯无定度，露薤亦逡巡。乘马惊新冢，书帷摆旧尘。只应从此去，何处福生民。

分题雪霁望炉峰 末二句缺

雪霁上庭除，炉峰势转孤。略无烟作带，独有影沉湖。冷触归鸿急，明凝落照俱。□□□□□，□□□□□。

雪十二韵

六出凝阴气，同云指上天。结时风乍急，集处霰长先。草穗翘祥燕，陂桩叶白莲。犬狂南陌上，竹醉小池前。樵径花黏屦，渔舟玉帖舷。阵经旸谷薄，势想朔方偏。楼面光摇锡，篱头晓列钱。石苔青鹿卧，殿网素蛾穿。嘶马应思塞，蹲乌似为燕。童痴为兽捏，僧爱用茶煎。念物希周穆，含毫愧惠连。吟阑余兴逸，还忆剡溪船。

庐山

非岳不言岳，此山通岳言。高人居乱世，几处满前轩。秀作神仙宅，灵为风雨根。馀阴铺楚甸，一柱表吴门。静得八公侣，雄临九子尊。对犹青熨眼，到必冷凝魂。势受重湖让，形难七泽吞。黑岩藏昼电，紫雾泛朝暾。莲堕宁唯华，玉焚堪小昆。倒松微发罅，飞瀑远成痕。叠见云容衬，棱收雪气昏。裁诗曾困谢，作赋偶无孙。流碍星光撇，惊冲雁阵翻。峰奇寒倚剑，泉曲旋如盆。草短分雏雉，林明露掷猿。秋枫红叶一作蝶散，春石谷雷奔。月好虎溪路，烟深栗里源。醉吟长易醒，梦去亦销烦。有觉南方重，无疑厚地掀。轻扬闻旧俗，端用镇元元。

和吴处士题村叟壁

因阅乡居景，归心寸火然。吾家依碧嶂，小槛枕清川。远雨笼孤戍，斜阳隔断烟。沙虚遗虎迹，水洑聚蛟涎。粝曲芰汀蓼，甘茶挈石泉。霜朝巡栗树，风夜探渔船。戏日鱼呈腹，翘滩鹭并肩。棋寻盘石净，酒傍野花妍。器以锄为利，家惟竹直钱。饭香同豆熟，汤暖摘松煎。睡岛凫藏足，攀藤狖冻拳。浅茅鸣斗雉，曲枿啸寒鸢。秋果楂梨涩，晨羞笋蕨鲜。衣蓑留冷阁，席草种闲田。椎髻担饷饷，庞眉识稔年。吓鹰刍戴笠，驱犊筱充鞭。不重官于社，常尊食作天。谷深青霭蔽，峰迥白云缠。每忆关魂梦，长夸表爱怜。览君书壁句，诱我率成篇。

谢友生遗端溪砚瓦 末联缺一句

寻常濡翰次，恨不到端溪。得自新知己，如逢旧解携。玩余轻照乘，谢欲等悬黎。静对胜凡客，闲窥忆好题。娲天补剩石，昆剑切来泥。著指痕犹湿，停旬水未低。呵云润柱础，笔彩饮虹霓。鸲眼工谙谬，羊肝士乍刲。连澌光比镜，囚墨腻于瑿。书信成池黑，吟须到日西。正夸忧盗窃，将隐怯攀跻。捧受同交印，矜持过秉圭。草颠终近旭，懒癖必无嵇。用合缘鹦鹉，珍应负会稽。贞姿还落落，寒韵或凄凄。风月情相半，烟花思岂迷。宜从方袋挈，枉把短行批。浅小金为斗，泓澄玉作堤。遇人依我惜，想尔与天齐。□□□□□，行时只独赍。

和殷衙推春霖即事

东风吹暖雨，润下不能休。古道云横白，移时客共愁。绿沉莎似藻，红泛叶为舟。忽起江湖兴，疑邻畎浍流。此时无胜会，何处滞奇游。阵急如酣战，点粗成乱沤。竹因添洒落，松得长飕飗。花惨闲庭晚，兰深曲径幽。丝牵汀鸟足，线挂岳猿头。天地昏同醉，寰区浩欲浮。柳眉低带泣，蒲剑锐初抽。石燕翻空重，虫罗缀滴稠。荷倾蛟泪尽，岩拆电鞭收。岂直望尧喜，却怀微禹忧。树滋堪采菌，矶没懒垂钩。腥觉闻龙气，寒宜拥豹裘。名膏那作沴，思稔必通侯。蚌鹬徒喧竞，笙歌罢献酬。山川藏秀媚，草木逞调柔。极目非吾意，行吟独下楼。

全唐诗卷六四六

李咸用

题陈将军别墅

明王猎士犹疏在，岩谷安居最有才。高虎壮言知鬼伏，葛龙闲卧待时来。云藏山色晴还媚，风约溪声静又回。不独春光堪醉客，庭除长见好花开。

湘浦有怀

鸿雁哀哀背朔方，余霞倒影画潇湘。长汀细草愁春浪，古渡寒花倚夕阳。鬼树夜分千炬火，渔舟朝卷一蓬霜。侬家本是持竿者，为爱明时入帝乡。

题陈处士山居

莲绕闲亭柳绕池，蝉吟暮色一枝枝。未逢皇泽搜遗逸，赢得青山避乱离。花圃春风邀客醉，茅檐秋雨对僧棋。樵童牧竖劳相问，岩穴从来出帝师。

和蒋进士秋日

晚雨霏微思杪秋，不堪才子尚羁游。尘随别骑东西急，波促年华日夜流。凉月云开光自远,古松风在韵难休。男儿但得功名立,纵是深恩亦易酬。

陈正字山居

一叶闲飞斜照里,江南仲蔚在蓬蒿。天衢云险驽骀蹇,月桂风和梦想劳。绕枕泉声秋雨细,对门山色古屏高。此中即是神仙地,引手何妨一钓鳌。

与刘三礼陈孝廉言志

真宰无私造化均,年年分散月中春。皆期早蹑青云路,谁肯长为白社人。宋国高风休敛翼,圣朝公道易酬身。大须审固穿杨箭,莫遣参差鬓雪新。

秋日送严湘侍御归京

蟾影圭圆湖始波,楚人相别恨偏多。知君有路升霄汉,独我无由出薜萝。虽道危时难进取,到逢清世又如何。谁听甯戚敲牛角,月落星稀一曲歌。

题王处士山居

云木沉沉夏亦寒,此中幽隐几经年。无多别业供王税,大半生涯在钓船。蜀魄叫回芳草色,鹭鸶飞破夕阳烟。干戈猬起能高卧,只个逍遥是谪仙。

谢　所　知

狂歌狂舞慰风尘,心下多端亦懒言。早是乱离轻岁月,谁能愁悴过朝昏。圣朝公道如长在,贱子谋身自有门。却愧此时叨厚遇,他年何以报深恩。

秋　望

云阴惨澹柳阴稀，游子天涯一望时。风闪雁行疏又密，地回江势急还迟。荣枯物理终难测，贵贱人生自不知。未达谁能多叹息，尘埃争损得男儿。

送谭孝廉赴举

鼓鼙声里寻诗礼，戈戟林间入镐京。好事尽从难处得，少年无向易中轻。也知贵贱皆前定，未见疏慵遂有成。吾道近来稀后进，善开金口答公卿。

途中逢友人

大道将穷阮籍哀，红尘深翳步迟回。皇天有意自寒暑，白日无情空往来。霄汉何年征赋客，烟花随处作愁媒。相逢且快眼前事，莫厌狂歌酒百杯。

和人湘中作

湘川湘岸两荒凉，孤雁号空动旅肠。一棹寒波思范蠡，满尊醇酒忆陶唐。年华蒲柳雕衰鬓，身迹萍蓬滞别乡。不及东流趋广汉，臣心日夜与天长。

赠陈望尧

若说精通事艺长，词人争及孝廉郎。秋萤短焰难盈案，邻烛余光不满行。鹄箭亲疏虽异的，桂花高下一般香。明时公道还堪信，莫遣锥锋久在囊。

宿渔家

促杼声繁萤影多，江边秋兴独难过。云遮月桂几枝恨，烟罩渔舟一曲歌。难世斯人虽隐遁，明时公道复如何。陶家壁上精灵物，风雨未来终是梭。

旅馆秋夕

牢落生涯在水乡，只思归去泛沧浪。秋风萤影随高柳，夜雨蛩声上短墙。百岁易为成荏苒，丹霄谁肯借梯航。若教名路无知己，匹马尘中是自忙。

悼范摅处士

家在五云溪畔住，身游巫峡作闲人。安车未至柴关外，片玉已藏坟土新。虽有公卿闻姓字，惜无知己脱风尘。到头积善成何事，天地茫茫秋又春。

送人

一轴烟花满口香，诸侯相见肯相忘。未闻圭璧为人弃，莫倦江山去路长。盈耳暮蝉催别骑，数杯浮蚁咽离肠。眼前一作头多少难甘事，自古男儿当自强。

春暮途中

细雨如尘散暖空，数峰春色在云中。须知触目皆成恨，纵道多文争那穷。飞燕有情依旧阁，垂杨无力受东风。谁能会得乾坤意，九土枯荣自不同。

题陈正字林亭

晓烟轻翠拂帘飞，黄叶飘零弄所思。正是低摧吾道日，不堪惆怅异乡时。家林蛇豕方群起，宫沼龟龙未有期。赖有平原怜贱子，满亭山色惜吟诗。

送从兄入京

柳转春心梅艳香，相看江上恨何长。多情流水引归思，无赖严风促别觞。大抵男儿须振奋，近来时事懒思量。云帆高挂一挥手，目送烟霄雁断行。

秋夕书怀寄所知

秋萤一点雨中飞，独立黄昏思所知。三岛路遥身汩没，九天风急羽差池。年华逐浪催霜发，旅恨和云拂桂枝。不向故人言此事，异乡谁更念栖迟。

酬进士秦颙若

莺默平林燕别轩，相逢相笑话生前。低飞旅恨看霜叶，曲写归情向暮川。在野孤云终捧日，朝宗高浪本蒙泉。何劳怅望风雷便，且混鱼龙黩武年。

山中夜坐寄故里友生

展转檐前睡不成，一床山月竹风清。虫声促促催乡梦，桂影高高挂旅情。祸福既能知倚伏，行藏争不要分明。可怜任永真坚白，净洗双眸看太平。

物　情

谁分万类二仪间，禀性高卑各自然。野鹤不栖葱蒨树，流莺长喜艳阳天。李斯溷鼠心应动，庄叟泥龟意已坚。成是败非如赋命，更教何处认愚贤。

金谷园

石家旧地聊登望，宠辱从兹信可惊。鸟度野花迷锦障，蝉吟古树想歌声。虽将玉貌同时死，却羡苍头此日生。多积黄金买刑戮，千秋成得绿珠名。

投所知

手欠东堂桂一枝，家书不敢便言归。挂檐晚雨思山阁，拂岸烟岚忆钓矶。公道甚平才自薄，丹霄好上力犹微。谁能借与抟扶势，万里飘飘试一飞。

赠友弟

萤焰烧心雪眼劳，未逢佳梦见三刀。他时讵有盐梅味，今日犹疑腹背毛。金埒晓羁千里骏，玉轮寒养一枝高。谁能终岁摇赪尾，唯唯洋洋向碧涛。

春日喜逢乡人刘松

故人不见五春风，异地相逢岳影中。旧业久抛耕钓侣，新闻多说战争功。生民有恨将谁诉，花木无情只自红。莫把少年愁过日，一尊须对夕阳空。

夏日别余秀才

岳麓云深麦雨秋，满倾杯酒对湘流。沙边细柳牵行色，水面轻烟画别愁。敢待傅岩成好梦，任从磻石挂纤钩。镜机冲漠非吾事，自要青云识五侯。

庐 陵 九 日

菊花山在碧江东，冷酒清吟兴莫穷。四十三年秋里过，几多般事乱来空。虽惊故国音书绝，犹喜新知语笑同。竟日开门无客至，笛声迢递夕阳中。

和人游东林

一从张野卧云林，胜概谁人更解寻。黄鸟不能言往事，白莲虚发至如今。年年上国荣华梦，世世高流水石心。始欲共君重怅望，紫霄峰外日沉沉。

和彭进士秋日游靖居山寺

秋山入望已无尘，况得闲游谢事频。问著尽能言祖祖，见时应不是真真。添瓶野水遮还急，伴塔幽花落又新。自笑未曾同逸步，终非宗炳社中人。

和彭进士感怀

人生谁肯便甘休，遇酒逢花且共游。若向云衢陪骥尾，直须天畔落旄头。三编大雅曾关兴，一册南华旋解忧。四海英雄多独断，不知何者是长筹。

寄题从兄坤载村居

邻并无非樵钓者，庄生物论宛然齐。雨中寒树愁鸥立，江上残阳瘦马嘶。说与众佣同版筑，吕将群叟共磻溪。覆巢破卵方堪惧，取次梧桐凤且栖。

送黄宾于赴举

秋风昨夜满潇湘，衰柳残蝉思客肠。早是乱来无胜事，更堪江上揖离觞。澄潭跃鲤摇轻浪，落日飞凫趁远樯。渔父不须探去意，一枝春曩月中央。

冬日喜逢吴价

垂杨烟薄井梧空，千里游人驻断蓬。志意不因多事改，鬓毛难与别时同。莺迁犹待销冰日，鹏起还思动海风。穷达他年如赋命，且陶真性一杯中。

题刘处士居

压破岚光半亩余，竹轩兰砌共清虚。泉经小槛声长急，月过修篁影旋疏。溪鸟时时窥户牖，山云往往宿庭除。干戈谩道因天意，渭水高人自钓鱼。

送李尊师归临川

蟠桃一别几千春，谪下人间作至人。尘外烟霞吟不尽，鼎中龙虎伏初驯。除存紫府无他意，终向青冥举此身。辞我麻姑山畔去，蔡经踪迹必相亲。

投　知

西望长安路几千,迟回不为别家难。酌量才地心虽动,点检囊装意又阑。自是远人多蹇滞,近来仙榜半孤寒。嘶风重诉牵盐耻,伯乐何妨转眼看。

吴处士寄香兼劝入道

谢寄精专一捻香,劝予朝礼仕虚皇。须知十极皆臣妾,岂止遗生奉混茫。空挂黄衣宁续寿,曾闻玄教在知常。但居平易俟天命,便是长生不死乡。

草　虫

如缲如织暮啮啮,应节催年使我愁。行客语停孤店月,高人梦断一床秋。风低薜径疑偏急,雨咽槐亭得暂休。须付画堂兰烛畔,歌怀醉耳两悠悠。

咏　柳

日近烟饶还有意,东垣西掖几千株。牵仍一作连别恨知难尽,夸衒春光恐更无。解引人情长婉约,巧随风势强盘纡。天应绣出繁华景,处处茸丝惹路衢。

寄所知

曾将俎豆为儿戏,争奈干戈阻素心。遁去不同秦客逐,病来还作越人吟。名流古集典衣买,僻寺奇花贳酒寻。从道趣时身计拙,如非所好肯开襟。

雪

上帝无私意甚微，欲教霖雨更光辉。也知出处花相似，可到贫家影便稀。云汉风多银浪溅，昆山火后玉灰飞。高楼四望吟魂敛，却忆明皇月殿归。

绯桃花

茫茫天意为谁留，深染夭桃备胜游。未醉已知醒后忆，欲开先为落时愁。痴蛾乱扑灯难灭，跃鲤傍惊电不收。何事梨花空似雪，也称春色是悠悠。

同友人秋日登庾楼

兰摧菊暗不胜秋，倚著高楼思莫收。六代风光无问处，九条烟水但凝愁。谁能百岁长闲去，只个孤帆岂自由。欲学仲宣知是否，臂弓腰剑逐时流。

和人咏雪

轻轻玉叠向风加，襟袖谁能认六葩。高岫人迷千尺布，平林天与一般花。横空络绎云遗屑，扑浪翩联蝶寄槎。公子樽前流远思，不知何处客程赊。

和友人喜相遇十首

为儒自愧已多年，文赋歌诗路不专。肯信披沙难见宝，只怜苦草易成编。燕昭寤寐常求骏，郭隗寻思未是贤。且固初心希一试，箭穿正鹄岂无缘。

揣情摩意已无功，只把篇章助国风。宋玉谩夸云雨会，谢连宁许梦魂通。愁成旅鬓千丝乱，吟得寒缸短焰终。难世好居郊野地，出门常喜与人同。

惠子休惊学五车，沛公方起斩长蛇。六雄互欲吞诸国，四海终须作一家。自古经纶成世务，暂时朱绿比朝霞。人生心口宜相副，莫使尧阶草势斜。

不傍江烟访所思，更应无处展愁眉。数杯竹阁花残酒，一局松窗日午棋。多病却疑天与便，自愚潜喜众相欺。非穷非达非高尚，冷笑行藏只独知。

闲吟闲坐道相应，远想南华亦自矜。抛掷家乡轻似梦，寻常心地冷于僧。和羹使用非胥靡，忆鲙言词小季鹰。唯仗十篇金玉韵，此中高旨莫阶升。

已向丘门老此躯，可堪空作小人儒。吟中景象千般有，书外囊装一物无。润屋必能知早散，辉山应是不轻沽。短衣宁倦重修谒，谁识高阳旧酒徒。

松桂寒多众木分，轻浮如叶自纷纭。韶咸古曲教谁爱，山水清音喜独闻。上国共知传大宝，旧交宁复在青云。相逢莫厌杯中酒，同醉同醒只有君。

还淳反朴已难期，依德依仁敢暂违。寡欲自应刚正立，无私翻觉友朋稀。旄头影莫侵黄道，傅说星终近紫微。年纪少他蘧伯玉，幸因多难早知非。

麻衣未识帝城尘，四十为儒是病身。有恨不关衔国耻，无愁直为倚家贫。齐轻东海二高士，汉重商山四老人。一种爱闲闲不得，混时行止却应真。

任说天长海影沉，友朋情比未为深。唯应乐处无虚日，大半危时得道心。命达夭殇同白首，价高砖瓦即黄金。他年有要玄珠者，赤水萦纡试一寻。

依韵修睦上人山居十首

生身便在乱离间，遇柳寻花作麽看。老去转谙无是事，本来何处有多般。长怜蟢蠨能随暖，独笑梧桐不耐寒。覆载我徒争会得，大鹏飞尚未知宽。

云泉日日长松寺，丝管年年细柳营。静躁殊途知自识，荣枯一贯亦何争。道傍病树人从老，溪上新苔我独行。若见净名居士语，逍遥全不让庄生。

莫言天道终难定，须信人心尽自轻。宣室三千虽有恨，成周八百岂无情。柏缘执性长时瘦，梅为多知两番生。不是不同明主意，懒将唇舌与齐烹。

不论轩冕及渔樵，性与情违渐渐遥。季子祸从怜富贵，颜生道在乐箪瓢。清闲自可齐三寿，忿恨还须戒一朝。好学尧民偎舜日，短裁孤竹理云韶。

春风春雨一何频，望极空江觉损神。莺有来由重入谷，柳无情绪强依人。汉庭谒者休言事，鲁国诸生莫问津。赖是水乡樗栎贱，满炉红焰且相亲。

三十年来要自观，履春冰恐未为难。自于南国同埋剑，谁向东门便挂冠。早是人情飞絮薄，可堪时令太行寒。多惭幸住匡山下，偷得秾岚坐卧看。

畹兰未必因香折，湖象多应为齿焚。兼济直饶同巨楫，自由何似学孤云。秋深栎菌樵来得，木末山鼯梦断闻。闲凭竹轩游子过，替他愁见日西曛。

何事深山啸复歌，短弓长剑不如他。且图青史垂名稳，从道前贤自滞多。鵩鹏敢辞栖短棘，凤凰犹解怯高罗。人生若得逢尧舜，便是巢由亦易过。

太玄太易小窗明，古义寻来醉复醒。西伯纵逢头已白，步兵如在眼应青。寒猿断后云为槛，宿鸟惊时月满庭。此景得闲闲去得，人间无事不曾经。

壮气虽同德不同，项王何似王江东。乡歌寂寂荒丘月，渔艇年年古渡风。难世斯人犹不达，此时吾道岂能通。吟君十首山中作，方觉多端总是空。

同友生春夜闻雨

春雨三更洗物华，乱和丝竹响豪家。滴繁知在长条柳，点重愁看破朵花。檐静尚疑兼雾细，灯摇应是逐风斜。此时童叟浑无梦，为喜流膏润谷芽。

同友生题僧院杜鹃花 得春字

若比众芳应有在，难同上品是中春。牡丹为性疏南国，朱槿操心不满旬。留得却缘真达者，见来宁作独醒人。鹤林太盛今空地，莫放枝条出四邻。

春日题陈正字林亭

周回胜异似仙乡，稍减愁人日月长。幕绕虚檐高岫色，镜临危槛小池光。丝垂杨柳当风软，玉折含桃倚径香。南北近来多少事，数声横笛怨斜阳。

送河南韦主簿归京

君风爱日泪阑干，去住情途各万端。世乱敢言离别易，时清犹道路行难。舟维晚雨湘川暗，袖拂晴岚岘首寒。见说满朝亲友在，肯教憔悴出长安。

喻　道

汉武秦皇漫苦辛,那思俗骨本含真。不知流水潜催老,未悟三山也是尘。牢落沙丘终古恨,寂寥函谷万年春。长生客待仙桃饵,月里婵娟笑煞人。

山　中

一簇烟霞荣辱外,秋山留得傍檐楹。朝钟暮鼓不到耳,明月孤云长挂情。世上路岐何缭绕,水边蓑笠称平生。寻思阮籍当时意,岂是途穷泣利名。

同玄昶上人观山榴

病随支遁偶行行,正见榴花独满庭。瘦竹成林人不看,却应著得强青青。

别李将军

一拜虬髭便受恩,宫门细柳五摇春。男儿自古多离别,懒对英雄泪满巾。

早　鸡

锦翅朱冠惊四邻,稻粱恩重职司晨。不知下土兵难戢,但报明时向国人。

别　友

北吹微微动旅情,不堪分手在平明。寒鸡不待东方曙,唤起征人蹋月行。

全唐诗卷六四七

胡　曾

胡曾，邵阳人。咸通中举进士，不第，尝为汉南从事。《安定集》十卷，《咏史诗》三卷，今合编诗一卷。

草檄答南蛮有咏

辞天出塞阵云空，雾卷霞开万里通。亲受虎符安宇宙，誓将龙剑定英雄。残霜敢冒高悬日，秋叶争禁大段风。为报南蛮须屏迹，不同蜀将武侯功。

寒食都门作

二年寒食住京华，寓目春风万万家。金络马衔原上草，玉颜一作钗人折路傍花。轩车竞出红尘合，冠盖争回白日斜。谁念都门两行泪，故园寥落在长沙。

薄命妾

阿娇初失汉皇恩，旧赐罗衣亦罢薰。倚枕夜悲金屋雨，卷帘朝泣玉楼云。宫前叶落鸳鸯瓦，架上尘生翡翠裙。龙骑不巡时渐久，长门空一作长掩绿苔纹。

独不见

玉关一自有氛埃，年少从军竟未回。门外尘凝张乐榭，水边香灭按歌台。窗残夜月人何处，帘卷春风燕复来。万里寂寥音信绝一作断，寸心争忍不成灰。

交河塞下曲

交河冰薄日迟迟，汉将思家感别离。塞北草生苏武泣，陇西云起李陵悲。晓侵雉堞乌先觉，春入关山雁独知。何处疲兵心最苦，夕阳楼上笛声时。

车遥遥

自从车马出门朝，便入空房守寂寥。玉枕夜残一作寒鱼信绝一作断，金钿秋尽雁书遥。脸边楚雨临风落，头上春一作秦云向日销。芳草又衰还不至，碧天霜冷转无憀。

早发潜水驿谒郎中员外

半床秋月一声鸡，万里行人费马蹄。青野雾销凝晋洞，碧山烟散避秦溪。楼台稍辨乌城外，更漏微闻鹤柱西。已是大仙怜后进，不应来向武陵迷。

赠渔者

不愧人间万户侯，子孙相继老扁舟。往来南越谙鲛室，生长东吴识蜃楼。自为钓竿能遣闷，不因萱草解销忧。羡君独得逃名趣，身外无机任白头。

自岭下泛鷁到清远峡作

乘船浮鷁下韶水，绝境方知在岭南。薜荔一作萝薜雨余山自黛，蒹葭烟尽岛如蓝。旦游萧帝新松寺，夜宿嫦娥桂影一作旧桂潭。不为箧中书未献，便来兹地结茅庵。

题周瑜将军庙

共说生前国步难，山川龙战血漫漫。交锋魏帝旌旆退，委任君一作质吴王社稷安。庭际雨余春草长，庙前风起晚光残。功勋碑碣今何在，不得当时一字看。

咏史诗

乌　江

争帝图王势已倾，八千兵散楚歌声。乌江不是无船渡，耻向东吴再起兵。

章华台

茫茫衰草没章华，因笑灵王昔好奢。台土未干箫管绝，可怜身死野人家。

细腰宫

楚王辛苦战无功，国破城荒霸业空。唯有青春花上露，至今犹泣细腰宫。

沙　苑

冯翊南边宿雾开，行人一步一裴回。谁知此地凋残柳，尽是高欢败后栽。

石　城

古郢云开白雪楼，汉江还绕石城流。何人知道寥天月，曾向朱门送莫愁。

荆　山

抱玉岩前桂叶稠，碧谿寒水至今流。空山落日猿声叫，疑是荆人哭未休。

阳　台

楚国城池飒已空，阳台云雨过一作去无踪。何人更有襄王梦，寂寂巫山十二重。

居　延

漠漠平沙际碧天，问人云此是居延。停骖一顾犹魂断，苏武争禁十九年。

沛　宫

汉高辛苦事干戈，帝业兴隆俊杰多。犹恨四方无壮士，还乡悲唱大风歌。

金谷园

一自佳人坠玉楼，繁华东逐洛河流。唯余金谷园中树，残日蝉声送客愁。

湘　川

虞舜南捐万乘君，灵妃挥涕竹成纹。不知精魄游何处，落日潇湘空白云。

夷　门

六龙冉冉骤朝昏，魏国贤才杳不存。唯有侯嬴在时月，夜来空一作尚自照夷门。

黄金台

北乘羸马到燕然，此地何人复礼贤。若问昭王无处所，黄金台上草连天。

夷　陵

夷陵城阙倚朝云，战败秦师纵火焚。何事三千珠履客，不能西御武安君。

汉　江

汉江一带碧流长，两岸春风起绿杨。借问胶船何处没，欲停兰棹祀昭王。

苍　梧

有虞龙驾不西还，空委箫韶洞壑一作府间。无计得知陵寝处，愁云长满九疑山。

陈　宫

陈国机权未可一作有涯，如何后主恣娇奢。不知即入宫中一作前井，犹自听吹玉树花。

南　阳

世乱英雄百战余，孔明方此乐耕锄。蜀王不自垂三顾，争得先生出旧一作草庐。

即　墨

即墨门开纵火牛，燕师营里血波流。固存不得田单术，齐国寻成一土丘。

渭　滨

岸草青青渭水流，子牙曾此独垂钓。当时未入非熊兆，几向斜阳叹白头。

五　湖

东上高山望五湖，雪涛烟浪起天隅。不知范蠡乘舟后，更有功臣继踵无。

易水

一旦秦皇马角生，燕丹归北送荆卿。行人欲识无穷恨，听取东流易水声。

长平

长平瓦震武安初，赵卒俄成戏鼎鱼。四十万人俱下世，元戎何用读兵书。

西园

月满西园夜未央，金风不动邺天凉。高情公子多秋兴，更领诗人入醉乡。

长沙

江上南风起白蘋，长沙城郭异咸秦。故乡犹自嫌卑湿，何况当时赋鹏人。

圯桥

庙算张良独有余，少年逃难下邳初。逡巡不进泥中履，争得先生一卷书。

铜雀台

魏武龙舆逐逝波，高台空按望陵歌。遏云声绝悲风起，翻向樽前泣翠娥。

东晋

石头城下浪崔嵬，风起声疑出地雷。何事苻坚太相小，欲投鞭策过江来。

吴江

子胥今日委东流，吴国明朝亦古丘。大笑夫差诸将相，更无人解守苏州。

函谷关

寂寂函关锁未开，田文车马出秦来。朱门不养三千客，谁为鸡鸣得放回。

武　关

战国相持竟不休，武关才掩楚王忧。出门若取灵均语，岂作咸阳一死囚。

垓　下

拔山力尽霸图隳，倚剑空歌不逝骓。明月满营天似水，那堪回首别虞姬。

郴　县

义帝南迁路入郴，国亡身死乱山深。不知埋恨穷泉后，几度西陵片月沉。

东　海

东巡玉辇委泉台，徐福楼船尚未回。自是祖龙先下世，不关无路到蓬莱。

故宜城

武安南伐勒秦兵，疏凿功将夏禹并。谁谓长渠千载后，水流犹入故宜城。

成　都

杜宇曾为蜀帝王，化禽飞去旧城荒。年年来叫桃花月，似向春风诉国亡。

檀　溪

三月襄阳绿草齐，王孙相引到檀溪。的卢何处埋龙骨，流水依前绕大堤。

青　冢

玉貌元期汉帝招，谁知西嫁怨天骄。至今青冢愁云起，疑是佳人恨未销。

李陵台

北入单于万里疆，五千兵败滞穷荒。英雄不伏蛮夷死，更筑高台望故乡。

河　梁

汉家英杰出皇都，携手河梁话入胡。不是子卿全大节，也应低首拜单于。

轵　道

汉祖西来秉白旄，子婴宗庙委波涛。谁怜君有翻身术，解向秦宫杀赵高。

汉　宫

明妃远嫁泣西风，玉箸双垂出汉宫。何事将军封万户，却令红粉为和戎。

豫让桥

豫让酬恩岁已深，高名不朽到如今。年年桥上行人过，谁有当时国士心。

华　亭

陆机西没洛阳城，吴国春风草又青。惆怅月中千岁鹤，夜来犹为唳华亭。

东　山

五马南浮一化龙，谢安入相此山空。不知携妓重来日，几树莺啼谷口风。

杀子谷

举国贤良尽泪垂，扶苏屈死树边时。至今谷口泉呜咽，犹似秦人一作当时恨李斯。

马陵

坠叶萧萧九月天，驱兵一作羸独过马陵前。路傍古木虫书处，记得将军破敌年。

玉门关

西戎不敢过天山，定远功成白马闲。半夜帐中停烛坐，唯思生入玉门关。

滹沱河

光武经营业未兴，王郎兵革正凭陵。须知后汉功臣力，不及滹沱一片冰。

黄河

博望沉埋不复旋，黄河依旧水茫然。沿流欲共牛郎语，只得一作待灵槎送上天。

凤凰台

秦娥一别凤凰台，东入青冥更不回。空有玉箫千载后，遗声时到世间来。

五丈原

蜀相西驱十万来，秋风原下久裴回。长星不为英雄住，半夜流光落九垓。

平城

汉帝西征陷虏尘，一朝围解议和亲。当时已有吹毛剑，何事无人杀奉春。

汴　水

千里长河一旦开，亡隋波浪九天来。锦帆未落干戈起，惆怅龙舟更不回。

兰 台 宫

迟迟春日满长空，亡国离宫蔓草中。宋玉不忧人事变，从游那赋大王风。

金 牛 驿

山岭千重拥蜀门，成都别是一乾坤。五丁不凿金牛路，秦惠何由得并吞。

望 思 台

太子衔冤去不回，临皋一作高从筑望思台。至今汉武销魂处，犹有悲风木一作水上来。

邯　郸

晓入邯郸十里春，东风吹下玉楼尘。青娥莫怪频含笑，记得当年失步人。

箕　山

寂寂箕山春复秋，更无人到此溪头。弃瓢岩畔中宵月，千古空闻属许由。

会 稽 山

越王兵败已山栖，岂望全生出会稽。何事夫差无远虑，更一作便开罗网放鲸鲵。

不 周 山

共工争帝力穷秋，因此捐生触不周。遂使世间多感客，至今哀怨水东流。

虞　坂

悠悠虞坂路欹斜，迟日和风簇野花。未省孙阳身没后，几多骐骥困盐车。

秦　庭

楚国君臣草莽间，吴王戈甲未东还。包胥不动咸阳哭，争得秦兵出武关。

延平津

延平津路水溶溶，峭壁巍一作危岑一万重。昨夜七星潭底见，分明神剑化为龙。

瑶　池

阿母瑶池宴穆王，九天仙乐送琼浆。漫矜八骏行如电，归到人间国已亡。

铜　柱

一柱高标险塞垣，南蛮不敢犯中原。功成自合分茅土，何事翻衔薏苡冤。

关　西

杨震幽魂下北邙，关西踪迹遂荒凉。四知美誉留人世，应与乾坤共久长。

高阳池

古人未遇即衔杯，所贵愁肠得酒开。何事山公持玉节，等闲深入醉乡来。

泸　水

五月驱兵入不毛，月明泸水瘴烟高。誓将雄略酬三顾，岂惮征蛮七纵劳。

细柳营

文帝銮舆劳北征,条侯此地整严兵。辕门不峻将军令,今日争知细柳营。

叶　县

叶公丘墓已尘埃,云矗祟墉亦半摧。借问往年龙见日,几多风雨送将来。

杜　邮

自古功成祸亦侵,武安冤向杜邮深。五湖烟月无穷水,何事迁延到陆沉。

柯　亭

一宿柯亭月满天,笛亡人没事空传。中郎在世无甄别,争得名垂尔许年。

葛　陂

长房回到葛陂中,人已登真竹化龙。莫道神仙难顿学,嵇生自是不遭逢。

博浪沙

嬴政鲸吞六合秋,削平天下虏诸侯。山东不是无公子,何事张良独报仇。

陇　西

乘春来到陇山西,隗氏城荒碧草齐。好笑王元不量力,函关那受一丸泥。

白帝城

蜀江一带向东倾,江上巍峨白帝城。自古山河归圣主,子阳虚共汉家争。

牛　渚

温峤南归辍棹晨，燃犀牛渚照通津。谁知万丈洪流下，更有朱衣跃马人。

朝　歌

长嗟墨翟少风流，急管繁弦似寇仇。若解闻韶知肉味，朝歌欲到肯回头。

谷　口

一旦天真逐水流，虎争龙战为诸侯。子真独有烟霞趣，谷口耕锄到白头。

武陵溪

一溪春水彻云根，流出桃花片片新。若道长生是虚语，洞中争得有秦人。

大　泽

白蛇初断路人通，汉祖龙泉血刃红。不是咸阳将瓦解，素灵那哭月明中。

渑　池

日照荒城芳草新，相如曾此挫强秦。能令百二山河主，便作樽前击缶人。

岘　山

晓日登临感晋臣，古碑零落岘山春。松间残露频频滴，酷似当时一作初堕泪人。

荥　阳

汉祖东征屈未伸，荥阳失律纪生焚。当时天下方龙战，谁为将军作诔文。

长　城

祖舜宗尧自太平，秦皇何事一作用苦苍生。不知祸起萧墙内，虚筑防胡万里城。

赤　壁

烈火西焚魏帝旗，周郎开国虎争时。交兵不假挥长剑，已挫英雄百万师。

田横墓

古墓崔巍约路岐，歌传薤露到今时。也知不去朝黄屋，只为曾烹郦食其。

青　门

汉皇提剑灭咸秦，亡国诸侯尽是臣。唯有东陵守高节，青门甘作种瓜人。

姑苏台

吴王恃霸弃雄才，贪向姑苏醉醁醅。不觉钱塘江上月，一宵西送越兵来。

息　城

息亡身入楚王家，回首春风一面花。感旧不言长掩泪，只应翻恨有容华。

上　蔡

上蔡东门狡兔肥，李斯何事忘南归。功成不解谋身退，直待云阳血染衣。

武　昌

王浚戈铤发上流，武昌鸿业土崩秋。思量铁锁真儿戏，谁为吴王画此筹。

鸿　沟

虎倦龙疲白刃秋，两分天下指鸿沟。项王不觉英雄挫，欲向彭门醉玉楼。

褒　城

恃宠娇多得自由，骊山举火戏诸侯。只知一笑倾人国，不觉胡尘满玉楼。

金　陵

侯景长驱十万人，可怜梁武坐蒙尘。生前不得空王力，徒向金田自舍身。

洛阳 一作司空图诗

石勒童年有战机，洛阳长啸倚门时。晋朝不是王夷甫，大智何由得预知。

番　禺

重冈复岭势崔巍，一卒当关万卒回。不是大夫多辨说，尉他争肯筑朝台。

汨　罗

襄王不用直臣筹，放逐南来泽国秋。自向波间葬鱼腹，楚人徒倚济川舟。

彭　泽

英杰那堪屈下僚，便栽门柳事萧条。凤凰不共鸡争食，莫怪先生懒折腰。

涿　鹿

涿鹿茫茫白草秋，轩辕曾此破蚩尤。丹霞遥映祠前水，疑是成川血尚流。

洞　庭

五月扁舟过洞庭，鱼龙吹浪水云腥。轩辕黄帝今何在，回首巴山芦叶青。

嶓　冢

夏禹崩来一万秋，水从嶓冢至今流。当时若诉胼胝苦，更使何人别九州。

涂　山

大禹涂山御座开，诸侯玉帛走如雷。防风谩有专车骨，何事兹辰最后来。

商　郊

莺啭商郊百草新，殷汤遗迹在荒榛。谁知继桀为天子，便是当初祝网人。

傅　岩

岩前版筑不求伸，方寸那希据要津。自是武丁安寝夜，一宵宫里梦贤人。

钜　桥

积粟成尘竟不开，谁知拒谏剖贤才。武王兵起无人敌，遂作商郊一聚灰。

首阳山

孤竹夷齐耻战争，望尘遮道请休兵。首阳山倒为平地，应始无人说姓名。

孟　津

秋风飒飒孟津头，立马沙边看水流。见说武王东渡日，戎衣曾此叱阳侯。

流　沙

七雄戈戟乱如麻，四海无人得坐家。老氏却思天竺住，便将徐甲去流沙。

邓　城

邓侯城垒汉江干，自谓深根百世安。不用三甥谋楚计，临危方觉噬脐难。

召　陵

小白匡周入楚郊，楚王雄霸亦咆哮。不思管仲为谋主，争取言征缩酒茅。

绵　山

亲在要君召不来，乱山重叠使空回。如何坚执尤人意，甘向岩前作死灰。

鲁　城

鲁公城阙已丘墟，荒草无由认玉除。因笑臧孙才智少，东门钟鼓祀鹓鶋。

骕 骦 陂

行行西至一荒陂，因笑唐公不见机。莫惜骕骦输令尹，汉东宫阙早时归。

夹　谷

夹谷莺啼三月天，野花芳草整相鲜。来时不见侏儒死，空笑齐人失措年。

吴　宫

草长黄池千里余，归来宗庙已丘墟。出师不听忠臣谏，徒耻穷泉见子胥。

摩笄山

春草绵绵岱日低，山边立马看摩笄。黄莺也解追前事，来向夫人死处啼。

房陵

赵王一旦到房陵，国破家亡百恨增。魂断丛台归不得，夜来明月为谁升。

濮水

青春行役思悠悠，一曲汀蒲濮水流。正见涂中龟曳尾，令人特地感庄周。

柏举

野田极目草茫茫，吴楚交兵此路傍。谁料伍员入郢后，大开陵寝挞平王。

望夫山

一上青山便化身，不知何代怨离人。古来节妇皆销朽，独尔不为泉下尘。

金义岭

凿开山岭引湘波，上去昭回不较多。无限鹊临桥畔立，适来天道过天河。

云云亭

一上高亭日正晡，青山重叠片云无。万年松树不知数，若个虬枝是大夫。

阿房宫

新建阿房壁未干，沛公兵已入长安。帝王苦竭生灵力，大业沙崩固不难。

沙　丘

年年游览不曾停，天下山川欲遍经。堪笑沙丘才过处，銮舆风过鲍鱼腥。

咸　阳

一朝阎乐统群凶，二世朝廷扫地空。唯有渭川流不尽，至今犹绕望夷宫。

废丘山

此水虽非禹凿开，废丘山下重萦回。莫言只解东流去，曾使章邯自杀来。

广武山

数罪楚师应夺气，底须多论破深艰。仓皇斗智成何语，遗笑当时广武山。

长　安

关东新破项王归，赤帜悠扬日月旗。从此汉家无敌国，争教彭越受诛夷。

鸿　门

项籍鹰扬六合晨，鸿门开宴贺亡秦。樽前若取谋臣计，岂作阴陵失路人。

汉　中

荆棘苍苍汉水湄，将坛烟草覆余基。适来投石空江上，犹似龙颜纳谏时。

泜　水

韩信经营按镆铘，临戎叱咤有谁加。犹疑转战逢勍敌，更向军中问左车。

云　梦

汉祖听谗不可防，伪游韩信果罹殃。十处辛苦平天下，何事生擒入帝乡。

高　阳

路入高阳感郦生，逢时长揖便论兵。最怜伏轼东游日，下尽齐王七十城。

四皓庙

四皓忘机饮碧松，石岩云殿隐高踪。不知俱出龙楼后，多在商山第几重。

霸　陵

原头日落雪边云，犹放韩卢逐兔群。况是四方无事日，霸陵谁识旧将军。

昆明池

欲出昆明万里师，汉皇习战此穿池。如何一面图攻取，不念生灵气力疲。

回　中

武皇无路及昆丘，青鸟西沉陇树秋。欲问生前躬祀日，几烦龙驾到泾州。

东　门

何人知足反田庐，玉管东门饯二疏。岂是不荣天子禄，后贤那使久闲居。

射熊馆

汉帝荒唐不解忧，大夸田猎废农收。子云徒献长杨赋，肯念高皇沐雨秋。

昆　阳

师克由来在协和，萧王兵马固无多。谁知大敌昆阳败，却笑前朝困楚歌。

七 里 滩

七里青滩映碧层，九天星象感严陵。钓鱼台上无丝竹，不是高人谁解登。

颍　川

古贤高尚不争名，行止由来动杳冥。今日浪为千里客，看花惭上德星亭。

江　夏

黄祖才非长者俦，祢衡珠碎此江头。今来鹦鹉洲边过，惟有无情碧水流。

官　渡

本初屈指定中华，官渡相持勒虎牙。若使许攸财用足，山河争得属曹家。

灞　岸

长安城外白云秋，萧索悲风灞水流。因想汉朝离乱日，仲宣从此向荆州。

濡 须 桥

徒向濡须欲受降，英雄才略独无双。天心不与金陵便，高步何由得渡江。

豫　州

策马行行到豫州，祖生寂寞水空流。当时更有三年寿，石勒寻为关下囚。

八 公 山

苻坚举国出西秦，东晋危如累卵晨。谁料此山诸草木，尽能排难化为人。

下　第

翰苑何时休嫁女，文昌早晚罢生儿。上林新桂年年发，不许平人折一枝。

赠薛涛一作王建诗

万里桥边女校书，枇杷花下闭门居。扫眉才子知多少，管领春风总不如。

全唐诗卷六四八

方　干

方干，字雄飞，新定人。徐凝一见器之，授以诗律，始举进士。谒钱塘太守姚合，合视其貌陋，甚卑之。坐定览卷，乃骇目变容。馆之数日，登山临水，无不与焉。咸通中，一举不得志，遂遁会稽，渔于鉴湖。太守王龟以其亢直，宜在谏署，欲荐之，不果。干自咸通得名，迄文德，江之南无有及者。殁后十余年，宰臣张文蔚奏名儒不第者五人，请赐一官，以慰其魂，干其一也。后进私谥曰玄英先生。门人杨弇与释子居远收得诗三百七十余篇，集十卷，今编诗六卷。

采　莲

采莲女儿避残热，隔夜相期侵早发。指剥春葱腕似雪，画桡轻拨蒲根月。兰舟尺速有输赢，先到河湾赌何物。才到河湾分首去，散在花间不知处。

寄李频

众木又摇落，望群还不一作犹未还。轩车在何处一作何处去，雨雪满前山。思苦文星动，乡遥钓渚闲。明年见名姓一作字，唯我独何颜。

东溪别业寄吉州段郎中

前山含远翠一作翠晚，罗列在窗中。尽日一作昼夜人不到，一尊谁与同。凉随莲叶雨，暑避柳条风。岂分长岑一作孤寂，明时有至公。

怀州客舍

误饮覃怀酒，谁知滞去程。朝昏太行色，坐卧沁河声。白道穿秦甸，严鼙似戍城。邻鸡莫相促，游子自晨征。

中路寄喻凫先辈

求名如未遂，白首亦难归。送我尊前一作中酒，典君身上衣。寒芜随楚尽一作阔，落叶渡淮稀。莫叹一作笑干时晚，前心岂便非。

送赵明府还北

故园一作林终不住，剑鹤在扁舟。尽室无余俸，还家得白头。钟催吴岫晓一作晚，月绕一作照渭河流。曾是栖安邑，恩期异日酬。

过朱协律故山

地下无余恨，人间得盛名。残篇续大雅，稚子托诸生。度日山空暮，缘溪鹤自鸣。难收故交意，寒笛一声声。

途中寄刘沆 一作寄朱特

登车误相远，谈笑亦何因。路入潇湘树，书随巴蜀人。敛衣寒犯雪，倾箧病看春。莫负鬌年志，清朝作一作有献臣。

送班主簿一作少府入谒荆南韦常侍一作卢尚书

束书成远去，还计莫经春。倒箧唯求醉，登舟自笑贫。波移彭蠡月，树没汉陵人。试吏曾趋府，旌幢自可一作易得亲。

夏日登灵隐寺后峰

绝顶无烦暑，登临三伏中。深萝难透日，乔木更含风。山叠云霞际，川倾世界东。那知兹夕兴，不与古人同。

听新蝉寄张昼

细声频断续，审听亦难分。仿佛应移处，从容却不闻。兰栖朝咽露，树隐暝吟云。莫一作若遣乡愁起，吾怀只是一作似君。

送喻坦之下第还江东

文战偶未胜，无令移壮心。风尘辞帝里，舟楫到家林。过楚寒方尽，浮淮月正沉。持杯话来日，不听洞庭砧。

送姚舒下第游蜀

蜀路何迢递，怜君独去游。风烟连北虏，山水似一作胜东瓯。九折盘荒坂，重江绕汉州。临邛一壶酒，能遣一作浣长卿愁。

旅次钱塘

此地似乡国，堪为朝夕吟。云藏吴相庙，树引越山禽。潮落海人散，钟迟秋寺深。我来无旧识，谁见寂寥心。

别喻凫

知心似古人，岁久分弥亲。离别波涛阔，留连槐柳新。蟆陵寒一作武陵闲贳酒，渔浦夜垂纶。自此星居后，音书岂厌频。

送相里烛

相逢未作期，相送定何之。不得长年少，那堪远别离。泛湖乘月早，践雪过山迟。永望多时立，翻如在梦思。

君不来

闲花未零落，心绪已纷纷。久客无人见，新禽何处闻。舟随一水远，路出万山分。夜月生愁望，孤光必照君。

将谒商州吕一作李郎中道出楚州留献章一作韦中丞

江流盘复直，浮棹出家林。商洛路犹远，山阳春已深。青云应有一作可望，白发未相侵。才小知难荐，终劳许郭心。

金州客舍

卷箔群一作云峰暮，萧条未掩关。江流嶓冢雨，路一作帆入汉家一作阴山。落叶欹眠后，孤砧倚望间。此情偏耐醉，难遣酒罍闲。

途中逢孙辂因得李频消息

灞上寒仍在，柔条亦自新。山河虽度腊，雨雪未知春。正忆同袍者，堪逢共国人。衔杯益一作亦无语，与尔转相亲。

送从兄部 一作韦部，一作途中别孙璐。

道路本无限，又一作更应何处逢。流年莫虚掷，华发不相容。野渡波摇月，空一作寒城雨翳钟。此心随去马一作去鸟，迢递过千一作重峰。

送许温 一作浑

壮岁分罙一作弥切，少一作髫年心正一作即同。当闻千里去，难遣一尊空。翳烛蒹葭雨，吹帆橘柚风。明年见亲族，尽一作冬集在怀中。

镜中别业二首 一作镜湖西岛闲居

寒山一作居压镜心，此处是家林。梁燕窥一作欺春醉，岩猿学夜吟。云连平地起，月向白波沉。犹自闻钟角，栖身可在深。

世人如不容，吾自纵天慵。落叶凭风扫，香粳倩水舂。花期连郭雾，雪夜隔湖钟。身外一作在无能事，头宜白此峰。

经周处士故居

愁吟与独行，何事不伤一作关情。久立钓鱼处，唯闻啼鸟声。山蔬和草嫩一作雨歇，海树入篱一作云生。吾在兹溪上，怀君恨不平。

赠喻凫

所得非众语，众人那得知。才吟五字句，又白几茎髭。月阁欹眠夜，霜轩正坐时。沉思心更苦，恐作满头丝。

早发洞庭

长天接广泽，二气共含秋。举目无平地，何心恋直钩。孤钟鸣大岸，片月落中流。却忆鸱夷子，当时此泛舟。

贻钱塘县路明府 一作感怀

志业一作至学不得力，到一作至今犹苦吟。吟成五字句，用破一生心。世路屈声远一作满，寒一作云溪怨一作冤气深。前贤多晚达，莫怕鬓霜侵。

湖上言事寄长城喻明府

吟霜与卧云，此兴亦甘贫。吹箭落翠羽，垂丝牵锦鳞。一作爇苇蒸菰米，垂丝钓锦鳞。满湖风撼月，半日雨藏春。却笑萦簪组，劳心字远人。

涵碧亭 洋州于中丞宰东阳日置

高低竹杂松，积翠复留风。路极一作剧阴溪里，寒生暑气中。闲云低覆草，片水静涵空。方见洋源牧，心侔造化功。

除　夜

永怀难自问，此夕众愁兴。晓韵侵春角，寒光隔岁灯。心燃一寸火，泪结两行冰。煦育诚非远，阳和又欲升。

赠许牍山人

才子醉更逸，一吟倾一觞。支颐忍有得，摇笔便成章。王粲实可重，祢衡争不狂。何时应会面，梦里是潇湘。

赠功成将

定难在明略，何曾劳战争。飞书谕强寇，计日下重城。深雪移军一作营夜，寒笳一作沙出塞情。苦心殊易老，新发早年生。

白一作自艾原客

原上桑柘瘦，再来还见贫。沧州几年隐，白发一茎新。败叶平空堑，残阳满近邻。闲言说知己，半是学禅人。

朔管

寥寥落何处，一夜过胡天。送苦秋风外，吹愁白发边。望乡皆下泪，久戍尽休眠。寂寞空沙晓，开眸片月悬。

忆故山

旧山长系念，终日卧边亭。道路知已远，梦魂空再经。秋泉凉好引，乳鹤静宜听。独上高楼望，蓬身且未一作保宁。

冬夜泊僧舍

江东寒近腊，野寺水天昏。无酒能消夜，随僧早闭门。照墙灯焰细，著瓦雨声繁。漂泊仍千里，清吟欲断魂。

新秋独夜寄戴叔伦

遥夜独不卧，寂寥庭户中。河明五陵上，月满九门东。万里亲朋散，故园沧海空。归怀正南望，此夕起秋风。

送沛县司马丞之任

举酒一相劝，逢春聊尽欢。羁游故交少，远别后期难。路上野花发，雨中青草寒。悠悠两都梦，小沛与长安。

送卢评事东归 一作戴叔伦诗，题云《送友人东归》。

万里杨柳色，出关随故人。轻烟覆一作拂流水，落日照行尘。积梦江湖阔，忆家兄弟贫。裴回灞亭上，不语共伤春。

清明日送邓芮还乡 一作戴叔伦诗

钟鼓喧离室，车徒促一作役夜装。晓榆一作厨新变火，轻柳暗飞霜。转镜看华发，传杯话故乡。每嫌儿女泪，今日自沾裳。

全唐诗卷六四九

方　干

送崔拾遗出使江东

九门思谏诤，万里采风谣。关外逢秋月，天涯过晚潮。雁飞云杳杳，木落浦萧萧。空怨他乡别，回舟暮寂寥。

重阳日送洛阳李丞之任

为文通绝境，从宦及良辰。洛下知名早，腰边结绶新。且倾浮菊酒，聊拂染衣尘。独恨沧州侣，愁来别故人。

江州送李侍御归东洛

独乘骢马去，不并旅人还。中外名卿贵，田园高步闲。暮春经楚县，新月上淮山。道路空瞻望，轩车不敢攀。

送郭太祝归江东

乡人去欲尽，北雁又南飞。京洛风尘久，江淮音信稀。旧山知独往，一醉觅相违。未得解羁旅，无劳问是非。

送李恬及第后还贝州

成名年少日，就业圣人书。擢桂谁相比，籯金已不如。东城送归客，秋日待征车。若到清潭畔，儒风变里闾。

收两京后还上都兼访一二亲故

离堂千里客，归骑五陵人。路转函关晚，烟开上苑新。天涯将野服，阙下见乡亲。问得存亡事，裁诗寄海滨。

送汶上王明府之任

何时到故乡，归去佩铜章。亲友移家尽，闾阎百战伤。背关馀草木，出塞足风霜。遗老应相贺，知君不下堂。

湖南使院遣情送江夏贺侍郎

云雨一消散，悠悠关复河。俱从泛舟役，遂隔洞庭波。楚水去不尽，秋风今更过。无由得相见，却恨寄书多。

过申州作

万人曾死战，几户免刀兵一作几处见休兵。井邑初安堵，儿童未长成。凉风吹古木，野火烧一作入残营。寥落千余里，山高水复清。

汝南过访田评事

移家近汉阴，不复问华簪。买酒宜城远，烧田梦泽深。暮山逢鸟入，寒水见鱼沉。与物皆无累，终年惬本心。

送道上人游方

律仪通外学，诗思入玄关。烟景随人别，风姿与物闲。贯花留静室，咒水度空山。谁识浮云意，悠悠天地间。

送饶州王司法之任兼寄朱处士

莫辞一作愁还作吏，且喜速回车。留醉悲残岁，含情寄远书。共看衰老近，转觉宦名虚。遥想清溪畔，幽人得自如。

詹碏山居

爱此栖心静，风尘路已赊。十馀茎野竹，一两树山花。绕石开泉细，穿罗引径斜。无人会幽意，来往在烟霞。

晓　角

画角吹残月，寒声发戍楼。立霜嘶马怨，攒碛泣兵愁。燕雁鸣云畔，胡风冷草头。罢闻三会后，天迥晓星流。

冬　日

烧火掩关坐，穷居客访稀。冻云愁暮色，寒日淡斜晖。穿牖竹风满，绕庭云叶飞。已嗟周一岁，羁寓尚何依。

残秋送友

早为千里别，况复是秋残。木叶怨先老，江云愁暮寒。交情如水淡，离酒忆杯宽。料想还家后，休吟行路难。

客　行

藕叶缀为衣，东西泣路岐。乡心日落后，身计酒醒时。触目多添感，凝情足所思。羁愁难尽遣，行坐一低眉。

秋　夜

度鸿惊睡醒，欹枕已三更。梦破寂寥思，灯残零落明。空窗闲月色，幽壁静虫声。况是离乡久，依然无限情。

新　月

入夜天西见，蛾〔眉〕(蝞)冷素光。潭鱼惊钓落，云雁怯弓张。隐隐临珠箔，微微上粉墙。更怜三五夕，仙桂满轮芳。

滁上怀周贺

就枕忽不寐，孤怀兴叹初。南谯收旧历，上苑绝来书。一作已经天目岁，未寄汉阳书。暝雪细一作雨乱声积，晨钟寒韵疏。侯门昔弹铗，曾共食江一作无鱼。

寄石溢清越上人

寺处唯高僻，云生石枕一作枕石前。静吟因一作应得句，独夜不妨禅。窗接停猿树，岩飞浴鹤泉。相思有书札，俱倩猎人传。

陈式水墨山水

造化有功力，平分归笔端。溪如冰后听，山似烧来看。立意雪髯一作霜髭出，支颐烟汗一作汁干。世间从尔后，应觉致名难。

陈秀才亭际木兰

昔见初栽日，今逢成树时。存思心更感，绕看步还迟。蝶舞摇风蕊，莺啼含露枝。裴回不忍去，应与醉相宜。

赠镜公 一作旅次钱塘

幽独度遥夜，夜清神更闲。高风吹越树一作国，细露湿一作雨暗湖山。月皎微吟后，钟鸣不寐间。如教累簪组，此兴岂相关。

登雪窦僧家 一作书窦云禅者壁

登寺寻盘道，人烟远更微。石窗秋见海，山霭暮侵衣。众木随僧老，高泉尽日飞。谁能厌轩冕，来此便忘机。

途中逢进士许巢

声望一作价去已远，门一作向人无不知。义行相识处，贫过少年时。妨寐夜吟苦，爱闲身达迟。难求似君者，我去更逢谁。

赠玛瑙山禅者 一作赠玛瑙禅师归京

莳一作蒲草不停兽，因师山更灵。村林朝乞食，风雨夜开扃。井味兼松粉，云根着净瓶。尘劳如醉梦，对此暂能醒。

酬故人陈乂都

远别那无梦，重游自有期。半年乡信到，两地赤一作客心知。坐久吟移调，更长砚结澌。文人才力薄，终怕阿戎欺。

闰　春一作月

幂幂复苍苍，微和傍早阳。前春寒一作惜寒春已尽，待闰日犹长。柳变虽因雨，花迟岂为霜。自兹延圣历，谁不驻年光。

方著作画竹

叠叶与高节，俱从毫末生。流一作留传千古誉，研炼十年情。向月本无影，临风疑有声。吾家钓台畔一作矶侧，似此两三茎。

题友人山花

平明一作蕊萌方发尽一作尽坼，为待一作得好风吹。不见移来日，先愁落一作花去时。浓香薰叠叶，繁朵压卑一作欹枝。坐一作来看皆终夕，游蜂似一作自有期。

赠诗僧怀静一作观

几一作多生馀习在，时复作一作却微吟。坐夏莓苔合一作匝，行禅桧柏深。入山成白首，学道是初心。心地不移变，徒云一作劳寒暑侵。

赠许牍秀才

理论与妙用，皆从人外来。山河澄正气，雪月助宏才。傲世寄渔艇，藏名归酒杯。升沉在方寸，即恐起风雷。

送于丹

至业是至宝，莫过心自知。时情如甚畅，天道即无私。入洛霜霰苦，离家兰菊衰。焚舟一作营州不回顾，薄暮又何之。

送人游一作之日本国

苍茫大荒外，风教一作势即难知。连夜扬帆去，经年到岸迟。波涛含一作吞左界，星斗定东维一作证东夷。或有归风便，当为相见期。

东溪言事寄于丹

日月昼夜转，年光难驻留。轩窗才过雨，枕簟即知秋。草一作天际鸟一作雁行出，溪中虹影收。唯君壮心在，应笑卧沧洲。

暮发七里滩夜泊严光台下

一瞬即七里，箭驰犹是难。樯边走岚翠，枕底失风湍。但讶猿鸟定，不知霜月寒。前贤竟何益，此地误垂竿。

处州洞溪

气象四时清，无人画得成。众山寒叠翠，两派绿分声。坐月何曾夜，听松不似晴。混元融结后，便有此溪名。

称心寺中岛

水木深不极，似将星汉连。中州唯此地，上界别无天。雪折停猿树，花藏浴鹤泉。师为终老意，日日复年年。

岁晚苦寒

地气寒不畅，严风无定时。挑灯青烬少，呵笔尺书迟。白兔没已久，晨鸡僵未知。伫看开圣历，喧煦立为期。

杜鹃花

未问移栽日,先愁落地时。疏中从间叶,密处莫烧枝。郢客教谁探,胡蜂是自知。周回两三步,常有醉乡期。

山　中

散拙亦自遂,粗将猿鸟同。飞泉高泻月,独树迥含风。果落盘盂上,云生篋笥中。未甘明圣日,终作钓渔翁。

路支使小池

儿童戏穿凿,咫尺见津涯。藓岸和纤草,松泉溅浅沙。光含半床月,影入一枝花。到此无醒日,当时有习家。

清源标公

师为众人重,始得众人师。年到白头日,行如新戒时。瓶添放鱼涧,窗迥袅猿枝。此地堪终老,迷痴自不知。

题雪窦禅师壁 一作赠雪窦峰禅师

飞泉一作流溅禅石,瓶注一作履屦亦一作每生苔。海上山不浅,天边人自来。长年随桧柏,独夜任风雷。猎者闻疏磬,知师入定回。

重寄金山寺僧

风涛匝山寺,磬韵达渔船。此处别师久,远怀无信传。月华妨静烛,鸟语答幽禅。已见如如理,灰心应不然。

哭胡珪

才高登上第，孝极殁庐茔。一命何无定，片言徒有声。故园花自发，新冢月初明。寂寞重泉里，岂知春物荣。

与清溪赵明府

清规暂趋府，独立与谁亲。遂性无非酒一作醉，求闲却爱贫。林泉应入梦，印绶莫留人。王事闻多暇，吟来几首一作句新。

送剡县陈永秩满归越

俸禄三年后，程途一月间。舟中非客路，镜里是家山。密雪沾行袂，离一作丛杯变别颜。古人唯贺满，今挈解由还。

示乡叟

暮齿甘衰谢，逢人惜别离。青山前代业，老树此身移。买药将衣尽，寻方见字迟。如何镊残鬓，览镜变成丝。

游竹林寺

得路到深寺，幽虚曾识名。藓浓阴砌古，烟起暮香生。曙月落松翠，石泉流梵声。闻僧说真理，烦恼自然轻。

陆处士别业

问道远相访，无人觉路长。夜深回钓楫，月影出书床。蝉噪蓼花发，禽来山果香。多时欲归去，西望又斜阳。

赠中岳僧

坐来丛木大，谁见入岩年。多病长留药，无忧亦是禅。支床移片石，舂粟引高泉。尽愿求心法，逢谁即拟传。一作老去唯多病，寒来忽废禅。夜云侵静烛，枯叶落澄泉。尽拟求心法，当期早晚传。

寄普州贾司仓岛

乱山重复叠，何路一作处访先生。岂料多才者，空垂不世一作不第名。一作思归应病成，普掾我先生。冤气终不散，嘉言徒擅名。闲曹犹得醉，薄俸亦胜耕。莫问吟诗石，年年芳草平。

送镜空上人游江南

去住如云鹤，飘然不可留。何山逢后夏，一食在孤舟。细雨莲塘晚，疏蝉橘岸秋。一作细雨隋宫晚，蝉声汉树秋。应怀旧溪月，夜过石窗流。

新　正

荜门惆怅内一作日，时节暗来频。每见新正雪，长思故国春。云西斜去雁，江上未归人。又一年为客，何媒得到秦。

夜听步虚

寂寂永宫里，天师朝礼声。步虚闻一曲，浑欲到三清。瑞草秋风起，仙阶夜月明。多年远尘意，此地欲铺平。

题碧溪山禅老 一作赠鹤隐寺僧

师步有云随，师情唯鹤知。萝迷收术路，雪隔出溪时。竹狖窥沙井，岩禽停桧枝。由来傲卿相，卧稳答书迟。

寒食宿先天寺无可上人房

双扉桧下开，寄宿石房苔。幡北灯花动，城西雪霰来。收棋想云梦，罢茗议天台。同忆前年腊，师初白阁回。

中秋月

凉霄烟霭外，三五玉蟾秋。列野星辰正，当空鬼魅愁。泉澄寒魄莹，露滴冷光浮。未折青青桂，吟看不忍休。

暮冬书怀呈友人 一作喻凫诗

空为梁甫吟，谁竟是知音。风雪生寒夜，乡园来旧心。沧江孤棹迥，白阁一钟深。君子久忘我，此怀甘自沉。

赠江南僧

忘机室亦空，禅与沃州同。唯有半庭竹，能生竟日风。思山海月上，出定印香终。继后传衣者，还须立雪中。

柳

摇曳惹风吹，临堤软胜丝。态浓谁为一作解识，力弱自难持。学舞枝翻袖，呈妆叶展眉。如何一攀折，怀友又题诗。

送姚合员外赴金州

受诏从华省，开旗发帝州。野烟新驿曙，残照古山秋。树势连巴没，江声入楚流。唯应化行一作行化后，吟句上闲楼。

送江阴霍明府之任

遥遥去舸新，浸郭苇兼蘋。树列巢滩鹤，乡多钓浦人。虹分阳羡雨，浪隔广陵春。知竟三年秩，琴书外是贫。

送友及第归浙东

一作送王羽登科后归江东。又见《戴叔伦集》，题作《送王翁信及第后归江东旧隐》。

南行无俗侣，秋雁与寒云。野趣一作性自多惬，乡名一作名香人共闻。吴山中路断，浙水半江分。此地登临惯，摅一作含情一送君。

山中即事

趋世非身事，山中适性情。野花多异色，幽鸟少凡声。树影搜凉卧，苔光破碧行。闲寻采药处，仙路渐分明。

过黄州作

弭节齐安郡，孤城百战残。傍村林有虎，带郭县无官。暮角梅花怨，清江桂影寒。黍离缘底事，撩我起长叹。

全唐诗卷六五〇

方　干

元　日

晨鸡两遍报更阑，刁斗无声晓漏干。暖日映山调正气，东风入树舞残寒。轩车欲识人间感，献岁须来帝里看。才酌屠苏定年齿，坐中惟笑鬓毛斑。

别从兄部

展翅开帆只待风，吹嘘成事古今同。已呼断雁归行里，全胜枯鳞在辙中。若许死前恩少报，终期言下命潜通。临岐再拜无余事，愿取文章达圣聪。

寄江陵王少府

分手频曾变寒暑，迢迢远意各何如。波涛一阻两乡梦，岁月无过双鲤鱼。吟处落花藏笔砚，睡时斜雨湿图书。此一作比来俗辈皆疏我，唯有故人心不疏。

题睦州乌龙山禅居

曙后一作暑夜月华犹冷湿，自知坐卧逼天一作星宫。晨鸡未暇鸣山底，早日先来照屋东。人世驱驰方丈内，海波摇动一杯中。伴师长住应难住，归去仍须入俗笼。

寄杭州于郎中

虽云圣代识贤明一作名，自是山河应数生。大雅篇章无弟子，高门世业有公卿。入楼早月中秋色，绕郭寒潮半夜声。白屋青云至悬阔，愚儒肝胆若为倾。

寄灵武胡常侍

青云直上路初通，已在明君倚注中。欲遣为霖安九有，先令作相赞东宫。自从忠谠承天眷，更用文篇续国风。最是何人感恩德，谢敷星下钓渔翁。

上张舍人

海内芳声谁可并，承家三代相门深。剖符已副东人望，援笔曾传圣主心。此地清廉惟饮水，四方焦热待为霖。他年莫学鸱夷子，远泛扁舟用铸金。

题慈溪张丞壁

因君贰邑蓝溪上，遣我维舟红叶时。共向乡中非半面，俱惊鬓里有新丝。伫看孤一作廉洁成三考，应笑愚疏舍一枝。貌似故人心尚喜，相逢况是旧相知。

赠邻居袁明府

隔竹每呼皆得应，二心亲熟更如何。文章锻炼犹相似，年齿参差不校多。雨后卷帘看越岭，更深欹枕听湖波。朝昏幸得同醒醉，遮莫光阴自下坡。

孙氏林亭

池亭才有二三亩，风景胜于千万家。瑟瑟林排全巷竹，猩猩血染半园花。并床欹枕逢春尽，援笔持杯到日斜。丱角相知成白首，而今欢笑莫咨嗟。

漳州阳亭言事寄于使君

谢守登城对远峰，金英泛泛满金钟。楼头风景八九月，床下水云千万重。红旆朝昏虽许近，清才今古定难逢。鲤鱼纵是凡鳞鬣，得在膺门合作龙。

别胡中丞

二年朝夜见双旌，心魄知恩梦亦惊。幽贱粗能分菽麦，从容岂合遇公卿。吹嘘若自毫端出，羽翼应从肉上生。却恨此身唯一死，空将一死报犹轻。

游张公洞寄陶校书

步步势穿江底去，此中危滑转身难。下蒸阴气松萝湿，外制温风杖屦一作履寒。数里烟云方觉异，前程世界更应宽。由来委曲寻仙路，不似先生换骨丹。

题睦州郡中千峰榭

岂知平地似天台，朱户深沉别径开。曳响露蝉穿树去，斜行沙鸟向池来。窗中早月当琴榻，墙上秋山入酒杯。何事此中如世外，应缘羊祜是仙才。

登新城县楼赠蔡明府

杨震东来是宦游，政成登此自消忧。草中白道穿村去，树里清溪照郭流。纵目四山宜永日，开襟五月似高秋。不知县籍添新户，但见川原桑柘稠。

和于中丞登扶风亭

避石攀萝去不迷，行时举步似丹梯。东轩海日已先照，下界晨鸡犹未啼。郭里云山全占寺，村前竹树半藏溪。谢公吟望多来此，此地应将岘首齐。

赠信州高员外

溪势盘回绕郡流，饶阳一作晓光春色满溪楼。岂唯啼鸟催人醉，更有繁花笑客愁。蹇拙命中迷直道，仁慈风里驻扁舟。膺门若感深恩去，终杀微躯未足一作是酬。

漳州于使君罢郡如之任漳南去上国二十四州使君无非亲故

漳南罢郡如之任，二十四州相次迎。泊岸旗幡邮吏拜，连山风雨探人行。月中倚棹吟渔浦，花底垂鞭醉凤城。圣主此时思共理，又应何处救苍生。

送弟子伍秀才赴举

天遣相门延积庆，今同太庙荐嘉宾。柳条此日同谁折，桂树明年为尔春。倚棹寒吟渔浦月，垂鞭醉入凤城尘。由来不要文章得，要且文章出众人。

贻高说

都缘相府有宗兄，却恐妨君正路行。石上长松自森秀，雪中孤玉更凝明。西陵晓月中秋色，北固军鼙半夜声。幸有清才与洪笔，何愁高节不公卿。

题长洲陈明府小亭

坐看孤峭却劳神，还是微吟到日曛。松鹤认名呼得下，沙蝉飞处听犹闻。夜阑亦似深山月，雨后唯关满屋云。便此消遥应不易，朱衣红旆未容君。

送朱二十赴涟水

到县却应嫌水阔，离家终是见山疏。笙歌不驻难辞酒，舟楫将行负担书。为政必能安楚老，向公犹可钓淮鱼。鸾凰取便多如此，掠地斜飞上太虚。

德政上睦州胡中丞

上德由来合动天，旌旗到日是丰年。群书已熟无人似，五字研成举世传。莫道政声同宇宙，须知紫气满山川。岂唯里巷皆苏息，犹有恩波及钓船。

袁明府以家酝寄余余以山梅答赠非唯四韵兼亦双关

封匏寄酒提携远，织笼盛梅答赠迟。九度搅和谁用法，四边窥摘自攀枝。樽罍泛蚁堪尝日，童稚驱禽欲熟时。毕卓醉狂潘氏少，倾来掷去恰相宜。

上杭州姚郎中

能除一作消疾瘼似良医，一郡乡风当日移。身贵久离行药一作乐伴，才高独作后人师。春游下马皆成宴，吏散看山即有诗。借问公方与文道，而今中夏更传谁。

送叶秀才赴举兼呈吕一作李少监

君辞旧一作万里一年期，艺至心身亦自知。尊尽离人看北斗，月寒惊鹊绕南枝。书回册市砧应绝，棹出村潭菊未衰。与尔相逢终不远，昨闻秘监在台墀。

自缙云赴郡溪流百里轻棹一发曾不崇朝叙事四韵寄献段郎中

激箭溪湍势莫凭，飘然一叶若为乘。仰瞻青壁开天罅，斗转寒湾避石棱。巢鸟夜惊离岛树，啼猿昼怯下岩藤。此中明日寻知己，恐似龙门不易登。

胡中丞早梅

不独闲花不共时，一株寒艳尚参差。凌晨未喷含霜朵，应候先开亚水枝。芬郁合将兰并茂，凝明应与雪相宜一作欺。谢公吟赏愁飘落，可得更拈长笛吹。

牡　丹

借问庭芳早晚栽，座中疑展画屏开。花分浅浅胭脂脸，叶堕殷殷腻粉腮。红砌不须夸芍药，白蘋何用逞重台。殷勤为报看花客，莫学游蜂日日来。

观项信水墨

险峭虽从笔下成，精能皆自意中生。倚云孤桧知无朽，挂壁高泉似有声。转扇惊波连岸动，回灯落日向山明。小年师祖过今祖，异域应传项信名。

书桃花坞周处士壁

醉吟雪一作云月思深苦，思苦神劳华一作新，又作白。发生。自学古贤修静节，唯应野鹤识高情。细泉出石飞难尽，孤烛一作竹和云湿不明一作鸣。何事懒于嵇叔夜，更无书札一作信答公卿。

题桐庐谢逸人一作题庐峰谢山人江居

少小一作清世高眠一作民无一事，五侯勋盛欲如何。湖边倚杖一作竹寒吟苦，石上横琴夜醉多。鸟自树梢随果落，人从窗外卸帆过。由来朝市为真隐，可要栖身向薜萝。

叙雪寄喻凫

密片无声急复迟，纷纷犹胜落花时。从容一作逡巡不觉藏苔径一作莎渚，宛转偏宜傍柳丝。透室虚明非月照，满空回一作飞散是风吹。高人坐卧才方逸，援笔应成六出词。

又一作杜荀鹤

密片繁声旋不一作久未销，萦风杂霰转飘飖。澄江莫蔽长流色，衰柳难黏自动一作折条。湿气添寒一作阴森酤酒夜，素花迎曙一作晶耀卷帘朝。此时明一作行径无行一作人迹，唯望徽之问寂寥。

哭秘书姚少监一作姚丞

寒空此夜落文星，星落文留一作存万古名。入室几人成弟子，为儒是处哭先生。家无谏草逢明代，国有遗篇续正声。晓向平一作临晓向原陈葬礼，悲风吹雨湿铭旌。

送人宰永泰

北人虽泛南流水，称意南行莫恨赊。道路先经毛竹岭，风烟渐一作已近刺桐花。舟停渔浦犹为客，县入樵溪似到家。下马政声一作成王事少，应容闲吏日高衙。

旅次洋一作扬州寓居郝氏林亭

举目纵然非我有，思量似一作如在故山时。鹤盘远势投孤屿，蝉曳残声过别枝。凉月照窗一作床欹枕倦，澄泉绕石泛觞迟。青云未得平行去，梦到江南身旅羁一作梦到江头身在兹。

茅山赠洪一作赠高洪拾遗

圣代谏臣停谏舌，求归一作还故里傲云霞。溪头讲树缆一作遗渔艇，箧里朝衣输一作尽酒家。但爱身闲辞禄俸，那嫌岁计在桑麻。我来幸与诸生异，问答时容近绛纱。

睦州一作题陆州吕郎中郡中一作内环溪亭

为是仙才登望处，风光便似武陵春。闲花半落犹迷蝶，白鸟双飞不避人。树影兴馀侵枕簟，荷香坐久著衣巾。暂来此地非多日，明主那容借寇恂。

赠华阴一作山隐者

少微夜夜当仙掌，更有何人在此居。花月旧应一作交看浴鹤，松萝本自一作主伴删书。素琴醉去一作后经宵枕，衰发寒一作闲来向日梳。故国多年归未遂，因逢此地忆吾庐。

上杭州杜中丞

昔用雄才登上第，今将重德合明君。苦心多为安民术，援笔皆成出世文。寒角细吹孤峤月，秋涛横卷半江云。掠天逸势应非久，一鹗那栖众鸟群。

赠一作上处州段郎中

幸见仙才领郡初，郡城孤峭似仙居。杉一作林萝色里游亭榭一作登台阁，瀑布声中阅簿书。德重自将天子合，情高元与世人疏。寒潭是处清连底，宾席何心望食鱼。

书法华寺上方禅一作禅师，一作僧壁

砌下松巅有鹤栖，孤猿亦在鹤边啼。卧闻雷雨归岩早，坐见一作觉星辰去地低。一径穿缘应就一作在郭，千花掩映似无溪。是非生死多忧恼，此日蒙一作凭师为破迷。

书吴道隐林亭

薜榭莎亭萝筱阴，依稀气象似山林。橘枝亚路黄一作树香苞重，井脉牵湖碧甃深。稚子遮门留熟客，惊蝉入座避游一作饥禽。四邻不见孤高处，翻笑腾腾只醉吟。

陪王大夫泛湖

去去凌晨回见星,木兰舟稳画桡轻。白波潭上鱼龙气,红树林中鸡犬声。蜜炬烧残银汉昃,羽觞飞急玉山倾。此时检点诸名士,却是渔翁无姓名。

赠会稽张少府

高节何曾似任官,药苗香洁备常餐。一分酒户添犹一作应得,五字诗名隐即难。笑我无媒生鹤发,知君有意一作梦忆一作借渔竿。明年莫便还家去,镜里云山且共看。

送郑台处士归绛岩

荣启先生挟琴去,厌寻灵胜忆岩栖。白猿垂树窗边月,红鲤惊钩竹外溪。惯采药苗供野一作资素馔,曾书蕉叶寄新题。古贤犹怆河梁别,未可匆匆便解携。

因话天台胜异仍送罗道士

积翠千层一径开,遥盘一作盘纡山腹到琼台。藕花飘落前岩去,桂子流从别洞来。石上丛林碍星斗,窗边瀑布走风雷。纵云孤鹤无留滞,定一作亦恐烟萝不放回。

哭喻凫先辈

日夜役神多损寿,先生下世未中年。撰碑纵托登龙伴,营奠应支卖鹤钱。孤垄阴风吹细草,空窗湿气渍残篇。人间别更无冤事,到此一作此事谁能与问天。

湖北有茅斋湖西有松岛轻棹往返颇谐素心因成四韵

湖北湖西往复还，朝昏只处自由间。暑天移榻就深竹，月夜乘舟归浅山。绕砌紫鳞欹枕钓，垂檐野果隔窗攀。古贤暮齿方如此，多笑愚儒鬓未斑。

鉴湖西岛言事

慵拙幸便荒僻地，纵听猿鸟亦何愁。偶斟药酒欺梅雨，却著寒衣过麦秋。岁计有时添橡实，生涯一半在渔舟。世人若便无知己，应向此溪成白头。

山中言事

欹枕亦吟行亦醉，卧吟行醉更何营。贫来犹有故琴在，老去不过新发生。山鸟踏枝红果落，家童引钓白鱼惊。潜夫自有孤云侣，可要王侯知姓名。

赠萧山彭少府

作尉孜孜更寒苦，操心至癖不为清。虽将剑鹤支残债，犹有歌篇取盛名。尽拟勤求为弟子，皆将疑义问先生。与君相识因儒术，岁月弥多别有情。

赠式上人

纵居蟞角一作尘市喧阗处，亦共云溪邃僻同。万虑全离方寸内，一生多在一作多生半在五言中。芰荷叶上难停一作留雨，松桧一作桂枝间自有风。莫笑旅人终日醉，吾将大醉与禅通。

赠钱塘湖上唐处士

我爱君家似洞庭，冲湾泼岸夜波声。蟾蜍影里清吟苦，舴艋舟中白发生。常共酒杯为伴侣，复闻纱帽见公卿。莫言举世无知己，自有孤云一作烟霞识此情。

全唐诗卷六五一

方　干

山中言事

日与村家事渐同，烧松一作畬啜茗学邻翁。池塘月撼芙蕖浪，窗户凉生薜荔风。书幌昼昏岚气里，巢枝俯一作夜折雪声中。山阴钓叟无知己，窥镜挦多鬓欲空。

题陶详校书阳羡隐居

芸香署里从容步，阳羡山中啸傲情。竿底紫鳞输钓伴，花边白犬吠流莺。长潭五月含冰气，孤桧中宵学一作带雨声。便泛扁舟应未得，鸱夷弃相始垂名。

秋晚林中寄宾幕

八月萧条九月时，沙蝉海燕各分飞。杯盂未称尝生酒，砧杵先催试熟衣。泉漱玉声冲石窦，橘垂朱实压荆扉。无过纵有家山思，印绶留连争得归。

与乡人鉴休上人别

此日因师话乡里，故乡风土我偏谙。一枝一作卮竹叶如溪北，半树梅花似岭南。山夜猎徒多信犬，雨天村舍未催蚕。如今休作还家意，两须垂丝已不堪。

送王霖赴举

自古主司看一作堪荐士，明年应是不参差。须凭吉梦为先兆，必恐长才偶盛时。北阙上书冲雪早，西陵中酒趁潮迟。郄诜可要真消息，只向春前便得知。

思越中旧游寄友

甸外山川无越国，依稀只似剑门西。镜中叠浪摇星斗，城上繁花咽鼓鼙。断臂青猿啼玉笥，成行白鸟下耶溪。此中一作早年曾是同游处，迢递寻君梦不迷。

陪胡中丞泛湖

仙舟仙乐醉行春，上界稀逢下界人。绮绣峰前闻野鹤，旌旗影里见游鳞。澄潭彻底齐心镜，杂树含芳让锦茵。凡许从容谁不幸，就中光显是州民。

叙雪献员外

纷纭宛转更堪看，压竹摧巢井径漫。风柳细条黏不得，春溪绿色蔽应难。清辉直认中庭月，湿气偏添半夜寒。谢守来吟才更逸，郢词先至彩毫端。

王将军

大志无心守章句，终怀上略致殊功。保宁帝业青萍在，投弃儒书绛帐空。密雪曙连葱岭道，青松夜起柳营风。将星依旧当文座，应念愚儒命未通。

阳亭言事献漳州于使君

重叠山前对酒樽，腾腾兀兀度朝昏。平明疏磬白云寺，遥夜孤砧红叶村。去鸟岂知烟树远，惊鱼应觉露荷翻。旅人寄食逢黄菊，每见故一作乡人一作北辰思故园。

海石榴

亭际夭妍日日看，每朝颜色一般般。满枝犹待春风力，数朵先欺腊雪寒。舞蝶似随歌拍转，游人只怕酒杯干。久长年少应难得，忍不从边到夜观一作欢。

嘉兴许明府

槜李转闻风教好，重门夜不上重关。腰悬墨绶三年外，身去青云一步间。勤苦字人酬帝力，从容对客问家山。升沉路别情犹在，不忘乡中旧往还。

再题路支使南亭

行处避松兼碍石，即须门径落斜开。爱邀旧友看渔钓，贪听新禽驻酒杯。树影不随明月去，溪声一作流常送落花来。睡时分得江淹梦，五色毫端弄逸才。

路支使小池

广狭偶然非制定，犹将方寸像沧溟。一泓春水无多浪，数尺晴天几个星。露满玉盘当半夜，匣开金镜在中庭。主人垂钓常来此，虽把鱼竿醉未醒。

哭江西处士陈陶

寿尽天年命不通，钓溪吟月便成翁。虽云挂剑来坟上，亦恐藏书在壁中。巢父精灵归大夜，客儿才调振遗风。南华至理须齐物，生死即应无异同。

越中言事二首 咸通八年琅琊公到任后作

异术闲和合圣明，湖光浩气共澄清。郭中云吐啼猿寺，山上花藏调角城。香起荷湾停棹饮，丝垂柳陌约鞭行。游人今日又明日，不觉镜中新发生。

云霞水木共苍苍，元化分功秀一方。百里湖波轻撼月，五更军角慢吹霜。沙边贾客喧鱼市，岛上潜夫醉笋庄。终岁逍遥仁术内，无名甘老买臣乡。

题龙瑞观兼呈徐尊师

或雨或云常不定，地灵云雨自无时。世人莫识神方字，仙鸟偏栖药树枝。远一作深壑度年如晦暝，阴溪入夏有凌澌。此中唯有一作是师知我，未得寻师即梦师。

送陈秀才将游霅上便议北归

婆娑恋酒山花尽，绕缭还家水路通。转楫拟从一作投青草岸，吹帆犹是白蘋风。淮边欲暝军鼙急，洛下先寒苑树空。诗句因余更孤峭，书题不合忘江东。

送吴彦融赴举

用心精至自无疑，千万人中似汝稀。上国才将五字去，全家便待一作望一枝归。西陵柳路摇鞭尽，北固潮程挂席飞。想见明年榜前事，当时分散著来衣。

同萧山陈长官一作明府县楼登望

坐看南北与西东，远近无非礼义中。一县繁花香送雨，五株垂柳绿牵风。寒涛一作昼潮背海一作郭喧还静，驿路穿林断复通。仲叔受恩多感恋，裴回却怕酒壶空。

送何道者

何事忽来还忽去，孤云不定鹤情高。真经与术添年寿，灵药分功入鬓毛。必拟一身生羽翼，终看陆地作波涛。遍寻岩洞求仙者，即恐无人似尔曹。

酬将作于少监

由来至宝出毫端，五色炎光照室寒。仰望孤峰知耸峻，前临积水见波澜。冰丝织络经心久，瑞玉雕磨措手难。不是散斋兼拭目，寻常未便借人看。

雪中寄殷道士

大片纷纷小片轻，雨和风击更一作乱纵横。园林入夜寒光动，窗户凌晨湿气生。蔽野吞村飘木歇，摧巢压竹密无声。山阴道一作高士吟多一作多吟兴，六出花边五字成。

宋从事

出众仙才是谪仙，裁霞曳绣一篇篇。虽将洁白酬知己，自有风流助少年。欹枕卧吟荷叶雨，持杯坐醉菊花天。冥搜太苦神应乏，心在虚无更那边。

出山寄苏从事

寸心似火频求荐，两鬓如霜始息机。隔岸鸡鸣春耨去，邻家犬吠夜渔归。倚松长啸宜疏拙，拂石欹眠绝是非。多谢元瑜怜野贱，时回车马发光辉。

送杭州李员外

政成何用满三年，上界群仙待谪仙。便赴一作副新恩归紫禁，还从旧路上青天。笙歌怨咽当离席，更漏丁东在画船。必恐一作正殿驻班留立位，前程一步一作前头咫尺是炉烟。

赠李支使

药成平地是寥天，三十人中最少年。白雪振声来辇下，青云开路到床前。公卿位近应翘足，荀宋才微可拍肩。一等孔门为弟子，愚儒独自赋归田。

卢卓一作阜山人画水

常闻画石不画水，画水至难君得名。海色未将蓝汁染，笔锋犹傍墨花一作土堆行。散吞高下应无岸，斜蹙东南势欲倾。坐久神迷不能决，却疑身在小蓬瀛。

废宅

主人何处独裴回，流水自流花自开。若见故交皆散去，即应新燕不归来。入门缭绕穿荒竹，坐石逡巡染绿苔。应是曾经恶风雨，修桐半折损琴材。

题宝林山禅院

山捧亭台郭绕山，遥盘苍翠到山巅。岩中古井虽通海，窟里阴云不上天。罗列众星依木末，周回一作围万室在檐前。我来可要归一作师禅老，一寸寒灰已达玄。

题越州一有南郭袁秀才林亭

清邃林亭指画开，幽岩别派像天台。坐牵蕉叶题诗句，醉触藤花落酒杯。白鸟不归山里去，红鳞多自镜中来。终年此地为吟伴一作侣，早起寻君薄暮回。

题龟山穆上人院

修持百法一作白发过半百，日往月来心更坚。床上水云随坐夏，林西山月伴行禅。寒蜩远韵来窗里，白鸟斜行起砌边。我爱寻师师访我，只应寻访是因缘。

赠美人四首

直缘多艺用心劳，心路玲珑格调高。舞袖低徊真蛱蝶，朱唇深浅假樱桃。粉胸半掩疑晴雪，醉眼斜回小样刀。才会雨云须别去，语惭不及琵琶槽。

严冬忽作看花日，盛暑翻为见雪时。坐上弄娇声不转，尊前掩笑意难知。含歌媚盼如桃叶，妙舞轻盈似柳枝。年几未多犹怯在，些些私语怕人疑。

酒蕴天然自性灵，人间有艺总关情。剥葱十指转筹疾，舞柳细腰随拍轻。常恐胸前春雪释，惟愁座上庆云生。若教梅尉无仙骨，争得仙娥驻玉京。

昔日仙人今玉人，深冬相见亦如春。倍酬金价微含笑，才发歌声早动尘。昔岁曾为萧史伴，今朝应作宋家邻。百年别后知谁在，须遣丹青画取真。

听段处士弹琴

几年调弄一作化作七条丝，元化分功十指知。泉迸幽音离石底，松含细韵在霜枝。窗中顾兔初圆夜，竹上寒蝉尽散时。唯有此时心更静，声声可一作堪作后人师。

初归镜中寄陈端公

去岁离家今岁归，孤帆梦向鸟前飞。必知芦笋侵沙井，兼被藤花占石矶。云岛采茶常失路，雪龛一作斋中酒不关一作开扉。故交若问逍遥事，玄冕何曾胜苇衣。

再题龙泉寺上方

牛斗正齐群木末，鸟行横截众山腰。路盘砌下兼穿竹，井在岩头亦统潮。海岸四更看日出，石房三月任花烧。未能割得繁华去，难向此中甘寂寞。

于秀才小池

一泓潋滟复澄明，半日功夫劚小庭。占地未过四五尺，浸天一作侵山唯一作应入两三星。鷁舟草际浮霜叶，〔渔〕(鱼)火沙边驻小一作水萤。才见规模识方寸，知君一作始知立意象沧溟。

叙钱塘异胜

暖景融融寒景清，越台风送晓钟声。四郊远火烧烟月，一道惊波撼郡城。夜雪未知东岸绿，春风犹放半江晴。谢公吟处依稀在，千古无人继盛名。

赠中岩王处士

垂杨袅袅草芊芊，气象清深一作虚似洞天。援笔便成鹦鹉赋，洗花须用桔槔泉。商於避世堪同日，渭曲逢时必有年。直恐刚肠闲未得，醉吟争奈被才牵。

初归故里献侯郎中

常思旧里欲归难，已作归心即自宽。此日早知无爵位，当时便合把渔竿。朝昏入闰春将逼，城邑多山夏却寒。不是幽愚望荣忝，君侯异礼亦何安。

归睦州中路寄侯郎中

颜巷萧条知命后，膺门感激受恩初。却容鹤发还蜗舍，犹梦渔竿从隼旟。新定暮云吞故国，会稽春草入贫居。乡中自古为儒者，谁得公侯降尺书。

题报恩寺上方

来来先上上方看，眼界无穷世界宽。岩溜喷空晴似雨，林萝碍日夏多寒。众山迢递皆相叠，一路高低不记盘。清峭关心惜归去，他时梦到亦难判。

送永嘉王令一作明府之任二首

定拟孜孜化海边一作堧，须判素发侮流年。波涛不应双溪水，分野长如二月天。浮客若容开荻地，钓翁应免税苔田。前贤未必全堪学，莫读当时归去篇。

虽展县图如到县，五程犹入缙云东。山间阁道盘岩一作花底，海界孤峰一作村在浪中。礼法未闻离汉制，土宜多说似吴风。字人若用非常术，唯要旬时便立功。

盐官王长官新创瑞隐亭

指画便分元化力，周回秀绝自清机。孤云恋石一作树寻常住，落絮萦风特地飞。雏鸟啼花催酿酒，惊鱼溅水误沾衣。明年秩满难将去，何似先教画取归。

李户曹小妓天得善击越器以成曲章

越一作白器敲来曲调成，腕头匀滑一作细自轻清。随风摇曳有余韵，测水浅深多泛声。昼漏丁当相续滴一作次发，寒蝉计会一时鸣。若教进上梨园去一作从今已得佳声出，众乐无由更擅名。

岁晚言事寄乡中亲友

急景苍茫昼若昏，夜风干峭触前轩。寒威半入龙蛇窟，暖气全归草树根。蜡烬凝来多碧焰，香醪滴处有冰痕。尺书未达年应老，先被新春入故园。

赠孙百篇

御题百首思纵横，半日功夫举世名。羽翼便从吟处出，珠玑续向笔头一作端生。莫嫌黄绶官资小一作少，必料青云道路平。才子风流复年少，无愁高卧不公卿。

赠夏侯评事

傍窥盛德与高节，缅想应无前后人。讲论参同深到骨，停腾姹女立成银。棋功过却杨玄宝，易义精于梅子真。朱紫侯门犹不见，可知歧路有风尘。

送郑端公

圣主伫知宣室事，岂容才子滞长沙。随一作隋珠此去方酬德，赵璧当时一作前时误指瑕。骢马将离江浦月，绣衣却照禁中一作锦林花。应怜寂寞沧洲客，烟汉一作霄壤尘泥相去赊。

题故人废宅二首

举目凄凉入破门，鲛人一饭尚知恩。闲花旧识犹含笑，怪石无情更不言。樵叟和巢伐桃李，牧童兼草踏兰荪。壶觞笑咏随风去，唯有声声蜀帝魂。

寒莎野树入荒庭，风雨萧萧不掩扃。旧径已知无孟竹，前溪应不浸荀星。精灵消散归寥廓，功业传留在志铭。薄暮停车更凄怆，山阳邻笛若为听。

寄于少监

修持清一作精苦振佳一作家声，众鸟那知一鹗情。蹑履三千皆后学，抟风九万即前程。名将日月同时朽，身是山河应数生一作世生。从此云泥更悬阔，渔翁一作演公不合见公卿。

和剡县陈明府登县楼

郭里人家如掌上，檐前树木映窗棂。烟霞若接天台地，分野应侵婺女星。驿路古今通北阙，仙溪日夜入东溟。彩衣才子多吟啸，公退时时见画屏。

项洙处士画水墨钓台

画石画松无两般，犹嫌瀑布画声难。虽云智惠生灵府，要且功夫在笔端。泼处便连阴洞黑，添来先向朽枝干。我家曾寄双台下，往往开图尽日看。

全唐诗卷六五二

方　干

赠天台叶尊师

莫一作难见平明离少室，须知一作犹须薄暮入天台。常时爱缩山川去，有夜自一作曾携星月来。灵药不知何代得，古松应是长一作少年栽。先生暗笑看一作观棋者，半局棋边白发催。

寄台州孙从事百篇 登第初授华亭尉

圣世一作代科名酬志业，仙州一作山川秀色一作绝助神机。梅真入仕提雄笔，阮瑀从军著彩衣。昼寝不知山雪积，春游应趁一作趣夜潮归。相思莫讶音书晚一作绝，鸟去犹须叠一作累日飞。

送睦州侯郎中赴阙

昔著政声闻国外，今留儒术化江东。青云旧路归仙掖，白凤一作雪新词入圣聪。弦管未知银烛晓，旌旗一作旗幡已侍一作待锦帆风。郡人难议一作谁识酬恩德，遍在三年礼遇中。

朱秀才庭际蔷薇

绣难相似画难真一作成，明媚鲜妍绝比伦。露压盘条方到地，风吹艳色欲烧春。断霞转影侵西壁，浓麝分香入四邻。看取后时归故里，庭花应让一作烂花须让锦衣新。

登龙瑞观北岩

纵目下看浮世事，方知峭崿与天通。湖边风力归帆上，岭顶云根在雪中。促韵寒钟催落照，斜行白鸟入遥空。前人去后后人至，今古异时登眺同。

送婺州许录事

之官便是还乡路，白日堂堂著锦衣。八咏遗风资逸兴，二溪寒色助清威。曙星没尽提纲去，暝角吹残锁印归。笑我中年更愚僻，醉醒多在钓渔矶。

题龙泉寺绝顶

未明先见海底日，良久远鸡方报晨。古树含风长带雨，寒岩四月始知春。中天气爽星河近，下界时丰雷雨匀。前后登临思无尽，年年改换去一作往来人。

赠上虞胡少府百篇

求仙不在炼金丹，轻举由来别有门。日晷未移三十刻，风骚已及四千言。宏才尚遗居卑位，公道何曾雪至冤。敛板尘中无恨色，应缘利禄副晨昏。

上郑员外

为郡至公兼至察，古今能有几多人。忧民一一作亦似清吟苦，守节还如未达贫。利刃从前堪切玉，澄潭到底不容尘。潜夫岂合干旌旆，甘棹渔舟下钓纶。

桐庐江阁

风烟百变无定态，缅想画人虚损心。卷箔槛前沙鸟散，垂钩床下锦鳞沉。白云野寺凌晨磬，红树孤村遥夜砧。此地四时抛不得，非唯盛暑事开襟。

题澄圣塔院上方

地灵直是饶风雨，杉桧老于云雨间。只讶窗中一作前常见海，方知砌下更多一作不离山。远泉势曲犹须引，野果枝低可要攀。若把重门谕玄寂，何妨善闭却无关。

僧院小泉井

亦恐浅深同禹穴，兼云制度象污樽。窥寻未见泉来路，缅想应穿石裂痕。片段似冰犹可把，澄清如镜不曾昏。欲知到底无尘染，堪与吾师比性源。

过姚监故居 一作经陆补阙故居

不敢要君征亦起，致君全得似唐虞。谠言昨叹离天听，新冢今闻入县图。琴锁坏窗风自触，鹤归乔木月一作日难呼。学书一作诗弟子何人在，检点犹逢谏草无。

陪李郎中夜宴

间世星郎夜宴时，丁丁寒漏滴声稀一作微。琵琶弦促一作急千般语一作调，鹦鹉杯深四散飞。遍请玉容歌白雪，高烧红蜡一作烛照朱衣。人间有此荣华事一作人间盛事犹如此，争遣渔翁恋钓矶。

狂寇后上刘尚书

孙武倾心与万夫，削平妖孽在斯须。才施偃月行军令，便见台星逼座隅。独柱支天寰海正，雄名盖世古今无。圣君争不酬功业，仗下高悬破贼图。

尚书新创敌楼二首

下马政成无一事，应须胜地过朝昏。笙歌引出桃花洞，罗绣拥来金谷园。十里水云吞半郭，九秋山月入千门。常闻大厦堪栖息，燕雀心知不敢言。

异境永为欢乐地，歌钟夜夜复年年。平明旭日生床底，薄暮残霞落酒边。虽向槛前窥下界，不知窗里是中天。直须分付丹青手，画出旌幢绕谪仙。

赠李郢端公

非唯孤峭与世绝一作飞动，吟处斯须能变通。物外搜罗归一作添大雅，毫端剪削有馀功。山川正气侵灵府，雪月清辉引思风。别得人间上升术，丹霄路在五言中。

送孙百篇游天台

东南云一作去路落斜行，入树穿村见赤城。远近常时一作闻皆药气，高低无处不泉声。映岩日一作月向床头没，湿烛云从柱底生。更有仙花与灵鸟一作草，恐君多半未一作不知名。

陆山一作睦上人画水

毫末用功成一水，水源山脉固难寻。逡巡便可见波浪，咫尺不能知浅深。但有片云生海口，终无明月在潭心。我来拟学磻溪叟，白首钓璜非陆沈。

郭中山居

莫见一瓢离树上，犹须四壁在林间。沉吟不寐先闻角，屈曲登高自有山。溅石迸泉听未足，亚窗红果卧堪攀。公卿若便遗名姓，却与禽鱼作往还。

雪中寄李知诲判官

聚散联翩急复迟，解将华发两相欺。虽云竹重先藏路，却讶巢倾不损枝。入户便从风起后，照窗翻似月明时。此时门巷无行迹，尘满尊罍谁得知。

途中言事寄居远上人

举目时时一作看似故园，乡心自动向谁言。白云晓湿寒山寺，红叶夜飞明月村。震泽风帆归橘岸，钱塘水府抵城根。羡师了达无牵束，竹径生苔掩竹门。

雪中寄薛郎中

野禽未觉巢枝仄，稚子先忧径竹摧。半夜忽明非月午，前庭旋释被春催。碎花若入樽中去，清气应归笔底来。深拥红炉听仙乐，忍教愁坐画寒灰。

题盛令新亭

举目岂知新智慧，存思便是小天台。偶尝嘉果求枝去，因问名花寄种一作子来。春物诱才归健笔，夜歌牵醉入丛杯。此中难遇逍遥事，计日应为印绶催。

赠郑仁规

一石雄才独占难，应分二斗借人寰。澄心不出风骚外，落笔全归教化间。莲幕未来须更聘，桂枝才去即先攀。可怜丽句能飞动，荀宋精灵亦厚颜。

送缙一作晋陵王少府赴举一作选

相看不忍尽离觞，五两牵风速去樯。远驿新砧应弄月，初程残角未吹霜。越山直下分吴苑，淮水横流入楚乡。珍重郄家好兄弟，明年禄位在何方。

路入剡中作

截湾冲濑片帆通，高枕微吟到剡中。掠草并飞怜燕子，停桡独饮学渔翁。波涛漫撼长潭月，杨柳斜牵一岸风。便拟乘槎应去得，仙源直恐接星东。

东山瀑布

遥夜看来疑月照，平明失去一作却被云迷。挂岩远势穿松岛一作坞，击石一作落地残声注稻畦。素色喷成三伏雪，馀波流作万年溪。不缘一作若非真宰能开决，应向前山一作山前杂淤泥。

水墨松石

三世精能举世无，笔端狼藉见功夫。添来势逸阴崖黑，泼处痕轻灌木枯。垂地寒云吞大漠，过江春雨入全吴。兰堂坐久心弥惑，不道山川是画图。

献浙东王大夫二首

出镇当时移越俗，致君何日不尧年。到来唯饮长溪水，归去应将一个钱。吟处美人擎笔砚，行时飞鸟避旌旃。四方皆是分忧寄，独有东南戴二天。

王臣夷夏仰清名，领镇犹为失意行。已见玉璜曾上钓，何愁金鼎不和羹。誉将星月同时朽，身应山河满数生。泥滓云霄至悬阔，渔翁不合见公卿。

越州使院竹

莫见凌风一作云飘粉箨，须知碍石作盘根。细看枝上蝉吟处，犹是笋时虫蚀痕。月送绿阴斜上砌，露凝一作含寒色湿遮门。列仙终日逍遥地，鸟雀潜来不敢喧。

题赠李校书

名场失手一年年，月桂尝闻到手边。谁道高情偏似鹤，自云长啸不如蝉。众花交艳多成实，深井通潮半杂泉。却是偶然行未到，元来有路上寥天。

送王侍郎浙东入朝

自将苦节酬清秩，肯要庞眉一个钱。恩爱已苏句践国，程途却上大罗天。鱼池菊岛还公署，沙鹤松栽入画船。密奏无非经济术，从容几刻在炉烟。

赠黄处士

闭户先生无是非，竹湾松树一作榭藕苗一作丝衣。愁吟密雪思难尽，醉倒残一作落花扶不归。若出薜萝迎鹤简,应抛舴艋别渔矶。到头苦节终何益,空改文星作少微。

献王大夫二首

都缘声价振皇州,高卧中条不自由。早副一作赴急征来凤沼一作阙,常陪内宴醉龙楼。锵金五字能援笔,钓玉三年信直钩。必恐借留终一作应不遂一作得,越人相顾已先一作生愁。

功成犹自更行春,塞路旌旗十里尘。只用篇章为教化,不知夷夏望陶钧。金章照耀浮光动,玉面生狞细步匀。历任圣朝清峻地,至今依一作休是少年身。

赠五一作玉牙山人洗一作沈修白

变通唯在片时间,此事全由一粒丹。若取寿长延至易,如嫌地远缩何难。先生阔别能轻举,弟子才来学不餐。箧里生尘是闲药,外沾犹可救衰残一作颜。

处州献卢员外

才下轺车即岁丰,方知盛德与天通。清声渐出寰瀛外,喜气全归教化中。落地遗金终日在,经年滞狱当时空。直缘后学无功业,不虑文翁不至公。

石门瀑布

奔倾漱石亦喷苔,此是便随一作事皆从元化来。长片一作片影挂岩轻似练,远声离洞咽于雷。气含一作侵松桂一作树千枝润,势画云一作压烟霞一道开。直是银河分派落,兼闻碎滴溅天台。

题仙岩瀑布呈陈明府

方知激蹙与喷飞，直恐古今同一时。远壑流来多石脉，寒空扑碎作凌澌。谢公岩上冲云去，织女星边落地迟。聚向山前更谁测，深沉见底是澄漪。

赠山阴崔明府

用心何况两衙间，退食孜孜亦不闲。压酒晒书犹检点，修琴取药似交关。笙歌入夜舟中月，花木知春县里山。平叔正堪汤饼试，风流不合问年颜。

山　井

滟滟湿光凌竹树，寥寥清气袭衣襟。不知测穴通潮信，却讶轻涟动镜心。夜久即疑星影过，早来犹见石痕深。辘轳用智终何益，抱瓮遗名亦至今。

偶　作

直为篇章非动众，遂令轩盖不经一作轻过。未妨溪上泛渔艇，又为门前张雀罗。夜学事一作似须凭雪照，朝厨争奈绝烟何？若于岩洞求伦类，今古疏愚似我多。

贼退后赠刘将军

非唯吴起与穰苴，今古推排尽不如。白马知无髀上肉，黄巾泣向箭头书。二一作五年战地成桑茗，千里荒榛作比闾。功业更多身转贵，伫看幢节引戎车。

感时三首

不觉年华似箭流，朝看春色暮逢秋。正嗟新冢垂青草，便见故交梳白头。虽道了然皆是梦，应还达者即无愁。破除生死须齐物，谁向穹苍问事由。

日乌往返无休息，朝出扶桑暮却回。夜雨旋驱残热去，江风吹送早寒来。才怜饮处飞花片，又见书边聚雪堆。莫恃少年欺白首，须臾还被老相催。

世途扰扰复憧憧，真恐华夷事亦同。岁月自消寒暑内，荣枯尽在是非中。今朝犹作青襟子，明日还成白首翁。堪笑愚夫足纷竞，不知流水去无穷。

牡　丹

不逢盛暑不冲寒，种子成丛用法难。醉眼若为抛去一作舍得，狂心更拟折来看。凌霜烈火吹无艳，裛露阴霞晒不干。莫道娇红怕风雨，经时犹自未凋残。

赠进士章碣

织锦虽云用旧机，抽梭起样更新奇。何如且破望中叶，未可便攀低处枝。藉地落花春半后，打窗斜雪夜深时。此时才子吟应苦，吟苦鬼神知不知。

与桐庐郑明府

字人心苦达神明，何止重门夜不扃。莫道耕田全种秫，兼闻退食亦逢星。映林顾兔停琴望，隔水寒猿驻笔听。却恐南山尽无石，南山有石合为铭。

谢王大夫奏表

非唯言下变荣衰，大海可倾山可移。如剖夜光归暗室，似驱春气入寒枝。死灰到底翻腾焰，朽骨随头却长肥。便杀微躬复何益，生成恩重报无期。

送道人归旧岩

旧岩终副却归期，岩下有人应识师。目睹婴孩成老叟，手栽松柏有枯枝。前山低校无多地，东海浅于初去时。若把古今相比类，姓丁仙鹤亦如斯。

送钱特卿赴职天台

路入仙溪气象清，垂鞭树石罅中行。雾昏不见西陵岸，风急先闻瀑布声。山下县寮张乐送，海边津吏棹舟迎。诗家弟子无多少，唯只于余别有情。

题新竹

青苔劚破植贞坚，细碧竿排郁眼鲜。小凤凰声吹嫩叶，短蛟龙尾袅轻烟。节环腻色端匀粉，根拔秋光暗长鞭。怪得入门肌骨冷，缀风黏月满庭前。

哭王大夫 第二句缺三字

俗人皆嫉谢临川，果中常情□□□。为政旧规方利国，降生直性已归天。岘亭惋咽知无极，渭曲馨香莫计年。从此心丧应毕世，忍看坟草读残篇。

赠乾素上人

苦用贞心传弟子,即应低眼看公卿。水中明月无踪迹,风里浮云可计程。庭际孤松随鹤立,窗间清磬学蝉鸣。料师多劫长如此,岂算前生与后生。

题应天寺上方兼呈谦上人

中天坐卧见人寰,峭石垂藤不易攀。晴卷风雷归故壑,夜和猿鸟锁寒山。势横绿野苍茫外,影落平湖潋滟间。师在西岩最高处,路寻之字一作子见禅关。

题法华寺绝顶禅家壁

苍翠岧峣逼窅冥,下方雷雨上方晴。飞流便向砌边挂,片月影从窗外行。驯鹿不知谁结侣,野禽都是自呼名。只应禅者无来去,坐看千山白发生。

春　日

春去春来似有期,日高添睡是归时。虽将细雨催芦笋,却用东风染柳丝。重雾已应吞海色,轻霜犹自剉花枝。此时野客因花醉,醉卧花间应不知。

上越州杨严中丞

连枝棣萼世无双,未秉鸿钧拥大邦。折桂早闻推独步,分忧暂辍过重江。晴寻凤沼云中树,思绕稽山枕上窗。试把十年辛苦志,问津求拜碧油幢。

月

桂轮秋半出东方，巢鹊惊飞夜未央。海上风云摇皓影，空中露气湿流光。斜临户牖通宵烛，回照阶墀到晓霜。庾亮恃才高更逸，方闻墨翰已成章。

早　春

运行元化不参差，四极中华共一时。正气才随灰律变，残寒便被柳条一作野梅欺。冰融大泽朝阳觉，草绿陈根夜雨知。不信风光疾于箭，年来年去变霜髭。

对　花

清晓入花如步障，恋花行步步迟迟。含风欲绽中心朵，似火应烧外面枝。野客须拚终日醉，流莺自有隔年期。使君坐处笙歌合，便是列仙身不知。

除　夜

玉漏斯须即达晨，四时吹转任风轮。寒灯短烬方烧腊，画角残声已报春。明日便为经岁客，昨朝犹是少年人。新正定数随年减，浮世惟应百遍新。

题松江驿

便向中流出太阳，兼疑大岸逼浮桑。门前一作树间白道通丹阙，浪里青山占几乡。帆势落斜依浦溆，钟声断续在沧茫。古今悉不知天意，偏把云霞媚一方。

思桐庐旧居便送鉴上人

莫道东南路不赊，思归一步是天涯。林中夜半双台月严光钓台渚有东西台，洲上春深九里花桐庐有九里洲。绿树绕村含细雨，寒潮背郭卷平沙。闻师却到乡中去，为我殷勤谢酒家。

送僧归日本

四极虽云共二仪，晦明前后即难知。西方尚在星辰下，东域已过寅卯时。大海浪中分国界，扶桑树底是天涯。满帆若有归风便，到岸犹须隔岁期。

宁国寺 新城县

深僻孤高无四邻，白云明月自相亲。海中日出山先晓，世上寒轻谷未春。窗逼野溪闻唳鹤，林通村径见樵人。此时惟有雷居士，不厌〔篮〕(蓝)舆去住频。

全唐诗卷六五三

方　干

山中寄吴磻十韵

莫问终休否，林中事已成。盘餐怜火种，岁计付刀耕。掬水皆花气，听松似雨声。书空翘足卧，避险侧身行。果傍闲轩落，蒲连湿岸生。禅生知见理，妻子笑无名。更拟教诗一作书苦，何曾待酒清。石溪鱼不大，月树鹊多惊。砌下通樵路，窗间见县城。云山任重叠，难隔故交情。

嘉兴县内池阁

指画应心成，周回气象清。床前沙鸟语，案下锦鳞惊。细柳风吹旋，新荷露压倾。微芳缘岸落，迸笋入波生。舴艋舟中醉，莓苔径上行。高人莫归去，此处胜蓬瀛。

镜湖西岛言事寄陶校书

樵猎两三户，凋疏是近邻。风雷前壑雨，花木后岩春。文字不得力，桑麻难救贫。山禽欺稚子，夜犬吠渔人。未必圣明代，长将云水亲。知音不延荐，何路出泥尘。

赠赵崇侍御 一作赠赵常六韵

贵达合逢明圣日，风流又及少年时。才因出众人皆嫉，势欲摩霄自不知。正直一作迢递早年闻苦节，从容此日见清规。却教鹦鹉呼桃叶，便遣婵娟唱竹枝。闲话篇章停烛久，醉迷歌舞出花迟。云鸿别有回翔便，应笑啁啾一作噍燕雀卑。

叙龙瑞观胜异寄于尊师

混元融结致功难，山下平湖湖上山。万倾涵虚寒潋滟，千寻耸翠秀孱颜一作阑斑。芰荷香入琴棋处，雷雨声离栋牖间。但有五云依鹤岭，曾无陆路向人寰。夜溪漱玉常堪听，仙树垂珠可要攀。若弃荣名便居此，自然浮一作清浊不相关。尊师前年三十，从评事弃官入道。

侯郎中新置西湖

远近利民因智力，周回润物像心源。菰蒲纵感生成惠，鳣鲔那知广大恩。潋滟清辉吞半郭，萦纡别派入遥村。砂泉绕石通山脉，岸木黏萍是浪痕。已见澄来连镜底，兼知极处浸云根。波涛不起时方泰，舟楫徐行日易昏。烟雾未应藏岛屿，凫鹥亦解避旌幡。虽云桃叶歌还醉，却被荷花笑不言。孤鹤必应思凤诏一作沼，凡鱼岂合在龙门。能将盛事添元化，一夕机谟万古存。

许员外新阳别业 一作墅

兰汀橘岛映亭一作高台，不是经心即手栽。满阁白云随雨去，一池寒一作明月逐潮来。小松出屋和巢长，新径通村避笋开。柳絮风前欹枕卧，荷花香里棹舟一作钓鱼回。园中认一作问叶封林一作分灵草，檐下攀枝落野梅。莫恣高情求逸思，须防急诏用长材。若一作苦因萤火终残卷，便把渔歌一作须把鱼竿送几杯。多谢郢中贤太守，常一作当时谈笑许追一作趋陪。

李侍御上虞别业

满目亭一作高台嘉木一作佳作繁，燕蝉吟语一作蝉吟燕语不为喧。昼潮势急吞诸岛，暑雨声回露半村。真一作直为援毫方掩卷，常因按曲便开尊。若将明月为俦侣，应把清风遗子孙。绣羽惊弓离一作篱果上，红鳞见饵出蒲根。寻君未要先敲竹，且棹渔舟入大门。

题悬溜岩隐者居

世人如要问生涯，满架堆床是五车。谷鸟暮蝉声四散，修篁灌木势交加。蒲葵细织团圆扇，薤叶平铺合遝花。却用水荷苞绿李，兼将寒井浸甘瓜。惯缘崄峭收松粉，常趁芳鲜掇茗芽。池上树阴随浪动，窗前月影被巢遮。坐云独酌杯盘湿，穿竹微吟路径斜。见说公卿访遗逸，逢迎亦是戴乌纱。

山中言事八韵寄李支使

岂知经史深相误，两鬓垂丝百事休。受业几多为弟子，成名一半作公侯。前时射鹄徒抛箭，此日求鱼未上钩。竹里断云来枕上，岩边片月在床头。过庭急雨和花落，绕舍澄泉带叶流。缅想远书聆鹊喜，窥寻嘉果赏猿偷。旧诗改处空留韵，新酝尝来不满篘。阮瑀如能问寒馁，风光当日入沧洲。

山中言事寄赠苏判官

集少执爨四句，作七言律。

寸心似火频求荐，两鬓如霜始息机。隔岸鸡鸣春耨去，邻家犬吠夜渔归。倚松长啸成疏拙，拂石欹眠绝是非。执爨纵曾炊橡实，纫针曾解补荷衣。常凭早月来张烛，亦假清风为掩扉。多是一作谢元瑜怜野贱，时回车马发光辉。

献王大夫

高情不与俗人知，耻学诸生取桂枝。荀宋五言行世早，巢由三诏出溪迟。大夫佳句云：珠箔卷繁星，金樽泻明月。行于世。操心已在精微域，落笔皆成典诰词。一鹗难成燕雀伍，非熊本是帝王师。贤臣虽蕴经邦术，明主终无谏猎时。莫道百僚忧礼绝，兼闻七郡怕天移。直缘材力头头赡，专被文星步步随。不信重言通造化，须臾便可变荣衰。

浅　井

夜入明河星似少，曙摇澄碧扇风翻。细泉细脉难来到，应觉添瓶耗旧痕。

与徐温话别

去去何时却见君，悠悠烟水似天津。明年今夜有明月，不是今年看月人。

出东阳道中作

马首寒山黛色浓，一重重尽一重重。醉醒已在他人界，犹忆东阳昨夜钟。

酬孙发

锦价转高花更巧，能将旧手弄新梭。从来一字为褒贬，二十八言犹太多。

送乡中故人

少小与君情不疏,听君细话胜家书。如今若到乡中去,道我垂钩不钓鱼。

思江南

昨日草枯今日青,羁人又动望乡情。夜来有梦登归路,不到桐庐已及明。

题宝林寺禅者壁 山名飞来峰

邃岩乔木夏藏寒,床下云溪枕上看。台殿渐多山更重,却令飞去即应难。

过李群玉故居

讦直上书难遇主,衔冤下世未成翁。琴尊剑鹤谁将去,惟锁山斋一树风。

题玉笥山强处士

酒里藏身岩里居,删繁自是一家书。世人呼尔为渔叟,尔学钓璜非钓鱼。

君不来

远路东西欲问谁,寒来无处寄寒衣。去时初种庭前树,树已胜巢人未归。

经旷禅师旧院

谷鸟散啼如有恨，庭花含笑似无情。更名变貌难一作换面无休息，去去来来第几生。

江南闻新曲

席上新声花下杯，一声声被拍声摧。乐工不识长安道，尽是书中寄曲来。

经故侯郎中旧居

一朝寂寂与冥冥，垄树未长坟草青。高节雄才向何处，夜阑空锁满池星。

越中逢孙百篇

上才乘酒一作醉到山阴，日日成篇字字金。镜水周回千万顷，波澜倒泻入君心。

寄谢麟

越国云溪秀发时，蒋京词赋谢麟诗。后来若要知优劣，学圃无过老圃知。

与长洲陈子美长官

枕上愁多百绪牵，常时睡觉在溪前。人前尽是交亲力，莫道升沉总信天。

新安殷明府家乐方响

葛溪铁片梨园调,耳底丁东十六声。彭泽主人怜妙乐,玉杯春暖许同倾。

别殷明府

许教门馆久踟蹰,仲叔怀恩对玉壶。唯有离心欲销客,空垂双泪不成珠。

送水墨项处士归天台

仙峤倍分元化功,揉蓝翠色一重重。还家莫更寻山水,自有云山在笔峰。

赠会稽杨长官

直钩终日竟无鱼,钟鼓声中与世疏。若向湖边访幽拙,萧条四壁是闲居。

赠申长官

言下随机见物情,看看狱路草还生。旅人莫怪无鱼食,直为寒江水至清。

将归湖上留别陈宰

归去春山逗晚晴,萦回树石罅中行。明时不是无知己,自忆湖边钓与耕。

贻亮上人

秋水一泓常见底，涧松千尺不生枝。人间学佛知多少，净尽心花只有师。

贻曦上人

四十年来多少人，一分零落九成尘。与师犹得重相见，亦是枯株勉强春。

书原上鲍处士屋壁

水阔坐看千万里，青芜盖地接天津。祢衡莫爱山中静，绕舍山多却碍人。

别孙蜀

吴越思君意易伤，别君添我鬓边霜。由来浙水偏堪恨，截断千山作两乡。

赠江上老人

潭底锦鳞多识钓，未投香饵即先知。欲教鱼目无分别，须学揉蓝染钓丝。

赠东溪贫道

非唯剑鹤独难留，触事皆闻被债收。赖是豪家念寒馁，却还渔岛与渔舟。

咏　花

狂心醉眼共裴回，一半先开笑未开。此日不能偷折去，胡蜂直恐趁人来。

路入金州江中作

棹寻椒岸萦回去，数里时逢一两家。知是从来贡金处，江边牧竖亦披沙。

夜会郑氏昆季林亭

卷帘圆月照方塘，坐久尊空竹有霜。白犬吠风惊雁起，犹能一一旋成行。

题黄山人庭前孤桂

映窗孤桂非手植，子落月中一作明闻落时。仙客此时头不白，看来看去有枯枝。

送僧南游

三秋万里五溪行，风里孤云不计程。若念猩猩解言语，放生先合放猩猩。

惜　花

可怜妍艳正当时，刚被狂风一夜吹。今日流莺来旧处，百般言语㖆空枝。

题天柱观鱼尊师旧院

早识吾师频到此，芝童药犬亦相迎。今师一去无来日，花洞石坛空月明。

东阳道中作 一作寒食日

百花香气傍行人，花底垂鞭日易醺。野父不知寒食节，穿林转壑自烧云。

题画建溪图

六幅轻绡画建溪，刺桐花下路高低。分明记得曾行处，只欠猿声与鸟啼。

蜀　中

游子去游多不归，春风酒味胜馀时。闲来却伴巴儿醉，豆蔻花边唱竹枝。

衢州别李秀才

千山红树万山云，把酒相看日又曛。一曲骊歌两行泪，更知何处再逢君。

题　君　山

曾于方外见麻姑，闻说君山自古无。元是昆仑山顶石，海风吹落洞庭湖。

题严子陵祠二首

物色旁求至汉庭，一宵同寝见交情。先生不入云台像，赢得桐江万古名。

苍翠云峰开俗眼，泓澄烟水浸尘心。惟将道业为芳饵，钓得高名直到今此首一作杜荀鹤诗。

失　题

十六声中运手轻，一声声似自然声。不缘精妙过流辈，争得江南别有名。

句

弟子已攀桂，先生犹卧云。寄李频及第　见《鉴戒录》

把得新诗草里论。干师徐凝，常刺凝云云，反语为村里老也。

枯井夜闻邻果落，废巢寒见别禽来。贻天目中峰客　以上见《纪事》

全唐诗卷六五四

罗　邺

罗邺，馀杭人，累举进士不第。光化中，以韦庄奏，追赐进士及第，赠官补阙。诗一卷。

岁　仗

玉帛朝元万国来，鸡人晓唱五门开。春排北极迎仙驭一作仗，日捧南山入寿杯。歌舜薰风铿剑佩，祝尧嘉气霭楼台。可怜四海车书共，重见萧曹佐汉材。

牡　丹

落尽春红始著一作见花，花时比屋事豪奢。买栽池馆恐无地，看到子孙能几家。门倚长衢攒绣毂一作轭，幄笼轻日护香霞。歌钟满座一作对此争欢赏，肯信流年鬓有华。

长　城

当时无德御乾坤，广筑徒劳万古存。谩役生民防极塞，不知血刃起中原。珠玑旋见陪陵寝，社稷何曾保子孙。降虏至今犹自说，冤声夜夜傍一作哭城根。

秋夕寄友人

秋夕苍茫一雁过，西风白露满宫莎。昨来京洛逢归客，犹说轩车未渡河。莫把少年空倚赖，须知孤立易蹉跎。想君怀抱哀吟夜，铜雀台前皓月多。

冬夕江上言事五首

叶落才悲草又生，看看少壮是衰形。关中秋雨书难到，江上春寒酒易醒。多少系心身未达，寻思举目泪堪零。几时抛得归山去，松下看云读道经。

喔喔晨鸡满树霜，喧喧晓渡簇舟航。数星昨夜寒炉火，一阵谁家腊瓮香。久别羁孤成潦倒，回看书剑更苍黄。逢人举止皆言命，至竟谋闲可胜忙。

野堂吟罢独行行，点水微微冻不鸣。十里溪山新雪后，千家襟袖晓寒生。只宜醉梦依华寝，可称羸蹄赴宿程。日苦几多心一作言下见，那堪岁晏又无成。

僻居多与懒相宜，吟拥寒炉过腊时。风柳欲生阳面叶，冻梅先绽岭头枝。山川自小抛耕钓，骨肉无因免别离。赖有陶情一尊酒，愁中相向展愁眉。

一带长溪渌浸门，数声幽鸟啄云根。松亭尽日唯空坐，难得儒翁共讨论。

春日宿崇贤里

柳暗榆飞春日深，水边门巷独来寻。旧山共是经年别，新句相逢竟夕吟。枕近禁街闻晓鼓，月当高竹见栖禽。劳歌莫问秋风计，恐起江河垂钓心。

征　人

青楼一别戍金微，力尽秋来破虏围。锦字莫辞连夜织，塞鸿长是到春归。正怜汉月当空照，不奈胡沙满眼飞。唯有梦魂南去日，故乡山水路依稀。

莺

暖辞云谷背残阳，飞下东风翅渐长。却笑金笼是羁绊，岂知瑶草正芬芳。晓逢溪雨投红树，晚啭宫楼泣旧妆。何事离人不堪听，灞桥斜日袅垂杨。

槐　花

行宫门外陌铜驼，两畔分栽此最多。欲到清秋近时节，争开金蕊向关河。层楼寄恨飘珠箔，骏马怜香撼玉珂。愁杀江湖随计者，年年为尔剩奔波。

自蜀入关

文战连输未息机，束书携剑定前非。近来从听事难得，休去且无山可归。匹马出门还怅望，孤云何处是因依。斜阳驿路西风紧，遥指人烟宿翠微。

上阳宫

春半上阳花满楼，太平天子昔巡游。千门虽对一作列嵩山在，一笑还随洛水流。深锁笙歌巢燕听，遥瞻金碧路人愁。翠华却自登一作返升仙去，肠断一作长使宫娥望不休。

旧 侯 家

台阁层层倚半空，绕轩澄碧御沟通。金钿座上歌春酒，画蜡尊前滴晓风。岁月不知成隙地，子孙谁更系殊功。人间若算无荣辱，却是扁舟一钓翁。

宿武安山有怀

野店暮来山畔逢，寒芜漠漠露华浓。窗间灯在犬惊吠，溪上月沉人罢舂。远别只愁添雪鬓，此生何计隐云峰。离心却羡南飞翼，独过吴江更数重。

谒 宁 祠

春生溪岭雪初开，下马云亭酹一杯。好是精灵偏有感，能于乡里不为灾。九江贾客应遥祝，五夜神兵数此来。尽室唯求多降福，新年归去便风催。

经故洛城 一本此下有有感二字

一片危墙势恐人，墙边日日走蹄轮。筑时驱尽千夫力，崩处空为数里尘。长恨往来经此地，每嗟兴废欲沾巾。那堪又向荒城过，锦雉惊飞麦垄春。

老　将

百战辛勤归帝乡，南班班里最南行。弓欺猿臂秋无力，剑泣虬髯晓有霜。千古耻非书玉帛，[illegible]心犹自向河湟。年年宿卫天颜近，曾把功勋奏建章。

曲江春望

故国东归泽国遥，曲江晴望忆渔樵。都缘北阙春先到，不是南山雪易消。瑞影玉楼开组绣，欢声丹禁奏云韶。虽然未得陪鸳鹭，亦酹金觞祝帝尧。

帝　里

喧喧蹄毂走红尘，南北东西暮与晨。谩道青云难得路，何曾紫陌有闲人。杯倾竹叶侯门月，马落桃花御水春。只合咏歌来大国，况逢文景化惟新。

新安城

若算防边久远名，新安岂更胜长城。谩兴他役悲荒垒，何似从今实取兵。圣德便应同险固，人心自不向忠贞。但将死节酬尧禹，版筑无劳寇已平。

自　遣

四十年来诗酒徒，一生缘兴滞江湖。不愁世上无人识，唯怕村中没酒沽。春巷摘桑喧姹女，江船吹笛舞蛮奴。焚鱼酌醴醉尧代，吟向席门聊自娱。

流　水

漾漾悠悠几派分，中浮短艇与鸥群。天街带雨淹一作含芳草，玉洞漂花下白云。静称一竿持处见，急宜一作愁孤馆觉来闻。隋家柳畔偏堪恨，东入长淮日又曛。

送张逸人

自说归山人事赊，素琴丹灶是生涯。床头残药鼠偷尽，溪上破门风摆斜。石井晴垂青葛叶，竹篱荒映白茅花。遥知此去应稀出，独卧晴窗梦晓霞。

春晚渡河有怀

烟收绿野远连空，戍垒依稀入望中。万里山河星拱北，百年人事水归东。扁舟晚济桃花浪，走马晴嘶柳絮风。乡思正多羁思苦，不须回首问渔翁。

春望梁石头城

柳碧桑黄破国春，残阳微雨望归人。江山不改兴亡地，冠盖自为前后尘。帆势挂风轻若翅，浪声吹岸叠如鳞。六朝无限悲愁事，欲下荒城回首频。

早发宜陵即事

霜白山村月落时，一声鸡后又登岐。居人犹自掩关在，行客已愁驱马迟。身事不堪空感激，鬓毛看著欲凋衰。青萍委匣休哮吼，未有恩仇拟报谁。

鸳　鸯

红闲一作江云碧霁一作静瑞烟开，锦翅双飞一作双双，一作轻飞。去又回。一种鸟怜名字好，尽一作只缘人恨别离来。暖依牛渚汀莎媚，夕宿龙池禁漏催。相对若教春一作秦女见，便须携向一作同上凤凰台。

春　闺

愁坐兰闺日过迟，卷帘巢燕羡双飞。管弦楼上春应在，杨柳桥边人未归。玉笛岂能留舞态，金河犹自浣戎衣。梨花满院东风急，惆怅无言倚锦机。

赠东川梓桐县韦德孙长官

前代高门今宰邑，怀才重义古来无。笙歌厌听吟清句，京洛思归展画图。蜀酝天寒留客醉，陇禽山晓隔帘呼。何年期拜朱幡贵，马上论诗在九衢。

题水帘洞

乱泉飞下翠屏中，名共真珠巧缀同。一片长垂今与古，半山遥听水兼风。虽无舒卷随人意，自有潺湲济物功。每向暑天来往见，疑将仙子隔房栊。

野　花

拂露丛开血色殷，枉无名字对空山。时逢舞蝶寻香至，少有行人辍棹攀。若在侯门看不足，为生江岸见如闲。结根毕竟输桃李，长近都城紫陌间。

芦　花

如练如霜干复轻，西风处处拂江城。长垂钓叟看不足，暂泊王孙愁亦生。好傍翠楼装月色，枉随红叶舞秋声。最宜群鹭斜阳里，闲捕纤鳞傍尔行。

山阳贻友人

性僻多将云水便，山阳酒病动经年。行迟暖陌花拦马，睡重春江雨打船。闲弄玉琴双鹤舞，静窥庭树一猱悬。结茅更莫期深隐，声价如今满日边。

长安惜春

千门共惜放春回，半锁楼台半复开。公子不能留落日，南山遮莫倚高台。残红似怨皇州雨，细绿犹藏画蜡灰。毕竟思量何足叹，明年时节又还来。

谢友人遗华阳巾

剪露〔裁〕(栽)烟胜角冠，来从玉洞五云端。醉宜薤叶欹斜影，稳称菱花子细看。野客爱留笼鹤发，溪翁争乞配渔竿。真仙首饰劳相寄，尘土翻惭戴去难。

早　梅

缀雪枝条似有情，凌寒澹注笑妆成。冻香飘处宜春早，素艳开时混月明。迁客岭头悲袅袅，美人帘下妒盈盈。满园桃李虽堪赏，要且东风晚始生。

留题张逸人草堂 一作杜牧诗

长悬青紫与芳枝，尘路无因免别离。马上多于在家日，尊前堪惜少年时。关河客梦还乡后，雨雪山程出店迟。却羡高人此中一作终此老，轩车过尽不知谁。

钟陵崔大夫罢镇攀随再经匡庐寺宿

一抛文战学从公，两逐旌旗宿梵宫。酒醒月移窗影畔，夜凉身在水声中。侯门聚散真如梦，花界登临转悟空。明发不堪山下路，几程愁雨又愁风。

留献彭门郭常侍

受得彭门拥信旗，一家将谓免羁离。到来门馆空归去，羞向交亲说受知。层构尚无容足地，尺波宁有跃鳞时。到头忍耻求名是，须向青云觅路岐。

洛　水

一道潺湲溅暖莎，年年惆怅是春过。莫言行路听如此，流〔入〕(水)深宫怅更多。桥畔月来清见底，柳边风紧一作去绿生波。纵然满眼添归思，未把渔竿奈尔何。

闻 杜 鹃

花时一宿碧山前，明月东风叫杜鹃。孤馆觉来听夜半，羸僮相对亦无眠。汝身哀怨犹如此，我泪纵横岂偶然。争得苍苍知有恨，汝身成鹤我成仙。

趁职单于留别阙下知己

职忝翩翩逐建牙，笈随征骑入胡沙。定将千里书凭雁，应看三春雪当花。年长有心终报国，时清到处便营家。逢秋不拟同张翰，为忆鲈鱼却叹嗟。

落第书怀寄友人

清世谁能便陆沉，相逢休作忆山吟。若教仙桂在平地，更有何人肯苦心。去国汉妃还似玉，亡家石氏岂无金。且安怀抱莫惆怅，瑶瑟调高尊酒深。

鹦　鹉　咏

玉槛瑶轩任所依，东风休忆岭头归。金〔笼〕(龙)共惜好毛羽，红嘴莫教多是非。便向郄堂夸饮啄，还应祢笔发光辉。乘时得路何须贵，燕雀鸾凰各有机。

题　沧　浪　峡

门向红尘日日开，入门襟袖远尘埃。暗一作晴香惹步涧花发，晚景逼檐溪鸟回。不为市朝行路近，有谁车马看山来。可怜严子持竿处，云水终年锁绿苔。

白　角　簟

叠玉骈珪巧思长，露华烟魄让清光。休摇雉尾当三伏，似展龙鳞在一床。高价不唯标越绝，冷纹疑似卧潇湘。杜陵他日重归去，偏称醉眠松桂堂。

秋日怀江上友人

行子岂知烟水劳，西风独自泛征艘。酒醒孤馆秋帘卷，月满寒江夜笛高。黄叶梦馀归朔塞，青山家在极波涛。去年今日逢君处，雁下芦花猿正号。

题　笙

筠管参差排凤翅，月堂凄切胜龙吟。最宜轻动纤纤玉，醉送当观滟滟金。缑岭独能征妙曲，嬴台相共吹清音。好将宫徵陪歌扇，莫遣新声郑卫侵。

下　第

谩把青春酒一杯，愁襟未一作宁信酒一作洒能开。江边依旧空归去，帝里还如一作同不到来。门掩残阳鸣一作唯鸟雀，花飞何处好池台。此时惆怅便堪老，何用人间岁月催。

秋　晚

残星残月一声钟，谷一作水际岩隈一作根爽气浓。不向碧台惊醉梦，但来清镜促愁容。繁金露洁黄笼一作泣荒篱菊，独翠烟凝远涧松。闲步幽林与苔径，渐移栖鸟及一作息鸣蛩。

长安春夕旅怀

几年栖旅寄西秦，不识花枝醉过春。短艇闲思五湖浪，羸蹄愁傍九衢尘。关河风雨迷归梦，钟鼓朝昏老此身。忽向太平时节过，一竿持去老遗民。

洛阳春望

洛阳春霁绝尘埃，嵩少烟岚画障开。草色花光惹襟袖，箫声歌响隔楼台。人心但觉闲多少，马足方知倦往来。愁上中桥桥上望，碧波东去夕阳催。

惜　春

燕归巢后即离群，吟倚东风恨日曛。一别一年方见我，游来游去一作愁来愁去不禁君。莺花御苑看将尽，丝竹侯家亦少闻。独坐南楼正一作最惆怅，柳塘花一作飞絮更纷纷。

冬日旅怀

〔乌〕(鸟)焰才沉桂魄生，霜阶拥褐暂吟行。闲思江市白醪满，静忆僧窗绿绮横。尘土自怜长失计，云帆尤觉有归情。几多怅望无穷事，空画炉灰坐到明。

春夕寄友人时有与歌者南北

芳径春归花半开，碧山波暖雁初回。满楼月色还依旧，昨夜歌声自不来。愁眼向谁零玉箸，征蹄何处驻红埃。中宵吟罢正惆怅，从此兰堂锁绿苔。

春夜赤水驿旅怀

一星残烛照离堂，失计游心归渺茫。不自寻思无道路，为谁辛苦竞时光。九衢春色休回首，半夜溪声正梦乡。却羡去年买山侣，月斜渔艇倚潇湘。

春山一作夜山馆旅怀

山馆吟馀山月斜，东风摇曳拂窗华。岂知驱马无闲日，长在他人后到家。孤剑向谁开壮节，流年催我自堪嗟。灯前结束又前去，晓出石林啼乱鸦。

秋夕旅怀

阶前月色与蛩声，阶上愁人坐复行。秦谷入霜空有梦，越山无计可归耕。穷途若遣长堪恸，华发无因肯晚生。不似扁舟钓鱼者，免将心事算浮荣。

春过白遥岭

鸟道穿云望峡遥，羸蹄经宿在岧峣。到来山下春将半，上得林端雪未消。返驾王尊何足叹，哭途阮籍谩无聊。未知遇此凄惶者，泣向东风鬓欲凋。洪迈取前四句为绝句。

别　夜 第七句缺三字

秋入江天河汉清，迢迢钟漏出孤城。金波千里别来夜，玉箸两行流到明。若在人间须有恨，除非禅伴始无情。人间谁有□□□，聚散自然惆怅生。

费拾遗书堂

满袖归来天桂香，紫泥重降旧书堂。自怜苇带同巢许，不驾蒲轮佐禹汤。怪石尽含千古秀，奇花多吐四时芳。何人更肯追高躅，唯有樵童戏藓床。

溪上春望

无端溪上看兰桡，又是东风断柳条。双鬓多于愁里镊，四时须向酬中销。行人骏马嘶香陌，独我残阳倚野桥。吟水咏山心未已，可能终不胜渔樵。

献池州庾员外

曾降瑶缄荐姓名，攀云几合到蓬瀛。须存彭寿千年在，终见茅公九转成。鲲海已知劳鹤使，萤窗不那梦霓旌。琪花玉蔓应相笑，未得歌吟从酒行。

春　风

每岁东来助发生，舞空悠飏遍寰瀛。暗添芳草池塘色，远递高楼箫管声。帘透骊宫偏带恨，花催上苑剩多情。如何一瑞车书日，吹取青云道路平。

冬日寄献庾员外

曾谒仙宫最上仙，西风许醉桂花前。争欢酒蚁浮金爵，从听歌尘扑翠蝉。秋霁卷帘凝锦席，夜阑吹笛称江天。却思紫陌觥筹地，兔缺乌沉欲半年。

钓　翁 一作郑谷诗

来往烟波非定居，生涯蓑褐一作笠外无馀。闲垂两鬓任如鹤，只系一作只把一竿时得一作钓鱼。月浦扣船歌皎洁，雨蓬隈岸卧萧疏。行人误话金张贵，笑指北邙丘与墟。

闻友人入越幕因以诗赠

稽岭春生酒冻销，烟鬟红一作蒨袖恃娇饶。岸一作峰边丛雪晴香老，波上长虹晚影遥一作摇。正哭阮途归未得，更闻江笔赴嘉招。人间荣瘁真堪恨，坐想征轩鬓欲一作未凋。

东　归

日日唯忧行役迟，东归可是有家归。都缘桂玉无门住，不算山川去路危一作非。秦树梦愁黄一作春鸟啭，吴江钓忆一作重锦鳞肥。桃夭李一作杏艳清明近，惆怅当年一作时意尽违。

入　关

古道槐花满树开，入关时节一蝉催。出门唯恐不先到，当路有谁长待来。似箭年光还可惜，如蓬生计更堪哀。故园若有渔舟在，应挂云帆早个回。

览陈丕卷

雪宫词客燕宫游，一轴烟花象外搜。谩把蜀纹当昼展，徒夸湘碧带春流。吟时致我寒侵骨，得处疑君白尽头。从北南归明月夜，岭猿滩鸟更悠悠。

巴南旅舍言怀

万浪千岩首未回，无憀相倚上高台。家山如画不归去，客舍似仇谁遣来。红泪罢窥连晓烛，碧波休引向春一作风杯。后时若有青云望，何事偏教羽翼摧。

登凌歊台

高台今日一作古竟一作境长闲，因想兴亡自惨颜。四海已归新雨露，六朝空认旧江山。槎翘独鸟沙汀一作汀洲畔，风递连墙雪浪间一作风亚荒榛雨雪间。好是轮蹄来往便，谁人不向此跻攀。

仆射陂晚望

离人到此倍堪伤，陂水芦花似故乡。身事未知何日了，马蹄唯觉到秋忙。田园牢落东归晚，道路辛勤北去长。却羡无愁是沙鸟，双双相趁下斜一作残阳。

芳　草

废苑墙南残一作浅雨中，似袍颜色正蒙茸。微香暗惹游人步，远绿才分斗雉踪。三楚渡头长恨见，五侯门外却难逢。年年纵有春风便，马迹车轮一万重。

秋日留题蒋亭 一作山

西风才起一蝉鸣，便算关河马上程。碧浪鹢舟从此别，丹霄鹄箭忍一作忽无成。二年芳思随云雨，几日一作夕离歌恋一作怨，一作望。旆旌。回首横塘更东望，露荷烟菊倍伤情。

早　发

一点灯残鲁酒醒，已携孤剑事离程。愁看飞雪闻鸡唱，独向长空背雁行。白草近关微有路一作露，浊河连底冻无声。此中来往本迢递，况是驱羸客塞城。

雁二首

暮天新雁起汀洲，红蓼花开水国愁。想得故园今夜月，几人相忆在江楼。

早背胡霜过戍楼，又随寒日下汀洲。江南江北多离别，忍报年年两地愁。

萤二首

水殿清风玉户开，飞光千点去还来。无风无月长门夜，偏到阶前点绿苔。

裴回无烛冷无烟，秋径莎庭入夜天。休向书窗来照字，近来红蜡满歌筵。

看　花

花开只恐看来迟，及到愁如未看时。家在楚乡身在蜀，一年春色负归期。

柳　絮

处处东风扑晚阳，轻轻醉粉落无香。就中堪恨隋堤上，曾惹龙舟舞凤凰。

云

纷纷靄靄遍江湖，得路为霖岂合无。莫使悠飏只如此，帝乡还更暖苍梧。

芳　草

曲江岸上天街里，两地纵生车马多。不似一作是萋萋南浦见，晚来烟雨半相和。

出都门

青门春色一花开，长到花时把酒杯。自觉无家似潮水，不知归处去还来。

宫中二首

芳草长含玉辇尘，君王游幸此中频。今朝别有承恩处，鹦鹉飞来说似人。

虽然自小属梨园，不识先皇玉殿门。还是当时歌舞曲，今来何处最承恩。

河　湟

河湟何计绝烽烟，免使征人更戍边。尽放农桑无一事，遣教知有太平年。

闻子规

蜀魄千年尚怨谁，声声啼血向花枝。满山明月东风夜，正是愁人不寐时。

望　仙一本有台字

千金垒土望三山，云一作望鹤无踪羽卫还。若说神仙求便得，茂陵何事在一作隔人间。

放鹧鸪

好傍青山与碧溪，刺桐毛竹一作羽待双栖。花时迁客伤离别，莫向相思树上啼。

骊　山

风摇岩桂露闻香，白鹿惊时出绕墙。不向骊山锁宫殿，可知仙去是明皇。

梅　花

繁如瑞雪压枝开，越岭吴溪免用栽。却是五侯家未识，春风不放过江来。

鸡冠花

一枝秾艳对秋光，露滴风摇倚砌傍。晓景乍看何处似，谢家新染紫罗裳。

汴　河

炀帝开河鬼亦悲，生民不独力空疲。至今呜咽东流水，似向清平怨昔时。

渡江有感

岸落残红锦雉飞，渡江船上夕阳微。一枝犹负平生意，归去何曾胜不归。

题终南山僧堂

九衢终日见南山，名利何人肯掩关。唯有吾师达真理，坐看霜树老云间。

大散岭

过往长逢日色稀，雪花如掌扑行衣。岭头却望人来处，特地身疑是鸟飞。

嘉陵江

嘉陵南岸雨初收，江似秋岚不煞流。此地终朝有行客，无人一为棹扁舟。

早行

雨洒江声风又吹，扁舟正与睡相宜。无端戍鼓催前去，别却青山向晓时。

黄河晓渡

大河平野正穷秋，羸马羸僮古渡头。昨夜莲花峰下月，隔帘相伴到明愁。

温泉

一条春水漱莓苔，几绕玄宗浴殿回。此水贵妃曾照影，不堪流入旧宫来。

秋怨

梦断南窗啼晓乌，新霜昨夜下庭梧。不知帘外如圭月，还照边城到晓无。

叹别

北来南去几时休，人在光阴似箭流。直待江山尽无路，始因抛得别离愁。

送 春

欲别东风剩黯然，亦知春去有明年。世间争那人先老，更对残花一醉眠。

蜡 烛

暖香红焰一时燃，缇幕初垂月落天。堪恨兰堂别离夜，如珠似泪滴樽前。

陈 宫

白玉尊前紫桂香，迎春阁上燕双双。陈王半醉贵妃舞，不觉隋兵夜渡江。

水 帘

万点飞泉下白云，似帘悬处望疑真。若将此水为霖雨，更胜长垂隔路尘。

赏 春 一作芳草，一作春游郁然有怀赋。

芳草和烟暖更青，闲门要路一时生。年年点检人间事，唯有春风不世情。

叹平泉 一作伤平泉庄

生前几到此亭台，寻叹投荒去不回。若遣春风会人意，花枝尽合向南开。

长安春雨

兼风飒飒洒皇州，能滞轻一作春寒阻胜游。半夜五侯池馆里，美人惊起为花愁。

驾蜀回

上皇西幸却归秦，花木依然满禁春。唯有贵妃歌舞地，月明空殿锁香尘。

吴王古宫井二首

古宫荒井曾平后，见说耕人又凿开。拾得玉钗镌敕字，当时恩泽赐谁来。

含青薜荔随金甃，碧砌磷磷生绿苔。莫言数尺无波水，曾与如花并照来。

江帆

别离不独恨蹄轮，渡口风帆发更频。何处青楼方凭槛，半江斜日认归人。

为人感赠

歌舞从来最得名，如今老寄洛阳城。当时醉送龙骧曲，留与谁家唱月明。

春江恨别

望断长川一叶舟，可堪归路更沿流。重来别处无人见，芳草斜阳满渡头。

叹流水二首

人间莫一作虚谩惜花落，花落明年依旧开。却最堪悲是流水，便同人事去一作更无回。

龙跃虬蟠旋作潭，绕红溅绿下东南。春风散入侯家去，漱齿花前酒半酣。

落第东归

年年春色独怀羞，强向东归懒举头。莫道还家便容易，人间多少事堪愁。

镜

昔岁相知一作宜别有情，几一作千回磨拭始将行。如今老去一作渐老愁无限，抱一作把向闲窗却怕明。

南行

腊晴江暖鸊鹈飞，梅雪香黏越女衣。鱼市酒村相识遍，短船歌月醉方归。

公子行

金一作雕鞍玉勒照花明，过后春一作香风特地生。半醉五侯门里出，月高犹在禁街行。

春日偶题城南韦曲

韦曲城南锦绣堆，千金不惜买花栽。谁知豪贵多羁束，落尽春红不见来。

上东川顾尚书

轻财重义真公子，长策沈机继武侯。龙节坐持兵十万，可怜三蜀尽无忧。

过王濬墓

埋骨千年近路尘，路傍碑号晋将军。当时若使无功业，早个耕桑到此坟。

灞上感别

灞水何人不别离，无家南北倚空悲。十年此路花时节，立马沾襟酒一卮。

春日与友人话别

酌坐对芳草，东风吹旅衣。最嫌驱马倦，自未有山归。华发将时逼，青云计又非。离襟一沾洒，回首正残晖。

竹

翠叶才分细细枝，清阴犹未上阶墀。蕙兰虽许相依日，桃李还应笑后时。抱节不为霜霰一作雪改，成林终与凤凰期。渭滨若更征贤相，好作渔竿系钓丝。

边　将

马上乘秋欲建勋，飞狐夜斗出师频。若无紫塞烟尘事，谁识青楼歌舞人。战骨沙中金镞在，贺筵花畔玉盘新。由来边卒皆如此，只是君门合杀身。

巴南旅泊

巴山惨别魂，巴水彻荆门。此地若重到，居人谁复存。落帆红叶渡，驻马白云村。却羡南飞雁，年年到故园。

河上逢友人

知君意不浅，立马问生涯。薄业无归地，他乡便是家。宵吟怜桂魄，朝起怯菱花。语尽黄河上，西风日又斜。

偶题离亭

万般名利不关身，况待山平海变尘。五月波涛争下峡，满堂金玉为何人。谩夸浮世青云贵，未尽离杯白发新。谁似雨篷篷底客，渚花汀鸟自相亲。

夏晚望嵩亭有怀

正怜云水与心违，湖上亭高对翠微。尽日不妨凭槛望，终年未必有家归。青蝉渐傍幽丛噪，白鸟时穿返照飞。此地又愁无计住，一竿何处是因依。

途中寄友人

秋庭怅望别君初，折柳分襟十载馀。相见或因中夜梦，寄来多是隔年书。携樽座外花空老，垂钓江头柳渐疏。裁得诗凭千里雁，吟来宁不忆吾庐。

伤侯第

世间荣辱半相和，昨日权门今雀罗。万古明君方纳谏，九江迁客更应多。碧池草熟人偷钓，画戟春闲莺乱过。几许乐僮无主后，不离邻巷教笙歌。

春日过寿安山馆

旧国多将泉石亲，西游爱此拂行尘。帘开山色离亭午，步入松香别岛春。谁肯暂安耕钓地，相逢谩叹路岐身。归期不及桃花水，江上何曾鲙雪鳞。

吴门再逢方干处士

天上高名一作才世上身，垂纶何不驾蒲轮。一朝卿相俱前席，千古篇章冠后人。稽岭不归空挂梦，吴一作燕宫相值欲沾巾。吾王若致升平化，可独成周只渭滨。

蝉

才入新秋百感生，就中蝉噪最堪惊。能催时节凋双鬓，愁到一作对江山听一声。不傍管弦拘醉态，偏依杨柳挠一作引离情。故园闻处犹惆怅，况是经年万里行。

秋日留别义初上人

塞寺穷秋别远师，西风一雁倍伤悲。每嗟尘世长多事，重到禅斋是儿时。霜岭自添红叶恨，月溪休和碧云词。关河回首便千里，飞锡南归讵可知。

夏日宿灵岩寺宗公院

寺入千岩石路长，孤吟一宿远公房。卧听半夜杉坛雨，转觉中峰枕簟凉。花界已无悲喜念，尘襟自足是非妨。他年纵使重来此，息得心猿鬓已霜。

冬日庙中书事呈栖白上人

日高荒庙掩双扉，杉径无人鸟雀悲。昨日江潮一作湖起归思，满窗风雨觉来时。何堪身计长如此，闲尽炉灰却是疑。赖有碧云吟句客，禅馀相访说新诗。

夏日题远公北阁

危阁压山冈，晴空疑鸟行。胜搜花界尽，响益梵音长。有月堪先到，无风亦自凉。人烟纷绕绕，诸树共苍苍。榻恋高楼语，瓯怜昼茗香。此身闲未得，驱马入残阳。

秋蝶二首

秋楼花发时，秦女笑相随。及到秋风日，飞来欲问谁。
似厌栖寒菊，翩翩占晚阳。愁人如见此，应下泪千行。

秋　别

别路垂〔杨〕(阳)柳，秋风凄管弦。青楼君去后，明月为谁圆。

共友人看花

愁将万里身，来伴看花人。何事独惆怅，故园还又春。

行　次

终日长程复短程，一山行尽一山青。路傍君子莫相笑，天上由来有客星。

凤州北楼

城上层楼北望时，闲云远水自相宜。人人尽道堪图画，枉遣山翁醉习池。

赠　僧

繁华举世皆如梦，今古何人肯暂闲。唯有东林学禅客，白头闲坐对青山。

全唐诗卷六五五

罗　隐

罗隐，字昭谏，馀杭人。本名横，十上不中第，遂更名。从事湖南淮润，无所合，久之，归投钱镠。累官钱塘令、镇海军掌书记、节度判官、盐铁发运副使、著作佐郎，奏授司勋郎。朱全忠以谏议大夫召，不行。魏博罗绍威推为叔父，表荐给事中。年七十七卒。隐少聪敏，既不得志，其诗以风刺为主。有《歌诗集》十四卷，《甲乙集》三卷，《外集》一卷，今编诗十一卷。

曲江春感 一题作归五湖

江头日暖花又开，江东行客心悠哉。高阳酒徒半凋落，终南山色空崔嵬。圣代也知无弃物，侯门未必用非才。一船明月一竿竹，家住一作在五湖归去来。

皇　陂

皇陂潋滟深复深，陂西下马聊登临。垂杨风轻弄翠带，鲤鱼日暖跳黄金。三月穷途无胜事，十年流水见归心。输他谷口郑夫子，偷得闲名说一作直至今。

寄郑补阙

夫子门前数仞墙，每经过处忆游梁。路从青琐无因见，恩在丹心不可忘。未必便为谗口隔，只应一作因贪草谏书忙。别来愁悴知多少，两度槐花马上黄。

牡丹花

似共东风一作君别有因，绛罗高卷不胜春。若教解语应倾国，任是无情亦一作也动人。芍药与君为近侍，芙蓉何处避芳尘。可怜韩令功成后，辜负秾华过此身。

黄　河

莫把阿胶向此倾，此中天意固难明。解通银汉应须曲，才出昆仑便不清。高祖誓功衣带小，仙人占斗客槎轻。三千年后知谁在，何必劳君报太平。

汴　河

当时天子是闲游，今日行人特地愁。柳色纵饶妆故国，水声何忍到扬州。乾坤有意终难会，黎庶无情岂自由。应笑秦皇用心错，谩驱神鬼海东头。

西京崇德里居

进乏梯媒退又难，强随豪贵殢长安。风从昨夜吹银汉，泪拟何门落玉盘。抛掷红尘应有恨，思量仙桂也无端。锦鳞赪尾平生事，却被闲人把钓竿。

投所思

憔悴长安何所为,旅魂穷命自相疑。满川碧嶂无归日,一榻红尘有泪时。雕琢只应劳郢匠,膏肓终恐误秦医。浮生七十今三十,从此凄惶未可知。

经张舍人旧居 一题作河中经故翰林张舍人所居

行尘不是昔时尘,谩向朱门忆侍臣。一榻已无开眼处,九泉应有爱才人。文馀吐凤他一作当年诏,树想栖鸾旧日春。从此恩深转一作深恩更难报,夕阳衰草泪一作独沾巾。

雒城作

大卤旌旗出洛滨,此中烟月已埃尘。更无楼阁寻行处,只有山川识野人。早得铸金夸范蠡,旋闻垂钓哭平津。旧游难得时难遇,回首空城百草春。

姑苏城南湖陪曹使君游

水蓼花红稻穗黄,使君兰棹泛回塘。倚风荇藻先开路,迎旆凫鹥尽著行。手里一作内兵符神与术,腰间金印彩为囊。少年太守勋庸盛,应笑燕台两鬓霜。

秋日有寄姑苏曹使君

多病无因棹小舟,阖闾城下谒名侯。水寒不见双鱼信,风便唯闻五袴讴。早说用兵长暗合,近传观稼亦闲游。须知谢奕依前醉,闲阻清谈又一秋。

送章碣赴举

苹鹿歌中别酒催，粉闱星彩动昭回。久经罹一作离乱心应破，乍睹升平眼渐开。顾我昔年悲玉石，怜君今日蕴风雷。龙门盛事无因见，费尽黄金老隗台。

寄杨秘书

湖水平来见鲤鱼，偶因烹处得琼琚。披寻藻思千重后，吟想冰光万里馀。漳浦病来情转薄，赤城吟苦意何如。锦衣公子怜君在，十载兵戈从板舆。

往年进士赵能卿尝话金庭胜事见示叙

会稽诗客赵能卿，往岁相逢话石城。正恨故人无上寿，喜闻良宰有高情。山朝佐命层层耸，水接飞流步步清。两火一刀罹乱后，会须乘兴雪中行。

得宣州窦尚书书因投寄二首

双鱼迢递到江滨，伤感南陵一作南感陵阳旧主人。万里朝台劳寄梦，十年侯国阻趋尘。寻知乱后尝辞禄，共喜闲来得养神。时见齐山敬亭客，不堪戎马战征频。

曾逐旌旗过板桥，世途多难竟蓬飘。步兵校尉辞公府，车骑将军忆本朝。醉里旧游还历历，病中衰鬓奈萧萧。遗簪堕履应留念，门客如今只下僚。

雪

细玉罗纹下碧霄，杜门颜一作倾巷落偏饶。巢居只恐高柯折，旅客愁闻去路遥。撅冻野蔬和粉重，扫庭松叶带酥烧。寒窗呵笔寻诗句，一片飞来纸上销。

暇日有寄姑苏曹使君兼呈张郎中郡中宾僚

嘉植一作树阴阴覆剑池，此中能政动神祇。湖边观稼雨迎马，城外犒军风满旗。融酒徒夸无算爵，俭莲还少最高枝。珊瑚笔架真珠履，曾和陈王几首诗。

寄右省王谏议

耳边要静不得静，心里欲闲终未闲。自是宿缘应有累，可能时一作世事更相关。鱼惭张翰辞东府，鹤怨周颙负北山。看却金庭芝术老，又驱车入七人班。

焚书坑

千载遗踪一窖尘，路傍耕者亦伤神。祖龙算事浑乖角，将谓诗书活得人。

始皇陵

荒堆无草树无枝，懒向行人问昔时。六国英雄漫多事，到头徐福是男儿。

送沈先辈归送一作宋上嘉礼

一题作送沈光及第后东归兼赴嘉礼。

青青月一作仙桂触人香，白苎衫轻称沈郎。好继马卿归故里，况闻山简在襄阳。杯倾别岸应一作终须醉，花一作草傍征车渐欲芳。拟把金钱赠一作助嘉礼，不堪栖屑困名场。

春日叶秀才曲江

江花江草暖相隈一作偎，也向江边把酒杯。春色恼人遮不得，别愁如疟避还来。安排贱迹无良策，裨补明时望重才。一曲吴歌齐拍手，十年尘眼未曾开。

西京道德里

秦树团团夕结阴，此中庄舄动悲吟。一枝丹桂未入手，万里苍波长负心。老去渐知时态薄，愁来唯愿酒杯深。七雄三杰今何在，休为闲人泪满襟。

忆夏口

汉阳一作江渡口兰为舟，汉阳一作江城下多酒楼。当一作芳年不得尽一醉，别梦有时还重游。襟带可怜吞楚塞一作塞雁，风烟只好狎一作好是冷江鸥。月明更想曾行处，吹笛桥边木叶秋。

武牢关

楚人曾此限封疆，不见清阴六里长。一壑暮声何怨望，数峰秋势自颠狂。由来四皓须神伏，大抵秦皇谩气强。欲学鸡鸣试关吏，太平时节懒思量。

途中献晋州孟中丞

太平天子念蒲东，又委星郎养育功。昨日隼旟辞阙下，今朝珠履在河中。楼移庾亮千山月，树待袁宏一扇风。不及政成应入拜，晋州何足展清通。

长安秋夜

远闻天子似羲皇，偶舍渔乡入帝乡。五等列侯无故旧，一枝仙桂有风霜。灯欹短焰烧离鬓，漏转寒更滴旅肠。归计未知身已老，九衢双阙夜苍苍。

春晚寄钟尚书

宰府初开忝末尘，四年谈笑隔通津。官资肯便矜中路，酒醆还应忆故人。江畔旧游秦望月，槛前公事镜湖春。如今莫问西禅一作城坞，一炷寒香老病身。

秋晓一作晚寄友人

洞庭霜落水云秋，又泛轻涟任去留。世界高谈今已得，宦途清贵旧曾游。手中彩笔夸题凤，天上泥封奖狎鸥。更见南来钓翁说，醉吟还上木兰舟。

秋日有酬

一题作感德叙怀寄上罗邺王三首，馀二在七卷。一作寄王师范。

旧一作盛业传家有宝一作佩刀，近闻馀力一作挥刃更挥毫。腰间印佩一作绶黄金重一作枢贵，卷里一作内诗裁一作文章白雪高。宴罢嘉宾迎凤藻，猎归一作回诸将问龙韬。分茅列土一作登坛甲子才三十，犹拟回头赌一作夺锦袍。

所　思

梁王兔苑荆榛里，炀帝鸡台梦想中。只觉惘然悲谢傅，未知何以报文翁。生灵不幸台星拆，造化无情世界空。划尽寒灰始堪叹，满庭霜叶一窗风。

送魏校书兼呈曹使君

乱离一作罹无计驻生涯，又事东游惜岁华。村店酒旗沽竹叶，野桥梅雨泊芦花。雠书发迹官虽屈，负米安亲路不赊。应见使君论世旧，扫门重得向曹家。

四皓庙

汉惠秦皇事已闻，庙前高木眼前云。楚王谩费闲心力，六里青山尽属君。

浮　云一本题上无浮字

溶溶曳曳自舒张，不向苍梧即帝乡。莫道无心便无事，也曾愁杀楚襄王。

早　发一作行

北去南来无定居，此生生计竟何如。酷怜一觉平明睡，长被鸡声恶破除一作邻鸡半夜啼。

香一本题上有咏字

沈水良材食柏珍，博山烟一作炉暖玉楼春。怜君亦是无端物，贪作馨香忘却身。

邺　城一本作铜雀台之二

台上年年掩翠蛾，台前高树夹漳河。英雄亦到分香处，能共常人较几多。

全唐诗卷六五六

罗　隐

七　夕

络角星河菡萏天，一家欢笑设红筵。应倾谢女珠玑箧，尽写檀郎锦绣篇。香帐簇成排窈窕，金针穿罢拜婵娟。铜壶漏报天将晓，惆怅佳期一作人又一年。

送臧渍下第谒窦鄜州

赋得长杨不直钱，却来京口看莺迁。也知绛灌轻才子，好谒尤一作元常醉少年。万里故乡云缥缈，一春生计泪澜汍。多情柱史应相问，与话归心正浩然。

清明日曲江怀友

君与田苏即旧游，我于交分亦绸缪。二年隔绝黄一作重泉下，尽日悲凉曲水头。鸥鸟似一作自能齐物理，杏花疑欲伴人愁。寡妻稚子应寒食，遥望江陵一泪流。

送郑州严员外

欲将刀笔润王猷，东去先分圣主忧。满扇好风吹郑圃，一车甘雨别皇州。尚书碛冷鸿声晚，仆射陂寒树影秋。从此文星在何处，武牢关外庾公楼。

孙员外赴阙后重到三衢

远山高枝思悠哉，重倚危楼尽一杯。谢守已随征诏入，鲁儒犹逐断蓬来。地寒谩忆移暄手，时急方须济世才。宣室夜阑如有问，可能全忘未然灰。

衡阳泊木居士庙下作 一题作题木居士庙

乌一作鸟噪残阳草满庭，此中枯木似人形。只应神一作鬼物长为主，未必浮槎即有灵。八月风波飘不去，四时黍稷荐惟馨。南朝庾信无因赋，牢落祠前水气腥。

钟陵见杨秀才 一题作见进士杨寻

孺亭滕阁少踟蹰，三度南游一事无。只觉流年如鸟逝，不知何处有龙屠一作图。云归洪井枝柯敛，水下漳一作章江气色粗。赖得与君同此醉，醒来一作醒愁被鬼揶揄。

自湘川东下立春泊夏口阻风登孙权城

吴门此去逾千里，湘浦离来想数旬。只见风师长占路，不知青帝已行春。危怜坏堞犹遮水，狂爱寒梅欲傍人。事往时移何足问，且凭村酒暖精神。

春日忆湖南旧游寄卢校书

旅榜前年过洞庭，曾提刀笔事甘宁。玳筵离隔将军幕，朱履频窥处士星校书自处士受命尔。恩重匣中孤剑在，梦馀江畔数峰青。金貂见服嘉宾散，回首昭丘一涕零。

贺淮南节度卢员外赐绯

俭莲高贵九霄闻，粲粲朱衣降五云。骢马早年曾避路，银鱼今日且从军。御题彩一作绯服垂天眷，袍展花心透縠纹。应笑当年老莱子，鲜华都自降明君。

春日独游禅智寺

树远连天水接空，几年行乐旧隋宫。花开花谢一作落还一作长如此，人去人来自不同。鸾一作楚凤调高何处酒，吴牛蹄健满车风。思量只合腾腾醉，煮海平陈一一作尽梦中。

和淮南李司空同转运员外

一本题下有送韦士赴四字。一作同转运卢员外赐绯。

层层高阁旧瀛洲，此地须征第一流。丞相近年萦一作莱倚望，重才今日喜遨游。荣持健笔金黄贵，恨咽离筵管吹秋。谁继伊皋送行句，梁王诗好郢人愁。

后土庙

四海兵一作干戈尚未宁，始于云外学一作谩劳淮海写仪形。九天玄女犹无圣，后土夫人岂有灵。一带好云侵鬓绿，两层一作行危岫拂眉青。韦郎年少知何在一作耽闲事，端坐思量一作案上休看太白经。

金陵夜泊

冷烟轻淡一作霭，一作雨。傍衰丛，此夕秦淮驻断蓬。栖雁一作鸟远惊沽酒火，乱鸦高避落帆风。地销王气波声急，山带秋阴树影空。六一作数代精灵人不见，思量应在月明中。

上江州陈员外

寒江九派转城楼，东下钟陵第一州。人自中一作钟台方贵盛，地从西晋即风流。旧班久望鹓晴翥，馀力犹闻虎夜浮。应恨属官无健令，异时佳节阻闲游。

广陵开元寺阁上作

满槛山川漾落晖，槛前前事去如飞。云中鸡犬刘安过，月里笙歌炀帝归。江蹙海门帆散去，地吞淮口树相依。红楼翠幕知多少，长向东风有是非。

上鄂州韦尚书

往岁先皇驭九州，侍臣才业最风流。文穷典诰虽馀力，俗致雍熙尽密谋。兰省换班青作绶，柏台前引绛为韝。都缘未负江山兴，开济生灵校一秋。

早春巴陵道中

远雪亭亭望未销，岳阳春浅似相饶。短芦冒土初生笋，高柳偷风已弄条。波泛洞庭猨獭健，谷连荆楚鬼神妖。中流菱唱泊何处，一只画船兰作桡。

广陵秋日酬进士臧渍见寄

驿西斜日满窗前一作蝉，独凭秋栏思渺绵一作然。数尺断蓬惭故国，一轮清镜泣流年。已知世事真徒尔，纵有心期亦偶然。空愧荀家好兄弟，雁来鱼去是因缘。

淮南送李司空朝觐

圣君宵旰望时雍，丹诏西来雨露浓。宣父道高一作楚客狂歌休叹凤，武侯才大本吟一作犹龙。九州似鼎终须负，万物为铜只待熔。腊后春前更何事，便看经度奏东封。

秋日禅智寺见裴郎中题名寄韦瞻

野寺疏钟万木秋，偶寻题处认名侯。官离南郡应闲暇，地胜东山想驻留。百戏浓醪成别梦，两行垂露浣羁愁。心知只有韦公在，更对真踪话旧游。

广陵春日忆池阳有寄

烟水濛濛接板桥，数年经历驻征桡。醉凭危槛波千顷，愁倚长亭柳万条。别后故人冠獬豸，病来知己赏鷦鷯。清流夹宅千家住，会待闲乘一信潮。

春中一作日湘中题岳麓寺僧舍一作院

蟾宫虎穴两皆休，来凭危栏送远愁一作秋。多事林莺还谩语，薄情边雁不回头。春融只待一作恐乾坤醉，水阔深知世界浮。欲共高僧话心迹，野花芳一作荒草奈相尤。

出试后投所知

此日一作去蓬壶两日程，当时消息甚分明。桃须曼倩催方熟，橘待洪崖遣始行。岛外音书应有意，眼前尘土渐无情。莫教一作交更似山西鼠，啮破愁肠恨一生。

湘南春日怀古

晴江春暖兰蕙薰，凫鹥苒苒鸥著群。洛阳贾谊自无命，少陵杜甫兼一作偏有文。空阔远帆遮落日，苍茫野树碍归云。松醪酒好昭潭静，闲过中流一吊君。

江州望庐山

东南苍翠何崔嵬，横流一望幽抱开。影寒已令水底去，脚阔欲过湖心来。深处不唯容鬼怪，暗中兼恐有风雷。仙人往往今谁在，红杏花香重首回。

金陵寄窦尚书

二年歧路有西东，长忆优游楚驿中。虎帐谈高无客继，马卿官傲少人同。世危肯使依刘表，山好犹能忆谢公。此去此恩言不得，谩将闲泪对春风。

清溪江令公宅

蛮笺象管夜深时，曾赋陈宫第一诗。宴罢风流人不见，废来踪迹草应知一作何宜。莺怜胜事啼空巷一作谷，蝶恋馀香舞好枝。还有往年金甃井，牧童樵叟等闲窥。

郑州献卢舍人 时本官王令公收复两京后

海槎闲暇阆风轻，不是安流不肯行。鸡省露浓汤饼熟，凤池烟暖诏书成。渔竿已合光儒梦一作学，尧印何妨且治兵。会待两都收复后，右图仪表左题名。

别池阳所居

黄尘初起此留连，火耨刀耕六七年。雨夜老农伤水旱，雪晴渔父共舟船。已悲世乱身须去，肯愧途危迹屡迁。却是九华山有意，列行相送到江边。

送内使周大夫自杭州朝贡

八一作入都上将近平戎，便附辎轩奏圣聪。三接一作变驾前朝觐礼，一函江表战征功。云间阆苑何时见，水底瑶池触处通。知有殿庭馀力在，莫辞消息寄西风。

酬黄从事怀旧见寄

旧游不合到心中，把得君诗意亦同。水馆酒阑清夜月，香街人散白杨风。长绳系日虽难绊，辨口谈天不易穷。世事自随蓬转在，思量何处是飞蓬。

绣 第一句缺三字

一片丝罗□□□，洞房西室女工劳。花随玉指添春色，鸟逐金针长羽毛。蜀锦谩夸声自贵，越绫虚说价功高。可中用作鸳鸯被，红叶枝枝不碍刀。

西　施

家国兴亡自有时，吴人何苦怨一作进西施。西施若解倾吴国，越国亡来又是谁。

自遣

得即高歌失即休，多愁多恨亦悠悠。今朝有酒今朝醉，明日愁来明日愁。

白角篦

白似琼瑶滑似苔，随梳伴镜拂尘埃。莫言此个尖头物，几度撩人恶发来。

铜雀台

强歌强舞竟难胜，花落花开泪满膺。只合当年伴君死，免交憔悴望西陵。

鹦鹉

莫恨雕笼翠羽残，江南地暖陇西寒。劝君不用分明语，语得分明出转难。

金钱花

占得佳名绕树芳，依依相伴向秋光。若教一作交此物堪一作也收贮，应被豪门尽劚将。

梅 一本题上有红字

天赐胭脂一抹腮，盘中磊落笛中哀。虽然未得和羹便，曾与将军止渴来。

全唐诗卷六五七

罗　隐

钱尚父生日

大昴分光降斗牛，兴唐宗社作诸侯。伊夔事业扶千载，韩白机谋冠九州。贵盛上持龙节钺，延长应续鹤春秋。锦衣玉食将何报一作补，更俟庄椿一举头。

寄前户部陆郎中

出驯桑雉入朝簪，箫洒清名映士林。近日篇章欺一作期白雪，早年词赋得黄金。桂堂纵道探龙颔，兰省何曾驻鹤心。离乱事多人不会，酒浓花暖且闲吟。

登瓦棺寺阁

下盘空迹上云浮，偶逐僧行步步愁。暂憩已知须用意，渐来争忍不回头。烟中一作钟树老重江晚，铎外风轻四境秋。懒指台城更东望，鹊飞龙斗尽荒丘。

九华山费征君所居

草堂何处试徘徊，见说遗踪向此开。蟾桂自归一作啼三径后，鹤书曾降九天来。白云事迹依前在，青琐光阴竟不回。尽夕为君思曩日一作昔，野泉呜咽路莓苔。

途中寄怀

不知何处是前程，合眼腾腾信马行。两鬓已衰时未遇一作与，数峰虽在病相撄。尘埃巩洛虚光景，诗酒江湖漫姓名。试哭军门看谁问，旧来还似祢先生。

京口见李侍郎

傞傞江柳欲矜春，铁瓮城边见故人。屈指不堪言甲子，披风常记是庚申。别来且喜身俱健，乱后休悲业尽贫。还有杖头沽酒物，待寻山寺话逡巡。

秋日酬张特玄

病寄南徐两度秋，故人依约亦扬州。偶因雁足思闲事，拟棹孤舟访旧游。风急几闻江上笛，月高谁共酒家楼。平生意气消磨尽，甘露轩前看水流。

登高咏菊尽 一作李山甫诗

篱畔霜前偶得存，苦教迟晚避兰荪。能销造化几多力，不受阳和一点恩。生处岂容依玉砌，要时还许上金樽。陶公没后无知己，露滴幽丛见泪痕。

登夏州城楼

寒城猎猎戍旗风，独倚危楼怅望中。万里山河一作川唐土地，千年魂魄晋英雄。离心不忍听边马，往事应须问塞鸿。好脱儒冠从校尉，一枝长戟六钧弓。

水边偶题

野水无情去不一作早回，水边花好为谁开。只知事逐眼前去一作过，不觉老从头上来。穷似丘轲休叹息，达如周召亦尘埃。思量此理何人会，蒙邑先生最有才。

故洛阳公镇大梁时隐得游门下今之经历事往人非聊抒所怀以伤以谢

孤舟欲泊思何穷，曾忆西来值雪中。珠履少年初满座，白衣游子也从公。狂抛赋笔琉璃冷，醉倚歌筵玳瑁红。今日斯文向谁说，泪碑棠树两成空。

杜陵秋思

南望商於北帝都，两堪栖托两无图。只闻斥逐张公子，不觉悲同楚大夫。岩畔早凉生紫桂，井边疏影落高梧。一杯渌酒他年忆，沥向清波寄五湖。

隐尝在江陵忝故中令白公叨蒙知遇今复重过渚宫感事悲身遂成长句

往岁鄮侯镇渚宫，曾将清律暖孤蓬。才怜曼倩三冬后，艺许由基一箭中。言重不能轻薄命，地寒终是泣春风。凤凰池涸一作也合台星拆，回首岐山忆至公。

夜泊毗陵无锡县有寄

草虫幽咽树一作露初团，独系孤舟夜已阑。浊浪势奔吴苑急，疏钟声彻惠山寒。愁催鬓发凋何易，贫恋家乡别渐难。他日亲朋应大笑，始知书剑是无端。

桃　花一作杏花

暖触衣襟漠漠香，间梅遮柳不胜芳。数枝艳拂文君酒，半里红欹宋玉墙。尽日无人疑怅望，有时经雨乍一作更凄凉。旧山山下还如此，回首东风一断肠。

筹笔驿

抛掷南阳一作乡为主忧，北征东讨尽良筹。时来天地皆同力，运去英雄不自由。千里山河轻孺子，两朝冠剑恨谯周。唯馀岩下多情水，犹解年年傍驿流。

重过随州故兵部李侍郎恩知因抒长句一本随州下有忆字

庄周高论伯牙琴，闲夜思量泪满襟。四海共谁言近事，九原从此负初心。鸥翻汉浦风波急，雁下郧溪雾雨深。惭愧苍生还有意，解歌襦袴至如今。

商於驿楼东望有感

山川去接汉江东，曾伴隋侯醉此中。歌绕夜梁珠宛转，舞娇春席雪朦胧。棠遗善政阴犹在，薤送哀声事已空。惆怅知音竟难得，两行清泪白杨风。

寄南城韦逸人

杜甫诗中韦曲花，至今无赖尚一作向豪一作家家。美人晓折露沾袖，公子醉时香满车。万里丹青传不得，二年风雨恨无涯。羡他南涧高眠客，春去春来任物华。

梅　花

吴王醉处十馀里，照野拂衣今正繁。经雨不随山鸟散，倚风疑一作如共路人言。愁怜粉艳飘歌席，静爱寒香扑酒樽。欲寄所思无好信，为人一作君惆怅又黄昏。

淮南高骈所造迎仙楼

鸾音鹤信杳难回，凤驾龙车早晚来。仙境是谁知处所，人间空自造楼台。云侵朱槛应难到，虫一作尘网闲窗永不开。子细思量成底事，露凝风摆作尘埃。

和禅月大师见赠

高僧惠我七言诗，顿豁尘心展白眉。秀似谷中花媚日，清如潭底月圆时。应观法界莲千叶，肯折人间桂一支。漂荡秦吴十馀载，因循犹恨识师迟。

谒文宣王庙

晚来乘兴谒先师，松柏凄凄人不知。九仞萧墙堆瓦砾，三间茅殿走狐狸。雨淋状似悲麟泣，露滴还同叹凤悲。倘使小儒名稍一作粗立，岂教吾道受栖迟。

代文宣王答

三教之中儒最尊，止戈为武武尊文。吾今尚自披蓑笠，你等何须读典坟。释氏宝楼侵碧汉，道家宫殿拂青云。若教颜闵英灵在，终不羞他李老君。

重送朗一作阆州张员外

朱轮此去正春风，且驻青云一作门，一作骢。听断蓬。一榻早年容孺子，双旌今日别文翁。诚知汲一作与善心长在，争奈干时迹转穷。酬德酬恩两无路，谩劳惆怅凤城东。

广陵秋夜读进士常修三篇因题

入蜀归吴三首诗，藏于笥箧重于师。剑关夜读相如听，瓜步秋吟炀帝悲。景物也知输健笔，时情谁不许高枝。明年二月春风里，江岛闲人慰所思。

逼试投所知 一作思

桃在仙翁旧苑傍，暖烟轻霭扑人香。十年此地频偷眼，二月春风最断肠。曾恨梦中无好事，也知囊里有仙方。寻思仙骨终难得，始与回头问玉皇。

汉 江 上 作

汉江波浪渌于苔，每到江边病眼开。半雨半风终日恨，无名无迹几时回。云生岸谷秋阴合，树接帆樯晚思来。对此空惭圣明代，忍教缨上有尘埃。

秋夜寄进士顾荣

秋河耿耿夜沉沉，往事三更尽到心。多病谩劳窥圣代，薄才终是费知音。家山梦后帆千尺，尘土搔来发一簪。空羡良朋尽高价，可怜东箭与南金。

寄渭北徐从事

暖云慵堕柳垂条，骢马徐郎过渭桥。官秩旧参荀秘监，樽罍今伴霍嫖姚。科随鹄箭频曾中，礼向侯弓以重招。莫恨东风促行李，不多时节却归朝。

徐寇南逼感事献江南知己次韵

酒阑离思浩无穷，西望维扬忆数一作次公。万里飘零身未了，一家知奖意曾同。云横一作遮晋国尘应暗，路转吴江信不通。今日便成卢子谅，满襟珠泪堕霜风。

寄三衢孙员外

小敷文伯见何时，南望三衢渴复饥。天子未能崇典诰，诸生徒欲恋旌旗。风高绿野苗千顷，露冷平楼酒满卮。尽是数旬陪奉处，使君争肯不相思。

淮南送卢端公归台

凤鸾势逸九霄宽，北去南来任羽翰。朱绂两参一作骖王俭府，绣衣三领杜林官。道从上一作泽国曾匡济，才向牢盆始重难。应笑张纲谩生事，埋轮不得在长安。

炀帝陵

入郭登桥出郭船，红楼日日柳年年。君王忍把平陈业，只博一作换雷塘数亩田。

马嵬坡

佛屋前头野草春，贵妃轻一作香骨此为尘。从来绝色知难得，不破一作得中原未是人。

柳

灞岸晴来送别频，相偎相倚不胜春。自家飞絮犹无定，争解垂丝绊路人一作争把长条绊得人。

隋堤柳

夹路一作岸依依千一作十里遥，路人回首认隋朝。春风未借一作惜宣华意，犹费工夫长绿条。

孟浩然墓

数步荒榛一作村接旧蹊，寒江一作效漠漠草一作雨凄凄一作萋萋。鹿门黄土无多少，恰到书一作先生冢便低。

秦纪

长策东鞭及海隅，鼋鼍奔走鬼神趋。怜君未到沙丘日，肯信人间有死无。

仙掌

掌前流水驻无尘一作痕，一作日，掌下轩车日日新。谩向山头高举手，何曾招得路行人。

全唐诗卷六五八

罗　隐

咏　月 一本题上无咏字，一本月上有中秋二字。

湖上风高动白蘋，暂延清景此逡巡。隔年违一作为别成一作因何事，半夜相看似故人。蟾向静中矜爪距，兔隈一作於明处弄精神。嫦娥老大应惆怅，倚泣一作独倚苍苍桂一轮。

宿荆州江陵驿 一作馆

西游象阙愧一作迹阙知音，东下荆溪称越吟。风动芰荷香四散，月明一作高楼阁影相侵。闲欹别枕千般梦，醉送征帆万里心。薜荔衣裳木兰楫，异时烟雨好追寻。

抚州别阮兵曹

雪晴天外见诸峰，幽轧行轮有去踪。内史宅边今独恨，步兵厨畔旧相容。十年别鬓疑朝镜，千里归心著晚钟。若不他时更青眼，未知谁肯荐临邛。

新安投所知

少年容易舍樵渔，曾辱明公荐子虚。汉殿夜寒时不食，宋都风急命何疏。云埋野艇吟归去，草没山田赋遂初。长剑一寻歌一奏，此心争肯为鲈鱼。

江边有寄

江边旧业半雕残，每轸归心即万端。狂折野梅山店暖，醉吹村笛酒楼寒。只言圣代谋身易，争奈贫儒得路难。同病同忧更何事，为君提笔画渔竿。

送友人归夷门

二年流落大梁城，每送君归即有情。别路算来成底事，旧游言著似前生。苑一作坛荒懒认词人会，门在空怜烈士名。至竟男儿分应定，不须惆怅谷中莺。

湘中见进士乔诩

吴公台下别经秋，破虏城边暂驻留。一笑有情堪解梦，数年无故一作处不同游。云牵楚思横鱼艇，柳送乡心入酒楼。且酌松醪依旧醉，谁能相见向春愁。

上雪川一作赠湖州裴郎中

贵提金印出咸秦，潇洒江城两度春。一派水清疑见胆，数重山翠欲留人。望崇早合归黄阁，诗好何妨恋白蘋。自是受恩心未足，却垂双翅羡吴均。

钱塘江潮

怒声汹汹势悠悠，罗刹江边地欲浮。漫道往来存大信，也知反覆向平流。任一作狂抛巨浸疑无一作倾底，猛过西陵只一作似有头。至竟朝昏谁主掌，好骑赪鲤问阳侯。

送人赴职任褒中

物态时情难重陈，夫君此去莫伤春。男儿只要有知己，才子何堪更问津。万转江山通蜀国，两行珠翠见褒人。海棠花谢东风老，应念京都共苦辛。

临川投穆中丞

试将生计问蓬根，心委寒灰首戴盆。翅弱未知三岛路，舌顽虚掉五侯门。啸烟白狖沈高木，捣月清砧触旅魂。家在碧江归不得，十年鱼艇长苔痕。

早春送张坤归大梁

一题作早春送大梁卢从事，一作送处士张坤归汴州。

萧萧羸马正一作立尘埃，又送辎一作归轩向吹台。别酒莫辞今夜醉一作酌，故人知是几时回一作来。泉经华岳犹应冻，花到梁园始合开。为谢一作若见东门抱关吏一作者，不堪一作为言惆怅满离杯。

东归途中作

松一作村橘苍黄覆钓矶，早年生计近年违。老知风月终堪恨，贫觉家山不易归。别岸客帆和雁落，晚程霜叶向人飞。买臣严助精灵在，应笑无成一布衣。

送进士臧渍下第后归池州

赋成无处换黄金，却向春风一作东游动越吟。天子爱才虽仄席，诸生多病又沾襟。柳攀灞岸狂遮袂，水忆池阳渌满心。珍重彩衣归正好，莫将闲事系升沉。

湘中赠范郎

丹桂无心彼此谙，二年疏懒共江潭。愁知酒醆终难舍，老觉人情转不堪。云外鸳鸯一作鹓鸾非故旧，眼前胶漆似烟岚。劳歌一曲一作奏霜风暮，击折湘妃白玉簪。

寄张侍郎

衰羸岂合话荆州，争奈思一作恩多不自由。无路重趋桓典马，有诗曾上仲宣楼。尘销别迹堪垂泪，树拂他门懒举头。一种人间太平日，独教零落忆沧洲。

渚宫秋一作愁思

楚城日暮烟霭深，楚人驻马还登临。襄王台下水无赖，神女庙前云有心。千载是非难重问，一江风雨好闲吟。欲招屈宋当时魄，兰败荷枯不可寻。

闲居早秋

槐杪清蝉烟一作咽雨馀，萧萧凉叶堕衣裾。噪槎乌散沉苍岭，弄杵风高上碧虚。百岁梦生悲蛱蝶，一朝香死泣芙蕖。六宫谁买相如赋，团扇恩情日日疏。

建　康一作台城

潮平远岸草侵沙，东晋衰来最可嗟。庾舅已能窥帝室，王都一作郎还是预人家。山寒老树啼风曲，泉暖枯骸动芷一作齿牙。欲起九原看一遍，秦淮声急日西斜。

送舒州宿松县傅少府 一题作送宿松傅少府

江蓠一作离江漠漠树重重，东过清淮到宿松。县好也知临浣水，官闲应得看灊峰。春生绿野一作草吴歌怨，雪霁平郊楚酒浓。留取馀杯待张翰，明年归棹一从容。

经故洛阳城

败垣危堞迹依稀，试驻羸骖吊落晖。跋扈以成梁冀在，简书难问杜乔归。由来世事须翻覆，未必馀才解是非。千载昆阳好功业，与君门下作恩威。

夏州胡常侍

百尺高台勃勃州，大刀长戟汉诸侯。征鸿过尽边云阔，战马闲来塞草秋。国计已推肝胆许，家财不为子孙谋。仍闻陇蜀由多事，深喜将军未白头。

寄进士卢休

半年池口恨萍蓬，今日思量已梦中。游子马蹄难重到，故人尊酒与谁同。山横翠后千重绿，蜡想歌时一烬红。从此客程君不见，麦秋梅雨遍江东。

赠一作滈先辈令狐补阙

中间一作年声迹早薰然，阻避钧衡过十年。碧海浪高终济物，苍梧云好已归天。花迎彩服离莺谷，柳傍东风触马鞭。应念凄凉洞庭客，夜深双泪忆渔船。

送秦州从事

一枝何足解人愁，抛却还随定远侯。紫陌红尘今别恨，九衢双阙夜同游。芳时易失劳行止，良会难期且驻留。若到边庭有来使，试批书尾话梁州。

湖州裴郎中赴阙后投简寄友生

锦帐郎官塞一作奉诏年，汀洲曾驻木兰船。祢衡酒醒春瓶倒，柳恽诗成海月圆。歌蹙远山珠滴滴，漏催香烛泪涟涟。使君入拜吾徒在，宣室他时岂偶然。

秋日泊平望驿寄太常裴郎中

蘋洲重到杳一作窅难期，西一作徙倚邮亭忆往时。北海尊中常有酒，东阳楼上岂无诗。地清每负生灵望，官重方升礼乐司。闻说江南旧歌曲，至今犹自一作是唱吴姬。

西塞山 在武昌界，孙吴以之为西塞。

吴塞当时指此山，吴都亡后绿一作水孱颜。岭梅乍暖残妆恨，沙鸟初晴小队闲。波阔鱼龙应混杂，壁危猿狖奈一作正奸一作骄顽。会将一副寒蓑笠，来与渔翁作往还。

秋日汴河客舍酬友人 一作汴州客舍有酬

梁宋追游早岁同，偶然违一作为别事皆空。年如流水催何急，道似危途动即穷。酔舞且欣连夜月，狂吟还聚上楼风。烦君更枉骚人句，白凤灵蛇满袖中。

东　归

仙桂高高似有神，貂裘敝尽取无因。难一作惟，一作只。将白发期公道，不觉丹枝属别人。双阙往来惭请一作聘谒，五湖归后耻交亲。盈盘紫蟹千卮酒，添得临岐泪满巾。

广陵李仆射借示近诗因投献

朝论国计暮论兵，馀力犹随凤藻生。语继盘盂抛俗格，气兼河岳带商声。闲寻绮思千花丽，静想高吟六义清。天一作文柄已持尧典在，更堪回首问缘情。

三衢哭孙员外

燕恋雕梁马恋轩，此心从此更何言。直将尘外三生命，未敌君侯一日恩。红蜡有时还入梦，片帆何处独销魂。忍看明发衣襟上，珠泪痕中见酒痕。

箧中得故王郎中书

凤里前年别望郎，丁宁唯恐滞吴乡。劝疏杯酒知妨事，乞与书题作裹粮。苹鹿未能移海曲，县花寻已落河阳。九原自此无因见，反覆遗踪泪万行。

泪

逼脸横颐咽复匀，也曾谗毁也伤神。自从鲁国潸然后，不是奸人即妇人。

子　规

铜梁路远草青青，此恨那堪枕上听。一种有冤犹一作无可报，不如衔石叠沧溟。

姑苏台

让高泰伯开基日，贤见延陵复命时。未会子孙因底事，解崇台榭为西施。

王濬墓

男儿未必尽英雄，但到时来即命一作命即通。若使吴都犹一作有王气，将军何处立殊功。

京中晚望

心如野鹿迹如萍，谩向人间性一灵。往事不知多少梦，夜来和酒一时醒。

寄窦泽处士二首

兰亭醉客旧知闻，欲问平安隔海云。不是金陵钱太尉，世间谁肯更容身。

鳌背楼台拂白榆，此中槎客亦踟蹰。半山道士无仙骨，却向人间作酒徒。

全唐诗卷六五九

罗　隐

省试秋风生桂枝

凉吹从何起，中宵景象清。漫随云叶动，高傍桂枝生。漠漠看无际，萧萧别有声。远吹斜汉转，低拂白榆轻。寥泬工夫大，乾坤岁序更。因悲远一作未归客，长望一枝荣。

思故人

故人不可见，聊复拂鸣琴。鹊绕风枝急，萤藏露草深。平生四方志，此夜五湖心。惆怅友朋尽，洋洋漫好音。

寄陆龟蒙 李相公在淮南征陆龟蒙诗

龙楼李丞相，昔岁仰高文。黄阁寻无主，青山竟未焚。夜船乘海月，秋寺伴江云。却恐尘埃里，浮名点污君。

题方干诗

中间李建州，夏汭偶同游。顾我论佳句，推君最上流。九霄无鹤板，双鬓老渔舟。世难方如此，何当浣旅愁。

秋　江

秋江待晚潮，客思旆旌摇一作遥。细雨翻芦叶，高风却一作怯柳条。兵戈村落破，饥俭虎狼骄。吾土兼连此，离魂望里消。

寄制诰李舍人

梁王握豹韬，雪里见枚皋。上客趋丹陛，游人叹二毛。门闲知待诏，星动想濡毫。一首长杨赋，应嫌索价高。

秋日怀孟夷庚

秋日一作叶黄陂下，孤舟忆共谁。江山三楚分，风雨二妃祠。知己秦貂没，流年贾鹏悲。中原正兵马，相见是何时。

送李右丞分司一本题下有东城二字

分漕一作曹得洛川，谠议更昭然。在一作左省曾批敕，中台肯避权。所悲时渐薄，共贺道由一作尤全。卖与清平代，相兼直几钱。

郴江迁客

不是逢清世，何由见皂囊。事虽危虎尾，名胜泊一作汨鹓行。毒雾郴江阔，愁云楚驿长。归时有诗赋，一为吊沉湘。

感　旧

剑佩孙弘阁，戈铤太尉一作大将营。重言虚有位，孤立竟无成。丘垄笳箫咽，池台岁月平。此恩何以报，归处一作底事是柴荆。

鹰

越海霜天暮,辞韬野草干。俊通司隶职,严奉武夫官。眼恶藏蜂一作锋在,心粗逐物殚。近来脂腻足,驱遣不妨难。

秋日寄狄补阙

红尘扰扰间,立马看南山。谩道经年往,何妨逐日闲。病中霜叶赤,愁里鬓毛斑。不为良知在,驱车已出关。

寄易定公乘亿侍郎

侍郎有《明皇再见阿蛮舞》及《龙池柳赋》,时称冠绝也。一本题下无侍郎二字。

谢舞仍宫柳,高奇世少双。侍中生不到,园令死须降。班秩通乌府,樽罍奉碧幢。昭王有馀烈,试为祷迷邦。

寄大理徐郎中 一本大理下有寺字

佐棘竟谁同,因思证圣中。事虽一作难忘一作亡显报,理合有阴功。官序诜枝老,幽尘一作生涯范甑空。几时潘好礼,重与话清风。证圣中,徐有功为大理少卿,执法平恕,鹿城主簿潘好礼著论以美之也。

寄苏拾遗

拾遗,许公之后,今犹居开元中旧第。

早岁长杨赋,当年一作今谏猎书。格高时辈伏,言数宦情疏。慷慨传丹桂,艰难保旧居。退朝观一作焚藁草一作应课草,能望一作忘马相如。

寄许融 一题作与于韫玉话别

多病仍疏拙，唯君与我同。帝乡年共老，江徼一作外业俱空。燕冷辞华屋，蛩一作蝉凉恨一作咽晓丛。白云高几许，全属采芝翁。

寄礼部郑员外

栾郄门风大，裴王礼乐优。班资冠鸡舌，人品压龙头。夜直炉香细，晴编疏草稠。近闻潘散骑，三十二悲秋。

菊

篱落岁云暮，数枝聊自芳。雪裁纤蕊密，金拆小苞香。千载白衣酒，一生青女霜。春丛莫轻薄，彼此有行藏。

台城

水国春常在，台城夜未寒。丽华承宠渥，江令捧杯盘。宴罢明堂烂，诗成宝炬残。兵来吾有计，金井玉钩栏。

旧游

良时不复再，渐老更难言。远水犹经眼，高楼似断魂。依依宋玉宅，历历长卿村。今日空江畔，相于只酒樽。

寄虔州薛大夫

祝融峰下别，三载梦魂劳。地转南康重，官兼亚相高。海鹏终负日，神马背眠槽。会得窥成绩，幽窗染兔毫。

苏小小墓

魂兮檇李城，犹未有人耕。好月当年事，残花触处情。向谁曾艳冶，随分得声名。应侍吴王宴一作日，兰桡暗送迎。

寒食日早出一作春城东

青门欲曙天，车马已喧阗。禁柳疏一作摇风雨一作细，墙花拆露鲜。向谁夸丽景，只一作此是叹流年。不得高飞便，回头望纸鸢。

秋日怀贾随进士

边寇日骚动，故人音信稀。长缨惭贾谊，孤愤一作冢忆韩非。晓匣鱼肠冷，春园鸭掌肥。知君安未得，聊且示忘机。

乱后逢友人

沧海去未得，倚舟聊问津。生灵寇盗尽，方镇改更贫一作频。梦里旧行处，眼前新贵人。从来事如此，君莫独沾巾。

残　花一作杨发诗

已叹良时晚，仍悲别酒催。暖芳随日薄，轻片逐风回。黛敛愁歌扇，妆残泣镜台。繁阴莫矜衒，终是共尘埃。

秋日富春江行

远岸平如剪，澄江静似铺。紫鳞仙客驭，金颗李衡奴。冷叠群一作千山阔，清涵万象殊。严陵亦高见，归卧是良图。

寄侯博士

规谏扬雄赋,遭回贾谊官。久贫还往少,孤立转迁难。清镜流年急,高槐旅舍寒。侏儒亦何有,饱食向长安。

送沈光侍御赴职闽中

未至应居右,全家出帝乡。礼优逢苑雪,官重带台霜。夜浦吴潮吼一作乱,春滩建水狂。延平有风雨,从此是腾骧。

寄袁皓侍郎

东台一作堂失路岐,荣辱事堪悲。我寝牛衣敝,君居豸角危。风尘惭上品,才业愧明时。千里芙蓉幕,何由话所思。

寄金吾李苏常侍

西班掌禁兵,兰锜最分明。晓色严天仗,春寒避火城。安危虽已任,韬略即嘉声。请问何功德,壶关寇始平。

商於驿与于蕴玉话别

南朝徐庾流,洛下忆同游。酒采闲坊菊,山登远寺楼。相思劳寄梦,偶别已经秋。还被青青桂,催君不自由。

封禅寺居

盛礼何由睹,嘉名偶寄居。周南太史泪,蛮徼长卿书。砌竹摇风古,庭花泣一作滴露疏。谁能赋秋兴,千里隔吾庐。

钱

志士不敢道，贮之成祸胎。小人无事艺，假尔作梯媒。解释愁肠结，能分睡眼开。朱门狼虎性，一半逐君回。

投寄韦右一作左丞

赤壁征文聘，中台拜郄诜。官一作班资参令仆，曹署辖一作豁星辰。幞被从谁起，持纲自此新。举朝明典教一作举明朝典数，封纳诏书频。禁树曾摛藻，台乌旧避尘。便应酬倚注，何处话一作活穷鳞。

红　叶

不奈荒城畔，那堪晚照中。野晴霜浥绿，山冷雨催红。游子灞陵道，美人长信宫。等闲居一作俱岁暮，摇落意无穷。

期徐道者不至

辽鹤虚空语，冥鸿未易亲。偶然来即是，必拟见无因。霜霰穷冬令一作冷，杯盘旅舍贫。只应蓟子训，醉后懒分身。

岁除夜一本题上无岁字

官历行将尽，村醪强自倾。厌寒思暖律，畏老惜残更。岁月已如此，寇戎犹未平。儿童不谙事，歌吹待天明。

雪

尽道丰年瑞，丰年事若何。长安有贫者，为瑞不宜多。

旅　梦

旅梦思一作无迁次，穷愁有叹嗟。子鹅京口远，粳米会稽赊。漏涩才成滴，灯寒不作花。出门聊一望，蟾桂向人斜。

秋寄张坤

庭树已黄落，闭门俱寂寥。未知栖托处，空羡圣明朝。酒醒乡心阔，云晴客思遥。吾徒自多感，颜子只箪瓢。

伤华发

旧国迢迢远，清秋种种新。已衰曾轸虑，初见忽沾巾。日薄梳兼懒，根危镊恐频。青铜不自见，只拟老他人。

九江早秋

雨过晚凉生，楼中枕簟清。海风吹乱木，岩磬落孤城。百岁几多日，四蹄无限程一作尘。西邻莫高唱，俱是别离情。

初秋寄友人

九华曾屏迹，罹乱与心违。是处堪终老，新秋又未归。病中芳草歇，愁里白云飞。樵侣兼同志，音书近亦稀。

秋居有寄

端居湖岸东，生计有无中。魇处千般鬼，寒时百种风。性灵从道拙，心事奈成空。多谢金台客，何当一笑同。

雪 霁

南山雪乍晴，寒气转峥嵘。锁却闲门出，随他骏马行。一竿如有计，五鼎岂须烹。愁见天街草，青青又欲生。

堠 子

终日路岐旁，前程亦可量。未能惭面黑，只是恨头方。雅旨逾千里，高文近两行。君知不识字，第一莫形相。

初夏寄顾绍宗

江上偶分袂，四回寒暑更。青山无路入，白发满头生。郢浦雁寻过，镜湖蝉又鸣。怜君未归日，杯酒若为情。

寄第五尊师

苕溪烟月久因循，野鹤衣裘独茧纶。只说泊船无定处，不知携手是何人。朱黄拣日囚尸鬼，青白临时注脑神。欲访先生问经诀，世间难得不一作自由身。

寄西华黄炼师

西华有路入中华，依约山川认永嘉。羽客昔时留筱荡，故人今又种烟霞。坛高已降三清鹤，海近应通八月槎。盛事两般君总得，老莱衣服戴颙家。

所 思 一题作西上

西上青云未有期，东归沧海一一作去何迟。酒阑梦觉不称意，花落月一作眼明空所思。长恐病侵多事日，可堪贫过少年时。斗鸡走狗一作犬五陵道，惆怅输他轻薄儿。

全唐诗卷六六○

罗　隐

送支使萧中丞赴阙

八年刀笔到京华，归去青冥路未赊。今日风流卿相客，旧时基业帝王家。彤庭彩凤虽添瑞，望府红莲已减花。从此常僚如有问，海边麋鹿斗边槎。

送人归湘中兼寄旧知

青溪烟雨九华山，乱后应同梦寐间。万里分飞休掩袂，两旬相见且开颜。君依宰相一作府貂蝉贵，我恋王门鬓发斑。为谢伏波筵上客，几时金印拟西还。

自　贻

衰老应难更进趋，药畦经卷自朝晡。纵无显效一作职亦藏拙，若有所成甘守株。汉武巡游虚轧轧，秦皇吞并谩驱驱。如何只见丁家鹤，依旧辽东叹绿芜。

暇日感怀因寄同院吴蜕拾遗

璧池清秩访燕台，曾捧瀛洲札翰来。今日二难俱大夜，当时三幅谩高才。戏悲槐市便便笥，狂忆樟亭满满杯。犹幸小兰同舍在，每因相见即衔哀。

偶　兴

逐队随行二十春，曲江池畔避车尘。如今赢得将衰老，闲看人间得意人。

题凿石山僧院

日夜潮声送是非，一回登眺一忘机。怜师好事无人见，不把兰芽染褐衣。

圉城偶作

东望陈留日欲曛，每因刀笔想夫君。自从郭泰碑铭后，只见黄金不见文。

乌　程

两府攀陪十五年，郡中甘雨幕中莲。一瓶犹是乌程酒，须对霜风度一作泪泫然。

送杨炼师却归贞浩一作诰岩

宦一作官途不复更经营，归去东南任意行。别后几回思会面，到来相见似前生。久居竹盖知勤苦，旧业莲峰想变更。为谢佯狂吴道士，耳中时有铁船声。

暇日投钱尚父

牛斗星边女宿间，栋梁虚敞丽江关。望高汉相东西阁，名重淮王大小山。醴设斗倾金凿落，马归争撼玉连环。自惭麋鹿无能事，未报深恩鬓已斑。

览晋史 张翰思吴中鲈鲙莼羹

齐王僚属好男儿，偶觅东归便得归。满目路岐抛似梦，一船风雨去如飞。盘擎紫线莼初熟，箸拨红丝鲙正肥。惆怅途中无限事，与君千载两忘机。

感别元帅尚父一题作病中上钱尚父

玉函瑶检下台司，记得当时一作年捧领时。半壁龙蛇蟠造化，满筐山岳动神祇。疲牛舐犊心犹切，阴鹤鸣雏力已衰。稚子不才身抱疾，日窥贞一作真迹泪双垂。

尚父偶建小楼特摛丽藻绝句不敢称扬三首

结构叨冯柱石才，敢期幢盖此裴回。阳春曲调高谁一作难和，尽日焚香倚隗台。

玳簪珠履愧非才，时凭阑干首重回。只待淮妖剪除后，别倾卮酒贺行台。

阑槛初成愧楚才，不知星彩尚迂回。风流孔令陶钧外，犹记山妖逼小台。

题玄同先生草堂三首

杳杳诸天路，苍苍大涤山。景舆留不得，毛节去应闲。相府旧知己，教门新启关。太平匡济术，流落在人间。

先生诀行日，曾奉数行书。意密寻难会，情深恨有馀。石桥春暖后，勾漏药成初。珍重云兼鹤，从来不定居。

常时忆讨论,历历事犹存。酒向馀杭尽,云从大涤昏。往来无道侣,归去有台恩。自此玄言绝,长应闭洞门。

城西作

从军无一事,终日掩空斋。道薄交游少,才疏进取乖。野禽鸣聒耳,庭草绿侵阶。幸自同樗栎,何妨惬所怀。

冬暮城西晚眺

谬忝莲华幕,虚沾柏署官。攲危长抱疾,衰老不禁寒。时事已日过,世途行转难。千崖兼万壑,只向望中看。

秋霁后

净碧山光冷,圆明露点匀。渚莲丹脸恨,堤柳翠眉颦。蝉已送行客,雁应辞主人。蝇蚊渐无况,日晚自相亲。

茅斋

从事不从事,养生非养生。职为尸禄本,官是受恩名。时态已相失,岁华徒自惊。西斋一卮酒,衰老与谁倾。

使者

使者衔中旨,崎岖万里行。人心犹未革,天意似难明。四海霍光第,六宫张奉营。陪臣无以报,西望不胜情。

途中逢刘知远

吴楚烟波里,巢由季孟间。只言无事贵,不道致身闲。别渚莲根断,归心桂树顽。空劳钟璞意,尘世隔函关。

遁　迹

遁迹知安住，沾襟欲奈何。朝廷犹礼乐，郡邑忍干戈。华马凭谁问，胡尘自此多。因思汉明一作文帝，中夜忆廉颇。

陇头水

借问陇头水，年年恨何事。全疑呜咽声，中有征人泪。自古无长策，况我非深智。何计谢潺湲，一宵空不寐。

秦中富人

高高起华堂，区区引流水。粪土金玉珍，犹嫌未奢侈。陋巷满蓬蒿，谁知有颜子。

思归行 一作于渍诗

不耕南亩田，为爱东堂桂。身同树上花，一落又经岁。交亲亦一作益相薄，知己恩潜替。日开十二门，自是无归计。

即事中元甲子 一作韦庄诗

三秦流血已成川，塞上黄云战〔马〕(闲)。只有羸兵填渭水，终无奇事一作士出商山。田园已没红尘内，弟侄相逢白刃间。惆怅翠华犹未返，泪痕空滴剑文斑。

魏城逢故人 一题作绵谷回寄蔡氏昆仲

一年两度锦江一作城游，前值东风后值秋。芳草有情皆碍马，好云无处不遮楼。山将别恨和心断，水带离声入梦流。今日因君试回首一作不堪回首望，淡一作古烟乔一作高木隔绵州。

游江夏口

醉别江东酒一杯，往年曾此驻尘埃。鱼听建业歌声过，水看瞿塘雪影来。黄祖不能容贱客，费祎终是负仙才。平生胆气平生恨，今日江边首懒回。

春　思

荡漾春风渌似波，惹情摇恨去傞傞。燕翻永日音声好，柳舞空城意绪多。蜀国暖回溪一作浮峡浪，卫娘清转遏云歌。可怜户外桃兼李，仲蔚蓬蒿奈尔何。

黄鹤驿寓一作偶题

野云芳草绕离鞭，敢对青楼倚少年。秋色未一作来催榆塞雁，人心先下洞庭船。高歌酒市非狂者，大嚼屠门亦偶然。车马同归莫同恨，古人头白尽林泉。

安陆赠徐砺

灵蛇桥下水声声，曾向桥边话别情。一榻偶依陈太守，三一作二年深忆祢先生。尘欺鬓色非前事，火爇蓬根有去程。还把馀杯重相劝，不堪秋色背郧城。

寄钟常侍

一从朱履步金台，蘖苦冰寒奉上台。峻节不由人学得，远途终是自将来。风高渐展摩天翼，干耸方呈构厦材。应笑樟亭旧同舍，九州无验满炉灰。

中秋夜不见月

阴云薄暮上空虚,此夕清光已破除。只恐异时开霁后,玉轮依旧养蟾蜍。

魏博罗令公附卷有回

寒门虽得在诸宗,栖北巢南恨不同。马上固惭消髀肉,幄中由羡愈头风。蹉跎岁月心仍切,迢递江山梦未通。深荷吾宗有知己,好将刀笔一作笔力为一作当英雄。

寄处默师

甘露卷帘看雨脚,樟亭倚柱望潮头。十年顾我醉中过,两地与师方外游。久隔兵戈常寄梦,近无书信更堪忧。香炉烟霭虎溪月,终棹铁船寻惠休。

病中上钱尚父

左脚方行右臂挛,每惭名迹污宾筵。纵饶吴土容衰病,争奈燕台费料钱。藜杖已干难更把,竹舆虽在不堪悬。深恩重德无言处,回首浮生泪泫然。

全唐诗卷六六一

罗　隐

送梅处士归宁国

十五年前即别君，别时天下未纷纭。乱罹一作离且喜身俱在，存没那堪耳更闻。良会谩劳悲曩迹，旧交谁去吊荒坟。殷勤为谢逃名客，想望千秋岭上云。

经故友所居 一题上有琼华观三字

槐花漠漠向人黄，此地追游迹已荒。清论不知庄叟达，死交空叹赵岐忙一作亡。病来未忍言闲事，老去唯知觅醉乡。日暮街东策羸马，一声横笛似山阳。

大梁从事居汜水 一题作赠卢从事

前年帝里望一作从行尘，记得仙家第四人。泉暖旧谙龙偃息，露寒初见鹤精神。歌声上榻梁园晚，梦绕残钟汜水春。知有箧中编集在，只应从此是经纶。

杜处士新居

翠敛王孙草，荒诛宋玉茅。寇馀无故物，时薄少深交。迸笋穿一作侵行径，饥雏出坏巢。小园吾亦有，多病近来抛。

绝　境

绝境非身事，流年但物华。水梳苔发直，风引蕙心斜。凡客从题凤，肤音未胜蛙。小船兼有桨，始与问渔家。

雪中怀友人

腊酒复腊雪，故人今越乡。所思谁把盏，端坐恨无航。兔苑旧游尽，龟台仙路长。未知邹孟子，何以奉梁王。

秋　晚

宰邑惭良术，为文愧壮图。纵饶长委命，争奈渐非夫。杯酒有时有，乱罹一作离无处无。金庭在何域，回首一踟蹰。

升仙一作迁桥

危梁枕路岐，驻马问前时。价自友朋得，名因妇女知。直须论运命，不得逞文词。执戟君乡里，荣华竟若为。

姑苏〔真〕(贞)娘墓 墓在虎丘西寺内

春草荒坟墓，萋萋向虎丘。死犹嫌寂寞，生肯不风流。皎镜山泉冷，轻裾一作裙海雾秋。还应伴西子，香径夜深游。

灵 山 寺

晚景聊摅抱，凭栏几荡魂。槛虚从四面，江阔奈孤根。幽径薜萝色，小山苔藓痕。欲依师问道，何处系心猿。

倚棹

倚棹听邻笛，沾衣认酒垆。自缘悲巨室，谁复为穷途。树解将军梦，城遗御史乌。直应齐始了，倾酌向寒芜。

秋夕对月

夜月色可掬，倚楼聊解颜。未能分寇盗，徒欲满关山。背冷金蟾滑，毛寒玉兔顽。姮娥谩偷一作丸药，长寡一作短老中闲。

寄征士魏员外

家一作嘉遁苏门节，清贫粉署官。不矜朝命重，只恨路行难。窗晓鸡谭倦，庭秋蝶梦阑。羡君归未得，还有钓鱼竿。

宿彭蠡馆

孤馆少行旅，解鞍增别愁。远山矜薄暮，高柳怯清秋。病里见时态，醉中思旧游。所怀今已矣，何必恨东流。

萤

空庭一作秋夜未央，点点一作的度西墙。抱影何微一作卑细，乘时忽发扬。不思因一作曾腐草，便拟倚孤光。若道能通照一作通文翰，车公业肯长。

早秋宿叶堕所居

池荷叶正圆，长历报时弹。旷野云蒸热，空庭雨始寒。蝇蚊犹得志，簟席若为安。浮世知谁是，劳歌共一欢。

蝶

汉一作滕王刀笔精，写尔逼天生。舞巧何妨急，飞高所恨轻。野田黄雀虑，山馆主人情。此物那堪作，庄周梦不一作未成。

春　居

春一作东风百卉摇，旧国路迢迢。偶病成疏散，因贫得寂寥。倚帘一作檐高柳弱，乘露小桃夭。春色常无处，村醪更一瓢。

轻　飙

轻飙掠晚莎，秋物惨关河。战垒平时少，斋坛上处多。楚虽屈子重，汉亦忆廉颇。不及云台议，空山老薜萝。

燕

不必嫌漂露，何妨养羽毛。汉妃金屋远，卢女杏梁高。野迥双飞急，烟晴对语劳。犹胜黄雀在，栖息是蓬蒿。

陕西晚思

长途已自穷，此去更西东。树色荣衰里，人心往返中。别情流水急，归梦故山空。莫忘交游分，从来事一同。

除夜寄张达

梅花已著眼，竹叶况粘唇。只此留残岁，那堪忆故人。乱罹一作离书不远一作达，衰病日相亲。江浦思归意，明朝又一春。

寄酬郕王罗令公五首

一本前三首题作感德叙怀寄上罗郕王

营室东回荫斥丘，少年承袭拥青油。坐调金鼎尊明主，横把雕戈拜一作傲列侯。书札二王争巧拙，篇章七子避风流。西园旧迹今应在，衰老无因奉胜游。

脉散源分历几朝，纵然官宦只卑一作宾僚。正忧末派沦沧海，忽见高枝拂绛霄。十万貔貅趋玉帐，三千宾客珥金貂。良时难得吾宗少，应念寒一作衰门更一作久寂寥。

敢将衰弱附强宗，细算还缘血脉同。湘浦烟波无旧迹，郕都兰菊有遗风。每怜罹一作离乱书犹达，所恨云泥路不通。珍重珠玑兼绣段，草玄堂下寄扬雄。

水云开霁立高亭，依约黎阳对福星。只见篇章矜镂管，不知勋业柱青冥。早缘入梦金方砺，晚为传家鼎始铭。鹤发四垂烟阁远，此生何一作处处拜仪形。

锦笈朱囊一作琼箱连复连，紫鸾飞下一作衔到浙江边。绡从海室夺烟雾，乐奏帝宫胜管弦。长笑应刘悲一作非显达，每嫌伊霍少诗篇。戴湾老圃根基薄，虚费工夫八十年。

春日投钱塘元帅尚父二首

正忧衰老一作耄辱金台，敢望昭王顾问来。门外旌旗屯〔虎豹〕(豹虎)，壁闲章句动风雷。三都节已联翩降，两地花应次第开。若比紫髯分鼎足，未闻馀力有琼瑰。

征东幕府十三州，敢望非才忝上游。官秩已叨吴品职，姓名兼显鲁春秋。盐车顾后声方重，火井窥来焰始浮。一句黄河千载事，麦城王粲谩登楼。

钱塘府亭

新恩别启馆娃宫，还拜吴王向此中。九牧土田周制在，两藩茅社汉仪同。春生旧苑芳洲雨，香入高台小径风。更有宠光人未见，问安调膳尽三公。

野狐泉

在百丈山后，昔怀诲禅师说法，有老人来听经，曰："堕落此山，今大幸矣。"明日，一老狐毙崖下。　百丈山在江西南昌府奉新县。

潏潏寒光溅路尘，相传妖物此潜身。又应改换皮毛后，何处人间作好人。

宿纪南驿

策蹇南游忆楚朝，阴风淅淅树萧萧。不知无忌奸邪骨，又作何山野葛苗。

赠无相禅师

人人尽道事空王，心里忙于市井忙。惟有马当山上客，死门生路两相忘。

遣兴

青云路不通，归计奈长蒙。老恐医方误，穷忧酒醆空。何堪罹一作离乱后，更入是非中。长短遭讥笑，回头避钓翁。

江夏酬高崇节

腊雪都堂试，春风汴水行。十年虽抱疾，何处不无情。群盗正当路，此游应隔生。劳君问流落，山下已躬耕。

莺　声

井上梧桐暗，花间雾露晞。一枝晴复暖，百啭是兼非。金屋梦初觉，玉关人未归。不堪闲日听，因尔又沾衣。

仿一作效玉台体

青楼枕路隅，壁甃复椒涂。晚梦通帘柙，春寒逼酒垆。解吟怜芍药，难见恨菖蒲。试问年多少，邻姬亦姓胡。

全唐诗卷六六二

罗　隐

夜泊义兴戏呈邑宰

溪畔维舟问戴星，此中三害有一作在图经。长桥可避南山远，却恐难防是最一作醉灵。

听　琵　琶

香筵酒散思朝散，偶向梧桐暗处闻。大底曲中皆有恨，满楼人自一作是不知君。

经耒阳杜工部墓

紫菊馨香覆楚醪，奠君江畔雨萧骚。旅魂自是才相累，闲骨何妨冢更高。騄骥丧来空蹇蹶，芝兰衰后长一作远蓬蒿。屈原宋玉邻君一作怜居处，几驾青螭缓郁陶。

题袁溪张逸人所居

蒲梢猎猎燕差差一作池，数里溪光日落时。芳树一作草文君机上锦，远山孙寿镜中眉。鸡窗夜静开书卷，鱼槛春深展钓丝。若使浮名拘绊得，世间何处有男儿。

升平公主旧第

乘凤仙人降此时，玉篇才罢到文词。两轮水硙光明照，百尺鲛绡换好诗。带砺山河今尽在，风流樽俎见无期。坛场客散香街暝，惆怅齐竽取次吹。

寄黔中王从事

故人刀笔事军书，南转黔江半月馀。别后乡关情几许，近来诗酒兴何如。贪将醉袖矜莺谷，不把瑶缄附鲤鱼。今日举觞一作场君莫问，生涯牢落鬓萧疏。

关亭春望

关畔春一作风云拂马头，马前春事共悠悠。风摇一作欺岸柳长条困，露裛山花小朵愁。信越功名高似狗，裴王气力大于牛。未知至竟将何用，渭水泾川一向流。

寄徐济进士 一本题下无进士二字

往年疏懒共江湖，月满花香记得无。霜压楚莲秋后折，雨催蛮酒夜深酤。红尘偶别一作到迷前事，丹桂相倾一作轻愧后徒一作图。出得函关抽得手，从来不及阮元瑜。

寄韦赡

石城蓑笠阻心期，落尽山花有所思。羸马二年蓬转后，故人何处月明时。风催晓雁一作燕看看别，雨胁秋蝇渐渐痴。禅智阑干市桥酒，纵然相见只相悲。

雪溪晚泊寄裴庶子

溪风如扇雨如丝，闲步闲吟一作行柳恽诗。杯酒疏狂非曩日，野花狼藉似当时。道穷谩有依刘感，才急应无借寇期。满眼云山莫相笑，与君俱是受深知。

送姚安之赴任秋浦

官罢春坊地象雷，片帆高指贵池开。五侯水暖鱼鳞去，九子山晴雁叙来。江夏黄童徒逞辩，广都庞令恐非才。到头称意须年少，赢得时光向酒杯。

寄乔逸人

南经湘浦一作水北扬州，别后风帆几度游。春酒谁家禁烂漫，野花何处最淹留。欲凭尺素边鸿懒，未定雕梁海燕愁。长短此行须入手，更饶君占一年秋。

塞　外

塞外偷儿塞内兵，圣君宵旰望升平。碧幢未作朝廷计，白梃犹驱妇女行。可使御戎无上策，只应忧国是虚声。汉王一作皇第宅秦田土，今日将军已自荣。

裴庶子除太仆卿因贺

楚圭班序未为轻，莫惜良途副圣明。宫省旧推皇甫谧，寺曹今得夏侯婴。秩随科第临时贵，官逐簪裾到处清。应笑马安虚巧宦，四回迁转始为卿。

咏　史

蠹简遗编试一寻，寂寥前事似如今。徐陵笔砚珊瑚架，赵胜宾朋玳瑁簪。未必片言资国计，只应邪说动人心。九原郝沘何由起，虚误西蕃八一作入尺金。

中元夜泊淮口

木叶回飘一作迎飙水面平，偶因一作停孤棹已三更。秋凉雾露侵灯下，夜静鱼龙逼岸行。欹枕正牵题柱思，隔楼谁转绕梁声。锦帆天子狂魂魄，应过扬州看月明。

寄池州郑员外

兽绕朱轮酒满船，郡城萧洒贵池边。衣同莱子曾分笔，扇似袁宏别有天。九点好山楼上客，两行高柳雨中烟。陵阳百姓将何福，社舞村歌又一年。

归　梦

陆海波涛渐渐深，一回归梦抵千金。路傍草色休多事，墙外莺声肯有心。日晚向隅悲断梗，夜阑浇酒哭知音。贪财败阵谁相悉，鲍叔如今不可寻。

送溪州使君

兵寇伤残国力衰，就中南土藉良医。凤衔泥诏辞丹阙，雕倚霜风上画旗。官职不须轻远地，生灵只是计临时。灞桥酒醆黔巫月，从此江心两所思一作地悲。

送雪川郑员外

明时塞诏列分麾，东拥朱轮出帝畿。铜虎贵提天子印，银鱼荣傍老莱衣。歌听茗坞春山暖，诗咏蘋洲暮鸟飞。知有掖垣南步在，可能须待政成归。

酬寄右司李员外

当年忆见桂枝春，自此清途未四旬。左省望高推健笔，右曹官重得名人。闲擒丽藻嫌秋兴，静猎遗编笑过秦。犹把随和向泥滓，应怜疏散任天真。

莲塘驿

莲塘馆东初日明，莲塘馆西行人行。隔林啼鸟似相应，当路好花疑有情。一梦不须追往事，数杯犹可慰劳生。莫言来去只如此，君看鬓边霜几茎。

甘露寺火后

六朝胜事已尘埃，犹有闲人怅望来。只道鬼神能护物，不知龙象自成灰。犀惭水府浑非怪，燕说吴宫未是灾。还识平泉故侯否，一生踪迹比一作此楼台。

春日登上元石头故城

万里伤心极目春，东南王气只逡巡。野花相笑落满地，山鸟自惊一作怜啼傍人。谩道城池须险阻，可知豪杰亦埃尘。太平寺主惟轻薄，却把三公与贼臣。

送宣武徐巡官

傲睨公卿二十年，东来西去只悠然。白知关畔元非马，玄觉壶中别有天。汉帝诏衔应异日，梁王风雪是初筵。临行不惜刀圭便，愁杀长安买笑钱。

冬暮寄裴郎中

晓发星星入镜一作鬓宜，早年容易近年悲。敢言得事时将晚，只恐酬恩日渐迟。南国倾心应望速，东堂开口欲从谁。仙郎旧有黄金约，沥胆隳肝更祷祈。

中元甲子以辛丑驾幸蜀四首

子仪不起浑瑊亡，西幸谁人从武皇。四海为家虽未远，九州多事竟难防。已闻旰食思真将，会待畋游致假王。应感两朝巡狩迹，绿槐端正驿荒凉。

爪牙柱石两俱销，一点渝尘九土摇。敢恨甲兵为弃物，所嗟流品误清朝。几时睿算歼张角，何处愚人戴隗嚣。跪望嵏一作峻山重启告，可能馀烈不胜妖。

邪气奔屯瑞气移，清平过尽到艰危。纵饶犬彘迷常理，不奈豺狼幸此时。九庙有灵思李令，三川悲忆恨张仪。可怜一曲还京乐，重对红蕉教蜀儿。

白丁攘臂犯长安，翠辇苍黄路屈盘。丹凤有情尘一作怀云外远，玉龙无迹一作主渡头寒。静怜一作思贵族谋身易，危惜一作觉文皇创业难。不将不侯何计是，钓鱼船上泪阑干。此一首题一本作偶怀。

题润州妙善前石羊

《传》云：吴主孙权与蜀主刘备尝此置会云。

紫髯桑盖此沉吟，很石犹存事可寻。汉鼎未安聊把手，楚醪虽满肯同心。英雄已往时难问，苔藓何知日渐深。还有市廛沽酒客，雀喧鸠聚话蹄涔。

登宛陵条风楼寄窦常侍

乱罹一作离时节懒登临，试借条风半日吟。只有远山含暖律，不知高阁动归心。溪喧晚棹千声浪，云护寒郊数丈阴。自笑疏慵似麋鹿，也教台上费黄金。

台　城

晚云阴映下空城，六代累累夕照明。玉井已干龙不起，金瓯虽破虎曾争。亦知霸世才难得，却是蒙尘事最平。深谷作陵山作海，茂弘流辈莫伤情。

甘露寺看雪上周相公 一本题上有润州二字

筛寒洒白乱溟濛，祷请功兼造化功。光薄乍迷京口月，影交初转海门风。细黏谢客衣裾一作襟上，轻堕一作拂梁王酒盏中。一种为祥君看取，半禳灾沴半年丰。

寄京阙陆郎中昆仲

柏台兰署四周旋，宾榻何妨雁影连。才见玳簪欹一作歌细柳，便知油幕胜红莲。家从入洛声名大，迹为依刘事分偏。争奈乱罹一作离人渐少，麦城一作成新赋许谁传。

偶　题 一题作嘲钟陵妓云英

钟陵醉别十馀春，重见云英掌上身。我未成名君未嫁，可能俱是不如人。

故　都

江南江北两风流，一作迷津一拜侯。至竟不如隋炀帝，破家犹得到扬州。

董仲舒

灾变儒生不合闻，谩将刀笔指乾坤。偶然留得阴阳术，闭却南门又北门。

献尚父大王

数年铁甲定东瓯，夜渡江山瞻斗牛。今日朱方平殄后，虎符龙节十三州。

蜂

不论平地与山尖，无限风光尽被占。采得百花成蜜后，为谁一作不知辛苦为谁甜。

帘二首

叠影重纹映画堂，玉钩银烛共荧煌。会应得见神仙在，休下真珠十二行。

翡翠佳名世共稀，玉堂一作皇高下巧相宜。殷勤为嘱纤纤手，卷上银钩莫放垂。

全唐诗卷六六三

罗　隐

送顾云下第

行行杯酒莫辞频，怨叹劳歌两未伸。汉帝后宫犹识字，楚王前殿更无人。年深旅舍衣裳敝，潮打村田活计贫。百岁都来多几日，不堪相别又伤春。

村　桥

村桥酒旆月明楼，偶逐渔舟系叶舟。莫学鲁人疑海鸟，须知庄叟恶牺牛。心寒已分灰无焰，事往曾将水共流。除却思量太平在，肯抛疏散换公侯。

送刘校书之新安寄吴常侍

野云如火照行尘，会绩溪边去问津。才子省衔非幕客，楚君科第是同人。狂思下国千场醉，病负东堂两度春。他日酒筵应见问，鹿裘渔艇隔朱轮。

官池秋夕

池边月影闲婆娑，池上醉来成短歌。芙渠一作蓉抵死怨珠露，蟋蟀苦口嫌金波。往事向人言不得，旧游临老恨空多。松醪一作胶作酒兰为棹，十载烟尘奈尔何。

奉使宛陵别二三从事

梁王雪里有深知，偶别家乡隔路岐。官品共传胜曩日，酒杯争肯忍一作忘当时。豫章地暖矜千尺，越峤天寒愧一枝。还有钓鱼蓑笠在，不堪风雨失归期。

金陵思古

杜秋在时花解言，杜秋死后花更繁。柔姿曼态葬何处，天红腻白愁荒原。高洞紫箫吹梦想，小窗残雨湿精魂。绮筵金缕无消息，一阵征帆过海门。

送王使君赴苏台

东南一望可长吁，犹忆王孙领虎符。两地干戈连越绝，数年麋鹿卧姑苏。疲甿赋重全家尽，旧族兵侵太半无。料得伍员兼旅寓，不妨招取好揶揄。

忆九华

九华巉崒荫柴扉，长忆前时此息机。黄菊倚风村酒熟，绿蒲低雨钓鱼归。干戈已是三年别，尘土那堪万事违。回首佳期恨多少，夜阑霜露又沾衣。

送裴饶归会稽

金庭路指剡川隈，珍重良朋自此来。两鬓不堪悲岁月，一卮犹得话尘埃。家通曩分心空在，世逼横流眼未开。笑杀山阴雪中客，等闲乘兴又须回。

送程尊师之晋陵

栋间云出认行轩，郊外阴阴夏木繁。高道乍为张翰侣，使君兼是世龙孙。溪含句曲清连一作流底，酒贯馀杭渌满樽。莫见时危便乘兴，人来何处不桃源。

吴门晚泊寄句曲道友

采香径在人不留，采香径下停一作停一叶舟。桃花李花斗红白，山鸟水鸟自献酬。十万梅销空寸土，三分孙策竟荒丘。未知到了关身否，笑杀雷平许远游。

贵池晓望

稂莠参天剪未平，且乘孤棹且行行。计疏狡兔无三窟，羁甚宾鸿欲一生。合眼亦知非本意，伤心其奈是多情。前溪好泊谁为主，昨夜沙禽占月明。

寄崔庆孙

故人何处又留连，月冷风高镜水边。文阵解围才昨日，醉乡分袂已三年。交情澹泊应长在，俗态流离且勉旃。还拟山阴一乘兴，雪寒难得渡江船。

寄杨秘书

萧萧檐雪打窗声，因忆江东阮步兵。两信海潮书不达，数峰稽岭眼长明。梅繁几处垂鞭看，酒好何人倚槛倾。会待与君开秫瓮，满船般载镜中行。

酬章处士见寄

中原甲马未曾安，今日逢君事万端。乱后几回乡梦隔，别来何处路行难。霜鳞共落三门浪，雪鬓同归七里滩。何必新诗更相戏，小楼吟罢暮天寒。

送丁明府赴紫溪一作唐山任

金徽玉轸肯踌〔蹰〕(踟)，偶滞良一作长途半月馀。楼上酒阑梅拆后，马前山好雪晴初。栾公社在怜乡树，潘令花繁贺版舆。县谱莫辞留旧本，异时量度更何如。

寄前宣州窦常侍 一作尚书

往年西谒谢玄晖，樽酒留欢醉始归。曲槛柳浓莺未老，小园花暖一作嫩，一作艳。蝶初飞。喷香瑞兽金三尺，舞雪佳人玉一围。今日乱罹一作离寻不得，满蓑风雨钓鱼矶。

秦望山僧院

巉巉危岫倚沧洲，闻说秦皇亦此游。霸主卷衣才二世，老僧传锡已千秋。阴崖水赖一作濑松梢直，藓壁苔侵画像愁。各是病来俱未了，莫将烦恼问汤休。

送光禄崔卿赴阙

一年极目一作目断望西辕，此日殷勤圣主恩。上国已留虞寄命，中朝应听范汪言。官从府幕归卿寺，路向干戈见禁门。鹓侣寂寥曹署冷，更堪呜咽问田园。

寄程尊师

鹤信虽然到五湖,烟波迢递路崎岖。玉书分薄花生眼,金鼎功迟雪满须一作颇。三秀紫芝劳梦寐,一番红槿恨朝晡。未知朽败凡间骨,中授先生指教无。

定远楼

前年上将定妖氛,曾筑岩城驻大军。近日关防虽弛柝,旧时栏槛尚侵云。蛮兵绩盛人皆伏,坐石名高世共闻。唯恐乱来良吏少,不知谁解叙功勋。

送程尊师东游有寄

华盖峰前拟卜耕,主人无奈又闲行。且凭鹤驾寻沧海,又恐犀轩过赤城。绛简便应朝右弼,紫旄兼合见东卿。劝君莫忘归时节,芝似萤光处处生。

江亭别裴饶

行杯且待怨歌终,多病怜君事事同。衰鬓别来光景一作影里,故乡归去乱罹一作离中。乾坤垫裂三分在,井邑摧残一半空。日晚长亭问西使,不堪车马尚萍蓬。

江南寄所知周仆射

曾陪公子醉西园,岘首碑前事懒言。世乱共嗟王粲老,时危俱受信陵恩。潮怜把戟吟江徼,雨忆凭阑望海门。飞盖寂寥清宴罢,不知簪履更谁存。

钱唐见芮逢

蔡伦池北雁峰前，罹一作离乱相兼十九年。所喜故人犹会面，不堪良牧已重泉。醉思把箸欹一作敲歌席，狂忆判身入酒船。今日与君赢得在，戴家湾里两皤然。

江　都

淮王高宴动江都，曾忆狂生亦坐隅。九里楼台牵翡翠，两行鸳鹭踏真珠。歌听丽句秦云咽，诗转新题蜀锦铺。惆怅晋阳星拆后，世间兵革地荒芜。

湖上岁暮感怀有寄友人

雪天萤席几辛勤，同志当时四五人。兰版地寒俱〔受〕(爱)露，桂堂风恶独伤春。音书久绝应埋玉，编简难言竟委尘。唯有广都庞令在，白头樽酒忆交亲。

送张绾游钟陵

南忆龙沙一作砂两岸行，当时天下尚清平。醉眠野寺花方落，吟倚江楼月欲明。老去亦知难重到，乱来争肯不牵情。西山十二真人在，从此烦君语姓名。

送詈光大师 师以草书应制

禹祠分首戴湾逢，健笔寻知达九重。圣主赐衣怜绝艺，侍臣摛藻许高踪。宁亲久别衔西寺，待诏初离海一作江上峰。一种苦心师得了，不须回首笑龙钟。

息夫人庙

百雉摧残连野青，庙门犹见昔朝廷。一生虽抱楚王恨，千载终为息地灵。虫网翠环终缥缈，风吹宝瑟助微冥。玉颜浑似羞来客，依旧无言照画屏。

漂母冢

寂寂荒坟一水滨，芦洲绝岛自相亲。青娥已落淮边月，白骨甘为泉下尘。原上荻花飘素发，道傍菰叶碎罗巾。虽然寂寞千秋魄，犹是韩侯旧主人。

感怀

石径松轩亦自由，谩随浮世逐飘流。驽骀路结前一作千程恨，蟋蟀床生半夜秋。掩耳恶闻宫妾语，低颜须向路人羞。虽一作谁教小事相催逼，未到青云拟白头。

扇上画牡丹

为爱红芳满砌阶，教人扇上画将来。叶随彩笔参差长，花逐轻风次第开。闲挂几曾停蛱蝶，频摇不怕落莓苔。根生无地如仙桂，疑是姮娥月里栽。

书怀

钓船抛却异乡来，拟向何门用不才。日晚独登楼上望，马蹄车辙满尘埃。

七　夕

月帐星房次第开，两情惟恐曙光催。时人不用穿针待，没得心情送巧来。

柳

一簇青烟锁玉楼，半垂阑畔半垂沟。明年更有新条在，绕乱春风卒未休。

罗敷水

雉声角角野田春，试驻征车问水滨。数树枯桑虽不语，思量应合识秦人。

京中正月七日立春

一二三四五六七，万木生芽一作涯是今日。远天归雁拂云飞，近水游鱼迸冰出。

贵　游

馆陶园外雨初晴，绣毂香车入凤城。八尺家僮三尺箠，何知高祖要苍生。

严陵滩

中都九鼎勤一作动英髦，渔钓牛蓑且遁逃。世祖升遐夫子死，原陵不及钓台高。

全唐诗卷六六四

罗　隐

虚白堂前牡丹相传云太傅手植在钱塘

欲询往事奈无言，六十年来托此一作此托根。香暖几飘袁虎扇，格高长对孔融樽。曾忧世乱阴难合，且喜春残色上一作尚存。莫背阑干便相笑，与君俱受主人恩。

县斋秋晚酬友人朱瓒见寄

中和节后捧琼瑰，坐读行吟数月来。只叹雕龙方擅价，不知赪尾竟空回。千枝白露陶潜柳，百尺黄金郭隗台。惆怅报君无玉案，水天东望一裴回。

第五将军于馀杭天柱宫一作观入道因题寄

交梨火枣味何如，闻说苕川已下车一作卜车。瓦榼尚携京口酒，草堂应写颍阳书。亦知得意须乘鹤，未必忘机便钓鱼。却一作即恐武皇还望祀一作祝，软轮征入问玄虚。

寄无相禅师

老住西峰第几层，为师回首忆南能。有缘有相应非佛，无我无人始是僧。烂椹作袍名复利，铄金为讲爱兼憎。何如一衲尘埃外，日日香烟夜夜灯。

秋日有寄

丹青未合便回头，见尽人间事始休。只有百神朝宝镜，永无纤浪犯虚舟。曾临铁瓮虽分职，近得金陵亦偶游。东去西来人不会，上卿踪迹本玄洲。

送前南昌崔令替任映摄新城县 一作崔令映替任

五年苛政甚虫螟，深喜夫君已一作几戴星。大族不唯专礼乐，上才终是惜生灵。亦知单父琴犹在，莫厌东归酒未醒。二月春风何处好，亚夫营畔柳青青。

下第作

年年模样一般般，何似东归把钓竿。岩谷谩劳思雨露，彩云终是逐鹓鸾。尘迷魏阙身应老，水到吴门叶欲残。至竟穷途一作才多也须达，不能长与世人看。

丁亥岁作 中元甲子

病想医门渴望梅，十年心地仅成灰。早知世事长如此，自是孤寒不合来。谷畔气浓高蔽日，蛰边声暖乍闻雷。满城桃李君看取，一一还从旧处开。

北邙山

一种山前路入秦，嵩山堪爱此伤神。魏明未死虚留意，庄叟虽生酌一作的满巿。何必更寻无主骨，也知曾有弄权人。羡他缑岭吹箫客，闲访云头看俗尘。

重过三衢哭孙员外

烂柯山下忍重到，双桧楼前日欲残。华屋未移春照灼，故侯何在泪汍澜。不唯济物工夫大，长忆容才尺度宽。一恸旁人莫相笑，知音衰尽路行难。

送蕲州裴员外

六枝仙桂最先春，萧洒高辞九陌尘。两晋家声须有主，六朝文雅别无人。荣驱豹尾抛同辈，贵上螭头见近臣。蕲水苍生莫相羡，早看归去掌丝纶。

重九日广陵道中

秋山抱病何处登，前时韦曲今广陵。广陵大醉不解闷，韦曲旧游堪拊膺。佳节纵饶随分过，流年无奈得人憎。却驱羸马向前去，牢落路岐非所能。

东归别所知

芙蓉宫阙二妃坛，两处因依五岁寒。邹律有风吹不变，郄枝无分住应难。愁心似火还烧鬓，别泪非珠谩落盘。却羡淮南好鸡犬，也能终始逐刘安。

旅舍书怀寄所知二首

思量前事不堪寻，牢落馀情满素琴。四海岂无腾跃路，一家长有别离心。道从汩没甘雌伏，迹恐因循更陆沉。寂寞谁应吊空馆，异乡时节独沾襟。

簟卷两一作雨床琴瑟秋，暂凭前计奈相尤一作留。尘飘马尾甘蓬转，酒忆江边有梦留一作休，一作游。隋帝旧祠虽寂寞，楚妃清唱亦风流。可怜别恨无人见，独背残阳下寺楼。此首《江东集》作《汉东秋思》。

西京道中

半夜秋声触断蓬，百年身事算成空。祢生词赋抛江夏，汉祖精神一作灵忆沛中。未必他时能富贵，只应从此见穷通。边禽陇水休相笑，自有沧洲一棹风。

粉

每持纤白助君时，霜自无憀雪自疑。郎若姓何应解傅，女能窥宋不劳施。妆成丽色唯花妒，落尽啼痕只镜知。最好玉京仙署里，更和秋月照琼枝。

赠渔翁

叶艇悠扬鹤发垂，生涯空托一纶丝。是非不向眼前起，寒暑任从波上移。风漾长歌笼一作秋月里，梦和春雨昼眠时。逍遥此意谁人会，应有青山渌水知。

下第寄张坤

谩费精神掉五侯，破琴孤剑是身仇。九衢双阙拟何去，玉垒铜梁空旧游。蝴蝶有情牵晚梦，杜鹃无赖伴春愁。思量不及张公子，经岁池江倚酒楼。

东归别常修

六载辛勤九陌中，却寻归路五湖东。名惭桂苑一枝绿，鲙忆松江两箸红。浮世到头须适性，男儿何必尽成功。唯惭鲍叔深知我，他日蒲帆百尺风。

言

圭玷由来尚可磨，似簧终日复如何。成名成事皆因慎，亡国亡家只为多。须信祸胎生利口，莫将讥思逞悬河。猩猩鹦鹉无端解，长向人间被网罗。

简一作荀令生日

祥烟霭霭拂楼台，庆积一作绩玄元节后来。已向青阳标四序，便从嵩岳应三台。龟衔玉柄增年算，鹤舞琼筵献寿杯。自顾下儒何以祝，柱天功业济时才。

晚　眺

凭古城边眺晚晴，远村高树转分明。天如镜面都来静，地似人心总不平。云向岭头闲不彻，水流溪里太忙生。谁人得及庄居老，免被荣枯宠辱惊。

野　花一作罗邺诗

万点红芳血色殷，为无名字对空山。多因戏蝶寻香住，少有行人辍棹攀。若在侯门看不足，为生江岸见如闲。结根必竟输桃李，长向春城紫陌间。

病骢马

枥上病骢蹄袅袅，江边废宅路迢迢。自经梅雨长垂耳，乍食菰浆欲折腰。金络衔头光未灭，玉花毛色瘦来焦。曾听禁漏惊衔鼓，惯踏康庄怕小桥。夜半雄声心尚壮，日中高卧尾还摇。龙媒落地天池远，何事牵牛在碧霄？

狄一作秋浦

晴川倚落晖，极目思依依。野色寒来浅，人家乱后稀。久贫一作游身不达，多病意长违。还有渔舟在，时时梦里归。

南康道中

弱冠负文翰，此中听鹿鸣。使君延上榻，时辈仰前程。丹桂竟多故，白云空有情。唯馀路旁泪，沾洒向尘缨。

北固亭东望寄默师

高亭暮色中，往事更谁同。水谩矜天阔，山应到此穷。病怜京口酒，老怯海门风。唯有言堪解，何由见远公。

华清宫

楼殿层层佳气多，开元时节好笙歌。也知道德胜尧舜，争奈杨妃解笑何。

韩信庙

剪项移秦势自一作已雄，布衣还是负深功。寡妻稚女一作懦夫女子俱堪恨，却一作休把馀一作闲杯奠蒯通。

韦公子

击柱狂歌惨别颜，百年人事梦魂间。李将军自嘉一作家声在，不得封侯亦自一作是闲。

望思台

芳草台边魂不归，野烟乔木弄残晖。可怜高祖清平业，留与闲人作是非。

帝幸蜀 乾符岁。一作狄归昌诗。

马嵬山色翠一作烟柳正依依，又见銮舆幸蜀归。泉下阿蛮应有语，这回休更怨杨妃。

王夷甫

把得闲书坐水滨，读来前事亦酸辛。莫言麈尾清谭柄，坏却淳风是此人。

鹭鸶

斜阳澹澹柳阴阴，风袅寒丝映水深。不要向人夸素白，也知常有羡鱼心。

书淮阴侯传

寒灯挑尽见遗尘，试沥椒浆合有神。莫恨高皇不终始，灭秦谋项是何人。

青山庙 子胥庙

市箫声咽迹崎岖，雪耻酬恩此丈夫。霸主两亡时亦异，不知魂魄更无归。

小　松 一作杜荀鹤诗，非。

已有清阴逼座隅，爱声仙客肯过无。陵迁谷变须高节，莫向人间作大夫。

竹

篱外清阴接药阑，晓一作晚风交戛碧琅玕。子猷死一作殁后知音少，粉节霜筠谩岁寒。

谩天岭

西去休言蜀道难，此中危峻已多端。到头未会苍苍色，争得禁他两度谩。岭有大谩天，小谩天，故云。

全唐诗卷六六五

罗　隐 补遗

秋虫赋 并序

秋虫，蜘蛛也，致身网罗间，实腹亦网罗间。愚感其理有得丧，因以言赋之。

物之小兮，迎网而毙。物之大兮，兼网而逝。网也者，绳其小而不绳其大。吾不知尔身之危兮，腹之馁兮，吁！

蟋蟀诗

颃飏毙芳，吹愁夕长。屑戍有动，歌离吊梦。如诉如言，绪引虚宽。周隙伺榻，繁咽赍缘。范睡蝉老，冠峨緌好。不冠不緌，尔奚以悲。蚊蚋有毒，食人肌肉。苍蝇多端，黑白偷安。尔也出处，物兮莫累。坏舍啼衰，虚堂泣曙。勿徇喧哗，鼠岂无牙。勿学萋菲，垣亦有耳。危条槁飞，抽恨咿咿。别帐缸冷，柔魂不定。美人在何，夜影流波。与子伫立，裴回思多。

西川与蔡十九同别子超

相欢虽则不多时，相别那能不敛眉。蜀客赋高君解爱，楚宫腰细我还知。百年恩爱无终始，万里因缘有梦思。肠断门前旧行处，不堪全属五陵儿。

龙泉一作丘东下却寄孙员外

縠江东下几多程，每泊孤舟即有情。山色已随游子远，水纹犹认主人清。恩如海岳何时报，恨似烟花触处生。百尺风帆两行泪，不堪回首望峥嵘。

牡　丹

艳多烟重欲开难，红蕊当心一抹檀。公子醉归灯下见，美人朝插镜中看。当庭始觉春风贵，带雨方知国色寒。日晚更将何所似，太真无力凭阑干。

巫　山　高

下压重泉上千仞，香云结梦西风紧。纵有精灵得往来，狖轭鼯轩亦颠陨。岚光双双雷隐隐，愁为衣裳恨为鬓。暮洒朝行何所之，江边日月情无尽。珠零冷露丹堕枫，细腰长脸愁满宫。人生对面犹异同，况在千岩万壑中。

江　南　行

江烟湿雨蛟绡软，漠漠小一作远山眉黛浅。水国多愁又有情，夜槽压酒银船满。细丝摇柳凝晓空，吴王台榭春梦中。鸳鸯鸂鶒唤不起，平铺绿水眠东风。西陵路边月悄悄，油碧轻车苏小小一作嫁苏小。

空　城　雀

雀入官仓中，所食能损几。所恨往复频，官仓乃害尔。鱼网不在天,鸟网不张水。饮啄要自然,何必空城里。

芳　树

细萼一作蕊慢逐风,暖香闲破鼻。青帝固有心,时时漏天一作动人意。去年高枝犹堕地,今年低枝已憔悴。吾所以见造化之权,变通之理,春夏作头,秋冬为尾,循环反覆无终一作穷已。人生长短同一轨,若使威可以制,力可以止,则秦皇不肯敛手下沙丘,孟贲不合低头入蒿里。伊人强猛犹如此,顾我劳生何足恃。但愿我开素袍,倾绿蚁,陶陶兀兀大醉于清宵一作青冥白昼间,任他上是天,下是地。

听　琴

寒雨萧萧落井梧,夜深何处怨啼乌。不知一盏临邛酒,救得相如渴病无。

大梁见乔诩

湘水春浮岸,淮灯夜满桥。六年悲梗断,两地各萍漂。刀笔依三事,篇章奏珥貂。迹卑甘汩没,名散称逍遥。好寺松为径,空江桂作桡。野香花伴落,缸暖酒和烧。晋沼寻游凤,秦冠竟叹鸮。骨凡鸡犬薄,魂断蕙兰招。怅望添燕琯,蹉跎厌鲁瓢。败桐方委爨,冤匣正冲霄。战代安鳌国,封崇孝景朝。千年非有限,一醉解无聊。漏永灯花暗,炉红雪片销。久游家共远,相对鬓俱凋。运命从难合,光阴奈不饶。到头蓑笠契,两信钓鱼潮。

寄洪正师

寄蹇浑成迹,经年滞杜南。价轻犹有二,足刖已过三。鸡肋曹公忿,猪肝仲叔惭。会应谋避地,依约近禅庵。

圣真观刘真师院十韵

帘下严君卜，窗间少室峰。摄生门已尽，混迹世犹逢。山薮师王烈，簪缨友戴颙。鱼跳介象见《三国·吴书》十八卷注：象，字元则，会稽人，有仙术。鲙，饭吐葛玄蜂。紫饱垂新椹，黄轻堕小松。尘埃金谷路，楼阁上阳钟。野耗一作鹤鸾肩寄，仙书鸟爪封。支床龟纵老，取箭鹤何慵。别久曾牵念，闲来肯压重。尚馀青竹在，试为剪一作谁为未成龙。

寄聂尊师

欲芟荆棘种交梨，指画城中日恐迟。安得紫青磨镜石，与君闲处看荣衰。

金山僧院

根盘蛟蜃路藤萝，四面无尘辍棹过。得似吾师始惆怅，眼前终日有风波。

酬高崇节

旧游虽一梦，别绪忽千般。败草汤陵晚，衰槐楚寺寒。数奇常自愧，时薄欲何干。犹赖君相勉，殷勤贡禹冠。

送汝州李中丞十二韵

群盗方为梗，分符奏未宁。黄巾攻郡邑，白梃掠生灵。尘土周畿暗，疮痍汝水腥。一凶虽剪灭，数县尚凋零。理必资宽猛，谋须藉典刑。与能才物论，慎选忽天庭。官品尊台秩，山河拥福星。虎知应去境，牛在肯全形。旧政穷人瘼，新衔展武经。关防秋草白，城壁晚峰青。破胆期来复,迷魂想待醒。鲁山行县后,聊为奠惟馨。

淮南送节度卢端公将命之汴州端公常为汴州相公从事

吹台高倚圃田东,此去轺车事不同。珠履旧参萧相国,彩衣今佐晋司空。醉离淮甸寒星下,吟指梁园密雪中。到彼的知宣室语,几时征拜黑头公。

送卢端公归台卢校书之夏县

绵绵堤草拂征轮,龙虎俱辞楚水滨。只见胜之为御史,不知梅福是仙人。地推八米源流盛,才笑三张事业贫。一种西归一般达,柏台霜冷夏城春。

送朗州张员外

圣朝纶阁最延才,须牧生民始入来。凤藻已期他日用,隼旟应是隔年回。旗飘岘首岚光重,酒奠湘江杜魄哀。肠断秦原二三月,好花全为使君开。

淮南送工部卢员外赴阙 一作任

始从豸角曳长裾,又吐鸡香奏玉除。隋邸旧僚推谢掾,汉廷高议得相如。贵分赤笔升兰署,荣著绯衣从板舆。遥想到时秋欲尽,禁城凉冷露槐疏。

淮南送司勋李郎中赴阙

中朝品秩重文章,双笔依前赐望郎。五夜星辰归帝座,半年樽俎奉梁王。南都水暖莲分影,北极天寒雁著行。不必恋恩多感激,过淮应合见徽黄。

送陆郎中赴阙

幕下留连两月强，炉边侍史旧焚香。不关雨露偏垂意，自是鸳鸾合著行。三署履声通建礼，九霄星彩映一作应明光。少瑜镂管丘迟锦，从此西垣使凤凰。

途中送人东游有寄

离骖莫惜暂逡巡，君向池阳我入秦。岁月易抛非曩日，酒杯难得是同人。路经隋苑桥灯夜，江转台城岸草春。此处故交谁见问，为言霜鬓压风尘。

过废江宁县 王昌龄曾尉此县

县前水色细鳞鳞，一为夫君吊水滨。漫把文章矜后代，可知荣贵是他人。莺偷旧韵还成曲，草赖馀吟尽解春。我亦有心无处说，等闲停棹似迷津。

边　夜

光景漂如水，生涯转似萍。雁门穷朔路，牛斗故乡星。句尽人一作书罢愁谁切，歌终泪自零。夜阑回首算，何处不长亭。

哭张博士太常

前辈倏云殁，愧君曾比一作北方。格卑虽不称，言重亦难忘。谏草犹青琐，悲风已白杨。只应移理窟，泉下对真长。

淮口军葬

一阵孤军不复回，更无分别只荒堆。莫言赋分须如此，曾作文皇赤子来。

燕昭王墓

战国苍茫难重寻，此中踪迹想知音。强停别骑山花晓，欲吊遗魂野草深。浮世近来轻骏骨，高台何处有黄金。思量郭隗平生事，不殉昭王是负心。

江　南

玉树歌声泽国春，累累辎重忆亡陈。垂衣端拱浑闲事，忍把江山乞与人。

江　北

废宫荒苑莫闲愁，成败终须要彻头。一种风流一种死，朝歌争得似扬州。

早登新安县楼

关城树色齐，往事未全迷。塞路真人气，封门壮士泥。草浓延蝶舞，花密教莺啼。若以鸣为德，鸾凰不及鸡。

干越亭

楚水萧萧多病身，强凭危槛送残春。高城自有陵兼谷，流水那知越与秦。岸下藤萝阴作怪，桥边蛟蜃夜欺人。琵琶洲远江村阔，回首征途一作帆泪满巾。

南园题 一本少起四句，注云阙题。

搏击路终迷，南园且灌畦。敢言逃俗态，自是乐幽栖。叶长春松阔，科圆早薤齐。雨沾虚槛冷，雪压远山低。竹好还成径，桃夭亦有蹊。小窗奔野马，闲瓮养醯鸡。水石心逾切，烟霄分已暌。病怜王猛畚，愚笑隗嚣泥。泽国潮平岸，江村柳覆堤。到头乘兴是，谁手好提携。

人日新安道中见梅花 其年以徐寇停举

长途酒醒腊春寒，嫩蕊香英扑马鞍。不上寿阳公主面，怜君开得却无端。

许由庙

高挂风瓢濯汉滨，土阶三尺愧清尘。可怜比屋堪封日，若到人间是众人。

题段太尉庙

近甸蒙尘日，南梁反正年。飘流茂陵碗，零落太官椽。建橐非降楚，披图异录燕。堪嗟侍中血，不及御衣前。

湘妃庙

刘表荒碑断水滨，庙前幽草闭残春。已将怨泪流斑竹，又感悲风入白蘋。八族未来谁北拱，四凶犹在莫南巡。九峰相似堪疑处，望见苍梧不见人。

八骏图

穆满当年物外程，电腰风脚一何轻。如今纵有骅骝在，不得长鞭不肯行。

庭花

昨日芳艳浓，开尊几同醉。今朝风雨恶，惆怅人生事。南威病不起，西子老兼至。向晚寂无人，相偎堕红泪。

病中题主人庭鹤

辽水华亭旧所闻，病中毛羽最怜君。稻粱且足身兼健，何必青云与白云。

蝉

天地工夫一不遗，与君声调借君緌。风栖露饱今如此，应忘当年滓浊时。

薛阳陶觱篥歌

平泉上相东征日，曾为阳陶歌觱篥。乌江太守会稽侯，平泉为李德裕，曾作《薛阳陶觱篥歌》。苏州刺史白居易、越州刺史元稹并有和篇。此言乌江，恐是吴江，乃苏州也。相次三篇皆俊逸。桥山殡葬衣冠后，金印苍黄南去疾。龙楼冷落夏口寒，从此风流为废物。人间至艺难得主，怀抱差池恨星律。邗沟仆射戎政闲，试渡瓜洲吐伊郁。西风九月草树秋，万喧沉寂登高楼。左一作老篁揭指徵羽吼，炀帝起坐淮王愁。高飘咽灭出滞气，下感知己时横流。穿空激远不可遏，仿佛似向伊水头。伊水林泉今已矣，因取遗编认前事。武宗皇帝御宇时，四海恬一作怡然知所自。扫除桀黠似提帚，制压群豪若穿鼻。九鼎调和各有门，谢安空俭真儿戏。功高近代竟谁知，艺小似君犹不弃。勿惜喑呜更一吹，与君共下难逢泪。

酬丘光庭

正月十一日书札，五月十六日到来。柳吟秦望咫尺地，鲤鱼何处闲裴回。故人情意未疏索，次第序述眉眼开。上言二年隔烟水，下有数幅真琼瑰。行吟坐读口不倦，瀑泉激射琅玕摧。壁池兰蕙日已老，村酒醮甲时几杯。鹤龄鸿算不复见，雨后蓑笠空莓苔。自从黄寇扰中土，人心波荡犹未回。道一作赵殷合眼拜九列，张濬掉舌升三台。朝廷济济百揆序，宁将对面容奸回。祸生有基妖有渐，翠华西幸蒙尘埃。三川梗塞两河闭，大明宫殿生蒿莱。懦夫早岁不量力，策蹇仰北高崔嵬。千门万户扃锁密，良匠不肯雕散材。君今得意尚如此，况我麋鹿悠悠哉！荣衰贵贱目所睹，莫嫌头白黄金台。

投宣武郑尚书二十韵

汉代簪缨盛，梁园雉堞雄。物情须重德，时论在明公。族大逾开魏，神高本降嵩。世家惟蹇谔，官业即清通。翰苑论思外，纶闱啸傲中。健豪惊彩凤，高步出冥鸿。履历虽吾道，行藏必圣聪。绛霄无系滞，浙水忽西东。庾监高楼月，袁郎满扇风。四年将故事，两地有全功。去去才须展，行行道益隆。避权辞宪署，仗节出南宫。雁影相承接，龙图共始终。自然须作砺，不必恨临戎。幕下莲花盛，竿头猘佩红。骑儿逢郭伋，战士得文翁。人地应无比，箪瓢奈屡空。因思一枝桂，已作断根蓬。往事应归捷，劳歌且责躬。殷勤信陵馆，今日自途穷。

投浙东王大夫二十韵

越岭千峰秀，淮流一派长。暂凭开物手，来展济时方。旧迹兰亭在，高风桂树香。地清无等级，天阔任徊翔。麈尾谈何胜，螭头笔更狂。直曾批凤诏，高已冠鹓行。啸傲辞民部，雍容出帝乡。赵尧推印绶，句践与封疆。水占仙人吹，城留御史床。嘉宾邹润甫，百姓贺知章。席暖飞鹦鹉，尘轻驻骕骦。夜歌珠断续，晴舞雪悠扬。化向棠阴布，春随棣萼芳。盛名韬不得，雄略晦弥彰。自愧三冬学，来窥数仞墙。感深惟刻骨，时去欲沾裳。想望鱼烧尾，咨嗟鼠啮肠。可能因蹇拙，便合老沧浪。题柱心犹壮，移山志不忘。深惭百般病，今日问医王。

寄剡县主簿

金庭养真地，珠篆会稽官。境胜堪长往，时危喜暂安。洞连沧海阔，山拥赤城寒。他日抛尘土，因君拟炼丹。

中秋不见月

风帘淅淅漏灯痕，一半秋光此夕分。天为素娥孀怨苦，并教西北起浮云。

答宗人衮

昆仑水色九般流，饮即神仙憩即休。敢恨守株曾失意，始知缘木更难求。鸰原谩欲均余力，鹤发那堪问旧游。遥望北辰当上国，羡君归棹五诸侯。

早　行

雨洒江声风又吹，扁舟正与睡相宜。无端戍鼓催前去，别却青山向晓时。

咏白菊 一作罗绍威诗

虽被风霜竞欲催，皎然颜色不低摧。已疑素手能妆出，又似金钱未染来。香散自宜飘渌酒，叶交仍得荫香苔。寻思闭户中宵见，应认寒窗雪一堆。

晚泊宿松

解缆随江流，晚泊古淮岸。归云送春和，繁星丽云汉。春深胡雁飞，人喧水禽散。仰君邈难亲，沉思夜将旦。

钱塘遇默师忆润州旧游

歌敲玉唾壶，醉击珊瑚枝。石羊妙善衔，甘露平泉碑。扪苔想豪杰，剔藓看文词。归来北固山，水槛光参差。

江南别

去年今夜江南别，鸳鸯翅冷飞蓬爇。今年今夜江北边，鲤鱼肠断音书绝。男儿心事无了时，出门上马不自知。

四顶山

胜景天然别，精神入画图。 ·山分四顶，三面瞰平湖。过夏僧无热，凌冬草不枯。游人来至此，愿剃发和须。

姹　山

临塘古庙一神仙,绣幌花容色俨然。为逐朝云来此地,因随暮雨不归天。眉分初月湖中鉴,香散馀风竹上烟。借问邑人沉水事,已经秦汉几千年。

岐王宅

朱邸平台隔禁闱,贵游陈迹尚依稀。云低雍畤祈年去,雨细长杨从猎归。申白宾朋传道义,应刘文彩寄音徽。承平旧物惟君一作名尽,犹写雕鞍伴六飞。

长明灯

破暗长明世代深,烟和香气两沉沉。不知初点人何在,只见当年火至今。晓似红莲开沼面,夜如寒月镇潭心。孤光自有龙神护,雀戏蛾飞不敢侵。

堋口逢人

艰难别离久,中外往还深。已改当时发,空馀旧日心。

遇边使

累年无的信,每夜望边城。袖掩千行泪,书封一尺金。

移住别友

自到西川住,惟君别有情。常逢对门远,又隔一重城。

宫　词

巧画蛾眉独出群，当时人道便承恩。经年不见君王面，落日黄昏空掩门。

泾　溪

泾溪石险人竞惧，终岁不闻倾覆人。却是平流无石处，时时闻说有沉沦。

题杜甫集

楚水悠悠浸楚一本缺此字亭，楚南天地两无情。忍交孙武重泉下，不见时人说用兵。

感弄猴人赐朱绂

《幕府燕闲录》云：唐昭宗播迁，随驾伎艺人止有弄猴者，猴颇驯，能随班起居，昭宗赐以绯袍，号孙供奉。故罗隐有诗云云。朱梁篡位，取此猴，令殿下起居。猴望殿陛，见全忠，径趣其所，跳跃奋击。遂令杀之。

十二三年就试期，五湖烟月奈相违。何如买取胡孙弄一作学取孙供奉，一笑君王便著绯。

题磻溪垂钓图

钱氏有国，西湖渔者日纳鱼数斤，谓之使宅鱼，隐题此图，遂蠲其征。

吕望当年展庙谟，直钩钓国更谁如。若教生在西湖上，也是须供使宅鱼。

春　风

也知有意吹嘘切，争奈人间善恶分。但是秕糠微细物，等闲抬举到青云。

竹下残雪

墙下浓阴对此君，小山尖险玉为群。夜来解冻风虽急，不向寒城减一分。

杏　花

暖气潜催次第春，梅花已谢杏花新。半开半落闲园里，何异荣枯世上人。

镇海军所贡 题不全

檐前飞雪扇前尘，千里移添上苑春。他日丁宁柿林院，莫宣恩泽与闲人。

席上歌水调

馀声宛宛拂庭梅，通济渠边去又回。若使炀皇魂魄在，为君应合过江来。

题新榜 在浙幕，沈崧得新榜示，题其末。

黄土原边狡兔肥，犬如流电马如飞。灞陵老将无功业，犹忆当时夜猎归。

句

夏窗七叶连阴暗。《游城南记》：杜佑有别墅，为城南之最，有树每朵七叶，因以为名，隐诗纪之。

赖家桥上潏河边。隐又有《城南杂感》诗，其题有景星观、姚家园、叶家林及此句，今杂感诗亡。

细看月轮真有意，已知青桂近嫦娥。《曾公类苑》：裴筠娶萧楚公女，便擢进士，隐诗云云。

一个祢衡容不得，思量黄祖谩英雄。《吴越备史》：隐初见钱镠，惧不见用，遂以所为夏口诗标于卷末云云，镠览之大笑，因加殊遇。

张华谩出如丹语，不及刘侯一纸书。《鉴戒录》云：郑畋女喜隐此诗。

山雨霏微宿上亭，雨中因想雨淋铃。上亭驿　《天中记》

老僧斋罢关门睡，不管波涛四面生。金山僧院　《诗话总龟》

全唐诗卷六六六

罗　虬

罗虬，台州人，词藻富赡，与隐、邺齐名，世号三罗。累举不第，为鄜州从事。《比红儿诗》百首，编为一卷。

比红儿诗 并序

比红者，为雕阴官妓杜红儿作也。美貌年少，机智慧悟，不与群辈妓女等。余知红者，乃择古之美色灼然于史传三数十辈，优劣于章句间，遂题比红诗。广明中，虬为李孝恭从事，籍中有善歌者杜红儿，虬令之歌，赠以彩，孝恭以红儿为副戎所盼，不令受。虬怒，手刃红儿，既而追其冤，作比红诗。

姓字看侵尺五天，芳菲一作名占断百花鲜。马嵬好笑当时事，虚赚明皇幸蜀川。

金谷园中花正繁，坠楼从道感深恩。齐奴却是来东市，不为红儿死更冤。

陷却平阳为小怜，周师百万战长川。更教乞与红儿貌，举国山川一作河不值钱。

一曲都缘张丽华，六宫齐唱后庭花。若教比并红儿貌，枉破当年国与家。

乐营门外柳如阴，中有佳人画阁深。若是五陵公子见，买时应不啻一作惜千金。

青丝高绾石榴裙，肠断当筵酒半醺。置向汉宫图画里，入胡应不数昭君。

斜凭栏杆醉态新，敛眸微盼不胜春。当时若遇东昏主，金叶莲花是此人。

匼匝千山与万山，碧桃花下景长闲。神仙得似红儿貌，应免刘郎忆世间。

越山重叠越溪斜，西子休怜解浣纱。得似红儿今日貌，肯教将去与一作见夫差。

诏下人间觅一作选好花，月眉云髻选人一作尽名家。红儿若向当时见，系臂先封第一纱。

锋镝纵横不敢看，泪垂玉箸正汍澜。应缘近似红儿貌，始得深宫奉五官。

金缕浓薰百和香，脸红眉黛入时妆。当时便向乔家见，未敢将心在窈娘。

通宵甲帐散香尘，汉帝精神礼百神。若见红儿醉中态，也应休忆李夫人。

拔得芙蓉出水新，魏家公子信才人。若教瞥见红儿貌，不肯留情付洛神。

芳姿不合并常人，云在遥天玉在尘。因事爱思荀奉倩，一生闲坐枉伤神。

笔底如风思涌泉，赋中休谩说婵娟。红儿若在东家住，不得登墙尔许年。

一抹浓红傍脸斜，妆成不语独攀花。当时若是逢韩寿，未必埋踪在贾家。

树袅西风日半沉，地无人迹转伤心。阿娇得似红儿貌，不费长门买赋金。

五云高捧紫金堂，花下投壶侍玉皇。从到一作道世人都不识，也应知有杜兰香。

戏水源头指旧踪，当时一笑也难逢。红儿若为回桃脸，岂比连催举五烽。

虢国夫人照夜玑，若为求得与红儿。醉和香态浓春睡一作里，一树繁花偃绣帏。

知有持盈玉叶冠，剪云裁月照人寒。若使红儿风帽一作貌戴，直使瑶池会上看。

明媚何曾让玉环，破瓜年几百花颜。若教貌向南朝见，定却梅妆似等闲。

世事悠悠未足称，肯将闲事更争能。自从命向红儿去一作断，不欲留心在裂缯。

自隐新从梦里来，岭云微步下阳台。含情一向春风笑，羞杀凡花尽不开。

舍却青娥换玉鞍，古来公子苦无端。莫言一匹追风马，天骥牵来也不看。

槛外花低瑞露浓，梦魂惊觉晕春容。凭君细看红儿貌，最称严妆待晓钟。

薄罗轻剪越溪纹，鸦翅低垂两鬓分。料得相如偷见面，不应琴里挑文君。

南国东邻各一时，后来惟有杜红儿。若教楚国宫人见，羞把腰身并柳枝。

照耀金钗簇腻鬟，见时直向画屏间。黄姑阿母能判剖，十斛明珠也是闲。

轻小休夸似燕身，生来占断紫宫春。汉皇若遇红儿貌，掌上无因著别人。

鹦鹉娥如裛露红，镜前眉样自深宫。稍教得似红儿貌，不嫁南朝沈侍中。

拟将心地学安禅，争奈红儿笑靥圆。何物把来堪比并，野塘初绽一枝莲。

浸草漂花绕槛香，最怜穿度乐营墙。殷勤留滞缘何事，曾照红儿一面妆。

雕阴旧俗一作似骋婵娟，有个红儿赛洛川。常笑世人语虚一作多诳诞，今朝自见火中莲。

渡口诸侬乐未休，竟陵西望路悠悠。石城有个红儿貌，两桨无因迎莫愁。

谁向深山识大仙，劝人山上引春泉。定知不及红儿貌，枉却工夫溉玉田。

倾国倾城总绝伦，红儿花下认真身。十年东北看燕赵，眼冷何曾见一人。

今时自是一作谓不谙知，前代由来岂一作事见遗一作为。一笑阳城人便惑，何堪教见杜红儿。

京口喧喧百万人，竞传河鼓谢星津。柰花似雪簪云髻，今日夭容是后身。

青史书时未是真，可能纤手一作智却强秦。再三为谢齐皇后，要解连环别与人。

绣帐鸳鸯对刺纹，博山微暖麝微曛。诗成一作人若有红儿貌，悔道当时月坠云。

薄粉轻朱取次施，大都端正亦相宜。只如花下红儿态，不藉城中半额眉。

妆成浑欲认前朝，金凤双钗逐步摇。未必慕容宫里伴，舞风歌月胜纤腰。

琥珀钗成恩正深，玉儿妖惑荡君心。莫教回首看妆面，始觉曾虚掷万金。

自有闲花一面春，脸檀眉黛一时新。殷勤为报梁家妇，休把啼妆赚后人。

轻梳小髻号慵来，巧中君心不用媒。可得红儿抛醉眼，汉皇恩泽一时回。

千里长江旦暮潮，吴都风俗尚纤腰。周郎若见红儿貌，料得无心念小乔。

月落潜奔暗解携，本心谁道独单栖。还缘交甫非良偶，不肯终身作羿妻。

汉皇曾识许飞琼，写向人间作画屏。昨日红儿花一作帘下见，大都相似更娉婷。

魏帝休夸薛夜来，雾绡云縠称身裁。红儿秀一作笑发君知否，倚槛繁花带露开。

晓月雕梁燕语频，见花难可比他人。年年媚景归何处，长作红儿面上春。

逗玉溅盆冬殿开，邀恩先赐夜明苔。红儿若是三千数，多少芳心似死灰。

画帘垂地紫金床，暗引羊车驻七香。若见红儿此中住，不劳盐筱洒宫廊。

苏小空匀一作轻匀一面妆，便留名字在一作著钱塘。藏鸦门外诸年少，不识红儿未是狂。

一首长歌万恨来，惹愁漂泊水难回。崔徽有底多头面，费得微之尔许才。

昔年黄阁识奇章，爱说真珠似窈娘。若见红儿深夜一作夜深态，便应休说绣衣裳。

凤折莺一作鸾离恨转深，此身难负百年心。红儿若向隋朝见，破镜无因更重寻。

行绾秾云立暗一作曙轩，我来犹爱不成冤。当时若见红儿貌，未必邢一作形相有此言。

总似一作是红儿媚态新，莫论千度笑争春。任伊孙武心如铁，不办军前杀此人。

暖塘争赴荡舟期，行唱菱歌著艳词。为问东山谢丞相，可能诸妓胜红儿。

吴兴皇后欲辞家，泽国重台展曙华。今日红儿貌倾国，恐须真宰别开花。

陌上行人歌黍离，三千门客欲何之。若教粗及红儿貌，争取楼前斩爱姬。

休话如皋一笑时，金鶬中臆锦离披。陋容枉把雕弓射，射尽春禽未展眉。

长恨西风送早秋，低眉深恨一作念嫁牵牛。若同人世长相对，争作夫妻得到头。

谢娘休漫逞风姿，未必娉婷胜柳枝。闻道只因嘲落絮，何曾得似杜红儿。

总传桃叶渡江时，只为王家一首诗。今日红儿自堪赋，不须重唱旧来词。

巫山洛浦本无情，总为佳人便得名。今日雕阴有神艳，后来公子莫相轻。

几抛云髻恨金墉，泪洗花颜百战中。应有红儿些子貌，却言皇后长深宫。

倚槛还应有所思，半开东一作香阁见娇姿。可中得似红儿貌，若遇韩朋好杀伊。

晓向妆台一作纱窗与画眉，镜中长欲助娇姿。若教得似红儿貌，走马章台任道迟。

练得霜华助翠钿，相期朝谒玉皇前。依稀有似红儿貌，方得吹箫引上天。

重门深掩几枝花，未胜红儿莫大夸。王相一作玉柄不能探物理，可能虚上短辕车。

前代休怜事可奇，后来还出有光辉。争知昼卧纱窗里，不见一作有神人覆玉衣。

化羽一作羽化尝闻赴九天，只疑尘世是虚传。自从一见红儿貌，始信人间有谪仙。

从道长陵小市东，巧将花貌占春风。红儿若是同时见，未必伊先入紫宫。

人间难免是深情，命断红儿向此生。不似一作何似前时李丞相，枉抛才力为莺莺。

凤舞香飘绣幕风，暖穿驰道百花中。还缘有似红儿貌，始道迎将入汉宫。

休道将军出世才，尽驱诸妓下歌台。都缘没个红儿貌，致使轻教后阁开。

冯媛须知住汉宫，将身只是解当熊。不闻有貌倾人国，争得今朝更似一作比红。

能将一笑使人迷，花艳何须上大堤。疏属便同巫峡路，洛川真是武陵溪。

辞辇当时意可知，宠深还恐宠先衰。若教得似红儿貌，占却君恩自不疑。

三吴时俗重风光，未见红儿一面妆。好写妖娆与教看，便应休更话真娘。

波平楚泽浸星辰，台上君王宴早春。毕竟章华会中客，冠缨虚绝为何人。

红儿不向汉宫生，便使双成谩得名。疑是麻姑恼尘世，暂教微步下层城。

天碧轻纱只六铢，宛如一作风含露透肌肤。便教汉曲争明媚，应没心情更弄珠。

共嗟含恨向衡阳，方寸花笺寄沈郎。不似红儿些子貌，当时争得少年狂。

浅色桃花亚短墙，不因风送也闻香。凝情尽日君知否，还似红儿淡薄妆。

火色樱桃摘得初，仙宫只有世间无。凝情尽日君知否，真似红儿口上朱。

宿雨初晴春日长，入帘花气静难忘。凝情尽日君知否，真似红儿舞袖香。

初月纤纤映碧池，池波不动独看时。凝情尽日君知否，真似红儿罢舞眉。

浓艳浓香雪压枝，袅烟和露晓风吹。红儿被掩妆成后，含笑无人独立时。

楼上娇歌袅夜霜，近来休数踏歌娘。红儿谩唱伊州遍，认取轻敲玉韵长。

金粟妆成扼臂环，舞腰轻一作转薄瑞云间。红儿生在开元末，羞杀新丰谢阿蛮。

君看红儿学醉妆，夸裁宫襭砑裙长。谁能更把闲心力，比并当时武媚娘。

栀子同心裛露垂，折来深恐没人知。花前醉客频相问，不赠红儿赠阿谁。

云间翡翠一双飞，水上鸳鸯不暂离。写向人间百般态，与君题作比红诗。

旧恨长怀不语中，几回偷泣向春风。还缘不及红儿貌，却得生教入楚宫。

一舸春深指鄂君，好风从度水成纹。越人若见红儿貌，绣被应羞彻夜薰。

花落尘中玉堕泥，香魂应上窈娘堤。欲知此恨无穷处，长倩城乌夜夜啼。

句

窗前远岫悬生碧，帘外残霞挂熟红一作桃花瞰熟红。。见《语林》

全唐诗卷六六七

郑　损

郑损，僖宗时中书舍人。诗六首。

星精亭

《通江志》：玄妙观有星精石，唐人刻篆甚多，损诗尚存，时书衔为推官。

星沉万古痕，孤绝势无邻一作群。地窄少留竹，空多剩占云。钓篷和雨看，樵斧带霜闻。莫惜寻常到，清风不负人。

钓　阁

小阁惬幽寻，周遭万竹森。谁知一沼内，亦有五湖心。钓直鱼应笑，身闲乐自深。晚来春醉熟，香饵任浮沉。

玉声亭

世间泉石本无价，那更天然落景中。汉佩琮琤寒溜雨，秦箫缥缈夜敲风。一方清气群阴伏，半局闲棋万虑空。借问主人能住久，后来好事有谁同。

艺　堂

堂开冻石千年翠，艺讲秋胶百步威。揖让未能忘典礼，英雄孰不惯戎衣。风波险似金机骇，日月忙如雪羽飞。莫怪尊前频浩叹，男儿志愿与时违。

星精石

突险呀空龙虎蹲，由来英气蓄寒根。苍苔点染云生靥，老雨淋漓铁渍痕。松韵远趋疑认祖，山阴轻覆似怜孙。孤岩恰恰容幽构，可爱江南释子园。

泛香亭

流杯处处称佳致，何似斯亭出自然。山溜穿云来几里，石盘和藓凿何年。声交鸣玉歌沈板，色幌寒金酒满船。莫怪坐中难得醉，醒人心骨有潺湲。

张　祎

张祎，字冠章，南阳人。官中书舍人，从僖宗幸蜀，终兵部尚书。诗二首。

巴州寒食晚眺

东望青天周与秦，杏花榆叶故园春。野寺一倾寒食酒，晚来风景重愁人。

题击瓯楼

驻旌元帅遗风在，击缶高人逸兴酣。水转巴文清溜急，山连蒙岫翠光涵。

卢　携

卢携，字子升，范阳人。擢进士第，由台省历户部侍郎、翰林学士。乾符中，拜门下侍郎同平章事。黄巢入关，仰药死。诗一首。

题司空图壁

姓氏司空贵，官班御史卑。老夫如且在，不用叹屯奇。

李廷璧

李廷璧，僖宗朝登进士第。诗一首。

愁　诗

到来难遣去难留，著骨黏心万事休。潘岳愁丝生鬓里，婕妤悲色上眉头。长途诗尽空骑马，远雁声初独倚楼。更有相思不相见，酒醒灯背月如钩。

许三畏

许三畏，僖宗时进士。诗一首。

题菖蒲废观

本是安期烧药处，今来改作坐禅宫。数僧梵响满楼月，深谷猿声半夜风。金简事移松阁迥，彩云影散阆山空。我来不见修真客，却得真如问远公。

卢嗣业

卢嗣业，范阳人，纶之孙也。乾符五年，登进士第。广明初，以长安尉直昭文馆，累迁右补阙，后辟都统判官，检校礼部郎中。诗一首。

致孙状元诉醵罚钱

《北里志》云：曲内妓之头角者为都知，分管诸妓。俾追召匀〔齐〕，曲中常价，一席四镮，见烛即倍，新郎君更倍其数，云复分钱。郑举举者，善令章，与绛真互为席纠，皆都知也。是年，孙偓为状元，颇惑举举，与同年侯潜、杜彦殊、崔昭愿、赵光逢、卢择、李茂勋数人，多在其舍，他人不得预。嗣业与同年非旧知闻，多称力穷，不遵醵罚，故有此篇。

未识都知面，频输复分钱。苦心事笔砚，得志助花钿。徒步求秋赋，持杯给暮饘。力微多谢病，非不奉同年。

牛　峤

牛峤，字松卿，一字延峰，陇西人，自云僧孺之孙。乾符五年，登进士第，历官尚书郎。王建镇蜀，辟判官，及僭位，为给事中。歌诗三卷，今存六首。

红 蔷 薇

晓啼珠露浑无力,绣簇罗襦不著行。若缀寿阳公主额,六宫争肯学梅妆。

杨柳枝五首

解冻风来末上青,解垂罗袖拜卿卿。无端袅娜临官路,舞送行人过一生。

吴王宫里色偏深,一簇纤条万缕金。不愤钱塘苏小小,引郎松一作枝下结同心。

桥北桥南千万条,恨伊张绪不相饶。金羁白马临风望,认得羊家静婉腰。

狂雪随风扑马飞,惹烟无力被春欺。莫交移入灵和殿,宫女三千又妒伊。

袅翠笼烟拂暖波,舞裙新染麴尘罗。章华台畔隋堤上,傍得春风尔许多。

郑　合 一作郑合敬

郑合,乾符三年登第。终谏议大夫。诗一首。

及第后宿平康里诗

春来无处不闲行,楚润相看别有情。好是五更残酒醒,时时闻唤状头声。

李　搏

李搏,登乾符进士第。诗二首。

贺裴廷裕蜀中登第诗

铜梁千里曙云开,仙箓新从紫府来。天上已张新羽翼,世间无复旧尘埃。嘉祯果中君平卜,贺喜须斟卓氏杯。应笑戎藩刀笔吏,至今泥滓曝鱼鳃。

复谑廷裕

曾随风水化凡鳞,安上门前一字新。闻道蜀江风景好,不知何似杏园春。

李克一作允恭

李克恭,乾符中举子。诗一首。

吊贾岛

一一玄微缥缈成,尽吟方便爽神情。宣宗谪去为闲事,韩愈知来已振名。海底也应搜得净,月轮常被玩教倾。如何未隔四十载,不遇论量向此生。

程　贺

程贺,中和二年,登进士第。诗一首。

君　山

曾游方外见麻姑，说道君山此本无。云是昆仑山顶石，海风吹落洞庭湖。

卢尚卿

卢尚卿，中和二年登第。诗一首。

东归诗

九重丹诏下尘埃，深锁文闱罢选才。桂树放教遮月长，杏园终待隔年开。自从玉帐论兵后，不许金门谏猎来。今日灞陵桥上过，路人应笑腊前回。

顾在镕

顾在镕，苏州人，光启二年进士第。诗三首。

题玉芝双奉院

入门如洞府，花木与时稀。夜坐山当户，秋吟叶满衣。犬随童子出，鸟避俗人飞。至药应将熟，年年火气微。

宿麻平驿

及到怡情处，暂忘登陟劳。青山看不厌，明月坐来高。犬为孤村吠，猿因冷木号。微吟还独酌，多兴忆同袍。

题光福上方塔

苍岛孤生白浪中，倚天高塔势翻空。烟凝远岫列寒翠，霜染疏林堕碎红。汀沼或栖彭泽雁，楼台深贮洞庭风。六时金磬落何处，偏傍芦苇惊钓翁。

翁　洮

翁洮，字子平，睦州人。光启三年进士第，官主客员外郎，归隐青山，征召不起。诗十三首。

枯木诗辞召命作

枯木傍溪崖，由来岁月赊。有根盘水石，无叶接烟霞。二月苔为色，三冬雪作花。不因星使至，谁识是灵槎。

赠进士王雄

河清海晏少波涛，几载垂钩不得鳌。空向人间修谏草，又来江上咏离骚。笳吹古堞边声远，岳倚晴空楚色高。何事明廷有徐庶，总教三径卧蓬蒿。

渔　者

一叶飘然任浪吹，雨蓑烟笠肯忘机。只贪浊水张罗众，却笑清流把钓稀。苇岸夜依明月宿，柴门晴棹白云归。到头得丧终须达，谁道渔樵有是非。

上子男寿昌宰

陶公为政卓潘齐，入县看花柳满堤。百里江山聊展骥，九皋云月怪驱鸡。高楼野色迎襟袖，比屋歌声远鼓鼙。只恐攀辕留不住，明时霄汉有丹梯。

赠方干先生

由来箕踞任天真，别有诗名出世尘。不爱春宫分桂树，欲教天子枉蒲轮。城头鼙鼓三声晓，岛外湖山一簇春。独向若耶溪上住，谁知不是钓鳌人。

赠进士李德新接海棠梨

蜀人犹说种难成，何事江东见接生。席上若微桃李伴，花中堪作牡丹兄。高轩日午争浓艳，小径风移旋落英。一种呈妍今得地，剑峰梨岭谩纵横。

春日题航头桥

故园桥上绝埃尘，此日凭栏兴自新。云影晚将仙掌曙，水光迷得武陵春。薜萝烟里高低路，杨柳风前去住人。莫怪马卿题姓字，终朝云雨化龙津。

和方干题李频庄

高情度日非无事，自是高情不觉喧。海气暗蒸莲叶沼，山光晴逗苇花村。吟时胜概题诗板，静处繁华付酒尊。闲伴白云收桂子，每寻流水劚桐孙。犹凭律吕传心曲，岂虑星霜到鬓根。多少清风归此地，十年虚打五侯门。

苇　丛

得地自成丛，那因种植功。有花皆吐雪，无韵不含风。倒影翘沙鸟，幽根立水虫。萧萧寒雨夜，江汉思无穷。

春

漠漠烟花处处通，游人南北思无穷。林间鸟奏笙簧月，野外花含锦绣风。鸳抱云霞朝凤阙，鱼翻波浪化龙宫。此时谁羡神仙客，车马悠扬九陌中。

夏

触目皆因长养功，浮生何处问穷通。柳长北阙丝千缕，云簇南山火万笼。大野烟尘飘赫日，高楼帘幕逗薰风。身心已在喧阗处，惟羡沧浪把钓翁。

秋 第七句缺一字

宋玉高吟思万重，澄澄寰宇振金风。云闲日月浮虚白，木落山川叠碎红。寥泬雁多宫漏永，河渠烟敛塞天空。侯门处处槐花□，献赋何时遇至公。

冬

寂寂栖心向杳冥，苦吟寒律句偏清。云凝止水鱼龙蛰，雪点遥峰草木荣。迥夜炉翻埃烬色，天河冰辗辘轳声。归飞未得东风力，魂断三山九万程。

李　屿

李屿，光启三年进士第。诗一首。

过洞庭

浩渺注横流，千潭合万湫。半洪侵楚翼，一汉属吴头。动轴当新霁，漫空正仲秋。势翻荆口迮，声拥岳阳浮。远脉滋衡岳，微凉散橘洲。星辰连影动，岚翠逐隅收。渐落分行雁，旋添趁伴舟。升腾人莫测，安稳路何忧。气与尘中别，言堪象外搜。此身如粗了，来把一竿休。

郑　启

郑启，宜春人，谷之兄也。诗三首。

严塘经乱书事

尘生宫阙雾濛濛，万骑龙飞幸蜀中。在野傅岩君不梦，乘轩卫懿鹤何功。虽知四海同盟久，未合中原武备空。星落夜原妖气满，汉家麟阁待英雄。

梁园皓色月如圭，清景伤时一惨凄。未见山前归牧马，犹闻江上带征鞞。鲲为鱼队潜鳞困，鹤处鸡群病翅低。正是四郊多垒日，波涛早晚静鲸鲵。

邓表山

白日三清此上时，观开山下彩云飞。仙坛丹灶灵犹在，鹤驾清朝去不归。晋末几迁陵谷改,尘中空换子孙非。松花落尽无消息,半夜疏钟彻翠微。

韩　仪

韩仪,字羽光,京兆万年人,偓之兄也。以翰林学士为御史中丞,朱全忠贬为棣州司马。诗一首。

记知闻近过关试

短行轴了付三铨,休把新衔恼必先。今日便称前进士,好留春色与明年。

温　宪

温宪,庭筠之子,登进士第。光启中,为山南从事。诗四首。

郊　居

村前村后树,寓赏有馀情。青麦路初断,紫花田未耕。雉声闻不到,山势望犹横。寂寞春风里,吟酣信马行。

杏　花

团雪上晴梢,红明映碧寥。店香风起夜,村白雨休朝。静落犹和一作频沾蒂,繁开正蔽条。澹然闲赏久,无以破妖娆。

春　鸠

村南微雨新，平绿净无尘。散睡桑条暖，闲鸣屋脊春。远闻和晓梦，相应在诸邻。行乐花时节，追飞见亦频。

题崇〔庆〕(尘)寺壁

十口沟隍待一身，半年千里绝音尘。鬓毛如雪心如死，犹作长安下第人。

姚岩杰

姚岩杰，梁公崇裔孙，以诗酒放游江左。《象溪子》二十卷，今存诗一首。

报颜标

为报颜公识我么，我心唯只与天和。眼前俗物关情少，醉后青山入意多。田子莫嫌弹铗恨，宁生休唱饭牛歌。圣朝若为苍生计，也合公车到薜萝。

全唐诗卷六六八

高　蟾

高蟾,河朔人。乾符三年,登进士第。乾宁间,为御史中丞。诗一卷。

途中除夜

南北浮萍迹,年华又暗催。残灯和腊尽,晓角带春来。鬓欲渐侵雪,心仍未肯灰。金门旧知己,谁为脱尘埃。

长门怨

天上何劳万古春,君前谁是百年人。魂销尚愧金炉烬,思起犹惭玉辇尘。烟翠薄情攀不得,星茫浮艳采无因。可怜明镜来相向,何似恩光朝夕新。

秋日寄华阳山人

云木送秋何草草,风波凝冷太星星。银鞍公子魂俱一作堪断,玉弩将军涕自零。茅洞白龙和雨看,荆溪黄鹄带霜听。人间不见清凉事,犹向溪翁乞画屏。

感　事

浊河从北下，清洛向东流。清浊皆如此，何人不白头。

楚　思

叠浪与云急，翠兰和一作如意香。风流化为雨，日暮下巫阳。

雪　中

金阁倚云开，朱轩犯雪来。三冬辛苦样，天意似难裁。

道中有感

一醉六十日，一裘三十年。年华经一作禁几日，日日掉征鞭。

宋汴道中

平野有千里，居人无一家。甲兵年正少，日久戍天涯。

秋　思

天地太萧索，山川何渺茫。不堪星斗柄，犹把岁寒量。

即　事

三年离水石，一旦隐樵渔。为问青云上，何人识卷舒。

渔　家

野水千年在，闲花一夕空。近来浮世狭，何似钓船中。

关　中

风雨去愁晚，关河归思凉。西游无紫气，一夕九回肠。

归　思

紫府归期断，芳洲别思遥。黄金作人世，只被岁寒消。

下第出春明门

曾和秋雨驱愁入，却向春风领恨回。深谢灞陵堤畔柳，与人头上拂尘埃。

华 清 宫

何事金舆不再游，翠鬟丹脸岂胜愁。重门深锁禁钟后，月满骊山宫树秋。

秋日北固晚望二首

风含远思翛翛晚，日照高情的的秋。何事满江惆怅水，年年无语向东流。

泽国路岐当面苦，江城砧杵入心寒。不知白发谁医得，为问无情岁月看。

送 张 道 士

因将岁月离三岛，闲贮风烟在一壶。为问金乌头白后，人间流水却回无。

吴门春雨

吴甸落花春漫漫，吴宫芳树晚沉沉。王孙不耐如丝雨，罥断春风一寸心。

旅　夕一作食

风散古陂惊宿雁，月临荒戍起啼鸦。不堪吟断无人见，时复寒灯落一花。

瓜洲夜泊

偶为芳草无情客，况是青山有事身。一夕瓜洲渡头宿，天风吹尽广陵尘。

金陵晚望

曾伴浮云归一作悲晚翠，犹一作旋陪落日泛秋声。世间无限丹青手，一片一作段伤心画不成。

晚　思

虞泉冬恨由来短，杨叶春期分外长。惆怅浮生不知处，明朝依旧出沧浪。

长信宫二首

天上梦魂何杳杳，日宫消息太沉沉。君恩不似黄金井，一处团圆万丈深。

天上凤凰休寄梦，人间鹦鹉旧堪悲。平生心绪无人识，一只金梭万丈丝。此首题一作长门怨。

长安旅怀

马嘶九陌年年苦，人语千门日日新。唯有终南寂无事，寒光不入帝乡尘。

春

天柱几一作月桂数条支白日，天门几扇锁明时。阳春发处无根蒂，凭仗东风分外吹。

明月断魂清霭霭，平芜归思绿迢迢。人生莫遣头如雪，纵得春一作东风亦不消。

秋

阳羡溪声冷骇人，洞庭山翠晚凝神。天将金玉为风露，曾为高秋几度贫。

灞陵亭

一条归梦一作路朱弦直，一片离心白羽轻。明日灞陵新霁后，马头烟树绿相迎。

偶作二首

丁当玉佩三更雨，平帖金闺一觉云。明日薄情何处去，风流春水不知君。

霞衣重叠红蝉暖，云髻葱笼紫凤寒。天上少年分散后，一条烟水若为看。

永　夕

云鸿宿处江村冷，独狖啼时海国阴。不会残灯无一事，觉来犹有向隅心。

落　花

一叶落时空下泪，三春归尽复何情。无人共得东风语，半日尊前计不成。

下第后上永崇高侍郎

天上碧桃和露种，日边红杏倚云栽。芙蓉生在秋江上，不向东风怨未开。

句

君恩秋后叶，日日向人疏。宫词

全唐诗卷六六九

章　碣

章碣，孝标之子，登乾符进士第，后流落不知所终。诗一卷。

城南偶题

谁家朱阁道边开，竹拂栏干满壁苔。野水不知何处去，游人却是等闲来。南山气耸分红树，北阙风高隔紫苔。可惜登临好光景，五门须听鼓声回。

赠边将

千千铁骑拥尘红，去去平吞万里空。宛转龙蟠金剑雪，连钱豹躩绣旗风。行收部落归天阙，旋进封疆入帝聪。只有河源与辽海，如今全属指麾中。

桃　源

绝壁相欹是洞门，昔人从此入仙源。数株花下逢珠翠，半曲歌中老子孙。别后自疑园吏梦，归来谁信钓翁言。山前空有无情水，犹绕当时碧树村。

曲　江

日照香尘逐马蹄，风吹浪溅几回堤。无穷罗绮填花径，大半笙歌占麦畦。落絮却笼他树白，娇莺更学别禽啼。只缘频燕蓬洲客，引得游人去似迷。

送韦岫郎中典泗州 一作癸丑岁毗陵会中贻同老

玉皇恩诏别星班，去压徐方分野间。有鸟尽巢垂汴柳，无楼不到一作对隔淮山。旌旗渐向行时拥，案牍应从到日闲。想忆朝天独吟坐，旋飞一作携新作过秦关。

赠婺州苏员外

帝念琼枝欲并芳，星分婺女寄仙郎。鸾从阙下虽辞侣，雁到江都却续行。员外弟冲时任衢州。烟月一时搜古句，山川两地植甘棠。即看龙虎西归去，便佐羲轩活万方。

寄 友 人

谢家山水属君家，曾共持钩掷岁华。竹里竹鸡眠藓石，溪头鸂鶒踏金沙。登楼夜坐三层月，接果春看五色花。昨日西风动归思，满船凉叶在天涯。

雨

低着烟花漠漠轻，正堪吟坐掩柴扃。乱沾细网垂穷巷，斜送阴云入古厅。锁却暮愁终不散，添成春醉转难醒。霁来还有风流事，重染南山一遍青。

观锡宴

倾朝朱紫正骈阗，红杏青莎映广筵。不道楼台无锦绣，只愁尘土扑神仙。鱼衔嫩草浮池面，蝶趁飞花到酒边。日暮骅骝相拥去，几人沉醉失金鞭。

城东即事

闲寻香陌凤城东，时暂开襟向远风。玉笛一声芳草外，锦鸳双起碧流中。苑边花竹浓如绣，渭北山川淡似空。回首汉宫烟霭里，天河金阁未央宫。

夏日湖上即事寄晋陵萧明府

亭午羲和驻火轮，开门嘉树庇湖渍。行来宾客奇茶味，睡起儿童带簟纹。屋小有时投树影，舟轻不觉入鸥群。陶家岂是无诗酒，公退堪惊日已曛。

对　月

残霞卷尽出东溟，万古难消一片冰。公子踏开香径藓，美人吹灭画堂灯。琼轮正碾丹霄去，银箭休催皓露凝。别有洞天三十六，水晶台殿冷层层一作难登。

浙西送杜晦侍御入关

紫诏征贤发帝聪，绣衣行处扑香风。鹗归秦树幽禽散，星出吴天列舍空。捧日思驰仙掌外，朝宗势动海门中。鞭鞘所拂三千里，多少诸侯合避骢。

寄江东道友

野亭歌罢指西秦，避俗争名兴各新。碧带黄麻呈缥缈，短竿长线弄因循。夜潮分卷三江月，晓骑齐驱九陌尘。可惜人间好声势，片帆羸马不相亲。

下第有怀

故乡朝夕有人还，欲作家书下笔难。灭烛何曾妨夜坐，倾壶不独为春寒。迁来莺语虽堪听，落了杨花也怕看。但使他年遇公道，月轮长在桂珊珊。

春日经湖上友人别业

何处狂歌破积愁，携觞共下木兰舟。绿泉溅石银屏湿，黄鸟逢人玉笛休。天借烟霞装岛屿，春铺锦绣作汀洲。一年一电逡巡事，不合花前不醉游。

长安春日

春日皇家瑞景迟，东风无力雨微微。六宫罗绮同时泊，九陌烟花一样飞。暖著柳丝金蕊重，冷开山翠雪棱稀。输他得路蓬洲客，红绿山头烂醉归。

陪浙西王侍郎夜宴

深锁雷门宴上才，旋看歌舞旋传杯。黄金鸂鶒当筵睡，红锦蔷薇映烛开。稽岭好风吹玉佩，镜湖残月照楼台。小儒末座频倾耳，只怕城头画角催。

春　别

掷下离觞指乱山，趋程不待凤笙残。花边马嚼金衔去，楼上人垂玉箸看。柳陌虽然风袅袅，葱河犹自雪漫漫。殷勤莫厌貂裘重，恐犯三边五月寒。

送谢进士还闽

百越风烟接巨鳌，还乡心壮不知劳。雷霆入地建溪险，星斗逼人梨岭高。却拥木绵吟丽句，便攀龙眼醉香醪。名场声利喧喧在，莫向林泉改鬓毛。

焚书坑

竹帛烟销帝业虚，关河空锁祖龙居。坑灰未冷山东乱，刘项元来不读书。

东都望幸

《纪事》云：高湘侍郎南迁归阙，途次连江，连州邵安石以所业献，遂挈至辇下。湘主文，安石擢第，碣赋《东都望幸》刺之。

懒修珠翠上高台，眉月连娟恨不开。纵使东巡也无益，君王自领美人来。

旅舍早起

迹暗心多感，神疲梦不游。惊舟同厌夜，独树对悲秋。晚角和人战，残星入汉流。门前早行子，敲镫唱离忧。

癸卯岁毗陵登高会中贻同志

流落常嗟胜会稀，故人相遇菊花时。凤笙龙笛数巡酒，红树碧山无限诗。尘土十分归举子，乾坤大半属偷儿。长杨羽猎须留本，开济重为阙下期。

上元夜建元寺观灯呈智通上人

建元看别一作列上元灯，处处回廊斗火层。珠玉乱抛高殿佛，绮罗深拜远山僧。临风走笔思呈惠，到晓行禅合伴能。无限喧阗留不得，月华西下露华凝。

变体诗 蔡宽夫《诗话》：碣诗平侧各一韵，自号变体。

东南路尽吴江畔，正是穷愁暮雨天。鸥鹭不嫌斜两岸，波涛欺得逆风船。偶逢岛寺停帆看，深羡渔翁下钓眠。今古若论英达算，鸱夷高兴固无边。

全唐诗卷六七〇

秦韬玉

秦韬玉，字仲明，京兆人。中和二年，得准敕及第。僖宗幸蜀，以工部侍郎为田令孜神策判官。《投知小录》三卷，今编诗一卷。

长安书怀

凉风吹雨滴寒更，乡思欺一作撩人拨不平。长有归心悬马首，可堪无寐枕蛩声。岚收楚岫和空碧，秋染湘江到底清。早晚身闲著蓑去，橘香深处钓船横。

桧　树

翠一作窣云交干瘦轮囷，啸雨吟风几百春。深盖屈盘青麈尾，老皮张展黑龙鳞。唯堆一作将寒色资琴兴，不放秋声染俗尘。岁月如波事如梦，竟留苍翠待何人。

读五侯传

汉亡金镜道将衰，便有奸臣竞佐时。专国只夸兄弟贵，举家谁念子孙危。后宫得宠人争附，前殿陈诚帝不疑。朱紫盈门自称贵，可嗟区宇尽疮痍。

春　雪

云重寒空思寂寥，玉尘如糁满春〔朝〕(潮)。片才著地轻轻陷，力不禁风旋旋销。惹砌任他香粉妒，萦丛自学小梅娇。谁家醉卷珠帘看，弦管堂深暖易调。

贫　女

蓬门未识绮罗香，拟托良媒益自伤。谁爱风流高格调，共怜时世俭梳妆。敢将十指夸偏一作纤巧，不把双眉斗画长。苦恨年年压金线，为他人作嫁衣裳。

题　竹

削玉森森幽思清，院家高兴尚分明。卷帘阴薄漏山色，欹枕韵寒宜雨声。斜对酒缸偏觉好，静笼棋局最多情。却惊九陌轮蹄外，独有溪烟数十茎。

鹦　鹉

每闻别雁竞悲鸣，却叹一作向，一作羡。金笼寄此生。早是翠襟争爱惜，可堪丹嘴强分明。云漫陇树魂应断，歌接秦楼梦不成。幸自一作有祢衡一作正平人未识，赚他作赋被时轻。

寄李处士

吕望甘罗道已彰，只凭时数为门一作开张。世途必竟皆应定，人事都来不在忙。要路强干情本薄，旧山归去意偏长。因君指似封侯骨，渐拟回头别醉乡一作凤凰。

对　花

长与韶光暗有期，可怜蜂蝶却先知。谁家促席临低树，何处横钗戴一作带小枝。丽日多情一作晴疑曲照，和风得路合偏吹。向人虽道浑无语，笑一作几劝王孙到醉时。

寄　怀

总藏心剑事儒风，大道如今已浑同。会致名津搜俊彦，是张愁网绊英雄。苏公有国皆悬印，楚将无官可赏功。若使重生太平日，也应回首哭途穷。

题刑部李郎中山亭

侬家云水本相知，每到高斋强展眉。瘦竹弹烟遮板阁，卷荷擎一作惊雨出盆池。笑吟山色同欹枕，闲背庭阴对覆棋。不是主人多野兴，肯开青眼重渔师。

八月十五日夜同卫谏议看月

常时月好赖新晴，不似年年此夜生。初出海涛疑尚湿，渐来云路觉偏清。寒光入水蛟龙起，静色当天鬼魅惊。岂独座中堪仰望，孤高应到凤凰城。

亭　台

雕楹累栋架崔嵬，院宇生烟次第开。为向西窗添月色，岂辞南海取花栽。意将画地成幽沼，势拟驱山近小台。清境渐深官转重，春时长是别人来。

边　将

剑光如电马如风，百捷长轻是掌中。无定河边蕃将死，受降城外虏尘空。旗缝雁翅和竿袅，箭撚雕翎逐隼雄。自指燕山最高石，不知谁为勒殊功。

塞　下

到处人皆著战袍，麾旗一作席箕风紧马蹄一作篓劳。黑山霜重弓添硬，青冢沙平月更高。大野几重开一作闲雪岭，长河无限旧云涛。〔风〕(风)林关外皆唐土，何日陈兵戍不毛一作犹尚搜兵数似毛。

织锦妇

桃花日日觅新奇，有镜何曾及画眉。只恐轻梭难作匹，岂辞纤手遍生胝。合蝉巧间双盘带，联雁斜衔小折枝。豪贵大堆酬曲彻，可怜辛苦一丝丝。

钓　翁

一竿青竹老江隈，荷叶衣裳可自裁。潭定一作古静悬丝影直，风高斜飐浪纹开。朝携轻棹穿云去，暮背寒塘戴月回。世上无穷崄巇事，算应难入钓船来。

曲　江

曲沼深塘跃锦鳞，槐烟径里碧波新。此中境既无佳境，他处春应不是春。金榜真仙开乐席，银鞍公子醉花尘。明年二月重来看，好共东风作主人。

隋堤

种柳开河为胜游,堤前常使路人愁。阴埋野色万条思,翠束寒声千里秋。西日至今悲兔苑,东〔波〕(坡)终不反龙舟。远山应见繁华事,不语青青对水流。

天街

九衢风景尽争新,独占天门近紫宸。宝马竞随朝暮客,香车争碾古今尘。烟光正入南山色,气势遥连北阙春。莫见繁华只如此,暗中还换往来人。

紫骝马

渥洼奇骨本难求,况是豪家重紫骝。膘大宜悬银压胯,力浑欺著一作却玉衔头。生狞弄影风随步一作起,跧一作蹬蹀冲尘汗满沟。若遇丈一作大夫能控驭,任从骑一作驱取觅封侯。

问古

大底荣枯各自行,兼疑阴骘也难明。无门雪向头中出,得路云从脚下生。深作四溟何浩渺,高为五岳太峥嵘。都来总向人间看,直到皇天可是平。

豪家

石甃通渠引御波,绿槐阴里五侯家。地衣镇角香狮子,帘额侵钩绣避邪。按彻清歌天未晓,饮回深院漏犹赊。四邻池馆吞将尽,尚自堆金为买花。

陈　宫

临春高阁拟瀛洲，贪宠张妃作一作事胜游。更把江山为己有，岂知台榭是身雠。金城暗逐歌声碎，钱瓮潜随舞势休。谁识古宫堪恨处，井桐吟雨不胜秋。

送友人罢举授南陵令

共言愁是酌离杯，况值弦歌枉大才。献赋未为龙化去，除书犹喜凤衔来。花明驿路燕脂暖，山入江亭罨画开。莫把新诗题别处，谢家临水有池台。

投知己

炉中九转炼虽成，教主看时亦自惊。群岳并天先减翠，大江临海恐无声。赋一作晚归已罢吴门钓，身一作垂，一作投。老仍抛楚岸耕。唯有太平方寸血，今朝尽向隗台倾。

牡　丹

拆妖放艳有谁催，疑就仙中旋折来。图把一春皆占断，固留三月始教开。压枝金蕊香如扑，逐朵檀心巧胜裁。好是酒阑丝竹罢，倚风含笑向楼台。

春　游

选胜逢君叙解携，思和芳草远烟迷。小梅香里黄莺啭，垂柳阴中白马嘶。春引美人歌遍一作板熟，风牵公子酒旗低。早知有此关身事，悔不前年住越溪。

仙　掌

万仞连峰积翠新，灵踪依旧印轮巡。何如捧日安皇道，莫把回山示世人。已擘峻流穿太岳，长扶王气拥强秦。为余势负天工背，索取风云际会身。

燕　子

不知大厦许栖无，频已衔泥到座隅。曾与佳人并头语，几回抛却绣工夫。

奉和春日玩雪

北阙同云掩晓霞，东风春雪满山家。琼章定少千人和，银树先一作长开六出花。

独坐吟

客愁不尽本如水，草色含情更无已。又觉春愁似草生，何人种在情田里。

采茶歌 一作紫笋茶歌

天柱香芽露香发，烂研瑟瑟穿荻篾。太守怜才寄野人，山童碾破团团月。倚云便酌泉声煮，兽炭潜然虬珠吐。看著晴天早日明，鼎中飒飒筛风雨。老翠看尘下才熟，搅时绕箸天一作秋云绿。耽书病酒两多情，坐对闽瓯睡先足。洗我胸中幽思清，鬼神应愁歌欲成。

贵公子行

阶前莎球绿不卷，银龟喷香挽不断。乱花织锦柳撚线，妆点池台画屏展。主人公业传国初，六亲联络驰朝车。斗鸡走狗家世事，抱来皆佩一作著黄金鱼。却笑儒生把书卷，学得颜回忍饥面。

吹笙歌

信陵名重怜高才，见我长吹青眼开。便出燕姬再倾醑，此时花下逢仙侣。弯弯狂月压秋波，两条黄金闳黄雾。逸艳初因醉态见，浓春可是韶光与。纤纤软玉捧暖笙，深思香风吹不去。檀唇呼吸宫商改，怨情渐逐清新举。岐山取得娇凤雏，管中藏著轻轻语。好笑襄王大迂阔，曾卧巫云见神女。银锁金簧不得听，空劳翠辇冲泥雨。

咏手

一双十指玉纤纤，不是风流物不拈。鸾镜巧梳匀翠黛，画楼闲望擘珠帘。金杯有喜轻轻点，银鸭无香旋旋添。因把剪刀嫌道冷，泥人呵了弄人髯。

句

女娲罗裙长百尺，搭在湘江作山色。潇湘　见《诗话总龟》

全唐诗卷六七一

唐彦谦

唐彦谦，字茂业，并州人。咸通时，举进士十馀年不第。乾符末，携家避地汉南。中和中，王重荣镇河中，辟为从事。光启末，贬汉中掾曹。杨守亮镇兴元，署为判官，累官至副使，阆、壁、绛三州刺史。彦谦博学多艺，文词壮丽，至于书画音乐，无不出于辈流，号鹿门先生。集三卷，今编诗二卷。

逢韩喜

相逢浑不觉，只似茂陵贫。袅袅花骄客，潇潇雨净春。借书消茗困，索句写梅真。此去青云上，知君有几人。

夜坐示友

夜久烛花落，凄声生远林。有怀嫌会浅，无事又秋深。黄叶归田梦，白头行路吟。山中亦可乐，不似此同襟。

梅亭

东海穷诗客，西风古驿亭。发从残岁白，山入故乡青。世事徒三窟，儿曹且一经。丁宁速赊酒，煮栗试砂瓶。

岁　除

索索风搜客，沉沉雨洗年。残林生猎迹，归鸟避窑烟。节物杯浆外，溪山鬓影前。行藏都未定，笔砚或能捐。

咏　月

阴盛此宵中，多为雨与风。坐无风雨至，看与雪霜同。抱湿离遥海，倾寒向远空。年年不相一作可值，还似道难通。

闻应德茂先离棠溪

落日芦花雨，行人豰树村。青山时问路，红叶自知门。苜蓿穷诗味，芭蕉醉墨痕。端知弃城市，经席许频温。

松

托根蟠泰华，倚干蚀莓苔。谁云山泽间，而无梁栋材。

梅

玉人下瑶台，香风动轻素。画角弄江城，鸣珰月中堕。

兰二首

清风摇翠环，凉露滴苍玉。美人胡不纫，幽香蔼空谷。

谢庭漫芳草，楚畹多绿莎。于焉忽相见，岁晏将如何。

葡　萄

金谷风露凉，绿珠醉初醒。珠帐夜不收，月明堕清影。

春　草

随梦入池塘，无心在金谷。青风自年年，吹遍天涯绿。

渔

相聚即为邻，烟火自成簇。约伴过前溪，撑破蘼芜绿。

留别四首

鹏程三万里，别酒一千钟。好景当三月，春光上国浓。

野花红滴滴，江燕语喃喃。鼓吹翻新调，都亭酒正酣。

登庸趋俊乂，厕用野无遗。起喜赓歌日，明良际会时。

盐车淹素志，长坂入青云。老骥春风里，奔腾独异群。

秋　葵

月瓣团栾剪赭罗，长条排蕊缀鸣珂。倾阳一点丹心在，承得中天雨露多。

春　草

天北天南绕路边，托根无处不延绵。萋萋总是无情物，吹绿东风又一年。

春日偶成

綦筝箫管和琵琶，兴满金尊酒量赊。歌舞留春春似海，美人颜色正如花。

秋日感怀

溪上芙蓉映醉颜，悲秋宋玉鬓毛斑。无情最恨东流水，暗逐芳年去不还。

七　夕

会合无由叹久违，一年一度是缘非。而予愿乞天孙巧，五色纫针补衮衣。

怀　友

金井凉生梧叶秋，闲看新月上帘钩。冰壶总忆人如玉，目断重云十二楼。

翡　翠

莎草江汀漫晚潮，翠华香扑水光遥。玉楼春暖笙歌夜，妆点花钿上舞翘。

咏马二首

紫云团影电飞瞳，骏骨龙媒自不同。骑过玉楼金辔响，一声嘶断落花风。

崚嶒高耸骨如山，远放春郊苜蓿间。百战沙场汗流血，梦魂犹在玉门关。

留　别

丹湖湖上送行舟，白雁啼残芦叶秋。采石江头旧时路，题诗还忆水边楼。

咏竹

醉卧凉阴沁骨清，石床冰簟梦难成。月明午夜生虚籁，误听风声是雨声。

忆孟浩然

郊外凌兢西复东，雪晴驴背兴无穷。句搜明月梨花内，趣入春风柳絮中。

寄友三首

新酒秦淮缩项鳊，凌霄花下共流连。别来客邸空翘首，细雨春风忆往年。

寒灯孤对拥青毡，牢落何如似客边。却忆花前酣后饮，醉呼明月上遥天。

客里逢春一惘然，梅花落尽柳如烟。无情最恨东来雁，底事音书不肯传。

无题十首

细草铺茵绿满堤，燕飞晴日正迟迟。寻芳陌上花如锦，折得东风第一枝。

锦筝银甲响鹍弦，勾引春声上绮筵。醉倚阑干花下月，犀梳斜亸鬓云边。

楚云湘雨会阳台，锦帐芙蓉向夜开。吹罢玉箫春似海，一双彩凤忽飞来。

春江新水促归航，惜别花前酒漫觞。倒尽银瓶浑不醉，却怜和泪入愁肠。

谁知别易会应难，目断青鸾信渺漫。情似蓝桥桥下水，年来流恨几时干。

漏滴铜龙夜已深，柳梢斜月弄疏阴。满园芳草年年恨，剔尽灯花夜夜心。

夜合庭前花正开，轻罗小扇为谁裁。多情惊起双蝴蝶，飞入巫山梦里来。

忆别悠悠岁月长，酒兵无计敌愁肠。柔丝漫折长亭柳，绾得同心欲寄将。

杨柳青青映画楼，翠眉终日锁离愁。杜鹃啼落枝头月，多为伤春恨不休。

云色鲛〔绡〕(鮹)拭泪颜，一帘春雨杏花寒。几时重会鸳鸯侣，月下吹笙和彩鸾。

寄同上人

高高山顶寺，更有最高人。定起松鸣屋，吟圆月上身。云藏三伏热，水散百溪津。曾乞兰花供，无书又过春。

夜　坐

愁鬓丁年白，寒灯丙夜青。不眠惊戍鼓，久客厌邮铃。汹汹城喷海，疏疏屋漏星。十年穷父子，相守慰飘零。

吊方干处士二首

不谓高名下，终全玉雪身。交犹及前辈，语不似今人。别号行鸣雁，遗编感获麟。敛衣应自定，只著古衣一作仪巾。

不比他人死，何诗可挽君。渊明元懒仕，东野别攻文。沧海诸公泪，青山处士坟。相看莫浪哭，私谥有前闻。

题证道寺

弯环青径斜，自是野僧家。满涧洗岩液，插天排石牙。炉寒馀柏子，架静落藤花。记得逃兵日，门多贵客车。

宿赵嵊别业

溪山兵后县，风雪旅中人。迫夜愁严鼓，冲寒托软巾。摧藏名字在，疏率馔殽真。今代徐元直，高风自可亲。

原　上 第五句缺一字

危桥横古渡，村野带平林。野鹜寒塘静，山禽晓树深。雨微风矗□，云暗雪侵寻。安道门前水，清游岂独吟。

寄台省知己

久怀声籍甚，千里致双鱼。宦路终推毂，亲帏且著书。才名贾太傅，文学马相如。辙迹东巡海，何时适我闾。

自　咏

白发三千丈，青春四十年。两牙摇欲落，双膝瘫如挛。强仕非时彦，无闻惜昔贤。自期终见恶，未忍舍遗编。

游阳明洞呈王理得诸君

禹穴苍茫不可探，人传灵笈锁烟岚。初晴鹤点青边嶂，欲雨龙移黑处潭。北半斋坛天寂寂，东风仙洞草毵毵。堪怜尹叟非关吏，犹向江南逐老聃。

新　丰

沛中歌舞百馀人，帝业功成里巷新。半夜素灵先哭楚，一星遗火下烧秦。貔貅扫尽无三户，鸡犬归来识四邻。惆怅故园前事远，晓风长路起埃尘。

拜越公墓因游定水寺有怀源老

越公已作飞仙去，犹得潭潭好墓田。老树背风深拓地，野云依海细分天。青峰晓接鸣钟寺，玉井秋澄试茗泉。我与源公旧相识，遗言潇洒有人传。

任潜谋隐之作

江边秋日逢任子，大理索诗吾欲忘。为问山资何次第，只馀丹诀转凄凉。黄金范蠡曾辞禄，白首虞翻未信方。千古浮云共归思，晓风城郭水花香。

晚秋游中溪

淡竹冈前沙雁飞，小花尖下柘丸肥。山云不卷雨自薄，天气欲寒人正归。招伴只须新稻酒，临风犹有旧苔矶。故人旧业依稀在，怪石老松今是非。

寄陈少府兼简叔高

怀人路绝云归海，避俗门深草蔽丘。万事渐消闲客梦，一年虚白少年头。山鸎啼缓从除架，淮雁来多莫上楼。近日邻家有新酿，每逢诗伴得淹留。

过清凉寺王导墓下

江左风流廊庙人，荒坟抛与梵宫邻。多年羊虎犹眠石，败壁貂蝉只贮尘。万古云山同白骨，一庭花木自青春。永思陵下犹凄切，废屋寒风吹野薪。

第三溪

日晏霜浓十二月，林疏石瘦第三溪。云沙有径萦寒烧，松屋无人闻昼鸡。几聚衣冠埋作土，当年歌舞醉如泥。早知涉世真成梦，不弃山田春雨犁。

蒲津河亭

宿雨清秋霁景澄，广亭高树向晨兴。烟横博望乘槎水，日上文王避雨陵。孤棹夷犹期独往，曲阑愁绝每长凭。思乡怀古多一作人伤别，况此一作此际哀吟意不胜。

毗陵道中

百年只有百清明，狼狈今年又避兵。烟火谁开寒食禁，簪裾那复丽人行。禾麻地废生边气，草木春寒起战声。渺渺飞鸿天断处，古来还是阖闾城。

越城待旦 第三句缺一字

策策虚楼竹隔明，悲来展转向谁倾。天寒〔胡〕雁出万里，月落越鸡啼四更。为底朱颜成老色，看人青史上新名。清溪白石村村有，五尺乌犍托此生。

过浩然先生墓

人间万卷庞眉老，眼见堂堂入草莱。行客须当下马过，故交谁复裹鸡来。山花不语如听讲，溪水无情自荐哀。犹胜黄金买碑碣，百年名字已烟埃。

赠孟德茂 浩然子

江海悠悠雪欲飞，抱书空出又空归。沙头人满鸥应笑，船上酒香鱼正肥。尘土竟成谁计是，山林又悔一年非。平生万卷应夫子，两世功名穷布衣。

秋霁丰德寺与玄贞师咏月

露冷风轻霁魄圆，高楼更在碧山巅。四溟水合疑无地，八月槎通好上天。黯黯星辰环紫极，喧喧朝市匝青一作蔽苍烟。夜深独与岩僧语，群动消声举世眠。

长　陵

长安高阙此安刘，祔葬累累尽列侯。丰上旧居无故里，沛中原庙对荒丘。耳闻明一作英主提三尺，眼见愚民盗一坯。千载腐一作竖儒骑瘦马，渭城一作滨斜月一作日重回头。

留　别

西入潼关路，何时更盍簪。年来人事改，老去鬓毛侵。花染离筵泪，葵倾报国心。龙潭千尺水，不似别情深。

宿独留

日晚宿留城，人家半掩门。群鸦栖老树，一犬吠荒村。争买鱼添价，新篘酒带浑。船头对新月，谁与共清论。

客中感怀

客路三千里，西风两鬓尘。贪名笑吴起，说国叹苏秦。托兴非耽酒，思家岂为莼。可怜今夜月，独照异乡人。

过三山寺

三山江上寺，宫殿望岧峣。石径侵高树，沙滩半种苗。一僧归晚日，群鹭宿寒潮。遥听风铃语，兴亡话六朝。

望夫石

江上见危矶，人形立翠微。妾来终日望，夫去几时归。明月空悬镜，苍苔漫补衣。可怜双泪眼，千古断斜晖。

过湖口

江湖分两路，此地是通津。云净山浮翠，风高浪泼银。人行俱是客，舟住即为邻。俯仰烟波内，蜉蝣寄此身。

夜泊东溪有怀

水昏天色晚，崖下泊行舟。独客伤归雁，孤眠叹野鸥。溪声牵别恨，乡梦惹离愁。酒醒推篷坐，凄凉望女牛。

登庐山

五老峰巅望，天涯在目前。湘潭浮夜雨，巴蜀暝寒烟。泰华根同峙，嵩衡脉共联。凭虚有仙骨，日月看推迁。

金陵九日

野菊西风满路香，雨花台上集壶觞。九重天近瞻钟阜，五色云中望建章。绿酒莫辞今日醉，黄金难买少年狂。清歌惊起南飞雁，散作秋声送夕阳。

游清凉寺

白云红树路纡萦，古殿长廊次第行。南望水连桃叶渡，北来山枕石头城。一尘不到心源净，万有俱空眼界清。竹院逢僧旧曾识，旋披禅衲为相迎。

高平九日

云净南山紫翠浮，凭陵绝顶望悠悠。偶逢佳节牵诗兴，漫把芳尊遣客愁。霜染鸦枫迎日醉，寒冲泾水带冰流。乌纱频岸西风里，笑插黄花满鬓秋。

金陵怀古

碧树凉生宿雨收，荷花荷叶满汀洲。登高有酒浑忘醉，慨古无言独倚楼。宫殿六朝遗古迹，衣冠千古漫荒丘。太平时节殊风景，山自青青水自流。

道中逢故人

兰陵市上忽相逢,叙别殷勤兴倍浓。良会若同鸡黍约,暂时不放酒杯空。愁牵白发三千丈,路入青山几万重。行色一鞭催去马,画桥嘶断落花风。

早行遇雪

下马天未明,风高雪何急。须臾路欲迷,顷刻山尽白。鸡犬寂无声,曙光射寒色。荒村绝烟火,髯冻布袍湿。王事不可缓,行行动凄恻。

樊登见寄四首

新辞翦秋水,洗我胸中尘。无由惬良会,极目空怀人。醉来拔剑歌,字字皆阳春。

轻黄著柳条,新春喜更始。感时重搔首,怅望不能已。无由托深情,倾泻芳尊里。

明月入我室,天风吹我袍。良夜最岑寂,旅况何萧条。驰情望海波,一鹤鸣九皋。

悠悠括城北,眄眄岩泉西。宿草暝烟绿,苦竹含云低。幽怀不可托,鹧鸪空自啼。

春风四首

春风吹愁端,散漫不可收。不如古溪水,只望乡江流。

新花红烁烁,旧花满山白。昔日金张门,狼藉馀废宅。

回头语春风,莫向新花丛。我见朱颜人,多金亦成翁。

多金不足惜,丹砂亦何益。更种明年花,春风自相识。

感物二首

騄骥初失群，亦自矜趫腾。俯仰岁时久，帖然困蚊蝇。豪鲸逸其穴，尺水成沧溟。岂无鱼鳖交，望望为所憎。物理有翕张，达人同废兴。幸无怵迫忧，聊复曲吾肱。

鱼目出泥沙，空村百金珍。豫章值拥铍，细细供蒸薪。论材何必多，适用即能神。托交何必深，寡求永相亲。鲍叔拙羁鲁，张生穷厄陈。茫然扳援际，岂意出风尘。

和陶渊明贫士诗七首

贫贱如故旧，少壮即相依。中心不敢厌，但觉少光辉。向来乘时士，亦有能奋飞。一朝权势歇，欲退无所归。不如行其素，辛苦奈寒饥。人生系天运，何用发深悲。

我居在穷巷，来往无华轩。辛勤衣食物，出此二亩园。薤菘郁朝露，桑柘浮春烟。以兹乱心曲，智计无他奸。择胜不在奢，兴至发清言。相逢樵牧徒，混混谁愚贤。

松风四山来，清宵响瑶琴。听之不能寐，中有怨叹音。旦起绕其树，磈砢不计寻。清阴可敷席，有酒谁与斟。由来大度士，不受流俗侵。浩歌相倡答，慰此霜雪心。

中年涉事熟，欲学唾面娄。逡巡避少年，赴秽不敢酬。旁人吁已甚，自喜计虑周。微劳消厚疢，残辱胜深忧。从知为下安，处上反无俦。人生各有志，勇懦从所求。

古人重畎亩，有禄不待干。德成禄自至，释耒列王官。不仕亦不贫，本自足饔餐。后世耻躬耕，号呼脱饥寒。我生千祺后，念此愧在颜。为农倘可饱，何用出柴关。

村郊多父老，面垢头如蓬。我尝使之年，言语不待工。古来名节士，敢望彭城龚。有叟诮其后，更恨道不通一作同。鄙哉谗谗者，为隘不为通。低头拜野老，负米吾愿从。

去年秋事荒，贩粜仰邻州。健者道路间，什百成朋俦。今年渐向熟，庶几民不流。书生自无田，与众同喜忧。作诗劳邻曲，有倡谁与酬。亦无采诗者，此修何可修。

舟中望紫岩

近山如画墙，远山如帚长。我从云中来，回头白茫茫。惜去乃尔觉，常时自相忘。相忘岂不佳，遣此怀春伤。飘洒从何来，衣巾湿微凉。初疑风雨集，冉冉游尘黄。无归亦自可，信美非吾乡。登舟望东云，犹向帆端翔。

九日游中溪

悠悠循涧行，磊磊据石坐。林垂短长云，山缀丹碧颗。蓼花最无数，照水娇婀娜。何知是节序，风日自清妥。群童竞时新，万果间蔬蓏。欣然为之醉，乌帽危不堕。此日山中怀，孟公不如我。

六月十三日上陈微博士

骄云飞散雨，随风为有无。老农终岁心，望施在须臾。平生官田粟，长此礼义躯。置之且勿戚，一饱任妻孥。

青青泽中蒲，九夏气凄寒。翾翾翠碧羽，照影苍溪间。巢由薄天下，俗士荣一官。小大各有适，自全良独难。

穷居无公忧，私此长夏日。蚊蝇如俗子，正尔相妒嫉。麾驱非吾任，遁避亦无术。惟当俟其定，静坐万虑一。

宿田家 第十四句缺一字

落日下遥峰，荒村倦行履。停车息茅店，安寝正鼾睡。忽闻扣门急，云是下乡隶。公文捧花押，鹰隼驾声势。良民惧官府，听之肝胆碎。阿母出搪塞，老脚走颠踬。小心事延款，□馀粮复匮。东邻借种鸡，西舍觅芳醑。再饭不厌饱，一饮直呼醉。明朝怯见官，苦苦灯前跪。使我不成眠，为渠滴清泪。民膏日已瘠，民力日愈弊。空怀伊尹心，何补尧舜治。

夏日访友

〔堤〕(提)树生昼凉，浓阴扑空翠。孤舟唤野渡，村疃入幽邃。高轩俯清流，一犬隔花吠。童子立门墙，问我向何处。主人闻故旧，出迎时倒屣。惊讶叙间阔，屈指越寒暑。殷勤为延款，偶尔得良会。春盘擘紫虾，冰鲤斫银鲙。荷梗白玉香，荇菜青丝脆。腊酒击泥封，罗列总新味。移席临湖滨，对此有佳趣。流连送深杯，宾主共忘醉。清风岸乌纱，长揖谢君去。世事如浮云，东西渺烟水。

游南明山

久闻南明山，共慕南明寺。几度欲登临，日逐扰人事。于焉偶闲暇，鸣辔忽相聚。乘兴乐遨游，聊此托佳趣。涉水渡溪南，迢遥翠微里。石磴千叠斜，峭壁半空起。白云锁峰腰，红叶暗溪嘴。长藤络虚岩，疏花映寒水。金银拱梵刹，丹青照廊宇。石梁卧秋溟，风铃作檐语。深洞结苔阴，岚气滴晴雨。羊肠转咫尺，鸟道转千里。屈曲到禅房，上人喜延伫。香分宿火薰，茶汲清泉煮。投闲息万机，三生有宿契。行厨出盘飧，担瓮倒芳醑。脱冠挂长松，白石藉凭倚。宦途劳营营，暂此涤尘虑。阄令促传觞，投壶更联句。兴来较胜负，醉后忘尔汝。忽闻吼蒲牢，落日下云屿。长啸出烟萝，扬鞭赋归去。

索　虾

姑孰多紫虾，独有湖阳优。出产在四时，极美宜于秋。双箝鼓繁须，当顶抽长矛。鞠躬见汤王，封作朱衣侯。所以供盘餐，罗列同珍羞。蒜友日相亲，瓜朋时与俦。既名钓诗钓，又作钩诗钩。于时同相访，数日承款留。厌饮多美味，独此心相投。别来岁云久，驰想空悠悠。衔杯动遐思，哆口涎空流。封缄托双鲤，于焉来远求。慷慨胡隐君，果肯分惠否。

采桑女

春风吹蚕细如蚁，桑芽才努青鸦嘴。侵晨探采谁家女，手挽长条泪如雨。去岁初眠当此时，今岁春寒叶放迟。愁听门外催里胥，官家二月收新丝。

送许户曹

沙头小燕鸣春和，杨柳垂丝烟倒拖。将军楼船发浩歌，云樯高插天嵯峨。白虹走香倾翠壶，劝饮花前金叵罗。神鳌驾粟升天河，新承雨泽浮恩波。

咏葡萄

西园晚霁浮嫩凉，开尊漫摘葡萄尝。满架高撑紫络索，一枝斜亸金琅珰。天风飕飕叶栩栩，蝴蝶声干作晴雨。神蛟清夜蛰寒潭，万片湿云飞不起。石家美人金谷游，罗帏翠幕珊瑚钩。玉盘新荐入华屋，珠帐高悬夜不收。胜游记得当年景，清气逼人毛骨冷。笑呼明镜上遥天，醉倚银床弄秋影。

蟹

湖田十月清霜堕，晚稻初香蟹如虎。扳罾拖网取赛多，篾篓挑将水边货。纵横连爪一尺长，秀凝铁色含湖光。蟛蜞石蟹已曾食，使我一见惊非常。买之最厌黄髯老，偿价十钱尚嫌少。漫夸丰味过蝤蛑，尖脐犹胜团脐好。充盘煮熟堆琳琅，橙膏酱渫调堪尝。一斗擘开红玉满，双螯哆出琼酥香。岸头沽得泥封酒，细嚼频斟弗停手。西风张翰苦思鲈，如斯丰味能知否？物之可爱尤可憎，尝闻取刺于青蝇。无肠公子固称美，弗使当道禁横行。

叙　别

谯楼夜促莲花漏，树阴摇月蛟螭走。蟠拏对月吸深杯，月府清虚玉兔吼。翠盘擘脯胭脂香，碧碗敲冰分蔗浆。十载番思旧时事，好怀不似当年狂。夜合花香开小院，坐爱凉风吹醉面。酒中弹剑发清歌，白发年来为愁变。

全唐诗卷六七二

唐彦谦

绯 桃

短墙荒圃四无邻，烈火绯桃照地春。坐久好风休掩袂，夜来微雨已沾巾。敢同俗态期青眼，似有微词动绛唇。尽日更无乡井念，此时何必见秦人。

小 院

小院无人夜，烟斜月转明。清宵易惆怅，不必有离情。

春雪初霁杏花正芳月上夜吟

霁景明如练，繁英杏正芳。姮娥应有语，悔共雪争光。

文 惠 宫 人

认得前家令，宫人泪满裾。不知梁佐命，全是沈尚书。

赠 窦 尊 师

我爱窦高士，弃官仍在家。为嫌勾漏令，兼不要丹砂。

穆天子传

王母清歌玉琯悲，瑶台应有再来期。穆王不得重相见，恐为无端哭盛姬。

楚　天

楚天遥望每长颦，宋玉襄王尽作尘。不会瑶姬朝与暮，更为云雨待何人。

寄徐山人

一室清羸鹤体孤，气和神莹爽冰壶。吴中高士虽求死，不那稽山有谢敷。

题宗人故帖

所忠无处访相如，风箧尘编迹尚馀。惟有孝标情最厚，一编遗在茂陵书。

垂　柳

绊惹春风一作风光别有情，世间谁敢斗轻盈。楚王江畔无端种，饿损纤腰一作宫娥学不成。

登兴元城观烽火

汉川城上角三呼，扈跸防边列万夫。〔褒〕(衰)姒冢前烽火起，不知泉下破颜无。

邓艾庙

昭烈遗黎死尚羞，挥刀斫石恨谯周。如何千载留遗庙，血食巴山伴武侯。

曲江春望

杏艳桃光一作娇夺晚霞，乐游无庙有年华。汉朝冠盖皆陵墓，十里宜春汉一作下苑花。

汉殿

乌去云飞意不通，夜坛斜月转松风。君王寂虑无消息，却就闲人觅巨公。

贺李昌时禁苑新命

振鹭翔鸾集禁闱，玉堂珠树莹风仪。不知新一作亲到灵和殿，张绪何如柳一枝。

牡丹

颜色无因饶锦绣，馨香惟解掩兰荪。那堪更被烟蒙蔽，南国西施泣断魂。

罗江驿

数枝高柳带鸣鸦，一树山榴自落花。已是向来多泪眼，短亭回首在天涯。

奏捷西蜀题沱江驿

野客乘轺非所宜，况将儒懦报戎机。锦江不识临邛酒，且免相如渴病归。

春早落英

纷纷从此见花残，转觉长绳系日难。楼上有愁春不浅，小桃风雪凭阑干。

仲山 高祖兄仲隐居之所

千载遗踪寄薜萝，沛中乡里旧山河。长陵亦是闲丘陇，异日谁知与仲多。

汉嗣

汉嗣安危系数君，高皇决意势难分。张良口辨周昌吃，同建储宫第一勋。

四老庙

西汉储宫定不倾，可能园绮胜良平。举朝公将无全策，借请闲人羽翼成。

南梁戏题汉高庙

数载从军似武夫，今随戎捷气偏粗。汉皇一作王若问何为者，免道高阳旧酒徒。

洛　神

人世仙家本自殊，何须相见向中途。惊鸿瞥过游龙去，漫恼陈王一事无。

初秋到慈州冬首换绛牧

秋杪方攀玉树枝，隔年无计待春晖。自嫌暂作仙城守，不逐莺来共燕飞。

重经冯家旧里

冯家旧宅闭柴关，修竹犹存潏一作浰水湾。应系星辰天上去，不留英骨葬人间。

克复后登安国寺阁

千门万户鞠蒿藜，断烬遗垣一望迷。惆怅建章鸳瓦尽，夜来空见玉绳低。

题虔僧室

何缘春恨贮离忧，欲入空门万事休。水月定中何所谓，也颦眉黛托腮愁。

见炀帝宝帐

汉文穷相作前王，悭惜明珠不斗量。翡翠鲛绡何所直，千裨万接上书囊。

楼上偶题

尘土无因狎隐沦，青山一望每伤神。可能前岭空乔木，应有怀才抱器人。

亲仁里闻猿

朱雀街东半夜惊，楚魂湘一作和梦两徒一作雨中清。五更撩乱趋朝火，满口尘埃亦数声。

闻李渎司勋下世

异乡丹旐已飘扬，一顾深知实未亡。任被褚裒泉下笑，重将北面哭真长。

试夜题省廊桂

麻衣穿穴两京尘，十见东堂绿桂春。今日竞飞杨叶箭，魏舒休作画筹人。

竹风

竹映风窗数阵斜，旅人愁坐思无涯。夜来留得江湖梦，全为乾声似荻花。

长溪秋望

柳短莎长溪水流，雨微烟暝立溪头。寒鸦闪闪前山去，杜曲黄昏独自愁。

严子陵

严陵情性是真狂，抵触三公傲帝王。不怕旧交嗔僭越，唤他侯霸作君房。

北齐

草草招提强据鞍，周师乘胜莫回看。背城肯战知虚实，争奈人前忍笑难。

楚世家

偏信由来惑是非，一言邪佞脱危机。张仪重入怀王手，驷马安车却放归。

骊山道中

月殿真妃下彩烟，渔阳追虏及汤泉。君王指点新丰树，几不亲留七宝鞭。

韦曲

欲写愁肠愧不才，多情练漉已低摧。穷郊二月初离别，独傍寒村嗅野梅。

黄子陂荷花

十顷狂风撼麹尘，缘堤照水露红新。世间花气皆愁绝，恰是莲香更恼人。

野　行

蝶恋晚花终不去，鸥逢春水固难飞。野人心地都无著，伴蝶随鸥亦不归。

兴元沈氏庄

清浅萦纡一水间，竹冈藤树小跻攀。露沾荒草行人过，月上高林宿鸟还。江绕武侯筹笔地，雨昏张载勒铭山。异乡一笑因酣醉，忘却愁来鬓发斑。

乱后经表兄琼华观旧居

一去仙居似转蓬，再经花谢倚春丛。醉中篇什金声在，别后音书锦字空。长忆映碑逢若士，未曾携杖逐壶公。东风狼藉苔侵径，蕙草香销杏带红。

秋霁夜吟寄友人

槐柳萧疏溽暑收，金商频伏火西流。尘衣岁晚缘身贱，雨簟更深满背秋。前事悲凉何足道，远书慵懒未能修。惟思待月高梧下，更就东床访惠休。

贺李昌时禁苑新命

玉简金文直上清，禁垣丹地闭严扃。黄扉议政参元化，紫殿称觞拂寿星。万户千门迷步武，非烟非雾隔仪形。尘中旧侣无音信，知道辽东鹤姓丁。

寄蒋二十四

鸟啭蜂飞日渐长，旅人情味悔思量。禅门澹薄无心地，世事生疏欲面墙。二月云烟迷柳色，九衢风土带花香。大一作亦知高士禁愁寂，试倚阑干莫断肠。

寄　怀

有客伤春复怨离，夕阳亭畔草青时。泪从一作随红蜡无由制，肠比朱弦恐更危。梅向好风惟是笑，柳因微雨不胜垂。双溪未去饶归梦，夜夜孤眠枕独欹。

送樊琯司业归朝

近者苏司业，文雄道最光。夫君居太学，妙誉继中行。汲郡陵初发，汾阴篋久亡。寂寥方倚席，容易忽升堂。去日应悬榻，来时定裂裳。惬心频拾芥，应手屡穿杨。辩急如无敌，飞腾固自强。论心期舌在，问事畏头长。驷马终题柱，诸生悉面墙。啖螯讥尔雅，卖饼诉公羊。《三国志》注：魏严干善《春秋公羊》，钟繇好《左氏》，谓《公羊》为卖饼家。未见泥函谷，俄惊火建章。烟尘昏象魏，行在隔巴梁。红粟填郿坞，青袍过寿阳。剪茅行殿湿，伐柏旧陵香。黉室青衿尽，渠门火旆扬。云飞同去国，星散各殊方。贱子悲穷辙，当年亦擅场。齑辛寻幼妇，醴酒忆先王。圣域探姬孔，皇风乐禹汤。畏诛轻李喜，言命小臧仓。折树休盘槊，沉钩且钓璜。鸿都问词客，他日莫相忘。

奉使岐下闻唐弘夫行军为贼所擒伤而有作

报国捐躯实壮夫，楚囚垂欲复神都。云台画像皆何者，青史书名或不孤。散卒半随袁校尉，寡妻休问辟司徒。闻君败绩无归计，气激星辰坐向隅。

咸通中始闻褚河南归葬阳翟是岁上平徐方大肆庆赏又诏八品锡其裔孙追叙风概因成二十韵

册府藏馀烈，皇纲正本朝。不听还笏谏，几覆缀旒祧。咫尺言终直，怆惶道已消。泪心传位日，挥涕授遗朝。飞燕潜来赵，黄龙岂见谯。既迷秦帝鹿，难问贾生雕。穆卜缄縢秘，金根辙迹遥。北军那夺印，东海漫难桥。罗织黄门讼，笙簧白骨销。炎方无信息，丹旐竟沦漂。邂逅江鱼食，凄凉楚客招。文忠徒谥议，子卯但箫韶。未见公侯复，寻伤嗣续凋。流年随水逝，高谊薄层霄。柱石林公远，缣缃故国饶。奇踪天骥活，遗轴锦鸾翘。近者淮夷戮，前年归马调。始闻移北葬，兼议荫山苗。圣泽覃将溥，贞魂喜定飘。异时穷巷客，怀古漫成谣。

岐王宅

朱邸平台隔禁闱，贵游陈迹尚依稀。云低雍畤祈年去，雨细长杨纵猎归。申白宾朋传道义，应刘文彩寄音徽。承平旧物惟君一作名尽，犹写雕鞍伴六飞。

东一作陈韦曲野思

淡雾轻云一作阴匝四垂，绿塘秋望独颦眉。野莲随水无人见，寒鹭窥鱼共影知。九陌要津劳目击，五湖闲梦诱一作有心期。孤灯夜夜愁欹枕，一觉一作览沧洲似昔时。

上　巳 一作上巳日寄韩公

上巳接寒食，莺花寥落晨。微微泼火雨，草草踏青人。凉似三秋景，清无九陌尘。与余一作伯舆，一作怕与。同病者，对此合伤神。

移　莎

移从杜城曲，置在小斋东。正是高秋里，仍兼细雨中。结根方迸竹，疏荫托高桐。苒苒齐芳草，飘飘笑断蓬。片时留静者，一夜响鸣蛩。野露通宵滴，溪烟尽日蒙。试才卑庾薤，求味笑周菘。只此霜栽好，他时赠伯翁。

西明寺威公盆池新稻

为笑江南种稻时，露蝉鸣后雨霏霏。莲盆积润分畦小，藻井垂阴擢秀稀。得地又生金象界，结根仍对水田衣。支公尚有三吴思，更使幽人忆钓矶。

红　叶

无处不飘扬，高楼临道旁。素娥前夕月，青女夜来霜。宿雨随时润，秋晴著物光。幽怀长若此，病眼更相妨。蜀纸裁深色，燕脂落靓妆。低丛侵小阁，倒影入回塘。谢朓留霞绮，甘宁弃锦张。何人休远道，是处有斜阳。薜荔垂书幌，梧桐坠井床。晚风生旅馆，寒籁近僧房。桂绿明淮甸，枫丹照楚乡。雁疏临鄠杜，蝉急傍潇湘。树异桓宣武，园非顾辟疆。茂陵愁卧客，不自保危肠。

鸂　鶒

一宿南塘烟雨时，好风摇动绿波微。惊离晓岸冲花去，暖下春汀照影飞。华屋撚弦弹鼓舞，绮窗含笔澹毛衣。画屏见后长回首，争得雕笼莫放归。

萤

日下芜城莽苍中，湿萤撩乱起衰一作花丛。寒烟陈后长门闭，夜雨隋家旧苑空。星散欲陵前槛月，影低如试北窗风。羁人此夕方愁绪，心似寒灰首似蓬。

夜　蝉

翠竹高梧夹后溪，劲风危露雨凄凄。那知北牖残灯暗，又送西楼片月低。清夜更长应未已，远烟寻断莫频嘶。羁人此夕如三岁，不整寒衾待曙鸡。

七　夕

露白风清夜向晨，小星垂佩月埋轮。绛河浪浅休相隔，沧海波深尚作尘。天外凤凰何寂寞，世间乌鹊漫辛勤。倚阑殿北斜楼上，多少通宵不寐一作睡人。

中秋夜玩月

一夜一作上高楼万景奇，碧天无际水无涯。只一作空留皎月当层汉，并送浮云出四维。雾静一作尽不容玄豹隐，冰生惟一作只恐夏虫疑。坐来离思忧将晓，争得嫦娥仔细知。

八月十六日夜月

断肠佳赏固难期，昨夜销魂更不疑。丹桂影空蟾一作蝉有露，绿槐阴在鹊无枝。赖将吟咏聊惆怅，早是疏顽耐别离。堪恨贾生曾恸哭，不缘清景为忧时。

送韦向之睦州谒使君

才子南游多远情，闲舟荡漾任春行。新安江上长如此，何似新安太守清。

春　残

景为春时短，愁随别夜长。暂棋宁号隐，轻醉不成乡。风雨曾通夕，莓苔有众芳。落花如便去，楼上即河梁。

玫　瑰

麝炷腾清燎，鲛纱覆绿蒙。宫妆临晓日，锦段落东风。无力春烟里，多愁暮雨中。不知何事意，深浅两般红。

牡　丹

真宰多情巧思新，固将能事送残春。为云为雨徒虚语，倾国倾城不在人。开日绮霞应失色，落时青帝合伤神。嫦娥婺女曾相送，留下鸦黄作蕊尘。

秋晚高楼

松拂疏窗竹映阑，素琴幽怨不成弹。清宵霁极云离岫，紫禁风高露满盘。晚蝶飘零惊宿雨，暮鸦凌乱报秋寒。高楼瞪目归鸿远，如信嵇康欲画难。

离　鸾

闻道离鸾思故乡，也知情愿嫁王昌。尘埃一别杨朱路，风月三年宋玉墙。下疾不成双点泪，断多难到九回肠。庭前佳树名栀子，试结同心寄谢娘。

柳

春思春愁一万枝，远村遥岸寄相思。西园有雨和苔长，南内无人拂槛垂。游客寂寥缄远恨，暮莺啼叫惜芳时。晚来飞絮如霜鬓，恐为多情管别离。

春　阴

一寸回肠百虑侵，旅愁危涕两争禁。天涯已有销魂别，楼上宁无拥鼻吟。感事不关河里笛，伤心应倍雍门琴。春云更觉愁于我，闲盖低村作暝阴。

春深独行马上有作

日烈风高野草香，百花狼藉柳披猖。连天瑞霭千门远，夹道新阴九陌长。众饮不欢逃席酒，独行无味放游缰。年来与问闲游者，若个伤春向路旁。

春　雨

绮陌夜来雨，春楼寒望迷。远容迎燕戏，乱响隔莺啼。有恨开兰室，无言对李蹊。花欹浑拂槛，柳重欲垂堤。灯檠昏鱼目，薰炉咽麝脐。别轻天北鹤，梦怯汝南鸡。入户侵罗幌，捎檐润绣题。新丰树已失，长信草初齐。乱蝶寒犹舞，惊乌暝不栖。庾郎盘马地，却怕有春泥。

汉　代

汉代金为屋，吴宫绮作寮。艳词传静婉，新曲定妖娆。箭响犹残梦，签声报早朝。鲜明临晓日，回转度春宵。半袖笼清镜，前丝压翠翘。静多如有待，闲极似无憀。梓泽花犹满，灵和柳未凋。障昏巫峡雨，屏掩浙江潮。未信潘名岳，应疑史姓萧。漏因歌暂断，灯为雨频挑。饮酒阑三雅，投壶赛百娇。钿蝉新翅重，金鸭旧香焦。水净疑澄练，霞孤欲建标。别随秦柱促，愁为蜀弦么。玄〔晏〕(宴)难瘳痹，临邛但发痟。联诗征弱絮，思友咏甘蕉。王氏怜诸谢，周郎定小乔。黼帏翘彩雉，波扇画文鳐。荇密妨垂钓，荷欹欲度桥。不因衣带水，谁觉路迢迢。

牡　丹

青帝于君事分偏，秾堆浮艳倚朱门。虽然占得笙歌地，将甚酬他雨露恩。

湘妃庙

刘表荒碑断水滨，庙前幽草闭残春。已将愁泪留斑竹，又感悲风入白蘋。八族未来谁北拱，四凶犹在莫南巡。九峰相似堪疑处，望见苍梧不见人。

句

独来成怅望，不去泥栏干。惜花　见《诗人玉屑》

全唐诗卷六七三

周　朴

周朴，字太朴，吴兴人。避地福州，寄食乌石山僧寺。黄巢寇闽，欲降之，朴不从，遂见害。诗一卷。

题甘露寺

层阁叠危壁，瑞因一作因成千古名。几连扬子路，独倚润州城。云近衔江色，雕高背磬声。僧居上方久，端坐见营营。

题玄公院

院深尘自外一作幽深自尘外，如佛值玄公。常迹或一作悲非次，志门因得中。衣巾离暑气，床榻向凉风。是事不逾分，只应明德同。

福州一作唐东禅寺

瓯闽一作阁在一作此郊外，师院号东禅。物得居来正，人经论后贤。飑一作绝槽柳塞马，盖地月支綖一作筵。鹳鹊尚一作更巢顶，谁堪举世传。

赠大沩和尚

大沩清复深，万象影沉沉。有客衣多毳，空门偈胜金。王侯皆作礼,陆子只来吟。我问师心处,师言无处心。

秋夜不寐寄崔温进士

愁多难得寐,展转读书床。不是旅人病,岂知秋夜长。归乡凭远梦,无梦更思乡。枕上移窗月,分明是泪光。

春中途中寄南巴一作巴东崔使君

旅人游汲汲,春气又融融。农事蛙声里,归程草色中。独惭出谷雨,未变暖天风。子玉和予去,应怜恨不穷。

寄处士方干

桐庐江水闲,终日对柴关。因想别离处,不知多少山。钓舟春岸泊,庭树晓一作晚莺一作烟还。莫便求栖隐,桂枝堪恨颜。

寄塞北张符

陇树塞风吹,辽城角几枝。霜凝无暂歇,君貌莫应衰。万里平沙际,一行边雁移。那堪朔烟起,家信正相离。

次梧州却寄永州使君

随风一作云身不定,今夜在苍梧。客泪有时有,猿声无处无。潮添瘴海阔,烟拂粤山孤。却忆零陵住,吟诗半玉壶。

赠念经僧

庵前古折碑,夜静念经时。月皎一作皓海霞散,露浓山草垂。鬼闻抛故冢,禽听离寒枝。想得天花坠,馨香拂白眉。

董岭水

湖州安吉县，门与白云齐。禹力不到处，河声流向西。去衔山色远，近水月光低。中有高人在，沙中曳杖藜。

早　春

良夜岁应足，严风为变春。遍回寒作暖，通改旧成新。秀树因馨雨一作花馨雾，融冰雨泛蘋。韶光不偏党，积渐煦疲民。

秋　深一作塞上行

柳色尚一作正沉沉，风吹秋更深。山河空远道，乡国自鸣砧。巷有千家月，人无万里心。长城哭崩后，寂绝一作寞至如今。

赠双峰山和尚

峨峨双髻山，瀑布泻云间。尘世自疑水，禅门长去关。茯神松不异，藏宝石俱闲。向此师清业，如何方可攀。

赠无了禅师

不学世所惜，是何无了公。灵一作云匡虚院一作殿外，虎迹乱山中。昼夜必连去，古今争敢同。禅情岂堪问，问答更无穷。

王霸坛

即今西禅寺，山南凿井，有白龟吐泉，霸因之炼药点金，利济贫民，服其馀药，于皂荚树下蝉蜕而去。

王君上升处，信首古居前。皂树即须朽，白龟应亦全。云间犹一日，尘里已千年。碧色坛如黛，时人谁可仙。

送梁道士

旧居桐柏观，归去爱安闲。倒树造新屋，化人修古坛。晚花霜后落，山雨夜深寒。应有同溪客，相寻学炼丹。

边　思

年高来远戍，白首罢干戎。夜色蓟门火，秋声边塞风。碛浮悲老马，月满引新弓。百战阴山去，唯添上将雄。

哭陈庾

系马向山立，一杯聊奠君。野烟孤客路，寒草故人坟。琴韵归流水，诗情寄白云。日斜休哭后一作处，松韵一作吹不堪闻。

宿玉泉寺

野寺度残夏，空房欲暮一作卧时。夜听猿不睡，秋思客先知。竹迥烟生薄，山高月上迟。又登尘路去，难与老僧期。

题赤城中岩寺一本无下三字

浮世师休话，晋时灯照岩。禽飞穿静户，藤结入高杉。存没诗千首，废兴经数函。谁知将俗耳，来此避嚣谗。

塞上行

秦筑长城在，连云碛气侵。风吹边草急，角绝塞鸿沈。世世征人往，年年战骨深。辽天望乡者，回首尽沾襟。

玉泉寺

寺还名玉泉，澄一作冽水亦遭贤。物尚犹如此，人争一作心合偶然。溪流云断外，山峻鸟飞还一作前。初日长廊下，高僧正坐禅。

春宫怨 一作杜荀鹤诗

早被婵娟误，欲妆临镜慵。承恩不在貌，教妾若为容。风暖鸟声碎，日高花影重。年年越溪女，相忆采芙蓉。

宿刘温书斋

不掩盈窗日，天然格调高。凉风移蟋蟀，落叶在离骚。回笔挑灯烬，悬图见海潮。因论三国志，空载几英豪。

登福州南涧寺

万里重山绕福州，南横一道见溪流。天边飞鸟东西没，尘里行人早晚休。晓日青一作春山当大海，连云古堑对高楼。那堪望断他乡目一作外，一作客，只此萧条自白头。

望中怀古

齐心楼上望浮云，万古千秋空姓名。尧水永销天际去，姬风一变世间平。高踪尽共烟一作天霞在，大道长将日月一作白日明。从此安然寰海内，后来无复谩相倾。

升山寺

升山自古道飞来，此是神功不可猜。气色虽然离禹穴，峰峦犹自接天台。岩边折树泉冲落，顶上浮云日照开。南望闽城尘世界，千秋万古卷尘埃。

哭李端

三年剪拂感知音，哭向青山永夜心。竹在晓烟孤凤去，剑荒秋水一龙沉。新坟日落松声小，旧色春残草色深。不及此时亲执绋，石门遥想泪沾襟。

福州神光寺塔

良匠用材为塔了，神光寺更得高名。风云会处千寻出一作直，日月中时八面明。海水旋流倭国野，天文方戴一作载福州城。相轮顶上望浮世，尘里人心应总一作早晚平。

福州开元寺塔

开元寺里七重一作层塔，遥对方山影拟齐。杂俗人看离世界一作境，孤高僧上一作坐觉天低。唯堪片片紫霞映，不与濛濛白雾迷。心若无私罗汉在，参差免向日虹西。

春日秦国怀古

荒郊一望欲消魂，泾水萦纡傍远村。牛马放多春草尽，原田耕破古碑存。云和积雪苍山晚，烟伴残阳绿树昏。数里黄沙行客路一作路客，不堪回首思秦原。

春日游北园寄韩侍郎

灼灼春园晚色分，露珠千点映寒云。多情舞蝶穿花去，解语流莺隔水闻。冷酒杯中宜泛滟，暖风林下自氛氲。仙桃不肯全开拆，应借馀芳待使君。

喜贺拔先辈衡阳除正字

黄纸晴空坠一缄，圣朝一作明恩泽洗冤谗。李膺门客为闲客，梅福官衔改旧衔。名自石渠书典籍，香从芸阁著衣衫。寰中不用忧天旱，霖雨看看属傅岩。

客州赁居寄萧郎中

松店茅轩向水开，东头舍赁一裴徊。窗吟苦为秋江静，枕梦惊因晓角催。邻舍见愁赊酒与，主人知去索钱来。眼看白笔为霖雨，肯使红鳞便曝腮。

赠李裕先辈

晓擎弓箭入初场，一发曾穿百步杨。仙籍旧题前进士，圣朝新奏校书郎。马疑金马门前马，香认芸香阁上香。闲伴李膺红烛下，慢吟丝竹浅飞觞。

桐柏观

东南一境清心目，有此千峰插翠微。人在下方冲月上，鹤从高处破烟飞。岩深水落寒侵骨，门静花开色照衣。欲识蓬莱今便是，更于何处学忘机。

塞上

受降城必破，回落陇头移。蕃道北海北，谋生今始知。

塞上曲

一阵风来一阵砂，有人行处没人家。黄河九曲冰先合，紫塞三春不见花。

塞下曲

石国胡儿向碛东，爱吹横笛引秋风。夜来云雨皆飞尽，月照平沙万里空。

咏　猿

生在巫山更向西，不知何事到巴溪。中宵为忆秋云伴，遥隔朱门向月啼。

桃　花

桃花春色暖先开，明媚谁人不看来。可惜狂风吹落后，殷红片片点莓苔。

薛老峰

薛老峰头三个字，须知此与石齐生。直教截断苍苔色，浮世人侪眼始明。

吊李群玉

群玉诗名冠李唐，投诗换得校书郎。吟魂醉魄知何处，空有幽兰隔岸香。

无等岩

建造上方藤影里，高僧往往似天台。不知名树檐前长，曾问道人岩下来。

句

古陵寒雨集，高鸟夕阳明。

高情千里外，长啸一声初。以上见张为《主客图》

月离山一丈，风吹花数苞。见《吟窗杂录》

晓来山鸟闹，雨过杏花稀。见《优古堂诗话》

曲渚回湾锁钓舟。

平潮晚影沈清底，远岳危栏等翠尖。以上见《海录碎事》

白日才离沧海底，清光先照户窗前。灵岩广化寺　见《闽志》

连云天堑有山色，极目海门无雁行。

可怜黄雀衔将去，从此庄周梦不成。咏蝶　见《泉州志》

禅是大沩诗是朴，大唐天子只三人。赠大沩

全唐诗卷六七四

郑　谷

郑谷，字守愚，袁州人。光启三年擢第，官右拾遗，历都官郎中。幼即能诗，名盛唐末。有《云台编》三卷，《宜阳集》三卷，《外集》三卷，今编诗四卷。

感　兴

禾黍不阳艳，竞栽桃李春。翻令力耕者，半一作多作卖花人。

望湘亭

湘水似伊水，湘人非故人。登临独无语，风柳自摇春。

采　桑

晓陌携笼去，桑林一作村路隔淮。何如斗百草，赌取凤凰钗。

闷　题

落第春相困，无心惜落花。荆山归不得，归得亦无家。

中台五题

乳毛松

松格一何高，何人号乳毛。霜天寓直夜，愧尔伴闲曹。

樗里子墓

贤人骨已销，墓树几一作半荣凋。正直魂如在，斋心愿一招。

牡　丹

乱前看不足，乱后眼偏明。却得蓬蒿力，遮藏见太平。

玉　蕊 乱前唐昌观玉蕊最盛

唐昌树已荒，天意眷文昌。晓入微风起，春时雪满墙。

石　柱 外祖在宫南，七转名曹，镌记皆在。

暴乱免遗折，森罗贤达名。末郎何所取，叨继外门荣。

别同志

所立共寒苦，平生同与游。相看临远水，独自上孤舟。天淡沧浪晚，风悲兰杜秋。前程吟此景，为子上高楼。

送进士卢棨东归

灞岸草萋萋，离觞我独携。流年俱老大，失意又东西。晓楚山云满，春吴水树低。到家梅雨歇，犹有子规啼。

从叔郎中諴辍自秋曹分符安陆属群盗倡炽流毒江堧竟以援兵不来城池失守例削今任却叙省衔退居荆汉之间颇得琴尊之趣因有寄献

华省称前任，何惭削一麾。沧洲失孤垒，白发出重围。苦节翻多难，空山自喜归。悠悠清汉上，渔者日相依。

送徐涣端公南归一本无涣字

青衿离白社，朱绶一作绂始言归。此去应多一作多应羡，初心尽不违。江帆和日落，越鸟近乡飞。一路春风里，杨花雪满衣。

送祠部曹郎中郔出守洋州

为儒欣出守，上路亦戎装。旧制诗多讽，分忧俗必康。开怀江稻熟，寄信露橙香。郡阁清吟夜，寒星识望郎。

送进士许彬

泗上未休兵，壶关事可惊。流年催我老，远道念君行。残雪临晴水，寒梅发故城。何当食新稻，岁稔又时平。

次韵和王驾校书结绶见寄之什

直应归谏署，方肯别山村。勤苦常同业，孤单共感恩。醉披仙鹤氅，吟扣野僧门。梦见君高趣，天凉自灌园。

秘阁伴直

秘阁锁书深，墙南列晚岑。吏人同野鹿，庭木似山林。浅井寒芜入，回廊叠藓侵。闲看薛稷鹤，共起五湖心。

送太学颜一作时明经及第东归

平楚干戈后，田园失耦耕。艰难登一第，离一作丧乱省诸兄。树没春江涨，人繁野渡晴。闲来思学馆，犹梦雪窗明。

送进士赵能卿下第南归

不归何慰亲，归去旧风尘。洒泪惭关吏，无言一作书对越人。远帆花月夜，微岸水天春。莫便随渔钓，平生已苦辛。

送人游边

春亦怯边游，此行风正秋。别离逢雨夜一作闻夜雨，道路向云州。碛树藏城近，沙河漾日流。将军方破虏，莫惜献良筹。

送人之九江谒郡侯苗员外绅

泽国寻知己，南浮不偶游。湓城分楚塞，庐岳对江州。晓饭临孤屿，春帆入乱流。双旌相望处，月白庾公楼。

送许棠先辈之官泾县

白头新作尉，县在故一作古山中。高第能卑宦，前贤尚此风。芜湖春荡漾，梅雨昼溟濛。佐理人安后，篇章莫废功一作攻。

送司封从叔员外徼赴华州裴尚书均辟

如何抛锦帐，莲府对莲峰。旧有云霞约，暂留鹓鹭踪。敷溪秋雪岸，树谷夕阳钟。尽入新吟境，归朝兴莫慵。

送京参翁先辈归闽中

解印东归去，人情此际多。名高五七字，道胜两重科。宿馆明寒烧一作烛，吟船兀夜波。家山春更好，越鸟在庭柯。

赠　别

南游曾共游，相别倍相留。行色回灯晓，离声满竹一作笛秋。稳眠彭蠡浪，好醉岳阳楼。明日逢佳景，为君成白头。

南　游

凄凉怀古意，湘浦吊灵均。故国经新岁，扁舟寄病身。山城多晓瘴，泽国少晴春。渐远无相识，青梅独向一作问人。

巴賨旅寓寄朝中从叔

惊秋思浩然，信美向巴天。独倚临江树，初闻落日蝉。哀荣悲往事，漂泊念多年。未便甘休去，吾宗尽见怜。

寄司勋张员外学士

平昔偏知我，司勋张外郎。昨来闻俶扰，忧甚欲颠狂。烟暝搔愁鬓，春阴赖酒乡。江楼倚不得，横笛数声长。

寄边上从事

男儿怀壮节，何不一作河外事嫖姚。高叠观诸寨，全师护大朝。浅山寒放马，乱火夜防苗。下第春愁甚，劳君远见招。

寄左省韦起居序一作宇

风神何蕴藉，张绪正当年。端简炉香里，濡毫洞案边。饰装无雨备，著述减春眠。旦夕应弥入，银台晓候宣。

寄赠蓝田韦少府先辈

王畿第一县，县尉是词人。馆殿非初意，图书是旧贫。斫冰泉窦响，赛雪庙松春。自此升通籍，清华日近一作逼身。

寄怀元秀上人

悠悠干禄利，草草废渔樵。身世堪惆怅，风骚颇寂寥。高秋期野步，积雨放趋朝。得句如相忆，莎斋且见招。

赠圆昉公

昉，蜀僧。僖宗幸蜀，昉坚免紫衣。

天阶让紫衣，冷格鹤犹卑。道胜嫌名出，身闲觉老迟。晚香延宿火，寒磬度高枝。长说长松寺，他年与我期。

寄题方干处士

山雪照湖水，漾舟湖畔归。松篁调远籁一作韵，台榭发清辉。野岫分闲一作开径，渔家并掩扉。暮年诗力在，新一作析句更幽微。

寄献湖州从叔员外

顾渚山边郡，溪将罨画通。远看城郭里一作外，又作处，全在水云中。西阁归何晚，东吴兴未穷。茶香紫笋露，洲回白蘋风。歌缓眉低翠，杯明蜡翦红。政成寻往事，辍棹问渔翁。

访姨兄王斌渭口别墅 一本无王斌二字

枯桑河一作桑柘江上村，寥一作牢落旧田园。少小曾来此，悲凉不可言。访邻多指冢，问路半移原。久歉家僮散，初晴野荠繁。客帆悬极浦，渔网晒危轩。苦涩诗盈箧，荒唐酒满尊。高枝霜果在，幽渚暝禽喧。远霭笼樵响，微烟起烧痕。哀荣孤族分，感激外兄恩。三宿忘归去，圭峰恰对门。

放朝偶作

寒极放朝天，欣闻半夜宣。时安逢密雪，日晏得一作待高眠。拥褐同休假，吟诗贺有年。坐来幽兴在，松亚小窗前。

顺动后蓝田偶作 时丙辰初夏月

小谏升中谏，三年侍玉除。且一作直言无所一作以补，浩叹欲何如。宫阙飞灰烬，嫔嫱落里闾。蓝峰秋更碧，沾洒望銮舆。

府中寓止寄赵大谏

老作含香客，贫无僦舍钱。神州容寄迹，大尹是同年。密迩都忘倦，乖慵益见怜。雪风花月好，中夜便招延。

峡中寓止二首

荆州未解围，小县结茅茨。强对官人笑，甘一作偏为野鹤欺。江春铺网阔，市晚鬻蔬迟。子美犹如此，翻然不敢悲。

传闻殊不定，銮辂几时还。俗易无常性，江清见老颜。夜船归草市，春步上茶山。寨将来相问，儿童竞启关。

颜惠詹事即孤侄舅氏谪官黔巫舟中相遇怆然有寄

犹子在天末，念渠怀渭阳。巴山偶会遇，江浦共悲凉。谪宦君何远，穷游我自强。瘴村三月暮，雨熟野梅黄。

访题进士孙秦延福南街居

多病久离索，相寻聊解颜。短墙通御水，疏树出南山。岁月何难老，园林未得还。无门共荣达，孤坐却如闲。

访题进士张乔延兴门外所居

平生苦节同，旦夕会原东。掩卷斜阳里，看山落一作万木中。星霜今一作吟欲老，江海业全空。近日文场内，因君起古风。

寄南浦谪官

多才翻得罪，天末抱穷忧。白首为迁客，青山绕万州。醉欹梅障晓一作晚，歌厌竹枝秋。望阙怀乡泪，荆江水共流。

李夷遇侍御久滞水乡因抒寄怀

簪豸年何久，悬帆兴甚长。江流爱吴越，诗格愈一作迈齐梁。竹寺晴吟远，兰洲晚一作晓泊香。高闲徒自任，华省待为郎。

寄膳部李郎中昌符

鄠郊陪野步，早岁偶因诗。自后吟新句，长愁减旧知。静灯微落烬，寒砚旋生澌。夜夜冥搜苦，那能鬓不衰。

寄前水部贾员外嵩

谢病别文昌，仙舟向越乡。贵为金马客，雅称水曹郎。白鹭同孤洁，清波共渺茫。相如词赋外，骚雅一作野趣何长。

寄棋客

松窗楸局稳，相顾思皆凝。几局赌山果，一先饶海僧。覆图闻夜雨，下子对秋灯。何日无羁束，期君向杜陵。

闻进士许彬罢举归睦州怅然怀寄

桐庐归旧庐，垂老复樵渔。吾子虽言命，乡人懒读书。烟舟撑晚浦，雨屐剪春蔬。异代名方振，哀吟莫废初。

长安夜坐寄怀湖外嵇处士

万里念江海，浩然天地秋。风高群木落，夜久数星流。钟绝分宫漏，萤微隔御沟。遥思一作知洞庭上，苇露滴一作满渔舟。

赠文士王雄

知己竟何人，哀一作夫君尚苦辛。图书长在手，文学老于身。公道天难废，贞姿世一作土，一作玉。任嗔一作真。小斋松菊静，愿卜子为邻。

赠富平李宰

夫君清且贫，琴鹤最相亲。简肃诸曹事，安闲一境人。陵山云里拜，渠路雨中巡。易得连宵醉，千缸石冻春。

赠尚颜上人

相寻喜可知，放锡便论诗。酷爱山兼水，唯应我与师。风雷吟不觉，猿鹤老为期。近辈推一作唯栖白，其如趣向卑。

赠泗口苗居士

岁〔晏〕(宴)乐园林，维摩契道心。江云寒不散，庭雪夜方深。酒劝渔一作共游人饮，诗怜稚子吟。四郊多垒日，勉我舍朝簪。

梁烛处士辞金陵相国杜公归旧山因以寄赠

相庭留不得，江野有苔矶。两浙寻山遍，孤舟载鹤归。世间书读尽，云一作僧外客来稀。谏署搜贤急，应难惜一作借布衣。

哭建州李员外频

令终归故里，末岁道如初。旧友谁为志，清风岂易书。雨坟生野蕨，乡奠钓江鱼。独夜吟还泣，前年伴直庐。

哭进士李洞二首

李生酷爱贾浪仙诗。长江在东蜀境内，浪仙冢于此处。

所惜绝吟声，不悲君不荣。李端终薄宦，贾岛得高名。旅葬新坟小，遗孤远俗轻。犹疑随计晚，昨夜草虫鸣。

自闻东蜀病，唯我独关情。若近长江死，想君胜在生。瘴蒸丹旐湿，灯隔素帷清。冢树僧栽后，新蝉一两声。

南康郡牧陆肱郎中辟许棠先辈为郡从事因有寄赠

末路一作振鹭思前侣，犹一作难为恋故巢。江山多胜境一作景，宾主是贫交。饮舫闲依苇，琴堂雅结茅。夜清僧伴宿，水月在松梢。

久不得张乔消息一本题下有有寄二字

天末去程孤，沿淮复向吴。乱离何处甚，安稳到家无。树尽云垂野，樯稀月满湖。伤心绕村落一作路，应少旧耕夫。

题嵩高隐者居

岂易访仙踪，云萝千万重。他年来卜隐，此景一作境愿相容。乱水林中路，深山雪里钟。见君琴酒乐，回首兴何慵。

赵璘一作林郎中席上赋蝴蝶

寻艳复寻香，似闲还似忙。暖烟沉蕙径，微雨宿花房。书幌轻随梦，歌楼误采妆。王孙深属意，绣入舞衣裳。

贺进士骆用锡登第

苦辛垂二纪，擢第却沾裳。春榜到春晚，一家荣一乡。题名登塔喜，醵宴为花忙。好是东归日，高槐蕊半黄。

兴州东池

南连乳郡流，阔碧浸晴楼。彻底千峰影，无风一片秋。垂杨拂莲叶，返照媚渔舟。鉴貌还惆怅，难遮两鬓羞。

渠江旅思

流落复蹉跎，交亲半逝波。谋身非不切，言命欲如何。故楚春田废，穷巴瘴雨多。引人乡泪尽，夜夜竹枝歌。

登杭州城 一作题杭州樟亭，一作题樟亭驿楼。

漠漠一作故国江天外，登临返照间。潮来一作平无别浦，木落见他山。沙鸟晴飞远，渔人夜唱闲。岁穷归未得，心逐片帆还。

曲　江

细草岸西东，酒旗摇水风。楼台在烟一作花杪，鸥鹭下沙一作烟中。翠幄晴相接，芳洲夜暂空。何人赏秋景，兴与此时同。

沙　苑

茫茫信马行，不似近都城。苑吏犹迷路，江人莫问程。聚来千嶂出，落去一川平。日暮客心速，愁闻雁数声。

通川客舍

奔走失前计，淹留非本心。已难消永夜，况复听秋霖。渐解巴儿语，谁怜越客吟。黄花徒满手，白发不胜簪。

潼关道中

白道晓霜迷，离灯照马嘶。秋风满关树，残月隔河鸡。来往非无倦，穷通岂易齐。何年归故社，披雨剪春畦。

终南白鹤观

步步景通真，门前众水分。柽萝诸洞一作洞口合，钟磬上清闻。古木千寻雪，寒山万丈云。终期扫坛级，来事一作伴紫阳君。

题兴善寺寂上人院

客来风雨后，院静似荒凉。罢讲蛩离砌，思山叶满廊。腊高兴故疾，炉暖发馀香。自说匡庐侧，杉一作移阴半石床。

题水部李羽员外招国里居

野色入前轩，翛然琴与尊。画僧依寺壁，栽苇学江村。自酝一作醒花前酒一作醉，谁敲雪里门。不辞朝谒远，唯要近慈恩。

信美寺岑上人 一作司空图诗

巡礼诸方遍，湘南颇有缘。焚香老山一作僧寺，乞食向江船。纱碧笼名画，灯寒照净禅。我来能永日，莲漏滴阶前。

池　上

池榭一作树惬幽独，狂吟学解嘲。露荷香自在一作任，风竹冷相敲。丧志嫌孤宦，忘机爱澹交。仙山如有分，必拟访三茅。

游贵侯城南林墅

韦杜八九月，亭台高下风。独来新霁后，闲步澹烟中。荷密一作莎软连池绿，柿繁和叶红。主人贪贵达，清境属邻翁。

江　行

漂泊病难任，逢人泪满襟。关东多事日，天末未归心。夜雨荆江涨一作阔，春云郢树深。殷勤听渔唱，渐次一作渐入吴音。

舟次通泉精舍

江清如洛汭，寺好似香山。劳倦孤舟里，登临半日间。树凉巢鹤健，岩响语僧闲。更共幽云约，秋随绛帐还。时谷将之泸州省拜恩地。

水　轩

日日狎沙禽，偷安且放吟。读书老不入，爱酒病还深。歉后为羁一作饥客，兵馀问故林。杨花满床席，搔首度春阴。

浔阳姚宰厅作

县幽公事稀，庭草是山薇。足一作纵得招棋侣，何妨著道衣。野泉当案落，汀鹭入衙飞。寺去东林近，多应隔宿归。

梓潼岁暮

江城无宿雪，风物易为春。酒美消磨日，梅香著莫人。老吟穷景象，多难损精神。渐有还京望，绵州减战尘。

咸　阳

咸阳城下宿，往事可悲思。未有谋身计，频迁反正期。冻河孤棹涩，老树叠巢危。莫问今行止，漂漂不自一作自不知。

长安感兴

徒劳悲丧乱，自古戒繁华。落日狐兔径，近年公相家。可悲闻玉笛，不见走香车。寂寞墙匡里，春阴挫杏花。

闻所知游樊川有寄一本无有寄二字

谁无泉石趣，朝下少同过。贪胜觉程近，爱闲经宿多。片沙留白鸟，高木引青萝。醉把渔竿去，殷勤藉岸莎。

张谷田舍

县官清且俭，深谷有一作自人家。一径入寒竹，小桥穿野花。碓喧春涧满，梯倚绿桑斜。自说年来稔，前村酒可赊。

深　居

吾道有谁同，深居自固穷。殷勤谢绿树，朝夕惠清风。书满闲窗下，琴横野艇中。年来头更白，雅称钓鱼翁。

端　居

叶叶下高梧，端居失所图。乱离时辈少，风月夜吟孤。旧疾衰还有，穷愁醉暂无。秋光如水国，不语理霜须。

郊　园

相近复相寻，山僧与水禽。烟蓑春钓静，雪屋夜棋深。雅道谁开口，时风未醒一作省心。溪光何以报，只有醉和吟。

郊　野一作墅

蓼水菊篱边，新晴有乱蝉。秋光终寂寞，晚醉自留连。野湿禾一作林中露，村闲社后天。题诗满红叶，何必浣花笺。

旅寓洛南村舍

村落清明近，秋千稚女夸。春阴妨柳絮，月黑见梨花。白鸟窥鱼网，青帘认酒家。幽栖虽自适，交友在京华。

杏　花

不学梅欺雪，轻红照碧池。小桃新谢后，双燕却来时。香属登龙客一作室，烟笼宿蝶枝。临轩须貌取，风雨易离披。

水林檎花

一露一朝新，帘栊晓景分。艳和蜂蝶动，香带管弦闻。笑拟春无力，妆浓酒渐醺。直疑风起一作雨夜，飞去替行云。

蓼　花

蔟蔟复悠悠，年年拂漫流。差池伴黄菊，冷淡过清秋。晚带鸣虫一作蛩急，寒藏宿鹭愁。故溪归不得，凭仗系渔舟。

江　梅

江梅且缓飞，前辈有歌词。莫惜黄金缕，难忘白雪枝。吟看归不得，醉嗅立如痴。和雨和烟折，含情寄所思。

荔　枝

平昔谁相爱，骊山遇贵妃。枉教生处远，愁见摘来稀。晚一作晓夺红一作江霞色，晴欺瘴日威。南荒何所恋一作慰，为尔即忘归。

驻跸华下同年司封员外从翁许共游西溪久违前契戏成寄赠

北渚牵吟兴，西溪爽共游。指期乘一作承禁马，故事：初入内庭，恩赐飞龙马。无暇狎沙鸥。纵目怀青岛，澄心想碧流。明公非不爱，应待泛龙舟。

谷自乱离一作罹乱之后在西蜀半纪之馀多寓止精舍与圆昉上人为净侣昉公于长松山旧斋尝约他日访会劳生多故游宦数年曩契未谐忽闻谢世怆吟四韵以吊之

每一作几思闻净话，雨夜对禅床。未得重相见，秋灯照影堂。孤云终负约，薄宦转堪伤。梦绕长松塔，遥焚一炷香。

投时相十韵

何以保孤危，操修自一作日不知。众中常杜口，梦里亦吟诗。失计辞山早，非才得仕一作事迟。薄冰安可履，暗室岂能欺。勤苦流萤信，吁嗟宿燕知。残钟残漏晓，落叶落花时。故旧寒门少，文章外族衰。此生多轗轲，半世足漂离。省署随清品，渔舟爽素期。恋恩休未遂，双鬓渐成丝。

全唐诗卷六七五

郑　谷

喜秀上人相访

雪初开一径，师忽扣双扉。老大情相近，林泉约共归。忧荣栖省署，孤僻谢一作负朝衣。他夜松堂宿，论诗更入微。

夕　阳

夕阳秋更好，敛敛一作潋潋蕙兰中。极浦明残雨，长天急远鸿。僧窗留半榻，渔舸透疏篷。莫恨清光尽，寒蟾即照空。

摇　落

夜来摇落悲，桑枣半空枝。故国无消息，流年有乱离。霜秦闻雁早，烟渭认帆迟。日暮寒鼙急，边军在雍岐。

西蜀净众寺松溪八韵兼寄小笔崔处士

松因溪得名，溪吹答松声。缭绕能穿寺，幽奇不在城。寒烟斋后散，春雨夜中平。染岸苍苔古，翘沙白鸟明。澄分僧影瘦，光彻客心清。带梵侵云响，和钟击一作激石鸣。淡烹新茗爽，暖泛落花轻。此景吟难尽，凭君画入京。

迁　客

离夜闻横笛，可堪吹鹧鸪。雪冤知早晚，雨泣渡江湖。秋树吹黄叶，腊烟垂绿芜。虞翻归有日，莫便哭穷途。

蔡处士

无著复一作更无求，平生不解愁。鬻蔬贫洁净一作净洁，中酒病风流。旨趣陶山相，诗篇沈隐侯。小斋江色里，篱柱系渔舟。

予尝有雪景一绝为人所讽吟段赞善小笔精微忽为图画以诗谢之

赞善贤相后，家藏名画多。留心于绘素，得事一作意在烟波。属兴同吟咏，成功更琢磨。爱予风雪句，幽绝写渔蓑。

京兆府试残月如新月

荣落何相似，初终却一般。犹疑和夕照，谁信堕朝寒。水木辉华别，诗家一作情比象难。佳人应误拜，栖鸟反求安。屈指期轮满，何心谓一作诮影残。庾楼清赏处，吟彻曙钟看。

咸通十四年府试木向荣题中用韵

园林青气动，众木散寒声。败叶墙阴在，滋条雪后荣。欣欣春令早，蔼蔼日华轻。庾岭梅先觉，隋堤柳暗惊。山川应物候，皋壤起农情。只待花开日，连栖出谷莺。

丞相孟夏祇荐南郊纪献十韵

节应清和候，郊宫事洁羞。至诚闻上帝，明德祀圆丘。雅用陶匏器，馨非黍稷流。就阳陈盛礼，匡国祷鸿休。渐晓兰迎露，微凉麦弄秋。寿山横紫阁，瑞霭抱皇州。外肃通班序，中严锡庆优一作中怀纳誓忧。奏一作升歌三酒备，表敬百神柔。池碧将还凤，原清再问牛。万方瞻辅翼，共贺赞皇猷。

叙事感恩上狄右丞

昔岁曾投贽，关河在左冯。庾公垂顾遇，王粲许从容。顷年庾给事崇出守同州，右丞在幕席，谷退飞游谒，始受奖知。首荐叨殊礼，全家寓近封。白楼陪写望，青眼感遭逢。顾念梁间燕，深怜涧底松。岚光莲岳逼，酒味菊花浓。同州官酝尚菊花酒。寇难旋移国，漂离几听蛩。半生悲逆一作道旅，二纪间门墉。蜀雪随僧蹋，荆烟逐雁冲。凋零归两鬓，举止失前踪。得事虽甘晚，陈诗未肯慵。迩来趋九仞，又伴赏三峰。时大驾在华州。栖托情何限，吹嘘意数重。自兹俦侣内，无复叹龙钟。

咏　怀

迂疏虽可欺，心路甚男儿。薄宦浑无味，平生粗有诗。淡交终不破，孤达晚相宜。直夜花前唤，朝寒雪里追一作随。竹声输我听，茶格共僧知。景物还多感，情怀偶不卑。溪莺喧午寝，山蕨止春饥。险事销肠酒，清欢敌手棋。香锄抛药圃一作面，烟艇忆莎陂。自许亨途在，儒纲复振时。

乾符丙申岁奉试春涨曲江池 用春字

王泽尚通津，恩波此日新。深疑一夜雨，宛似五湖春。泛滟翘振鹭，澄清跃紫鳞。翠低孤屿柳，香失半汀蘋。凤辇寻佳境，龙舟命近臣。桂花如入手，愿作从游人。

华　山

峭仞耸巍巍，晴岚染近畿。孤高不可状，图写尽应非。绝顶神仙会，半空鸾鹤归。云台分远霭，树谷隐斜晖。坠石连村响，狂雷发庙威。气中寒渭阔，影外白楼微。云对莲花落，泉横露掌飞。乳悬危磴滑，樵彻上方稀。淡泊生真趣，逍遥息世机。野花明涧路，春藓涩松围。远洞时闻磬，群僧昼掩扉。他年洗尘骨，香火愿相依。

入　阁

秘殿临轩日，和銮返正年。两班文武盛，百辟羽仪全。霜漏清中禁，风旗拂曙天。门严新勘契一作契勘，仗一作使入乍一作迩承宣。玉几当红旭，金炉纵碧烟。对扬称法吏，赞引出宫钿。言动挥毫疾，雍容执簿专。寿山晴叆叇，颢气暖连延。礼有鸳鸾集，恩无雨露偏。小臣叨备位，歌咏泰阶前。

故少师从翁隐岩别墅乱后榛芜感旧怆怀遂有追纪

风骚为主人，凡俗仰清尘。密行称闺阃，明诚动搢绅。周旋居显重，内外掌丝纶。妙主蓬壶籍，忠为社稷臣。大仪墙仞峻，东辖纪纲新。闻善常开口，推公岂为身。立朝鸣珮重，归宅典衣贫。半醉看花晚，中餐煮菜春。晴台随鹿上，幽墅一作野结一作约僧邻。理论知清越，清越，江左诗僧，孤卿待之甚厚。生徒得李频。药香沾笔砚，竹色染衣巾。寄鹤眠云叟，骑驴入室宾。咸通中，举子乘马，唯张乔跨驴，乔诗苦道贞，孤卿延于门下。近将姚监比，自姚秘监合主张风雅后，孤卿一人而已。僻与段卿亲。段少常成式奥学辛勤，章句入微，孤卿为前序。叶积池边路，茶迟雪后薪。所难留著述，谁不秉陶钧。丧乱时多变，追思事已陈。浮华重发作，雅正甚湮沦。宗从今何在，依栖素有因。七松无影响，孤卿植小松七本，自号七松处士，异代对五柳先生。双泪益悲辛。犹喜于门秀，年来屈复伸。班即孤卿侄孙，登进士科级也。

送吏一作祠部曹郎中免官南归

高名向已求，古韵古无俦。风月抛兰省，江山复一作向桂州。贤人知止足，中岁便归休。云鹤深相待，公卿不易留。满朝张祖席，半路上仙舟。箧重藏吴画，茶新换越瓯。郡迎红烛宴，寺宿翠岚楼。触目成幽兴，全家是胜游。篷声渔叟雨，苇色鹭鸶秋。久别郊园改，将归里巷修。桑麻胜禄食，节序免乡愁。阳朔花迎棹，崇贤叶满沟。席春欢促膝，檐日暖梳一作扶头。道畅应为蝶一作虎，时来必问牛。终须康庶品，未爽一作许漱寒流。议在归群望，情难恋自由。小生诚浅拙，早岁便依投。夏课每垂奖，雪天常见忧。远招陪宿直，首荐向公侯。攀送偏挥洒，龙钟志未酬。

回　銮

妖星沉雨露，和气满京关。上将忠勋立，明君法驾还。顺风调雅乐，夹道序群班。香泛传宣里，尘清指顾间。楼台新紫气，云物旧黄山。晓渭行朝肃，秋郊旷望闲。庙灵安国步，日角动天颜。浩浩升平曲，流歌彻百蛮。

峡　中

万重烟霭里，隐隐见夔州。夜静明月峡，春寒堆雪楼。独吟谁会解，多病自淹留。往事如今日，聊同子美愁。

蜀中寓止夏日自贻

展转欹孤枕，风帏信寂寥。涨江垂螮蝀，骤雨闹芭蕉。道阻归期晚，年加记性销。故人衰飒尽，相望在行朝。

试笔偶书

沙鸟与山麋，由来性不羁。可凭唯在一作有道，难解莫过诗。任笑孤吟僻，终嫌巧宦卑。乖慵恩地恕，冷淡好僧知。华省惭公器，沧江负钓师。露花春直夜，烟鼓早朝时。世路多艰梗，家风免坠遗。殷勤一蓑雨，只得梦中披。

奔避

奔避投人远，漂离易感恩。愁髯霜飒飒，病眼泪昏昏。孤馆秋声树，寒江落照村。更闻归路绝，新寨截荆门。

吊水部贾员外嵩一本无嵩字

八韵与五字，俱为时所先。幽魂应自慰，李白墓相连。

贫女吟

尘压鸳鸯废锦机，满头空插丽春枝。东邻舞妓多金翠，笑剪灯花学画眉。

席上贻歌者

花月楼台近九衢，清歌一曲倒金壶。座中亦有一作半是江南客，莫向春风一作尊前唱鹧鸪。

菊

王孙莫把比荆蒿，九日枝枝近鬓毛。露湿秋香满池岸，由来不羡瓦一作五松高。

下　峡

忆子啼猿绕树哀，雨随孤棹过阳台。波头未白人头白，瞥见春风滟滪堆。

文昌寓直

何逊空阶夜雨平，朝来交直雨新晴。落花乱上一作下花砖上，不忍和苔蹋紫英。

街西晚归

御沟春水绕闲坊，信马归来傍短墙。幽榭名园临紫陌，晚风时带牡丹香。

十日一作月菊

节去蜂一作风愁蝶不知，晓庭一作来还绕折残枝。自缘今日人心别，未必秋香一夜衰。

鹭　鸶

闲立春塘一作苺烟淡淡，静眠寒苇雨飕飕。渔翁归后汀沙一作沙汀，又作江洲。晚，飞下一作上滩头更自由。

柳

半烟半雨江一作溪桥畔，映杏映桃山路中。会得离人无限意，千丝万絮惹春风。

下第退居二首

年来还未上丹梯，且一作正著渔蓑谢故溪。落尽梨花春又了，破篱残雨晚莺啼。

未尝青杏出长安，豪士应疑怕牡丹。只有退耕耕不得，茫一作默然村落水吹残。

江宿闻芦管 商船小童善吹

塞一作寒曲凄清一作凉楚水滨，声声吹出落梅春。须知风月千樯下，亦有葫芦河畔人。

闲 题

举世何人肯自知，须逢精鉴定妍媸。若教嫫母临明镜，也道不劳红粉施。

曲江春草

花落江堤蔟暖一作晚烟，雨馀草一作江，又作山。色远相连。香轮莫碾青青破，留与愁一作游人一醉眠。

雪中偶题

乱飘僧舍茶烟湿，密洒歌一作高楼酒力微。江上晚来堪画处，渔人披得一蓑归。

题慈恩寺默公院

虽近曲江居古寺，旧山终忆九华峰。春来老病厌迎送，剪却牡丹栽野松。

江上阻风

水天春暗暮寒浓，船闭篷窗细雨中。闻道渔家酒初熟，晚来翻喜打头风。

淮上与友人别

扬子江头杨柳春，杨花愁杀渡江人。数声风笛离亭晚，君向潇湘我向秦。

忍公小轩二首 一本题上有西蜀净众寺五字

松溪水色绿于松，每到松溪到暮钟。闲得心源只如此，问禅何必向双峰。

旧游前事半埃尘，多向林中结净因。一念一炉香火里，后身唯愿似师身。

淮上渔者

白头波上白头翁，家逐船移浦浦风。一尺鲈鱼新钓得，儿孙吹火荻花中。

兴州江馆

向蜀还秦计未成，寒蛩一夜绕床鸣。愁眠不稳孤灯尽，坐听嘉陵江水声。

题无本上人小斋

寒寺唯应我访师，人稀境静雪销迟。竹西落照侵窗好，堪惜归时落照时。

七祖院小山 一本题上有西蜀净众寺五字

小巧功成雨藓斑，轩车日日扣松关。峨嵋咫尺无人去，却向僧窗看假山。

定水寺行香

听经一作松看画绕虚廊，风拂金炉待赐香。丞相未来春雪密，暂偷闲卧老僧床。

浯 溪

湛湛清江叠叠山，白云白鸟在其间。渔翁醉睡又醒睡，谁道皇天最惜闲。

闷 题

莫厌九衢尘土间，秋晴满眼是南山。僧家未必全无事，道著访僧心且闲。

重访黄神谷策禅者

初尘芸阁辞一作来禅阁，却访支郎是老郎。我趣转卑师趣静，数峰秋雪一炉香。

别修觉寺无本上人

松上闲云石上苔，自嫌归去夕阳催。山门握手无他语，只约今冬看雪来。

赠日东鉴禅师

故国无心渡海潮，老禅方丈倚中条。夜深雨绝松堂静，一点山萤照寂寥。

传经院壁画松 一本题上有西蜀净众寺五字

危根瘦尽耸孤峰，珍重江僧好笔踪。得向游人多处画，却胜涧底作真松。

高蟾先辈以诗笔相示抒成寄酬

张生故国三千里，知者唯应杜紫微。杜牧舍人赠张祐处士云：“可怜故国三千里，虚唱歌词满六宫。”君有君恩秋后叶，可能更羡谢玄晖。蟾有《后宫词》云：“君恩秋后叶，日日向人疏。”

为人题

泪湿孤鸾晓镜昏，近来方解惜青春。杏花杨柳年年好，不忍回看旧写真。

越鸟

背一作宿霜南雁不到处，倚棹北人初听时。梅雨满江春草歇，一声声在荔枝枝。

黄莺

春云薄薄一作淡淡日辉辉，宫树烟深隔水飞。应为能歌系仙籍，麻姑乞与女真衣。

失鹭鸶

野格由来倦小池，惊飞却下碧江涯。月昏风急何处宿一作宿何处，秋岸萧萧黄苇枝。

苔钱

春红秋紫绕池台，个个圆如济世财。雨后无端满穷巷，买花不得买愁来。

莲叶

移舟水溅差差绿，倚槛风摇柄柄香。多谢浣溪一作纱人不一作未，又作莫。折，雨中留得盖鸳鸯。

蜀中赏海棠

浓淡芳春满蜀乡，半随风雨断莺一作人肠。浣花溪上堪惆怅，子美无心一作情为发扬。杜工部居西蜀，诗集中无海棠之题。

投所知

砌下芝兰新满径，门前桃李旧垂阴。却应回念江边草，放出春烟一寸心。

早入谏院二首

玉阶春冷未催班，暂拂尘衣就一作枕笏眠。孤立小心还自笑，梦魂潜绕御炉烟。

紫云重叠抱春城，廊下人稀唱漏声。偷得微吟斜倚柱，满衣花露听宫莺。

忝官谏垣明日转对

吾君英睿相君贤，其那一作奈寰区未晏然。明日翠华春殿下，不知何语可闻天。

再经南阳

平芜漠漠失楼台，昔日游人乱后来。寥落墙匡春欲暮，烧残官树有花开。

赠下第举公

见君失意我惆怅，记得当年落第情。出去无憀归又闷，花一作苑南慢打讲钟声。

春阴

推一作携琴当酒度春阴，不解谋生只解吟。舞蝶歌莺莫相试一作诮，老郎心是老僧心。

送张逸人

人间疏散更无人，浪兀一作泛孤舟酒兀身。芦笋鲈鱼抛不得，五陵珍重五湖春。

初还京师寓止府署偶题屋壁

秋光不见旧亭台，四顾荒凉瓦砾堆。火力不能销一作烧地力，乱前黄菊眼前开。

擢第后入蜀经罗村路见海棠盛开偶有题咏

上国休夸红杏艳一作绝，深溪自照绿苔矶。一枝低带流莺睡，数片狂和舞蝶飞。堪恨路长移不得，可无人与画将归。手中已有新春桂，多谢烟香更入一作惹衣。

次韵和礼部卢侍郎一作郎中，一本又多一极字江上秋夕寓怀

卢一作望郎到处觉风生，蜀郡留连亚相情。时中仪在泸州，恩门大夫待遇优厚。乱后江山悲庾信，夜来烟月属袁宏。梦归兰省寒星动，吟向莎洲宿鹭一作鸟惊。未脱白衣头半白，叨陪属和倍为荣。

宜春再访芳公言公幽斋写怀叙事因赋长言

入门长恐先师在，香印纱灯似昔年。涧路萦回斋处远，松堂虚豁讲声圆。顷为弟子曾同社，今忝星郎更契缘。顾渚一瓯春有味，中林话旧亦潸然。

读李白集

何事文星与酒星，一时钟在一作分付李先生。高吟大醉三千首，留著人间伴月明。

卷末偶题三首

一卷疏芜一百篇，名成未敢暂一作便忘筌。何如海日生残夜，一句能令万古传。

七岁侍行湖外去，岳阳楼上敢题诗。如今寒晚无功业，何以胜任国士知。

一第由来是出身，垂名俱一作须为国风陈。此生若不知骚雅，孤宦如何一作何由作近臣。

读前集二首

殷璠裁鉴英灵集，颇觉同才得旨一作契深。何事后来高仲武，品题间气未公心。

风骚如线不胜悲，国步多艰即此时。爱日满阶看古集，只应陶集是吾师。

渚宫乱后作

乡人来话乱离情，泪滴残阳问楚荆。白社已应无故老，清江依旧绕空一作孤城。高秋军旅齐山树，昔日渔家是一作尽野营。牢落故居灰烬后，黄花紫一作绿蔓上墙生。

鹧　鸪 谷以此诗得名，时号为郑鹧鸪。

暖戏烟芜锦翼齐，品流应得近山鸡。雨昏青草湖边过，花落黄陵庙里啼。游子乍闻征袖湿，佳人才唱翠眉低。相呼相应一作唤湘江阔一作远，又作曲，苦竹丛深春日西。

燕

年去年来来去忙，春寒烟暝渡潇湘。低飞绿岸和梅雨，乱入红楼拣杏梁。闲几砚中窥水浅，落花径里得泥香。千言万语无人会，又逐流莺过短墙。

侯家鹧鸪

江天梅雨湿江蓠，到处烟香是此时。苦竹岭无归去日，海棠花落旧栖枝。春宵思极兰灯暗，晓月啼多锦幕垂。唯有佳人忆南国，殷勤为尔唱愁词。

雁

八月悲风九月霜，蓼花红淡苇条黄。石头城下波摇影，星子湾西云间行。惊散渔家吹短笛，失群征戍锁残阳。故乡闻尔亦惆怅，何况扁舟非故乡。

水 西蜀净众寺五题

竹院松廊分数派，不一作晴空清泚亦逶迤。落花相逐去一作向何处，幽鹭一作鸟独来无限时。洗钵老僧临岸久，钓鱼闲客卷纶迟。晚晴一作来一片连莎绿，悔与沧浪有旧期。

海棠

春风用意匀颜色，销得携觞与赋诗。秾丽最宜新著雨，娇饶全在欲开时。莫愁粉黛临窗懒，梁广丹青点笔迟。朝醉暮吟看不足，羡他蝴蝶宿深枝。

竹

宜烟宜雨又宜风，拂水藏村复间松。移得萧骚从远寺，洗来疏净见前峰。侵阶藓拆春芽迸，绕径莎微夏荫浓。无赖杏花多意绪，数枝穿翠好相容。

荔枝树

二京曾见画图中，数本芳菲色不同。孤棹今来巴徼外，一枝烟雨思无穷。夜郎城近含香瘴，杜宇巢低起暝风。肠断渝泸霜霰薄，不教叶似灞陵红。

锦二首

布素豪家定不看，若无文一作花彩入时难。红迷天子帆边日，紫夺星郎帐外兰。春水濯来云雁活，夜机挑处雨灯寒。舞衣转转求新样，不问流一作乱离桑柘残。

文君手里曙霞生，美号仍闻借蜀城。夺得始知袍更贵，著归方觉昼偏荣。宫花颜色开时丽，池雁毛衣浴后明。礼部郎官人所重，省中别占好窠名。

蜡烛

仙漏迟迟出建章，宫帘不动透清光。金闺露白新裁诏，画阁春红正试妆。泪滴杯盘何所恨，烬飘兰麝暗和香。多情更有分明处，照得歌尘下燕梁。

灯

雨向莎阶滴未休，冷光孤恨两悠悠。船中闻雁洞庭宿，床下有蛩长信秋。背照翠帘新洒别，不挑红烬正含愁。萧骚寒竹南窗静，一局闲棋为尔留。

宗人作尉唐昌官署幽胜而又博学精富得以言谈将欲他之留书屋壁

公堂潇洒有林泉，只隔苔墙是渚田。宗党相亲离乱世，春秋闲论战争年。远江惊鹭来池口，绝顶归云过竹边。风雨夜长同一宿，旧游多共忆樊川。

为户部李郎中与令季端公寓止渠州江寺偶作寄献

退居潇洒寄禅关，高挂朝簪净室间。孤岛虽一作暂留双鹤歇，五云争放二龙闲。轻舟共泛花边水，野屐同登竹外山。仙署金闺虚位久，夜清应梦近天颜。

重阳日访元秀上人

红叶黄花秋景宽，醉吟朝夕在樊川。却嫌今日登山俗，且共高僧对榻眠。别画长怀吴寺壁，宜茶偏赏霅溪泉。归来童稚争相笑，何事无人与酒船。

全唐诗卷六七六

郑　谷

阙下春日

建章宫殿紫云飘，春漏迟迟下绛霄。绮陌暖风嘶去马，粉廊初日照趋朝。花经宿雨香难拾，莺在豪家语更娇。秦楚年年有离别，扬鞭挥袖灞陵桥。

赠刘神童 六岁及第

习读在前生，僧谈足可明。还家虽解喜，登第未知荣。时果曾沾赐，上召于便殿亲试，称旨，赐以果实。春闱不挂情。灯前犹恶睡，寤一作寐语读书声。

远　游

江湖犹足事，食宿戍鼙喧。久客秋风起，孤舟夜浪翻。乡音离楚水，庙貌入湘源。岸阔凫鹥小，林垂橘柚繁。津官来有意，渔者笑无言。早晚酬僧约，中条有药园。

光化戊午年举公见示省试春草碧色诗偶赋是题

苌弘血染新，含露满江滨。想得寻花径，应迷拾翠人。窗纱迎拥砌，簪玉妒成茵。天借新晴色，云饶落日春。岚光垂处合，眉黛看时颦。愿与仙桃比，无令惹路尘。

江　际

杳杳渔舟破暝烟，疏疏芦苇旧江天。那堪流落逢摇落，可得一作谓潸然是偶然。万顷白波迷宿鹭，一林黄叶送残一作寒，又作秋。蝉。兵车未息年华促，早晚闲吟向浐川。

将之泸郡旅次遂州遇裴晤员外谪居于此话旧凄凉因寄二首

谁解登高问上玄，谪仙一作官何事谪诗仙。云遮列宿离华省，树荫澄江入野船。黄鸟晚啼愁瘴雨，青梅早落中蛮烟。不知几首南行曲，留与巴儿万古传。

昔年共照松溪影，松折溪荒僧已无。今日重一作同思锦城事，雪销一作铺花谢梦何殊。乱离未定身俱老，骚雅全休道甚孤。我拜师门更南去，荔枝春熟向渝泸。

次韵和秀上人长安寺居言怀寄渚宫禅者

旧斋松老别多年，香一作莲，又作乡。社人稀丧一作离乱间。出寺只知趋内殿，闭门长似在深山。卧听秦树一作甸秋钟断，吟想荆江夕鸟还。唯恐兴来飞锡去，老郎无路更追攀。

蜀中春日 一作雨

海棠风外独沾巾，襟袖无端惹蜀尘。和暖又逢挑菜日，寂寥未是探花人。不嫌蚁酒冲愁肺，却忆渔蓑覆病身。何事晚来微雨后一作过，锦江春学一作似曲江春。

游　蜀 一作蜀中春暮

所向一作到处明知是暗投，两行清泪语前流。云横新塞遮秦甸一作水，花落空山入阆州。不忿黄鹂惊晓梦，唯应杜宇信一作起春愁。梅黄麦绿无归处，可得漂漂爱浪游。

峡中尝茶

簇簇新英摘露光，小江园里火煎尝。吴僧漫说鸦山好，蜀叟一作客休夸鸟嘴香。合一作入座半瓯轻泛绿，开缄数片浅含黄。鹿门病客不归去，酒渴更知春味长。

辇下冬暮咏怀

永巷闲吟一径蒿，轻肥大笑事风骚。烟含紫禁花期近，雪满长安酒价高。失路渐惊前计错，逢僧更念此生劳。十年春泪催衰飒，羞向清流照鬓毛。初稿附记：觅句下名只白劳，苦吟殊未补风骚。烟开水国花期近，雪满长安酒价高。旧业已荒青蔼径，寒江空忆白云涛。不知春到情何限，惟恐流年损鬓毛。

石　城

石城昔为莫愁乡，莫愁魂散石城荒。江人依旧棹舴艋，江岸还飞双鸳鸯。帆去帆来风浩渺，花开花落春悲凉。烟浓草远望不尽，千古汉阳闲夕阳。

蜀 中 三 首

马头春向鹿头关，远树平芜一望闲。雪下文君沽酒市，云藏李白读书山。江楼客恨黄梅后，村落人歌紫芋间。堤月桥灯好时景，汉庭无事不征蛮。

夜无多一作多无雨晓生尘，草色岚光日日新。蒙顶茶畦千点露，浣花笺纸一溪春。扬雄宅在唯乔木，杜甫台荒绝旧邻。却共海棠花有约，数年留滞不归人。

渚远江清碧簟纹，小桃花绕薛涛坟。朱桥直指金门路，粉堞高连玉垒云。窗下〔斲〕(断)琴翘凤足，波中濯锦散鸥群。子规夜夜啼巴树一作蜀，不并吴乡楚国闻。

少华甘露寺

石门萝径与天邻，雨桧风篁远近闻。饮涧鹿喧双派水，上楼一作登山僧蹋一梯云。孤烟薄暮关城没，远色初晴渭曲分。长欲一作忆然香来此宿，北林猿鹤旧同群。

慈恩寺偶题

往事悠悠添浩叹，劳生扰扰竟何能。故山岁晚不归去，高塔晴来独自登。林下听经秋苑一作院鹿，江边扫叶夕阳僧。吟馀却起双峰念，曾看庵西瀑布冰。

石 门 山 泉

一脉清泠何所之，萦莎漱藓入僧池。云边野客穷来处，石上寒猿见落时。聚沫绕崖一作槎残雪在，迸流穿树堕花随。烟春雨晚闲吟去，不复远寻皇子陂。

渭阳楼闲望

千重二华见皇州，望尽凝岚即此楼。细雨不藏秦树色，夕阳空照渭河流。后车宁见前车覆，今日难忘昨一作昔日忧。扰扰尘中犹一作殊未已，可能疏傅独能休。

送田一作沈光

九陌低迷谁问我，五湖流浪可悲君。著书笑破苏司业，赋咏思齐郑广文。理棹好携三百首，阻风须饮几千分。耒阳江口春山绿，恸哭应寻杜甫坟。

送进士吴延保及第后南游

得意却思寻旧迹，新衔未切一作得向一作上兰台。吟看秋草出关去，逢见故人随计来。胜地昔年诗板在，清歌几处郡筵开。江湖易有淹留兴，莫待春风落一作绽，一作吹。庾一作瘦梅。

送进士王驾下第归蒲中 时行朝在西蜀

失意离愁春不知，到家时是落花时。孤单取事休言命，早晚逢人苦爱诗。度塞风沙归路远，傍河桑柘旧居移。应嗟我又巴江去，游子悠悠听子规。

作尉鄠郊送进士潘为下第南归 一本无题上四字

归去宜春春水深，麦秋梅雨过湘阴。乡园几度经狂寇，桑柘谁家有旧林。结绶位卑甘晚达，登龙心在且高吟。灞陵桥上杨花里，酒满芳樽泪满襟。

送进士韦序赴举

丹霞照上三清路，瑞锦裁成五色毫。波浪不能随一作倾世态，鸾凰应得入吾曹。秋山晚水吟情远，雪竹风松醉格高。预想明年腾跃处，龙津春碧浸仙桃。

寄献狄右丞

逐胜偷闲向杜陵，爱僧不爱紫衣僧。身为醉客思吟客，官自中丞拜右丞。残月露垂朝阙盖，落花风动宿斋灯。孤单小谏渔舟在，心恋清潭去未能。

转正郎后寄献集贤相公

予一作干名初在德门前，屈指年来三十年。自贺孤危终际会，别将流涕感阶缘。止陪鸳鹭居清秩，滥应星辰浼上玄。平昔苦心何一作无所恨，受恩多是旧诗篇。

所知从事近藩偶有怀寄

官舍种莎僧对榻，生涯如在旧山贫。酒醒草檄闻残漏，花落移厨送晚春。水墨画松清睡眼，云霞仙氅挂吟身。霜台伏首思归切，莫把渔竿逐逸人。

献大京兆薛常侍能一本无能字

耻将官业一作职竞前途，自爱篇章古不如。一炷香新开道院，数坊人聚一作静避朝车。纵游藉草花垂酒，闲卧临窗燕拂书。唯有明公赏新句，秋风不敢忆鲈鱼。

寄赠孙路处士

平生诗誉更谁过，归老东吴命若何。知己凋零垂白发，故园寥落近沧波。酒醒藓砌花阴转，病起渔舟鹭迹多。深入富春人不见，闲门空掩半庭莎。

献制诰杨舍人

为郡东吴只饮冰，琐闱频降凤一作诏书征。随行已有朱衣吏，伴直多招紫阁僧。窗下调琴鸣远水，帘前睡鹤背秋灯。苇陂竹坞情无限，闲话一作语毗陵问杜陵。

次韵酬张补阙因寒食见寄之什

柳近清明翠缕长，多情右衮不相忘。开缄虽睹新篇丽，破鼻须闻冷酒香。时态懒一作颇随人上下，花心甘一作日被蝶分张。朝稀且莫轻春赏，胜事由来在帝乡。

赠宗人前公安宰君

喧卑从宦出喧卑，别画能琴又解棋。海上春耕因乱废，年来冬荐得官迟。风中夜犬惊槐巷，月下寒驴啮槿篱。孤散恨无推唱路，耿怀吟得赠君诗。

寄赠杨夔处士

结茅只一作依约钓鱼台，溅水鸬鹚去又回。春卧瓮边听酒熟，露吟庭际待花开。三一作吴江胜景遨游遍，百氏群书讲贯一作论来。国步未安风雅薄，可能高尚掞天才。

寄同年礼部赵郎中

仙步徐徐整羽衣，小仪澄澹转中仪。桦一作花飘红烬趋朝路，兰纵清香宿省时。彩笔烟霞供不足，纶一作粉闱鸾凤讶来迟。自怜孤宦谁相念，祷祝空吟一作凭一首诗。

春暮咏怀寄集贤韦起居衮

寂寂风帘信自垂，杨花笋箨正离披。长安一夜残春雨，右省三年老拾遗。坐看群贤争得路，退量孤分且吟诗。五湖烟网非无意，未去难忘国士知。

多　情

赋分多情却自嗟，萧衰未必为年华。睡轻可忍风敲竹，饮散那堪月在花。薄宦因循抛岘首，故人流落向天涯。莺春雁夜长如此，赖是幽居近酒家。

感怀投时相

非才偶忝直文昌，两鬓年深一镜霜。待漏敢辞称小吏，立班犹未出中行。孤吟马迹抛槐陌，远梦渔竿掷苇乡。丞相旧知为一作非学苦，更教何处贡篇章。

自　贻

饮筵博席与心违，野眺春吟更是谁。琴有涧风声转淡，诗无僧字格还卑。恨抛水国荷一作钓蓑雨，贫过长安樱笋时。头角俊一作英髦应指笑，权门踪迹独差池。

自　遣

强健一作事宦途何足谓，入微章句更难论。谁知野性真天性，不扣权门扣道门。窥砚晚莺临砌树，迸阶春笋隔篱根。朝回何处消长日，紫阁峰南有一作省旧村。

中　年

漠漠秦云淡淡天，新年景象入中年。情多最恨花无语，愁破方知酒有权。苔色满墙寻一作思故第，雨声一夜忆春田。衰迟自喜添诗学，更把前题改数联。

自　适

紫陌奔驰不暂停，送迎终日在郊坰。年来鬓畔未垂白，雨后江头且蹋青。浮蚁满杯难暂舍，贯珠一曲莫辞听。春风只有九十日，可合花前半日醒。

结绶鄠郊縻摄府署偶有自咏

莺离寒谷士一作七逢春，释褐来年暂种芸。自笑老为梅少府，可堪贫摄鲍参军。酒醒往事多兴念，吟苦邻居必厌闻。推却簿书搔短发，落花飞絮正纷纷。

漂　泊

槿坠蓬一作莲疏池馆清，日光风绪淡无情。鲈鱼斫鲙输张翰，橘树呼奴羡李衡。十口漂零犹寄食，两川消息未休兵。黄花催促重阳近一作酒，何处登高望二京。

吊故礼部韦员外序一本无序字

腊雪初晴花举杯,便期携手上春台。高情唯怕酒不满,长逝可悲花正开。晓奠莺啼残漏在,风帏燕觅旧巢来。杜陵芳草年年绿,醉魄吟魂无复回。

渼　陂

昔事东流共不回,春深独向渼陂来。乱前别业依稀在,雨里繁一作梨花寂寞开。却展渔丝无野艇,旧题诗句没苍苔。潸然四顾难消遣,只有佯狂泥酒杯。

代秋扇词

露入庭芜恨已深,热时天下是知音。汗流浃一作洽背曾一作普施力一作手,气爽中宵便负心。一片山溪从蠹损,数行文字任尘侵。绿槐阴合清和后,不会何颜又见寻。

宣义里舍冬暮自贻

幽居不称在长安,沟浅浮春岸雪残。板屋渐移方带野,水车新入夜添寒。名如有分终须立,道若离心岂易宽。满眼尘埃驰骛去,独寻烟竹剪渔竿。

省中偶作

三转郎曹自勉旃,莎阶吟步想前贤。未如何逊无佳句,若比冯唐是壮年。捧制名题黄纸尾,约僧心在白云边。乳毛松雪春来好,直夜清闲且学禅。

同志顾云下第出京偶有寄勉

风策联华是国华，顾云著述，目为风策联华。春来偶未上仙槎。乡连南渡思菰米，泪滴东风避杏花。吟聒暮莺归庙院，睡消迟日寄僧家。一般情绪应相信，门静莎深树影斜。

敷溪高士

敷溪南岸掩柴荆，挂却朝衣爱净一作静名。闲得林园栽树法，喜闻儿侄读书声。眠窗日暖添幽梦，步野风清散酒醒。谪去征还何扰扰，片云相伴看衰荣。

九日偶怀寄左省张起居

令节争欢我独闲，荒台尽日向晴山。浑无酒泛金英菊，漫道官趋玉笋班。深愧青莎迎野步，不堪红叶照衰颜。羡君官重多吟兴，醉带南陂一作天坡落照还。

春夕一作日伴同年礼部赵员外省直

锦帐名郎重锦科一作窠，清宵寓直纵吟哦。冰含玉镜春寒在，粉傅一作柳转仙闱月色多。视草即应归属望，握兰知道暂经过。流莺百啭和残漏，犹把芳樽藉露莎。

倦客

十年五年歧路中，千里万里西复东。匹马愁冲晚一作晓村雪，孤舟闷阻春江风。达士由来知道在，昔贤何必哭途穷。闲烹芦笋炊菰米，会向源一作渔乡作醉翁。

温处士能画鹭鹚以四韵换之

昔年吟醉绕江蓠，爱把渔竿伴鹭鹚。闻说小毫能纵逸，敢凭轻素写幽奇。涓涓浪溅残菱蔓，戛戛风搜一作披折苇枝。得向晓窗闲挂玩，雪蓑烟艇恨无遗。

驾部郑郎中三十八丈一作大尹贰东周荣加金紫谷以末派之外恩旧事深因贺送

香浮玉陛晓辞天，袍拂蒲茸称少年。郎署转曹虽久次，京河亚尹是优贤。纵游云水无公事，贵买琴书有俸钱。今日龙门看松雪，探春明日向平泉。

欹　枕

欹枕高眠日午春，酒酣睡足最闲身。明朝会得穷通理，未必输他马上人。

野　步

翠岚迎步兴何长，笑领渔翁入醉乡。日暮渚田微雨后，鹭鹚闲暇稻花香。

偶　书

承时偷喜负明神，务实那能得庇身。不会苍苍主何事，忍饥多是力耕人。

静　吟

骚雅荒凉我未一作自安，月和馀雪夜吟寒。相门相客应相笑，得句胜于得好官。

和知己秋日伤怀

流水歌声共不回，去年天气旧亭台。梁尘寂寞燕归去，黄蜀葵花一朵开。

谷比一作卝岁受同年丈人故川守李侍郎教谕衰晏龙钟益用感叹遂以章句自贻

多感京河李丈人，童蒙受教便书绅。文章至竟无功业，名宦由来致苦辛。皎日还应知守道，平生自信解甘贫。孤单所得皆逾分，归种敷溪一亩春。

郊　墅

韦曲樊川雨半晴，竹庄花院遍题名。画成烟景垂杨色，滴破春愁压酒声。满野红尘谁得路，连天紫阁独关情。渼陂水色澄于镜，何必沧浪始濯缨。

舟　行

九派迢迢九月残，舟人相语且相宽。村逢好处嫌风便，酒到醒来觉夜寒。蓼渚一作水白波喧夏口一作落口，柿园红叶忆长安。季鹰可是思鲈鲙，引退知时自古一作自知时所难。

奔问三峰寓止近墅

半年奔走颇惊魂，来谒行宫泪眼昏。鸳鹭入朝同待漏，牛羊送日独归村。灞陵散失诗千首，太华凄凉酒一樽。兵革未休无异术，不知何以受君恩。

朝　直

朝直叨居省阁间，由来疏退校安闲。落花夜静宫中漏，微雨春寒廊下班。自扣玄门齐宠辱，从他荣路用机关。孤峰未得深归去，名画偏求水墨山。

巴　江 时僖宗省方南梁

乱来奔走巴江滨，愁客多于江徼人。朝醉暮醉雪开霁，一枝两枝梅探春。诏书罪己方哀痛，乡县征兵尚苦辛。鬓秃又惊逢献岁，眼前浑不见交亲。

故许昌薛尚书能尝为都官郎中后数岁故建州李员外频自宪府内弹拜都官员外八座外郎皆一时骚雅宗师则都官之曹振盛于此予早年请益实受深知今忝此官复是正秩岂唯俯慰孤宦何以仰继前贤荣惕在衷遂赋自贺

都官虽未是名郎，践历曾闻薛许昌。复有李公陪雅躅，岂宜郑子忝馀光。荣为后进趋兰署，喜拂前题在粉墙。八座外郎于省中题记多在。他日节旄如可继，不嫌曹冷在中行。

访题表兄王藻渭上别业 一作墅

桑林摇落渭川西，蓼水潴潴接稻泥。幽槛静来渔唱远，暝天寒极雁行低。浊醪最称看山醉，冷句偏宜选竹题。中表人稀离乱后，花时莫惜重相携。

题汝州从事厅

诗人公署如山舍，只向阶前便采薇。惊燕拂帘闲睡觉，落花沾砚会餐归。壁看旧记官多达，榜挂明文吏莫违。自说小池栽苇后，雨凉频见鹭鹚飞。

谷初忝谏垣今宪长薛公方在西阁知奖隆异以四韵代述荣感

旧诗常得在高吟，不奈公心爱苦心。道自琐闱言下振，舍人于阁下众中奖叹顷年篇什。恩从仙殿对回深。谷累陪舍人转对，偶免乖仪，舍人深以知奖。流年渐觉霜欺鬓，至药能教土化金。自拂青萍知有地，斋诚旦夕望为霖。

兵部卢郎中光济借示诗集以四韵谢之 一本题中无光济二字

七一作士子风骚寻失主，五一作吾君歌诵久无声。调和雅乐归时正，澄滤颓波到底清。才大始知寰宇窄，吟高何止鬼神惊。叶公好尚浑疏阔，忽见真龙几丧明。

贺左省新除韦拾遗

初升谏署是真仙，浪透桃花恰一作十五年。垂白郎官居座末，著绯人吏立阶前。百僚班列趋丹陛，两掖风清上碧天。从此追飞何处去，金鸾殿与玉堂连。

右省张补阙茂枢同在谏垣连居光德新春赋咏聊以寄怀

小梅零落雪欺残，浩荡穷愁岂易宽。唯有朗吟偿晚景，且无浓醉一作酒厌一作压春寒。高斋每喜追攀近，丽句先忧属和难。十五年前谙一作谐苦节，知心不独为同官。

右省补阙张茂枢同在谏垣邻居光德迭和篇什未尝间时忽见贻谓谷将来履历必在文昌当与何水部宋考功为俦谷虽赋于风雅实用兢惶因抒酬寄

何宋清名动粉闱，不才今日偶陈诗。考功岂敢闻题品，水部犹须系挈维。积雪巷深酬唱夜，落花墙隔笑言时。紫垣名士推扬切，为话心孤倍感知。紫微薛公奖誉颇深，补衮即紫微中表，尝传重旨，故有此句。

寄职方李员外

曾袖篇章谒长卿，今来附凤事何荣。星临南省陪仙步，春满东朝接珮声员外摄事储宫，谷忝获攀接。谈笑不拘先后礼，岁寒仍契子孙情。龙墀仗下天街暖，共看圭峰并马行。

寄题诗僧秀公

灵一心传清塞心，可公吟后楚公吟。近来雅道相亲少，唯仰吾师所得深。好句未停无暇日，旧山归老有东林。冷曹孤宦甘寥落，多谢携筇数访寻。

东蜀春晚

如此浮生更别离，可堪长恸送春归。潼江水上杨花雪，刚逐孤舟缭绕飞。

永日有怀

能消永日是樗蒱，坑堑由来似宦途。两掷未终一作离犍檿一作捷撅内，座中何一作可惜为呼卢。

槐　花

毵毵金蕊扑晴空，举子魂惊落照中。今日老郎犹有恨，昔年相虐一作谑，又作戏。十秋风。

小　桃

和烟和雨遮敷水，映竹映村连灞桥一作陵。撩一作掩乱一作弄春风耐寒令，到头赢得杏花娇一作憎。

长江县经贾岛墓

水绕荒坟县路斜，耕人讶我久咨嗟。重来兼恐无寻处，落日一作日落风吹鼓子花。

嘉　陵

细雨湿萋萋，人稀江日西。春愁肠已断，不在一作待子规啼。

中　秋

清香闻晓莲，水国雨馀天。天气正得所，客心刚悄然。乱兵何日息,故老几人全。此际难消遣,从来未学禅。

朝　谒

捧日整朝簪,千官一片心。班趋黄道急,殿接一作揖紫宸深。威凤回香扆,新莺啭上林。小松含瑞露,春翠易成阴。武德殿前,新栽小松。

锦　浦

流落夜凄凄,春寒锦浦西。不甘花逐水,可惜雪成泥。病眼嫌灯近,离肠赖酒迷。凭君嘱鹌鹑一作鶗鴂,莫向五更啼。

峨嵋山 一作雪

万仞白云端,经春雪未残。夏消江峡满,晴照蜀楼寒。造境知僧熟,归林认鹤难。会须朝一作上阙去,只有画图看。

蜀江有吊

僖宗幸蜀,时田令孜用事,左拾遗孟昭图疏论之,令孜矫贬嘉州司户,使人沉之蟆颐津。事见《令孜传》。

孟子有良策,惜哉今已而。徒将心体国,不识道消时。折槛未为切,沉湘何足悲。苍苍无问处,烟雨遍江蓠。

书村叟壁

草肥朝牧牛,桑绿晚鸣鸠。列岫檐前见,清泉碓下流。春蔬和雨割,社酒向花篘。引我南陂去一作临水,篱边有小舟。

题进士王驾郊居

前山微有雨,永巷净无尘。牛卧篱阴晚,鸠鸣村意春。时浮应寡合，道在不嫌贫。后径临陂水，菰蒲是切邻。

题庄严寺休公院

秋深庭色好，红叶间青松。病客残无著，吾师甚见容。疏钟和细溜，高一作孤塔等遥峰。未省求名侣，频于此地逢。

题兴善寺

寺在帝城阴，清虚胜二林。藓侵隋画暗，茶助越瓯深。巢鹤和钟唳，诗僧倚锡吟。烟莎后池水，前迹杳难寻。十才子诗集，多有兴善寺后池之作，今寺在池无，每用追叹。

宿澄泉兰若

山半古招提，空林雪月迷。乱流分石上，斜汉在松西。云集寒庵宿，猿先晓磬啼。此心如了了，即一作到此是曹溪。

送举子下第东归

夫子道何孤，青云未得途。诗书难舍鲁，山水暂游吴。野绿梅阴重，江春浪势粗。秣陵兵役后，旧业半成芜。

寄察院李侍御文炬

古柏间疏一作松篁，清阴在印床。宿郊虔点馔，秋寺静监香。参集行多揖一作偃，风仪见即庄。伫闻横擘一作臂去，帷集谏书囊。

偶怀寄台院孙端公棨

才拙道仍孤，无何舍钓徒。班虽沾玉笋，香不近金炉。雨露瞻双阙，烟波隔五湖。唯君应见念，曾共伏青蒲。谷旧与端公同在谏垣。

次韵和秀上人游南五台一作司空图诗

中峰曾到处，题记没苍苔。振锡传深谷，翻经想旧台。苍松临砌偃，惊鹿蓦溪来。内殿评诗切师以文章应制，身回心未回。

乖慵

乖慵居竹里，凉冷卧池东。一霎芰荷雨，几回帘幕风。远僧来扣寂，小吏笑书空。衰鬓霜供白，愁颜酒借红。扇轻摇鹭羽，屏古画渔翁。自得无端趣，琴棋舫子中。

南宫寓直

寓直事非轻，宦孤忧且荣。制承黄纸重，词见紫垣清。晓霁庭松色，风和禁漏声。僧一作曾携新茗伴，吏一作更扫落花迎。锁印诗心动，垂帘睡思生。粉廊曾试处，直事稍暇，即于都堂四廊下寻顷年试所题名记，至今多在。石柱昔贤名。来误宫窗燕，啼疑苑树莺。残阳应一作晴更好，归促一作速恨一作限严城。

恩门小谏雨中乞菊栽

握兰将满岁，栽菊伴吟诗。老去慵趋世，朝回独绕篱。递香风细细，浇绿水滁滁。只共山僧赏，何当国士移。孤根深有托，微雨正相宜。更待金英发，凭君插一枝。

荆渚八月十五夜值雨寄同年李屿

共待辉一作清光夜，翻成黯一作暗澹秋。正宜清路望，潜起滴阶愁。棹倚袁宏渚，帘垂庾亮楼。桂无香实落，兰有露花休。玉漏添萧索，金尊阻献酬。明年佳景在，相约向一作会，又作在。神州。

寄左省张起居

含香复记言，清秩称当年。点笔非常笔，朝天最近天。家声三相后，公事一人前。诗句江郎伏，书踪宁氏传。起居今太师卢公宅相，传授书法。风标欺鹭鹤，才力涌沙泉。居僻贫无虑，名高退更坚。渔舟思静泛，僧榻寄闲眠。消息当弥入，丝纶的粲然。依栖常接迹，属和旧盈编。开口人皆信，凄凉是谢毡。谷在举场时，与起居有恩也。

前寄左省张起居一百言寻蒙唱酬见誉过实却用旧韵重答

减瘦经多难，忧伤集晚年。吟高风过树，坐久夜凉天。旅退惭随众，孤飞怯向前。钓朋蓑叟在，药术衲僧传。鬓秃趋荣路，肠焦鄙盗泉。品徒诚有隔，推唱意何坚。寒地殊知感，秋灯耿不眠。从来甘默尔，自此倍怡然。兰为官须握，蒲因学更编。预愁摇落后，子美笑无毡。杜工部赠郑广文诗云："科名四十年，座客寒无毡。"

读故许昌薛尚书诗集

篇篇高且真，真为国风陈。澹薄虽师古，纵横得意新。翦裁成几箧，一作帙。近世诗人述作，公篇什最多。唱和是谁人。华岳题无敌，黄河句绝伦。华岳、黄河二诗序云：此皆二京之内巨题目也。吟残荔枝雨，咏彻海棠春。公有海棠、荔枝二首。序云：杜子美老于两蜀，而无此咏。李白欺前辈，公有寄符郎中诗云：我生若在开元日，争遣名为李翰林。陶潜仰后尘。公有论诗一章云：李白终无取，陶潜固不刊。难忘嵩室下，公有嵩山巨篇。不负蜀江滨。公尝从事蜀中，著《江丁集》。属思看山眼，冥搜倚树身。楷模劳梦想，讽诵爽精神。落笔空追怆，曾蒙借斧斤。

全唐诗卷六七七

郑　谷

送水部张郎中彦回宰洛阳

何逊兰休握，陶潜柳正垂。官清真塞诏，事简好吟诗。春漏怀丹阙，凉船泛碧伊。已虚西阁位，朝夕凤书追。

赠咸阳王主簿

可爱咸阳王主簿，穷经尽到昔贤心。登科未足酬多学，执卷犹闻惜寸阴。自与山妻舂斗粟，只凭邻叟典孤琴。我来赊酒相留宿，听我披衣看雪吟。

松

下视垂杨拂路尘，双峰石上覆苔文。浓霜一作霜浓满径无红叶，晚日一作日晚高枝有白云。春砌花飘僧旋扫，寒溪子落鹤先闻。那堪寂寞悲风起，千树深藏李白坟。

梅

江国正寒春信稳，岭头枝上雪飘飘。何言落处堪惆怅，直是开时也寂寥。素艳照尊桃莫比，孤香黏袖李须饶。离人南去肠应断，片片随鞭过楚桥。

鹤

一自王乔放自由，俗人行处懒回头。睡轻旋觉松花堕，舞罢闲听涧水流。羽翼光明欺积雪，风神洒落占高秋。应嫌白鹭无仙骨，长伴渔翁宿苇洲。

重阳夜旅怀

强插黄花三两枝，还图一醉浸愁眉。半床斜月醉醒后，惆怅多于未醉时。

壬戌西幸后

武德门前颢气新，雪融鸳瓦土膏春。夜来梦到宣麻处，草没龙墀不见人。

多　虞

多虞难住人稀处，近耗浑无战罢棋。向阙归山俱未得，且沽春酒且吟诗。

短　褐

闲披短褐杖山藤，头不是僧心是僧。坐睡觉来清夜半，芭蕉影动道场灯。

曲江红杏

遮莫江头柳色遮，日浓莺睡一枝斜。女郎折得殷勤看，道是春风及第花。

折得梅

寒步江村折得梅，孤香不肯待春催。满枝尽是愁人泪，莫殢朝来露湿来。

牡　丹

画堂帘卷张清宴，含香带雾情无限。春风爱惜未放开，柘枝鼓振红英绽。

寂　寞

江郡人稀便是村，踏青天气欲黄昏。春愁不破还成醉，衣上泪痕和酒痕。

乱后灞上

柳丝牵水杏房红，烟岸人稀草色中。日暮一行高鸟处，依稀合是望春宫。

长门怨二首

闲把罗衣泣凤凰，先朝曾教舞霓裳。春来却羡庭一作桃花落，得逐晴风出禁墙。

流水君恩共不回，杏花争忍扫成堆。残春未必多烟雨，泪滴闲阶长绿苔。

郊野戏题

竹巷溪桥天气凉，荷开稻熟村酒香。唯忧野叟相回避，莫道侬家是汉郎。

宗人惠四药

宗人忽惠西山药，四味清新香助茶。爽得心神便骑鹤，何须烧得白朱砂。

题张衡庙

远俗只凭淫祀切，多年平子固悠悠。江烟日午无箫鼓，直到如今咏四愁。

山　鸟

惊飞失势粉墙高，好个声音好羽毛。小婢不须催柘弹，且从枝上吃樱桃。

黯　然

搢绅奔避复沦亡，消息春来到水乡。屈指故人能几许，月明花好更悲凉。

借薛尚书集

江天冬暖似花时，上国音尘杳未知。正被虫声喧老耳，今君又借薛能诗。

小北厅闲题

冷曹孤宦本相宜，山在墙南落照时。洗竹浇莎足公事，一来赢写一联诗。

菊

日日池边载酒行，黄昏犹自绕黄英。重阳过后频来此，甚觉多情胜薄情。

赠杨夔二首

散赋冗书高且奇，百篇仍有百篇诗。江湖休洒春风泪，十轴香于一桂枝。

时无韩柳道难穷，也觉天公不至公。看取年年金榜上，几人才气似扬雄。

全唐诗卷六七八

许　彬 一作郴，一作琳。

许彬，睦州人，举进士不第，与郑谷同时。诗一卷。

中秋夜有怀

趋驰早晚休，一岁又残秋。若只如今日，何难致一作到白头。沧波归处远，旅舍向边愁。赖见前贤说，穷通不自由。

寻白石山人涧

路穷川岛上，果值古仙家。阴洞长鸣磬，石泉寒泛花。莓苔深峭壁，烟霭积层崖。难见囊中术，人间有岁华。

游头陀寺上方

高步陟崔嵬，吟闲路惜回。寺从何代有，僧是梵宫来。暮霭连沙积，馀霞逼槛开。更期招静者，长啸上方台。

归山夜发湖中

广泽去无边，夜程风信偏。疏星遥抵浪，远烧似迎船。响岳猿相次，翻空雁接连。北归家业就，深处更逾年。

同友人会裴明府县楼

开阁雨吹尘，陶家揖上宾。湖山万叠翠，汀树一行春。景逼归檐燕，歌喧已醉身。登临兴未足，喜有数年因。

荆山夜泊与亲友遇

山海两分歧，停舟偶此期。别来何限意，相见却无词。坐永神疑梦，愁多鬓欲丝。趋名易迟晚，此去莫经时。

北游夜怀

苦心终是否，舍此复无营。已致归成晚，非缘去有程。馆空吟向月，霜曙坐闻更。住久谁相问，驰羸又独行。

重经汉南

分散多如此，人情岂自由。重来看月夕，不似去年秋。息虑虽孤寝，论空未识愁。须同醉乡者，万事付江流。

湘　江

孤舟方此去，嘉景称于闻。烟尽九峰雪，雨生诸派云。沙寒鸿鹄聚，底极龟鱼分。异日谁为侣，逍遥耕钓群。

黔中书事

巴蜀水南偏，山穷塞垒宽。岁时将近腊，草树未知寒。独狖啼朝雨，群牛向暮滩。更闻蛮俗近，烽火不艰难。

经李翰林庐山屏风叠所居

放逐非多罪，江湖偶不回。深居应有谓，济代岂无才。叠巘晴舒障，寒川暗动雷。谁能续高兴，醉死一千杯。

酬简寂熊尊师以赵员外庐山草堂见借

岂易投居止，庐山得此峰。主人曾已许，仙客偶相逢。顾己恩难答，穷经业未慵。还能励僮仆，稍更补杉松。

寄怀孙处士

生平酌与吟，谁是见君心。上国一归去，沧波闲至今。钟繁秋寺远，岸阔晚涛深。疏放长如此，何人更得寻。

汉南怀友人

此身西复东，何计此相逢。梦尽吴越水，恨深湘汉钟。积云开去路，曙雪叠前峰。谁即知非旧，怜君忽见容。

送人下第归江州

名高不俟召，操赋献君门。偶屈应缘数，他人尽为冤。新春城外路，旧隐水边村。归去无劳久，知音待更论。

送苏处士归西山

南游何所为，一箧又空归。守道安清世，无心换白衣。深溪猿共暮，绝顶客来稀。早晚还相见，论诗更及微。

送李处士归山

旧山来复去，不与世人论。得道书留箧，忘机酒满尊。溪轩松偃坐，石室水临门。应有频相访，相看坐到昏。

送新罗客归

君家沧海外，一别见何因。风土难知教，程途自致贫。浸天波色晚，横吹鸟行春。明发千樯下，应为更远人。

府试莱城晴日望三山

不易识蓬瀛，凭高望有程。盘根出巨浸，远色到孤城。隐隐排云峻，层层就日明。净收残霭尽，浮动嫩岚轻。纵目徒多暇，驰心累发诚。从容更何往，此路彻三清。

题故李宾客庐山草堂

难穷林下趣，坐使致君恩。术业行当代，封章动谏垣。已明邪佞迹，几雪薜萝冤。报主深知此，忧民讵可论。名将山共古，迹与道俱存。为谢重来者，何人更及门。

全唐诗卷六七九

崔　涂

崔涂，字礼山，江南人。光启四年，登进士第。诗一卷。

秋夕送友人归吴

离心醉岂欢，把酒强相宽。世路须求达，还家亦未安。旅程愁算远，江月坐吟残。莫羡扁舟兴，功成去不难。

长安逢江南僧

孤云无定踪，忽到一作别又相逢。说尽天涯事，听残上国钟。问人寻寺僻，乞食过街慵。忆到曾栖处，开门对数峰。

晚次修路僧

平尽不平处，尚嫌功未深。应难将世路，便得称师心。高鸟下残照，白烟生远林。更闻清磬发，聊喜缓尘襟。

湖外送友人游边

我泛潇湘浦，君行指塞云。两乡天外隔，一径渡头分。雨暗江花老，笳愁陇月曛。不堪来去雁，迢递思离群。

读段太尉碑

愤激计潜成，临危岂顾生。只空持一笏，便欲碎长鲸。国已酬徽烈，家犹耸义声。不知青史上，谁可计功名。

夕次洛阳一作维扬道中

秋风吹故城，城下独吟行。高树鸟已息，古原人尚耕。流年川暗度，往事月空明。不复叹歧路，马前尘夜生。

读方干诗因怀别业

把君诗一吟，万里见君心。华发新知少，沧洲旧隐深。潮冲虚阁上，山入暮窗沈。忆宿高斋夜，庭枝识海禽。

题嵩阳隐者

四十年高梦，生涯指一丘。无人同久住，有鹤对冥修。草杂芝田出，泉和石髓流。更嫌庭树老，疑是世间秋。

友人问卜见招

何必问蓍龟，行藏自可期。但逢公道日，即是命通时。乐善知无厌，操心幸不欺。岂能花下泪，长似去年垂。

江行晚望

木落曙江晴，寒郊极望平。孤舟三楚去，万里独吟行。鸟占横查立，人当故里耕。十年来复去，不觉二毛生。

巫山庙

双黛俨如颦，应伤故国春。江山非旧主，云雨是前身。梦觉传词客，灵犹福楚人。不知千载后，何处又为神。

秋夕与友人话别

怀君非一夕，此夕倍堪悲。华发犹漂泊，沧洲又别离。冷禽栖不定，衰叶堕无时。况值干戈隔，相逢未可期。

与友人同怀江南别业

因君话故国，此夕倍依依。旧业临秋水，何人在钓矶。浮名如纵得，沧海亦终归。却是风尘里，如何便一作更息机。

苦　吟

朝吟复暮吟，只此望知音。举世轻孤立，何人念苦心。他乡无旧识，落日羡归禽。况住寒江上，渔家似故林。

春日郊居酬友人见贻

荒斋原上掩，不出动经旬。忽觉草木变，始知天地春。方期五字达，未厌一箪贫。丽句劳相勉，余非乐钓纶。

问　卜

承家望一名，几欲问君平。自小非无志，何年即有成。岂能长失路，争忍学归耕。不拟逢昭代，悠悠过此生。

蜀城春

天涯憔悴身，一望一沾巾。在处有芳草，满城无故人。怀才皆得路，失计自一作独伤春。清镜不能一作堪照，鬓毛愁更新。

送道士于千龄游南岳

物外与谁期，人间又别离。四方多事日，高岳独游时。猿狖潇湘树，烟波屈宋祠。无因陪此去，空惜鬓将衰。

入蜀赴举秋夜与先生话别

欲怆峨嵋别，中宵寝不能。听残池上雨，吟尽枕前灯。失计方期隐，修心未到僧。云门一万里，应笑又担簦。

春晚怀进士韦澹

故里花应尽，江楼梦尚残。半生吟欲过，一命达何难。特立圭无玷，相思草有兰。二年春怅望，不似在长安。

言　怀

干时虽苦节，趋世且无机。及觉知音少，翻疑所业非。青云如不到，白首亦难归。所以沧江上，年年别钓矶。

秋夜兴上人别

常时岂不别，此别异常情。南国初闻雁，中原未息兵。暗蛩侵语歇，疏磬入吟清。曾听无生说，辞师话此行。

感　花

绣轭香鞯夜不归，少年争惜最红枝。东风一阵黄昏雨，又到一作是繁华梦觉时。

秋宿天彭僧舍

身世两相惜，秋云每独兴。难将尘界事，话向雪山僧。力善知谁许，归耕又未能。此怀平不得，挑尽草堂灯。

秋夜僧舍闻猿

哀猿听未休，禅景夜方幽。暂得同僧静，那能免客愁。影摇云外树，声袅月中秋。曾向巴江宿，当时泪亦流。

过昭君故宅

以色静胡尘，名还异众嫔。免劳征战力，无愧绮罗身。骨竟埋青冢，魂应怨画人。不堪逢旧宅，寥落对江滨。

过洛阳故城

三十世皇都，萧条是霸图。片墙看破尽，遗迹渐应无。野径通荒苑，高槐映远衢。独吟人不问，清冷自呜呜。

秋夕与友人同会

章句积微功，星霜二十空。僻应如我少，吟喜得君同。月上僧归后，诗成客梦中。更闻栖鹤警，清露滴青松。

春日登吴门

故国望不见,愁襟难暂开。春潮映杨柳,细雨入楼台。静少人同到,晴逢雁正来。长安远于日,搔首独徘徊。

湘中秋怀迁客

兰杜晓香薄,汀洲夕露繁。并闻燕塞雁,独立楚人村。雾散孤城上,滩回曙枕喧。不堪逢贾傅,还欲吊湘沅。

南山旅舍与故人别 一作商山道中

一日又将一作欲暮,一年看即残。病知新事少,老别旧交一作故人难。山尽路犹险,雨馀春却寒。那堪试一作更回首,烽火是长安。

东林愿禅师院

与世渐无缘,身心独了然。讲销林下日,腊长定中年。磬绝朝斋后,香焚古寺前。非因送小朗,不到虎谿边。

孤　雁

湘浦离应晚,边城去已孤。如何万里计,只在一枝芦。迥起波摇楚,寒栖月映蒲。不知天畔侣,何处下平芜。

几行归去一作塞尽,片影一作念尔独何之。暮雨相呼失,寒塘独下迟。渚云低暗度,关月冷遥一作相随。未必逢矰缴,孤飞自可疑。

寄青城山颢禅师

怀师不可攀,师往杳冥间。林下谁闻法,尘中只见山。终年人不到,尽日鸟空还。曾听无生说,应怜独未还。

秋夕与王处士话别

微灯照寂寥,此夕正迢迢。丹桂得已晚,故山归尚遥。虫声移暗壁,月色动寒条。此去如真隐,期君试一瓢。

秋日犍为一作巴南道中 一作途中感怀

久客厌歧路,出门吟且悲。平生未到处,落日独行时。芳草不长绿,故人无一作难重期。那堪更南渡,乡国已一作是天涯。

送僧归江东 一作岐下送蒙上人归天台

坐彻秦城夏,行登越客船。去留那有著,语默不离禅。叶拥临关路,霞明近海天。更寻同社侣,应得虎溪边。一作石桥云畔树,应老旧房前。

喜友人及第

孤吟望至公,已老半生中。不有同人达,兼疑此道穷。只应才自薄,岂是命难通。尚激抟溟势,期君借北风。

上巳日永崇里言怀 一本无下五字

未敢分明赏物华,十年如见梦中花。游人过尽衡门掩,独自凭栏到日斜。

送僧归天竺

忽忆曾栖处,千峰近沃州。别来秦树老,归去海门秋。汲带寒汀月,禅邻贾客舟。遥思清兴惬,不厌石林幽。

牛渚夜泊

烟老石矶平，袁郎夜泛情。数吟人不遇，千古月空明。人事年年别，春潮日日生。无因逢谢尚，风物自凄清。

送友人归江南

渚田芳草遍，共忆故山春。独往沧洲暮，相看白发新。定过林下寺，应见社中人。只恐东归后，难将鸥鸟亲。

过陶征君隐居

陶令昔居此，弄琴遗世荣一作情。田园三亩绿，轩冕一铢轻。衰柳自无主，白云犹可耕。不随陵谷变，应只有一作是高名。

江上旅泊

汀洲一夜泊，久客半连樯。尽说逢秋色，多同忆故乡。孤冈生晚烧，独树隐回塘。欲问东归路，遥知隔渺茫。

灞　上

长安名利路，役役古由今。征骑少闲日，绿杨无旧阴。水侵秦甸阔，草接汉陵深。紫阁曾过处，依稀白鸟沉。

寄　舅

中朝轩冕内，久绝甯家亲。白社同孤立，青云独并伸。致君期折槛，举职在埋轮。须信尧庭草，犹能指佞人。

赠休粮僧

闻钟独不斋,何事更关怀。静少人过院,闲从草上阶。生台无鸟下,石路有云埋。为忆禅中旧,时犹梦百崖。

题绝岛山寺

绝岛跨危栏,登临到此难。夕阳高鸟过,疏雨一钟残。骇浪摇空阔,灵山厌渺漫。那堪更回首,乡树隔云端。

读侯道华真人传

汉皇轻万乘,方士说三丹。不得修心要,翻知出世难。茂陵春竟绿,金掌曙空寒。何似先生去,翩翩逐彩鸾。

残一作叹花

迟迟傍晓阴,昨夜色犹深。毕竟终一作荣须落,堪悲古与今。明年何处见,尽日此时一作独伤心。蜂蝶无情极,残香更不寻。

题兴善寺隋松院与人期不至

青青伊涧松,移植在莲宫。藓色前朝雨,秋声半夜风。长闲应未得,暂赏亦难同。不及禅栖者,相看老此中。

樵　者

行山行采薇,闲翦蕙为衣。避世嫌山浅,逢人说姓稀。有时还独醉,何处掩衡扉。莫看棋终局,溪风晚待归。

南涧耕叟

年年南涧滨，力尽志犹存。雨雪朝耕苦，桑麻岁计贫。战添丁壮役，老忆太平春。见说经荒后，田园半属人。

春日闲居忆江南旧业

杜门朝复夕，岂是解谋身。梦不离泉石，林唯称隐沦。渐谙浮世事，转忆故山春。南国水风暖，又应生白蘋。

屈原庙

谗胜祸难防，沉冤一作魂信可伤。本图安楚国，不是怨怀王。庙古碑无字，洲晴蕙有香。独醒人尚笑，谁与奠椒浆。

宿庐山绝顶山舍

一磴出林端，千峰次第看。长闲如未遂，暂到亦应难。谷树云埋老，僧窗瀑影寒。自嫌心不达，向此梦长安。

王逸人隐居

一径入千岑，幽人许重寻。不逢秦世乱，未觉武陵深。石转生寒色，云归带夕阴。却愁危坐久，看尽暝栖禽。

申州道中

风紧日凄凄，乡心向此迷。水分平楚阔，山接故关低。客路缘烽火，人家厌鼓鼙。那堪独驰马，江树穆陵西。

江上怀翠微寺空上人

旅泛本无定，相逢那可期。空怀白阁夜，未答碧云诗。暮雨潮生早，春寒雁到迟。所思今一作吟不见，乡国正天涯。

秋宿鹤林寺

步步入林中，山穷意未穷。偏逢僧话久，转与鹤栖同。烛焰风销尽，兰条露湿空。又须从此别，江上正秋鸿。

远　望

长为乡思侵，望极即沾襟。不是前山色，能伤愁客心。平芜连海尽，独树隐云深。况复斜阳外，分明有去禽。

秋晚书怀

看看秋色晚，又是出门时。白发生非早，青云去自迟。梦唯怀上国，迹不到他岐。以此坚吾道，还无愧已知。

途中秋晚送友人归江南

又指烟波算路岐，此生多是厌羁离。正逢摇落仍须别，不待登临已合悲。里巷半空兵过后，水云初冷雁来时。扁舟未得如君去，空向沧江梦所思。

己亥岁感事

正闻青犊起葭萌，又报黄巾犯汉营。岂是将皆无上略，直疑天自弃苍生。瓜沙旧戍犹传檄，吴楚新春已废耕。见说圣君能仄席，不知谁是请长缨。

金陵晚眺 一作怀古

苇声骚屑水天秋，吟对金陵古一作晚渡头。千古是非输蝶梦，一轮风雨属渔舟。若无仙分应须老，幸有归一作青山一作山归即合休。何必登临更一作共惆怅，比一作本来身一作人世只如浮。

过长江贾岛主簿旧厅

雕琢文章字字精，我经此处倍伤情。身从谪宦方沾禄，才被槌埋更有声。过县已无曾识吏，到厅空见旧题名。长江一曲年年水，应为先生万古清。

途中感怀寄青城李明府

鳞鬣催残志未休，壮心翻是此身雠。并闻寒雨多因夜，不得乡书又到秋。耕钓旧交吟好忆，雪霜危栈去堪愁。如何只是三年别，君著朱衣我白头。

夏日书怀寄道友

达即匡邦退即耕，是非何足挠平生。终期道向希夷得，未省心因宠辱惊。峰转暂无当户影，雉飞时有隔林声。十年惟悟吟诗句，待得中原欲铸兵。

和进士张曙闻雁见寄

断行哀响递相催，争趁高秋作恨媒。云外关山闻独去，渡头风雨见初来。也知榆塞寒须别，莫恋蘋汀暖不回。试向富春江畔过，故园犹合有池台。

鹦鹉洲即事 一作眺望

怅望春襟郁未开，重吟鹦鹉益堪哀。曹瞒尚不能容物，黄祖何曾一作因解爱才。幽岛暖闻燕雁去，晓江晴觉蜀波来。何人正得风涛便，一点轻一作征帆万里回。

读留侯传 末句缺五字

覆楚雠韩势有馀，男儿遭遇更难如。偶成汉室千年业，只读圯桥一卷书。翻把壮心轻尺组，却烦商皓正皇储。若能终始匡天子，何必□□□□□。

赤壁怀古

汉室河山鼎势分，勤王谁肯顾元勋。不知征伐由天子，唯许英雄共使君。江上战馀陵是谷，渡头春在草连云。分明胜败无寻处，空听渔歌到夕曛。

东　晋

五陵豪侠笑为儒，将为儒生只读书。看取不成投笔后，谢安功业复何如。

秦国金陵王气全，一龙正道始东迁。兴亡竟不关人事，虚倚长淮五百年。

春　夕 一本下有旅怀二字

水流花谢两无情，送尽东风过楚城。胡蝶梦中家万里，子规一作杜鹃枝上月三更。故园书动经一作多年绝一作别，华发春唯一作移满镜一作两鬓生。自是不归归便得，五湖烟景有谁争。

涧　松

寸寸凌霜长劲条，路人犹笑未干霄。南园桃李虽堪羡，争奈春残又寂寥。

湘中弦 一作谣

苍山遥遥江潾潾，路傍老尽没一作无闲一作一向人。王孙不见草空绿，惆怅渡头春复春。

烟愁雨细云冥冥，杜兰香老三湘清。故山望断不知处，䴗鴂一作鹎鵊隔花时一声。

续纪汉武 一作读汉武内传

分明三鸟下储胥，一觉钧天梦不如。争那白头方士到，茂陵红叶已萧疏。

陇上逢江南故人

三声戍角边城暮，万里乡心塞草春。莫学少年轻远别，陇关西少向东人。

夷一作巴陵夜泊

家依楚塞穷秋别，身逐孤舟万里行。一曲巴歌半江月，便应消得二毛生。

橹　声

烟外桡声远，天涯幽梦回。争知江上客，不是故乡来。

海棠图

海棠花底三年客一作住，不见一作觉海棠花盛开。却向江南看一作见图画，始惭虚到蜀城来。

云

得路直为霖济物，不然闲共鹤忘机。无端却向阳台畔，长送襄王暮雨归。

过二妃庙

残阳楚水畔，独吊舜时人。不及庙前草，至今江上春。

送友人

登高迎送远，春恨并依依。不得沧洲信，空看白鹤归。

声

欢戚犹来恨不平，此中高下本无情。韩娥绝唱唐衢哭，尽是人间第一声。

放鸊鹈一作鸂鶒

秋入池塘风露微，晓开笼槛看初飞。满身金翠画不得，无限烟波何处归。

泉

远辞岩窦泻潺潺，静拂云根别故山。可惜寒声留不得，旋添波浪向人间。

巫山旅别

五千里外三年客，十二峰前一望秋。无限别魂招不得，夕阳西下水东流。

幽 兰

幽植众宁一作能知，芬芳只暗持。自无君子佩，未是国香衰。白露沾长早，春风一作青春到每迟。不如一作知当路草，芬馥欲何为。

读庾信集

四朝十帝尽风流，建业长安两醉游。唯有一篇杨柳曲，江南江北为君愁。

过绣岭宫

古殿春残绿野阴，上皇曾此驻泥金。三城帐属升平梦，一曲铃关怅望心。苑路暗迷香辇绝，缭垣秋断草烟深。前朝旧物东流在，犹为年年下翠岑。

巴山道中除夜书怀

迢递三巴路，羁危万里身。乱山残雪夜，孤烛异乡春。渐与骨肉远，转于僮仆亲。那堪正漂泊，明日岁华新。

题净众寺古松

百尺森疏倚梵台，昔人谁见此初栽。故园未有偏堪恋，浮世如闲即合来。天暝岂分苍翠色，岁寒应识栋梁材。清阴可惜不驻一作嗟住不得，归去暮城空首回。

折杨柳

朝朝车马如蓬转,处处江山待客归。若使人间少离别,杨花应合过春飞。

七　夕

年年七夕渡瑶轩,谁道秋期有泪痕。自是人间一周岁,何妨天上只黄昏。

泛楚江

九重城外家书远,百里洲前客棹还。金印碧幢如见问,一生安稳是长闲。

初过汉江

襄阳好向岘亭看,人物萧条值岁阑。为报习家多置酒,夜来风雪过江寒。

题授阳镇路

越鸟巢边溪路断,秦人耕处洞门开。小桃花发春风起,千里江山一梦回。

初识梅花

江北不如南地暖,江南好断北人肠。燕脂桃颊梨花粉,共作寒梅一面妆。

江雨望花

细雨满江春水涨，好风留客野梅香。避秦不是无归意，一度逢花一断肠。

全唐诗卷六八〇

韩　偓

韩偓，字致光（一作尧），京兆万年人。龙纪元年，擢进士第，佐河中幕府，召拜左拾遗，累迁谏议大夫，历翰林学士、中书舍人、兵部侍郎。以不附朱全忠，贬濮州司马，再贬荣懿尉，徙邓州司马。天祐二年，复原官，偓不赴召，南依王审知而卒。《翰林集》一卷，《香奁集》三卷，今合编四卷。

雨后月中玉堂闲坐

银台直北金銮外，暑雨初晴皓月中。唯对松篁听刻漏一作漏刻，更无尘土翳虚空。绿香熨齿冰盘果，清冷侵肌水殿风。夜久忽闻铃索动，玉堂西畔响丁东。禁署严密，非本院人，虽有公事，不敢遽入，至于内夫人宣事，亦先引铃。每有文书，即内臣立于门外，铃声动，本院小判官出受。受讫，授院使，院使授学士。

六月十七日召对自辰及申方归本院

清〔暑〕（署）帘开散异香，恩深咫尺对龙章。花应洞里寻常一作常时发，日向壶中特地长。坐久忽疑一作惊槎犯斗，归来兼恐海生桑。如今冷笑东方朔，唯用诙谐侍汉皇。

与吴子华侍郎同年玉堂同直怀恩一作昔叙恳因成长句四韵兼呈诸同年

往年莺谷接清尘，今日鳌山作侍臣。二纪计偕劳笔研，余与子华俱久困名场。一朝宣入掌丝纶。声名烜赫文章士，金紫雍容富贵身。绛帐恩深无路报一作报路，语馀相顾却酸辛。

和吴子华侍郎令狐昭化舍人叹白菊衰谢之绝次用本韵

正怜香雪披一作飞千片，忽讶残霞覆一丛。此花将谢，却有红色。还似妖姬长年后，酒酣双脸却微红。

中秋禁直

星斗疏明禁漏残，紫泥封后独凭阑。露和玉屑金盘冷，月射珠光贝阙寒。天衬楼台笼苑外，风吹歌管下云端。长卿只为长门赋，未识君臣际会难。

侍宴

蜂黄蝶粉两依依，狎宴临春日正迟。密旨不教江令醉，丽华一作贵妃微笑认皇慈。

锡宴日作

是岁大稔，内出金币赐百官，充观稼宴，学士院别赐越绫百匹，委京局勾当，后宰相一日宴于兴化亭。

玉衔花马蹋香一作天街，诏遣追欢绮席开。中使押从天上去，是日，在外四学士，排门齐入，同进状辞赴宴所，奉宣差学士院使二人押去。外人知自日边来。臣心净比漪涟水，圣泽深于潋滟杯。才有异恩颁稷契，已将优礼及邹枚。清商适一作迴向梨园降，妙妓新行峡雨回。不敢通宵离禁直，晚乘残醉入银台。当直学士二人，至晚，学士院使二人却押入直，馀四人在外，可以卜夜，内臣去外，知熟间丞郎给舍多来突宴。余是日当直，故有是句。

宫　柳

莫道秋来芳意违，宫娃犹似妒蛾眉。幸当玉辇经过处，不怕金风浩荡时。草色长承垂地叶，日华先动映楼枝。涧松亦有凌云分，争似移根太液池。

苑　中

上苑离宫处处迷，相风高与露盘齐。金阶铸出狻猊立，玉树雕成狒狖一作秫狒，一作翡翠。啼。外使调鹰初得按，五方外按使，以鹰隼初调习，始能擒获，谓之得按。中官过马不教嘶。上每乘马，必阉官驭以进，谓之过马，既乘之，而后蹀躞嘶鸣。笙歌锦绣云霄里，独许词臣醉似泥。

从猎三首

猎犬谙斜路，宫嫔识认一作画旗。马前双兔起一作走，宣尔一作示羽林儿。

小镫狭鞲一作鞭鞘，鞍轻妓细腰。有时齐走马，也学唱交交。

蹀躞巴陵一作駉骏，鞓鞋碧野鸡。忽闻仙乐动，赐酒玉偏提。

辛酉岁冬十一月随驾幸岐下作

曳裾谈笑殿西头，忽听征铙从冕旒。凤盖行时移紫气，鸾旗驻处认皇州。晓题御服颁群吏，夜发宫嫔诏列侯。雨露涵濡三百载，不知谁拟杀身酬。

冬至夜作 天复二年壬戌，随驾在凤翔府。

中宵忽见动葭灰，料得南枝有早梅。四野便应枯草绿，九重先觉冻云开。阴冰莫向河源塞，阳气今从地底回。不道惨舒无定分，却忧蚊响又成雷。

秋霖夜忆家 随驾在凤翔府

垂老何时见弟兄，背灯愁一作悲泣到天明。不知短发能多少，一滴秋霖白一茎。

恩赐樱桃分寄朝士 在岐下

未许莺偷出汉宫，上林初进半金笼。蔗浆自透银杯冷，朱实相辉玉碗红。俱有乱离终日恨，贵将滋味片时同。霜威食檗应难近，宜在纱窗绣户中。

出官经硖石县 天复三年二月二十二日

谪宦过东畿，所抵州名濮。是月十一日贬濮州司马。故里欲清明，临风堪恸哭。溪长柳似帷，山暖花如醭。逆旅讶簪裾，南路以久无儒服经过，皆相聚悲喜。野老悲陵谷。暝鸟影连翩，惊狐尾櫜簌一作遫。尚得佐方州，信是皇恩沐。

访同年虞部李郎中 天复四年二月，在湖南。

策蹇相寻犯雪泥，厨烟未动日平西。门庭野水褵褷鹭，邻里短墙咿喔鸡。未入庆霄君择肉，畏逢华毂我吹齑。地炉贳酒成狂醉，更觉襟怀得丧齐。

赠渔者 在湖南

个侬居处近诛茅，枳棘篱兼用荻梢。尽日风扉从自掩，无人筒钓是谁抛。城方四百墙阴直，江阔中心水脉坳。我亦好闲求老伴，莫嫌迁客且论交。

春阴独酌寄同年虞部李郎中 在湖南

春阴漠漠土脉润，春寒微微风意一作气和。闲嗤入甲奔竞态，醉唱落调渔樵歌。诗道揣量疑可进，宦情刓缺转无多。酒酣狂兴依然在，其奈千茎鬓雪何。

奉和峡州孙舍人肇荆南重围中寄诸朝士二篇时李常侍洵严谏议龟李起居殷衡李郎中冉皆有继和余久有是债今至湖南方暇牵课

敏手何妨误汰金，敢怀私忿斆羊斟。直应宣室还三接，未必丰城便陆沉。炽炭一炉真玉性，浓霜千涧老松心。私恩尚有捐躯誓，况是君恩万倍深。

征途安敢更迁延，冒入重围势使然。众果却应存苦李，五瓶惟恐竭甘泉。多端莫撼三珠树，密策寻遗七宝鞭。黄篾舫中梅雨里，野人无事日高眠。

雪中过重湖信笔偶题 一作成

道方时险拟如何，谪去甘心隐薜萝。青草湖将天暗合，白头浪与雪相和。旗亭腊酎逾年熟，水国春寒一作帆向晚多。处困不忙仍不怨,醉来唯是欲傞傞。

寄湖南从事

索寞襟怀酒半醒,无人一为解馀酲。岸头柳色春将尽,船背雨声天欲明。去国正悲同旅雁,隔江何忍更啼莺。莲花幕下风流客,试与温存谴逐情。

玩水禽 在古南醴陵县作

两两珍禽渺渺溪,翠衿红掌净无泥。向阳眠处莎成毯,蹋水飞时浪作梯。依倚雕梁轻社燕,抑扬金距笑晨鸡。劝君细认渔翁意,莫遣缅罗误稳栖。

早玩雪梅有怀亲属

北陆候才变,南枝花已开。无人同怅望,把酒独裴回。冻白雪为伴,寒香风是媒。何因逢越使,肠断谪仙才。

欲　明

欲明篱被风吹倒,过午门因客到开。忍苦可能遭鬼笑,息机应免致鸥猜。岳僧互乞新诗去,酒保频征旧债来。唯有狂吟与沉饮,时时犹自触灵台。

梅　花

梅花不肯傍春光,自向深冬著一作有艳阳。龙笛远吹胡地月,燕钗初试汉宫妆。风虽强暴翻添思,雪欲侵凌更助香。应笑暂时桃李树,盗天和气作年芳。

小隐

借得茅斋岳麓西，拟将身世老锄犁。清晨向市烟含郭，寒夜归村月照溪。炉为窗明僧偶坐，松因雪折鸟惊啼。灵椿朝菌由来事，却笑庄生始欲齐。

曛黑

古木侵天日已沉，露华凉冷润衣襟。江城曛黑人行一作行人绝，唯有啼乌伴夜碪。

晓日

天际霞光入水中，水中天际一时红。直须日观三更后，日观峰半夜见日。首送金乌上碧空。

醉著

万里清江万里天，一村桑柘一作花柳一村烟。渔翁醉著无人唤，过午醒来雪满船。

柳

一笼金线拂弯桥，几被儿童损细腰。无奈灵和标格在，春来依旧袅长条。

病中初闻复官二首

抽毫连夜侍明光，执靮三年从省方。烧玉谩劳曾历试，铄金宁为欠周防。也知恩泽招谗口，还痛神祇误直肠。闻道复官翻涕泗，属车何在水茫茫。

又挂朝衣一自惊,始知天意重推诚。青云有路通还去,白发无私健亦生。曾避暖池将浴凤,却同寒谷乍迁莺。宦途巇崄终难测,稳泊渔舟隐姓名。

早起五言三韵

万树绿杨垂,千般黄鸟语。庭花风雨馀,岑寂如村坞。依依官渡头,晴阳照行旅。

家书后批二十八字 在醴陵,时闻家在登州。

四序风光总是愁,鬓毛衰飒涕横一作还流。此书未到心先到,想在一作见孤城海岸头。

湖南梅花一冬再发偶题于花援

湘浦梅花两度开,直应天意别栽培。玉为通体依稀见,香号返魂容易回。寒气与君霜里退,阳和为尔腊前来。夭桃莫倚东风势,调鼎何曾用不材。

即目一作日二首

万古离怀憎物色,几生愁绪溺风光。废城沃土肥春草,野渡空船荡夕阳。倚道向人多脉脉,为情因酒易伥伥。宦途弃掷须甘分,回避红尘是所长。

动非求进静非禅,咋舌吞声过十年。溪涨浪花如积石,雨晴云叶似连钱。干戈岁久谙戎事,枕簟秋凉减夜眠。攻苦惯来无不可,寸心如水但澄鲜。

净兴寺杜鹃一枝繁艳无比

一园红艳醉坡陀，自地一作蒂连梢簇蒨罗。蜀魄未归长滴血，只应偏滴此丛多。

花时与钱尊师同醉因成二十字

桥下浅深水，竹间红白花。酒仙同避世，何用厌长沙。

避　地

西山爽气生襟袖，南浦离愁入梦魂。人泊孤舟青草岸，鸟鸣高树夕阳村。偷生亦似符天意，未死深疑负国恩。白面儿郎犹巧宦，不知谁与正乾坤。

息　兵

渐觉人心望息兵，老儒希觊见澄清。正当困辱殊轻死，已过艰危却恋生。多难始应彰劲节，至公安肯为虚名。暂时胯下何须耻，自有苍苍鉴赤诚。

翠碧鸟 以上并在醴陵作

天长水远一作阔网罗稀，保得重重翠碧一作羽衣。挟弹小儿多害物，劝君莫近市朝一作五陵飞。

赠孙仁本尊师 在袁州

齿如冰雪发如鷖，几百年来醉似泥。不共世人争得失，卧床前有上天梯。

乙丑岁九月在萧滩镇驻泊两月忽得商马一本无此二字杨迢员外书贺余复除戎曹依旧承旨还缄后因书四十字

旅寓在江郊，秋风正寂寥。紫泥虚宠奖，白发已渔樵。事往凄凉在，时危志气销。若为将朽质，犹拟杖于朝。

丙寅二月二十二日抚州如归馆雨中有怀一作简诸朝客

凄凄恻恻又微颦。欲话羁愁一作游忆故人。薄酒旋醒寒彻夜，好花虚谢雨藏春。萍蓬已恨一作自怜海上为逋客，江岭那知见一作犹喜天涯寄侍臣。未必交情系贫富，柴一作蓬门自古少车尘。

三月二十七日自抚州往南城县舟行见拂水蔷薇因有是作

江中春雨波浪肥，石上野花枝叶瘦。枝低波高如有情，浪去枝留如力斗。绿刺红房战袅时，吴娃越艳醺酣后。且将浊酒伴清吟，酒逸吟狂轻宇宙。

荔枝三首 丙寅年秋，到福州，自此后并福州作。

遐方不许贡珍奇，密诏唯教进荔枝。汉武碧桃争比得，枉令方朔号偷儿。

封开玉笼鸡冠湿一作涩，叶衬金盘鹤顶鲜。想得佳人微启一作露齿，翠钗先取一双一作枝悬。

巧裁霞一作绛片裹神浆，崖蜜天然有异香。应是仙人金掌露，结成冰入蒨罗囊。

寄上兄长

两地支离路八千，襟怀凄怆鬓苍然。乱来未必长团会一作聚，其奈而今更长年。

宝　剑

因极还应有甚一作日通，难将粪壤一作尘土掩神踪。斗间紫气分明后，擘地成川看化龙。一作但教出得丰城后，不是延津亦化龙。

登南神光寺塔院 一本题作登南台僧寺

无奈离肠日一作易九回，强摅离抱立高台。中华地向城边尽，外国云从岛上来。四序有花长见雨，一冬无雪却闻雷。日一作南宫紫气生冠冕一作盖，试望扶桑病眼开。

两　贤

卖卜严将卖饼孙，两贤高趣恐难伦。而今若有逃名者，应被品流呼差一作俗人。

再　思

暴殄犹来是片时，无人向此略迟疑。流金铄石玉长润，败柳凋花松不知。但保行藏天是证，莫矜纤巧鬼难欺。近来更得穷经力，好事临行亦再思。

有　瞩

晚凉闲步向江亭，默默看书旋旋行。风转滞帆狂得势，潮来诸水寂无声。谁将覆辙询长策，愿把棼丝属老成。安石本怀经济意，何妨一起为苍生。

秋深闲兴

此心兼笑野云忙，甘得贫闲味甚长。病起乍尝新橘柚，秋深初换旧衣裳。晴来喜鹊无穷语，雨后寒花特地香。把钓覆棋兼举白，不离名教可颠狂。

故都

故都遥想草萋萋，上帝深疑亦自迷。塞雁已侵池籞宿，宫鸦犹恋女墙啼。天涯烈士空垂涕，地下强魂必噬脐。掩鼻计成终不觉，冯驩无路斆鸣鸡。

梦仙

紫霄宫阙五云芝，九级坛前再拜时。鹤舞鹿眠春草远，山高水阔夕阳迟。每嗟阮肇归何速，深羡张骞去不疑。澡练纯阳功力在，此心唯有玉皇知。

赠吴颠尊师 丙寅年作

饮酒经何代，休粮度此生。迹应常自浼，颠亦强为名。道若千钧重，身如一羽轻。毫厘分象纬，袒跣揖一作谒公卿。狗窦号光逸，渔阳裸祢衡。笑雷冬蛰震，岩电夜珠明。月魄一作滑侵簪一作檐冷，江光逼一作映屐清。半酣思救世，一手拟扶倾。击地嗟衰俗，看天贮不平。自缘怀气义，可是计烹亨。议论通三教，年颜称五更。老狂人不厌，密行鬼应惊。未识心相许，开襟语便诚。伊余常仗义，愿拜十年兄。

送人弃官入道

仙李浓阴润，皇枝密叶敷。俊才轻折桂，捷径取纡朱。断绁三清路，扬鞭五达衢。侧身期破的，缩手待呼卢。社稷俄如缀，雄豪讵守株。忸怩非壮志，摆脱是良图。尘土留难住，缨缕弃若无。冥心归大道，回首笑吾徒。酒律应难忘，诗魔未肯徂。他年如拔宅，为我指清都。

全唐诗卷六八一

韩　偓

感事三十四韵 丁卯已后

紫殿承恩岁，金銮入直年。人归三岛路，日过八花砖。鸳鹭皆回席，皋夔亦慕膻。庆霄舒羽翼，尘世有神仙。虽遇河清圣，惭非岳降贤。皇慈容散拙，公议逼陶甄。江总参文会，陈暄侍狎筵。腐儒亲帝座，太史认星躔。侧弁聆神算，濡毫俟密宣。宫司持玉研，书省擘香笺。宫司，书省，皆宫人职名。唯理心无党，怜才膝屡前。焦劳皆实录，宵旰岂虚传。始议新尧历，将期整舜弦。上自出东内幽辱，励心庶政，延接丞相之暇日在直学士，询以理道，将致升平。去梯言必尽，仄席意弥坚。上相思惩恶，中人讵省愆。鹿穷唯抵触，兔急且猭猭。本是谋赊死，因之致劫迁。氛霾言下合，日月暗中悬。恭显诚甘罪，韦平亦恃权。畏闻巢幕险，宁寤积薪然。谅直寻钳口，奸纤益比肩。晋谗终不解，鲁瘠竟难痊。只拟诛黄皓，何曾识霸先。嗾獒翻丑正，养虎欲求全。万乘烟尘里，千官剑戟边。斗魁当北坼，地轴向西偏。袁董非徒尔，师昭岂偶然。中原成劫火，东海遂桑田。溅血惭嵇绍，迟行笑褚渊。四夷同效顺，一命敢虚捐。山岳还青耸，穹苍旧碧鲜。独夫长啜泣，多士已忘筌。郁郁空狂叫，微微几病癫。丹梯倚寥廓，终去问青天。

向　隅

守道得途迟，中兼遇乱离。刚肠成绕指，玄发转垂丝。客路少安处，病床无稳时。弟兄消息绝，独敛问隅眉。

社　后

社后重阳近，云天澹薄间。目随棋客静，心共睡僧闲。归鸟城衔日，残虹雨在山。寂寥思晤语，何夕款柴关。

息　虑

息虑狎群鸥，行藏合自由。春寒宜酒病，夜雨入乡愁。道向危时见，官因乱世休。外人相待浅，独说济川舟。

早起探春

勾芒一夜长精神，腊后风头已见春。烟柳半眠藏利脸，雪梅含笑绽香唇。渐因闲暇思量酒，必怨颠狂泥摸人。若个高情能似我，且应欹枕睡清晨。

味　道

如含瓦砾竟何功，痴黠相兼似得中。心系是非徒怅望，事须光景旋虚空。升沉不定都如梦，毁誉无恒却要聋。弋者甚多应扼腕，任他闲处指冥鸿。

秋郊闲望有感

枫叶微红近有霜，碧云秋色满吴乡。鱼冲骇浪雪鳞健，鸦闪夕一作残阳金背光。心为感恩长惨戚，鬓缘经乱早苍浪。可怜广武山前语，楚汉宁一作虚教作战场。

李太舍池上玩红薇醉题

花低池小水泙泙，花落池心片片轻。酩酊不能羞白鬓，颠狂犹自眷红英。乍为旅客颜常厚，每见同人眼暂明。京洛园林一作林园归未得，天涯相顾一含情。

余寓汀州沙县病中闻前郑左丞璘随外镇举荐赴洛兼云继有急征旋见脂辖因作七言四韵戏以赠之或冀其感悟也己巳年

莫恨当年入用迟，通材何处不逢知。桑田变后新舟楫，华表归来旧路岐。公干寂寥甘坐废，子牟欢抃促行期。移都已改侯王第，惆怅沙堤别筑基。

又一绝请为申达京洛亲交知余病废

鬓惹新霜耳旧聋，眼昏腰曲四肢风。交亲若要知形候，岚嶂烟中折臂翁。

梦　中　作

紫宸初启列鸳鸾，直向龙墀对揖班。九曜再新环北极，万方依旧祝南山。礼容肃睦缨緌外，和气熏蒸剑履间。扇合却循黄道退，庙堂谈笑百司闲。

己巳年正月十二日自沙县抵邵武军将谋抚信之行到才一夕为闽相急脚相召却请赴沙县郊外泊船偶成一篇

访戴船回郊外泊，故乡何处望天涯。半明半暗山村日，自落自开江庙花。数酰绿醅桑落酒，一瓯香沫火前茶。缺二句。

建谿滩波心目惊眩余平生溺奇境今则畏怯不暇因书二十八字

长贪山水羡渔樵，自笑扬鞭趁早朝。今日建谿惊恐后，李将军画也须烧。

自沙县抵龙一作尤溪县值泉州军过后村落皆空因有一绝此后庚午年

水自潺湲日自斜，尽无鸡犬有鸣鸦。千村万落如寒食，不见人烟空见花。

此　翁此后在桃林场

高阁群公莫忌侬，侬心不在宦名中。岩光一唾垂绫紫，何胤三遗大带红。金劲任从千口铄，玉寒曾试几炉烘。唯应鬼眼兼天眼，窥见行藏信此翁。

失　鹤

正怜标格出华亭，况是昂藏入相经。碧落顺风初得志，故巢因雨却闻腥。几时翔集来华表，每日沉吟看画屏。为报鸡群虚嫉妒，红尘向上有青冥。

卜　隐

屏迹还应减一作识是非，却忧蓝玉又光辉。桑梢出舍蚕初老，柳絮盖溪鱼正肥。世乱岂容长惬意，景清还觉易忘机。世间华美无心问，藜藿充肠苎作衣。

晨　兴一作起

晓景山河爽，闲居巷陌清。已能消滞念，兼得散馀酲。汲水人初起，回灯燕暂惊。放怀殊未一作不足，圆隙已尘生。

暴　雨

电尾烧黑云，雨脚飞银线。急点溅池心，微烟昏水面。气凉氛祲消，暑退松篁健。丛蓼亚赪茸，擎荷翻绿扇。风期谁与同，逸趣余探遍。欲去更迟留，胸中久交战。

山院避暑

行乐江郊外，追凉山寺中。静阴生晚绿，寂虑延清风。运塞地维窄，气苏天宇空。何人识幽抱，目送冥冥鸿。

闲　兴

景寂有玄味，韵高无俗情。他山冰雪解，此水波澜生。影重验花密，滴稀知酒清。忙人常扰扰，安得心和平。

漫作二首

暑雨洒和气，香风吹日华。瞬龙惊汗漫，翥凤綷云霞。悬圃珠为树，天池玉作砂。丹霄能几级，何必待乘槎。

黍谷纯阳入，鸾霄瑞彩生。岳灵分正气，仙卫借神兵。污俗迎风变，虚怀遇物倾。千钧将一羽，轻重在平衡。

腾　腾

八年流落醉腾腾，点检行藏喜不胜。乌帽素餐兼施药，前生一作身多恐是医僧。

寄隐者

烟郭云扃路不遥，怀贤犹恨太迢迢。长松夜落钗千股，小港春添水半腰。已约病身抛印绶，不嫌门巷似一作是渔樵。渭滨晦迹南阳卧，若比吾徒更寂寥。

闲　居

厌闻趋竞喜闲居，自种芜菁亦自锄。麋鹿跳梁忧触拨，鹰鹯搏击恐粗疏。拙谋却为多循理，所短深惭尽信书。刀尺不亏绳墨在，莫疑张翰恋鲈鱼。

僧　影

山色依然僧已亡，竹间疏磬隔残阳。智灯已灭馀空烬，犹自光明照十方。

洞庭玩月

洞庭湖上清秋月，月皎湖宽万顷霜。玉碗深沉潭底白，金杯细碎浪头光。寒惊乌鹊离巢噪，冷射蛟螭换窟藏。更忆瑶台逢此夜，水晶宫殿挹琼浆。

赠隐逸

静景须教静一作隐者寻，清狂何必在山阴。蜂穿窗纸尘侵砚，鸟斗庭花露滴琴。莫一作方笑乱离方一作才解印，犹胜颠蹶未抽簪。筑金总一作所，一作诱。得非名士，况是无人解筑金。

南浦

月若半环云若吐，高楼帘卷当南浦。应是石城一作矶艇子来，两桨咿哑过花坞。正值连宵酒未醒，不宜此际兼微雨。直教笔底有文星，亦应难状分明苦。

桃林场客舍之前有池半亩木槿栉比阏水遮山因命仆夫运斤梳沐豁然清朗复睹太虚因作五言八韵 一本题下有以记之三字

插槿作藩篱，丛生覆小池。为能妨远目，因遣去闲枝。邻叟偷来赏，栖禽欲下疑。虚空无障处，蒙闭有开时。苇鹭怜潇洒，泥鳅畏日一作赫曦。稍宽春水面，尽见晚山眉。岸稳人偷一作垂钓，阶明日上基一作棋。世间多弊一作少事，事事要良医。

中秋寄杨学士 一作中秋永夕奉寄杨学士兄弟

鳞差甲子渐衰迟，依旧年年困乱离。八月夜长乡思切，鬓边添得几茎丝。

寄禅师

他心明与此心同，妙用忘言理暗通。气运阴阳成世界，水浮天地寄虚空。劫灰聚散铢锱黑，日御奔驰茧栗红。万物尽遭风鼓动，唯应禅室静无风。

清　兴

阴沉天气连翩醉，摘索花枝料峭寒。拥鼻绕廊吟看雨，不知遗却竹皮冠。

深　院

鹅儿唼喋栀黄嘴，凤子轻盈腻粉腰。深院下帘人昼寝，红蔷薇架一作映碧芭蕉。

凄　凄

深将宠辱齐，往往亦凄凄。白日知丹抱，青云有旧蹊。嗜咸凌鲁济，恶洁助泾泥。风雨今如晦，堪怜报晓鸡。

火　蛾

阳光不照临，积阴生此类。非无惜死心，奈有灭明一作趋炎意。妆一作须穿粉焰焦，翅扑兰膏沸。为尔一伤嗟，自弃非天弃。

信　笔

春风狂似虎，春浪白于鹅。柳密藏烟易，松长见日多。石崖一作生涯采芝叟，乡俗摘茶歌。道在无伊郁，天将奈尔何。

雷　公

闲人倚柱笑雷公，又向深山霹怪松。必若有苏天下意，何如惊起武侯龙。

船 头

两岸绿芜齐似翦，掩映云山相向晚。船头独立望长空，日艳波光逼人眼。

喜 凉

炉炭烧人百疾生，凤狂龙躁减心情。四山毒瘴乾坤浊，一簟凉风世界清。楚调忽惊凄玉柱，汉宫应已湿金茎。豪强顿息蛙唇吻，爽利重新鹘眼睛。稳想海槎朝犯斗，健思胡马夜翻营。东南亦是中华一作原分，蒸郁相凌太不平。

天 鉴

何劳谄笑学趋时，务实清修胜用机。猛虎十年摇尾立，苍鹰一旦醒心飞。神依正道终潜卫，天鉴衷肠竞不违。事历艰难人始重，九层成后喜从微。

江岸闲步 此后壬申年作，在南安县。

一手携书一杖筇，出门何处觅情通。立谈禅客传心印，坐睡渔师著背蓬。青布旗夸千日酒，白头浪吼半江风。淮阴市里人相见，尽道途穷未必穷。

野 塘

侵晓乘凉偶独来，不因鱼跃见萍开。卷荷忽被微风触，泻下清香露一杯。

余卧疾深村闻一二郎官今称继使闽越笑余迂古潜于异乡闻之因成此篇

枕流方采北山薇，驿骑交迎市道儿。雾豹只忧无石室，泥鳅唯要有洿池。不羞莽卓黄金印，却笑羲皇白接䍦。莫负美名书信史，清风扫地更无遗。

安　贫

手风慵一作难展一行书，眼暗休寻九局图。窗里一作外日光飞野马，案头一作前筠管长蒲卢。谋身拙为安蛇足，报国危曾捋虎须。举世可能无默识，未知谁拟试齐竽。

残春旅舍

旅舍残春宿雨晴，恍然心地忆咸京。树头蜂抱花须落，池面鱼吹柳絮行。禅伏诗魔归净域，酒冲愁阵出奇兵。两梁免被尘埃污，拂拭朝簪待眼明。

鹊

偏承雨露润毛衣，黑白分明众所知。高处营巢亲凤阙一作阁，静时闲语上龙墀。化为金印新祥瑞，飞向银河旧路岐。莫怪天涯栖不稳，托身须是万年枝。

露

鹤非一作飞千岁饮犹难，莺舌偷含岂自安。光湿最宜丛菊亚，荡摇无奈绿荷干。名因霈泽随天眷，分与浓霜保岁寒。五色呈祥须得处，戛云仙掌有金盘。

赠僧

尽说归山避战尘，几人终肯别嚣氛。瓶添涧水盛将月，衲挂松枝惹得云。三接旧承前席遇，一灵今用戒香熏。相逢莫话金銮事，触拨伤心不愿闻。

感旧

省趋弘阁侍貂珰，指座深恩刻寸肠。秦苑已荒空逝水，楚天无〔限〕(恨)更斜阳。时昏却笑朱弦直，事过方闻锁骨香。入室故僚流落尽，路人惆怅见灵光。

八月六日作四首

日离黄道十年昏，敏手重开造化门。火帝动炉销剑戟，风师吹雨洗乾坤。左牵犬马诚难测，右袒簪缨最负恩。丹笔不知谁定罪，莫留遗迹怨神孙。

金虎挻灾不复论，构成狂猘犯车尘。御衣空惜侍中血，国玺几危皇后身。图霸未能知盗道，饰非唯欲害仁人。黄旗紫气今仍旧，免使老臣攀画轮。

簪裾皆是汉公卿，尽作锋铓剑血腥。显负旧恩归乱主，难教新国用轻刑。穴中狡兔终须尽，井上婴儿岂自宁。底事亦疑惩未了，更应书罪在泉扃。

坐看包藏负国恩，无才不得预经纶。袁安坠睫寻忧汉，贾谊濡毫但过秦。威凤鬼应遮矢射，灵犀天与隔埃尘。堤防瓜李能终始，免愧于心负此身。

驿　步 癸酉年在南安县

暂息征车病眼开，况穿松竹入楼台。江流灯影向东去，树递雨声从北来。物近刘舆招垢腻，风经庾亮污尘埃。高情自古多惆怅，赖有南华养不材。

访隐者遇沉醉书其门而归

晓入江村觅钓翁，钓翁沉醉酒缸空。夜来风起闲花落，狼藉柴门鸟径中。

疏　雨

疏雨从东送疾雷，小庭凉气净莓苔。卷帘燕子穿人去，洗砚鱼儿触手来。但欲进贤求上赏，唯将拯溺作良媒。戎衣一挂清天下，傅野非无济世才。

南安寓止

此地三年偶寄家，枳篱茅厂一作屋共桑麻。蝶矜翅暖徐窥草，蜂倚身轻凝去声看花。天近函关屯瑞气，水侵吴甸浸晴霞。岂知卜肆严夫子，潜指星机认海槎。

十月七日早起作时气疾初愈

疾愈身轻觉数通，山无岚瘴海无风。阳精欲出一作去阴精落，天地包含紫气中。

有　感

坚辞羽葆与吹铙，翻向天涯困系匏。故老未曾忘炙背，何人终拟问苞茅。融风渐暖将回雁，滫一作涤水犹腥近斩蛟。万里关山如咫尺，女床唯待凤归巢。

观斗鸡一作鸡斗偶作

何曾解报稻粱恩，金距花冠气遏云。白日枭鸣一作鸮枭无意问，唯将芥羽害同群。

蜻　蜓

碧玉眼睛云母翅，轻于粉蝶瘦于蜂。坐来迎一作并拂波光久，岂一作可是殷勤为一作恋蓼丛。

即　目

书墙暗记移花日，洗瓮先知酝酒期。须信闲人有忙事，早来冲雨觅渔师。

寄邻庄道侣

闻说经旬不启关，药窗谁伴醉开颜。夜来雪压村前竹，賸见溪南几尺山。

初赴期集

轻寒著背雨凄凄，九陌无尘未有泥。还是平时旧滋味，慢垂鞭袖过街西。

惜　花

皱一作皴白离情高处切，腻香一作红愁态静中深。眼随片片沿流去，恨满枝枝被雨淋一作侵。总得苔遮犹慰意，若教泥污更伤心。临轩一作阶一戔悲春酒，明日池塘是绿阴。

半　醉

水向东流竟不回，红颜白发递相催。壮心暗逐高歌尽，往事空因半醉来。云护雁霜笼澹月，雨连莺晓落残梅。西楼怅望芳菲节，处处斜阳草似苔。

春　尽

惜春连日醉昏昏，醒后衣裳见酒痕。细水浮一作漾花归别涧一作浦，断云含雨入孤村。人闲易有一作得芳时恨，地胜一作迥难招自古魂。惭愧流莺相厚意，清晨犹为到西园。

睡　起

睡起墙阴下药阑，瓦松花白闭柴关。断年不出僧嫌癖，逐日无机鹤伴闲。尘土莫寻行止处，烟波长在梦魂间。终撑舴艋称渔叟，赊买湖心一崦山。

寄友人

伤时惜别心交加，支颐一向千咨嗟。旷野风吹寒食月，广庭烟著黄昏花。长拟醺酣遗世事，若为局促问生涯。夫君亦是多情者，几处将愁殢酒家。

见别离者因赠之

征人草草尽戎装，征马萧萧立路傍。尊酒阑珊将远别，秋山迤逦一作透更斜阳。白髭兄弟中年后，瘴海程途万里长。曾向天涯怀此恨，见君呜咽更一作倍凄凉。

伤　乱

岸上花根总倒垂，水中花影几千枝。一枝一影寒山里，野水野花清露时。故国几年犹战斗，异乡终日见旌旗。交亲流落身羸病，谁在谁亡两不知。

南　亭

每日在南亭，南亭似僧院。人语静先闻，鸟啼深不见。松瘦石棱棱，山光溪淀淀。堑蔓坠长茸，岛花垂小蒨。行簪隐士冠，卧读先贤传。更有兴来时，取琴弹一遍。

太平谷中玩水上花

山头水从云外落，水面花自山中来。一溪红点我独惜，几树蜜房谁见开。应有妖魂随暮雨，岂无香迹在苍苔。凝眸不觉斜阳尽，忘逐樵人蹑石回。

雨

坐来簌簌山风急，山雨随风暗原隰。树带繁声出竹闻，溪将大点穿篱入。饷妇寥翘布领寒，牧童拥肿蓑衣湿。此时高味一作咏共谁论，拥一作掩鼻吟诗空伫立。

幽　独

幽独起侵晨，山莺啼更早。门巷掩萧条，落花满芳草。烟和魂共远，春与人同老。默默又依依，凄然此怀抱。

江　行

浪蹙青山江北岸，云含黑雨日西边。舟人偶语忧风色，行客无聊罢昼眠。争似槐花九衢里，马蹄安稳慢垂鞭。

汉江行次

村寺虽深已暗知，幡竿残日迥依依。沙头有庙青林合，驿步无人白鸟飞。牧笛自由随草远，渔歌得意扣舷归。竹园相接春波暖，痛忆家乡旧钓矶。

偶　题

俟时轻进固相妨，实行丹心仗彼苍。萧艾转肥兰蕙瘦，可能天亦妒馨香。

湖南绝少含桃偶有人以新摘者见惠感事伤怀因成四韵

时节虽同气候殊，不积堪荐寝园无。合充凤食留三岛，谁许莺偷过五湖。苦笋恐难同象匕，秦中为樱笋之会，乃三月也。酪浆无复莹蠙珠。湖南无牛酪之味。金銮岁岁长宣赐，忍泪看天忆帝都。每岁初进之后，先宣赐学士。

隰州新驿

盛德已图形，胡为忽构兵。燎原虽自及，诛乱不无名。掷鼠须防误，连鸡莫惮惊。本期将系虏，末策但婴城。肘腋人情变，朝廷物论生。果闻荒谷缢，旋睹藁街烹。帝怒今方息，时危喜暂清。始终俱以此，天意甚分明。

乱后春日途经野塘

世乱他乡见落梅，野塘晴暖独裴回。船冲水鸟飞还住一作止，袖拂杨花去却一作又来。季重旧游多丧逝，子山新赋极悲哀。眼看朝市成陵谷，始信昆明是一作有劫灰。

赠易卜崔江处士 袁州

白首穷经通秘义，青山养老度危时。门传组绶身能退，家学渔樵迹更奇。四海尽闻龟策妙，九霄堪叹鹤书迟。壶中日月将何一作安用，借与闲人试一窥。

过临淮故里

交游昔岁已凋零，第宅今来亦变更。旧庙荒凉时飨绝，诸孙饥冻一官成。五湖竟负他年志，百战空垂异代名。荣盛几何流落久，遣人襟一作怀抱薄浮生。

赠湖南李思齐处士

两板船头浊酒壶，七丝琴畔白髭须。三春日日黄梅雨，孤客年年青草湖。燕侠冰霜难狎近，楚狂锋刃触凡愚。知余绝粒窥仙事，许到名山看药炉。

全唐诗卷六八二

韩　偓

乱后却至近甸有感 乙卯年作

狂童容易犯金门，比屋齐人作旅魂。夜户不扃生茂草，春渠自溢浸荒园。关中忽一作却见屯边卒，塞外翻闻有汉村。堪恨无情清渭水，渺茫一作东流依旧绕秦原。

同年前虞部李郎中自长沙赴行在余以紫石砚赠之赋诗代书

斧柯新样胜珠玑，堪赞星郎染翰时。不向东垣修直疏，即须西掖草妍词。紫光称近丹青笔，声韵宜裁锦绣诗。蓬岛侍臣今放逐，羡君回去逼龙墀。

甲子岁夏五月自长沙抵醴陵贵就深僻以便疏慵由道林之南步步胜绝去绿口分东入南小江山水益秀村篱之次忽见紫薇花因思玉堂及西掖厅前皆植是花遂赋诗四韵聊寄知心

职在内庭宫阙一作禁下，厅前皆种紫微花。眼明忽傍渔家见，魂断方惊魏阙赊。浅色晕成宫里锦，浓香染著洞中霞。此行若遇支机石，又被君平验海槎。

和王舍人抚州饮席赠韦司空

楼台掩映入春寒，丝竹铮鏦向一作入夜阑。席上弟兄皆杞梓，花前宾客尽鸳鸾。孙弘莫惜频开阁，韩信终期别筑坛。削玉风姿官水土，黑头公自一作相古来难。

避地寒食

避地淹留已自悲，况逢寒食欲沾衣。浓一作残春孤馆人愁坐，斜日空园花乱飞。路远一作辱渐忧知己少一作薄，时危又与赏心违。一名所系无穷事，争敢当年便息机。

山　驿

参差西北数行雁，寥落东方几片云。叠石小松张水部，暗山寒雨李将军。秋花粉黛宜无味，独鸟笙簧称静闻。潇洒襟怀遗世虑，驿楼红叶自纷纷。

早发蓝关

关一作闭门愁立候鸡鸣，搜景驰魂入杳冥。云外日随千里雁，山根霜共一潭星。路盘暂一作偶见樵人火，栈转时闻驿使铃。自问辛勤缘底事，半年一作生驱马傍长亭。

深　村 末句缺四字

甘向一作老深村固不材，犹胜摧折傍尘埃。清宵玩月唯红叶，永日关门但绿苔。幽院菊荒同寂寞，野桥僧去独裴回。隔篱农叟遥相贺，□□□□膏雨来。

重游一作过曲江

追寻前事立江汀，渔者应闻太息声。避客野鸥如有感，损花微雪似无情。疏林自觉长堤在，春水空连古岸平。惆怅引人还到夜，鞭鞘风冷柳烟轻。

三　月

辛夷才谢小桃发，蹋青过后寒食前。四时最好是三月，一去不回唯少年。吴国地遥江接海，汉陵魂断草连天。新愁旧恨真一作知无奈，须就邻家瓮底眠。

秋　村

稻垄蓼红沟水清，荻园叶白秋日明。空坡路细见骑过，远田人静闻水行。柴门狼藉牛羊气，竹坞幽深鸡犬声。绝粒看经香一炷，心知无事即长生。

残　花

馀霞残雪几多在，蔫香冶态犹无穷。黄昏月下惆怅白，清明雨后寥猘一作稍红。树底草齐千片净，墙头风急数枝空。西园此日伤心处，一曲高歌水向东。

夜　船

野云低迷烟苍苍，平波挥目如凝霜。月明船上帘幕卷，露重岸头花木香。村远夜深无火烛，江寒坐久换衣裳。诚知不觉天将曙，几簇青山雁一行。

伤 春

三月光景一作春光不忍看，五陵春色何摧残。穷途得志反惆怅，饮席话旧多阑珊。中酒向阳成美睡，惜花冲雨觉伤一作轻寒。野棠飞尽蒲根暖，寂寞南溪倚钓竿。

归紫阁下

一笈携归紫阁峰，马蹄闲慢水溶溶。黄昏后见山田火，胧腮时闻县郭钟。瘦竹迸生僧坐石，野藤缠杀鹤翘松。钓矶自别经秋雨，长得莓苔更几重。

夜 坐

天似空江星似波，时时珠露滴圆荷。平生踪迹慕真隐，此夕襟怀深自多。格是厌厌饶酒病，终须的的学渔歌。无名无位堪休去，犹拟朝衣换钓蓑。

午寝梦江外兄弟 一作午梦曲江兄弟

长夏居闲门不开，绕门青草一作堇绝尘埃。空庭日午独眠觉，旅梦天涯相见回。鬓向此时应有雪，心从别一作到处即成灰。如何水陆三千里，几月书邮始一来。

曲江夜思

鼓声将绝月斜痕，园外闲坊半掩门。池里红莲凝一作迎白露，苑中青草伴黄昏。林塘阒寂偏宜夜，烟火稀疏便似村。大抵世间幽独景，最关诗思与离魂。

过汉口

浊世清名一概休，古今翻覆賸堪愁。年年春浪来巫峡，日日残阳过沔州。居杂商徒偏富庶，地多词客自风流。联翩半世腾腾过，不在渔船即酒楼。

惜春

愿言未偶非高卧，多病无憀一作心选胜游。一夜雨声三月尽，万般人事五更头。年逾弱冠即为老，节过清明却似秋。应是西园花已落，满溪红片向东流。

及第过堂日作

早随真侣集蓬瀛，阊阖门开尚见星。龙尾楼台迎晓日，鳌头宫殿入青冥。暗惊凡骨升仙籍，忽讶麻衣谒相庭。百辟敛容开路看，片时辉赫胜图形。

夏课成感怀

别离终日心忉忉，五湖烟波归梦劳。凄凉身事夏课毕，濩落生涯秋风高。居世无媒多困踬，昔贤因此亦号咷。谁怜愁苦多衰改，未到潘年有二毛。

离家第二日却寄诸兄弟

睡起褰帘日出时，今辰初恨间容辉。千行泪激傍人感，一点心随健步归。却望山川空黯黯，回看僮仆亦依依。定知兄弟高楼上，遥指征途羡鸟飞。

游江南水陆院

早于喧杂是深雠，犹恐行藏坠俗流。高寺懒为携酒去，名山长恨送人游。关河见月空垂泪，风雨看花欲白头。除却祖师心法外，浮生何处不堪愁。

江南送别

江南行止忽相逢，江馆棠梨叶正红。一笑共嗟成往事，半酣相顾似衰翁。关山月皎清风起，送别人归野渡空。大抵多情应易一作已老，不堪岐路数西东。

格卑

格卑尝恨足牵仍，欲学忘一作无情似一作尽不能。入意云山输画匠，动人风月羡琴僧。南朝峻洁推弘景，东晋清狂数季鹰。惆怅后尘流落尽，自抛怀抱醉懵腾。

冬日

萧条古木衔斜日，戚一作淅沥晴寒滞早梅。愁处雪烟连野起，静时风竹过墙来。故人每忆心先见，新酒偷尝手自开。景状入诗兼入画，言情不尽恨无才。

再止庙居

去值秋风来值春，前时今日共销魂。颓垣古柏疑山观，高柳鸣鸦似水村。菜甲未齐初出叶，树阴方合掩重门。幽深冻馁皆推分，静者还应为讨论。

老　将

折枪黄马倦尘埃，掩耳凶徒怕疾雷。雪密酒酣偷号去，月明衣冷斫营回。行驱貔虎披金甲，立听笙歌掷玉杯。坐久不须轻矍铄，至今双擘硬弓开。

边上看猎赠元戎

绣帘临晓觉新霜，便遣移厨较猎场。燕卒铁衣围汉相，鲁儒戎服从梁王。搜山闪闪旗头远，出树斑斑豹尾长。赞获一声一作方连朔漠，贺杯环骑舞优倡。军回野静秋天白，角怨城遥晚照黄。红袖拥门持烛炬，解劳今夜宴华堂。

余自刑部员外郎为时权所挤值盘石出镇藩屏朝选宾佐以余充职掌记郁郁不乐因成长句寄所知

正叨清级忽从戎，况与燕台事不同。开口谩劳矜道在，抚膺唯合哭途穷。操心未省一作必趋浮俗，点额尤惭自至公。他日陶甄寻坠履，沧洲何处觅渔翁。

北 齐 二 首

任道骄奢必败亡，且将繁盛悦嫔嫱。几千奁镜成楼柱，六十间云号殿廊。后主猎回初按乐，胡姬酒醒更新妆。绮罗堆里春风畔，年少多情一帝王。

神器传时异至公，败亡安可怨匆匆。犯寒猎士朝频戮，告急军书夜不通。并部义旗遮日暗，邺城飞焰照天红。周朝将相还无体一作礼，宁死何须入铁笼。

寄京城亲友二首

苦吟看坠叶，寥落共天涯。壮岁空为客，初寒更忆家。雨墙经月藓，山菊向阳花。因味碧云句，伤哉后会赊。

相思凡几日，日欲咏离衿。直得吟成病，终难状此心。解衣悲缓带，搔首闷一作问遗簪。西岭斜阳外，潜疑是故林。

野　寺

野寺看红叶，县城闻捣衣。自怜痴病苦，犹共赏心违。高阁正临夜，前山应落晖。离情在烟鸟一作岛，遥入故关飞。

吴郡怀古

主暗臣忠枉就刑，遂教强国醉中倾。人亡建业空城在，花落西江春水平。万古壮夫犹一作应抱恨，至今词客尽伤情。徒劳铁锁长千尺，不觉楼船下晋兵。

守　愚

深院寥寥竹荫廊，披衣欹枕过年芳。守愚不觉世途险，无事始知春日长。一亩落花围隙地，半竿浓一作斜日界空墙。今来自责趋时懒，翻恨松轩书满床。

村　居

二月三月雨晴初，舍南舍北唯平芜。前欢入望盈千恨，胜景牵心非一途。日照神堂闻啄木，风含社树叫提壶。行看旦夕梨霜发，犹有山寒伤酒垆。

离　家

八月初长夜,千山第一程。款一作欢颜唯有梦,怨泣却无声。祖席诸宾散,空郊匹马行。自怜非达一作远识,局促为浮名。

秋雨内宴 乙卯年作

一带清风入画堂,撼真珠箔碎玎珰。更看槛外霏霏雨,似劝须教醉玉觞。

寒食日沙县雨中看蔷薇 己巳

何处遇蔷薇,殊乡冷节时。雨声笼锦帐,风势偃罗帏。通体全无力,酡颜不自持。绿疏微露刺,红密欲藏枝。惬意凭阑久,贪吟放醆迟。旁人应见讶,自醉自题诗。

地　炉

两星残火地炉畔,梦断背灯重拥衾。侧听空堂闻静响,似敲疏磬裊清音。风灯有影随笼转,腊雪无声逐夜深。禅客钓翁徒自好,那知此际湛然心。

隰州新驿赠刺史

贤侯新换古长亭,先定心机指顾成。高义尽招秦逐客,旷怀偏接鲁诸生。萍蓬到此销离恨,燕雀飞来带喜声。却笑昔贤交易极,一开东阁便垂名。

草书屏风

何处一屏风,分明怀素踪。虽多尘色染,犹见墨痕浓。怪石奔秋涧，寒藤挂古松。若教临水畔，字字恐成龙。

永明禅师房

景色方妍媚，寻真出近郊。宝香炉上爇，金磬佛前敲。蔓草棱山径，晴云拂树梢。支公禅寂处，时有鹤一作鹊来巢。

登楼有题

暑气檐前过，蝉声树杪交。待潮生浦口，看雨过山坳。才见兰舟动，仍闻桂楫敲。窣云朱槛好，终睹凤来巢。

朝退书怀

鹤帔星冠羽客装，寝楼西畔坐书堂。山禽养久知人唤，窗竹芟多漏月光。粉壁不题新拙恶，小屏唯录古篇章。孜孜莫患劳心力，富国安民理道长。

元夜即席

元宵清景亚元正，丝雨霏霏向晚倾。桂兔韬光云叶重，烛龙衔耀月轮明。烟空但仰如膏润，绮席都忘滴砌声。更待今宵开霁后，九衢车马未妨行。

大庆堂赐宴元珰而有诗呈吴越王

非为亲贤展绮筵，恒常宁敢恣游盘。绿搓杨柳绵初软，红晕樱桃粉未干。谷鸟乍啼声似涩，甘霖方霁景犹寒。笙歌风紧一作急人酣醉，却绕珍丛烂熳看。

又　和

樱桃花下会亲贤，风远铜乌转露盘。蝶下粉墙梅乍一作半坼，蚁浮金斝酒难干。云和缓奏泉声咽，珠箔低垂水影寒。狂简斐然吟咏足，却邀群彦重吟看。

再　和

我有嘉宾宴乍欢，画帘纹细凤双盘。影笼沼沚修篁密，声透笙歌羯鼓干。散后便依书篋寐，渴来潜想玉壶寒。樱桃零落红桃媚，更俟旬馀共醉看。

重　和

冷宴殷勤展小园，舞鞇一作裀柔软彩虬盘。篸花尽日疑头重，病酒经宵觉口干。嘉树倚楼青琐暗，晚云藏雨碧山寒。文章天子文章别，八米卢郎未可看。

余作探使以缭绫手帛子寄贺因而有诗

解寄缭绫小字封，探花筵上映春丛。黛眉印在微微绿，檀口消来薄薄红。缈处直应心共紧，砑时兼恐汗先融。帝台春尽还东去，却系裙腰伴雪胸。

别锦儿 及第后出京，别锦儿与蜀妓。

一尺红绡一首诗，赠君相别两相思。画眉今一作此日空留语，解佩他年更可期。临去莫论交颈意，清歌休著断肠词。出门何事休一作仍惆怅，曾梦良人折桂枝。

闲 步

庄南纵步游荒野,独鸟寒烟轻惹惹。傍山疏雨湿秋花,僻路浅泉浮败果。樵人相见一作聚指惊麞,牧童四散收嘶马。一壶倾尽未能归,黄昏更望诸峰火。

乾宁三年丙辰在奉天重围作

仗剑夜巡城,衣襟满霜霰。贼火遍郊坰,飞焰侵星汉。积雪似空江,长林如断岸。独凭女墙头,思家起长叹。

雨 中

青桐承雨声,声一作雨声何重叠。疏滴下高枝,次打欹低叶。鸟湿更梳翎,人愁方拄颊。独自上西楼,风襟寒帖帖。

与 僧

江海扁舟客,云山一衲僧。相逢两无语,若个是南能。

晚 岸

揭起青篷上岸头,野花和雨冷修修。春江一夜无波浪,校得行人分外愁。

仙 山

一炷心香洞府开,偃松皱涩半莓苔。水清无底山如削,始有仙人骑一作跨鹤来。

过茂陵

不悲霜露但伤春，孝理何因感兆民。景帝龙髯消息断，异香空见李夫人。

曲江秋日

斜烟缕缕鹭鸶栖，藕叶枯香折野泥。有个高僧入一作似图画，把经吟立水塘西。

流年

三月伤心仍一作逢晦日，一春多病更一作是阴天。雄豪亦有流年恨，况是离魂易黯然。

商山道中

云横峭壁水平铺，渡口人家日欲晡。却忆往年看粉本，始知名画有工夫。

招隐

立意忘机机已生，可能朝市污高情。时人未会严陵志，不钓鲈鱼只钓名。

雨村

雁行斜拂雨村楼，帘下三重一作更幕一钩。倚柱不知身半湿，黄昏独自未回头。

使风

茶烟一作香睡觉心无事，一卷黄庭在手中。敧枕卷帘一作已过江万里，舟人不语满帆风。

阻风

平生情趣一作性羡渔师，此日烟江惬所思。肥鳜香粳小艖艓，断肠滋味阻风时。

并州

戍旗青草接榆关，雨里并州四月寒。谁会凭阑潜忍泪，不胜天际似江干。

夏夜

猛风飘电黑云生，霎霎高林簇雨声。夜久雨休风又定，断云流月却斜明。

阑干

扫花虽恨夜来雨，把酒却怜晴后寒。吴质谩言愁得病，当时犹不凭阑干。

以庭前海棠梨花一枝寄李十九员外

二月春风澹荡时，旅人虚对海棠梨。不如寄与星郎去，想得朝回正画眉。

驿　楼

流云溶溶水悠悠，故乡千里空回头。三更犹一作独凭阑干月，泪满关山孤驿楼。

频访卢秀才 卢时在选末

药诀棋经思致论，柳腰莲脸本忘情。频频强入风流坐，酒肆应疑阮步兵。

答友人见寄酒

虽可忘忧矣，其如作病何。淋漓满襟袖，更发楚狂歌。

野　钓

细雨桃花水，轻鸥逆浪飞。风头阻归棹，坐睡倚蓑衣。

曲江晚思

云物阴寂历，竹木寒青苍。水冷鹭鸶立，烟月愁昏黄。

赠友人

莫嫌谈笑与经过，却恐闲多病亦多。若遣心中无一事，不知争奈日长何。

半　睡

眉山暗澹向残灯，一半云鬟坠枕棱。四体著人娇欲泣，自家揉损一作碎砑缭绫。

已　凉

愁多却讶天凉早，思倦翻嫌夜漏迟。何处山川孤馆里，向灯弯尽一作画一双眉。

寄禅师

从无入有云峰聚，已有还无电火销。销聚本来皆是幻，世间闲口漫嚣嚣。

访明公大德

寸发如霜袒右肩，倚肩筇竹貌怡然。悬灯深屋夜分坐，移榻向阳斋后眠。刮膜且扬三毒论，摄心徐指二宗禅。清凉药分能知味，各自胸中有醴泉。

大酺乐

晚日催弦管，春风入绮罗。杏花如有意，偏落舞衫多。

思归乐

泪滴珠难尽，容殊玉易销。傥随明月去，莫道梦魂遥。

御制春游长句

天意分明道已光，春游嘉景胜仙乡。玉炉烟直风初静，银汉云消日正长。柳带似眉全展绿，杏苞如脸半开香。黄莺历历啼红树，紫燕关关语画梁。低槛晚晴笼翡翠，小池波暖浴鸳鸯。马嘶广陌贪新草，人醉花堤怕夕阳。比屋管弦呈妙曲，连营罗绮斗时妆。全吴霸越千年后，独此升平显万方。

全唐诗卷六八三

韩　偓

幽　窗　以下《香奁集》

刺绣非无暇，幽窗自一作日鲜欢。手香江橘嫩，齿软一作冷越梅酸。密约临行怯，私书欲报难。无凭谙鹊语，犹得暂心宽。

江楼二首

梦啼呜咽觉无语，杳杳微微望烟浦。楼空客散燕交飞，江静帆飞一作稀日亭午。

鳀鱼苦笋香味新，杨柳一作花酒旗三月春。风光百计牵人老，争奈多情是一作足病身。

春尽日

树头初一作春日照西一作窗檐，树底蔫花夜雨沾。外院池亭闻动锁，后堂阑槛见垂帘。柳腰入户风斜倚，榆荚堆墙水半淹。把酒送春惆怅在，年年三月病厌厌一作恹恹。

咏　灯

高在酒楼明锦幕，远随渔艇泊烟江。古来幽怨皆销骨，休向长门背雨窗。

别绪

别绪静一作情愔愔，牵愁暗入心。已回花渚棹，悔听酒垆琴。菊露凄罗幕，梨霜恻锦衾。此生终独宿，到死誓相寻。月好知何计，歌阑叹一作欲，一作思。不禁。山巅更高一作何处，忆上上头吟。

见花

褰裳拥鼻正吟诗，日午墙头独见时。血染蜀罗山踯躅，肉红宫锦海棠梨。因狂得病真闲事，欲咏无才是所悲。看却东一作春风归去也，争教判一作胜得最繁枝。

马上见

骄马锦连钱一作乾，乘骑是谪仙。和裙穿玉镫，隔袖把金鞭。去带懵腾醉，归成一作应困顿眠。自怜输厩吏，馀暖在香鞯。

绕廊

浓烟隔帘香漏泄，斜灯映竹光参差。绕廊倚柱一作槛堪一作更，一作正。惆怅，细一作微雨轻寒花落时。

屐子

方一作六寸肤圆光致致，白罗绣屧红托一作花里。南朝天子欠一作事风流，却重金莲轻绿齿。

青春

眼意心期卒未休，暗中终拟约秦楼。光阴负我难相遇一作偶，情绪牵人不自由。遥夜定嫌香蔽膝，闷时一作怀，一作心。应弄玉搔头。樱桃花谢梨花发，肠断青春两处愁。

闻　雨

香侵蔽膝夜寒轻，闻雨伤春梦不成。罗帐四垂红一作花烛背，玉钗敲著枕函声。

懒　起一作闺意

百舌唤一作恼朝眠，春心动几般。枕痕霞黯一作霞红暗澹，泪粉玉阑珊一作干。笼绣香烟歇，屏山烛焰残。暖嫌一作怜罗袜窄，瘦觉锦衣宽。昨夜三更雨，今朝一作临明一阵寒。海棠花在否，侧卧卷帘看。

已　凉

碧阑干外绣一作翠帘垂，猩血一作色屏风画折一作柘枝。八尺龙须方锦褥，已凉天气未寒时。

欲　去

粉纭隔窗语，重约蹋青期。总一作纵得相逢处，无非欲一作非无独去时。恨深书不尽，宠极意多疑。惆怅桃源路，惟教梦寐知。

横　塘

秋寒一作风洒背入帘霜，凤胫一作颈灯清一作青照洞房。蜀纸麝煤沾一作添笔兴一作媚，越瓯犀液发茶香。风飘乱点更筹转，拍送繁弦曲破长。散客出门斜月在，两眉愁思问一作向横塘。

五　更

往年一作来曾约郁金床，半夜潜身入洞房。怀里不知金钿落，暗中唯一作空觉绣鞋一作衣香。此时欲别魂俱断，自后相逢眼更狂。光景旋消一作暗添惆怅在，一生赢得是凄凉。

联缀体

院宇秋明一作明秋日日长，社前一雁到一作别辽阳。陇头针线年年事，不喜寒砧捣断肠。

半　睡

抬镜一作照仍嫌重一作瘦，更衣又怕寒。宵分未归帐，半睡待郎看。

寒食夜 一作深夜，一作夜深。

清江碧草两悠悠，各自风流一种愁。正是落花寒食夜一作雨，夜深无伴倚南一作空楼。

哭　花

曾愁一作悲香结破颜迟，今见一作日妖红委地时。若是有情争不哭，夜来风雨葬西施。

重游曲江

鞭梢乱拂暗伤情，踪迹难寻露草青。犹是玉轮曾碾处，一泓一作溪秋水一作春雨涨浮萍。

遥　见

悲歌泪湿澹胭脂，闲立风吹金缕衣。白玉堂东遥见后一作处，令人斗一作陡薄一作评说画杨妃。

新　秋

一夜清风动扇愁，背时容色入新秋。桃花脸一作眼里汪汪泪，忍到更深枕上流。

宫　词

绣裙一作屏斜立正销魂，侍女移灯掩殿门。燕子不来一作归花著雨，春风应自一作是怨黄昏。

蹋　青一本有词字

蹋青会散一作上欲归时，金车久立频催上。收裙整髻故迟迟一作留，两点深心各惆怅。

夜　深一作寒食夜

恻恻轻寒翦翦风，小梅一作杏花飘雪杏花一作小桃红。夜深斜搭秋千索，楼阁朦胧烟一作细雨中。

夏　日

庭树新阴叶未成，玉阶人静一蝉一作下帘声。相风不动乌龙睡，时有一作待得娇莺一作幽禽自唤名。

新上头

学梳松一作蝉鬓试新裙一作裙新，消息佳期在此春。为要一作爱好多心一作心多转惑，遍将宜称问傍人。

中庭

夜短睡迟慵早起，日高方始出纱窗。中庭自摘青梅子，先一作闲向钗头戴一双。

咏浴

再整鱼犀拢翠簪，解衣先觉冷森森。教移兰烛一作烬频羞影，自试一作拭香汤更怕深。初似洗一作染花难抑按，终忧一作愁沃雪不胜任。岂知侍女帘帷外，剩取君王几一作数饼金。

席上有赠

矜严标格绝嫌猜，嗔怒虽一作难逢笑靥一作眼开。小雁斜侵眉柳去，媚霞横接眼波来。鬓垂香颈云遮藕，粉著兰胸雪压梅。莫道风流无宋玉，好将心力事妆台。

早归

去是黄昏后，归当胧腮时。叉一作衩衣吟宿醉，风露动相思。

玉合 杂言

罗囊绣两凤凰一作鸳鸯，玉合雕双鸂鶒。中有兰膏渍一作积红豆，每回拈著长相一作思忆。长相一作思忆，经几春？人怅望，香氤氲。开缄不见新书迹，带粉犹残旧泪一作指痕。

金　陵 杂言

风雨萧萧，石头城下木兰桡。烟月迢迢，金陵渡口去来潮。自古风流皆暗销，才魂一作鬼妖魂谁与招？彩一作锦笺丽句今一作徒已矣，罗袜金莲何寂寥。

懒卸头 一作生查子

侍女动妆奁，故故惊人睡。那知本未眠，背面偷一作由垂泪。懒卸凤凰钗，羞入鸳鸯被。时复见残灯，和烟坠金穗。

倚　醉

倚醉无端寻旧约，却怜一作那令惆怅转难胜。静中楼阁深春一作春深雨。远处帘栊半夜一作夜半灯。抱柱立时风细细，绕廊行处思腾腾。分明窗下闻裁翦，敲遍阑干唤不应。

咏　手

腕一作暖白肤红玉笋芽，调琴抽线露尖斜。背人细撚垂胭一作烟鬓一作眉发。向镜轻匀衬脸一作眼霞。怅望昔逢褰绣幔一作帐，依稀曾一作重见托金一作香车。后园笑向同行道一作者，摘得蘼芜一作荼蘼又折花一作又。

荷　花

纨一作钿扇相欹绿，香囊独立红。浸淫因重露，狂暴是秋风。逸调无人唱，秋塘每夜空。何繇见周昉，移入画屏中。

松　髻

髻根松慢玉钗垂，指点花枝一作庭花又过时。坐久暗一作暗坐久生惆怅事，背一作映人匀却泪胭脂。

寄　远 在岐日作

眉如半月一作照云如鬟，梧桐叶落敲井阑一作干。孤灯亭亭公署寒，微霜凄凄客衣单。想美一作佳人兮云一端，梦魂悠悠关山难。空房一作床展转怀悲酸，铜壶漏尽闻一作开金鸾。

踪　迹

东乌西兔似车轮，劫火一作却笑桑田不复论。唯有风光与踪迹，思量长是一作似，一作自。暗销魂。

病一作痛忆

信知尤物必牵情，一顾难酬一作忘觉命轻。曾把禅机销此病，破除才一作方尽又重生。

妒　媒

洞房深闭不曾开，横卧乌龙作一作似妒媒。好鸟岂劳兼比翼，异华何必更重台。难留旋逐惊飙去，暂见一作返如随急电来。多为过防成后悔，偶因翻一作飞语得深猜。已嫌刻蜡一作烛春宵短，最恨鸣珂晓鼓催。应笑楚襄仙分薄，日一作月中长是独裴回。

不　见

动静防闲又怕疑，佯佯脉脉是深一作沈机。此身愿作君家燕，秋社归时也不归。

昼　寝

碧桐一作梧阴尽隔帘栊，扇拂金鹅一作蛾玉簟烘。扑粉更添一作嫌香体滑，解衣唯一作微见下裳红。烦襟乍触冰壶冷，倦枕徐一作斜欹宝髻松。何必苦劳魂与一作云雨梦，王昌只在此墙东。

意　绪

绝代佳人何寂寞，梨花未发梅花落。东风吹雨入西园，银线千条度虚阁。脸粉难匀蜀酒浓一作红，口脂易印吴绫薄。娇饶意态不胜一作能羞，愿倚郎肩永相著。

惆　怅

身情长在暗相随，生魄随君君岂知。被头不暖空沾泪，钗股欲分犹半疑。朗月清风难惬意，词人绝色多伤离。何如饮酒连千一作年醉，席地幕天无所知。

忍　笑

宫样衣裳一作梳头浅画眉，晚一作晓来梳洗一作装饰更相宜。水精鹦鹉钗头颤，举一作敛袂佯羞忍笑时。

咏　柳

袅雨拖风不自持，全一作遍身无力向人垂。玉纤折得遥相赠，便似一作是观音手里时。

密　意

呵花贴鬓黏寒发，凝酥光透猩猩血。经过洛水几多人，唯有陈王见罗袜。

偶　见一作秋千

秋千打困解罗裙，指点醍醐索一作酒一尊。见客入来和笑走，手搓梅子映中门。

寒食夜有寄

风流大抵是伥伥一作张张，此际一作一度相思必一作一断肠。云薄月昏一作月落云阶寒食夜，隔帘微雨杏花香。

效崔国辅一作辅国体四首

澹月照中庭一作夜，海棠花自落。独立俯闲阶，风动秋千索。

雨后碧苔院，霜来红叶楼。闲阶上斜日，鹦鹉伴人愁。

酒力滋睡眸，卤莽闻街鼓。欲明天一作花更寒，东风打窗雨。

罗幕生春寒，绣窗愁未眠。南湖一夜一作夜半南湖雨，应湿采莲船。

后魏时相州人作李波小妹一作少妹歌疑其未备因补之

李波小妹一作少妹字雍容，窄衣短袖蛮锦红。未解有情梦梁殿一作苑，何曾自媚妒吴宫。难一作谁教牵引知酒味，因令怅望成春慵。海棠花下秋千畔，背人撩鬓道匆匆。

春　昼一作尽

春融艳艳，大醉陶陶。漏添迟日，箭减良宵。藤垂戟户，柳拂河一作浮桥。帘幕燕子，池塘〔伯〕(百)劳。肤清臂瘦，衫薄香销。楚殿衣窄，南朝髻高。河阳县远，清波地一作池遥。丝缠露泣，各自无憀。

三　忆

忆眠时，春梦困腾腾。展转不一作未能起，玉钗垂枕棱。

忆行时，背手挼一作移金雀。敛笑一作欲去慢回头，步转阑干角。

忆去时，向月迟迟行。强语戏同伴，图郎闻笑声。

六言三首

春楼处子倾城，金陵狎客多情。朝云暮雨会合，罗袜绣被逢迎。华山梧桐相覆，蛮江豆蔻连生。幽欢不尽告别，秋河怅望平明。

一灯前雨落夜，三月尽草青时。半寒半暖正好，花开花谢相思。惆怅空教梦见，懊恼多成酒悲。红袖不干谁会，揉损联娟澹眉。

此间青草一作山更远，不唯空绕汀洲。那里朝日才一作方出，还应先一作光照西楼。忆泪因成恨泪，梦游常续心游。桃源洞口来否，绛节霓旌久留。

寒食日重游李氏园一作林亭有怀

往年同一作曾在莺一作弯桥上，见倚朱阑咏柳绵。今日独来香径里，更无人迹有苔钱。伤心阔别三千里，屈一作曲指思量四五年。料得他乡遇一作过佳节，亦应怀抱暗凄然。

思录旧诗于卷上凄然有感因成一章

缉缀小诗钞卷里，寻思闲事到一作动心头。自吟自泣一作泪无人会，肠断蓬山第一流。

春闺二首

愿结交加梦，因倾潋滟尊。醒来情绪恶，帘外正黄昏。

氤一作氲氲帐里香，薄薄睡时妆。长吁解罗带，怯见上空床。

代小玉家为蕃骑所虏后寄故集贤裴公相国

动天金鼓逼一作发神州，惜别无心学坠楼。不得回眸辞傅粉一作谢傅，便须含泪对一作到残秋。折钗伴妾埋青冢，半镜随郎葬杜邮。唯有此一作他宵魂梦一作梦魂里，殷勤见一作相觅凤池一作城头。

荐福寺讲筵偶见又别 一作别后

见时浓日午，别处暮钟残。景色疑春尽，襟怀似酒阑。两情含一作贪眷恋，一晌致一作到辛酸。夜静长廊下，难一作谁寻屐齿看。

复偶见三绝

雾为襟袖玉为冠，半似羞人半忍寒。别易会难长自叹，转身应把一作取泪珠弹。

桃花脸薄难藏泪，柳一作桂叶眉长一作浓易觉愁。密一作形迹未成当面笑，几回抬眼又低头。

半身映竹轻闻语，一手揭帘微转头。此意别人应未觉，不胜情绪两风流。

厌花落

厌花落，人一作日寂寞，果树阴成一作成阴燕翅齐，西园永日闲高阁。后堂夹帘愁不卷，低头闷把衣襟捻。忽然事到心中来，四肢娇入茸茸眼。也曾同在华堂宴，佯佯拢鬓偷回面。半醉狂心忍不禁，分明一任傍人见。书中说却平生事，犹疑未满情郎意。锦囊封了又重开，夜深窗下烧红纸。红纸千张言不尽，至诚无语传心印。但得鸳鸯一作衾枕臂眠，也任时光都一瞬。

春闷一作闺偶成十二韵

阡陌悬云壤，阑畦一作干隔艾芝。路遥行雨懒，河阔过桥迟。雁足应难达，狐踪浪得疑。谢鲲吟未废，张硕梦堪思。有意通情处，无言拢鬓时。格高归敛笑，歌怨在颦眉。醉后金蝉重，欢馀玉燕攲。素姿凌白柰，圆颊诮红梨。粉字题花笔，香笺咏柳诗。绣窗携手约，芳草蹋青期。别泪开泉脉，春愁罥藕丝。相思不相信，幽恨更谁知。

想　得一作再青春

两重门里玉堂前，寒食花枝月午天。想得那人垂手立，娇羞不肯上秋千。

偶见背面是夕兼梦

酥凝背胛一作甲玉搓肩，轻薄红绡覆白莲。此夜分明来入梦，当时惆怅不成眠。眼波向我无端艳，心火因君特地然。莫道人生难际会，秦楼鸾凤有神仙。

五　更

秋雨五更头，桐竹鸣骚屑。却似残春间，断送花时节。空楼雁一声，远屏灯半灭。绣被拥娇寒，眉山正愁绝。

有　忆

昼漏迢迢夜漏迟一作移，倾城消息杳无期。愁肠泥一作殢酒人千里，泪眼倚楼天四垂。自笑计狂多独语，谁怜梦好转相思。何时斗帐浓香里，分付东一作春风与玉儿。

半　夜

板阁数尊后，至今犹酒悲。一宵相见事，半夜独眠时。明朝窗下照，应有鬓一作发如丝。

信　笔

睡髻休频拢，春眉忍更长。整钗栀子重，泛酒菊花香。绣叠昏金色，罗揉损砑光。有时闲弄笔，亦画两鸳鸯。

寄　恨

秦钗枉断长条玉，蜀纸虚一作空留小字红。死恨物情难一作无会处，莲花不肯嫁春一作东风。

两　处

楼上澹山横，楼前沟水清。怜山又怜水，两处总牵情。

拥　鼻

拥鼻悲吟一向愁，寒更转尽未回头。绿屏无睡秋分簟，红叶伤心月午楼。却要因循添逸兴，若为趋竞怆离忧。殷勤凭仗官渠水，为到西溪动钓舟。

闺　怨 一作恨

时光潜去暗凄凉，懒对菱花晕晓一作晚妆。初坼秋千人寂寞，后园青草任他长。

袅　娜 丁卯年作

袅娜腰肢澹薄妆，六朝宫样窄衣裳。著词暂一作但见一作近樱桃破，飞戗遥闻豆蔻香。春恼情一作襟怀身觉瘦，酒添颜色粉生光。此时一作心不敢分明道，风月应知暗断肠。

多　情 庚午年在桃林场作

天遣多情不自持，多情兼与病相宜。蜂偷野一作崖蜜初尝处，莺啄含桃欲咽时。酒荡襟怀微駊騀一作叵我，春牵情绪更一作正融怡。水香剩置一作贮，一作注。金盆一作杯里，琼树长须一作须长浸一枝。

偶　见

千金莫惜旱莲生一作买娉婷，一笑从教下蔡倾。仙树有花难问种，御香闻气不知名。愁来自觉歌喉咽，瘦去谁怜舞掌轻。小叠红笺书恨字，与奴方便寄一作送卿卿。

个　侬

甚感殷勤意，其如阻碍何。隔帘窥绿齿，映柱送横波。老大逢知少，襟怀暗喜多。因倾一尊酒，聊以慰蹉跎。

无　题 并序

余辛酉年戏作无题十四韵，故奉常王公相国首于继和，故内翰吴侍郎融、令狐舍人涣、阁下刘舍人崇誉、吏部王员外涣相次属和。余因作第二首，却寄诸公，二内翰及小天亦再和。余复作第三首，二内翰亦三和，王公一首，刘紫微一首，王小天二首，二学士各三首。余又倒押前韵成第四首，二学士笑谓余曰："谨竖降旗，何朱研如是也？"遂绝笔。是岁十月末，余在内直，一旦兵起，随驾西狩，文稿咸弃，更无孑遗。丙寅年九月，在福建寓止，有前东都度支院苏晞端公，挈余沦落诗稿见授，中得无题一首。因追味旧作，缺忘甚多，唯第二、第四首仿佛可记，其第三首才得数句而已。今亦依次编之，以俟他时偶获全本。馀五人所和，不复忆省矣。

小槛移灯灺，空房锁隙尘。额波一作披风尽日，帘影一作匝，又作押。月侵晨。香辣一作瓣更衣后，钗梁拢鬓新。吉音闻诡计，醉语近天真。妆好方长叹，欢馀却浅颦。绣屏金作屋，丝幰玉为轮。致意通绵竹，精诚托锦鳞。歌凝眉际恨，酒发脸边春。溪纻殊倾一作轻越，楼箫岂一作却羡秦。柳虚禳沴气，梅实引芳津。乐府降清唱，宫厨减食珍。防闲襟并敛，忍妒泪休匀。宿饮愁萦梦，春寒瘦著人。手持双豆蔻，的的为东邻。

碧瓦偏光日，红帘不一作小受尘。柳昏连绿野，花烂烁清晨。书密偷看数，情通破体新。明言终未实，暗祝一作嘱始应真。枉道嫌一作兼偷药，推诚鄙效颦。合成云五色，宜作一作在日一作月中轮。照一作炉兽金涂爪，钗鱼玉镂鳞。渺沵三岛浪，平远一楼春。堕髻还名寿，修蛾本姓秦。棹寻闻犬洞，槎入饮牛津。麟脯随重酿，霜华间八珍。锦囊一作衾霞彩烂，罗袜砑光匀。羞涩佯牵伴，娇饶欲泥人。偷儿难捉搦，慎莫共一作近比邻。

紫蜡融花蒂，红绵拭一作试镜尘。梦狂翻惜夜，妆懒一作好厌凌晨。茜袖啼痕数，香笺墨色新。从此不记。

倒押前韵

白一作查下同归一作归同路，乌衣枉一作住作邻。珮声犹隔箔，香气已迎人。酒劝杯须一作频满，书羞字不匀。歌怜黄竹怨，味实碧桃珍。翦烛非良策，当关是要津。东阿初度洛，杨恽旧家秦。粉化横波溢，衫轻晓雾春。鸦黄双凤翅，麝月半鱼鳞。别袂翻如浪，回肠转似轮。后期才注脚，前事又含颦。纵有才难咏，宁无画逼真。天香闻更有，琼树见长新。斗草常一作当更仆，迷阄一作途误达晨。嗅花判不得一作到，檀注一作泪，一作桂，又作柱。惹风一作芳尘。

闺　情一作夜闺

轻风滴一作的砾一作烁动帘钩，宿酒犹一作从酣懒一作犹自醺酣未卸头。但觉夜深花有露，不知人静月当楼。何郎烛一作灯暗谁能咏，韩寿一作掾香焦一作销亦任偷。敲折玉钗歌转咽，一声声作一作入两眉愁。

自　负

人许风流自负才，偷桃三度到瑶台。至今衣领胭脂在，曾被谪仙痛咬来。

天　凉

愁来一作多却讶天凉早，思倦翻嫌夜漏迟。何处山川一作村孤馆里，向灯弯尽一双眉。

日　高

朦胧犹记管弦声，噤〔瘁〕(痱)馀寒酒半醒。春暮日高帘半卷，落花和雨满中庭。

夕　阳

花前洒泪临寒食，醉里回头问夕阳。不管相思人老尽，朝朝容易下西墙。

旧　馆

前欢往恨分明在，酒兴诗情大半亡。还似墙西紫荆树，残花摘一作萧索映高塘。

中春忆赠

年年长是阻佳期，万种恩情只自知。春色转添惆怅事一作望，似君花发两三枝。

春　恨

残梦依依酒力馀，城头画角一作鸭鸡伴啼乌。平明未一作乍卷西楼幕，院静时闻响辘轳。

秋　千以下三首，本集不载。

池塘夜歇清明雨，绕院无尘近花坞。五丝绳系出墙迟，力尽才瞵见邻圃。下来娇喘未能调，斜倚朱阑久无语。无语兼动所思愁，转眼看天一长吐。

长信宫二首

天上梦魂何杳杳，宫中消息太沉沉。君恩不似黄金井，一处团圆万丈深。

天上凤凰休寄梦，人间鹦鹉旧堪悲。平生心绪无人识，一只金梭万丈丝。

句

岂独鸱夷解归去，五湖渔艇且铺糟。闻再除戎曹，依前充职。

全唐诗卷六八四

吴　融

吴融，字子华，越州山阴人。龙纪初，及进士第。韦昭度讨蜀，表掌书记，累迁侍御史，去官依荆南成汭。久之，召为左补阙，拜中书舍人。昭宗反正，造次草诏，无不称旨，进户部侍郎。凤翔劫迁，融不克从，去客阌乡，俄召还翰林，迁承旨卒。有《唐英集》三卷，今编诗四卷。

奉和御制 一本有幸岳寺三字

岳寺清秋霁，宸游永日闲。霓旌森物外，风吹落人间。玉漱穿城水，屏开对阙山。皆知圣情悦，丽藻洒芳兰。

和集贤相公西溪侍宴观竞渡

片水耸层桥，祥烟霭庆霄。昼花铺广宴，晴电闪飞桡。浪叠摇仙仗，风微定彩标。都人同盛观，不觉在行朝。

山居即事四首

桂树秋来风满枝，碧岩归日免乖期。故人尽向蟾宫折，独我攀条欲寄谁。

不傲南窗且采樵，干松每带湿云烧。庖厨却得长兼味，三秀芝根五朮苗。

万事翛然只有棋，小轩高净簟凉时。阑珊半局和微醉，花落中庭树影移。

无邻无里不成村，水曲云重掩石门。何用深求避秦客，吾家便是武陵源。

红白牡丹

不必繁弦不必歌，静中相对更情多。殷鲜一半霞分绮，洁澈旁边月飐波。看久愿成庄叟梦，惜留须倩鲁阳戈。重来应共今来别，风堕香残一作残香衬绿莎。

中秋此下一本有十五夜三字陪熙用学士此下一本有侍郎二字禁中玩月此下一本有因书五言六韵六字

月圆年十二，秋半每多阴。此夕无纤霭，同君宿禁林。未高知海阔，当午见宫深。衣似繁霜透，身疑积水沉。遭逢陪侍辇，归去忆抽簪。太液池南岸，相期到晓吟。

题豪家故池

岁久无泉引，春来仰雨流。萍枯一作干黏朽槛，沙浅露沉舟。照影人何在，持竿客寄游。翛然兴废外，回首谢眠鸥。

偶题

贱子曾尘国士知，登门倒屣忆当时。西州酌尽看花酒，东阁编成咏雪诗。莫道精灵无伯有，寻闻任侠报爰丝。乌衣旧宅犹能认，粉竹金松一两枝。

渚宫立春书怀

春候侵残腊,江芜绿已齐。风高莺啭涩,雨密雁飞低。向日心须在,归朝路欲迷。近闻惊御火,犹及灞陵西。

闻李翰林游池上有寄

花飞絮落水和流,玉署词臣奉诏游。四面看人随画鹢,中流合乐起眠鸥。皇恩自抱丹心报,清颂谁将白雪酬。不为禁钟催入宿,前峰月上未回舟。

谷口寓居偶题

涔涔病骨怯朝天,谷口归来取性眠。峭壁削成开画障,急溪飞下咽繁弦。不能尘土争闲事,且放形神学散仙。已熟前峰采芝径,更于何处养残年。

无　题

万态千端一瞬中,沁园芜没伫秋风。鸡鹊夜警池塘冷,蝙蝠昼飞楼阁空。粉貌早闻残洛市,箫声犹自傍秦宫。今朝陌上相非者,曾此歌钟几醉同。

赋　雪

一夜阴风度,平明颢气交。未知融结判,唯见混茫包。路莫藏行迹,林难出树梢。气应封兽穴,险必堕禽巢。影密灯回照,声繁竹送敲。玩宜苏一作酥让点,餐称蜜匀一作同抄。结冻防鱼跃,黏沙费马跑。炉寒资爇荻,屋暖赖编茅。远不分山叠,低宜失地坳。阑干高百尺,新霁若为抛。

寄　僧

柳拂池光一点清，紫方袍袖杖藜行。偶传新句来中禁，谁把闲书寄上卿。锡倚山根重藓破，棋敲石面碎云生。应怜正视淮王诏，不识东林物外情。

酬　僧

吾师既续惠休才，况值高秋万象开。吟处远峰横落照，定中黄叶下青苔。双林不见金兰久，丹楚空翻组绣来。闻说近郊寒尚绿，登临应待一追陪。

题延寿坊东南角古池

蔓草萧森曲岸摧，水笼沙浅露莓苔。更无蔟蔟红妆点，犹有双双翠羽来。雨细几逢耕犊去，日斜时见钓人回。繁华自古皆相似，金谷荒园土一堆。

登鹳雀楼

鸟在林梢脚底看，夕阳无际戍烟残。冻开河水奔浑急，雪洗条山错落寒。始为一名抛故国，近因多难怕长安。祖鞭掉折徒为尔，赢得云溪负钓竿。

和峡州冯使君题所居

三年拔薤成仁政，一日诛茅葺所居。晓岫近排吟阁冷，夜江遥响寝堂虚。唯怀避地逃多难，不羡朝天卧直庐。记得街西邻舍否，投荒南去五千馀。

秋日感事

一叶飘然夕照沉,世间何事不经心。几人欲话云台峻,独我方探禹穴深。鸡檄固应无下策,鹤书还要问中林。自怜情为多忧动,不为西风白露吟。

莺

日落林西鸟一作乌未知,自先飞上最高枝。千啼万语不离恨,已去又来如有期。惯识江南春早处,长惊蓟北梦回时。谢家园里成吟久,只欠池塘一句诗。

次韵一本无韵字和王员外杂游四韵

一分难减亦难加,得似溪头浣越纱。两桨惯邀催去艇,七香曾占取来车。黄昏忽堕当楼月,清晓休开满镜花。谁见玉郎肠断处,露床风簟半欹斜。

秋　事

江天暑气自凉清,物候须知一作因一雨成。松竹健来唯欠语,蕙兰衰去始多情。他年拟献书空在,此日知机意尽平。更欲轻桡放烟浪,苇花深处睡秋声。

和陆拾遗题谏院松

落落孤松何处寻,月华西畔结根深。晓含仙掌三清露,晚上宫墙百雉阴。野鹤不归应有怨,白云高去太无心。碧岩秋涧休相望,捧日元须在禁林。

题扬子津亭

扬子江津十四经，纪行文字遍长亭。惊人旅鬓斩新白，无事海门依旧青。前路莫知霜凛凛，故乡何处雁冥冥。可怜不识生离者，数点渔帆落暮汀。

闲　望

三点五点映山雨，一枝两枝临水花。蛱蝶狂飞掠芳草，鸳鸯稳睡一作对浴翅暖沙。阙下新居成别一作非已业，江南旧隐是谁家。东迁西去俱一作都无计，却羡暝归林上鸦。

雪后过昭应

路过章台气象宽，九重城阙在云端。烟含上苑沉沉紫，雪露南山嵯嵯一作㟧㟧寒。绮陌已堪骑一作驰宝马，绿芜行即弹一作藉金丸。灞川南北真图画，更待残阳一望看。

商　人

百尺竿头五两斜，此生何处不为家。北抛衡岳南过雁，朝发襄阳暮看花。蹭蹬也应无陆地，团圆应觉有天涯。随风逐浪年年别，却笑如期八月槎。

岐下闻杜鹃

化去蛮乡北，飞来渭水西。为多亡国恨，不忍故山啼。怨已惊秦凤，灵应识汉鸡。数声烟漠漠，馀思草萋萋。楼迥波无际，林昏日又低。如何不肠断，家近五云溪。

雨后闻思归乐二首

山禽连夜叫,兼雨未尝休。尽一作只道思归乐,应多离别愁。我家方旅食,故国在沧洲。闻此不能寐,青灯茆屋一作舍幽。

一夜鸟一作自飞鸣,关关彻五更。似因归路隔,长使别魂惊。未省愁雨暗,就中伤月明。须知越吟客,欹枕不胜情。

中夜闻啼禽

漠漠苍苍未五更,宿禽何处两三声。若非西涧回波触,即是南塘急雨惊。金屋独眠堪寄恨,商陵永诀更牵情。此时归梦随肠断,半壁残灯一作釭闪闪明。

灵池县见早梅

时太尉中书令京兆公奉诏讨蜀,余在幕中。

小园晴日见寒梅,一寸乡心万里回。春日暖时抛笠泽,战尘飞处上琴台。栖身未识登龙地,落笔元非倚马才。待勒燕然归未得,雪枝南畔少徘徊。

野　庙

古原荒庙掩莓苔,何处喧喧鼓笛来。日暮鸟归一作啼人散尽,野风吹起纸钱灰。

闲　书

接鹭陪鸾漫得群,未如高卧紫溪云。晋阳起义寻常见,湖口屯营取次闻。大底鶤鹏须自适,何尝玉石不同焚。回看带砺山河者,济一作到得危时没旧勋。

寄贯休上人

别来如梦亦如云，八字微言不复闻。世上浮沉应念我，笔端飞动只降君。几同江步吟秋霁，更忆山房语夜分。见拟沃州寻旧约，且教丹顶许为邻。

书　怀

傍岩依树结檐楹，夏物萧疏景更清。滩响忽高何处雨，松阴自转远山晴。见多邻犬遥相认，来惯幽禽近不惊。争得便夸饶胜事，九衢尘里免劳生。

重阳日荆州作

万里投荒已自哀，高秋寓目更徘徊。浊醪任冷难辞醉，黄菊因暄却未开。上一作旧国莫归戎马乱，故人何在塞一作朔鸿来。惊时感事俱无奈，不待残阳下楚台。

寄　贯　休

休公何处在，知我宦情无。已似冯唐老，方知武子愚。一身仍更病，双阙又须趋。若得重相见，冥心学半铢。

秋日渚宫即事

漠漠澹云烟，秋归泽国天。风高还促燕，雨细未妨蝉。静引荒城望，凉惊旅枕眠。更堪憔悴里，欲泛洞庭船。

荆州寓居书怀

一室四无邻，荒郊接古津。幽闲消俗态，摇落露家贫。绝迹思浮海，修书懒寄秦。东西不复问，翻笑泣岐人。

和严谏议萧山庙十韵

旧说常闻箫管之声，因而得名。次韵。

泽国瞻遗庙，云韶一作巅仰旧名。一隅连障影，千仞落泉声。老狖寻危栋，秋蛇束画楹。路长资税驾，岁俭绝丰盛。默默虽难测，昭昭本至平。岂知迁去客，自有复一作不择点来兵。美舜歌徒作，欺尧犬正狞。近兼闻顺动，敢复怨徂征。日出天须霁，风休海自清。肺肠无处说，一为启聪明。

松江晚泊

树远天疑尽，江奔地欲随。孤帆落何处，残日更新离。客是凄凉本，情为系滞枝。寸肠无计免，应只楚猿知。

湖州溪楼书献郑员外

危槛等飞樯，闲追晚际凉。青林上雨色，白鸟破溪光。目以高须极，心因静更伤。唯公旧相许，早晚侍长杨。

秋　兴

微雨过菰苇，野居生早凉。襟期一作身心渐萧洒，精爽欲飞扬。鱼买罾头活，酒沽船上香。不缘人不用，始道静胜忙。

端　居

片雨过前汀，端居枕簟清。病魔一作容随暑退，诗思傍凉生。别燕殷勤语，残蝉仿佛鸣。古来悲不尽，况我本多情。

途　中

一棹归何处，苍茫落照昏。无人应失路，有树始知春。湖岸春耕废，江城战鼓喧。儒冠解相误，学剑尽乘轩。

西陵夜居

寒潮落远汀，暝色入柴扃。漏永沉沉静，灯孤的的清。林风移宿鸟，池雨定流萤。尽夜成愁绝，啼蛩一作螀莫近庭。

燕　雏

掠水身犹重，偎风力尚微。瓦苔难定立，檐雨忽喧归。未识重溟远，先愁一叶飞。衔泥在他日，两两占春晖。

新　秋

白发又经秋，端居海上洲一作舟。无机因事发，有涕为时流。新酒乘凉压，残棋隔夜收。公车无路入，同拜老闲侯。

题越州法华寺

寺在一作耸五峰阴，穿缘一径寻。云藏古殿暗，石护小房深。宿鸟连僧定，寒猿应客吟。上方应见海，月出试登临。

寒食洛阳道

路岐无乐处，时节倍思家。彩索飏轻吹，黄鹂啼落花。连乾一作鞭驰宝马，历禄一作碌斗香车。行客胜一作剩，一作频。回首，看看春日斜。

忆　事

去年花下把金卮，曾赋杨花数句诗。回首朱门闭荒草，如今愁到牡丹时。

金陵遇悟空上人 上人与故相国杨公有旧

东阁无人事渺茫，老僧持钵过丹阳。十年栖止如何报，好与南谯剩炷香。

途　中

柳弱风长在，云轻雨易休。不劳芳草色，更惹夕阳愁。万里独归去，五陵无与游。春心渐伤尽，何处有高楼。

秋　园

始怜春草细霏霏，不觉秋来绿渐稀。惆怅撷芳人散尽，满园烟露蝶高飞。

富　春

天下有水亦有山，富春山水非人寰。长川不是春来绿，千峰倒影落其间。

山居即事

小亭前面接青崖，白石交加衬绿苔。日暮松声满阶砌，不关风雨鹤归来。

寓　言

非明非暗朦朦月，不暖不寒慢慢一作缦缦风。独卧空床好天气，平生闲事到心中。

华清宫二首

四郊飞雪暗云端，唯此宫中落旋干。绿树碧檐相掩映，无人知道外边寒。

长生秘殿倚青苍，拟敌金庭不死乡。无奈逝川东去急，秦陵松柏满残阳。

过九成宫

凤辇东归二百年，九成宫殿半荒阡。魏公碑字封苍藓，魏文贞徵有碑。文帝泉声落野田。太宗行幸，有灵泉自涌。碧草断沾仙掌露，绿杨犹忆御炉烟。升平旧事无人说，万叠青山但一作阻一川。

出潼关

重门随地险，一径入天开。华岳眼前尽，黄河脚底来。飞轩何满路，丹陛正求才。独我疏慵质，飘然又此回。

过丹阳

云阳县郭半郊坰，风雨一作色萧条万古情。山带梁朝陵路断，水连刘尹宅基平。桂枝自折思前代，李考功于此知贡举。藻鉴难逢耻后生。殷文学于此集英灵。遗事满怀兼满目，不堪孤棹舣荒城。

和人题武城寺

神清一作惊已觉三清近，目断仍劳万象牵。渭水远含秋草渡，汉陵高枕夕阳天。半岩云粉千竿竹，满寺风雷百尺泉。别有阑干压行路，看人尘土竟流年。

长安里中闻猿

夹巷重门似海深，楚猿争得此中吟。一声紫陌才回首，万里青山已到心。惯倚客船和雨听，可堪侯第见尘侵。无因永夜闻清啸，禁路人归月自沉。

岐下闻子规

剑阁西南远凤台，蜀魂何事此飞来。偶因陇树相迷至，唯恐边风却送回。只有花知啼血处一作惨，更无猿替断肠哀。谁怜越客曾闻处，月落江平晓雾开。

敷水有丐者云是马侍中诸孙悯而有赠

天地尘昏九鼎危，大貂曾出武侯师。一心忠赤山河见，百战功名日月知。旧宅已闻栽禁树即今奉诚园，诸孙仍见丐征岐。而今不要教人识，正藉将军死斗时。

还俗尼 本是歌妓

柳眉梅额倩一作靓妆新，笑脱袈裟得旧身。三峡却为行一作云雨客，九天曾是散花人。空门付与悠悠梦，宝帐迎回暗暗春。寄语江南徐孝克，一生长短托清尘。

彭门用兵后经汴路三首

长亭一作门一望一徘徊，千里关河百战来。细柳旧营犹锁月，〔祁〕(祈)连新冢已封苔。霜凋绿野愁无际，烧接黄云惨不开。若比江南更牢落，子山词赋莫兴〔哀〕(衰)。

隋堤风物已凄凉，堤下仍多旧战场。金镞有苔人拾得，芦花无主鸟衔将。秋声暗促河声急，野色遥连日色黄。独上寒城正愁绝，戍鼙惊起雁行行。

铁马云旗梦渺茫，东来无处不堪伤。风吹白草人行少，月落空城鬼啸长。一自一作已见纷争惊宇宙，可怜萧索绝烟光。曾为塞北闲游客，辽水天山未断肠。

寄殿院高侍御

黄梅雨细幂长洲，柳密花疏一作稀水慢流。钓艇正寻逋客去，绣衣方结少年游。风前不肯看垂手，灯下还应惜裹一作喜点头。一夜自怜无羽翼，独当何逊滴阶愁。

新安道中玩流水

一渠春碧弄潺潺，密竹繁花掩映间。看处便须终日住，算来争得此身闲。萦纡似接迷春一作人洞，清冷应连有雪山。上却征车再一作更回首，了然尘土一作世不相关。

忆钓舟

青山小隐枕潺湲，一叶垂纶几溯沿。后浦春风随兴去，南塘秋雨有时眠。惯冲晓雾惊群雁，爱贴残阳入乱烟。回首无人寄惆怅，九衢尘土困扬鞭。

灵宝县西侧津 一本无测津二字,一本注侧律二字。

碧溪潋潋流残阳,晴沙两两眠鸳鸯。柳花无赖苦多暇,蛱蝶有情长自忙。千里宦游成底事,每年风景是他乡。高歌一曲垂鞭去,尽日无人识楚狂。

即 席

家住丛台旧,名参绛圃新。醉波疑夺烛,娇态欲沉春。伴雨聊过楚,归云定占秦。桃花正浓暖,争不浪迷人。

出 迟

园密花藏易,楼深月到难。酒虚留客尽,灯暗一作灭远更残。麝想眉间印,鸦知顶一作鬓上盘。文王之囿小,莫惜借人看。

送僧归日本国

沧溟分故国,渺渺泛杯归。天尽终期到,人生此别稀。无风亦骇浪,未午已斜晖。系帛何须雁,金乌日日飞。

送僧归破山寺

万里指吴山,高秋杖锡还。别来双阙老,归去片云闲。师在有无外,我婴尘土间。居然本相别,不要惨离颜。

夏夜有寄

月上簟如水,轩高帘在钩。竹声寒不夏,蛩思静先秋。偶得清宵兴,方知白日愁。所思何处远,斜汉欲低流。

春　词

鸾镜长侵夜，鸳衾不识寒。羞多转面语，妒极定睛看。金市旧居近，钿车新造宽。春期莫相误，一日百一作有花残。

汴上晚泊

亭上风犹急，桥边月已斜。柳寒难吐絮，浪浊不成花。歧路春三月，园林海一涯。萧然正无寐，夜橹莫咿哑。

送僧南游

战鼙鸣未已，瓶屦抵何乡。偶别尘中易，贪归物外忙。后蝉抛鄠杜，先雁下潇湘。不得从师去，殷勤谢草堂。

戏一本有作字

恨极同填海，情长抵导江。丁香从小结，莲子彻枝双。整鬟花当槛，吹灯月在窗。秦台非久计，早晚降霓幢。

雪中寄卢延让秀才

苦贫皆共雪，吾子岂同悲一作兹。永日应无食，经宵必有诗。渚宫寒过节，华省试临期。努力图西去，休将冻馁辞。

全唐诗卷六八五

吴　融

花村六韵

地胜非离郭，花深故号村。已怜梁雪重，仍愧楚云繁。山近当吟冷，泉高入梦喧。依稀小有洞，邂逅武陵源。月好频移座，风轻莫闭门。流莺更多思，百啭待黄昏。

赋雪十韵

雨冻轻轻下，风干淅淅吹。喜胜花发处，惊似客来时。河静胶行棹，岩空响折枝。终无鹧鸪识，先有鹡鸰知。马势晨争急，雕声晚更饥。替霜严柏署，藏月上龙墀。百尺楼堪倚，千钱酒要追。朝归紫阁早，漏出建章迟。腊候何曾爽，春工是所资。遥知故溪柳，排比万条丝。

溪　边

溪边花满枝，百鸟带香飞。下有一白鹭，日斜翘石矶。

长安逢故人

岁暮长安客，相逢酒一杯。眼前闲事静，心里故山来。池影含新草，林芳动早梅。如何不归去，霜鬓共风埃。

雨　夜

旅夕那禁雨，梅天已思秋。未明孤枕倦，相吊一灯愁。有恋惭沧海，无机奈白头。何人得浓睡，溪上钓鱼舟。

旅中送迁客

天南不可去，君去吊灵均。落日青山路，秋风白发人。言危无继一作听者，道在有明神。满目尽胡越，平生何处陈。

寄尚颜师

僧中难得静，静得是吾师。到阙不求紫，归山只爱诗。临风翘雪足，向日剃霜髭。自叹眠漳久，双林动所思。

微　雨

天青织未遍，风急舞难成。粉重低飞蝶，黄沈不语莺。自随春霭乱，还放夕阳明。惆怅池塘上，荷珠点点倾。

送广利大师东归

紫殿久沾恩，东归过海门。浮荣知是梦，轻别肯销魂。明发先晨鸟，寒栖入暝猿。蕺山如重到，应老旧云根。大师善于草圣，故云。

关东献兵部刘员外

昨夜星辰动，仙郎近一作过汉关。玳筵吟雪罢，锦帐押一作压春还。已到青云上，应栖绛圃间。临邛有词赋，一为奏天颜。

途次淮口

寒流万派碧，南渡见烟光。人向隋宫近，山盘楚塞长。有村皆绿暗，无径不红芳。已带伤春病，如何更异乡。

咏　柳

自与莺为地，不教花作媒。细应和雨断，轻只爱风裁。好拂锦步障，莫遮铜雀台。灞陵千万树，日暮别离回。

武牢关遇雨

泽一作深春关路迥，暮雨细霏霏。带雾昏河浪，和尘重客衣。望中迷去骑，愁里乱斜晖。惆怅家山远，溟蒙湿翠微。

春　寒

固教梅忍一作怨落，体与杏藏娇。已过冬疑剩，将来暖未饶。玉阶残雪在，罗荐暗魂销。莫问王孙事，烟芜正寂寥。

早发一作登潼关

天边月初落，马上梦犹残。关树苍苍晓，玉阶澹澹寒。宦游终自苦，身世静堪观。争似山中隐，和云枕碧湍。

送策上人

昨来非有意，今去亦无心。阙下抛新院，江南指旧林。瓶添新涧绿，笠卸晚峰阴。八字如相许，终辞尺组寻。

和诸学士秋夕禁直偶一作遇雪

大华积秋雪，禁闱生夜寒。砚冰忧诏急，灯烬惜更残。正遂攀稽愿，翻追访戴欢。更为三日约，高兴未将阑。

御沟十六韵

一水终南下，何年派作一作到沟。穿城初北注，过苑却东流。绕岸清波溢，连宫瑞气浮。去应涵凤沼，来必渗龙湫。激石珠争碎，萦堤练不收。照花长乐曙，泛叶建章秋。影炫金茎表，光摇绮陌头。旁沾画眉府，斜入教箫楼。有雨难澄镜，无萍易掷钩。鼓宜尧女瑟，荡必蔡姬舟。皋著一作的通鸣鹤，津应接斗牛。回风还潋潋，和月更悠悠。浅忆觞堪泛，深思杖可投。只怀泾合虑，不带陇分愁。自有朝宗乐，曾无溃穴忧。不劳夸大汉，清渭贯神州。

赴阙次留献荆南成相公三十韵

分阃兼文德，持衡有武功。荆南知独去，海内更谁同。拔地孤峰秀，当天一鹗雄。云生五色笔，月吐六钧弓。骨格凌秋耸，心源见底空。神清餐沆瀣，气逸饮洪濛。临事成奇策，全身仗至忠。解鞍欺李广，煮弩笑臧洪。往昔逢多难，来兹故统戎。卓旗云梦泽，扑火细腰宫。铲土楼台构，连江雉堞笼。似平铺掌上，疑涌出壶中。岂是劳人力，宁因役鬼工。本遗三户在，今匝万家通。画舸横青雀，危樯列彩虹。席飞巫峡雨，袖拂宋亭风。场广盘球子，池闲引钓筒。礼贤金璧贱，煦物雪霜融。酒满梁尘动，棋残漏滴终。俭常资澹静，贵绝恃穹崇。唯要臣诚显，那求帝渥隆。甘棠名异奭，大树姓非冯。自念为迁客，方谐谒上公。痛知遭止棘，频叹委飘蓬。借宅诛茅绿，分囷一作仓指粟红。只惭燕馆盛，宁觉阮途穷。涣汗沾明主，沧浪别钓翁。去曾忧塞马，归欲逐边鸿。积感深于海，衔恩重极嵩。行行柳门路，回首下离东。

三峰府内矮柏一作桧十韵

擢秀依黄阁，移根自碧岑。周围虽合抱，直上岂盈寻。远砌行窥顶，当庭坐庇阴。短堪惊众木，高已让他林。日转无长影，风回有细音。不容萝茑附，只耐雪霜侵。玉帐笼应匝，牙旗倚更禁。叶低宜拂席，枝袅易抽簪。绿涧支离久，朱门掩映深。何须一千丈，方有岁寒心。

雪十韵

洒密蔽璇穹，霏霏杳莫穷。迟于雨到地，疾甚絮随风。四野苍茫际，千家晃朗中。夜迷三绕鹊，昼断一行鸿。结片飞琼树，栽花点一作照蕊宫。壅应边尽北，填合海无东。高爱危峰积，低愁暖气融。月交都浩渺，日射更玲珑。送腊辞寒律，迎春入旧丛。自怜曾末至，聊复赋玄功。

和睦州卢中丞题茅堂十韵

有士当今重，忘情自古稀。独开青嶂路，闲掩白云扉。石累千层险，泉分一带微。栋危猿竞下，檐回鸟争归。烟冷茶铛静，波香兰舸飞。好移钟阜蓼，莫种首阳薇。树密含轻雾，川空漾薄晖。芝泥看只一作即捧，蕙带且休围。东郭邻穿履，西林近衲衣。琼瑶一百字，千古见清机。

奉和御制六韵

天晓密云开，亭亭翠葆来。芰荷笼水殿，杨柳蔽风台。恩洽三时雨，欢腾万岁雷。日华偏照御，星彩迥分台。苇岸萦仙棹，莲峰倒玉杯。独惭歌圣德，不是侍臣才。

败帘六韵

有客编来久，弥年断不一作莫收。不堪风作候，岂复燕为雠。尽见三重阁，难迷百尺楼。伴灯微掩梦，兼扇劣遮羞。零落亡珠缀，殷勤谢玉钩。凉宵何必卷，月自入轩流。

玉堂种竹六韵

当砌植檀栾，浓阴五月寒。引风穿玉牖，摇露滴金盘。有韵和宫漏，无香杂畹兰。地疑一作严云锁易，日近雪封难。静称围棋会，闲宜阁笔看。他年终结实，不羡树栖鸾。

和韩致光侍郎无题三首十四韵

珠佩元消暑，犀簪自辟尘。掩灯容燕宿，开镜待鸡晨。去懒都忘旧，来多未厌新。每逢忧是梦，长忆故延真。杏小双圆压一作靥，山浓两点颦。瘦难胜宝带，轻欲驭飙轮。篦凤金雕翼，钗鱼玉镂鳞。月明无睡夜，花落断肠春。解舞何须楚，能筝可在秦。怯探同海底，稀遇极天津。绿柰攀宫艳，青梅弄岭珍。管纤银字咽，梭密锦书匀。厌胜还随俗，无疑不避人。可怜三五夕，妩媚善为邻。

舞转轻轻雪，歌霏漠漠尘。漫游多卜夜，慵起不知晨。玉箸和妆裛，金莲逐步新。凤笙追北里，鹤驭访南真。有恨都无语，非愁亦有颦。戏应过蚌浦，飞合入蟾轮。杯样成言鸟，梳文解卧鳞。逢迎大堤晚，离别洞庭春。似玉曾夸赵，如云不让秦。锦收花上露，珠引月中津。木为连枝贵，禽因比翼珍。万峰酥点薄，五色绣妆匀。獭髓求鱼客，鲛绡托海人。寸肠谁与达，洞府四无邻。

绮阁临初日，铜台拂暗尘。鹳鸸偏报晓，乌鸮惯惊晨。鱼网裁书数，鹍弦上曲新。病多疑厄重，语切见心真。子母钱征笑，西南月借颦。捣衣嫌独杵，分袂怨双轮。贝叶教丹嘴，金刀寄赤鳞。卷帘吟塞雪，飞楫渡江春。解织宜名蕙，能歌合姓秦。眼穿回雁岭，魂断饮牛津。药自偷来绝，香从窃去珍。茗煎云沫聚，药种玉苗匀。草密应迷客，花繁好避人。长干足风雨，遥夜与谁邻。

倒次元韵

南陌来寻伴，东城去卜邻。生憎无赖客，死忆有情人。似束腰支细，如描发彩匀。黄鹂裁帽贵，紫燕刻钗珍。身近从淄右，家元接观津。雨台谁属楚，花洞不知一作如秦。泪滴空床冷，妆浓满镜春。枕凉敧琥珀，簟洁展麒麟。茂苑廊千步，昭阳扇九轮。阳城迷处笑，京兆画时颦。鱼子封笺短，蝇头学字真。易判期已远，难讳事还新。艇子愁冲夜，骊驹怕拂晨。如何断歧路，免得见行尘。

个人三十韵

袅袅复盈盈，何年坠玉京。见人还道姓，羞客不称名。故事谙金谷，新居近石城。脸横秋水溢，眉拂远山晴。粉薄涂云母，簪寒篸水晶。催来两桨送，怕起五丝萦。髻学盘桓绾，床依宛转成。博山凝雾重，油壁隐一作稳车轻。额点梅花样，心通棘刺情。搔头邀顾遇，约指到平生。鱼网徐徐襞，螺卮一作杯浅浅倾。芙蓉褥已展，豆蔻水休更。赵女怜胶腻一作固，丁娘爱烛明。炷香龙荐脑，辟魇虎输精。管咽参差韵，弦嘈倭僜声。花残春寂寂，月落漏丁丁。柳絮联章敏，椒花属思清。剪罗成彩字，销蜡脱珠缨。邂逅当投珮，艰难莫拊楹。熨来身热定，舐得面痕平。匣镜金螭怒，帘旌绣兽狞。颈长堪鹤并，腰细任蜂争。滴泪泉饶竭，论心石未贞。必双成一作乘风去，岂独化蝉鸣。书远肠空断，楼高胆易惊。数钱红带结，斗草蒨裙盛。袂一作映柳阑干小，侵波略彴横。夜愁遥寄雁，晓梦半和莺。翼只思鹣比，根长羡藕并。可怜衣带缓，休赋重行行。

即席十韵

住处方窥宋，平生未嫁卢。暖金轻铸骨，寒玉细凝肤。妒蝶长成伴，伤鸾耐得孤。城堪迷下蔡，台合上姑苏。弄眼难降柳，含茸欲斗蒲。生凉云母扇，直夜博山炉。翡翠交妆镜，鸳鸯入画图。无心同石转，有泪约泉枯。猿渴应须见，鹰饥只待呼。银河正清浅，霓节过来无。

追咏棠梨花十韵

蜀地从来胜，棠梨第一花。更应无软弱，别自有妍华。不贵绡为雾，难降绮作霞。移须归紫府，驻合饵丹砂。密映弹琴宅，深藏卖酒家。夜宜红蜡照，春称锦筵遮。连庙魂栖望，飘江字绕巴。未饶酥点薄，兼妒雪飞斜。旧赏三年断，新期万里赊。长安如种得，谁定牡丹夸。

绵竹山四十韵

绵竹东西隅，千峰势相属。崚嶒压丢巴，连延罗古蜀。方者露圭角，尖者钻箭簇。引者蛾眉弯，敛者鸢肩缩。尾蟉上声青蛇盘，颈低玄兔伏。横来突若奔，直上森如束。岁在作噩年，铜梁摇蚕毒。相国京兆公，九命来作牧。戎提虎仆毛，专奉狼头纛。行府寄精庐，开窗对林麓。是时重阳后，天气旷清肃。兹山昏晓开，一一在人目。霜空正泬寥，浓翠霏扑扑。披海出珊瑚，贴天堆碧玉。俄然阴霾作，城郭才霡霂。绝顶已凝雪，晃朗开红旭。初疑昆仑下，天矫龙衔烛。亦似蓬莱巅，金银台叠蹙。紫霞或旁映，绮段铺繁褥。晚照忽斜笼，赤城差断续。又如煮吴盐，万万盆初熟。又如濯楚练，千千匹未轴。又如水晶宫，蛟螭结川渎。又如钟乳洞，电雷开岩谷。丹青画不成，造化供难足。合有羽衣人，飘飖曳烟躅。合有五色禽，叫啸含仙曲。根虽限剑门，穴必通林屋。方诸沧海隔，欲去忧沦覆。群玉缥缈间，未可量往复。何如当此境，终朝旷遐瞩。往往草檄馀，吟哦思幽独。早晚扫欃枪，笳鼓迎畅一作轮毂。休飞霹雳车，罢系一作击虾蟆木。勒铭燕然山，万代垂芬郁。然后恣逍遥，独往群麋鹿。不管安与危，不问荣与辱。但乐濠梁鱼，岂怨钟山鹄。纫兰以围腰，采芝将实腹。石床须卧平，一任闲云触。

祝风三十二韵

我有二顷田，长洲东百里。环涂为之区，积葑相连缅。松江流其旁，春夏多苦水。堤防苟不时，泛滥即无已。粤余病眠久，而复家无峙。田峻不胜荒，农功皆废弛。他稼已如云，我田方欲莳。四际上通波，兼之葭与苇。是时立秋后，烟露浩凄矣。虽然遣毕功，萎约都无几。如何海上风，连日从空起。似欲驱沧溟，来沃具区里。噫嘻尔风师，吴中多豪士。囷仓过九年，一粒惜如死。籴贱兼粜贵，凶年翻大喜。只是疲羸苦，才饥须易子。余仍辘轲者，进趋年二纪。秋一作我不安一食，春不闲一晷。肠回为多别，骨瘦因积毁。咳唾莫逢人，揶揄空睹鬼。中又值干戈，遑遑常转徙。故隐茅山西，今来笠泽涘。荒者不复寻，葺者还有以。将正陶令巾，又盖姜肱被。不敢务有馀，有馀必骄鄙。所期免假匃，假匃多惭耻。骄鄙既不生，惭耻更能弭。自可致逍遥，无妨阅经史。吁余将四十，满望只如此。干泽尚多难，学一作力稼兹复尔。穷达虽系命，祸福生所履。天不饥死余，飘风当自止。

金陵怀古

玉树声沉战舰收，万家冠盖入中州。只应江令偏惆怅，头白一作黑归来是客游。

凉　思

松间小槛接波平，月淡烟沉暑气清。半夜水禽栖不定，绿荷风动露珠倾。

鲛　绡

云供片段月供光，贫女寒机枉自忙。莫道不蚕能致此，海边何事有扶桑。

潮

暮去朝来无定期，桑田长被此声移。蓬莱若探人间事，一日还应两度知。

忘忧花

繁红落尽始凄凉，直道忘忧也未忘。数朵殷红似春在，春愁特此一作光愁时系人肠。

忆街西所居

衡门一别梦难稀，人欲归时不得归。长忆去年寒食夜，杏花零落雨霏霏。

云

南北东西似客身,远峰高鸟自为邻。清歌一曲犹能住,莫道无心胜得人。

华清宫四首

中原无鹿海无波,凤辇鸾旗出幸多。今日故宫一作乡归寂寞,太平功业在山河。

渔阳烽火照函关,玉辇匆匆下此山。一曲羽衣听不尽,至今遗恨水潺潺。

上皇銮辂重巡游,雨泪无言独倚楼。惆怅眼前多少事,落花明月满宫秋。

别殿和云锁翠微,太真遗像梦依依。玉一作上皇掩泪频惆怅,应叹僧繇彩笔一作点目飞。

陈琳墓

冀州飞檄傲英雄,却把文辞事邺宫。纵道笔端由我得,九泉何面见袁公。

湖州朝阳楼

十二亭亭占晓光,隋家浪说有迷藏。仲宣题尽平生恨,别处应难看屋梁。

卖花翁

和烟和露一丛花,担入宫城许史家。惆怅东风无处说,不教闲地著春华。

自　讽

世路升沉合自安，故人何必苦相干。涂穷始解东归去，莫过严光七里滩。

送杜鹃花

春红始谢又秋红，息国亡来入楚宫。应是蜀冤啼不尽，更凭颜色诉西风。

西京道中闻蛙

雨馀林外夕烟沉，忽有蛙声伴客吟。莫怪一作耳畔闻时倍一作却惆怅，稚圭蓬荜在山阴。

情

依依脉脉两如何，细似轻丝渺似波。月不长圆花易落，一生惆怅为伊多。

送荆南从事之岳州

秋拂湖光一镜开，庾郎兰棹好徘徊。遥知月落酒醒处，五十弦从波上来。

渡淮作

红杏花时辞汉苑，黄梅雨里上淮船。雨迎花送长如此，辜负东风十四年。

薛舍人见征恩赐香并二十八字同寄

往岁知君侍武皇，今来何用紫罗一作香囊。都缘有意重熏裛，更洒江毫上玉堂。

王母庙

鸾龙一夜降昆丘，遗庙千年枕碧流。赚得武皇心力尽，忍看烟草茂陵秋。

途中阻风

洛阳寒食苦多风，扫荡春华一半空。莫道芳蹊尽成实，野花犹有未开丛。

楚　事 屈原云：目极千里伤春心。宋玉云：悲哉秋之为气。

悲秋应亦抵伤春，屈宋当年并楚臣。何事从来好时节，只将惆怅付词人。

和僧咏牡丹

万缘销尽本无心，何事看花恨却深。都是支郎足情调，坠香残蕊亦成吟。

豫　让

韩魏同谋反覆深，晋阳三板免成沉。赵衰一作襄当面何须恨，不把干将访负心。

和寄座主尚书

偶逢戎旅战争日，岂是明时放逐臣一作人。不用裁诗苦惆怅，风雷看起卧龙身。

江　行

霞低水远碧翻红，一棹无边落照中。说示北人应不爱，锦遮泥健一作泽马追风。

旅馆梅花

清香无以敌寒梅，可爱他乡独看来。为忆故溪千万树，几年辜负雪中开。

水　鸟

烟为行止水为家，两两三三睡暖沙。为谢离鸾兼别鹄，如何禁得向天涯。

杨　花

不斗秾华不占红，自飞晴野雪濛濛。百花长恨风吹落，唯有杨花独爱风。

水　调

凿河千里走黄沙，沙一作浮殿西来动日华。可道新声是亡国，且贪惆怅后庭花。

秋夕楼居

月里青山淡如画,露中黄叶飒然秋。危栏倚遍都无寐,只恐星河堕入楼。

经苻坚墓

百里烟尘散杳冥,新平一隰草青青。八公山石君知否,休更中原作彗星。

松江晚泊

吴台越峤两分津,万万樯乌簇夜云。吟尽长江一江月,更无人似谢将军。

送薛学士赴任峡州二首

负谴虽安不敢安,叠猿声里独之官。莫将彩笔闲抛掷,更待淮王诏草看。

片帆飞入峡云深,带雨兼风动楚吟。何似玉堂裁诏罢,月斜鸡鹊漏沉沉。

送许校书

故人言别倍依依,病里班荆苦一作更,一作尚。忆违。明日柳亭门外路,不知谁赋送将归。

蛱蝶

两两自依依,南园烟露微。住时须并住,飞处要交飞。草浅忧惊吹,花残惜晚晖。长交一作教撷芳女,夜梦远人归。

全唐诗卷六八六

吴　融

阌乡寓居十首 一作卜居，一本阌乡上有壬戌岁三字。

阿对泉

六载抽毫侍禁闱，可一作不堪多一作衰病决然归。五陵年少如相问，阿对泉头一布衣。自注：阿对是杨伯起家僮，尝引泉灌蔬，泉至今在。

蛙　声

稚圭伦一作论鉴未精通，只把蛙声鼓吹同。君听月明人静夜，肯饶天籁与松风。

茆　堂

结得茆檐瞰一作傍碧溪，闲云之外不同栖。犹嫌未远函关道，正睡刚闻报晓鸡。

清　溪

清溪见底露苍苔，密竹垂藤锁不开。应是仙家在深处，爱一作为流花片引人来。

钓　竿

曾抛钓渚入秦关，今却持竿傍碧滩。认得旧溪一作游兼旧意，恰如羊祜识金环。

山　僧

石臼山头有一僧，朝无香积夜无灯。近嫌俗客知踪迹，拟向中方断石层。

小　径

碍竹妨花一径幽，攀援可到一作应对玉峰头。若教须作康庄好，更一作便有高车驷马忧。

闻提壶鸟

早于批鶇巧于莺，故国春林足此声。今在天涯别馆里，为君沽酒复何情。

木塔偶题

西南古刹近芳林，偶得高秋试一吟。无限黄花衬黄叶，可一作何须春月始伤心。

山　禽

碧嶂为家烟外栖，衔红啄翠入芳蹊。可能知我心无定，频袅花枝拂面啼。

闻　歌

贯珠一夜奏累累，尽是荀家旧教词。落尽梁尘肠不断，九原谁报小怜知。一作一声娇柳袅寒枝，又作小寒知。

即　席

竹引丝随袅翠楼，满筵惊动玉关秋。何人借与丹青笔，画取当时八字愁。

便殿候对

宣呼昼入蕊珠宫，玉女窗扉薄雾笼。待得华胥春梦觉，半竿斜日下厢风。

南迁途中作七首

登七盘岭二首

才非贾傅亦迁官，五月驱羸上七盘。从此自知身计定，不能回首望长安。

七盘岭上一长号，将谓青天鉴郁陶。近日青天都不鉴，七盘应是未高高一作为高。

渡汉江初尝鳊鱼有作

啸父知机先忆鱼，季〔鹰〕（膺）无事已思鲈。自惭初识查头味，正是栖栖哭阮涂。

溪　翁

饭稻羹菰晓复昏，碧滩声里长诸孙。应嗟独上涔阳客，排比椒浆奠楚魂。

寄友人

惊魂往往坐疑飘，便好为文慰寂寥。若待清湘葬鱼了，纵然招得不堪招。

途中偶怀

无路能酬国士恩，短亭寂一作寥寂到黄昏。回肠一寸危如线，赖得商山未有猿。

访贯休上人

休公为我设兰汤，方便教人学洗肠。自觉尘缨顿潇洒，南行不复问沧浪。

鸳　鸯

翠翘红颈覆金衣，滩上双双去又归。长短死生无两处，可怜黄鹄爱分飞。

野步

一曲两曲涧边草，千枝万枝村落花。携筇深去不知处，几叹山阿隔酒家。

酬僧

玉堂全不限常朝，卧待重城宿雾销。翻忆故山深雪里，满炉枯柏带烟烧。

买带花樱桃

粉红轻浅靓妆新，和露和烟别近邻。万一有情应有恨，一年荣落两家春。

海棠二首

太尉园林一作中两树春，今番禺太尉徐公兴化亭子有棠二株。年年奔走探花人。今来独倚一作傍荆山看，回首长安落战尘。

云绽霞铺锦水头，占春颜色最风流。若教更近天街种，马上多逢醉五侯。

送僧上峡归东蜀

巴字江流一棹回，紫袈裟是禁中裁。如从十二峰前过，莫赋佳人殊未来。

杏花 五言三韵

春物竞相妒，杏花应最娇。红轻欲愁杀，粉薄似啼销。愿作南华蝶，翩翩绕此条。

草

染亦不可成，画亦不可得。苌弘未死时，应无此颜色。

和杨侍郎

目极家山远，身拘禁苑深。烟霄惭暮齿，麋鹿愧初心。

山居喜友人相访

秋雨空山夜，非君不此来。高于剡溪雪，一棹到门回。

远山

隐隐隔千里，巍巍知几重。平时未能去，梦断一声钟。

江树

终日冲奔浪，何年坠乱风。谢公堪入咏，目极在云中。

蔷薇

万卉春风度，繁花夏景长。馆娃人尽醉，西子始新妆。

梅雨

浑开又密望中迷，乳燕归迟粉竹低。扑地暗来飞野马，舞风斜去散醯鸡。初从滴沥妨琴榭，渐到潺湲绕药畦。少傍海边飘泊处，中庭自有两犁泥一作中庭顷刻雨翻泥。

登途怀友人

日落野原秀，雨馀云物闲。清时正愁绝，高处正跻一作登攀。京洛遥天外，江河战鼓间。孤怀欲谁寄，应望一作待塞鸿还。

闻　蝉

夏在先催过，秋赊已被迎。自应人不会，莫道物无情。木叶纵未落，鬓丝还易生。西风正相乱，休上夕阳城。

秋　色

染不成乾画未销，霏霏拂拂又迢迢。曾从建业城边路，蔓草寒烟锁六朝。

自　讽

本是沧洲把钓人，无端三署接清尘。从来不解长流涕，也渡湘漓一作篱作逐臣。

宿青云驿

苍黄负谴走商颜，保得微躬出武关。今夜青云驿前月，伴吟应到落西山。

秋闻子规

年年春恨化冤魂，血染枝红压叠繁。正是西风花落尽，不知何处认啼痕。

荆南席上闻歌

迎愁敛黛一声分，吊屈江边日暮闻。何事遏云翻不定，自缘踪迹爱行云。

武　关

时来时去若循环，双阖平云谩锁山。只道地教秦设险，不知天与汉为关。贪生莫一作尽作千年计，到了都成一梦闲。争得便如岩下水，从他兴废自潺潺。

月夕追事

曾听豪家碧玉歌，云床冰簟落秋河。月临高阁帘无影，风过回廊幕有波。屈指尽随云雨散，满头赢得雪霜多。此时空见清凉影，来伴蛩声咽砌莎。

上阳宫辞

苑路青青半是苔，翠华西去未知回。景阳春漏无人报，太液秋波有雁来。单影可堪明月照，红颜无奈落花催。谁能赋得长门事，不惜千金奉酒杯。

送于员外归隐蓝田

曾吟工部两峰寒，今日星郎得挂冠。吾道不行归始是，世情如此住应难。围棋已访生云石，把钓先寻急雨滩。若遇秦时雪髯客，紫芝兼可备朝餐。

废宅

风飘碧瓦雨摧垣，却有邻人与一作为锁门。几树好花闲白昼，满庭荒草易一作自黄昏。放鱼池涸蛙争聚一作闹，栖燕梁空雀自喧。不独凄凉眼前事，咸阳一火便成一作变寒原。

湖州晚望

鼓角迎秋晚韵长，断虹疏雨间微阳。两条一作边溪水分头碧，四面人家入骨凉。独鸟归时云斗迴，残蝉急处日争忙。他年若得壶中术，一簇汀洲尽贮将。

宋玉宅

草白烟寒半野陂，临江旧宅指遗基。已怀湘浦招魂事，更忆高唐说梦时。穿径早曾闻客住，登墙岂复见人窥。今朝送别还经此，吟断当年几许一作楚客悲。

春晚书怀

落尽红芳春意阑，绿芜空锁辟疆园。嫦娥断影霜轮冷，帝子无踪泪竹繁。未达东邻一作林还绝想，不劳南浦更销魂。晚来虽共残莺约，争奈风凄又雨昏。

寄杨侍郎

云情鹤态莫夸慵，正上仙楼十二重。吟逸易沈鸡鹊月，梦长先断景阳钟。奇文已刻金书券，秘语看镌玉检封。何事春来待归隐，探知溪畔有风松。

杏　花

粉薄红轻掩敛羞，花中占断得风流。软非因醉都无力，凝去声不成歌亦自愁。独照影时临水畔，最含情处出墙头。裴回尽日难成别，更待黄昏对酒楼一作瓯。

宪丞裴公上洛退居有寄二首

鸿在冥冥已自由，紫芝峰下更高秋。抛来簪绂都如梦，泥著杯香一作觞不为愁。晚树拂檐风脱翠，夜滩当户月和流。自嗟不得从公去，共上仙家十二楼。

瘦如仙鹤爽风篁，外却尘嚣兴绪长。偶坐几回沈皓月，闲吟是处到残阳。门前立使修书懒，花下留宾压酒忙。目断琼林攀不得，一重丹水抵三湘。

丛　祠

丛祠一炬照秦川，雨散云飞二十年。长路未归萍逐水，旧居难问草平烟。金鞍正伴桐乡客，粉壁犹怀桂苑仙。何必向来曾识面，拂尘看字也凄然。

分 水 岭

两派潺湲不暂停，岭头长泻别离情。南随去马通巴栈，北逐归人达渭城。澄处好窥双黛影，咽时堪寄断肠声。紫溪旧隐还如此，清夜梁山月更明。

赴职西川过便桥书怀寄同年

平门一作便桥桥下水东驰，万里从军一望时。乡思旋生芳草见，客愁何限夕阳知。秦陵无树烟犹锁,汉苑空墙浪欲吹。不是伤春爱回首,杏坛恩重马迟迟。

太保中书令军前新楼

十二阑干压锦城,半空人语落滩声。风流近接平津阁,气色高含细柳营。尽日卷帘江草绿,有时欹枕雪峰晴。不知捧诏朝天后,谁此登临看月明。

玉 女 庙

九清何日降仙霓,掩映荒祠路欲迷。愁黛不开山浅浅,离心长在草萋萋。檐横渌派王馀掷,窗袅红枝杜宇啼。若得洗头盆置此,靓妆无复碧莲西。

坤维军前寄江南弟兄

二年征战剑山秋,家在松江白浪头。关月几时干客泪,戍烟终日起乡愁。未知辽一作聊堞何当下,转觉燕台不易酬。独羡一声南去雁,满天风雨到汀州。

浐水席上献座主侍郎

暖泉宫里告虔回,略避红尘小宴开。落絮已随流水去,啼莺还傍夕阳来。草能缘岸侵罗荐,花不容枝蘸玉杯。莫讶诸生中独醉,感恩伤别正难裁。

送知古上人

昔年离别浙河东,多难相逢旧楚宫。振锡才寻三径草,登船忽挂一帆风。几程村饭添盂白,何处山花照衲红。不似投荒憔悴客,沧浪无际问渔翁。

和座主尚书登布善寺楼

往事何时不系肠，更堪凝睇白云乡。楚王城垒空秋色，羊祜江山只暝光。林下远分南去马，渡头偏认北归航。谁知此日凭轩处，一笔工夫胜七襄。

金桥感事

太行和雪叠晴空，二月春一作青郊尚朔风。饮马早闻临渭北，射雕今欲过山东。百年徒有伊川叹，五利宁无魏绛功。日暮长亭正愁绝，哀笳一曲戍烟中。

萧县道中

戍火三笼滞晚程，枯桑系马上寒城。满川落照无人过，卷地飞蓬有烧明。楚客早闻歌凤德，刘琨休更舞鸡声。草堂旧隐终归去，寄语岩猿莫晓惊。

题兖州泗河中石床 李白、杜甫皆此饮咏。

一片苔床水漱痕，何人清赏动乾坤。谪仙醉后云为态，野客吟时月作魂。光景不回波自远，风流难问石无〔言〕(心)。迩来多少登临客，千载谁将胜事论。

禁直偶书

玉皇新复五城居，仙馆词臣在碧虚。锦砌渐看翻芍药，锁窗还咏隔蟾蜍。敢期林上灵乌语，贪草云间彩凤书。争奈沧洲频入梦，白波无际落红蕖。

送弟东归

偶持麟笔侍金闺，梦想三年在故溪。祖竹定欺檐雪折，稚杉应拂栋云齐。谩劳筋力趋丹凤，可有文词咏碧鸡。此别更无闲事嘱，北山高处谢猿啼。

和座主尚书春日郊居

海燕初归朔雁回，静眠深掩百花台。春蔬已为高僧掇，腊酝还因熟客开。檐外暖丝兼絮堕，槛前轻浪带鸥来。谢公难避苍生意，自古风流必上台。

僧舍白牡丹二首

腻若裁云薄缀霜，春残独自殿群芳。梅妆向日霏霏暖，纨扇摇风闪闪光。月魄照来空见影，露华凝后更多香。天生洁白宜清净，何必殷红映洞房。

侯家万朵簇霞丹，若并霜林素艳难。合影只应天际月，分香多是畹中兰。虽饶百卉争先发，还在三春向后残。想得惠林凭此槛，肯将荣落意来看。

八月十五夜禁直寄同僚

中秋月满尽一作竟相寻，独入非烟宿禁林。曾恨人间千里隔，更堪天上九门深。明涵太液鱼龙定，静锁圆灵象纬沉。目断枚皋何处在，阑干十二忆登临。

上巳日花下闲看一作步

十里香尘扑马飞，碧莲峰下踏青时。云鬟照水和花重，罗袖抬风惹絮迟。可便无心邀妩媚,还应有泪忆袁熙。如烟如梦争寻得,溪柳回头万万丝。

禅院弈棋偶题

裛尘丝雨送微凉,偶出樊笼入道场。半偈已能消万事,一枰兼得了残阳。寻知世界都如梦,自喜身心甚不忙。更约西风摇落后,醉来终日卧禅房。

和张舍人

玉女盆边雪未销,正多春事莫无憀。杏花向日红匀脸,云带环山白系腰。莺转树头欹枕听,冻开泉眼杖藜挑。陵迁谷变如一作何须问,控鹤山人字子乔。

送友赴阙

故人归去指翔鸾,乐带离声可有欢。驿路两行秋吹急,渭波千叠夕阳寒。空郊已叹周禾熟,旧苑应寻汉火残。遥羡从公无一事,探花先醉曲江干。

过邓城县作

不用登临足感伤,古来今往尽茫茫。未知尧桀谁臧否,可便彭殇有短长。楚垒万重多故事,汉波千叠更残阳。到头一切皆身外,只觉关身是醉乡。

文德初闻车驾东游

龙旆丛丛下剑门,还将瑞气入中原。鳌头一荡山虽没,乌足重安日不昏。晋客已知周礼在,秦人仍喜汉官存。自怜闲坐渔矶石,万级云台落梦魂。

子　规

举国繁华委逝川，羽毛飘荡一年年。他山叫处花成血，旧苑春来草似烟。雨暗不离浓绿树，月斜长吊欲明天。湘江日暮声凄切，愁杀行人归去船。

简州归降贺京兆公

分栋山前曙色开，三千铁骑简州回。云间堕箭飞书去，风里擎竿露布来。古谓伐谋为上策，今看静胜自中台。功名一似淮西事，只是元臣不姓裴。

登汉州城楼

雨馀秋色拂孤城，远目凝时万象清。叠翠北来千嶂尽，漫流东去一江平。从军固有荆州乐，怀古能无岘首情。欲下阑干一回首，乌归帆没戍烟明。

岐下寓居见槐花落因寄从事

才开便落不胜黄，覆著庭莎衬夕阳。只共蝉催双鬓老，可知人已十年忙。晓窗须为吟秋兴，夜枕应教梦帝乡。蜀国马卿看从猎，肯将闲事入凄凉。

和人有感

莫愁家住石城西，月坠星沈客到迷。一院无人春寂寂，九原何处草萋萋。香魂未散烟笼水，舞袖休一作犹翻柳拂堤。兰棹一移风雨急，流莺千万莫长啼。

全唐诗卷六八七

吴 融

春归次金陵

春阴漠漠覆江城，南国归桡趁晚程。水上驿流初过雨，树笼堤处一作去不离莺。迹疏冠盖兼无梦，地近乡园自有情。便被东风动离思，杨花千里雪中行。

途中见杏花

一枝红艳一作杏出墙头，墙外行人正独愁。长得看来犹有恨，可堪逢处更难留。林空色暝莺先到，春浅香寒蝶未游。更忆帝乡千万树，澹烟笼日暗神州。

秋日经别墅

别墅萧条海上村，偶期兰菊与琴尊。檐横碧嶂秋光近，树带闲一作寒潮晚色昏。幸有白云眠楚客，不劳芳草思王孙。北山移去前文在，无复教人叹晓猿。

红 叶

露染霜干片片轻，斜阳照处转烘明。和烟飘落九秋色，随浪泛将千里情。几夜月中藏鸟影,谁家庭际伴蛩声。一时衰飒无多恨,看着清风彩剪成。

离霅溪感事献郑员外

足恨饶悲不自由,萍无根蒂水长流。庾公明月吟连曙,谢守青山看入秋。一饭意专堪便死,千金诺在转难酬。云沉鸟去回头否,平子才多好赋愁。

岐州安西门

安西门外彻安西,一百年前断鼓鼙。犬解人歌曾入唱,马称龙子几来嘶。自从辽水烟尘起,更到涂山道路迷。今日登临须下泪,行人无个草萋萋。

关西驿亭即事

晚霞零落雨初收,关上危阑独怅一作怅独留。千里好春聊极目,五陵无事莫回头。山犹带雪霏霏恨,柳未禁寒冉冉愁。直是无情也肠断,鸟归帆没水空流。

望 嵩 山

三十六峰危似冠,晴楼百尺独登看。高凌鸟外青冥窄,翠落人间白昼寒。不觉衡阳遮雁过,如何钟阜斗龙盘。始知万岁声长在,只待东巡动玉銮。

题湖城县西道中槐树

零落欹斜此路中,盛时曾识太平风。晓迷天仗归春苑,暮送鸾旗指洛宫。一自烟尘生蓟北,更无消息幸关东。而今只有孤根在,鸟啄虫穿没一作兼乱蓬。

东归次瀛上

暖烟轻淡草霏霏，一片晴山衬夕一作川画晚晖。水露浅沙无客泛，树连疏苑有莺飞。自从身与沧浪别，长被春教寂寞归。回首青门不知处，向人杨柳莫依依。

偶　书

青牛关畔寄孤村，山当屏风石当门。芳树绿阴连蔽芾，长河飞浪接昆仑。苔田绿后蛙争聚，麦垄黄时雀更喧。只此无心便无事，避人何必武陵源。

得京中亲友书讶久无音耗以诗代谢

退闲何事不忘机，况限溪云静掩扉。马频浪高鱼去少，鸡鸣关险雁来稀。无才敢更期连茹，有意兼思学采薇。珍重故人知我者，九霄休复寄音徽。

即　事

抵鹊山前云掩扉，更甘终老脱朝衣。晓窥青镜千峰入，暮倚长松独鹤归。云里引来泉脉细，雨中移得药苗肥。何须一箸鲈鱼脍，始挂孤帆问钓矶。

病中宜茯苓寄李谏议

千年茯菟带龙鳞，太华峰头得最珍。金鼎晓煎云漾粉，玉瓯寒贮露含津。南宫已借征诗客，杜工部有寄杨员外茯苓之什。内署今还托谏臣。飞檄愈风知妙手，也须分药救漳滨。

槎

浪痕龙迹老欹危，流落何时别故枝。岁月空教苔藓积，芳菲长倩薜萝知。有文在朽人难识，无蠹藏心鸟莫窥。家近沧浪从泛去，碧天消息不参差。

汴上观一本有河冰二字

九曲河冰半段来，严霜结出劲风裁。非时已认蝉飘翼，到海须忧蚌失胎。千里风清闻戛玉，几人东下忆奔雷。殷勤莫碍星槎路，从看天津弄杼回。

闲居有作

依依芳树一作草拂檐平，绕竹清流浸骨清。爱弄绿苔鱼自跃，惯偷红果鸟无声。踏青堤上烟多绿，拾翠江边月更明。只此超然长往是，几人能遂铸金成。

离岐下题西湖

送夏迎秋几醉来，不堪行色被蝉催。身随渭水看归远，梦挂秦云约自回。雨细若为抛钓艇，月明谁复上歌台。千波万浪西风急，更为红蕖把一杯。

岐阳蒙相国对一作借宅因抒怀投献

风有危亭月有台，平津阁畔好裴回。虽非宋玉诛茅至，且学王家种竹来。已得静居从马歇，不堪行色被蝉催。故园兰菊三千里，旅梦方应校懒回。

晚泊松江

落日停桡古渡边，古今踪迹一苍然。平沙尽处云藏树，远吹收来水定天。正困东西千里路，可怜潇洒五湖船。如何不及前贤事，却谢鲈鱼在洛川。

过渑池书事

渑池城郭半遗基，无限春愁挂落晖。柳渡风轻花浪绿，麦田烟暖锦鸡飞。相如忠烈千秋断，二主英雄一梦归。莫道新亭人对泣，异乡殊代也沾衣。

富　春

水送山迎入富春，一川如画晚晴新。云低远渡帆来重，潮落寒沙鸟下频。未必柳间无谢客，也应花里有秦人。严光万古清风在，不敢停桡更问津。

高侍御话及一本无及字皮博士池中白莲因成一章寄博士兼一作无上六字奉呈

白玉花开绿锦池，风流御史报人知。看来应是云中堕，偷去须从月下移。已被乱蝉催晼晚，更禁凉雨动褵褷。习家秋色堪图画，只欠山公倒接䍦。

忆　猿

翠微云敛日沉空，叫彻青冥怨不穷。连臂影垂溪色里，断肠声尽月明中。静含烟峡凄凄雨，高弄霜天袅袅风。犹有北山归意在，少惊佳树近房栊。

红　树

一声南雁已先红，神女霜飞叶叶一作槭槭凄凄叶叶同。自是孤根非暖一作烧地，莫惊他木耐秋风。暖一作冷，又作晓。烟散去阴全薄，明月临来影半空。长忆洞庭千万树，照山横浦夕阳中。

新　雁

湘浦波春始北归，玉关摇落又南飞。数声飘去和秋色，一字横来背晚晖。紫阁高翻云幂幂，灞川低渡雨微微。莫从思妇台边过，未得征人万里衣。

海上秋怀

辞无圭组隐无才，门向潮头过处开。几度黄昏逢罔象，有时红旭见蓬莱。碛连荒戍频频火，天绝纤云往往雷。昨夜秋风已摇落，那堪更上望乡台。

忆山泉

穿云落石细潺潺，尽日一作杳杳疑闻弄管弦。千仞洒来寒碎玉，一泓深去一作注碧涵天。烟迷叶乱寻难见，月好风清听不眠。春雨正多归未得，只应流恨更潺湲。

东归望华山

碧莲重叠在青冥，落日垂鞭缓客程。不奈春烟笼暗淡，可堪秋雨洗分明。南边已放三千马，北面犹标百二城。只怕仙人抚高掌，年年相见是空行。

游华州飞泉亭

走马衔南百亩池，碧莲花影倒参差。偶同人去红尘外，正值僧归落照时。万事已为春弃置，百忧须赖酒医治。殷勤待取前峰月，更倚阑干弄钓丝。

池上双凫二首

碧池悠漾小凫雏，两两依依只自娱。钓艇忽移还散去，寒鸥有意即相呼。可怜翡翠归云髻，莫羡鸳鸯入画图。幸是羽毛无取处，一生安稳老菰蒲。

双凫狎得一作相狎傍池台，戏藻衔蒲远又回。敢为稻粱凌险去，幸无鹰隼触一作逐波来。万丝春雨眠时乱，一片浓萍浴处开。不在笼栏夜仍好，月汀星沼剩裴回。

叶　落

红影飘来翠影微，一辞林表不知归。伴愁无色烟犹在，替恨成啼露未晞。若逐水流应万里，莫因风起便孤飞。楚郊千树秋声急，日暮纷纷惹客衣。

和皮博士赴上京观中修灵此下一本有宝字斋赠威仪尊师兼见寄

霓结双旌羽缀裙，七星坛上拜元君。精诚有为天应感，章奏无私鬼怕闻。鹤驭已从烟际下，凤膏还向月中焚。汉武烧凤膏为烛，以祀神坛。白云乡路看看到，好驻流年翊圣文。

春　雨

霏霏漠漠暗和春，幂翠凝红色更新。寒入腻裘浓晓睡，细随油壁静香尘。连云似织休迷雁，带柳如啼好赠人。别有空阶寂寥事，绿苔狼藉落花频。

秋　池

冷涵秋水碧溶溶，一片澄明见底空。有日晴来云衬白，几时吹落叶浮红。香啼蓼穗娟娟露，乾动莲茎淅淅风。凌晓无端照衰发，便悲霜雪镜光中。

首阳山

首阳山枕黄河水，上有两人曾饿死。不同天下人为非，兄弟相看自为是。遂令万古识君心，为臣贵义不贵身。精灵长在白云里，应笑随时饱死人。

太湖石歌

洞庭山下湖波碧，波中万古生幽石。铁索千寻取得来，奇形怪状谁能识。初疑朝一作国家正人立，又如战士方狙击。又如防风死后骨，又如於菟活时额。又如成人枫，又如害瘿柏。雨过上一作尚停泓，风来中一作因有隙。想得沉潜水府时，兴云出雨蟠蛟螭。今来碑矶林庭上，长恐忽然生白浪。用时应不称娲皇，将去也堪随博望。噫嘻尔石好凭依，幸有方池并钓矶。小山丛桂且为伴，钟阜白云长自归。何必豪家甲第里，玉阑干畔争光辉。一朝荆棘忽流落，何异绮罗云雨飞。

赠方干处士歌

把笔尽为诗,何人敌夫子？句满天下口,名聒天下耳。不识朝,不识市,旷逍遥,闲徙倚。一杯酒,无万事;一叶舟,无千里。衣裳白云,坐卧流水。霜落风高忽相忆,惠然见过留一夕。一夕听吟十数篇,水榭林萝为岑寂。拂旦舍我亦不辞,携筇径去随所适。随所适,无处觅。云半片,鹤一只。

李周弹筝歌 淮南韦太尉席上赠

古人云,丝不如竹,竹不如肉。一作古云丝声不如竹,又云竹声不如肉。乃知此语未必然,李周弹筝听不足。闻君七岁八岁时,五音六律皆生知。就中十三弦最妙,应宫一作官出入年方少。青骢惯走长楸日一作间,几度承恩蒙急召一作召急。一字雁行斜一作雁字斜行近御筵,锵金戛羽凌非一作霏烟。始似五更残月里,凄凄切切清露蝉。又如石罅堆叶下,泠泠沥沥苍崖泉。鸿门玉斗初向地,织女金梭飞上天。有时上苑繁花发,有时太液秋波阔。当头独坐扨一声,满座好风生拂拂。天颜开一本有兮字,圣心悦,紫金白珠沾赐物。出来无暇更还家,且上青楼醉明月。年将六十艺转精,自写梨园新曲声。近来一事还惆怅,故里春荒烟草平。供奉供奉且听语,自昔兴衰看乐府。只如伊州与梁州,尽是太平时歌舞。且夕君王继此声,不要停弦泪如雨。

赠䛒光上人草书歌

篆书朴,隶书俗,草圣贵在无羁束。江南有僧名䛒光,紫毫一管能颠狂。人家好壁试挥拂一作洒,瞬目已流三五行。摘如钩,挑如拨,斜如掌,回如斡。又如夏禹锁淮神,波底出来手正拔。又如朱亥锤晋鄙，袖中抬起腕欲脱。有时软萦盈，一穗一作色秋云曳空阔。有时瘦巉岩，百尺枯松露槎枿。忽然飞动更惊人，一声霹雳龙蛇活。稽山贺老昔所传，又闻能者惟张颠。上人致功应不下，其奈飘飘沧海边。可中一入天子国，络素裁缣洒毫墨。不系知之与不知，须言一字千金值。

赠李长史歌 并序

余客武康县既旬日，将去，邑长相饯于溪亭。座中有李长史，袖出芦管，自请声以送客，且言我业此二十年，年少时，五陵豪侠无不与之游，梨园新声一闻之，明日皆出我下。洎巢贼腥秽宫阙，逃难于东，江淮间非吾土。又无乐(一作知)音，敝衣旅食，双鬓雪然。然风月好时，或亭皋送别，必引满自劝，不能忘情。一曲未终，泫然承睫，越鸟胡马之戚，感动傍人。罗进士隐初遇金陵，有赠诗，尚能成诵在口。余悯李之流落，仰罗之所感，故赠之。时光启戊申岁清明月之八日。

危栏压溪溪澹碧，翠袅红飘莺寂寂。此日长亭怆别离，座中忽遇吹芦客。双擫轻袖当高轩，含商吐羽凌非一作霏烟。初疑一百尺瀑布，八九月落香炉巅。又似鲛人为客罢，迸泪成珠玉盘泻。碧珊瑚碎震泽中，金银铛撼龟山下。铿訇揭调初惊人，幽咽细声还感神。紫凤将雏叫山月，玄兔丧子啼江春。咨嗟长史出人艺，如何值此艰难际。可中长似承平基，肯将此为闲人吹。不是东城射雉处，即应南苑斗鸡时。白樱桃熟每先赏，红芍药开长有诗。卖珠曾被武皇问，薰香不怕贾公知。今来流落一何苦，江南江北九寒暑。翠华犹在橐泉中，一曲梁州泪如雨。长史长史听我语，从来艺绝多失所。罗君赠君两首诗，半是悲君半自悲。

赠广利大师歌

化人之心固甚难，自化之一作其心更不易。化人可以程限之，自化元须有其志。在心为志者何人，今日得之于广利。三十年前识师初，正见把笔学草书。崩云落日一作石千万状，随手变化生空虚。海北天南几回别，每见书踪转奇绝。近来兼解作歌诗，言语明快有气骨。坚如百炼钢，挺特不可屈。又如千里马，脱缰飞灭没。好是不雕刻，纵横冲口发。昨来示我十馀篇，咏杀江南风与月。乃知性是天，习是人。一作乃知性天习成人。莫轻河边羖羺，飞作天上麒麟。但日新，又日新，李太白，非通神。

古离别 杂言

紫鸾一作燕黄鹄虽别离，一举千里何难追。犹闻啼风与叫月，流连断续令人悲。赋情更有深缱绻，碧甃千寻尚为浅。蟾蜍正向清夜流，蛱蝶须教堕丝罥。莫道断丝不可续，丹穴凤凰胶不远。莫道流水不回波一作草草通流水不回，海上两潮长自返。

风　雨　吟

风骚骚，雨涔涔，长洲苑外荒居深。门外流水流澶漫，河边古木鸣萧森。夐无禽影，寂无人音。端然拖愁坐，万感丛于心。姑苏碧瓦十万户，中有楼台与歌舞。寻常倚月复眠花，莫说斜风兼细雨。应不知天地造化是何物，亦不知荣辱是何一作谁主。吾困长满是太平，吾乐不极是天生。岂忧天下有大憝，四郊刁斗常铮铮。官军扰人甚于贼，将臣怕死唯守城。又岂复忧朝廷苦弛慢，中官转纵横。李膺勾一作钩党即罹患，窦武忠谋又未行。又岂忧文臣尽遭束高阁，文教从今日一作今日徒萧索。若更无人稍近前，把笔到头同一恶。可叹吴城城中人，无人与我交一言。蓬蒿满径尘一榻，独此闵闵一作闷处何其烦。虽然小或可谋大，嫠妇之忧史尚存。况我长怀丈夫志，今来流落沧溟涘。有时惊事再咨嗟，因风因雨更憔悴。只有闲横膝上琴，怨伤怨恨聊相寄。伯牙海上感沧溟，何似一作以今朝风雨思。

江　行

来时风，去时雨，萧萧飒飒春江浦。欹欹侧侧海门帆，轧轧哑哑洞庭橹。

壁画折竹杂言

枯缠藤，重欹雪。渭曲逢，湘江别。不是从来无本根，画工取势教摧折。

古锦裾六韵 锦上有鹦鹉、鹤。陆处士有序。

濯水经何日，随风故有人。绿衣犹偪画，丹顶尚迷真。暗淡云沈古，青苍藓剥新。映襟知惹泪，侵鞯想萦尘。掣曳无由睹，流传久自珍。武威应认得，牵挽一作穿脱几当春。

赋得欲晓看妆面

胧胧欲曙色，隐隐辨残妆。月始云中出，花犹雾里藏。眉边全失翠，额畔半留黄。转入金屏影，隈侵角枕光。有蝉隳鬓样，无燕著钗行。十二峰前梦，如何不断肠。

府试雨夜帝里闻猿声

雨滴秦中夜，猿闻峡外声。已吟何逊恨，还赋屈平情。暗逐哀鸿泪，遥含禁漏清。直疑游万里，不觉在重城。霎霎侵灯乱，啾啾入梦惊。明朝临晓镜，别有鬓丝生。

题画柏

不得月中桂，转思陵上柏。闲取画图看，烦纡果一作已冰释。桂生在青冥，万古烟雾隔。下荫玄兔窟，上映嫦娥魄。圆缺且不常一作当，高低图一作固难测。若非假羽翰，折攀何由得。天远眼虚穿，夜阑头自白。未知一作如陵上柏，一定不移易。有意兼松茂，无情从麝食。不在是非间，与人为愤激。他年上缣素，今日悬屋壁。灵怪不可知，风雨疑来逼。明朝归故园，唯此同所适。回首寄团枝，无劳惠消息。

平望蚊子二十六韵

天下有蚊子，候夜噆人肤。平望有蚊子，白昼来相屠。不避风与雨，群飞出菰蒲。扰扰蔽天黑，雷然随舳舻。利嘴入人肉，微形红且濡。振蓬亦不惧，至死贪膏腴。舟人敢停棹，陆者亦疾趋。南北百馀里，畏之如虎貙一作驱。噫嘻天地间，万物各有殊。阳者阳为伍，阴者阴为徒。蚊蚋是阴物，夜从喧墙隅。如何正曦赫，吞噬当通衢。人筋为尔断，人力为尔枯。衣巾秽且甚，盘馔腥有馀。岂是阳德衰，不能使消除。岂是有主者，此乡宜毒荼。吾闻蛇能螫，避之则无虞。吾闻蚃有毒，见之可疾驱。唯是此蚊子，逢人皆病诸。江南夏景好，水木多萧疏。此中震泽路，风月弥清虚。前后几来往，襟怀曾未舒。朝既蒙襞积，夜仍跧蘧蒢。虽然好吟啸，其奈难踟蹰。人生有不便，天意当何如。谁能假羽翼，直上言红一作告洪炉。

桃花

满树和一作如娇烂漫红，万枝丹彩灼春融。何当结作千年实，将示人间造化工。

木笔花

嫩如新竹管初齐，粉腻红轻样可携。谁与诗人偎槛看，好于笺墨并分题。

浙东筵上有寄

襄王席上一神仙，眼色相当语不传。见了又休真似梦，坐来虽近远于天。陇禽有意犹能说，江月无心也解圆。更被东风劝惆怅，落花时节定一作蝶翩翩。

富水驿东楹有人题诗 笔迹柔媚，出自纤指。

绣缨霞翼两鸳鸯，金岛银川是故乡。只合双飞便双死，岂悲相失与相忘。烟花夜泊红蕖腻，兰渚春游碧草芳。何事遽惊云雨别，秦山楚水两乖张。

上巳日

本学多情刘武威，寻花傍水看春晖。无端遇著伤心事，赢得凄凉索漠归。

隋堤

搔首隋堤落日斜，已无馀柳可藏鸦。岸傍昔道牵龙舰，河底今来走犊车。曾笑陈家歌玉树，却随后主看琼花。四方正是无虞日，谁信黎阳有古家。

全唐诗卷六八八

孙　偓

孙偓，字龙光，武邑人。乾宁中宰相，封乐安公。诗三首。

寄杜先生诗

蜀国信难遇，楚乡心更愁。我行同范蠡，师举效浮丘。他日相逢处，多应在十洲。

赠南岳僧全玼 末句缺一字

窠居过后更何人，传得如来法印真。昨日祝融峰下见，草衣便是雪山□。

答门生王涣李德邻赵光胤王拯长句 一作裴贽诗

谬持文柄得时贤，粉署清华次第迁。昔岁策名皆健笔，今朝称职并同年。各怀器业宁推让，俱上青霄肯后先。何事老夫犹赋咏，欲将酬和永留传。

句

好是步虚明月夜，瑞炉蜚下醮坛前。见《玉堂闲话》

陆　扆

陆扆，字祥文，吴郡嘉兴人，家于陕。昭宗朝，拜相。迁洛后，贬濮州司户，死白马驿。集七卷，今存诗一首。

禁林闻晓莺

曙色分层汉，莺声绕上林。报花开瑞锦，催柳绽黄金。断续随风远，间关送月沉。语当温树近，飞觉禁园深。绣户惊残梦，瑶池啭好音。愿将栖息意，从此沃天心。

句

今秋已约天台月。《纪事》

薛昭纬

薛昭纬，河东人。乾宁中，为礼部侍郎。天复中，累贬磎州司马。诗二首。

华州榜寄诸门生

时君过听委平衡，粉署华灯到晓明。开卷固难窥浩汗，执衡空欲慕公平。机云笔舌临文健，沈宋章篇发咏清。自笑观光辉下阙。

谢　银　工

一碟毡根数十皴，盘中犹更有红鳞。早知文字多辛苦，悔不当初学冶银。

陆　翱

陆翱，义兴人，登第不受辟而卒，宰相希声之父。诗二首。

闲居即事

衰柳迷隋苑，衡门啼暮鸦。茅厨烟不动，书牖日空斜。悔下东山石，贫于南阮家。沈忧损神虑，萱草自开花。

赵氏北楼

殷勤赵公子，良夜竟相留。朗月生东海，仙娥在北楼。酒阑珠露滴，歌迴石城秋。本为愁人设，愁人到晓愁。

狄归昌

狄归昌，官侍郎，光化中，历尚书左丞。诗一首。

题马嵬驿 一作罗隐诗

马嵬烟柳正依依，重见銮舆幸蜀归。泉下阿蛮应有语，这回休更怨杨妃。

裴廷裕

裴廷裕，字膺馀。昭宗时翰林学士，左散骑常侍，后贬湖南卒。诗二首。

蜀中登第答李搏六韵

何劳问我成都事，亦报君知便纳降。蜀柳笼堤烟矗矗，海棠当户燕双双。富春不并穷师子，濯锦全胜旱曲江。高卷绛纱扬氏宅，时主文寓扬子巷，故有此句。半垂红袖薛涛窗。浣花泛鷁诗千首，静众寺名寻梅酒百缸。若说弦歌与风景，主人兼是碧油幢。

偶　题

微雨微风寒食节，半开半合木兰花。看花倚柱终朝立，却似凄凄不在家。

李　沇

李沇，字东济，江夏人，宰相磎之子也，与磎同为王行瑜所杀。行瑜败，赠礼部员外郎。诗六首。

闲宵望月

卷箔舒红茵，当轩玩明月。懿哉深夜中，静听歌初发。苔含殿华湿，竹影蟾光洁。转扇来清风，援琴飞白雪。行愁景候变，坐恐流芳歇。桂影有馀光，兰灯任将灭。

醮　词

犬咬天关闭，彩童呼仙吏。一封红篆书，为奏尘寰事。八极鳌柱倾，四溟龙鬣沸。长庚冷有芒，文曲淡无气。乌轮不再中，黄沙瘗腥鬼。请帝命真官,临云启金匮。方与清华宫,重正紫极位。旷古雨露恩,安得惜沾施。生人血欲尽,搀抢无饱意。

巫山高

抉天心,开地脉,浮动凌霄拂蓝碧。襄王端眸望不极,似睹瑶姬长叹息。巫妆不治独西望,暗泣红蕉抱云帐。君王妒妾梦荆宫,虚把金泥印仙掌。江涛迅激如相助,十二狞龙怒行雨。昆仑谩有通天路,九峰正在天低处。

梦仙谣

海宫蹙浪收残月,挈壶掌事传更歇。银蟾半坠恨流咽,六鳌披月撼蓬阙。九炁真翁骑白犀,临池静听雌蛟啼。桂花裛露曙香冷,八窗玉朗惊晨鸡。裁纱剪罗贴丹凤,腻霞远闭瑶山梦。露干欲醉芙蕖塘,回首驱云朝正阳。

秋霖歌

西方龙儿口犹乳,初解驱云学行雨。纵恣群阴驾老虬,勺水蹄涔尽奔注。叶破苔黄未休滴,腻光透长狂莎色。恨无长剑一千仞,划断顽云看晴碧。

方响歌

敲金扣石声相凌,遥空冷静天正澄。宝瓶下井辘轳急,小娃弄索伤清冰。穿丝透管音未歇,回风绕指惊泉咽。季伦怒击珊瑚摧,灵芸整鬓步摇折。十六叶中侵素光,寒玲震月杂珮珰。云和不觉罢馀怨,莲峰一夜啼琴姜。急节写商商恨促,秦愁越调逡巡足。梦入仙楼戛残曲,飞霜棱棱上秋玉。

裴　贽

裴贽，字敬臣。及进士第，擢累右补阙、御史中丞、刑部尚书。昭宗时，拜中书侍郎，兼本官同中书门下平章事。帝幸凤翔，为大明宫留守。罢，俄进尚书左仆射，以司空致仕，为朱全忠所害。诗一首。

答王涣 一作孙偓诗

谬持文柄得时贤，粉署清华次第迁。昔岁策名皆健笔，今朝称职并同年。各怀器业宁推让，俱上青霄肯后先。何事老夫犹赋咏，欲将酬和永留传。

卢汝弼《才调集》作卢弼

卢汝弼，登进士第，以祠部员外郎、知制诰，从昭宗迁洛。后依李克用，克用表为节度副使。诗八首。

薄命妾

君恩已断尽成空，追想娇欢恨莫穷。长为蕣花光晓日，谁知团扇送秋风。黄金买赋心徒切，清路飞尘信莫通。闲凭玉栏思旧事，几回春暮泣残红。

秋夕寓居精舍书事

叶满苔阶杵满城，此中多恨恨难平。疏檐看织蟏蛸网，暗隙愁听蟋蟀声。醉卧欲抛羁客思，梦归偏动故乡情。觉来独步长廊下，半夜西风吹月明。

闻　雁

秋风萧瑟静埃氛，边雁迎风响咽群。瀚海应嫌霜下早，湘川偏爱草初薰。芦洲宿处依沙岸，榆塞飞时度晚云。何处最添羁客恨，竹窗残月酒醒闻。

鸳　鸯

双浮双浴傍苔矶，蓼浦兰皋绣帐帏。长羡鹭鸶能洁白，不随鸂鶒斗毛衣。霞侵绿渚香衾暖，楼倚青云殿瓦飞。应笑随阳沙漠雁，洞庭烟暖又思归。

和李秀才边庭四时怨

春风昨夜到榆关，故国烟花想已残。少妇不知归不得，朝朝应上望夫山。

卢龙塞外草初肥，雁乳平芜晓不飞。乡国近来音信断，至今犹自著寒衣。

八月霜飞柳半黄，蓬根吹断雁南翔。陇头流水关山月，泣上龙堆望故乡。

朔风吹雪透刀瘢，饮马长城窟更寒。半夜火来知有敌，一时齐保贺兰山。

全唐诗卷六八九

陆希声

陆希声，吴人，博学善属文，尤工书。初隐义兴，后召为右拾遗，累迁歙州刺史。昭宗闻其名，征拜给事中，寻除户部侍郎，同中书门下平章事。在位无所轻重，以太子少师罢。卒赠尚书左仆射，谥曰文。有《颐山诗》一卷，今存二十二首。

山居一作房即事二首

君山苍翠接青冥，东走洮湖上洞庭。茅屋向阳梳白发，竹窗深夜诵丹经。涌泉回泬鱼龙气，怪石惊腾鸟兽形。为问前时金马客，此焉还作少微星。

不是幽栖矫性灵，从来无意在膻腥。满川风物供高枕，四合云山借画屏。五鹿归来惊岳岳，孤鸿飞去入冥冥。君阳遁叟何为乐，一炷清香两卷经。

阳羡杂咏十九首

苦行径

山前无数碧琅玕，一径清森五月寒。世上何人怜苦节，应须细问子猷看。

梅花坞

冻蕊凝香色艳新，小山深坞伴幽人。知君有意凌寒色，羞共千花一样春。

石兕台

大河波浪激潼关，青兕胡为伏此山。遥想楚王云梦泽，蜺旌羽盖定空还。

讲易台

年逾知命志尤坚，独向青山更绝编。天下有山山有水，养蒙肥遁正翛然。

观鱼亭

惠施徒自学多方，谩说观鱼理未长。不得庄生濠上旨，江湖何以见相忘。

绿云亭

六月清凉绿树阴，小亭高卧涤烦襟。羲皇向上何人到，永日时时弄素琴。

清辉堂

野人心地本无机，为爱茅檐倚翠微。尽日尊前谁是客，秋山含水有清辉。

观妙庵

妙理难观旨甚深，欲知无欲是无心。茅庵不异人间世，河上真人自可寻。

西阳亭

隔林残日照孤亭，玄〔晏〕(宴)先生酒未醒。入夜莫愁迷下路，昔人犹在逐流萤。

弄云亭

自知无业致吾君，只向春一作空山弄白云。已共此山私断当，不须转辙重移文。

伏龟堂

盘崖蹙缩似灵龟，鬼谷先生隐遁时。不独卷怀经世志，白云流水是心期。

桃花谷

君阳山下足春风，满谷仙桃照水红。何必武陵源上去，涧边好过落花中。

含桃圃

小圃初晴风露光，含桃花发满山香。看花对酒心无事，倍一作但觉春来白日长。

茗坡

二月山家谷雨天，半坡芳茗露华鲜。春醒酒病兼消渴，惜取新芽旋摘煎。

松岭

岭上青松手自栽，已能苍翠映莓苔。岁寒本是君家事，好送清风月下来。

桃溪

芳草霏霏遍地齐，桃花脉脉自成溪。也知百舌多言语，任向春风尽意啼。

李径

一径秾芳万蕊攒，风吹雨打未摧残。怜君尽向高枝发，应为行人要整冠。

鸿　盘

落落飞鸿渐始盘，青云起处剩须看。如今天路多矰缴，纵使衔芦去也难。

偃月岭

山岭依稀偃月形，数层倚石叠空青。几回雪夜寒光积，直似金光照户庭。

寄詈光上人

笔下龙蛇似有神，天池雷雨变逡巡。寄言昔日不龟手，应念江头洴澼人。

李昭象

李昭象，字化文。父方玄为池州刺史，因家焉。懿宗末年，以文干相国路岩，岩问其年，曰十有七矣。岩年尚少，尤器重之，荐于朝。将召试，会岩贬，遂还秋浦，移居九华，与张乔、顾云辈为方外友。诗八首。

喜杜荀鹤及第

深岩贫复病，榜到见君名。贫病浑如失，山川顿觉清。一春新酒兴，四海旧诗声。日使能吟者，西来步步轻。

赴举出山留寄山居郑参军

还如费冠卿，向此振高名。肯羡鱼须美，长夸鹤氅轻。理琴寒指倦，试药黑髭生。时泰难云卧，随看急诏行。

题顾正字谿居

高敞吟轩近钓湾，尘中来似出人间。若教明月休生桂，应得危时共掩关。春酒夜棋难放客，短篱疏竹不遮山。莫夸恬淡胜荣禄，雁引行高未许闲。

寄献山中顾公员外

抽却朝簪著钓蓑，近来声迹转巍峨。祥麟避网虽山野，丹凤衔书即薜萝。乍隐文章情更逸，久闲经济术翻多。深惭未副吹嘘力，竟困风埃争奈何。

山中寄崔谏议

半生猿鸟共山居，吟月吟风两鬓疏。新句未尝忘教化，上才争忍不吹嘘。全家欲去干戈后，大国中兴礼乐初。从此升腾休说命，只希公道数封书。

学仙词寄顾云

记得初传九转方，碧云峰下祝虚皇。丹砂未熟心徒切，白日难留鬓欲苍。无路洞天寻穆满，有时人世美刘郎。仙人恩重何由报，焚尽星坛午夜香。

寄尉迟侍御 一作郎

我眠青嶂弄澄潭，君戴貂蝉白玉簪。应向谢公楼上望，九华山色在西南。

招西洞道者

危峰抹黛夹晴川，树簇红英草碧烟。樵客云僧两无事，此中堪去觅灵仙。

句

投文得仕而今少，佩印还家古所荣。送周繇之建德　《唐诗纪事》

全唐诗卷六九〇

王　驾

王驾，字大用，河中人。大顺元年登进士第，仕至礼部员外郎，自号守素先生。集六卷，今存诗六首。

夏　雨

非惟消旱暑，且喜救生民。天地如蒸湿，园林似却春。洗风清枕簟，换夜失埃尘。又作丰年望，田夫笑向人。

古　意

夫戍萧关妾在吴，西风吹妾妾忧夫。一行书信千行泪，寒到君边衣到无。

社　日 一作张演诗

鹅湖山下稻粱肥，豚栅鸡栖一作埘半一作对掩扉。桑柘影斜春社散，家家扶得醉人归。

雨　晴 一作晴景

雨前初见花间蕊，雨后兼无叶里花。蛱蝶飞来过墙去，却疑春色在邻家。

乱后曲江 一作羊士谔诗

忆昔争一作曾游曲水滨，未春长有探春人。游春人尽空池在，直至春深不似春。

过故友居

邻笛寒吹日落初，旧居今已别人居。乱来儿侄皆分散，惆怅僧房认得书。

王　涣

王涣，字群吉。大顺二年登第，官考功员外郎。诗十四首。

上裴侍郎

青衿七十榜三年，建礼含香次第迁。珠彩下连星错落，桂花曾对月婵娟。玉经磨琢多成器，剑拔沉埋更倚天。应念衔恩最深者，春来为寿拜尊前。

悼亡

春来得病夏来加，深掩妆窗卧碧纱。为怯暗藏秦女扇，怕惊愁度阿香车。腰肢暗想风欺柳，粉态难忘露洗花。今日青门葬君处，乱蝉衰草夕阳斜。

惆怅诗十二首

八蚕薄絮鸳鸯绮，半夜佳期并枕眠。钟动红娘唤归去，对人匀泪拾金钿。

李夫人病已经秋，汉武看来不举头。得所一作修嫮浓华销歇尽，楚魂湘血一生休。

谢家池馆花笼月，萧寺房廊竹飐风。夜半酒醒凭槛立，所思多在别离中。

隋师战舰欲亡陈，国破应难保此身。诀别徐郎泪如雨，镜鸾分后属何人。

七夕琼筵随一作往事陈，兼花连蒂一作蓼花莲叶共伤神。蜀王殿里三更月，不见骊山私语人。

夜寒春病不胜怀，玉瘦花啼万事乖。薄幸檀郎断芳信，惊嗟犹梦合欢鞋。

呜咽离声管吹秋，妾身今日为君休。齐奴不说平生事，忍看花枝谢玉楼。

青丝一绺堕云鬟，金剪刀鸣不忍看。持谢君王寄幽怨，可能从此住人间。

陈宫兴废事难期，三阁空馀绿草基。狎客沦亡丽华死，他年江令独来时。

晨肇重来路已迷，碧桃花谢武陵溪。仙山目断无寻处，流水潺湲日渐西。

少卿降北子卿还，朔野离觞惨别颜。却到茂陵唯一恸，节毛零落鬓毛斑。

梦里分明入汉宫，觉来灯背锦屏空。紫台月落关山晓，肠断君恩信画工。

戴司颜

戴司颜，登大顺进士第，官太常博士。诗二首。

江上雨

非不欲前去，此情非自由。星辰照何处，风雨送凉秋。寒锁空江梦，声随黄叶愁。萧萧犹未已，早晚去蘋洲。

塞上

空迹昼苍茫，沙腥古战场。逢春多霰雪，生计在牛羊。冷角吹乡泪，干榆落梦床。从来山水客，谁谓到渔阳。

句

远来朝凤阙，归去恋元侯。赠僧　见《纪事》

吴仁璧

吴仁璧，字廷宝，吴人（或云关右人）。大顺二年，登进士第。钱镠据浙，累辟不就，镠怒，沉之江。诗一卷，今存十一首。

投谢钱武肃

东门上相好知音，数尽台前郭隗金。累重虽然容食椹，力微无计报焚林。弊貂不称芙蓉幕，衰朽仍惭玳瑁簪。十里溪光一山月，可堪从此负归心。

客　路

人寰急景如波委，客路浮云似盖轻。回首故山天外碧，十年无计却归耕。

南徐题友人郊居

门前樵径连江寺，岸下渔矶系海槎。待到秋深好时节，与君长醉隐侯家。

读度人经寄郑仁表

身虽一旦尘中老，名拟三清会里题。二午九斋馀日在，请君相伴醉如泥。

秋日听僧弹琴

金徽玉轸韵泠然，言下浮生指下泉。恰称秋风西北起，一时吹入碧湘烟。

贾　谊

扶持一疏满遗编，汉陛前头正少年。谁道恃才轻绛灌，却将惆怅吊湘川。

春　雪

雪霁凝光入坐寒，天明犹自卧袁安。貂裘穿后鹤氅敝，自此风流不足看。

衰柳

金风渐利露珠团，广陌长堤黛色残。水殿狂游隋炀帝，一千馀里可堪看。

凤仙花

香红嫩绿正开时，冷蝶饥蜂两不知。此际最宜何处看，朝阳初上碧梧枝。

金钱花

浅绛浓香几朵匀，日熔金铸万家新。堪疑刘宠遗芳在，不许山阴父老贫。

钱塘鹤

人间路霭青天半，鳌岫云生碧海涯。虽抱雕笼密扃钥，可能长在叔伦家。

句

为惜苔钱妨换砌，因怜山色旋开尊。闲居

高阁烟霞禅客睡，满城尘土世人忙。游法华寺

五龙金角向星斗，三洞玉音愁鬼神。赠道士

蒲草薄裁连蒂白，胭脂浓染半葩红。题莺粟花　以上并《雅言杂载》

汪　极

汪极，字极甫，歙人，大顺三年进士。诗一首。

奉试麦垄多秀色

南陌生岐穗，农家乐事多。塍畦交茂绿，苗实际清和。日布玲珑影，风翻浩荡波。来牟知帝力，含哺有衢歌。

张 曙

张曙，吏部侍郎聚之子，大顺中登第，官右补阙。诗一首。

下第戏状元崔昭纬

千里江山陪骥尾，五更风水失龙鳞。昨夜浣花溪上雨，绿杨芳草为何人。

林 嵩

林嵩，字雄飞。大顺中登进士第，官侍御史。诗一卷，今存一首。

赠天台王处士

深隐天台不记秋，琴台长别一何愁。茶烟岩外云初起，新月潭心钓未收。映宇异花丛发好，穿松孤鹤一声幽。赤城不掩高宗梦，宁久悬冠枕瀑流。

全唐诗卷六九一

杜荀鹤

杜荀鹤，字彦之，池州人，有诗名，自号九华山人。大顺二年，第一人擢第，复还旧山。宣州田颙遣至汴通好，朱全忠厚遇之，表授翰林学士、主客员外郎、知制诰。恃势侮易缙绅，众怒，欲杀之而未及。天祐初卒。自序其文为《唐风集》十卷，今编诗三卷。

春宫怨 一作周朴诗

早被婵娟误，欲妆临镜慵。承恩不在貌，教妾若为容。风暖鸟声碎，日高花影重。年年越溪女，相忆采芙蓉。

访道者不遇

寂寂白云门，寻真不遇真。只应松上鹤，便是洞中人。药圃花香异，沙泉鹿迹新。题诗留姓字，他日此相亲。

送人游吴

君到姑苏见，人家尽枕河。古宫闲地少，水港小桥多。夜市卖菱藕，春船载绮罗。遥知未眠月，乡思在渔歌。

送陈昈归麻川

麻川清见底，似入武陵溪。两岸山相向，三春鸟乱啼。酒旗和柳动，僧屋与云齐。即此吾乡路，怀君梦不迷。

出　山

病眼看一作见春榜，文场公道开。朋人登第尽，白发出山来。处世曾无过一作遇，惟天合是媒。长安不觉远，期遂一名回。

浙中逢诗友

到处有同人，多为赋与文。诗中难得友，湖畔喜逢君。冻把一作抱城根雪，风开岳面云。苦吟吟不足，争忍话离群。

送友游吴越

去越从吴过，吴疆与越连。有园多种橘一作菊，无水不生莲。夜市桥边火，春风寺外船。此中偏重客，君去必经年。

出常山界使回有寄

自小即南北，未如今日离。封疆初尽处，人使却回时。开口有所忌，此心无以为。行行复垂泪，不称是男儿。

经 废 宅

人生当贵盛，修德可延之。不虑有今日，争教无破时。藓斑题字壁，花发带巢枝。何况蒿原上，荒坟与折碑。

登天台寺

一到天台寺，高低景旋生。共僧岩上坐，见客海边行。野色人耕破，山根浪打鸣。忙时向闲处，不觉有闲情。

途中春

马上览春色，丈夫惭泪垂。一生看却老一作老却，五字未逢知。酒力不能久，愁根无可医。明年到今日，公道与谁期。

入关历阳道中却寄舍弟

求名日苦辛，日望日荣亲。落叶山中路，秋霖马上人。晨昏知汝道，诗酒卫吾身。自笑抛麋鹿，长安拟醉春。

赠欧阳明府

贤宰宰斯邑，政闻闾里间。都缘民讼少，长觉吏徒闲。帆落樽前浦，钟鸣枕上山。回舟却一作亦惆怅，数宿钓鱼湾。

赠临上人

不计禅兼律，终须入悟门。解空非有自，所得是无言。眼豁浮生梦，心澄大道源。今来习师者，多锁教中猿。

题战岛僧居 在江之心

师爱无尘地，江心岛上居。接船求化惯，登陆赴斋疏。载土春栽树一作竹，抛生日喂鱼。入云萧帝寺，毕竟欲何如。

别衡州牧

朝别使君门，暮投江上村。从来无旧分，临去望何恩。行计自不定，此心谁与论。秋猿叫寒月，只欲断人魂。

送人游江南

满酌劝君酒，劝君君莫辞。能禁几度别，即到白头时。晚岫无云蔽，春帆有燕随。男儿两行泪，不欲等闲垂。

游茅山

步步入山门，仙家鸟径分。渔樵不到处，麋鹿自成群。石面迸出一作流水，松头穿破一作乱云。道人星月下，相次礼茅君。

读友人诗卷

冰齿味瑶轴，只应神鬼知。坐当群静后，吟到月沉时。雪峡猿声健，风柽鹤立危。篇篇一字字，谁复更言诗。

寄从叔

三族不当路，长年犹布衣。苦吟天与性，直道世将非。雁夜愁痴坐，渔乡老忆归。为儒皆可立，自是拙时机。

寄李溥

如我如君者，不妨身晚成。但从时辈笑，自得古人情。共莫更初志，俱期立后名。男儿且如此，何用叹平生。

郊居即事投李给事

无禄奉晨昏，闲居几度春。江湖苦吟士，天地最穷人。书剑同三友，蓬蒿外四邻。相知不相荐，何以自谋身。

寄诗友

别来春又春，相忆喜相亲。与我为同志，如君能几人。何时吟得力，渐老事关身。惟有前溪水，年年濯客尘。

题田翁家 一作家翁

田翁真快活，婚嫁不离村。州县供输罢，追随鼓笛喧。盘飧同老少，家计共田园。自说身无事，应官有子孙。

长安冬日

近腊饶风雪，闲房冻坐时。书生教到此，天意转难知。吟苦猿三叫，形枯柏一枝。还应公道在，未忍与山期。

霁后登唐兴寺水阁

一雨三秋色，萧条古寺间。无端登水阁，有处似家山。白日生新事，何时一作人得暂闲。将知老僧意，未必恋松关。

山中寄友人

深山多隙地，无力及耕桑。不是营生拙，都缘觅句忙。破窗风一作岚翳烛，穿屋月侵床。吾友应相笑，辛勤道未光。

自　述

四海欲行遍，不知终遇谁。用心常合道，出语或伤时。拟作闲人老，惭无一作为识者嗤。如今已无计，只得苦于诗。

题江山寺

江上山头寺，景留吟客船。遍游销一日，重到是何年。沙鸟多翘足，岩僧半露肩。为诗我语涩，喜此得终篇。

秋日旅舍卧病呈所知

秋色上庭枝，愁怀切向谁。青云无势日，华发有狂时。枕上闻风雨，江南系别离。如何吟到此，此道不闻一作逢知。

秋宿山馆

山馆坐待晓，夜长吟役神。斜风吹败叶，寒烛照愁人。蕴蓄天然性，浇讹世恶真。男儿出门志，不独为谋身。

赠老僧

众僧尊夏腊，灵岳遍曾登。度水手中杖，行山溪畔藤。心空默是印，眉白雪为棱。自得巡方道，栖禅老未能。

别舍弟

欲住住不得，出门天气秋。惟知偷拭泪，不忍更回头。此日只一作唯愁老，况身方远游。孤寒将五字，何以动诸侯。

雪中别诗友

酒寒无小户，请满酌一作酌满行杯。若待雪消去，自然春到来。出城人迹少，向暮鸟声哀。未遇应关命，侯门处处开。

题岳麓寺

一簇楚江山，江山胜此难。觅人来画取，到处得吟看。鹤隐松声尽，鱼沉槛影寒。自知心未了，闲话亦多端。

怀庐岳书斋

长忆在庐岳，免低尘土颜。煮茶窗底水，采药屋头山。是境皆游遍，谁人不羡闲。无何一名系，引出白云间。

题唐兴寺小松

虽小天然别，难将众木同。侵僧半窗月，向一作与客满一作一襟风。枝拂行苔鹤，声分叫砌虫。如今未堪看，须是雪霜中。

与友人话别

客路行多少，干一作于人无易颜。未成终老计，难致此身闲。月兔走入海，日乌飞出山。流一作留年留一作住不得，半在别离间。

赠庐岳隐者

自见来如此，未尝离洞门。结茅遮雨雪，采药给晨昏。古树藤缠杀，春泉鹿过浑。悠悠无一事，不似属乾坤。

怀紫阁隐者

紫阁白云端，云中有地仙。未归蓬岛上，犹隐国门前。洞口人无迹，花阴鹿自眠。焚香赋诗罢，星月冷遥天。

题会上人院

鼓角城中寺，师居日得闲。必能行大道，何用在深山。破衲新添线，空门夜不关。心知与眼见，终取到无间。

送黄补阙南迁

得罪非天意，分明谪去身。一心贪谏主，开口不防人。自古有迁客，何朝无直臣。喧然公论在，难滞楚南春。

送宾贡登第后归海东

归捷中华第一作地，登船鬓未丝。直应天上桂，别有海东枝。国界波穷处，乡心日出时。西风送君去，莫虑到家迟。

近试投所知

白发随梳落，吟怀说向谁。敢辞成事晚，自是出山迟。拟动如浮海，凡言似课诗。终一作修身事知己，此外复何为。

送友人牧江州

本国兵戈后，难官在此时。远分天子命，深要使君知。但遂生灵愿，当应雨露随。江山胜他郡，闲赋庾楼诗。

辞座主侍郎

一饭尚怀感，况攀高桂枝。此恩无报处，故国远归时。只恐兵戈隔，再趋门馆迟。茅堂拜亲后，特地泪双垂。

别从叔

立马不忍上，醉醒天气寒。都缘在门易，直似别家难。世路既如此，客心须自宽。江村一作归期亦饥冻一作羁束，争及问长安。

送人南游

凡游南国者，未有不蹉跎。到海路难一作虽尽，挂帆人更多。潮沙分象迹，花洞响蛮歌。纵有投文处，于君能几何。

经贾岛墓

谪宦自麻衣，衔冤至死时。山根三尺墓，人口数联诗。仙桂终无分，皇天似有私。暗松风雨夜，空使老猿悲。

秋夜一作江晚泊

一望一苍然，萧骚起暮天。远山横落日，归鸟度平川。家是去秋别，月当今夕圆。渔翁似相伴，彻晓苇丛边。

送舍弟

我受羁栖惯，客情方细知。好看前路事，不比在家时。勉汝言须记，闻人善即师。旅中无废业，时作一篇诗。

将归山逢友人

儒为君子儒，儒道不妨孤。白发多生矣，青山可住乎。徉狂宁是事，巧达又非夫。只此平生愿，他人肯信无。

经九华费征君墓

凡吊先生者，多伤荆棘间。不知三尺墓，高却九华山。天地有何外，子孙无亦闲。当时若征起，未必得身还。

溪居叟

溪翁居静处一作处静，溪鸟入门飞。早起钓鱼去，夜深乘月归。见君无事老，觉我有求非。不说风霜苦，三冬一草衣。

与友人对酒吟

凭君满酌酒，听我醉中吟。客路如天远，侯门似海深。新坟侵古道，白发恋黄金。共有人间事，须怀济物心。

送僧

道了亦未了，言闲今且闲。从来无住处，此去向何山。片石树阴下，斜阳潭影间。请师留偈别，恐不到人寰。

送九华道士游茅山

忽起地仙一作他山兴，飘然出旧山。于身无切事，在世有馀闲。日月浮生外，乾坤大醉间。故园华表上，谁得见君还。

寄舍弟

世乱信难通，乡心日万重。弟兄皆向善，天地合相容。大野阴云重，连城杀气浓。家山白云里，卧得最高峰。

下第投所知

若以名场内，谁无一轴诗。纵饶生白发，岂敢怨明时。知己虽然切，春官未必私。宁教读书眼，不有看花期。

寄顾云

省得前年别，蘋洲旅馆中。乱离身不定，彼此信难通。侯国兵虽敛，吾乡业已空。秋来忆君梦，夜夜逐征鸿。

赠宣城麋明府

天下为官者，无君一轴诗。数联同我得，当代遇谁知。年齿吟将老，生涯说可悲。何当抛手板，邻隐过危时。

望远

门前通大道，望远上高台。落日人行尽一作逝，穷边信不来。还闻战得胜，未见敕招回。却入机中坐，新愁织不开。

冬末投长沙裴侍郎

欲露尘中事，其如不易言。家山一离别，草树匝春暄。吹梦风天角，啼愁雪岳猿。伫思心觉满，何以远门轩。

赠秋浦金明府长

倚郭难为宰，非君即有私。惟凭野老口，不立政声碑。苦甚求名日，贫于未选时。溪山竟如此，利得且吟诗。

和高秘书早春对雪登楼见寄之什

天有惜花意，恐花开染尘。先教微雪下，始放满城春。且醉登楼客，重期出郭人。因酬郢中律一作作，霜鬓数茎新。

乱后山中作

自从天下乱，日晚别庭闱。兄弟团圞乐，羁孤远近归。文章甘世薄，耕种喜山一作田肥。直待中兴后，方应出隐扉。

旅寓书事

日日惊身事，凄凄欲断魂。时清不自立，发白傍谁门。中路残秋雨，空山一夜猿。公卿得见面，怀抱细难言。

舟行晚泊江上寺

久劳风水一作雨上，禅客喜相依。挂衲虽无分，修心未觉非。日沉山虎出，钟动寺禽归。月上潮平后，谈空渐入微。

长林山中闻贼退寄孟明府

一县今如此，残民数不多。也知贤宰切，争奈乱兵何。皆自干戈达，咸思雨露和。应怜住山者，头白未登科。

泗上客思

痛饮复高歌，愁终不奈何。家山随日远，身事逐年多。没雁云横楚，兼蝉柳夹河。此心闲未得，到处被诗磨。

寄同人

尽与贫为患，唯余即不然。四方无静处，百口度荒年。白发生闲事，新诗出数联。时情竟如此，不免却归田。

下第出关投郑拾遗

丹霄桂有枝，未折未为迟。况是孤寒士，兼行苦涩诗。杏园人醉日，关路独归时。更卜深知意，将来拟荐谁。

塞上

草白河冰合，蕃戎出掠频。戍楼三号火一作三急号，探马一条尘。战士风霜老，将军雨露新。封侯不由此，何以慰征人。

别敬侍郎

交道有寒暑，在人无古今。与君中夜话，尽我一生心。所向未得志，岂惟空解吟。何当重相见，旧隐白云深。

送青阳李明府

善政无惭色，吟归似等闲。惟将六幅绢，写得九华山。求理头空白，离京一作终官债未还。仍闻猿一作琴与鹤，都在一船间。

将游湘湖有作

一家相别意，不得不潸然。远作南方客，初登上水船。岳钟思冷梦，湘月少残篇。便有归来计，风波亦隔年。

送姚庭珪

脱衣将换酒，对酌话何之。雨后秋萧索，天涯晚别离。人生无此恨，鬓色不成丝。未得重相见，看君马上诗。

投李大夫

自小僻于诗，篇篇恨不奇。苦吟无暇日，华发有多时。进取门难见，升沉命未知。秋风夜来急，还恐到京迟。

贻里中同志

乡里为儒者，唯君见我心。诗书常共读，雨雪亦相寻。贫贱志气在，子孙交契深。古人犹晚达，况未鬓霜侵。

江上送韦彖先辈

不易为离抱，江天即见鸿。暮帆何处落，凉月与谁同。木叶新霜后，渔灯夜浪中。时难慎行止，吾道利于穷。

维扬逢诗友张乔

天下方多事，逢君得话诗。直应吾道在，未觉国风衰。生计吟消日，人情醉过时。雅篇三百首，留作后来师。

秋晨有感

木叶落时节，旅人初梦惊。钟才枕上尽，事已眼前生。吟发不长黑，世交无久情。且将公道约，未忍便归耕。

秋日山中寄李处士

吾辈道何穷，寒山细雨中。儿童书懒读，果栗树将空。言论关时务，篇章见国风。升平犹可用，应不废为公一作翁。

晚泊金陵水亭

江亭当废国，秋景倍萧骚。夕照残荒垒，寒潮涨古濠。就田看鹤劣一作大，隔水见僧高。无限前朝事，醒吟易觉劳。

钱塘别罗隐

故国看看远，前程计在谁。五更听角后，一叶渡江时。吾道天宁丧，人情日可疑。西陵向西望，双泪为君垂。

山中贻同志

君贫我亦贫，为善喜为邻。到老如今日，无心愧古人。闭门非傲世，守道是谋身。别有同山者，其如未可亲。

秋日怀九华旧居

吾道在五字，吾身宁陆沉。凉生中夜雨一作月，病起故山心。烛共寒酸影，蛩添苦楚吟。何当遂归去，一径入松林。

江岸秋思

驱马傍江行，乡愁步步生。举鞭挥柳色，随手失蝉声。秋稼缘长道，寒云约古城。家贫遇丰岁，无地可归耕。

哭刘德仁

贾岛还如此，生前不见春。岂能诗苦者，便是命羁人。家事因吟失一作尽，时情碍国亲。多应衔恨骨，千古不为尘。

经青山吊李翰林

何为一作谓先生死，先生道日新。青山明月夜，千古一诗人。天地空销骨，声名不傍身。谁移耒阳冢，来此作吟邻。

下第东归别友人

不得同君一作居住，当春别帝乡。年华落第老，岐路出关长。芳草缘流水，残花向夕阳。怀亲暂归去，非是钓沧浪。

秋宿诗僧云英房一作院因赠

贾岛怜无可，都缘数句诗。君虽是后辈，我谓过当时。溪浪和星动，松阴带鹤移。同吟到明坐，此道淡谁知。

送人宰吴县

海涨兵荒后，为官合动情。字人无异术，至论不如清。草履随船卖，绫梭隔水鸣。唯持古人意，千里赠君行。

读友人诗

君诗通大雅，吟觉古风生。外却浮华景，中含教化一作至教情。名应高日月，道可润公卿。莫以孤寒耻，孤寒达更荣。

登山寺

山半一山寺，野人秋日登。就中偏爱石，独上最高层。有果猿攀一作摇树，无斋鸽看僧。儒门自多事，来此复何能。

辞九江李郎中入关

帝里无相识，何门迹可亲。愿开言重口，荐与分深人。卷许新诗出，家怜旧业贫。今从九江去，应免更迷津。

江南逢李先辈

李杜复李杜，彼时逢此时。干戈侵帝里，流落向天涯。岁月消于酒，平生断在诗。怀才不得志，只恐满头丝。

秋日寄吟友

闲坐细思量，唯吟不可忘。食无三亩地，衣绝一株桑。蝉树生寒色，渔潭落晓光。青云旧知己，未许钓沧浪。

江上与从弟话别

相逢尽说归，早晚遂归期。流水多通处，孤舟少住时。干人不得已，非我欲为之。及此终无愧，其如道在兹。

送友人游南海

南海南边路，君游只为贫。山川多少地，郡邑几何人。花鸟名皆别，寒暄气不均。相期早晚见，莫待瘴侵身。

赠聂尊师

诗道将一作皆仙分，求之不可求。非关从小学，应是数生修。蟾桂云梯折，鳌山鹤驾游。他年两成事，堪喜是邻州。

旅　感

白发根丛出，镊频愁不开。自怜空老去，谁信苦吟来。客路东西阔，家山早晚回。翻思钓鱼处，一雨一层苔。

寄益阳武灌明府

县称诗人理，无嫌日寂寥。溪山入城郭，户口半渔樵。月满弹琴夜，花香漉酒朝。相思不相见，烟水路迢迢。

湘中秋日呈所知

四海无寸土，一生惟苦吟。虚垂异乡泪，不滴别人心。雨一作木色凋湘树，滩声下塞禽。求归归未得，不是掷光阴。

苦　吟

世间何事好，最好莫过诗。一句我自得，四方人已知。生应无辍日，死是不吟时。始拟归山去，林泉道在兹。

闽中别所知

触目生归思,那堪路七千。腊中离此地,马上见明年。郡邑溪山巧,寒暄日月偏。自疑双鬓雪,不似到南天。

塞上伤战士

战士说辛勤,书生不忍闻。三边远天子,一命信将军。野火烧人骨,阴风卷阵云。其如禁城里,何以重要勋。

春日访独孤处士

地僻春来静,深宜长者居。好花都待一作大晚,修竹不妨疏。雁入湘江食,人侵晓色锄。似君无学处,头白道如初。

哭友人

病向名场得,终为善误身。无儿承后嗣,有女托何人。葬礼难求备,交情好者贫。惟馀旧文集,一览一沾巾。

新栽竹

劚破苍一作莓苔色一作地,因栽十数茎。窗风从此冷,诗思当时清。酒入杯中影,棋添局上声。不同桃与李,潇洒伴书生。

送吴蜕下第入蜀

下第言之蜀,那愁举别杯。难兄方在幕,上相复怜才。鸟径盘春霭,龙湫发夜雷。临邛无久恋,高桂待君回。

乱后归山 一作山居

乱世归山谷，征鼙喜不闻。诗书犹满架，弟侄未为军。山犬眠红叶，樵童唱白云。此心非此志，终拟致明君。

题著禅师

大道本无幻，常情自有魔。人皆迷著此，师独悟如何。为岳开窗阔，因虫长草多。说空空说得，空得到维摩一本作空麼。

春日闲居即事

未得青云志，春同秋日情。花开如叶落，莺语似蝉鸣。道合和贫守，诗堪与命争。饥寒是吾事，断定不归耕。

秋宿栖贤寺怀友人

一宿三秋寺，闲忙与晓分。细泉山半落，孤客夜深闻。鹤去巢盛月，龙潜穴拥云。苦吟方见景，多恨不同君。

乱后再逢汪处士

如君真道者，乱一作高世有闲情。每别不知处，见来长后生。药非因病服，酒不为愁倾。笑我于身苦，吟髭白数茎。

山中喜与故交宿话

远地能相访，何惭事力微。山中深夜坐，海内故交稀。村酒沽来浊，溪鱼钓得肥。贫家只如此，未可便言归。

观　棋

对面不相见,用心同一作如用兵。算人常欲杀,顾己自贪生。得势侵吞远,乘危打劫赢。有时逢敌手,当局到深更。

送人宰德清

乱世人多事,耕桑或失时。不闻宽赋敛,因此转流离。天意未如是,君心无自欺。能依四十字,可立德清碑。

寄窦处士

漳水醉中别,今来犹未醒。半生因酒废,大国几时宁。海畔将军柳,天边处士星。游人不可见,春入乱山青。

题历山舜词

山有庙,呼为帝二子。多变妖异,为时所敬。

昔舜曾耕地,遗风日寂寥。世人那肯祭,大圣不兴妖。殿宇秋霖坏,杉松野火烧。时讹竞淫祀,丝竹醉山魈。

赠李蒙叟

在我成何事,逢君更劝吟。纵饶不得力,犹胜别劳心。凡事有兴废,诗名无古今。百年能几日,忍不惜光阴。

维扬冬末寄幕中二从事 缺第三句

闻道长溪尉,相留一馆闲。□□□□□,尚隔几重山。为旅春风外,怀人夜雨间。年来疏览镜,怕见减朱颜。

和吴太守罢郡山村偶题二首

罢郡饶山兴,村家不惜过。官情随日薄,诗思入秋多。野兽眠低草,池禽浴动荷。眼前馀政在,不似有干戈。
快活田翁辈,常言化育时。纵饶稽岁月,犹说向孙儿。茅屋梁和节,茶盘果带枝。相传终不忘,何必立生祠。

乱后送友人一作送人遇乱归湘中

家枕三湘岸,门前即一作有钓矶。渔竿壮岁别,鹤发乱时归。岳暖无猿叫,江春有燕飞。平生书剑在,莫便学忘机。

送紫阳僧归庐岳旧寺

紫衣明主赠,归寺感先师。受业恩难报,开堂影不知。松风欹枕夜,山雪下一作上楼时。此际无人会,微吟复敛眉。

和刘评事送海禅和归山

衲一作内外元无象,言寻那路寻。问禅将底说,传印得何心。未了群山浅,难一作能休一室深。伏魔宁是兽,巢顶亦非禽。观色风驱雾,听声雪洒林。凡归是归处,不必指高岑。一作况当幽隐处,未必有高岑。

御沟柳

律到御沟一作九重春,沟边柳色新。细笼穿禁水,轻拂入朝人。日近韶光早,天低圣泽匀。谷莺栖未稳,宫女画难真。楚国空摇浪,隋堤暗惹尘。如何帝城里,先得覆龙津。

全唐诗卷六九二

杜荀鹤

冬末同友人泛潇湘

残腊泛舟何处好，最多吟兴是潇湘。就船买得鱼偏美，踏雪沽来酒倍香。猿到夜深啼岳麓，雁知春近别衡阳。与君剩采江山景，裁取新诗入帝乡。

赠李镡 镡自维扬遇乱，东入山中。

君行君文天合知，见君如一作于此我兴一作伤悲。只残三口兵戈后，才到孤村雨雪时。著卧衣裳难办洗，旋求粮食莫供炊。地炉不暖柴枝湿，犹把蒙求授小儿。

旅中卧病

秋来谁料病相萦，枕上心犹算去程。风射破窗灯易灭，月穿疏屋梦难成。故园何啻三千里，新雁才闻一两声。我自与人无旧分，非干人与我无情。

旅泊遇郡中叛乱示同志

握手相看一作悲谁敢言，军家刀剑在腰边。遍搜宝货无藏处，乱杀平人不怕天。古寺拆为修寨木，荒坟开作甃城砖。郡侯逐出浑闲事，正是銮舆幸蜀年。

赠秋浦张明府

君为秋浦三年宰，万虑关心两鬓知。人事旋生当路县，吏才难展用兵时。农夫背上题军号，贾客船头插战旗。他日亲知问官况，但教吟取杜家诗。

雪

风搅长空寒骨生，光一作先于晓色报窗明。江湖不见飞禽影，岩谷时闻折竹声。巢穴几多相似处一作沟壑本深无复满，路岐兼得一般平。拥袍公子休一作莫言冷，中有樵夫跣足行。

题庐岳刘处士草堂

仙境闲寻采药翁，草堂留话一宵同。若看山下云深处，直是人间路不通。泉领藕花来洞口，月将松影过溪东。求名心在闲难遂，明日马蹄尘土中。

山中寄诗友

山深长恨少同人，览景无时不忆君。庭果自从霜后熟，野猿频向屋边闻。琴临秋水弹明月，酒就东一作寒山酌白云。仙桂算攀攀合得，平生心力尽于文。

秋宿临江驿

南来北去二三年，年去年来两鬓斑。举世尽从愁里老，谁人肯向死前闲。渔舟火影寒归浦，驿路铃声夜过山。身事未成归未得，听猿鞭马入长关一作安。

题瓦棺寺真上人院矮桧

天生仙桧是长材，栽桧希逢此最低。一自旧山来砌畔，几番凡木与云齐。迥无斜影教僧踏，免有闲枝引鹤栖。今日偶题题似着，不知题后更谁题。

江下一作上初秋寓泊

濛濛烟雨蔽江村，江馆愁人好断魂。自别家来生白发，为侵星起谒朱门。也知柳欲开春眼，争奈萍无入土根。兄弟无书雁归北，一声声觉苦于猿。

投从叔补阙

吾宗不谒谒诗宗，常仰门风继国风。空有篇章传海内，更无亲族在朝中。其来虽愧源流浅，所得须怜雅颂同。三十年吟到今日，不妨私荐亦成公。

赠张员外儿

张公一子才三岁，闻客吟声便出来。唤物舌头犹未稳，诵诗心孔迥然开。天生便是成家庆，年长终为间世才。月里桂枝知一作如有分，不劳诸丈作梯媒。

重阳日有作

一为重阳上古台，乱时谁见菊花开。偷捋白发真堪笑，牢锁黄金实一作更可哀。是个少年皆老去，争知荒冢不荣来。大家拍手高声唱，日未沉山且莫回。

入关寄九华友人

坐床难稳露蝉新，便作东西马上身。酴酒却输耽睡客，好山翻对不吟人。无多志气禁离别，强半年光属苦辛。箧里篇章头上雪，未知谁恋杏园春。

送李镡游新安

邯郸李镡才峥嵘，酒狂诗逸难干名。气直不与儿一作时辈洽，醉来拟共天公争。孤店夜烧枯叶坐，乱时秋踏早霜行。一间茅屋住不稳，刚出为人平不平。

冬末自长沙游桂岭留献所知

家隔重湖归未期，更堪南去别深知。前程笑到山多处，上马愁逢岁尽时。四海内无容足地，一生中有苦心诗。朱门只见朱门事，独把孤寒问阿谁。

送福昌周繇少府归宁兼谋隐

少见古人无远虑，如君真得古人情。登科作尉官虽小，避世安亲禄已荣。一路水云生隐思，几山猿鸟认吟声。知君未作终焉计，要著文章待太平。

贺顾云侍御府主与子弟奏官 敕下时，年七岁。

青桂朱袍不贺兄，贺兄荣是见儿荣。孝经始向堂前彻，官诰当从幕下迎。戏把蓝袍包果子，娇将竹笏恼先生。自惭乱世无知己，弟侄鞭牛傍垄耕。

舟行即事

年少髭须雪欲侵，别家三日几般心。朝随贾客忧风色，夜逐渔翁宿苇林。秋水鹭飞红蓼晚，暮山猿叫白云深。重阳酒熟茱萸紫，却向江头倚棹吟。

乱后山居

从乱一作乱后移家拟傍山，今来方办买山钱。九州有路休为客，百岁无愁即是仙。野叟并田锄暮雨，溪禽同石立寒烟。他人似我还应少，如此安贫亦荷天。

山居寄同志

茅斋深僻绝轮蹄，门径缘莎细接溪。垂钓石台依竹垒，待宾茶灶就岩泥。风生谷口猿相叫，月照松头鹤并栖。不是无端过时日，拟从窗下蹑云梯。

将入关安陆遇兵寇

家贫无计早离家，离得家来蹇滞多。已是数程行雨雪，更堪中路阻兵戈。几州户口看成血，一旦天心却许和。四面烟尘少无处，不知吾土自如何。

夏日登友人书斋林亭

暑天长似秋天冷，带郭林亭画不如。蝉噪槛前遮日竹，鹭窥池面弄萍鱼。抛山野客横琴醉，种药家僮踏雪锄。众惜君才堪上第，莫因居此与名疏。

寄临海姚中丞

夏辞旌旆已秋深，永夕思量泪满襟。风月易斑搜句鬓，星霜难改感恩心。寻花洞里连春醉，望海楼中彻晓吟。虽有梦魂知处所，去来多被角声侵。

秋日闲居寄先达

到头身事欲何为，窗下工夫鬓上知。乍可百年无称意，难教一日不吟诗。风驱早雁冲湖色，雨挫残蝉点柳枝。自古书生也如此，独堪惆怅是明时。

题觉禅和

少见修行得似师，茅堂佛像亦随时。禅衣衲后云藏线，夏腊高来雪印眉。耕地诫侵连冢土。伐薪教护带巢枝。有时问着经中事，却道山僧总不知。

感　秋 一作秋感

年年名路谩辛勤，襟袖空多马上尘。画戟门前难作客，钓鱼船上易安身。冷烟黏柳蝉声老，寒渚澄星雁叫新。自是侬家无住处，不关天地窄于人。

题德玄上人院

刳得心来忙处闲，闲中方寸阔于天。浮生自是无空性，长寿何曾有百年。罢定磬敲松罅月，解眠茶煮石根泉。我虽未似师披衲，此理同师悟了然。

春日山居寄友人

野吟何处最相宜，春景暄和好入诗。高下麦苗新雨后，浅深山色晚晴时。半岩云脚风牵断，平野花枝鸟踏垂。倒载干戈是何日，近来麋鹿欲相随。

怀庐岳旧隐

一别三年长在梦，梦中时蹑石棱层。泉声入夜方堪听，山色逢秋始好登。岩鹿惯随锄药叟，溪鸥不怕洗苔僧。人间有许多般事，求要身闲直未能。

投长沙裴侍郎

此身虽贱道长存，非谒朱门谒孔门。只望至公将卷读，不求朝士致书论。垂纶雨结渔乡思，吹木风传雁夜魂。男子受恩须有地，平生不受等闲恩。

和友人见题山居

避时多喜葺居成，七字君题万象清。开户晓云连地白，访人秋月满山明。庭前树瘦霜来影，洞口泉喷雨后声。有景供吟且如此，算来何必躁于名。

献长沙王侍郎

文星渐见射台星，皆仰为霖沃众情。天泽逼来逢圣主，辞林盛去得书生。云妆岳色供吟景，月浩湘流递政声。美化事多难讽诵，未如耕钓口分明。

春日登楼遇雨

忽地晴天作雨天，全无暑气似秋间。看看水没来时路，渐渐云藏望处山。风趁鹭鸶双出苇，浪催渔父尽归湾。一心准拟闲登眺，却被诗情使不闲。

春日行次钱塘却寄台州姚中丞

岂为无心求上第，难安帝里为家贫。江南江北闲为客，潮去潮来老却人。两岸雨收莺语柳，一楼风满角吹春。花前不独垂乡泪，曾是一作作朱门寄食身。

投江上崔尚书

此生何路出尘埃，犹把中才谒上才。闭户十年专笔砚，仰天无处认梯媒。马前霜叶催归去，枕上边鸿唤觉来。若许登门换髻鬣，必应辛苦事风雷。

书事投所知

古陌寒风来去吹，马蹄尘旋上麻衣。虽然干禄无休意，争奈趋时不见机。诗思趁云从岳涌，乡心随雁绕湖飞。肯将骨肉轻离别，未遇人知未得归。

秋日湖外书事

十五年来笔砚功，只今犹在苦贫中。三秋客路湖光外，万里乡关楚邑一作色东。鸟径杖藜山翳雨，猿林欹枕树摇风。朱门处处若相似，此命到头通不通。

题宗上人旧院

此院重来事事乖，半敧茅屋草侵阶。啄生鸦忆啼松桥，接果猿思啸石崖。壁上尘黏蒲叶扇，床前苔烂笋皮鞋。分明记得谈空日，不向秋风更怆怀。

乱后出山逢高员外

自从乱后别京关，一入烟萝十五年。重出故山生白发，却装新卷谒清贤。窗回旅梦城头角，柳结乡愁雨后蝉。名姓暗投心暗祝，永期收拾向门前。

赠友人罢举赴交趾辟命

罢却名场拟入秦，南行无罪似流人。纵经商岭非驰驿，须过长沙吊逐臣。舶载海奴镮硾一作锤耳，象驼蛮女彩缠身。如何待取丹霄桂，别赴嘉招作上宾。

山中寡妇 一作时世行

夫因兵死守蓬茅，麻苎衣衫鬓发焦。桑柘废来犹纳税，田园荒后一作尽尚征苗。时挑野菜和根煮，旋斫生柴带叶烧。任是深山更深处，也应无计避征徭。

访蔡融因题

杖藜时复过荒郊，来到君家不忍抛。每见苦心修好事，未尝开口怨平交。一溪寒色渔收网，半树斜阳鸟傍巢。必若天工主人事，肯交吾子委衡茅。

闲居书事

竹门茅屋带村居，数亩生涯自有馀。鬓白只应秋炼句，眼昏多为夜抄书。雁惊风浦渔灯动，猿叫霜林橡实疏。待得功成即西去，时清不问命何如。

友人赠舍弟依韵戏和

吾家此弟有何知，多愧君开道业基。不觉裹头成大汉，昨来竹马作童儿。还缘世遇兵戈闹，只恐身修礼乐迟。及见和诗诗自好，砣徒和切，碾轮石也。公一作门不到一作倒更何时。

乱后逢村叟 一作时世行

经乱衰翁居破村，村中何事不伤魂。一作八十老翁住破村，村中牢落不堪论。因供寨木无桑柘，为著一作点乡兵绝子孙。还似平宁征赋税，未尝州县略安存。至于一作今鸡犬皆星散，日落前山独一作哭倚门。

赠元上人

多少僧中僧行高，偈成流落遍僧抄。经窗月静滩声到，石径人稀藓色交。垂露竹黏蝉落壳，窣云松载鹤栖巢。煮茶童子闲胜我，犹得依时把磬敲。

下第东归道中作

一回落第一宁亲，多是途中过却春。心火不销双鬓雪，眼泉难濯满衣尘。苦吟风月唯添病，遍识公卿未免贫。马壮金多有官者，荣归却笑读书人。

夏日留题张山人林亭

此中偏称夏中游，时有风来暑气收。涧底松摇千尺雨，庭中竹撼一窗秋。求猿句寄山深寺，乞鹤书传海畔洲。闲与先生话身事，浮名薄宦总悠悠。

伤病马

此马堪怜力壮时，细匀行步恐尘知。骑来未省将鞭触，病后长教觅药医。顾主强抬和泪眼，就人轻刷带疮皮。只今筋骨浑全在，春暖莎青放未迟。

馆舍秋夕

寒雨萧萧灯焰青，灯前孤客难为情。兵戈闹日别乡国，鸿雁过时思弟兄。冷极睡无离枕梦，苦多吟有彻云声。出门便作还家计，直至如今计未成。

送僧赴黄山沐汤泉兼参禅宗长老

闻有汤泉独去寻，一瓶一钵一无金。不愁乱世兵相害，却喜寒山路入深。野老祷神鸦噪庙，猎人冲雪鹿惊林。患身是幻逢禅主，水洗皮肤语洗心。

哭山友

十载同栖庐岳云，寒烧枯叶夜论文。在生未识公卿面，至死不离麋鹿群。从见蓬蒿丛坏屋，长忧雨雪透荒坟。把君诗句高声读，想得天高也合闻。

献池州牧

池阳今日似渔阳，大变凶年作小康。江路静来通客货，郡城安后绝戎装。分开野色收新麦，惊断莺声摘嫩桑。纵有逋民归未得，远闻仁政旋还乡。

送韦书记归京 座主侍郎同举

韦杜相逢眼自明，事连恩地倍牵情。闻归帝里愁攀送，知到师门话姓名。朝客半修前辈礼，古人多重晚年荣。从来有泪非无泪，未似今朝泪满缨。

献郑给事

化行邦域二年春，樵唱渔歌日日新。未降诏书酬善政，不知天泽答何人。秋登岳寺云随步，夜宴江楼月满身。他日朱门恐难扫，沙堤新筑必无尘。

赠休禅和

为僧难得不为僧，僧戒僧仪未是能。弟子自知心了了，吾师应为醉腾腾。多生觉悟非关衲，一点分明不在灯。只道诗人无佛性，长将二雅入三乘。

送李先辈从知一作军塞上

去草军书出帝乡，便从城外学戎装。好随汉将收胡土，莫遣胡兵近汉疆。洒碛雪黏旗力重，冻河风揭角声长。此行也是男儿事，莫向征人恃桂香。

和友人送弟

君说无家只弟兄，此中言别若为情。干戈闹日分头去，山水寒时信路行。月下断猿空有影，雪中孤雁却无声。我今骨肉虽饥冻，幸喜团圆过乱兵。

酬张员外见寄

分应天与吟诗老，如此兵戈不废诗。生在世间人不识，死于泉下鬼应知。啼花蜀鸟春同苦，叫雪巴猿昼共饥。今日逢君惜分手，一枝何校一年迟。

献新安于尚书

九土雄师竟若何，未如良牧与天和。月留清俸资家少，岁计阴功及物多。四野绿云笼稼穑，千山明月静干戈。行人耳满新安事，尽是无愁父老歌。

乱后书事寄一作呈同志

九土如今尽用兵，短戈长戟困书生。思量在世头堪白，画度归山计未成。皇泽正沾新将士，侯门不是旧公卿。到头诗卷须藏却，各向渔樵混姓名。

中山临上人院观牡丹寄诸从事一作弟

闲来吟绕牡丹丛，花艳人生事略同。半雨半风三月内，多愁多病百年中。开当韶景何妨一作多好，落向僧家即是空。一境别一作别竟无唯此有，忍教醒坐对支公。

投宣谕张侍郎乱后遇毗陵

此生今日似前生，重著麻衣特地行。经乱后囊新卷轴，出山来见旧公卿。雨笼蛩壁吟灯影，风触蝉枝噪浪声。闻道中兴重人一作文物，不妨西去马蹄轻。

下第投所知

落第愁生晓鼓初，地寒才薄欲何如。不辞更写公卿卷，却是难修骨肉书。御苑早莺啼暖树，钓乡春水浸贫居。拟离门馆东归去，又恐重来事转疏。

哭方干

何言寸禄不沾身，身没诗名万古存。况有数篇关教化，得无馀庆及儿孙。渔樵共垒坟三尺，猿鹤同栖月一村。天下未宁吾道丧，更谁将酒酹吟魂。

秋日泊浦江

一帆程歇九秋时，漠漠芦花拂浪飞。寒浦更无船并宿，暮山时见鸟双归。照云烽火惊离抱，剪叶风霜逼暑衣。江月渐明汀露湿，静驱吟魄入玄微。

白发吟

一茎两茎初似丝，不妨惊度少年时。几人乱世得及此，今我满头何足悲。九转灵丹那胜酒，五音清乐未如诗。家山苍翠万馀尺，藜杖楮冠输老儿。

下第寄池州郑员外

省出一作得蓬蒿修谒初，蒙知曾不见生疏。侯门数处将书荐，帝里经年借宅居。未必有诗堪讽诵，只怜无援过吹嘘。如一作而今足得成持取一作处，莫使江湖却钓鱼。

塞　上

旌旗鬣鬣一作猎猎汉将军，闲出巡边一作游帝命新。沙塞旋收饶帐幕，犬戎时杀少烟尘。冰河夜渡偷来马，雪岭朝飞猎去人。独作书生疑不稳，软弓轻剑也随身。

赠题兜率寺闲上人院

人间寺应诸天号，真行僧禅此寺中。百岁有涯头上雪，万般无染耳边风。挂帆波浪惊心白，上马尘埃翳眼红。毕竟浮生谩劳役，算来何事不成一作归空。

别四明钟尚书

九华天际碧嵯峨，无奈春来入梦何。难与英雄论教化，却思猿鸟共烟萝。风前柳态闲时少，雨后花容淡处多。都大人生有离别，且将诗句代离歌。

题护国大师塔

莫认双林是佛林，禅栖无地亦无金。塔前尽礼灰来相，衲下谁宗印了心。笠象胤一作彻明双不见，线源分派寸难寻。吾师觉路余知处，大藏经门一夜吟。

春日山中对雪有作

竹树无声或有声，霏霏漠漠散还凝。岭梅谢后重妆蕊，岩水铺来却结冰。牢系鹿儿防猎客，满添茶鼎候吟僧。好将膏雨同功力，松径莓苔又一层。

山中对雪有作

一浑乾坤万象收，唯应不壅大江流。虎狼遇猎难藏迹，松柏因风易举头。玉帐英雄携妓赏，山村鸟雀共民愁。岂堪久蔽苍苍色，须放三光照九州。

戏题王处士书斋

先生高兴似樵渔，水鸟山猿一处居。石径可行苔色厚，钓竿时斫竹丛一作林疏。欺春只爱和醅酒，讳老犹看夹注书。莫道无金空有寿，有金无寿欲何如。

早　发

东窗未明尘梦苏，呼童结束登征途。落叶铺霜马蹄滑，寒猿啸一作哭月人心孤。时逆一作送帽檐风刮顶，旋呵鞭手冻黏须。青云快活一未见，争得安闲钓五湖。

题仇处士郊居 处士弃官卜居

江南景簇此一作好林亭，手板蓝裾自可轻。洞里客来无俗话，郭中人到有公一作山情。闲敲一作挑岩果呼猿接，时钓溪鱼引鹤争。笑我有诗三百首，马蹄红一作终日急于名。

依韵次一作酬同年张曙先辈见寄之什

天上诗名天下传，引来齐列一作到玉皇前。大仙录后头无雪，至药成来灶绝烟。笑蹑紫云金作阙，梦抛尘世铁为船。九华山叟惊凡骨，同到蓬莱岂偶然。

乱后逢李昭象叙别

李生李生何所之，家山窣云胡不归。兵戈到处弄性命，礼乐向人生是非。却与野猿同橡坞，还将溪鸟共渔矶。也知不是男儿事，争奈时情贱布衣。

晚春寄同年张曙先辈

莫将时态破天真，只合高歌醉过春。易落好花三个月，难留浮世百年身。无金润屋浑闲事，有酒扶头是了人。恩地未酬闲未得，一回醒话一沾巾。

长 安 春 感

出京无计住京难，深入东风一作门转索然。满眼有花寒食下，一家无信楚江边。此时晴景愁于雨，是处莺声苦却一作极，一作似。蝉。公道算来终达去一作了，更从今日望明一作来年。

登灵山水阁贻钓者

江上见僧谁是了，修斋补衲日劳身。未胜渔父闲垂钓，独背斜阳不采人。纵有风波犹得睡，总无蓑笠始为贫。瓦瓶盛酒瓷瓯酌，荻浦芦湾是要津。

赠溧水一作涟水崔少府

庭户萧条燕雀喧，日高窗下枕书眠。只闻留客教沽酒，未省逢人说料钱。洞口礼星披鹤氅，溪头吟月上渔船。九华山叟心相许，不计官卑一作资赠一篇。

读张仆射诗 曾应举不及第，投笔领郡。

秋吟一轴见心胸，万象搜罗咏欲空。才大却嫌天上桂，世危翻立阵前功。廉颇解武文无说，谢朓能文武不通。双美总输张太守，二南章句六钧弓。

题所居村舍

家随兵尽屋空存，税额宁容减一分。衣食旋营犹可过，赋输长急不堪闻。蚕无夏织桑充寨，田废春耕犊劳军。如此数州谁会得，杀民将尽更邀勋。

献钱塘县罗著作判官

还乡夫子遇贤侯，抚字情知不自由。莫把一名专懊恼，放教双眼绝冤仇。猩袍懒著辞公宴，鹤氅闲披访道流。犹有九华知己在，羡君高卧早回头。

遣　怀

驱驰歧路共营营，只为人间利与名。红杏园中终拟醉，白云山下懒归耕。题桥每念相如志，佩印当期季子荣。谩道强亲堪倚赖，到头须是有前程。

长安道中有作

回头不忍看羸僮，一路行人我最穷。马迹蹇于槐影里，钓船抛在月明中。帽檐晓滴淋蝉露，衫袖时飘卷雁风。子细寻思底模样，腾腾又过玉关东。

题开元寺门阁

一登高阁眺清秋，满目风光尽胜游。何处画桡寻绿水，几家鸣笛咽红楼。云山已老应长在，岁月如波只暗流。唯有禅居离尘俗，了无荣辱挂心头。

出关投孙侍御

东归还著旧麻衣，争免花前有泪垂。每岁春光九十日，一生年少几多时。青云寸禄心耕早，明月仙枝分种迟。不为感恩酬未得，五湖闲作钓鱼师。

送项山人归天台

因话天台归思生，布囊藤杖笑离城。不教日月拘身事，自与烟萝结野情。龙镇古潭云色黑，露淋秋桧鹤声清。此中是处堪终隐，何要世人知姓名。

题衡阳隐士山居

闲居不问世如何，云起山门日已斜。放鹤去寻三岛客，任人来看四时花。松醪腊酝安神酒，布水宵煎觅句茶。毕竟金多也头白，算来争得似君家。

题江寺禅和

江寺禅僧似悟禅，坏衣芒履住茅轩。懒求施主修真像，翻说经文是妄言。出浦钓船惊宿雁，伐岩樵斧迸寒猿。行人莫问师宗旨，眼不浮华耳不喧。

题弟侄书堂

何事居穷道不穷，乱时还与静时同。家山虽在干戈地，弟侄常修礼乐风。窗竹影摇书案上，野泉声入砚池中。少年辛苦终身事，莫向光阴惰寸功。

和友人寄长林孟明府

为政为人渐见心，长才聊屈宰长林。莫嫌月入无多俸，须喜秋来不废吟。寒雨旋疏丛菊艳，晚风时动小松阴。讼庭闲寂公书少，留客看山索酒斟。

戏赠渔家

见君生计羡君闲，求食求衣有底难。养一箔蚕供钓线，种千茎竹作渔竿。葫芦杓酌春浓酒，舴艋舟流夜涨滩。却笑侬家最辛苦，听蝉鞭马入长安。

登城有作

上得孤城向晚春，眼前何事不伤神。遍看原上累累冢，曾是城中汲汲人。尽谓黄金堪润屋，谁思荒骨旋成尘。一名一宦平生事，不放愁侵易过身。

秋日山中寄池州李常侍

近来参谒陡生疏，因向云山僻处居。出为羁孤营粝食，归同弟侄读生书。风凋古木秋阴薄，月满寒山夜景虚。但得中兴知己在，算应身未老樵渔。

辞杨侍郎

春在门阑秋未离，不因人荐只因诗。半年宾馆成前事，一日侯门失旧知。霜岛树凋猿叫夜，湖田谷一作稻熟雁来时。西风万里东归去，更把愁心说向谁。

题汪氏茅亭

茅亭客到多称奇，茅亭之上难题诗。出尘景物不可状，小手篇章徒尔为。牛畔稻苗新雨后，鹤边松韵晚风时。君今酷爱人间事，争得安闲老在兹。

喜从弟雪中远至有作

深山大雪懒开门，门径行踪自尔新。无酒御寒虽寡况，有书供读且资身。便均情爱同诸弟，莫更生疏似外人。昼短夜长须强学，学成贫亦胜他贫。

送僧归国清寺

吟送越僧归海涯，僧行浑不觉程赊。路沿山脚潮痕出，睡倚松根日色斜。撼锡度冈猿抱树，挈瓶盛浪鹭翘沙。到参禅后知无事，看引秋泉灌藕花。

题汪明府山居

不似当官只似闲,野情终日不离山。方知薄宦难拘束,多与高人作往还。牛笛漫吹烟雨里,稻苗平入水云间。羡君公退归欹枕,免向他门厚客颜。

下第东归将及故园有作

平生操立有天知,何事谋身与志违。上国献诗还不遇,故园经乱又空归。山城欲暮人烟敛,江月初寒钓艇归一作稀。且把风寒作闲事,懒能和泪拜庭闱。

宿东林寺题愿公院

古寺沈沈僧未眠,支颐将客说闲缘。一溪月色非尘世,满洞松声似雨天。檐底水涵抄律烛,窗间风引煮茶烟。无由住得吟相伴,心系青云十五年。

山居自遣

茅屋周回松竹阴,山翁时挈酒相寻。无人开口不言利,只一作独我白头空爱吟。月在钓潭秋睡重,云横樵径野情深。此中一日过一日,有底闲愁得到心。

赠友人罢举赴辟命

连天一水浸吴东,十幅帆飞二月风。好景采抛诗句里,别愁驱入酒杯中。渔依岸柳眠圆影,鸟傍岩花戏暖红。不是桂枝终不得,自缘年少好从戎。

乱后旅中遇友人

念子为儒道未亨，依依心向十年兄。莫依乱世轻依托，须学前贤隐姓名。大国未知何日静，旧山犹可入云耕。不如自此同归去，帆挂秋风一信程。

赠休粮僧

自言因病学休粮，本意非求不死方。徒有至人传道术，更无斋客到禅房。雨中林鸟归巢晚，霜后岩猿拾橡忙。争似吾师无一事，稳披云衲坐藤床。

维扬春日再遇孙侍御

本一作不为荣家不为身，读书谁料转家贫。三年行却千山路，两地思归一主人。络岸柳丝悬细雨，绣田花朵弄残春。多情御史应嗟见，未上一作到青云白发新。

乱后宿南陵废寺寄沈明府

只共寒灯坐到明，塞鸿冲雪一声声。乱时为客无人识，废寺吟诗有鬼惊。且把酒杯添志气，已将身一作心事托公卿。男儿仗剑酬恩在，未肯徒然过一生。

投郑先辈

匣中长剑未酬恩，不遇男儿不合论。闷向酒杯吞日月，闲将诗句问乾坤。宁辞马足劳关路，肯为渔竿忆水村。两鬓欲斑三百首，更教装写傍谁门。

途中有作

无论南北与西东，名利牵人处处同。枕上事仍多马上，山中心更甚关中。川原晚结阴沉气，草树秋生索漠风。百岁此身如且一作此健，大家闲作卧云翁。

和舍弟题书堂

兄弟将知大自强，乱时同葺读书堂。岩泉遇雨多还闹，溪竹唯风少即凉。藉草醉吟花片落，傍山闲步药苗香。团圆便是家肥事，何必盈仓与满箱。

送蜀客游维扬

见说西川景物繁，维扬景物胜西川。青春花柳树临水，白日绮罗人上船。夹岸画楼难惜醉，数桥明月不教眠。送君懒问君回日，才子风流正少年。

旅寓

暗算乡程隔数州，欲归无计泪空流。已违骨肉来时约，更束琴书何处游。画角引风吹断梦，垂杨和雨结成愁。去年今日还如此，似与青春有旧仇。

途中春

年光身事旋成空，毕竟何门遇至公。人世鹤归双鬓上，客程蛇绕乱山中。牧童向日眠春草，渔父隈岩避晚风。一醉未醒花又落，故乡回首楚关东。

维扬冬末寄幕中二从事

江上数株桑枣树，自从离乱更荒凉。那堪旅馆经残腊，只把空书寄故乡。典尽客衣三尺雪，炼精诗句一头霜。故人多在芙蓉幕，应笑孜孜道未光。

辞郑员外入关

男儿三十尚蹉跎，未遂青云一桂科。在客易为销岁月，到家难住似经过。帆飞楚国风涛润，马度蓝关雨雪多。长把行藏信天道，不知天道竟如何。

书斋即事

时清只合力为儒，不可家贫与善疏。卖却屋边三亩地，添成窗下一床书。沿溪摘果霜晴后，出竹吟诗月上初。乡里老农多见笑，不知稽古胜耕锄。

隽阳道中

客路客路何悠悠，蝉声向背槐花愁。争知百岁不百岁，未合白头今白头。四五朵山妆雨色，两三行雁帖云秋。输他江上垂纶者，只在船中老便休。

入关因别舍弟

吾今别汝汝听言，去住人情足可安。百口度荒均食易，数年经乱保家难。莫愁寒族无人荐，但愿春官把卷看。天道不欺心意是一作足，帝乡吾土一般般。

赠彭蠡钓者

偏坐渔舟出苇林，苇花零落向秋深。只将波上鸥为侣，不把人间事系心。傍岸歌来风欲起，卷丝眠去月初沈。若教我似君闲放，赢得湖山到老吟。

送友人入关

此去青云莫更疑，出人才行足人知。况当朝野搜贤日，正是孤寒取士时。仙岛烟霞通鹤信，早春雷雨与龙期。我今不得同君去，两鬓霜欺桂一枝。

送友人宰浔阳

高兴那言去路长，非君不解爱浔阳。有时猿鸟来公署，到处烟霞是道乡。钓艇满江鱼贱菜，纸窑连岳楮多桑。陶潜旧隐依稀在，好继高踪结草堂。

秋日卧病 一作秋日旅中

浮世一作宦浮名能几何，致身流落向天涯。少年心壮轻为客，一日病来思在家。山顶老猿啼古木，渡头新雁下平沙。不堪吟罢西风起，黄叶满庭寒日斜。后四句一作经雨冻蝉随叶堕，过湖秋雁趁风斜。前程虽有投人处，争奈乡关日渐赊。

叙　吟

多惭到处有诗名，转觉吟诗僻性成。度水却嫌船著岸，过山翻恨马贪程。如仇雪月年年景，似梦笙歌处处声。未合白头今已白，自知非为别愁生。

行次荥阳却寄诸弟

难把归书说远情,奉亲多阙拙为兄。早知寸禄荣家晚,悔不深山共汝耕。枕上算程关月落,帽前搜景岳云生。如今已作长安计,只得辛勤取一名。

登石壁禅师水阁有作

石壁早闻僧说好,今来偏与我相宜。有山有水堪吟处,无雨无风见景时。渔父晚船分浦钓,牧童寒笛倚牛吹。画人画得从他画,六幅应输八句诗。

赠祖肩和尚

山衣草屐染莓苔,双眼犹慵向俗开。若比吾师居世上,何如野客卧岩隈。才闻锡杖离三楚,又说随缘向五台。乘醉吟诗问禅理,为谁须去为谁来。

闲居即事

形觉清羸道觉肥,竹门前径静相宜。一壶村酒无求处,数朵庭花见落时。章句偶为前辈许,话言多被俗人疑。一枝仙桂如攀得,只此山前是老期。

自　叙

酒瓮琴书伴病身,熟谙时事乐于贫。宁为宇宙闲吟客,怕作乾坤窃禄人。诗旨未能忘救物,世情奈值不容真。平生肺腑无言处,白发吾唐一逸人。

空闲二公递以禅律相鄙因而解之

一教谁云辟二途，律禅禅律智归愚。念珠在手隳禅衲，禅衲披肩坏念珠。象外空分空外象，无中有作有中无。有无无有师穷取，山到平来海亦枯。

寄温州朱尚书并呈军倅崔太博 朱名褒

永嘉名郡昔推名，连属荀家弟与兄。教化静师龚渤海，篇章高体谢宣城。山从海岸妆吟景，水自城根演政声。今日老输崔博士，不妨疏逸伴双旌。

恩门致书远及山居因献之

时难转觉保身难，难向师门欲继颜。若把白衣轻易脱，却成青桂偶然攀。身居剑戟争雄地，道在乾坤未丧间。必许酬恩酬未晚一作得，且须容到九华山。

寄温州崔博士

怀君劳我写诗情，窣窣阴风有鬼听。县宰不仁工部饿，酒家无识翰林醒。眼昏经史天何在，心尽英雄国未宁。好向贤侯话吟侣，莫教辜负少微星。

李昭象云与二三同人见访有寄

得君书后病颜开，云拉同人访我来。在路不妨冲雨雪，到山还免踏尘埃。吟沉水阁何宵月，坐破松岩几处苔。贫舍款宾无别物，止于空战大尊罍。

自江西归九华

他乡终日忆吾乡，及到吾乡值乱荒。云外好山看不见，马头歧路去何忙。无衣织女桑犹小，阙食农夫麦未黄。许大乾坤吟未了，挥鞭回首出陵阳。

和友人见题山居水阁八韵

池阁初成眼豁开，眼前霁景属微才。试攀檐果猿先见，才把渔竿鹤即来。修竹已多犹可种，艳花虽少不劳栽。南昌一榻延徐孺，楚国千钟逼老莱。未称执鞭奔紫陌，惟宜策杖步苍苔。笼禽岂是摩霄翼，涧木元非涧下材。鉴己每将天作镜，陶情常以海为杯。和君诗句吟声大，虫豸闻之谓蛰雷。

全唐诗卷六九三

杜荀鹤

感寓

大海波涛浅，小人方寸深。海枯终见底，人死不知心。

春闺怨

朝喜花艳春，暮悲花委尘。不悲花落早，悲妾似花身。

马上行

五里复五里，去时无住时。日将家渐远，犹恨马行迟。

钓叟

茅屋深湾里，钓船横竹门。经营衣食外，犹得弄儿孙。

再经胡城县

去岁曾经此县城，县民无口不冤声。今来县宰加朱绂，便是生灵血染成。

读诸家诗

辞赋文章能者稀，难中难者莫过诗。直应吟骨无生死，只我前身是阿谁。

春来燕

我屋汝嫌低不住，雕梁画阁也知宽。大须稳择安巢处，莫道巢成却不安。

清溪来明府出二子请诗因遗一绝

珠明玉润尽惊人，不称寒门不称贫。若向吾唐作双瑞，便同祥凤与祥麟。

哭陈陶

耒阳山下伤工部，采石江边吊翰林。两地荒坟各三尺，却成开解哭君心。

哭贝韬

交朋来哭我来歌，喜傍山家葬荔萝。四海十年人杀尽，似君埋少不埋多。

蚕妇

粉色全无饥色加，岂知人世有荣华。年年道我蚕辛苦，底事浑身着苎麻。

山寺一作中老僧

草鞦无尘心地闲，静随猿鸟过寒暄。眼昏齿落看经遍，却向僧中总不言。

闽中秋思

雨匀紫菊丛丛色，风弄红蕉叶叶声。北畔是山南畔海，只堪图画不堪行。

八骏图

丹雘传真未得真，那知筋骨与精神。只今恃骏凭毛色，绿耳骅骝赚杀人。

赠僧

利门名路两何凭，百岁风前短焰灯。只恐为僧僧一作心不了，为僧得一作心了总一作尽输僧。

秋夕

世间多少能诗客，谁是无愁得睡人。自我夜来霜月下，到头吟魄始终身。

溪兴

山雨溪风卷钓丝，瓦瓯篷底独斟时。醉来睡着无人唤，流下前溪一作滩也不知。

过巢湖

世人贪利复贪荣，来向湖边始至诚。男子登舟与登陆，把心何不一般行。

伤硖石县病叟

无子无孙一病翁，将何筋力事耕农。官家不管蓬蒿地，须勒一作索王租出此中。

赠老僧

童子为僧今白首，暗锄心地种闲情。时将旧衲添新线，披坐披行过一生。

钓叟

田不曾耕地不锄，谁人闲散得如渠。渠将底物为香饵，一度抬竿一个鱼。

溪岸秋思

桑柘穷头三四家，挂罾垂钓是生涯。秋风忽起溪滩一作浪白，零落岸边芦荻花。

春日旅寓

满城罗绮拖春色，几处笙歌揭画楼。江上有家归未得，眼前花是眼前愁。

田　翁

白发星星筋力衰，种田犹自伴孙儿。官苗若不平平纳，任是丰年也受饥。

秋江雨夜逢诗友

故友别来三四载，新诗吟得百馀篇。夜来江上秋无月，恨不相逢在雪天。

感　春

无况青云一作春有恨身，眼前花似梦中春。浮生七十今三十，已是人间半世人。

题花木障

不假东风次第吹，笔匀春色一枝枝。由来画看胜栽看，免见朝开暮落时。

顾云侍御出二子请诗因遗一绝

二雏毛骨秀仍奇，小小能吟大大诗。想得月中仙桂树，各从生日长新枝。

秋夕病中

坏屋不眠风雨夜，故园无信水云秋。病中枕上谁相问，一一蝉声槐树头。

宿栾城驿却寄常山张书记

一更更尽到三更，吟破离心句不成。数树秋风满庭月，忆君时复下阶行。

湘江秋夕

三湘月色三湘水，浸骨寒光似练铺。一夜塞鸿来不住，故乡书信半年无。

旅　怀

蒹葭月冷时闻雁，杨柳风和日听莺。水涉山行二年客，就中偏怕雨船声。

赠崔道士

四海兵戈无静处，人家废业望烽烟。九华道士浑如梦，犹向尊前笑揭天。

题道林寺

身未立间终日苦，身当立后几年荣。万般不及僧无事，共水将山过一生。

赠质上人

枿坐云游出世尘，兼无瓶钵可随身。逢人不说人间事，便是人间无事人。

泾　溪

泾溪石险人兢慎，终岁不闻倾覆人。却是平流无石处，时时闻说有沉沦。

夏日题悟空上人院

三伏闭门披一衲，兼无松竹荫房廊。安禅不必须山水，灭得心中火自凉。

经严陵钓台

苍翠云峰开俗眼，泓澄烟水浸尘心。唯将道业为芳饵，钓得高名直至今。

关试后筵上别同人

日午离筵到夕阳，明朝秦地与吴乡。同年多是长安客，不信行人欲断肠。

鸬　鹚

一般毛羽一作色结群飞，雨岸烟汀好景时。深水一作水底有鱼衔得出，看来却是鹭鹚饥。

宿村舍

野人于我有何情，半掩柴门向月明。深夜欲眠眠未著，一丛寒木一猿声。

题新雁一作罗邺诗

暮天新雁起汀洲，红蓼花疏一作开水国秋。想得故园今夜月，几人相忆在江楼。

离　家

丈夫三十身一作今如此，疲马离乡懒著鞭。槐柳路长愁杀我，一枝蝉到一枝蝉。

旅舍一作馆遇雨

月华星彩坐来收，岳色江声暗结愁。半夜灯前十年事，一时和一作随雨到心头。

送人归淝上

巢湖春涨喻溪深，才过东关见故林。莫道南来总无利，水亭山寺二年吟。

自　遣

粝食粗衣随分过，堆金积帛欲如何。百年身后一丘一作坯土，贫富高低争几多。

闻子规

楚天空阔月成一作沉轮，蜀魄声声似告人。啼得血流无用处，不如缄口过残春。

秋夜苦吟

吟尽三更未著题，竹风松雨花凄凄。此时若有人来听，始觉巴猿不解啼。

秋夜闻砧

荒凉客舍眠秋色，砧杵家家弄月明。不及巴山听猿夜，三声中有不愁声。

将过湖南经马当山庙因书三绝

人说马当波浪险，我经波浪似通衢。大凡君子行藏是，自有龙神卫过湖。

贪残官吏虔诚谒，毒害商人沥胆过。只怕马当山下水，不知平地有风波。

九江连海一般深，未必船经庙下沉。头上苍苍没瞒处，不如平取一生心。

梁王坐上赋无云雨

荀鹤初谒朱全忠，雨作而天无行云，全忠曰："此谓天泣，知何祥？请作无云雨诗。"荀鹤乃赋云云，全忠悦。

同是乾坤事不同，雨丝飞洒日轮中。若教阴朗长一作翳都相似，争表梁王造化功。

小　松

自小刺头深草里，而今渐觉出蓬蒿。时人不识凌云木，直待凌云始道高。

醉书僧壁

九华山色真堪爱，留得高僧尔许年。听我吟诗供我酒，不曾穿得判斋钱。

寄李隐居

自小栖玄到老闲，如云如鹤住应难。溪山不必将钱买，赢得来来去去看。

句

旧衣灰絮絮，新酒竹篘篘。《唐诗纪事》

只知断送豪家酒，不解安排旅客情。闻笛　《吟窗杂录》

全唐诗卷六九四

张道古

张道古，一名眖，字子美，临淄人。景福中，擢进士第，官右拾遗，以直谏谪施州司户。后入蜀，王建召为武司郎中，寻复贬死。诗二首。

上蜀王

封章才达冕旒前，黜诏俄离玉座端。二乱岂由明主用，五危终被佞臣弹。西巡凤府非为固，东播銮舆卒未安。谏疏至今如可在，谁能更与读来看。

咏雨

亢阳今已久，嘉雨自云倾。一点不斜去，极多时下成。

唐　廪

唐廪，萍乡人。乾宁元年登进士第，官秘书正字。诗一首。

杨岐山

逗竹穿花越几村，还从旧路入云门。翠微不闭楼台出，清吹频回水石喧。天外鹤归松自老，岩间僧逝塔空存。重来白首良堪喜，朝露浮生不足言。

王　縠

王縠，字虚中，宜春人。乾宁五年进士第，官终尚书郎。集三卷，存诗十八首。

吹笙引

娲皇遗音寄玉笙，双成传得何凄清。丹穴娇雏七十一作十七只，一时飞上秋天鸣。水泉迸泻急相续，一束宫商裂寒玉。旖旎香风绕指生，千声妙尽神仙曲。曲终满席悄无语，巫山冷碧愁云雨。

鸿门宴

寰海沸兮争战苦，风云愁兮会龙虎。四百年汉欲开基，项庄一剑何虚舞。殊不知人心去暴秦，天意归明主。项王足底踏汉土，席上相看浑未悟。

玉树曲

陈宫内宴明朝日，玉树新妆逞娇逸。三阁霞明天上开，灵鼍振擂神仙出。天花数朵风吹绽，对舞轻盈瑞香散。金管红一作银弦旖旎随，霓旌玉佩参差转。璧月夜满楼风轻，莲舌泠泠词调新。当行狎客尽持一作居禄，直谏犯颜无一人。歌舞未终乐未阕，晋王剑上黏腥血。君臣犹在醉乡中，一面已无陈日月。圣唐御宇三百祀，濮上桑间宜禁止。请停此曲归正声，愿将雅乐调元气。

苦热行

祝融南来鞭火龙，火旗焰焰烧天红。日轮当午凝不去，万国如在洪炉中。五岳翠乾云彩灭，阳侯海底愁波竭。何当一夕金风发，为我扫却天下热。

暑日题道边树

火轮迸焰烧长空，浮埃扑面愁朦朦。羸童走马喘不进，忽逢碧树含清风。清风留我移时住，满地浓阴懒前去。却叹人无及物功，不似团团道边树。

红蔷薇歌

红霞烂泼猩猩血，阿母瑶池晒仙缬。晚日春风夺眼明，蜀机锦彩浑疑黦。公子亭台香触人，百花懡㦬无精神。苎罗西子见应妒，风光占断年年新。

刺桐花

南国清和烟雨辰，刺桐夹道花开新。林梢簇簇红霞烂，暑天别觉生精神。秾英斗火欺朱槿，栖鹤惊飞翅忧烬。直疑青帝去匆匆，收拾春风浑不尽。

赠苍溪王明府有文在手曰长生

执手长生在，人皆号地仙。水云真遂性，龟鹤足一作定齐年。但以酒养气，何言命在天。况无婚嫁累，应拍尚平肩。

逢道者神和子

珍重神和子，闻名五十年。童颜终不改，绿发尚依然。酒里消闲日，人间作散仙。长生如可慕，相逐隐林泉。

送友人归闽

东南归思切，把酒且留连。再会知何处，相看共黯然。猿啼梨岭路，月白建溪船。莫恋家乡住，酬身在少年。

春草碧色

习习东风扇，萋萋草色新。浅深千里碧，高下一时春。嫩叶舒烟际，微香动水滨。金塘明夕照，辇路惹芳尘。造化功何广，阳和力自均。今当发生日，沥恳祝良辰。

梦仙谣三首

前程渐觉风光好，琪花片片粘瑶草。有人遗我五色丹，一粒吞之后天老。

青童递酒金觞疾，列坐红霞神气逸。笑说留连数日间，已是人间一千日。

瑶台绛节游皆遍，异果奇花香扑面。松窗梦觉却神清，残月林前三两片。

后魏行

力微皇帝谤天嗣，太武凶残人所畏。一朝羖䍽飞上天，子孙尽作河鱼饵。

秋 以下三首一作王叡诗

蝉噪古槐疏叶下，树衔斜日映孤城。欲知潘鬓愁多少，一夜新添白数茎。

燕

海燕双飞意若何，曲梁呕嘎语声多。茅檐不必嫌卑陋，犹胜吴宫爇尔窠。

牡　丹

牡丹妖艳乱人心，一国如狂不惜金。曷若东园桃与李，果成无语自垂阴。

孙　郃

孙郃，字希韩，四明人。乾宁中登进士第，官校书郎，河南府文学。文集四十卷，小集三卷，今存诗三首。

古意二首 拟陈拾遗

屈子生楚国，七雄知其材。介洁世不容，迹合藏蒿莱。道废固命也，瓢饮亦贤哉。何事葬江水，空使后人哀。

魏礼段干木，秦王乃止戈。小国有其人，大国奈之何。贤哲信为美，兵甲岂云多。君子战必胜，斯言闻孟轲。

哭方玄英先生

牛斗文星落，知是先生死。湖上闻哭声，门前见弹指。官无一寸禄，名传千万里。死著弊衣裳，生谁顾朱紫。我心痛其语，泪落不能已。犹喜韦补阙，扬名荐天子。

句

仕宦类商贾，终日常东西。

褚　载

褚载，字厚之，乾宁二年登进士第。诗一卷，今存诗十四首。

投节度邢公

西风昨夜坠红兰，一宿邮亭事万般。无地可耕归不得，有恩堪报死何难。流年怕老看将老，百计求安未得安。一卷新书满怀泪，频来门馆诉饥寒。

贺赵观文重试及第

一枝仙桂两回春，始觉文章可致身。已把色丝要上第，又将彩笔冠群伦。龙泉再淬方知利，火浣重烧转更新。今日街头看御榜，大能荣耀苦心人。

赠道士

簪星曳月下蓬壶，曾见东皋种白榆。六甲威灵藏瑞检，五龙雷电绕霜都。惟教鹤探丹丘信，不使一作遣人窥太乙炉。闻说葛陂风浪恶，许骑青鹿从行无。

晓　发

贪路贪名须早发，枕前无计暂裴回。才闻鸡唱呼童起，已有铃声过驿来。衣湿乍惊沾雾露，马行仍未见尘埃。朝朝陌上侵星去，待得酬身了便回。

晓　感

晓鼓冬冬星汉微，佩金鸣玉斗光辉。出门各自争歧路，至老何人免是非。大道不应由曲取，浮生还要略知机。故园华表高高在，可得不如丁令威。

南徐晚望

芳草铺香晚岸晴，岸头含醉去来行。僧归岳外残钟寺，日下江边调角城。入浙孤帆知楚信，过淮疏雨带潮声。如今未免风尘役，宁敢匆匆便濯缨。

移　石

嶙峋一片溪中石，恰称幽人弹素琴。浪浸多年苔色在，洗来今日碏痕深。磨看粹色何殊玉，敲有奇声直异金。不是不堪为器用，都缘良匠未留心。

瀑　布

泻雾倾烟撼撼雷，满山风雨助喧豗。争知不是青天阙，扑下银河一半来。

定鼎门

郏鄏城高门倚天，九重踪迹尚依然。须知道德无关锁，一闭乾坤一万年。

陈仓驿

锦翼花冠安在哉，雄飞雌伏尽尘埃。一双童子应惆怅，不见真人更猎来。

长城

秦筑长城比铁牢，蕃戎不敢过临洮。焉知万里连云色，不及尧阶三尺高。

吊秦叟

市西楼店金千秤，渭北田园粟万钟。儿被杀伤妻被虏，一身随驾到三峰。

云 一作杜牧诗

尽日看云首不回，无心都大似无才。可怜光采一片玉，万里晴天何处来。

鹤

欲洗霜翎下涧边，却嫌菱刺污香泉。沙鸥浦雁应惊讶，一举扶摇直上天。

句

相逢多是醉醺然，应有囊中子母钱。以下并见《海录碎事》

有兴欲沽红麹酒，无人同上翠旌楼。

星斗离披烟霭收，玉蟾蜍耀海东头。月诗

鹿胎冠子水晶簪，长啸欹眠紫桂阴。送道士

躞蹀马摇金络脑，婵娟人坠玉搔头。

狂歌放饮浑成性，知道逍遥出俗笼。

除却洛阳才子后，更谁封恨吊怀沙。

莲浦浪澄堪倚钓，柳堤风暖好垂鞭。

上马等闲销白日，出门轻薄倚黄金。少年行

净名方丈虽然病，曼倩年涯未有多。

郑　准

郑准，字不欺。登乾宁进士第，为荆南成汭推官，后与汭不合，为所害。《渚宫集》一卷，今存诗五首。

代寄边人

君去不来久，悠悠昏又明。片心因卜解，残梦过桥惊。圣泽如垂饵，沙场会息兵。凉风当为我，一一送砧声。

江南清明

吴山楚驿四年中，一见清明一改容。旅恨共风连夜起，韶光随酒著人浓。延兴门外攀花别，采石江头带雨逢。无限归心何计是，路边戈甲正重重。

题宛陵北楼

雨来风静绿芜藓，凭著朱阑思浩然。人语独耕烧后岭，鸟飞斜没望中烟。松梢半露藏云寺，滩势横流出浦船。若遣谢宣城不死，必应吟尽夕阳川。

寄进士崔鲁范

洛阳才子旧交知，别后干戈积咏思。百战市朝千里梦，三年风月几篇诗。山高雁断音书绝，谷背莺寒变化迟。会待路宁归得去，酒楼渔浦重相期。

云

片片飞来静又闲，楼头江上复山前。飘零尽日不归去，点破清光万里天。

句

护犊横身立，逢人揭尾跳。题水牛　见《纪事》

陈　乘

陈乘，仙游人。乾宁初擢进士第，官秘书郎。诗一首。

游九鲤湖

汗漫乘春至，林峦雾雨生。洞莓黏屐重，岩雪溅衣轻。窟宅分三岛，烟霞接五城。却怜饶药物，欲辨不知名。

全唐诗卷六九五

韦　庄

韦庄，字端己，杜陵人，见素之后，疏旷不拘小节。乾宁元年第进士，授校书郎，转补阙。李询为两川宣谕和协使，辟为判官。以中原多故，潜欲依王建，建辟为掌书记，寻召为起居舍人，建表留之，后相建为平章事。集二十卷，今编诗五卷，补遗一卷。

章台夜思

清瑟怨遥夜，绕弦风雨哀。孤灯闻楚角，残月下章台。芳草已云暮，故人殊未来。乡书不可寄，秋雁又南回。

延兴门外作

芳草五陵道，美人金犊车。绿奔穿内水，红落过墙花。马足倦游客，鸟声欢酒家。王孙归去晚，宫树欲栖鸦。

刘得仁墓

至公遗至艺，终抱至冤沈。名有诗家业，身无戚里心。桂和秋露滴，松带夜风吟。冥寞知春否，坟蒿日已深。

下第题青龙寺僧房

千蹄万毂一枝芳，要路无媒果自伤。题柱未期归蜀国，曳裾何处谒吴王。马嘶春陌金羁闹，鸟睡花林绣羽香。酒薄恨浓消不得，却将惆怅问支郎。

虢州涧东村居作

东南骑马出郊垧，回首寒烟隔郡城。清涧涨时翘鹭喜，绿桑疏处哺牛鸣。儿童见少生于客，奴仆骄多倨似兄。试望家田还自适，满畦秋水稻苗平。

送日本国僧敬龙归

扶桑已在渺茫中，家在扶桑东更东。此去与师谁共到，一船明月一帆风。

对　酒

何用岩栖隐姓名，一壶春酎可忘形。伯伦若有长生术，直一作应到如今醉未醒。

尹　喜　宅

荒原秋殿柏萧萧，何代风烟占寂寥。紫气已随仙仗去，白云空向帝乡消。濛濛暮雨春鸡唱，漠漠寒芜雪兔跳。欲问灵踪无处所，十洲空阔阆山遥。

途中望雨怀归

满空寒雨漫霏霏，去路云深锁翠微。牧竖远当烟草立，饥禽闲傍渚田飞。谁家树压红榴折，几处篱悬白菌肥。对此不堪乡外思，荷蓑遥羡钓人归。

古离别 一作多情

晴烟漠漠柳毵毵，不那离情酒半酣。更把玉鞭云外指，断肠春色在江南。

柳谷道中作却寄

马前红叶正纷纷，马上离情断杀魂。晓发独辞残月店，暮程遥宿隔云村。心如岳色留秦地，梦逐河声出禹门。莫怪苦吟鞭拂地，有谁倾盖待王孙。

灞陵道中作

春桥南望水溶溶，一桁晴山倒碧峰。秦苑落花零露湿，灞陵新酒拨醅浓。青龙夭矫盘双阙，丹凤褵褷隔九重。万古行人离别地，不堪吟罢夕阳钟。

秋日早行

上马一作马上萧萧襟袖凉，路穿禾黍绕宫墙。半山残月露华冷，一岸野风莲萼香。烟外驿楼红隐隐，渚边云树暗苍苍。行人自是心如火，兔走乌飞不觉长。

叹落花

一夜霏微露湿烟，晓来和泪丧婵娟。不随残雪埋芳草，尽一作又逐香一作春风上舞筵。西子去时遗笑靥，谢娥行处落金钿。飘红堕白堪惆怅，少别秾华又隔年。

宫　怨

一辞同辇闭昭阳，耿耿寒宵禁漏长。钗上翠禽应不返，镜中红艳岂重芳。萤低夜色栖瑶草，水咽秋声傍粉墙。展转令人思蜀赋，解将惆怅感君王。

关河道中

槐陌蝉声柳市风，驿楼高倚夕阳东。往来千里路长在，聚散十年人不同。但见时光流似箭，岂知天道曲如弓。平生志业匡尧舜，又拟沧浪学钓翁。

题盘豆驿水馆后轩

极目晴川展画屏，地从桃塞接蒲城。滩头鹭占清波立，原上人侵落照耕。去雁数行天际没，孤云一点净中生。凭轩尽日不回首，楚水吴山无限情。

梁氏水斋

独醉任腾腾，琴棋亦自能。卷帘山对客，开户犬迎僧。看蚁移苔穴，闻蛙落石层。夜窗风雨急，松外一庵灯。

曲池一作江作

细雨曲池滨，青袍草色新。咏诗行信马，载酒喜逢人。性为无机率，家因守道贫。若无诗自遣，谁奈寂寥春。

嘉会里闲居

岂知城阙内，有地出红尘。草占一方一作坊绿，树藏千古春。马嘶游寺客,犬吠探花人。寂寂无钟鼓,槐行接紫宸。

夏　夜

傍水迁书榻,开襟纳夜凉。星繁愁昼热,露重觉荷香。蛙吹鸣还息,蛛罗灭又光。正吟秋兴赋,桐景下西墙。

早　发

早雾浓于雨,田深黍稻低。出门鸡未唱,过客马频嘶。树色遥藏店,泉声暗傍畦。独吟三十里,城月尚如圭。

寓　言

黄金日日销还铸,仙桂年年折又生。兔走乌飞如未息,路尘终见泰山平。

对雪献薛常侍

琼林瑶树忽珊珊,急带西风下晚天。皓鹤褵褷飞不辨,玉山重叠冻相连。松装粉穗临窗亚,水结冰锥簇溜悬。门外寒光利如剑,莫推红袖诉金船。

题裴端公郊居

暂随红旆佐藩方,高迹终期卧故乡。已近水声开涧户,更侵山色架书堂。蒲生岸脚青刀利,柳拂波心绿带长。莫夺野人樵牧兴,白云不识绣衣郎。

登咸阳县楼望雨

乱云如兽出山前,细雨和风满渭川。尽日空濛无所见,雁行斜去字联联。

贵 公 子

大道青楼御苑东，玉栏仙杏压枝红。金铃犬吠梧桐月，朱鬣马嘶杨柳风。流水带花穿巷陌，夕阳和树入帘栊。瑶池宴罢归来醉，笑说君王在月宫。

听赵秀才弹琴

满匣冰泉咽又鸣，玉音闲澹入神清。巫山夜雨弦中起，湘水清波指下生。蜂簇野花吟细韵，蝉移高柳迸残声。不须更奏幽兰曲，卓氏门前月正明。

观　猎

苑墙东畔欲斜晖，傍苑穿花兔正肥。公子喜逢朝罢日，将军夸换战时衣。鹘翻锦翅云中落，犬带金铃草上飞。直待四郊高鸟尽，掉鞍齐向国门归。

三堂东湖作

满塘秋水碧泓澄，十亩菱花晚镜清。景动新桥横蝃蝀，岸铺芳草睡鸡鹔。蟾投夜魄当湖落，岳倒秋莲入浪生。何处最添诗客兴，黄昏烟雨乱蛙声。

放 榜 日 作

一声开鼓辟金扉，三十仙材上翠微。葛水雾中龙乍变，缑山烟外鹤初飞。邹阳暖艳催花发，太皞春光簇马归。回首便辞尘土世，彩云新换六铢衣。

寄薛先辈

悬知回日彩衣荣，仙籍高标第一名。瑶树带风侵物冷，玉山和雨射人清。龙翻瀚海波涛壮，鹤出金笼燕雀惊。不说文章与门地，自然毛骨是公卿。

访含弘山僧不遇留题精舍

满院桐花鸟雀喧，寂寥芳草茂芊芊。吾师正遇归山日，闲客空题到寺年。池竹闭门教鹤守，琴书开箧任僧传。人间不自寻行迹，一片孤云在碧天。

寄从兄遵

江上秋风正钓鲈，九重天子梦翘车。不将高卧邀刘主，自吐清谈护汉储。沧海十年龙景断，碧云千里雁行疏。相逢莫话归山计，明日东封待直庐。

渔塘十六韵

在朱阳县石岩下，古老云：洛水一派，流出此山。

洛水分馀脉一作派，穿岩出石棱。碧经岚气重，清带露华澄。莹澈通三岛，岩梧一作峿积万层。巢由应共到，刘阮想同登。壁峻苔如画，山昏雾似蒸。撼松衣有雪，题石砚生冰。路熟云中客，名留域外僧。饥猿寻落橡，斗鼠堕高藤。崄树临溪亚，残莎带岸崩。持竿聊藉草，待月好垂罾。对景思任父，开图想不一作弗兴。晚风轻浪叠，暮雨湿烟凝。似泛灵槎出，如迎羽客升。仙源终不测，胜概自相仍。欲别诚堪恋，长归又未能。他时操史笔，为尔著良称。

冬日长安感志寄献虢州崔郎中二十韵

帝里无成久滞淹，别家三度见新蟾。郄诜丹桂无人指，阮籍青襟有泪沾。溪上却思云满屋，镜中惟怕雪生髯。病如原宪谁能疗，蹇似刘桢岂用占。雾雨十年同隐遁，风雷何日振沉潜。吁嗟每被更声引，歌咏还因酒思添。客舍正甘愁寂寂，郡楼遥想醉恹恹。已闻铃阁悬新诏，即向纶闱副具瞻。济物便同川上楫，慰心还似邑中黔。观星始觉中郎贵，问俗方知太守廉。宅后绿波栖画鹢，马前红袖簇丹襜。闲招好客斟香蚁，闷对琼花咏散盐。积冻慢封寒溜细，暮云高拔远峰尖。讼堂无事冰生印，水榭高吟月透帘。松下围棋期褚胤，笔头飞箭荐陶谦。未知匣剑何时跃，但恐铅刀不再铦。虽有远心长拥篲，耻将新剑学编苫。才惊素节移铜律，又见玄冥变玉签。百口似萍依广岸，一身如燕恋高檐。如今正困风波力，更向人中问宋纤。

和薛先辈见寄初秋寓怀即事之作二十韵

玉律初移候，清风乍远襟。一声蝉到耳，千炬火然心。岳静云堆翠，楼高日半沉。引愁憎暮角，惊梦怯残砧。露白凝湘簟，风篁韵蜀琴。鸟喧从果烂，阶净任苔侵。柿叶添红景，槐柯减绿阴。采珠逢宝窟，阅石见瑶林。鲁殿铿寒玉，苔山激碎金。郄堂流桂景，陈巷集车音。名自张华显，词因葛亮吟。水深龙易失，天远鹤难寻。鉴貌宁惭乐，论才岂谢任。义心孤剑直，学海怒涛深。既睹文兼质，翻疑古在今。惭闻纡绿绶，即候挂朝簪。晚树连秋坞，斜阳映暮岑。夜虫方唧唧，疲马正骎骎。托迹同吴燕，依仁似越禽。会随仙羽化，香蚁且同斟。

同旧韵

大火收残暑，清光渐惹襟。谢庄千里思，张翰五湖心。暮角迎风急，孤钟向暝沉。露滋三径草，日动四邻砧。箪委班姬扇，蝉悲蔡琰琴。方愁丹桂远，已怯二毛侵。甃石回泉脉，移棋就竹阴。触丝蛛堕网，避隼鸟投林。貌愧潘郎璧，文惭吕相金。但埋酆狱气，未发爨桐音。静笑刘琨舞，闲思阮籍吟。野花和雨劚，怪石入云寻。迹竟一作竞终非切一作幻，幽闲且自任。趋时惭艺薄，托质仰一作负恩深。美价方稀古，清名已绝今。既闻留缟带，讵肯掷蓍簪。迟客虚高阁，迎僧出乱岑。壮心徒戚戚，逸足自骎骎。安羡仓中鼠，危同幕上禽。期君调鼎鼐，他日俟羊斟。

三用韵

素律初回驭，商飙暗触襟。乍伤诗客思，还动旅人心。蝉噪因风断，鳞游见鹭沉。笛声随晚吹，松韵激遥砧。地覆青袍草，窗横绿绮琴。烟霄难自致，岁月易相侵。涧柳横孤彴，岩藤架密阴。潇湘期钓侣，鄠杜别家林。遗愧虞卿璧，言依季布金。铮锹闻郢唱，次第发巴音。萤影冲帘落，虫声拥砌吟。楼高思共钓，寺远想同寻。入夜愁难遣，逢秋恨莫任。蜗游苔径滑，鹤步翠塘深。莫问荣兼辱，宁论古与今。固穷怜瓮牖，感旧惜蒿簪。晚日舒霞绮，遥天倚黛岑。鸳鸾方翙翙，骅骥整骎骎。未化投陂竹，空思出谷禽。感多聊自遣，桑落且闲斟。

惊秋

不向烟波狎钓舟，强亲文墨事儒丘。长安十二槐花陌，曾负秋风多少秋。

登汉高庙闲眺

独寻仙境上高原，云雨深藏古帝坛。天畔晚峰青簇簇，槛前春树碧团团。参差郭外楼台小，断续风中鼓角残。一带远光何处水，钓舟闲系夕阳滩。

耒阳县浮山神庙

一郡皆传此庙灵，庙前松桂古今青。山曾尧代浮洪水，地有唐臣奠绿醽。绕坐香风吹宝盖，傍檐烟雨湿岩扃。为霖自可成农岁，何用兴师远伐邢。

愁

避愁愁又至，愁至事难忘。夜坐心中火，朝为鬓上霜。不经公子梦，偏入旅人肠。借问高轩客，何乡是醉乡。

村居书事

年年耕与钓，鸥鸟已相依。砌长苍苔厚，藤抽紫蔓肥。风莺移树啭，雨燕入楼飞。不觉春光暮，绕篱红杏稀。

三堂早春

独倚危楼四望遥，杏花春陌马声骄。池边冰刃暖初落，山上雪棱寒未销。溪送绿波穿郡宅，日移红影度村桥。主人年少多情味，笑换金龟解珥貂。

全唐诗卷六九六

韦　庄

雨霁晚眺 庚子年冬大驾幸蜀后作

入谷路萦纡，岩巅日欲晡。岭云寒扫盖，溪雪冻黏须。卧草跧如兔，听冰怯似狐。仍闻关外火，昨夜彻皇都。

立春日作

九重天子去蒙尘，御柳无情依旧春。今日不关妃妾事，始知辜负马嵬人。

赠云阳裴明府

南北三年一解携，海为深谷岸为蹊。已闻陈胜心降汉，谁为田横国号齐。暴客至今犹战鹤，故人何处尚驱鸡。归来能作烟波伴，我有鱼一作渔舟在五溪。

贼中与萧韦二秀才同卧重疾二君寻愈余独加焉恍惚之中因有题

与君同卧疾，独我渐弥留。弟妹不知处，兵戈殊未休。胸中疑晋竖，耳下斗殷牛。纵有秦医在，怀乡亦泪流。

重围中逢萧校书

相逢俱此地，此地是何乡。侧目不成语，抚心空自伤。剑高无鸟度，树暗有兵藏。底事征西将，年年戍洛阳。

咸　通

咸通时代物情奢，欢杀金张许史家。破产竞留天上乐，铸山争买洞中花。诸郎宴罢银灯合，仙子游回璧月斜。人意似知今日事，急催弦管送年华。

白樱桃 一作于邺诗

王母阶前种几株，水精帘外看如无。只应汉武金盘上，泻得珊珊白露珠。

夜　景

满庭松桂雨馀天，宋玉秋声韵蜀弦。乌兔不知多事世，星辰长似太平年。谁家一笛吹残暑，何处双砧捣暮烟。欲把伤心问明月，素娥无语泪娟娟。

宿 山 家

山行侵夜到，云窦一星灯。草动蛇寻穴，枝摇鼠上藤。背风开药灶，向月展渔罾。明日前溪路，烟萝更几层。

长　年 一作感怀

长年方悟少年非，人道新诗胜旧诗。十亩野塘留客钓，一轩春雨对僧棋。花间醉任黄莺语一作说，亭上吟从白鹭窥。大盗不将炉冶去，有心重筑太平基。

辛丑年

九衢漂杵已成川，塞上黄云战马闲。但有羸兵填渭水，更无奇士出商山。田园已没红尘里，弟妹相逢白刃间。西望翠华殊未返，泪痕空湿剑文斑。

思归

暖丝无力自悠扬，牵引东风断客肠。外地见花终寂寞，异乡闻乐更凄一作剩悲凉。红垂野岸樱还熟，绿染回汀草又芳。旧里若为归去好，子期凋谢吕安亡。

忆昔

昔年曾向五陵游，子夜歌清月满楼。银烛树前长似昼，露桃华里一作下不知秋。西园公子名无忌，南国佳人号莫愁。今日乱离俱是梦，夕阳唯见水东流。

合欢莲花

虞舜南巡去不归，二妃相誓死江湄。空留万古香魂在，结作双葩合一枝。

览萧必先卷

满轴编新句，翛然大雅风。名因五字得，命合一言通。景尽才难尽，吟终意未终。似逢曹与谢，烟雨思何穷。

和人岁宴旅舍见寄

积雪满前除，寒光夜皎如。老忧新岁近，贫觉故交疏。意合论文后，心降得句初。莫言常郁郁，天道有盈虚。

宿泊孟津寄三堂友人

解缆西征未有期，槐花又逼桂花时。鸿胪陌上归耕晚，金马门前献赋迟。只恐愁苗生两鬓，不堪离恨入双眉。分明昨夜南池梦，还把渔竿咏楚词。

对酒赋一作赠友人

多病仍多感，君心自我心。浮生都是梦，浩叹不如吟。白雪篇篇丽，清酤盏盏深。乱离俱老大，强醉莫沾襟。

天井关

太行山上云深处，谁向云中筑女墙。短绠讵能垂玉甃，缭垣何用学金汤。劚开岚翠为高垒，截断云霞作巨防。守吏不教飞鸟过，赤眉何路到吾乡。

赠边将

昔因征远向金微，马出榆关一鸟飞。万里只携孤剑去，十年空逐塞鸿归。手招都护新降虏，身著文皇旧赐衣。只待烟尘报天子，满头霜雪为兵机一作壮心无事别无机。

春日

忽觉东风一作君景渐迟，野梅山杏暗芳菲。落星楼上吹残角，偃月营中挂夕晖。旅梦乱随蝴蝶散，离魂一作情渐逐杜鹃飞。红尘遮一作望断长安陌，芳草王孙暮不归。

早秋夜作

翠簟初清暑半销，〔撇〕(撤)帘松韵送轻一作风飙。莎庭露永琴书润，山郭月明砧杵遥。傍砌绿苔鸣蟋蟀，绕檐红树织蟏蛸。不须更作悲秋赋，王粲辞家鬓已凋。

寄江南逐客

二年音信阻湘潭，花下相思酒半酣。记得竹斋风雨夜，对床孤枕话江南。

冬　夜

睡觉寒炉酒半消，客情乡梦两遥遥。无人为我磨心剑，割断愁肠一寸苗。

又闻湖南荆渚相次陷没

几时闻唱凯旋歌，处处屯兵未倒戈。天子只凭红旆壮，将军空恃紫髯多。尸填汉水连荆阜，血染湘云接楚波。莫问流离南越事，战馀空有旧山河。

家叔南游却归因献贺

缭绕江南一岁归，归来行色满戎衣。长闻凤诏征兵急，何事龙韬献捷稀。旅梦远依湘水阔，离魂空伴越禽飞。遥知倚棹思家处，泽国烟深暮雨微。

楚行吟

章华台下一作上草如烟，故郢城头月似弦。惆怅楚宫云雨后，露啼花笑一年年。

洛阳吟 时大驾在蜀，巢寇未平，洛中寓居作七言。

万户千门夕照边，开元时节旧风烟。宫官试马游三市，舞女乘舟上九天。胡骑北来空进主，汉皇西去竟升仙。如今父老偏垂泪，不见承平四十年。

过旧宅

华轩不见马萧萧，廷尉门人久寂寥。朱槛翠楼为卜肆，玉栏仙杏作春樵。阶前雨落鸳鸯瓦，竹里苔封螮蝀桥。莫问此中销歇寺一作事，娟娟红泪滴芭蕉。

喻东军

四年龙驭守峨嵋，铁马西来步步迟。五运未教移汉鼎，六韬何必待秦师。几时鸾凤归丹阙，到处乌鸢从白旗。独把一樽和泪酒，隔云遥奠武侯祠。

清河县楼作

有客微吟独凭楼，碧云红树不胜愁。盘雕迴印天心没，远水斜牵日脚流。千里战尘连上苑，九江归路隔东周。故人此地扬帆去，何处相思雪满头。

北原闲眺

春城回首树重重，立马平原夕照中。五凤灰残金翠灭，六龙游去市朝空。千年王气浮清洛，万古坤灵镇碧嵩。欲问向来陵谷事，野桃无语泪花红。

赠戍兵

汉皇无事暂游汾，底事狐狸啸作群。夜指碧天占晋分，晓磨孤剑望秦云。红旌不卷风长急，画角闲吹日又曛。止竟有征须有战，洛阳何用久屯军。

睹军回戈

关中群盗已心离，关外犹闻羽檄飞。御苑绿莎嘶战马，禁城寒月捣征衣。漫教韩信兵涂地，不及刘琨啸解围。昨日屯军还夜遁，满车空载洛神归。

中渡晚眺

魏王堤畔草如烟，有客伤时独扣舷。妖气欲昏唐社稷，夕阳空照汉山川。千重碧树笼春苑，万缕红霞衬碧天。家寄杜陵归不得，一回回首一潸然。

河内别村业闲题

阮氏清风竹巷深，满溪松竹似山阴。门当谷路多樵客，地带河声足水禽。闲伴尔曹虽适意，静思吾道好沾襟。邻翁莫问伤时事，一曲高歌夕照沉。

闻官军继至未睹凯旋

嫖姚何日破重围，秋草深来战马肥。已有孔明传将略，更闻王导得神机。阵前鼙鼓晴应响，城上乌鸢饱不飞。何事小臣偏注目，帝乡遥羡白云归。

和集贤侯学士分司丁侍御秋日雨霁之作

洛岸秋晴夕照长，凤楼龙阙倚清光。玉泉山净云初散，金谷树多风正凉。席上客知蓬岛路，坐中寒有柏台霜。多惭十载游梁士，却伴宾鸿入帝乡。

题安定张使君

器度风标合出尘，桂宫何负一枝新。成丹始见金无滓，冲斗方知剑有神。愤气不销头上雪，政声空布海边春。中兴若继开元事，堪向龙池作近臣。

颍阳县

琴堂连少室，故事即仙踪。树老风声壮，山高腊候浓。雪多庭有鹿，县僻寺无钟。何处留诗客，茆檐倚后峰。

寄园林主人

主人常不在，春物为谁开。桃艳红将落，梨华雪又摧。晓莺闲自啭，游客暮空回。尚有馀芳在，犹堪载酒来。

洛北村居

十亩松篁百亩田，归来方属大兵年。岩边石室低临水，云外岚峰半入天。鸟势去投金谷树，钟声遥出上阳烟。无人说得中兴事，独倚斜晖忆仲宣。

对梨花赠皇甫秀才

林上梨花雪压枝，独攀琼艳不胜悲。依前此地逢君处，还是去年今日时。且恋残阳留绮席，莫推红袖诉金卮。腾腾战鼓正多事，须信明朝难重持。

立　春

青帝东来日驭迟，暖烟轻逐晓风吹。罽袍公子樽前觉，锦帐佳人梦里知。雪圃乍开红菜甲，彩幡新翦一作展绿〔杨〕(阳)丝。殷勤为作一作欲献宜春曲，题向花笺帖绣楣。

村　笛

箫韶九奏韵凄锵，曲度虽高调不伤。却见孤村明月夜，一声牛笛断人肠。

题李斯传

蜀魄湘魂万古悲，未悲秦相死秦时。临刑莫恨仓中鼠，上蔡东门去自迟。

赠薛秀才

相辞因避世，相见尚兵戈。乱后故人少，别来新话多。但闻哀痛诏，未睹凯旋歌。欲结岩栖伴，何山好薜萝。

和元秀才别业书事

僻居春事好,水曲乱花阴。浪过河移岸,雏成鸟别林。绿钱榆贯重,红障杏篱深。莫饮宜城酒,愁多醉易沉。

纪村事

绿蔓映双扉,循墙一径微。雨多庭果烂,稻熟渚禽肥。酿酒迎新社,遥砧送暮晖。数声牛上笛,何处饷田归。

题许仙师院

地古多乔木,游人到且吟。院开金锁涩,门映绿篁深。山色不离眼,鹤声长在琴。往来谁与熟,乳鹿住前林。

离筵诉酒

感君情重惜分离,送我殷勤酒满卮。不是不能判酩酊,却忧前路酒醒时。

不寐

不寐天将晓,心劳转似灰。蚊吟频到耳,鼠斗竞缘台。户阍知蟾落,林喧觉雨来。马嘶朝客过,知是禁门开。

赠武处士

一身唯一室,高静若僧家。扫地留疏影,穿池浸落霞。绿萝临水合,白道向村斜。卖药归来醉,吟诗倚钓查。

题吉涧卢拾遗庄

主人西游去不归，满溪春雨长春薇。怪来马上诗一作诉情好，印一作点破青山白鹭飞。

题 颍 源 庙

曾是巢由栖隐地，百川唯说颍源清。微波乍向云根吐，去浪遥冲雪嶂横。万木倚檐疏干直，群峰当户晓岚晴。临川试问尧年事，犹被封人劝濯缨。

东 游 远 归

扣角干名计已疏，剑歌休恨食无鱼。辞家柳絮三春半，临路槐花七月初。江上欲寻渔父醉，日边时得故人书。青云不识杨生面，天子何由问子虚。

新正日商南道中作寄李明府

相看又见岁华新，依旧杨朱拭泪巾。踏雪偶因寻戴客，论文还比聚星人。嵩山不改千年色，洛邑长生一路尘。今日与君同避世，却怜无事是家贫。

春　暮

一春春事好，病酒起常迟。流水绿萦砌，落花红堕枝。楼高喧乳燕，树密斗雏鹂。不学山公醉，将何自解颐。

哭 麻 处 士

却到歌吟地，闲门草色中。百年流水尽，万事落花空。繐帐扃一作寒秋月，诗楼锁夜虫。少微何处堕，留恨白杨风。

春　早

闻莺才觉晓，闭户已知晴。一带窗间月一作日，斜穿枕上生一作明。

和 友 人

闭一作圭门同隐士，不出动经时。静阅王维画，闲翻褚胤棋。落泉当户急，残月下窗迟。却想从来意，谯周亦自嗤。

春　愁

寓思本多伤，逢春恨更长。露沾湘竹泪，花堕越梅妆。睡怯交加梦，闲倾潋滟觞。后庭人不到，斜月上松篁。

晚　春

花开疑乍富，花落似初贫。万物不如酒，四时唯爱春。峨峨秦氏髻，皎皎洛川神。风月应相笑，年年醉病身。

题许浑诗卷

江南才子许浑诗，字字清新句句奇。十斛明珠量不尽，惠〔休〕(林)虚作碧云词。

赠礼佛名者

何用辛勤礼佛名，我从无得到真庭。寻思六祖传心印，可是从来读藏经。

残　花一作于邺诗

和烟和露雪一作雨太离披，金蕊红须尚满枝。十日笙歌一宵梦，苎萝因一作烟雨失一作哭西施。

全唐诗卷六九七

韦　庄

上元县 浙西作

南朝三十六英雄，角逐兴亡尽此中。有国有家皆是梦，为龙为虎亦成空。残花旧宅悲江令，落日青山吊谢公。止竟霸图何物在，石麟无主卧秋风。

江上逢史馆李学士

前年分袂陕城西，醉凭征轩日欲低。去浪指期鱼必变，出门回首马空嘶。关河自此为征垒，城阙于今陷战鼙。时巢寇未平。谁谓世途陵是谷，燕来还识旧巢泥。

金陵图

谁谓伤心画不成，画人心逐世人情。君看六幅南朝事，老木寒云满故城。

谒蒋帝庙

建业城边蒋帝祠，素髯清骨旧风姿。江声似激秦军破，山势如匡晋祚危。残雪岭头明组练，晚霞檐外簇旌旗。金陵客路方流落，空祝回銮奠酒卮。

闻再幸梁洋

才喜中原息战鼙，又闻天子幸巴西。延烧魏阙非关燕，大狩陈仓不为鸡。兴庆玉龙寒自跃，昭陵石马夜空嘶。遥思万里行宫梦，太白山前月欲低。

王道者

五云遥指海中央，金鼎曾传肘后方。三岛路岐空有月，十洲花木不知霜。因携竹杖闻龙气，为使仙童带橘香。应笑我曹身是梦，白头犹自学诗狂。

陪金陵府相中堂夜宴

满耳笙歌满眼花，满楼珠翠胜吴娃。因知海上神仙窟，只似人间富贵家。绣户夜攒红烛市，舞衣晴曳碧天霞。却愁宴罢青蛾散，杨子江头月半斜。

和侯秀才同友生泛舟溪中相招之作

嵇阮相将棹酒船，晚风侵浪水侵舷。轻如控鲤初离岸，远似乘槎欲上天。雨外鸟归吴苑树，镜中人入洞庭烟。凭君不用回舟疾，今夜西江月正圆。

赠野童

羡尔无知野性真，乱搔蓬发笑看人。闲冲暮雨骑牛去，肯问中兴社稷臣。

代书寄马

驱驰曾在五侯家，见说初生自渥洼。鬃白似披梁苑雪，颈肥如扑杏园花。休嫌绿绶嘶贫舍，好著红缨入使衙。稳上云衢千万里，年年长踏魏堤沙。

题淮阴侯庙

满把一作挹椒浆奠楚祠，碧幢黄钺旧英威。能扶汉代成王业，忍见唐民陷战机。云梦去时高鸟尽，淮阴归日故人稀。如何不借平齐策，空看长星落贼围。

送崔郎中往使西川行在

拜书辞玉帐，万里剑关长。新马杏花色，绿袍春草香。一身朝玉陛，几日过铜梁。莫恋炉边醉，仙宫待侍郎。

润州显济阁晓望

清晓水如镜，隔江人似鸥。远烟藏海岛，初日照扬州。地壮孙权气，云凝庾信愁。一篷何处客，吟凭钓鱼舟。

观浙西府相畋游

十里旌旗十万兵，等闲游猎出军城。紫袍日照金鹅斗，红旆风吹画虎狞。带箭彩禽云外落，避雕寒兔月中惊。归来一路笙歌满，更有仙娥载酒迎。

官　庄

江南富民悉以犯酒没家产，因以此诗讽之，浙帅遂改酒法，不入财产。

谁氏园林一簇烟，路人遥指尽长叹。桑田一作林稻泽今无主，新犯香醪没入官。

解　维

又解征帆落照中，暮程还过秣陵东。二一作三年辛苦烟波里，赢得风姿似钓翁。

雨霁池上作呈侯学士

鹿巾藜杖葛衣轻，雨歇池边晚吹清。正是如今江上好，白鳞红稻紫莼羹。

寓　言

为儒逢世乱，吾道欲何之。学剑已应晚，归山今又迟。故人三载别，明月两乡悲。惆怅沧江上，星星鬓有丝。

哭同舍崔员外

却到同游地，三年一电光。池塘春草在，风烛故人亡。祭罢泉声急，斋馀磬韵长。碧天应有恨，斜日吊松篁。

题姑苏凌处士庄

一簇林亭返照间，门当官道不曾关。花深远岸黄莺闹，雨急春塘白鹭闲。载酒客寻吴苑寺，倚楼僧看洞庭山。怪来话得仙中事，新有人从物外还。

过当涂县

客过当涂县，停车访旧游。谢公山有墅，李白酒无楼。采石花空发，乌江水自流。夕阳谁共感，寒鹭立汀洲。

江亭酒醒却寄维扬饯客

别筵人散酒初醒，江步黄昏雨雪零。满坐绮罗皆不见，觉来红树一作烛背银屏。

台　城

江雨霏霏江草齐，六朝如梦鸟空啼。无情最是台城柳，依旧烟笼十里堤。

赠渔翁

草衣荷笠鬓如霜，自说家编楚水阳。满岸秋风吹枳橘，绕陂烟雨种菰蒋。芦刀夜鲙红鳞腻，水甑朝蒸紫芋香。曾向五湖期范蠡，尔来空阔久相忘。

过扬州

当年人未识兵戈，处处青楼夜夜歌。花发洞中春日永，月明衣上好风多。淮王去后无鸡犬，炀帝归来葬绮罗。二十四桥空寂寂，绿杨摧折旧官河。

寄右省李起居

已向鸳行接雁行，便应双拜紫薇郎。才闻阙下征书急，已觉回朝草诏忙。白马似怜朱绂贵，彩衣遥惹御炉香。多惭十载游梁客，未换青襟侍素王。

镊　白

白发太无情，朝朝镊又生。始因丝一缕，渐至雪千茎。不避佳人笑，唯惭稚子惊。新年过半百，犹叹未休兵。

漳亭驿小樱桃 一作桃花

当年此树正花开，五马仙郎载酒来。李白已亡工部死，何人堪伴玉山颓。

酬吴秀才霅川相送

一叶南浮去似飞，楚乡云水本无依。离心不忍闻春鸟，病眼何堪送落晖。掺袂客从花下散，棹舟人向镜中归。夫君别我应惆怅，十五年来识素衣。

对 雨 独 酌

榴花新酿绿于苔，对雨闲倾满满杯。荷锸醉翁真达者，卧云逋客竟悠哉。能诗岂是经时策，爱酒原非命世才。门外绿萝连洞口，马嘶应是步兵来。

夏初与侯补阙江南有约同泛淮汴西赴行朝庄自九驿路先至甬桥补阙由淮楚续至泗上寝病旬日遽闻捐馆回首悲恸因成长句四韵吊之

已后自浙西游汴宋，路至陈仓迎驾，却过昭义、相州，路归金陵作。

本约同来谒帝阍，忽随川浪去东奔。九重圣主方虚席，千里高堂尚倚门。世德只应荣伯仲，诗名终自付儿孙。遥怜月落清淮上，寂寞何人吊旅魂。

汴堤行

欲上隋堤举步迟，隔云烽燧叫非时。才闻破虏将休马，又道征辽再出师。朝见西来为过客，暮看东去作浮尸。绿杨千里无飞鸟，日落空投旧店基。

旅次甬西见儿童以竹枪纸旗戏为阵列主人叟曰斯子也三世没于阵思所袭祖父仇余因感之

已闻三世没军营，又见儿孙学战争。见尔此言堪恸哭，遣予何日望时平。

自孟津舟西上雨中作

秋烟漠漠雨濛濛，不卷征帆任晚风。百口寄安沧海上，一身逃难绿林中。来时楚岸杨花白，去日隋堤蓼穗红。却到故园翻似客，归心迢递秣陵东。

含山店梦觉作

曾为一作是流离惯别家，等闲挥袂客一作名天涯。灯前一觉江南梦，惆怅起来山月斜。

题貂黄岭官军

散骑萧萧下太行，远从吴会去陈仓。斜风细雨江亭上，尽日凭栏忆楚一作独望乡。

过内黄县

相州吹角欲斜阳，匹马摇鞭宿内黄。僻县不容投刺客，野陂时遇射雕郎。云中粉堞新城垒，店后荒郊旧战场。犹指去程千万里，秣陵烟树在何乡。

杂感

莫悲建业荆榛满，昔日繁华是帝京。莫爱广陵台榭好，也曾芜没作荒城。鱼龙爵马皆如梦，风月烟花岂有情。行客不劳频怅望，古来朝市叹衰荣。

垣县山中寻李书记山居不遇留题河次店

白云红树岏岘一作绕琅东，名鸟群飞古画中。仙吏不知何处隐，山南山北雨濛濛。

送人游并汾

风雨萧萧欲暮秋，独携孤剑塞垣游。如今虏骑方南牧，莫过阴关第一州。

李氏小池亭十二韵 时在婺州寄居作

积石乱巉巉，庭莎绿不芟。小桥低跨水，危槛半依岩。花落鱼争唼，樱红鸟竞鸽竹咸切，鸟啄物也。引泉疏地脉，扫絮积山嵌。古柳红绡织，新篁紫绮缄。养猿秋啸月，放鹤夜栖杉。枕簟谿云腻，池塘海雨咸。语窗鸡逞辨，舐鼎犬偏馋。踏藓青黏屐，攀萝绿映衫。访僧舟北渡，贳酒日西衔。迟客登高阁，题诗绕翠岩。家藏何所宝，清韵满琅函。

遣　兴

如幻如泡世，多愁多病身。乱来知酒圣，贫去觉钱神。异国清明节，空江寂寞春。声声林上鸟，唤我北归秦。

婺州和陆谏议将赴阙怀阳羡山居

望阙路仍远，子牟魂欲飞。道开烧药鼎，僧寄卧云衣。故国饶芳草，他山挂夕晖。东阳虽胜地，王粲奈思归。

江上题所居

故人相别尽朝天，苦竹江头独闭关。落日乱蝉萧帝寺，碧云归鸟谢家山。青州从事来偏熟，泉布先生老渐悭。不是对花长酩酊，永嘉时代不如闲。

婺州屏居蒙右省王拾遗车枉降访病中延候不得因成寄谢

三年流落卧漳滨，王粲思家拭泪频。画角莫吹残月夜，病心方忆故园春。自为江上樵苏客，不识天边侍从臣。怪得白鸥惊去尽，绿萝门外有朱轮。

将卜兰芷村居留别郡中在仕

兰芷江头寄断蓬，移家空载一帆风。伯伦嗜酒还因乱，平子归田不为穷。避世漂零人境外,结茅依约画屏中。从今隐去应难觅,深入芦花作钓翁。

和陆谏议避地寄东阳进退未决见寄

未归天路紫云深,暂驻东阳岁月侵。入洛声华当世重,闵周章句满朝吟。开炉夜看黄芽鼎,卧瓮闲欹白玉簪。读易草玄人不会,忧君心是致君心。

山墅闲题

逦迤前冈厌后冈,一川桑柘好残阳。主人馈饷炊红黍,邻父携竿钓紫鲂。静极却嫌流水闹,闲多翻笑野云忙。有名不那无名客,独闭衡门避建康。

江上逢故人

前年送我曲江西,红杏园中醉似泥。今日逢君越溪上,杜鹃花发鹧鸪啼。来时旧里人谁在,别后沧波路几迷。江畔玉楼多美酒,仲宣怀土莫凄凄。

旅中感遇寄呈李秘书昆仲

南望愁云锁翠微,谢家楼阁雨霏霏。刘桢病后新诗少,阮籍贫来好客稀。犹喜故人天外至,许将孤剑日边归。怀乡不怕严陵笑,只待秋风别钓矶。

送范评事入关

寂寥门户寡相亲,日日频来只有君。正喜琴尊长作伴,忽携书剑远辞群。伤心柳色离亭见,聒耳蝉声故国闻。为报明年杏园客,与留绝艳待终军。

东阳酒家赠别二绝句

送君同上酒家楼，酩酊翻成一笑休。正是落花饶怅望，醉乡前路莫回头。

天涯方叹异乡身，又向天涯别故人。明日五更孤店月，醉醒何处泪一作各沾巾。

江上村居

本无踪迹恋柴扃，世乱须教识道情。颠倒梦魂愁里得，撅奇诗句望中生。花缘艳绝栽难好，山为看多咏不成。闻道汉军新破虏，使来仍说近离京。

江外思乡 一作归

年年春日异乡悲，杜曲黄莺可得知。更被夕阳江岸上，断肠烟柳一丝丝。

和郑拾遗秋日感事一百韵

祸乱天心厌，流离客思伤。有家抛上国，无罪谪遐方。负笈将辞越，扬帆欲泛湘。避时难驻足，感事易回肠。雅道何销德，妖星忽耀芒。中原初纵燎，下国竟探汤。盗据三秦地，兵缠八水乡。战尘轻犯阙，羽旆远巡梁。自此修文代，俄成讲武场。熊罴驱涿鹿，犀象走昆阳。御马迷新栈，宫娥改旧妆。五丁功再睹，八难事难忘。凤引金根疾，兵环玉弩强。建牙虽可恃，摩垒讵能防。霍庙神遐远，圯桥路杳茫。出师威似虎，御敌狠如羊。眉画犹思赤，巾裁未厌黄。晨趋鸣铁骑，夜舞掜琼觞。僭侈彤襜乱，喧呼绣裾攘。但闻争曳组，讵见学垂缰。鹊印提新篆，龙泉夺晓霜。军威徒逗挠，我武自维扬。负扆劳天眷，凝旒念国章。绣旗张画兽，宝马跃红鸯。但欲除妖气，宁思蔽耿光。晓烟生帝里，夜火入春坊。鸟怪巢宫树，狐骄上苑墙。设危终在德，视履岂无祥。气激雷霆怒，神驱岳渎忙。功高分虎节，位下耻龙骧。遍命登坛将，巡封异姓王。志求扶坠典，力未振颓纲。汉路闲雕鹗，云衢驻骕骦。宝装军器丽，麝裛战袍香。日睹兵书捷，时闻虏骑亡。人心惊獬豸，雀意伺螳螂。上略咸推妙，前锋讵可当。纡金光照耀，执玉意藏昂。覆馀非无谓，奢华事每详。四民皆组绶，九土堕耕桑。飞骑黄金勒，香车翠钿装。八珍罗膳府，五采斗筐床。宴集喧华第，歌钟簇画梁。永期传子姓，宁误犯天狼。未睹君除侧，徒思玉在傍。窜身奚可保，易地喜相将。国运方夷险，天心讵测量。九流虽暂蔽，三柄岂相妨。小孽乖躔次，中兴系昊苍。法尧功已普，罪己德非凉。帝念惟思理，臣心岂自遑。诏催青琐客，时待紫微郎。定难输宸算，胜灾减一作灭御梁。皇恩思荡荡，睿泽转洋洋。偃卧虽非晚，艰难亦备尝。舜庭招谏鼓，汉殿上书囊。俭德遵三尺，清朝俟一匡。世随渔父醉，身效接舆狂。窜逐同天宝，遭罹异建康。道孤悲海澨，家远隔天潢。卒岁贫无褐，经秋病泛漳。似鱼甘去乙，比蟹未成筐。守道惭无补，趋时愧不臧。殷牛常在耳，晋竖欲潜肓。忸恨山思板，怀归海欲航。角吹魂悄悄，笛引泪浪浪。乱觉乾坤窄，贫知日月长。势将随鹤列，忽喜遇鸳行。已报新回驾，仍闻近纳隍。文风销剑楯，礼物换旂裳。紫阏重开序，青衿再设庠。黑头期命爵，赪尾尚忧鲂。吴坂嘶骐骥，岐山集凤凰。词源波浩浩，谏署玉锵锵。饲雀曾传庆，烹蛇讵有殃。〔弢〕(弢)弓挥一作裈劲镞，匣剑淬神铓。谔谔宁惭直，堂堂不谢张。晓风趋建礼，夜月直文昌。去国时虽久，安邦志不常。良金炉自跃，美玉椟难藏。北望心如旆，西归律变商。迹随江燕去,心逐塞鸿翔。晚翠笼桑坞,斜晖挂竹堂。路愁千里月,田爱万斯箱。伴钓歌前浦,随樵上远冈。鹭眠依晚屿,鸟浴上枯杨。惊梦缘欹枕,多吟为倚廊。访僧红叶寺,题句白云房。帆外青枫老,尊前紫菊芳。夜灯银耿耿,晓露玉瀼瀼。异国惭倾盖,归涂俟并粮。身虽留震泽,心已过雷塘。执友知谁在,家山各已荒。海边登桂楫,烟外泛云樯。巢树禽思越,嘶风马恋羌。寒声愁听杵,空馆厌闻蛩。望阙飞华盖,趋朝振玉珰。米惭无薏苡,面喜有恍榔。话别心重结,伤时泪一滂。伫归蓬岛后,纶诏润青缃。

梦入关

梦中乘传过关亭,南望莲峰簇簇青。马上正吟归去好,觉来江月满前庭。

送人归上国

送君江上日西斜,泣向江边满树花。若见青云旧相识,为言流落在天涯。

闻春鸟

云晴春鸟满江村,还似长安旧日闻。红杏花前应笑我,我今憔悴亦一作却羞君。

樱桃树

记得初生一作开雪满枝,和蜂和蝶带花移。而今花落游蜂去,空作主人惆怅诗。

独 鹤

夕阳滩上立裴回，红蓼风前雪翅开。应为不知栖宿处，几回飞去又飞来。

新栽竹

寂寞阶前见此君，绕栏吟罢却沾巾。异乡流落谁相识，唯有丛篁似一作伴主人。

稻 田

绿波春浪满前陂，极目连云稏稏肥。更被鹭鹚千点雪，破烟来入画屏飞。

庭前菊

为忆长安烂熳开，我今移尔满庭栽。红兰莫笑青青色，曾向龙山泛酒来。

燕 来

去岁辞巢别近邻，今来空讶草堂新。花开对语应相问，不是村中旧主人。

倚柴关

杖策无言独倚关，如痴如醉又如闲。孤吟尽日何人会，依约前山似故山。

题七步廊

席一作杜门无计那一作奈残阳，更接檐前七步廊。不羡东都丞相宅，每行吟得好篇章。

语松竹

庭前芳草绿于一作如袍，堂上诗人欲二毛。多病不禁秋寂寞，雨松风竹莫骚骚。

全唐诗卷六九八

韦　庄

不出院楚公 自三衢至江西作

一自禅关闭，心猿日渐驯。不知城郭路，稀识市朝人。履带阶前雪，衣无寺外尘。却嫌山翠好，诗客往来频。

江边吟

江边烽燧几时休，江上行人雪满头。谁信乱离花不见，只应惆怅水东流。陶潜政事千杯酒，张翰生涯一叶舟。若有片帆归去好，可堪重倚仲宣楼。

江南送李明府入关

雨花烟柳傍江村，流落天涯酒一樽。分首不辞多下泪，回头唯恐更消魂。我为孟馆三千客，君继宁王五代孙。正是中兴磐石重，莫将憔悴入都门。

送福州王先辈南归

豫章城下偶相逢，自说今方遇至公。八韵赋吟梁苑雪，六铢衣惹杏园风。名标玉籍仙坛上，家寄闽山画障中。明日一杯何处别，绿杨烟岸雨濛濛。

夜雪泛舟游南溪

大江西面小溪斜，入竹穿松似若耶。两岸严风吹玉树，一滩明月晒一作照银砂。因寻野渡逢渔舍，更泊前湾上酒家。去去不知归路远，棹声烟里独呕哑。

江行西望

西望长安白日遥，半年无事驻兰桡。欲将张翰秋一作松江雨，画作屏风寄鲍昭。

铜仪

铜仪一夜变葭灰，暖律还吹岭上梅。已喜汉官今再睹，更惊尧历又重开。窗中远岫青如黛，门外长江绿似苔。谁念闭关张仲蔚，满庭春雨长蒿莱。

含香

含香高步已难陪，鹤到清霄势未回。遇物旋添芳草句，逢春宁滞碧云才。微红几处花心吐，嫩绿谁家柳眼开。却去金銮为近侍，便辞鸥鸟不归来。

春云

春云春水两溶溶，倚郭楼台晚翠浓。山好只因人化石，地灵曾有剑为龙。官辞凤阙频经岁，家住峨嵋第几峰。王粲不知多少恨，夕阳吟断一声钟。

云　散

云散天边落照和，关关春树鸟声多。刘伶避世唯沉醉，甯戚伤时亦浩歌。已恨岁华添皎镜，更悲人事逐颓波。青云自有鹓鸿待，莫说他山好薜萝。

袁州作

家家生计只琴书，一郡清风似鲁儒。山色东南连紫府，水声西北属洪都。烟霞尽入新诗卷，郭邑闲开古画图。正是江村春酒熟，更闻春鸟劝提壶。

题袁州谢秀才所居

主人年少已能诗，更有松轩挂夕晖。芳草似袍连径合，白云如鸟傍檐飞。但将竹叶消春恨，莫遣杨花上客衣。若有前山好烟雨，与君吟到暝钟归。

谒巫山庙

乱猿啼处访高唐，路入烟霞草木香。山色未能忘宋玉，水声犹似哭襄王。朝朝暮暮阳台下，为雨为云楚国亡。惆怅庙前无限柳，春来空斗画眉长。

鹧　鸪

南禽无侣似相依，锦翅双双傍马飞。孤竹庙前啼暮雨，汨罗祠一作江畔吊残晖。秦人只解歌为曲，越女空能画作衣。懊恼泽家非一作知有恨，年年长忆凤城一作皇归。懊恼泽家，鹧鸪之音也。

宿蓬船

夜来江雨宿蓬船，卧听淋铃不忍眠。却忆紫微情调逸，阻风中酒过年年。

送李秀才归荆溪

八月中秋月正圆，送君吟上木兰船。人言格调胜玄度，我爱篇章敌浪仙。晚渡去时冲细雨，夜滩何处宿寒烟。楚王宫去阳台近，莫倚风流滞少年。

洪州送西明寺省上人游福建

记得初骑竹马年，送师来往御沟边。荆榛已失当时路，槐柳全无旧日烟。远自嵇山游楚泽，又从庐岳去闽川。新春阙下应相见，红杏花中觅酒仙。

建昌渡暝吟

月照临官渡，乡情独浩然。鸟栖彭蠡树，月上建昌船。市散渔翁醉，楼深贾客眠。隔江何处笛，吹断绿杨烟。

岁除对王秀才作

我惜今宵促，君愁玉漏频。岂知新岁酒，犹作异乡身。雪向寅前冻，花从子后春。到明追此会，俱是隔年人。

酒渴爱江清

酒渴何方疗，江波一掬清。泻瓯如练色，漱齿作泉声。味带他山雪，光含白露精。只应千古后，长称伯伦情。

和李秀才郊墅早春吟兴十韵

暖律变寒光，东君景渐长。我悲游海峤，君说住柴桑。雪色随高岳，冰声陷古塘。草根微吐翠，梅朵半含霜。酒市多逋客，渔家足夜航。匡庐云傍屋，彭蠡浪冲床。绿摆杨枝嫩，红挑菜甲香。凤凰城已尽，鹦鹉赋应狂。伫见龙辞沼，宁忧雁失行。不应双剑气，长在斗牛傍。

泛鄱阳湖

四顾无边鸟不飞，大波惊隔楚山微。纷纷雨外灵均过，瑟瑟云中帝子归。迸鲤似梭投远浪，小舟如叶傍斜晖。鸱夷去后何人到，爱者虽多见者稀。

黄藤山下闻猿

黄藤山下驻归程，一夜号猿吊旅情。入耳便能生百恨，断肠何必待三声。穿云宿处人难见，望月啼时兔正明。好笑五陵年少客，壮心无事也沾缨。

章江作

杜陵归客正裴回，玉笛谁家叫落梅。之子棹从天外去，故人书自日边来。杨花慢惹霏霏雨，竹叶闲倾满满杯。欲问维扬一作旌阳旧风月，一江红树乱猿哀。

南游富阳江中作

南去又南去，此行非自期。一帆云作伴，千里月相随。浪迹花应笑，衰容镜每知。乡园不可问，禾黍正离离。

饶州馀干县琵琶洲有故韩宾客宣城裴尚书修行李侍郎旧居遗址犹存客有过之感旧因以和吟

琵琶洲近斗牛星，鸾凤曾于此放情。已觉地灵因昴降，更闻川媚有珠生。一滩红树留佳气，万古清弦续政声。戟户尽移天上去，里人空说旧簪缨。

九江逢卢员外

前年风月宿琴堂，大媚仙山近帝乡。别后几沾新雨露，乱来犹记旧篇章。陶潜岂是铜符吏，田凤终为锦帐郎。莫怪相逢倍惆怅，九江烟月似潇湘。

南昌晚眺

南昌城郭枕江烟，章水悠悠浪拍天。芳草绿遮仙尉宅，落霞红衬贾人船。霏霏阁上千山雨，嘒嘒云中万树蝉。怪得地多章句客，庾家楼在斗牛边。

衢州江上别李秀才

千山红树万山云，把酒相看日又曛。一曲离歌两行泪，更知何地一作处再逢君。

湘中作

千重烟树万重波，因便何妨吊汨罗。楚地不知秦地乱，南人空怪北人多。臣心未肯教迁鼎，天道还应欲止戈。否去泰来终可待，夜寒休唱饭牛歌。

桐庐县作

钱塘江尽到桐庐，水碧山青画不如。白羽鸟飞严子濑，绿蓑人钓季鹰鱼。潭心倒影时开合，谷口闲云自卷舒。此境只应词客爱，投文空吊木玄虚。

东阳赠别

绣袍公子出旌旗，送我摇鞭入翠微。大抵行人难诉酒，就中辞客易沾衣。去时此地题桥去，归日何年佩印归。无限别情言不得，回看溪柳恨依依。

寄湖州舍弟

半年江上怆离襟，把得新诗喜又吟。多病似逢秦氏药，久贫如得顾家金。云烟但有穿杨志，尘土多无作吏心。何况别来词转丽，不愁明代少知音。

信州西三十里山名仙人城下有月岩山其状秀拔中有山门如满月之状余因行役过其下聊赋是诗

驱车过闽越，路出饶阳西。仙山翠如画，簇簇生虹霓。群峰若侍从，众阜如婴提。岩峦互吞吐，岭岫相追携。中有月轮满，皎洁如圆圭。玉皇恣游览，到此神应迷。常娥曳霞帔，引我同攀跻。腾腾上天半，玉镜悬飞梯。瑶池何悄悄，鸾鹤烟中栖。回头望尘世，露下寒凄凄。

婺州水馆重阳日作

异国逢佳节，凭高独若吟。一杯今日醉一作酒，万里故园心。水馆红兰合，山城紫菊深。白衣虽不至，鸥鸟自相寻。

避地越中作

避世移家远，天涯岁已周。岂知今夜月，还是去年愁。露果珠沉水，风萤烛上楼。伤心潘骑省，华发不禁秋。

抚州江口雨中作

江上闲冲细雨行，满衣风洒绿荷声。金骝掉尾横鞭望，犹指庐陵半日程。

信州溪岸夜吟作

夜倚临溪店，怀乡独苦吟。月当山顶出，星倚水湄沉。雾气渔灯冷，钟声谷寺深。一城人悄悄，琪树宿仙禽。

访浔阳友人不遇

不见安期悔上楼，寂寥人对鹭鹚愁。芦花雨急江烟暝，何处潺潺独棹舟。

东林寺再遇僧益大德

见师初事懿皇朝，三殿归来白马骄。上讲每教倾国听，承恩偏得内官饶。当时可爱人如画，今日相逢鬓已凋。若向君门逢旧友，为传音信到云霄。

西塞山下作

西塞山前水似蓝，乱云如絮满澄潭。孤峰渐映湓城北，片月斜生梦泽南。爨动晓烟烹紫蕨，露和香蒂摘黄柑。他年却棹扁舟去，终傍芦花结一庵。

齐安郡

弥棹齐安郡，孤城百战残。傍村林有虎，带郭县无官。暮角梅花怨，清江桂影寒。黍离缘底事，撩我起长叹。

夏口行寄婺州诸弟

回头烟树各天涯，婺女星边远寄家。尽眼楚波连梦泽，满衣春雪落江花。双双得伴争如雁，一一归巢却羡鸦。谁道我随张博望，悠悠空外泛仙槎。

南省伴直 甲寅年自江南到京后作

文昌二十四仙曹，尽倚红檐种露桃。一洞烟霞人迹少，六行槐柳鸟声高。星分夜彩寒侵帐，兰惹春香绿映袍。何事爱留诗客宿，满庭风雨竹萧骚。

鄠杜旧居二首

却到山阳事事非，谷云谿鸟尚相依。阮咸贫去田园尽，向秀归来父老稀。秋雨几家红稻熟，野塘何处锦鳞肥。年年为献东堂策，长是芦花别钓矶。

一径寻村渡碧溪，稻花香泽水千畦。云中寺远磬难识，竹里巢深鸟易迷。紫菊乱开连井合，红榴初绽拂檐低。归来满把如渑酒，何用伤时叹凤兮。

寄江南诸弟

万里逢归雁，乡书忍泪封。吾身不自保，尔道各何从。性拙唯多蹇，家贫半为慵。只思溪影上，卧看玉华峰。

投寄旧知

却将憔悴入都门，自喜青霄足故人。万里有家留百越，十年无路到三秦。摧残不是当时貌，流落空馀旧日贫。多谢青云好知己，莫教归去重沾巾。

癸丑年下第献新先辈

五更残月省墙边，绛旆霓旌卓晓烟。千炬火中莺出谷，一声钟后鹤冲天。皆乘骏马先归一作争先去，独被羸童笑晚眠。对酒暂时情豁尔，见花依旧涕潸然。未酬阚泽佣书债，犹欠君平卖卜钱。何事欲休休不得，来年公道似今年。

题汧阳县马跑泉李学士别业

水满寒塘菊满篱，篱边无限彩禽飞。西园夜雨红樱熟，南亩清风白稻肥。草色自留闲客住，泉声如待主人归。九霄岐路忙于火，肯恋斜阳守钓矶。

绛州过夏留献郑尚书

朝朝沉醉引金船，不觉西风满树蝉。光景暗消银烛下，梦魂长寄玉轮边。因循每被时流诮，奋发须由国士怜。明月客肠何处断，绿槐风里独扬鞭。

绥州作

雕阴无树水难一作南流，雉堞连云古帝州。带雨晚驼鸣远戍，望乡孤客倚高楼。明妃去日花应笑，蔡琰归时鬓已秋。一曲单于暮烽起，扶苏城上月如钩。

全唐诗卷六九九

韦　庄

与东吴生相遇 及第后出关作

十年身事一作世各如萍，白首相逢泪满缨。老去不知花有态，乱来唯觉酒多情。贫疑陋巷春偏少，贵想豪家月最明。且一作独对一尊开口笑，未衰应见泰阶平。

庭前桃

曾向桃源烂漫游，也同渔父泛仙舟。皆言洞里千株好，未胜庭前一树幽。带露似垂湘女泪，无言如伴息妫愁。五陵公子饶春恨，莫引香风上酒楼。

丙辰年鄜州遇寒食城外醉吟五首

满街杨柳绿丝烟，画出清明二月天。好是隔帘花树动，女郎撩乱送秋千。

雕阴寒食足游人，金凤罗衣湿麝薰。肠断入城芳草路，淡红香白一群群。

开元坡下日初斜，拜扫归来走钿车。可惜数株红艳好，不知今夜落谁家。

马骄风疾玉鞭长，过去唯留一阵香。闲客不须烧破眼，好花皆属富家郎。

雨丝烟柳欲清明，金屋人闲暖凤笙。永日一作画迢迢无一事，隔街闻筑一作蹴气球声。

宜君一作春县比卜居不遂留题王秀才别墅二首

本期同此卧林丘，榾柮炉前拥布裘。何事却骑羸马去，白云红树不相留。

明月严霜扑皂貂，羡君高卧正逍遥。门前积雪深三尺，火满红炉酒满瓢。

鄜州留别张员外

江南相送君山下，塞北相逢朔漠一作相幕中。三楚故人皆是梦，十年陈事只如风。莫言身世他时异，且喜琴尊数日同。惆怅却愁明日别，马嘶山店雨濛濛。

病中闻相府夜宴戏赠集贤卢学士

满筵红蜡照香钿，一夜歌钟欲沸天。花里乱飞金错落，月中争认绣连乾。尊前莫话诗三百，醉后宁辞酒十千。无那两三新进士，风流长得饮徒怜。

出　关

马嘶烟岸柳阴斜，东去一作回首关山路转赊。到处因循缘嗜酒，一生惆怅为判花。危时只合身无著，白日那堪事有涯。正是灞陵春酬绿，仲宣何事独辞家。

过樊川旧居 时在华州驾前奉使入蜀作

却到樊川访旧游，夕阳衰草杜陵秋。应刘去后苔生阁，稽阮归来雪满头。能说乱离惟有燕，解偷闲暇不如鸥。千桑万海无人见，横笛一声空泪流。

长安旧里

满目墙匡一作垣春草深，伤时伤事更伤心。车轮马迹今何在，十二玉楼无处寻。

过渼陂怀旧

辛勤曾寄玉峰前，一别云溪二十年。三径荒凉迷竹树，四邻凋谢变桑田。渼陂可是当时事，紫阁空馀旧日烟。多少乱离无处问，夕阳吟罢涕潸然。

汧阳间 一作汧阳县阁

汧水悠悠去似绯，远山如画翠眉横。僧寻野渡归吴岳，雁带斜阳入渭城。边静不收蕃帐马，地贫惟卖陇山鹦。牧童何处吹羌笛，一曲梅花出塞声。

焦崖阁

李白曾歌蜀道难，长闻白日上青天。今朝夜过焦崖阁，始信星河在马前。

鸡公帻 去褒城县二十里

石状虽如帻，山形可类鸡。向风疑欲斗，带雨似闻啼。蔓织青笼合，松长翠羽低。不鸣非有意，为怕客奔齐。

全唐诗卷七〇〇

韦　庄

平陵老将 此以下诗皆集外补遗

白羽金仆姑，腰悬双辘轳。前年葱岭北，独战云中胡。匹马塞垣老，一身如鸟孤。归来辞第宅，却占平陵居。

即　事

乱世时偏促，阴天日易昏。无言搔白首，憔悴倚东门。

姬人养蚕

昔年爱笑蚕家妇，今日辛勤自养蚕。仍道不愁罗与绮，女郎初解织桑篮。

长干塘别徐茂才

乱离时节别离轻，别酒应须满满倾。才喜相逢又相送，有情争得似无情。

勉儿子

养尔逢多难，常忧学已迟。辟疆为上相，何必待从师。

乞彩笺歌

浣花溪上如花客，绿暗红藏人不识。留得溪头瑟瑟波，泼成纸上猩猩色。手把金刀擘彩云，有时剪破秋天碧。不使红霓段段飞，一时驱上丹霞壁。蜀客才多染不供，卓文醉后开无力。孔雀衔来向日飞，翩翩压折黄金翼。我有歌诗一千首，磨砻山岳罗星斗。开卷长疑雷电惊，挥毫只怕龙蛇走。班班布在时人口，满袖松花都未有。人间无处买烟霞，须知得自神仙手。也知价重连城璧，一纸万金犹不惜。薛涛昨夜梦中来，殷勤劝向君边觅。

白牡丹

闺中莫妒新妆妇，陌上须惭傅粉郎。昨夜月明浑似水，入门唯觉一庭香。

悯耕者

何代何王不战争，尽从离乱见清平。如今暴骨多于土，犹点乡兵作戍兵。

壶关道中作

处处兵戈路不通，却从山北去江东。黄昏欲到壶关寨，匹马寒嘶野草中。

题酒家

酒绿花红客爱诗，落花春岸酒家旗。寻思避世为逋客，不醉长醒也是痴。

寄舍弟

每吟富贵他人合，不觉汍澜又湿衣。万里日边乡树远，何年何路得同归。

仆者杨金

半年辛苦葺荒居，不独单寒腹亦虚。努力且为田舍客，他年为尔觅金鱼。

春陌二首

满街芳草卓香车，仙子门前白日斜。肠断东风各回首，一枝春雪冻梅花。

嫩烟轻染柳丝黄，勾引花枝笑凭墙。马上王孙莫回首，好风偏逐羽林郎。

赠姬人

莫恨红裙破，休嫌白屋低。请看京与洛，谁在旧香闺。

中酒

南邻酒熟爱相招，蘸甲倾来绿满瓢。一醉不知三日事，任他童稚作渔樵。

暴雨

江村入夏多雷雨，晓作狂霖晚又晴。波浪不知深几许，南湖今与北湖平。

悼亡姬

凤去鸾归不可寻，十洲仙路彩云深。若无少女花应老，为有姮娥月易沉。竹叶岂能消积恨，丁香空解结同心。湘江水阔苍梧远，何处相思弄舜琴。

独　吟 以下四首，俱悼亡姬作。

默默无言恻恻悲，闲吟独傍菊花篱。只今已作经年别，此后知为几岁期。开箧每寻遗念物，倚楼空缀悼亡诗。夜来孤枕空肠断，窗月斜辉梦觉时。

悔　恨

六七年来春又秋，也同欢笑也同愁。才闻及第心先喜，试说求婚泪便流。几为妒来频敛黛，每思闲事不梳头。如今悔恨将何益，肠断千休与万休。

虚一作灵席

一闭香闺后，罗衣尽施僧。鼠偷筵上果，蛾扑帐前灯。土蚀钗无凤，尘生镜少菱。有时还影响，花叶曳香缯。

旧　居

芳草又芳草，故人杨子家。青云容易散，白日等闲斜。皓质留残雪，香魂逐断霞。不知何处笛，一夜叫梅花。

晏　起

尔来中酒起常迟，卧看南山改旧诗。开一作闭户日高春寂寂，数声啼鸟上花枝。

幽居春思

绿映红藏江上村，一声鸡犬似山源。闭门尽日无人到，翠羽春禽满树喧。

思归引

越鸟南翔雁北飞，两乡云路各言归。如何我是飘飘者，独向江头恋钓矶。

与小女

见人初解语呕哑，不肯归眠恋小车。一夜娇啼缘底事，为嫌衣少缕金华。

虎迹

白额频频夜到门，水边踪迹渐成群。我今避世栖岩穴，岩穴如何又见君。

买酒不得

停尊待尔怪来迟，手挈空瓶毷氉归。满面春愁消不得，更看溪鹭寂寥飞。

得故人书

正向溪头自采苏，青云忽得故人书。殷勤问我归来否，双阙而今画不如。

洪州送僧游福建

八月风波似鼓鼙，可堪波上各东西。殷勤早作归来计，莫恋猿声住建溪。

闻回戈军

上将麾兵又欲一作去，一本缺二字。旋，翠华巡幸已三年。营中不用栽杨柳，愿戴儒冠为控弦。

南邻公子

南邻公子夜归声，数炬银灯隔竹明。醉凭马鬃扶不起，更邀红袖出门迎。

忆小女银娘

睦州江上水门西，荡桨扬帆各解携。今日天涯夜深坐，断肠偏忆阿银犁。

女仆阿汪

念尔辛勤岁已深，乱离相失又相寻。他年待我门如市，报尔千金与万金。

河清县河亭

由来多感莫凭高，竟日衷肠似有刀。人事任成陵与谷，大河东去自滔滔。

钟陵夜阑作

钟陵风雪夜将深，坐对寒江独苦吟。流落天涯谁见问，少卿应识子卿心。

悼杨氏妓琴弦

魂归寥廓魄归烟，只住人间十八年。昨日施僧裙带上，断肠犹系琵琶弦。

残　花

江头沉醉泥斜晖，却向花前恸哭归。惆怅一年春又去，碧云芳草两依依。

岁晏同左生作

岁暮乡关远，天涯手重携。雪埋江树短，云压夜城低。宝瑟湘灵怨，清砧杜魄啼。不须临皎镜，年长易凄凄。

咸阳怀古

城边人倚夕阳楼，城上云凝万古愁。山色不知秦苑废，水声空傍汉宫流。李斯不向仓中悟一作死，徐福应无物外游。莫怪楚吟偏断骨，野烟踪迹似东周。

和同年韦学士华下途中见寄

绿杨城郭雨凄凄，过尽千轮与万蹄。送我独游三蜀路，羡君新上九霄梯。马惊门外山如活，花笑尊前客似泥。正是清和好时节，不堪离恨剑门西。

春 愁

自有春愁正断魂，不堪芳草思王孙。落花寂寂黄昏雨，深院无人独倚门。

伤灼灼

灼灼，蜀之丽人也。近闻贫且老，殂落于成都酒市中，因以四韵吊之。

尝闻灼灼丽于花，云髻盘时未破瓜。桃脸曼长横绿水，玉肌香腻透红纱。多情不住神仙界，薄命曾嫌富贵家。流落锦江无处问，断魂飞作碧天霞。

汉 州

比一作北依初到汉州城，郭邑楼台触目惊。松桂影中旌旆色，芰荷风里管弦声。人心不似经离乱，时运还应却太平。十日醉眠金雁驿，临岐无恨一作限脸波横。

长安清明

蚤是伤春梦一作暮雨天，可堪一作怜芳草更芊芊。内官初赐清明火，上相闲一作关分白打钱。紫陌乱嘶红叱拨，绿〔杨〕(阳)高映一作影画秋千。游人记得承平事，暗喜风光似昔年。

秋霁晚景

秋霁禁城晚，六街烟雨残。墙头山色健，林外鸟声欢。翘日楼台丽，清风剑佩寒。玉人襟袖薄，斜凭翠阑干。

和人春暮书事寄崔秀才

半掩朱门白日长，晚风轻堕落梅妆。不知芳草情何限，只怪游人思易伤。才见早春莺出谷，已惊新夏燕巢梁。相逢只赖如渑酒，一曲狂歌入醉乡。

古离别 一作多情

一生风月供惆怅，到处烟花恨别离。止竟多情何处好，少年长抱少年悲。

边上逢薛秀才话旧

前年同醉武陵亭，绝倒闲谭坐到明。也有绛唇歌白雪，更怜红袖夺金觥。秦云一散如春梦，楚市千烧作故城。今日皤然对芳草，不胜东望涕交横。

饮散呈主人

梦觉笙歌散，空堂寂寞秋。更闻城角弄，烟雨不胜愁。

使院黄葵花

薄妆新著淡黄衣，对捧金炉侍醮迟。向月似矜倾国貌，倚风如唱步虚词。乍开檀炷疑闻语，试与云和必解吹。为报同人看来好，不禁秋露即离披。

摇　落

摇落秋天酒易醒，凄凄长似别离情。黄昏倚柱不归去，肠断绿荷风雨声。

奉和观察郎中春暮忆花言怀见寄四韵之什

天畔峨嵋簇簇青,楚云何处隔重扃。落花带雪埋芳草,春雨和风湿画屏。对酒莫辞冲暮角,望乡谁解倚南亭。惟君信我多惆怅,只愿陶陶不愿醒。

奉和左司郎中春物暗度感而成章

才喜新春已暮春,夕阳吟杀倚楼人。锦江风散霏霏雨,花市香飘漠漠尘。今日尚追巫峡梦,少年应遇洛川神。有时自患多情病,莫是生前宋玉身。

少年行

五陵豪客多,买酒黄金盏。醉下酒家楼,美人双翠幰。挥剑邯郸市,走马梁王苑。乐事殊未央,年华已云晚。

令狐亭

若非天上神仙宅,须是人间将相家。想得当时好烟一作风月,管弦吹杀后庭花。

闺月

明月照前除,烟华蕙兰湿。清风行处来,白露寒蝉急。美人情易伤,暗上红楼立。欲言无处言,但向姮娥泣。

闺怨

戚戚彼何人,明眸利于月。啼妆晓不干,素面凝香雪。良人去淄右,镜破金簪折。空藏兰蕙心,不忍琴中说。

上春词

曈昽赫日东方来，禁城烟暖蒸青苔。金楼美人花屏开，晨妆未罢车声催。幽兰报暖紫芽折，天花愁艳蝶飞回。五陵年少惜花落，酒浓歌极翻如哀。四时轮环终又始，百年不见南山摧。游人陌上骑生尘，颜子门前吹死灰。

捣练篇

月华吐艳明烛烛，青楼妇唱捣衣曲。白袷丝光织鱼目，菱花绶带鸳鸯簇。临风缥缈叠秋雪，月下丁冬捣寒玉。楼兰欲寄在何乡，凭人与系征鸿足。

杂体联锦

携手重携手，夹江金线柳。江上柳能长，行人恋尊酒。尊酒意何深，为郎歌玉簪。玉簪声断续，钿轴鸣双毂。双毂去何方，隔江春树绿。树绿酒旗高，泪痕沾绣袍。袍缝紫鹅湿，重持金错刀。错刀何灿烂，使我肠千断。肠断欲何言，帘动真珠繁。真珠缀秋露，秋露沾金盘。金盘湛琼液，仙子无归迹。无迹又无言，海烟空寂寂。寂寂古城道，马嘶芳岸草。岸草接长堤，长堤人解携。解携忽已久，缅邈空回首。回首隔天河，恨唱莲塘歌。莲塘在何许，日暮西山雨。

长安春

长安二月多香尘，六街车马声辚辚。家家楼上如花人，千枝万枝红艳新。帘间笑语自相问，何人占得长安春？长安春色本无主，古来尽属红楼女。如今无奈杏园人，骏马轻车拥将去。

抚盈歌

凤縠兮鸳绡，霞疏兮绮寮。玉庭兮春昼，金屋兮秋宵。愁瞳兮月皎，笑颊兮花娇。罗轻兮浓麝，室暖兮香椒。銮舆去兮萧屑，七丝断兮沉寥。主父卧兮漳水，君王幸兮云轺。铅华窅窕兮秾姿，棠公肸蚃兮靡依。翠华长逝兮莫追，晏相望门兮空悲。

赠峨嵋山弹琴李处士

峨嵋山下能琴客，似醉似狂人不测。何须见我眼偏青，未见我身头已白。茫茫四海本无家，一片愁云飏秋碧。壶中醉卧日月明一作长，世上长游天地窄。晋朝叔夜旧相知，蜀郡文君小来识。后生常建彼何人，赠我篇章苦雕刻。名卿名相尽知音，遇酒遇琴无间隔。如今世乱独翛然，天外鸿飞招不得。余今正泣杨朱泪，八月边城风刮地。霓旌绛旆忽相寻，为我尊前横绿绮。一弹猛雨随手来，再弹白雪连天起。凄凄清清松上风，咽咽幽幽陇头水。吟蜂绕树去不来，别鹤引雏飞又止。锦麟不动惟侧头，白马仰听空竖耳。广陵故事无人知，古人不说今人疑。子期子野俱不见，乌啼鬼哭空伤悲。坐中词客悄无语，帘外月华庭欲午。为君吟作听琴歌，为我留名系仙谱。

江皋赠别

金管多情恨解携，一声歌罢客如泥。江亭系马绿杨短，野岸维舟春草齐。帝子梦魂烟水阔，谢公诗思碧云低。风前不用频挥手，我有家山白日西。

南阳小将张彦硖口镇税人场射虎歌 一作白居易诗

海内昔年狎太平，横目穰穰何峥嵘。天生天杀岂天怒，忍使朝朝喂猛虎。关东驿路多丘荒，行人最忌税人场。张彦雄特制残暴，见之叱起如叱羊。鸣弦霹雳越幽阻，往往依林犹抵一作旅拒。草际旋看委锦茵，腰间不更一作见抽白羽。老饕已毙众雏恐，童稚揶揄皆自勇。忠良效顺势亦然，一剑猜狂敢轻动。有文有武方为国，不是英雄伏不得。试征张彦作将军，几个将军愿策勋？

下邽感旧

《太平广记》云：庄幼时常在华州下邽县侨居，多与邻巷诸儿会戏。及广明乱后，再经旧里，追思往事，但有遗踪，因赋诗以记之。

昔为童稚不知愁，竹马闲乘绕县游。曾为看花偷出郭，也因逃学暂登楼。招他邑客来还醉，儳得先生去始休。今日故人何处问，夕阳衰草尽荒丘。

途次逢李氏兄弟感旧

御沟西面朱门宅，记得当时好弟兄。晓傍柳阴骑竹马，夜隈灯影弄先生。巡街趁蝶衣裳破，上屋探雏手脚轻。今日相逢俱老大，忧家忧国尽公卿。

龙　潭 一作僧应物诗

激石一作石激悬流雪满湾，九一作五龙潜处野云闲。欲行甘雨四天下一作渐收雷电九峰下，且隐一作饮澄一作溪潭一顷一作水间。浪引浮槎依北岸，波分晚一作晓日见一作浸东山。垂髯傥遇穆王驾，阆苑周流应未还。一作回瞻四面如看画，须信游人不欲还。

江上别李秀才

前年相送灞陵春，今日天涯各避秦。莫向尊前惜沉醉，与君俱是异乡人。

句

印将金锁锁，帘用玉钩钩。《北梦琐言》云：杜荀鹤尝吟一联诗云："旧衣灰絮絮，新酒竹篘篘。"或话于庄，庄拟之云云。即大拜之祥也。

不随妖艳开，独媚玄冥节。咏梅　见《海录碎事》

岂是为穷常见隔，只应嫌酒不相过。赠贯休　见《高僧传》

全唐诗卷七〇一

王贞白

王贞白，字有道，永丰人。乾宁二年张贻宪榜进士。后七年，始授校书郎，尝与罗隐、方干、贯休同倡和。有《灵溪集》七卷，今编诗一卷。

拟塞外征行

寇骑满鸡田，都护欲临边。青泥方绝漠，怀剑始辞燕。旌旗挂龙虎，壮士募鹰鹯。长城威十万，高岭奋三千。行行向马邑，去去指祁连。鼓声遥赤塞，兵气远冲天。对阵云初上，临城月始悬。风惊烽易灭，沙暗马难前。恩重恒思报，劳心一作心劳屡损年。微功一可立，身轻不自怜。

芦　苇

高士想江湖，湖闲庭植芦。清风时有至，绿竹兴何殊。嫩喜日光薄，疏忧雨点粗。惊蛙跳得过，斗雀袅如无。未织巴篱护，几抬邛竹扶。惹烟轻弱柳，蘸水漱清蒲。溉灌情偏重，琴樽赏不孤。穿花思钓叟，吹叶少羌雏。寒色暮天映，秋声远籁俱。朗吟应有趣，潇洒十馀株。

田舍曲

古今利名路，只在侬门前。至老不离家，一生常晏眠。牛羊晚自归，儿童戏野田。岂思封侯贵，唯只待丰年。征赋岂辞苦，但愿时官贤。时官苟贪浊，田舍生忧煎。

妾薄命

薄命头欲白，频年嫁不成。秦娥未十五，昨夜事公卿。岂有机杼力，空传歌舞名。妾专修妇德，媒氏却相轻。

湘妃怨

舜欲省蛮陬，南巡非逸游。九江沉白日，二女泣沧洲。目极楚云断，恨深湘水流。至今闻鼓瑟，咽绝不胜愁。

长门怨二首

寂寞故宫春，残灯晓尚存。从来非妾过一作妒，偶尔失君恩。花落伤容鬓，莺啼惊梦魂。翠华如可待，应免老长门。

叶落长门静，苔生永巷幽。相思对明月，独坐向空楼。銮驾迷终转，蛾眉老自愁。昭阳歌舞伴，此夕未知秋。

有所思 一作长相思

芙蓉出水时，偶尔便分离。自此无因见，长教挂所思。残春不入梦，芳信欲传谁。寂寞秋堂下，空吟小谢诗。

短歌

物候来相续，新蝉送晚莺。百年休倚赖，一梦甚分明。金鼎神仙隐一作秘，铜壶昼夜倾。不如早立德，万古有其名。

御沟水

一带御沟水，绿槐相荫清。此中一作泉涵帝泽，无处濯尘缨。鸟道来虽险，龙池到自平。朝宗本心切，愿向急流倾。

少年行二首

游宴不知厌，杜陵狂少年。花时轻暖酒，春服薄装绵。戏马上林苑，斗鸡寒食天。鲁儒甘被笑，对策鬓皤然。

弱冠投边急，驱兵夜渡河。追奔铁马走，杀虏宝刀讹一作批。威静黑山路，气含一作吞清海波。常闻为突骑，天子赐长戈。

塞上曲

岁岁但防虏，西征早晚休。匈奴不系颈，汉将但封侯。夕照低烽火，寒笳咽戍楼。燕然山上字，男子见须羞。

长安道

晓鼓人已行，暮鼓人未息。梯航万国来，争先贡金帛。不问贤与愚，但论官与职。如何贫书生，只献安边策。

洛阳道

喧喧洛阳路，奔走争先步。唯恐著鞭迟，谁能更回顾。覆车虽在前，润屋何曾惧。贤哉只二疏，东门挂冠去。

度关山

只领千馀骑，长驱碛邑间。云州多警急，雪夜度关山。石响铃声远，天寒弓力悭。秦楼休怅望，不日凯歌还。

出自蓟北门行

蓟北连极塞，塞色昼冥冥。战地骸骨满，长时风雨腥。沙河留一作流不定，春草冻难青。万户封侯者，何谋静虏庭。

从军行

从军朔方久，未省用干戈。只以恩信及，自然戎虏和。边声动白草，烧色入枯河。每度因看猎，令人勇气多。

古悔从军行

忆昔仗孤剑，十年从武威。论兵亲玉帐，逐虏过金微。陇水秋先冻，关云寒一作漠不飞。辛勤功业在，麟阁志犹违。

胡笳曲

陇底悲笳引一作动，陇头鸣北风。一轮霜月落，万里塞天空。戍卒泪应尽，胡儿哭一作语未终。争教班定远，不念玉关中。

入一作出塞

玉殿论兵事，君王诏出征。新除羽林将，曾破月支兵。惯历塞垣险，能分部落情。从今一战胜，不使虏尘生。

游仙

我家三岛上，洞户眺波涛。醉背云屏卧，谁知海日高。露香红玉树，风绽碧蟠桃。悔与仙子别，思归梦钓鳌。

歌 一作凉州行

谁唱关西曲，寂寞一作寥，又作寥寥。夜景深。一声长在耳，万恨重经心。调古清风起，曲终凉月沉。却应筵上客，未必是知音。

经故洛城

卜世何久远，由来仰圣明。山河徒自壮，周召不长生。几主任奸谄，诸侯各战争。但馀崩垒在，今古共伤情。

金　陵 一本同下题作二首

六代江山在，繁华古帝都。乱来城不守，战后地多芜。寒日随潮落，归帆与鸟孤。兴亡多少事，回首一长吁。

金陵怀古

恃险不种德，兴亡叹数穷。石城几换主，天堑谩连空。御路叠民冢，台基聚牧童。折碑犹有字，多记晋一作昔英雄。

商　山

商山名利路，夜亦有人行。四皓卧云处，千秋叠藓生。昼烧笼涧黑，残雪隔林明。我待酬恩了，来听水石声。

庐　山

岳立镇南楚，雄名天下闻。五峰高阂日，九叠翠连云。夏谷雪犹在，阴岩昼不分。唯应嵩与华，清峻得为群。

终南山

终朝异五岳一作千山凝黛色，列翠一作今古满长安。地去搜扬一作王都近，人谋隐遁难。水穿一作通诸苑过，雪照一城寒。为问红尘里，谁同驻马看。一作太华遥相望，晴楼几处看。

寄郑谷

五百首新诗，缄封寄去时一作与谁。只凭夫子鉴，不要俗人知。火鼠重收布，冰蚕乍吐丝。直须天上手，裁作领巾披。

题严陵钓台

山色四时碧，溪声七里清。严陵爱此景，下视汉公卿。垂钓月初上，放歌风正轻。应怜渭滨叟，匡国正论兵。

晓泊汉阳渡

落月临古渡，武昌城未开。残灯明市井，晓色辨楼台。云自苍梧去，水从嶓冢来。芳洲号鹦鹉，用记祢生才。

随计

徒步随计吏，辛勤鬓易凋。归期无定日，乡思羡回潮。冒雨投前驿，侵星过断桥。何堪穆陵路，霜叶更潇潇。

白牡丹

谷雨洗纤素，裁为白牡丹。异香开玉合，轻粉泥银盘。晓贮露华湿，宵倾月魄寒。家一作佳人淡妆罢，无语倚朱栏。

述　松

远谷呈材干，何由入栋梁。岁寒虚胜竹，功绩不如桑。秋露一作老落松子，春一作雪深裛一作裹嫩黄。虽蒙匠者顾，樵采日难防。

宫池产瑞莲 帖经日试

雨露及万物，嘉祥有瑞莲。香飘鸡树近，荣占凤池先。圣日临双丽，恩波照并妍。愿同指佞草，生向帝尧前。

送友人南归

南国菖蒲老，知君忆钓船。离京近残暑，归路有新蝉。岘首白云起，洞庭秋月悬。若教吟兴足，西笑是何年。

送马明府归山

辞秩入匡庐，重修靖节居。免遭黑绶束，不与白云疏。送吏各献酒，群儿自担书。到时看瀑布，为我谢清虚。

送韩从事归本道

献捷灵州倅，归时宠拜新。论边多称旨，许国誓亡身。马渴黄河冻，雁回青冢春。到蕃唯促战，应不肯和亲。

秋日旅怀寄右省郑拾遗

永夕愁不寐，草虫喧客庭。半窗分晓月，当枕落残星。鬓发游梁白，家山近越青。知音在谏省，苦调有谁听。

赠刘凝评事

棘寺官初罢，梁园静掩扉。春深颜子巷，花映老莱衣。谈史曾无滞，攻书已造微。即膺新宠命，称庆向庭闱。

忆张处士

天台张处士，诗句造玄微。古乐知音少，名言与俗违。山风入松径，海月上岩扉。毕世唯高卧，无人说是非。

云居长老

巘路蹑云上，来参出世僧。松高半岩雪，竹覆一溪冰。不说有为法，非传无尽灯。了然方寸内，应只见南能。

洗竹

道院竹繁教略洗，鸣琴酌酒看扶疏。不图结实来双凤，且要长竿钓巨鱼。锦箨裁冠添散逸，玉芽修馔称清虚。有时记得三天事，自向琅玕节下书。

庾楼晓望

独凭朱槛亦凌晨，山色初明水色新。竹雾晓笼衔岭月，蘋风暖送过江春。子城阴处犹残雪，衙鼓声前未有尘。三百年来庾楼上，曾经多少望乡人。

送芮尊师

石上菖蒲节节灵，先生服食得长生。早知一作年避世忧身老，近日登山觉步轻。黄鹤待传蓬岛信，丹书应换蕊宫名。他年控鲤升天去，庐岳逋民愿从行。

折杨柳三首 一作段成式诗

枝枝交影锁长门，嫩色曾沾雨露恩。凤辇不来春欲尽，空留莺语到黄昏。

水殿年年占早芳，柔条风里御炉香。如今万乘多巡狩，辇路无阴绿草长。

嫩叶初齐不耐寒，风和时拂玉栏干。征人去日曾攀折，泣雨伤春翠黛残。

远闻本郡行春到旧山二首

一身从宦留京邑，五马遥闻到旧山。已领烟霞光野径，深惭老幼候柴关。

清风借响松筠外，画隼停晖水石间。定掩溪名在图传，共知轩盖此登攀。

宿新安村步

淅淅寒流涨浅沙，月明空渚遍芦花。离人偶宿孤村下，永夜闻砧一两家。

仙岩二首

白烟昼起丹灶，红叶秋书篆文。二十四岩天上，一鸡啼破晴云。

风呼山鬼服役，月照衡薇结花。江暖客寻瑶草，洞深人咽丹霞。

雨后从陶郎中登庾楼

庾楼逢霁色，夏日欲西曛。虹截半江雨，风驱大泽云。岛边渔艇聚，天畔鸟行分。此景堪谁画，文翁请缀文。一本截前后为绝句。

九日长安作

无酒泛金菊，登高但忆秋。归心随旅雁，万里在沧洲。残照明天阙，孤砧隔御沟。谁能思落帽，两鬓已添愁。

晓发萧关

早发长风里，边城曙色间。数鸿寒背碛，片月落临关。陇上明星没，沙中夜探还。归程不可问，几日到家山。

钓　台

异代有巢许，方知严子情。旧交虽建国，高卧不求荣。溪鸟寒来浴，汀兰暖重生。何颜吟过此，辛苦得浮名。

寄天台叶尊师

师住天台久，长闻过石桥。晴峰见沧海，深洞彻丹霄。采药霞衣湿，煎芝古鼎焦。念予无俗骨，频与鹤书招。

御试后进诗

三时赐食天厨近，再宿偷吟禁漏清。二十五家齐拔宅，人间已写上升名。是年初放二十五人，后覆汰止放十五人也。

春日咏梅花 见绝句辨体

靓妆才罢粉痕新，迨晓风回散玉尘。若遣有情应怅望，已兼残雪又兼春。

句

太阳虽不照，梁栋每重阴。廊下井　以下《吟窗杂录》

白发未逢媒，对景且裴回。丑妇

别酒莫辞今夜醉，故人知我几时来。合赋

改贯永留乡党额，减租重感郡侯恩。洪景卢《野处集》载赴选别太守句，贞白自注：蒙本州改坊名为进贤，并减户税。

全唐诗卷七〇二

张　蠙

张蠙，字象文，清河人。初与许棠、张乔齐名。登乾宁二年进士第，为校书郎、栎阳尉、犀浦令。入蜀，拜膳部员外，终金堂令。诗一卷。

登单于台

边兵春尽回，独上单于台。白日地中出，黄河天外来。沙翻痕似浪，风急响疑雷。欲向阴关度，阴关晓不开。

寄友人

恋一作世道欲一作复何如，东西远索居。长疑即见面，翻致久无书。甸麦深藏雉，淮苔浅露鱼。相思不我会，明月几盈虚。

和崔监丞春游郑仆射东园

春兴随花尽，东园自养闲。不离三亩地，似入万重山。白鸟穿萝去，清泉抵石还。岂同秦代客，无位隐商山。

过萧关

出得萧关北，儒衣不称身。陇狐一作猿来试客，沙鹘下欺人。晓戍残烽火，晴原起猎尘。边戎莫相忌，非是霍家亲。

盆　池

圆内陶化功，外绝众流通。选处离松影，穿时减药丛。别疑天在地，长对月当空。每使登门客，烟波入梦中。

野　泉

远出白云中，长年听不同一作穷。清声萦乱石一作石乱，寒色入长一作潭空。挂壁聊成雨，穿林别起风。温泉非尔数，源发在深空。

送成州牧

清时为塞郡，自古有儒流。素望知难惬，新恩且用酬。犬牙连蜀国，兵额贯秦州。只作三年别，谁能听邑留。

蓟北书事

度碛如经海，茫然但见空。戍楼承落日，沙塞碍惊蓬。暑过燕僧出，时平虏客通。逢人皆上将，谁有定边功。

送徐州薛尚书

上将出儒中，论诗拟立功。州从禹后别，军自汉来雄。远驿销寒日，严城肃暮空。龙颜有遗庙，犹得奠英风。

贻曹郎中

所作高前古，封章自曲台。细看明主意，终用出人才。省印寻僧锁，书楼领鹤开。南山有旧友，时向白云来。

送缙云尉

释褐从仙尉，之官兴若何。去程唯水石，公署在云萝。野饭楼中迥，晴峰案上多。三年罢趋府，应更战高科。

送董卿赴台州

九陌除书出，寻僧问海城。家从中路挈，吏隔数州迎。夜蚌侵灯影，春禽杂橹声。开图见异迹，思上石桥行。

送友人赴泾州幕 一作送李中丞再赴虔州

杏园沉饮散，荣别就佳招。日月相期尽，山川独去遥。府楼明蜀雪，关碛转胡雕。纵有烟尘动，应随上策销。

逢漳州崔使君北归

在郡多殊称，无人不望回。离城携客去，度一作出岭担猿来。障写经冬蕊，瓶缄落暑梅。长安有归宅，归见锁青苔。

云朔逢山友

会面却生疑，居然似梦归。塞深行客少，家远识人稀。战马分旗牧，惊禽曳箭飞。将军虽异礼，难便一作便使脱麻衣。

别后寄友生 一作崔鲁诗

上马如飞鸟，飘然隔去尘。共看今夜月，独作异乡人。就养江南熟，移居井赋新。襄阳曾卜隐，应与孟家邻。

边游别友人

欲别不止泪，当杯难强歌。家贫随日长，身病涉寒多。雨雪迷燕路，田园隔楚波。良时未自致，归去欲如何。

边庭送别

一生虽达理，远别亦相悲。白发无修处，青松有老时。暮烟传戍起，寒日隔沙垂。若是长安去，何难定后期。

将之京师留别亲友

达命何劳问，西游且自期。至公如有日，知我岂无时。野迥蝉相答，堤长柳对垂。酣歌一举袂，明发不堪思。

赠别山友

从容无限意，不独为离群。年长惊黄叶，时清厌白云。旧山回马见，寒瀑别家闻。相与存吾道，穷通各自分。

途次绩溪先寄陈明府

入境风烟好，幽人不易传。新居多是客，旧隐半成仙。山断云冲骑，溪长柳拂船。何当许过县，闻有箧中篇。

送友人归武陵

闻近桃源住，无村不是花。戍旗招海客，庙鼓集江鸦。别岛垂橙实，闲田长荻〔芽〕(花)。游秦未得意，看即更一作是离家。

乱中寄友人

别来难觅信，何处避艰危。鬓黑无多日，尘清是几时。人情将厌武，王泽即兴诗。若便怀深隐，还应圣主知。

哭建州李员外

诗名不易出，名出又何为。捷到重科早，官终一郡卑。素风无后嗣一作裔，遗迹有一作受生祠。自罢羊公市，溪猿哭旧时。

吊孟浩然

每每樵家说，孤坟亦夜吟。若重生此世，应更苦前心。名与襄阳远，诗同汉水深。亲栽鹿门树，犹盖石床阴。

送友人及第归 一本题下有新罗二字

家林沧海东，未晓日先红。作贡诸蕃别，登科几国同。远声鱼呷浪，层气蜃迎风。乡俗稀攀桂，争来问月宫。

次韵和友人冬月书斋

四季多花木，穷冬亦不凋。薄冰一作云行处断，残火睡来消。象版签书帙，蛮藤络酒〔瓢〕(飘)。公卿有知己，时得一相招。

过山家

避暑得探幽，忘言遂久留。云深窗失一作灯火曙，松合径先秋。响谷传人语，鸣泉洗客愁。家山不在此，至此可归休。

宿山驿

驿在千峰里，寒宵独此身。古坟时见火，荒壁悄无邻。月白翻惊鸟，云闲欲就人。只应明日鬓，更与老相亲。

宿开照寺光泽上人院

静室谭玄旨，清宵独细听。真身非有像，至理本无经。钟定遥闻水，楼高别见星。不教人触秽，偏说此山灵。

宿山寺

中峰半夜起，忽觉有一作在青冥。此界自生雨，上方犹有星。楼高钟尚一作独远，殿古像多灵。好是潺湲水，房房伴诵经。

题紫阁院

上方人海外，苔径上千层。洞壑有灵药，房廊无老僧。古岩雕素像，乔木挂寒灯。每到思修隐，将回苦一作欲不能。

白菊

秋天木叶干，犹有白花残。举世稀栽得，豪家却画看。片苔相应绿，诸卉独宜寒。几度携佳客，登高欲折难。

丛苇

丛丛寒水边，曾折打鱼一作钓罾船。忽一作咸，又作或。与一作喜亭台近，翻嫌岛屿偏。花明无月夜，声急正秋天。遥忆巴陵渡，残阳一望烟。

郑毂补阙山松

心将积雪欺，根与白云离。远寄僧犹忆，高看鹤未知。影交新长叶，皴匝旧生枝。多少同时种，深山不得移。

新　竹

新鞭暗入庭，初长两三茎一作一茎茎。不是他山少，无如此地生。垂梢丛上出，柔叶箨间成。何用高唐峡，风枝扫月明。

和友人送赵能卿东归

一第时难得，归期日已过。相看玄鬓少，共忆白云多。楚阔天垂草，吴空月上波。无人不有遇，之子独狂歌。

送人归南中

有家谁不别，经乱独难寻。远路波涛恶，穷荒雨雾深。烧惊山象出，雷触海鳌沉。为问南迁客，何人在瘴林。

塞 下 曲

边事多更变，天心亦为忧。胡兵来作寇，汉将也封侯。夜烧冲星赤，寒尘翳日愁。无门展微略，空上望西楼。

边 将 二 首

历战燕然北，功高剑有威。闻名外一作敌国惧，轻命故人稀。角怨星芒动，尘愁日色微。从为汉都护，未得脱征衣。

按剑立城楼，西看极海头。承家为上将，开地得边州。碛迥兵难伏，天寒马易收。胡风一度猎，吹裂锦貂裘。

朔方书事

秋尽角声苦，逢人唯荷戈。城池向陇少，岐路出关多。雁远行垂地，烽高影入河。仍闻黑山寇，又觅汉家和。

经荒驿

古驿成幽境，云萝隔四邻。夜灯移宿鸟，秋雨禁行人。废巷荆丛合，荒庭虎迹新。昔年经此地，终日是红尘。

赠栖白大师

剃发得时名，僧应别应星。偶题皆有诏，闲论便成经。扫叶寒烧鼎，融冰晓注瓶。长因内斋出，多客叩禅扃。

赠闻一上人

见面虽年少，闻名似白头。玄谈穷释旨，清思掩诗流。果落痕生砌，松高影上楼。坛场在三殿，应召入焚修。

赠可伦上人

师教本于空，流来不自东。修从多劫后，行出众人中。衲冷湖山雨，幡轻海甸风。游吴累夏讲，还与虎溪同。

寄法乾寺令諲太师

师居中禁寺，外请已无缘。望幸唯修偈，承恩不乱禅。院多喧种药，池有化生莲。何日龙宫里，相寻借法船。

寄太白禅师

何年万仞顶，独有坐禅僧。客上应无路，人传或见灯。斋厨一作盂唯有橡，讲石任生藤。遥想东林社，如师谁复能。

遇道者

数里白云里，身轻无履踪。故寻多不见，偶到即相逢。古井生云水，高坛出异松。聊看杏花酌，便似换颜容。

赠道者

得道疑人识，都城独闭关。头从白后黑，心向闹中闲。饥渴唯调气，儿孙亦驻颜。始知仙者隐，殊不在深山。

雨

半夜西亭雨，离人独启关。桑麻荒旧国，雷电照前山。细滴高槐底，繁声叠漏间。唯应孤镜里，明月长愁颜。

长安春望

明时不敢卧烟霞，又见秦城换物华。残雪未销双凤阙，新春已发五侯一作陵家。甘贫只拟长缄一作监酒，忍病犹期强采花。故国别来桑柘尽，十年兵践海西艖。

过黄牛峡

黄牛来势泻巴川，叠日孤舟逐峡前。雷电夜惊猿落树，波涛愁恐客离船。盘涡逆入嵌空地，断壁高分缭绕天。多少人经过此去，一生魂梦怕潺湲。

逢道者

纵意出山无远近，还如孤鹤在空虚。昔年亲种树皆老，此世相逢人自疏。野叶细苞深洞药，岩萝闲束古仙书。只一作终寻隐迹归何处，方说烟霞不定居。

边　情

穷荒始得静天骄，又说天兵拟渡辽。圣主尚嫌蕃界近，将军莫恨汉庭遥。草枯朔野春难发，冰结河源夏半销。惆怅临戎皆效国，岂无人似霍嫖姚。

赠李司徒

承家拓定陇关西，勋贵名应上将齐。金库夜开龙甲冷，玉堂秋闭凤笙低。欢筵每恕娇娥醉，闲枥犹惊战马嘶。长怪鲁儒头枉白，不亲弓剑觅丹梯。

送卢尚书赴灵武

西北正传烽候急，灵州共喜信臣居。从军尽是清才去，属郡无非大将除。新地进图移汉界，古城遗碣见蕃书。山川不异江湖景，宾馆常闻食有鱼。

投翰林张侍郎

举家贫拾海边樵，来认仙宗在碧霄。丹穴虽无凡羽翼，灵椿还向细枝条。九衢马识他门少，十载身辞故国遥。愿与吾君作霖雨，且应平地活枯苗。

投翰林萧侍郎

九仞墙边绝路岐，野才非合自求知。灵湫岂要鱼栖浪，仙桂那容鸟寄枝。纤草不销春气力，微尘还助岳形仪。从来为学投文镜，文镜如今更有谁。

宴驸马宅

牙香禁乐镇相携，日日君恩降紫泥。红药院深人半醉，绿杨门掩马频嘶。座中古物多仙意，壁上新诗有御题。别向庭芜寘吟石，不教宫妓踏成蹊。

边　将

上马乘秋欲建勋，飞弧夜阙出师频。若无紫塞烟尘事，谁识青楼歌舞人。战骨沙中金镞在，贺筵花畔玉蝉新。由来边卒皆如此，只是君门合杀身。

赠水军都将

平生为有安邦术，便别秋曹最上阶。战舰却容儒客卧，公厅唯伴野僧斋。裁书一作诗榭迥冰胶笔，养药堂深藓惹鞋。直待门前见幢节，始应高惬圣君怀。

赠九江太守

江头暂驻木兰船，渔父来夸太守贤。二邑旋添新户口，四营渐废旧戈鋋。笙歌不似经荒后，礼乐犹如未战前。昨日西亭从游骑，信旗风里说诗篇。

赠信安太守

三衢正对福星时，喜得君侯妙抚绥。甲士散教耕垄亩，书生闲许从旌旗。条章最是贫家喜，禾黍仍防别郡饥。昨日中官说天意，即飞丹诏立新碑。

赠江都郑明府

他人岂是称才术，才术须观力有馀。兵乱几年临剧邑，公清终日似闲居。床头怪石神仙画，箧里华笺将相书。更欲栖踪近彭泽，香炉峰下结茅庐。

赠南昌宰

假邑邀真邑命分，明庭元有至公存。每锄奸弊同荆棘，唯抚孤惸似子孙。折狱不曾偏下笔，灵襟长是大开门。新衔便合兼朱绂，应待苍生更举论。

赠丘衙推

仙都高处掩柴扉，人世闻名见者稀。诗逸不拘凡对属，易穷皆达圣玄微。偶携童稚离青嶂，便被君侯换白衣。任醉宾筵莫深隐，绮罗丝竹胜渔矶。

献所知

迹熟荀家见弟兄，九霄同与指前程。吹嘘渐觉馨香出，梦寐长疑羽翼生。住僻骅骝皆识路，来频鹦鹉亦知名。登龙不敢怀他愿，只望为霖致太平。

投所知

十五年看帝里春，一枝头白未酬身。自闻离乱开公道，渐数孤平少屈人。劣马再寻商岭路，扁舟重寄越溪滨。省郎门似龙门峻，应借风雷变涸鳞。

南康夜宴东溪留别郡守陆郎中

飘然野客才无取，多谢君侯独见知。竹叶樽前教驻乐，桃花纸上待君诗。香迷蛱蝶投红烛，舞拂蒹葭倚翠帷。明发别愁何处去，片帆天际酒醒时。

言怀

十载一作年声沈觉自非，贱身元合衣荷衣。岂能得路陪先达，却拟还家望少微。战马到秋长泪落，伤禽无夜不魂飞。平生只学穿杨箭，更向何门是见机。

喜友人日南回

南游曾去海南涯，此去游人不易归。白日雾昏张夜烛，穷冬气暖著春衣。溪荒毒鸟随船啅，洞黑冤蛇出树飞。重入帝城何〔寂〕(寞)寞，共回迁客半轻肥。

下第述怀

十载长安迹未安，杏花还是看人看。名从近事方知险，诗到穷玄更觉难。世薄不惭云路晚，家贫唯怯草堂寒。如何直道为身累，坐月眠霜思枉干。

华阳道者

华阳洞里持真经，心嫌来客风尘腥。惟餐白石过白日，拟骑青竹上青冥。翔螭岂作汉武驾，神娥徒降燕昭庭。长生不必论贵贱，却是幽人骨主灵。

夏日题老将林亭

百战功成翻爱静，侯门渐欲似仙家。墙头雨细垂纤草，水面风回聚落花。井放辘轳闲浸酒，笼开鹦鹉报煎茶。几人图在凌烟阁，曾不交锋向塞沙。

观江南牡丹

北地花开南地风，寄根还与客心同。群芳尽怯千般态，几醉能消一番红。举世只将华胜实，真禅元喻色为空。近年明主思王道，不许新栽满六宫。

钱塘夜宴留别郡守

四方骚动一州安，夜列樽罍伴客欢。觱栗调高山阁迥，虾蟆更促海声寒。郝天挺云：江南以木柝警夜，故曰虾蟆更。屏间佩响藏歌妓，幕外刀光立从官。沉醉不愁归棹远，晚风吹上子陵滩。

送薛郎中赴江州

几州闻出刺，谣美有江民。正面传天旨，悬心祷岳神。尺书先假路，红旆旋烧尘。郡显山川别，衙开将吏新。散招僧坐暑，闲载客行春。听事棋忘着，探题酒乱巡。好编高隐传，多貌上升真。近日居清近，求人在此人。

送南海僧游蜀

真修绝故乡,一衲度暄凉。此世能先觉,他生岂再忘。定中船过海,腊后路沿湘。野迥鸦随笠,山深虎背囊。瀑流垂石室,萝蔓盖铜梁。却后何年会,西方有上房。

和友人许裳题宣平里古藤

欲结千年茂,生来便近松。迸根通井润,交叶覆庭秾。历代频更主,盘空渐变龙。昼风圆影乱,宵雨细声重。盖密胜丹桂,层危类远峰。嫩条悬野鼠,枯节叫秋蛩。翠老霜难蚀,皴多藓乍封。几家遥共玩,何寺不堪容。客对忘离榻,僧看误过钟。顷因陪预作,终夕绕枝筇。

十五夜与友人对月

每到月圆思共醉,不宜同醉不成欢。一千二百如轮夜,浮世谁能得尽看。

青　冢

倾国可能胜效国,无劳冥寞更思回。太真虽是承恩死,只作飞尘向马嵬。

古战场

荒骨潜销垒已平,汉家曾说此交兵。如何万古冤魂在,风雨时闻有战声。

赠段逸人

长筇自担药兼琴，话著名山即拟寻。从听世人权一作忙似火，不能烧一作移得卧云心。

赠郑司业

晚学更求来世达，正怀非与百邪侵。古人名在今人口，不合于一作干名不苦心。

上所知

初向众中留姓氏，敢期言下致时名。而今马亦知人意，每到门前不肯行。

别郑仁表

春雷醉别镜湖边，官显才狂正少年。红烛满汀歌舞散，美人迎上木兰船。

言怀

不将高盖竟烟尘，自向蓬茅认此身。唐祖本来成大业，岂非姚宋是平人。

叙怀

月里路从何处上，江边身合几时归。十年九陌寒风夜，梦扫芦花絮客衣。

抒　怀

几出东堂谢不才，便甘闲望故山回。翻思未是离家久，更有人从外国来。

自　讽

鹿鸣筵上强称贤，一送离家十四年。同隐海山烧药伴，不求丹一作仙桂却登仙。

伤贾岛

生为明代苦吟身，死作长江一逐臣。可是当时少知已，不知知己是何人。

再游西山赠许尊师

别后已闻师得道，不期犹在此山头。昔时霜鬓今如漆，疑是年光却倒流。

宫　词

日透珠帘见冕旒，六宫争逐百花球。回看不觉君王去，已听笙歌在远楼。

经范蠡旧居

一变姓名离百越，越城犹在范家无。他人不见一作识扁舟意，却笑轻生泛五湖。

题嘉陵驿

嘉陵路恶石和泥，行到长亭日已西。独倚阑干正惆怅，海棠花里鹧鸪啼。

龟山寺晚望

四面湖光绝路岐，鹓鹈飞起暮钟时。渔舟不用悬帆席，归去乘风插柳枝。

华山孤松

石罅引根非土力，冒寒犹助岳莲光。绿槐生在膏腴地，何一作可得无心拒雪霜。

吊万人冢

兵罢淮边客路通，乱鸦来去噪寒空。可怜白骨攒孤冢，尽为将军觅战功。

送友尉蜀中

故友汉中尉，请为西蜀吟。人家多种橘，风土爱弹琴。水向昆明阔，山通大夏深。理闲无别事，时寄一登临。

长安寓怀

九衢秋雨掩闲扉，不似干名似息机。贫病却惭墙上土，年来犹自换新衣。